James A. Sullivan

Die Stadt der Symbionten

JAMES A. SULLIVAN

Die Stadt der Symbionten

Roman

PIPER

Von James A. Sullivan liegen im Piper Verlag vor:
Chrysaor
Die Granden von Pandaros
Die Stadt der Symbionten

FSC www.fsc.org
MIX
Papier aus verantwortungsvollen Quellen
FSC® C083411

Originalausgabe
ISBN 978-3-492-70419-9

Satz: Fotosatz Amann GmbH & Co. KG, Memmingen
Gesetzt aus der Trump Mediäval
Druck und Bindung: CPI books GmbH, Leck
Printed in the EU

»Won't you reveal yourself to me?

As I rise above the deep …«

– TesseracT: Juno (aus dem Album *Sonder*)

PROLOG *Pareidolia*

Kaum hatte Yarden die Anweisung in Gedanken formuliert, spürte er, wie der Befehl durch das Interface in seinem Hinterkopf strömte und dabei alle Durchgangssignale auslöste, dann nach außen drang und ins Steuersystem hineinstrahlte. Das Raumschiff schaltete den Antigrav-Antrieb ein, und sanft wie bei den letzten Testläufen hob die *Pareidolia* mit ihm und der Crew vom Dach seiner Fakultät ab. Noch schwebte das Schiff langsam; noch konnte es von all jenen mit eigenen Augen betrachtet werden, die dort unten die Straßen und Plätze füllten, um diesen historischen Moment mitzuerleben.

Endlich erfüllte sich das, woran sie all die Jahre gearbeitet hatten. Sie würden mit der *Pareidolia* ins All fliegen – vorbei an den Satelliten der Invasoren, hin zu der verlassenen Raumstation. Dort würden sie die Kontrolle über die Satelliten übernehmen und die Stadt ein für alle Mal von dem letzten Rest der Bedrohung befreien, die die Invasoren zurückgelassen hatten. Dann mochte vielleicht sogar eine Rückkehr auf die anderen Kontinente möglich sein.

So sehr er Jaskandris, die letzte Zuflucht der Menschheit, liebte, so neugierig war Yarden darauf, wie es dem großen Rest der Erde ergangen war. Hatte sich der Planet erholt oder waren die Maschinen der Invasoren, die Seuchen und die Gifte, vor denen ihre Vorfahren in die Antarktis geflohen waren, immer noch eine Gefahr?

Im Zentrum der Stadt richtete Yarden das Schiff mit dem linken Steuerstick nach oben in Richtung Kuppel aus, die sich über die gesamte Stadt spannte; und mit dem rechten

Stick gab er ein wenig mehr Schub. Sie stiegen in die Höhe, und früher als erwartet öffneten sich einige Segmente des grünblau getönten Kuppelschildes, sodass sie mit dem Schiff hindurchfliegen konnten.

Yarden manövrierte die *Pareidolia* hinaus in die Eiswüste. Sein Blick wurde durch das Cockpitfenster in die Ferne gezogen. Vor ihnen erstreckte sich das Weiß des Polarplateaus unter dem blauen Himmel scheinbar endlos. Die Skyline der Stadt, vom Kuppelschild behütet, auf dem Rückschirm zu sehen, befremdete Yarden. In Jaskandris waren sie sicher gewesen, hier draußen aber wuchs die Gefahr mit jedem Meter, den sie sich von ihrer Heimat entfernten.

Per Gedankenbefehl prüfte Yarden die Statusdaten ihrer Mission und bemerkte die Präsenz der anderen Crewmitglieder, die über das Schiff verteilt auf ihren Posten saßen und ihren Aufgaben nachgingen. Er schaute zur Seite zu Emeline, mit der er hier im Cockpit allein war. Sie zeigte kein Anzeichen von Sorge. Ihr Gesicht war von der Haube wie gerahmt und wirkte zu konzentriert, um ihn wie so oft anzulächeln. Nicht der Hauch eines Zweifels stand in ihrer klaren Miene. Seit sie zu ihm zurückgekehrt war, machte sie ihm Mut und war zu einem unentbehrlichen Teil der Crew geworden. Sie hatte das Steuersystem verbessert und niemand kontrollierte die Schildkonstrukte, über die sie den Schub kanalisieren würden, besser als sie.

»Wir sind so weit«, sagte sie und lächelte ihn nun endlich an. Yarden lächelte zurück, und mit einem Gedankenbefehl startete er den Countdown. Während er auf dem Schirm in der Konsole sah, wie sich das Schildkonstrukt zu vier Schubkanälen formte, prüfte er per Gedanken das Tarnsystem. Es war fragil und musste ständig nachjustiert werden, und die halbe Crew befand sich im Kern des Schiffes und machte nichts anderes, als das System zu kontrollieren. Denn sollte es ausfallen, würden sie zur Zielscheibe der Satelliten.

Der Countdown war bei Fünf, als Emeline ihm Glück wünschte, und er sagte ihr, dass er sie liebte, und zum ersten

Mal hatte er Angst, dass die Mission scheiterte. Bei Drei prüfte er noch einmal das Tarnsystem, bei Zwei atmete er tief ein, bei Eins atmete er weit aus.

»Also los!«, sagte er und gab per Gedanken den Startbefehl. Der Schub setzte mit einem Dröhnen ein, das durch das gesamte Schiff bis zu ihnen ins Cockpit drang, und Yarden und Emeline wurden fester in ihre Sitze gepresst. Alles zitterte, während die *Pareidolia* mit ihnen in die Höhe schoss.

Binnen Sekunden waren sie so hoch gestiegen, dass ihre Sensoren zwei Satelliten erfassten, die sich weit entfernt schräg über ihnen auf ihrer Bahn bewegten. Das Tarnsystem zeigte keine Fehler an. Was bei Drohnen und anderen automatisierten Flugsystemen bereits im Ansatz gescheitert war, schien nun mit einer bemannten Mission zu funktionieren. Er hatte recht behalten: Symbionten, die das Tarnsystem aktiv steuerten, waren der Schlüssel zum Erfolg.

Ein Ruck ging, begleitet von einem Krachen, durch das Schiff, und auf der Anzeige vor Yarden blinkte mit einem Mal einer der Satelliten, während die Statusdaten ihm ein Loch in einem der Schildkanäle anzeigten.

»Uns hat was getroffen!«, rief Emeline.

»Die Satelliten!«, erwiderte Yarden. Das Tarnsystem zeigte zwar keinen Fehler an, aber die korrumpierten Daten, die sie den Satelliten sandten, kamen zu ihnen zurück. Sie prallten wie von einem Schutzschild ab. Was die Stadt dort unten auf dem Polarplateau schützte, zeigte hier oben trotz aller Tests keine Wirkung.

Yarden wurde schwindelig, und erst jetzt merkte er, dass das Schiff ins Drehen geraten war; die Schildkonstrukte lösten sich allmählich auf. Ein Blick zur Seite, und er sah das verzweifelte Gesicht Emelines.

Eine weitere Erschütterung, und alles um Yarden herum verwirbelte; und das Dröhnen der Triebwerke verstummte, als machten sie Emelines Schrei Platz, der sich nun erhob, dann aber schlagartig verstummte.

Trotz allen Schwindels schaute Yarden ins System und sah die Unruhe, die sich unter seinen Crewmitgliedern verbreitete. Sie verloren die Kontrolle und feuerten mit wilden Anweisungen um sich, um das Schiff zu stabilisieren.

Mit seinen symbiontischen Sinnen erfasste Yarden die Bewegungsdaten des Schiffes und spielte Emeline ein Programm zu, das eigentlich für ihre Rückkehr vorgesehen gewesen war und aus dem Schildkonstrukt, das nun die Kanäle für den Antrieb formte, Tragflächen erzeugen sollte, aber auch zur Stabilisierung geeignet war.

Yarden merkte, dass Emelines Signale verstummten, als überlegte sie, was er mit dem Programm meinte, das er ihr zugeschoben hatte. Dann spürte er, wie sie die Befehle an das System weiterleitete.

Etwas traf von schräg vorne auf das Cockpit und ließ alles um Yarden und Emeline herum erbeben. Sie wurden hin- und hergerissen. Schreiend startete Emeline einige Parallelprozesse, die das Programm verstärken sollten. Nur langsam und schrittweise stabilisierte sich das Schiff – jedes Mal mit einem heftigen Ruck.

Hatten sie sich gerade noch mit wilden Richtungswechseln dem Himmel entgegenbewegt, sah Yarden nun durch das weite Sichtfenster die Eisflächen des Polarplateaus.

Die Statusdaten erzählten eine Geschichte des Scheiterns: Die Bremstriebwerke waren zerstört, das Tarnsystem war nutzlos geworden, das Sauerstoffsystem beschädigt. Die Speicherkapazität des Bordcomputers schrumpfte, und es zeigte sich das als Warnmeldung, was Yarden nun über eine der wenigen intakten Außenkameras erkennen konnte: Im hinteren Teil ihres kugeligen Schiffes war ein Feuer ausgebrochen.

»Der Antigrav-Antrieb!«, rief Yarden. »Das ist die Lösung!«

»Zu schwach, um den Absturz abzuwenden«, erwiderte Emeline.

»Wir könnten das Cockpit und die anderen Stationen mit reaktionsschnellen Schildkonstrukten auffüllen«, sagte er. »Die wären beinahe wie eine Flüssigkeit.«

»Wird wahrscheinlich nicht klappen, aber ich mach's«, sagte Emeline.

Yarden sprach per Gedanken zur übrigen Besatzung. Die ruhige Stimme, die die anderen nun in ihren Köpfen hörten, verschleierte seine Verzweiflung. Für sie war es immer noch die selbstbewusste Stimme des Archonten. Er teilte ihnen seinen Plan mit, und während die Helme sich nun auf ihn und Emeline herabsenkten, lauschte er auf das System. Dabei spürte er, dass auch bei den anderen die Helme zum Einsatz kamen.

Eine unerwartete Ruhe breitete sich in Yarden aus, während er in den Daten las, die im Schiff umherströmten. Die Flammen im hinteren Teil griffen um sich und näherten sich dem zentralen Maschinenbereich des Schiffes. Dort war mit acht Besatzungsmitgliedern die Hälfte von ihnen versammelt.

Yarden wehrte sich mit dem Antigrav-Antrieb gegen den Absturz, als würde sich seine Gewissheit letztlich doch als Fehler herausstellen. Er merkte sofort, dass es keinen Sinn hatte. Sie würden irgendwo auf dem Polarplateau abstürzen. Da er es nicht verhindern konnte, wollte er zumindest den Sturzwinkel so klein wie möglich machen. Doch mit einem Mal entglitt ihm die Kontrolle über das Steuersystem. Der Antigrav-Antrieb spie wie wild Daten aus.

Eine der Außenkameras erfasste Jaskandris, aber sie würden weit davon entfernt steil zu Boden gehen und sterben – nahe genug an der Stadt, dass die Reste der *Pareidolia* vielleicht zu bergen waren. Möglicherweise würde der Statusspeicher den Absturz überstehen, dann könnte man in der Stadt Schlüsse daraus ziehen.

Welch eine Tragödie musste all das für die Bewohner der Stadt sein, die auf sie gehofft hatten und nun auf den Schirmen oder gar mit bloßem Auge dabei zusehen mussten, wie die *Pareidolia* als Feuerball in die Tiefe stürzte. Es würde ihren Mut brechen.

Grünes Licht breitete sich im Cockpit aus und verdichtete sich zu einer geleeartigen Masse. Die Schildkonstrukte!

Emeline hatte es tatsächlich geschafft, sie im Inneren des Schiffes einzusetzen. Überall an den Kontrollstationen würde dieses Polster sich verbreiten.

Emeline schaute zu ihm herüber und lächelte. »Du weißt es, nicht wahr?«, fragte sie. »Du weißt doch, dass wir es nicht überleben werden.«

»In der Verzweiflung glaubt man auch an das Unmögliche«, erwiderte er und fasste ihre Hand, die er gerade so erreichen konnte. »Es tut mir leid.«

»Mir nicht«, erwiderte Emeline. »Wir hatten eine gute Zeit.«

»Und die Stadt?«

»Sie werden darüber hinwegkommen.«

Yarden dachte an seine Fakultät. Wie würden die Yardeniden ohne ihren Archonten bestehen können? Das Versagen der Mission war immer eine Möglichkeit gewesen, aber die Zuversicht hatte in der Stadt immer überwogen. Bei all der Hoffnung, mit der die Menschen den Start verfolgt hatten, würden sie nun erschüttert sein, und am Ende würde es die Fakultät der Yardeniden nicht mehr geben. Er, seine Crew und die *Pareidolia* wären nichts anderes als Erinnerungen an ein düsteres Kapitel der jaskandrischen Geschichte, und ihre Überreste sowie die Trümmer, sollten sie je geborgen werden, wären Mahnmale, die den Menschen von Jaskandris sagten, dass außerhalb der Kuppel nur der Tod lauerte – ob hier in der Luft oder unten am eisigen Boden.

Yarden gestand Emeline seine Liebe und sie ihm die ihre – und während sie dem Polarplateau abseits von Jaskandris entgegenstürzten, hoffte er, dass die Stadt sich von dem Schicksalsschlag erholen würde. Vielleicht war Jaskandris tatsächlich alles, worauf sie jemals hoffen durften – und alles, worauf sie sich jemals verlassen konnten. Das dachte er und hielt Emelines Hand fest umklammert. Dann kam das Ende mit ohrenbetäubendem Lärm, überwältigendem Schmerz und einem Gefühl der Leere.

1 Gamil

Noch dämpfte die Kuppel, die sich über die Stadt wölbte, das unermüdliche Sonnenlicht des antarktischen Sommers und bescherte Gamil Dellbridge sowie all den anderen Bewohnern der Stadt eine lange Dämmerung. Die Tönung der Schildsegmente würde sich bald aufhellen und den Morgen hereinlassen. Wind wehte ihm schräg ins Gesicht – frisch, nicht kalt. Dies war längst kein Ort der Kälte mehr, es sei denn, man setzte sich ihr aus, indem man die Kuppelstadt verließ oder sich aber in die unterirdischen Eiskammern begab – dorthin, wo die Symbionten schliefen; dorthin, wo er ein Jahrhundert lang geschlafen hatte.

Gamil stand auf der Terrasse seiner Wohnung und schaute zwischen dem Turm am Rande der Fakultät der Berewani und dem mächtigen Senatsgebäude hindurch zum Stadtrand, wo gleich das weiße Plateau erscheinen würde. Auf den anderen Terrassen, die in Stufen bis in die Tiefe hinabreichten, konnte er niemanden erkennen, und auch auf den erleuchteten Balkonen der anderen Gebäude war in der Dämmerung niemand zu sehen. Die vielen ebenfalls erleuchteten Fenster, die wie Mosaike den Häusern eine Lichtstruktur gaben, bewiesen, dass die meisten Bewohner bereits auf den Beinen waren. Aber wer interessierte sich schon für den Morgen und für das Erwachen der Stadt? Man hätte zum Beobachter werden müssen, statt einfach bloß ein Teil des Ganzen zu sein.

Durch die transparent werdende Kuppel wurde nun das ewige Eis sichtbar, und in der Ferne zogen sich die weißgrauen Berge in die Breite. Echte Jahreszeiten, wie es sie auf den anderen Kontinenten trotz allem nach wie vor geben musste, waren ihnen hier fremd. Inmitten der Eiswüste des Polarplateaus lebten sie hier in der letzten Zuflucht der Menschheit – an einem Ort, der viele Namen hatte. Die Stadt war aus der Amundsen-Scott-Südpolstation hervorgegangen und lange auf den Namen *Amscot* reduziert worden. Der Zug der Menschen, die die Stadt zum ersten Mal aus der Ferne gesehen hatten, nachdem sie den Schrecken der anderen Kontinente hinter sich gelassen und die Strapazen der Eiswüste überstanden hatten, war angeblich zum Halten gekommen. Und Judith Jaskander, eine der Anführerinnen, habe die Kuppelstadt als ihre »*Oase im Winter*« bezeichnet und sei genau zehn Tage nach der Ankunft in der Stadt gestorben – von den Strapazen der Reise erschöpft. Bei der Abstimmung um die Bezeichnung der Stadt hatte sich in Anlehnung an ihren Nachnamen die Bezeichnung *Jaskandris* durchgesetzt. So war es in den Quellen niedergelegt, aber Gamil hatte sich oft gefragt, ob es tatsächlich so gewesen war. Es klang nach Überhöhung, nach einem Stiftungsmythos – vom Senat ersonnen, um die qualvolle und schmutzige Reise der letzten Menschen hierher und das Erreichen dieser Zuflucht als etwas Erhabenes erscheinen zu lassen.

Die Eintönigkeit, die sich dort draußen außerhalb der Kuppel in endlosem Weiß erstreckte, reizte Gamil. Er empfand die Eislandschaft als schön, aber zugleich als bedrohlich. Wer Jaskandris verließ, würde sterben, wenn er nicht rasch wieder unter den schützenden Schirm zurückkehrte. Daran änderten auch die bequemen und klimatisierten Schutzanzüge nichts. Sie konnten die Wärme zwar perfekt regulieren, aber da draußen gab es keine Nahrung.

Die Antarktis war das Grenzland, das sie schützte, ein selbst gewähltes Exil der Überlebenden. Natürlich hatte Gamil früher schon über das Land geblickt und sich gefragt, wie der Rest der Erde heute wohl aussehen mochte. War tatsächlich alles verloren, waren sie tatsächlich der letzte Rest der Menschheit, der übrig geblieben war, nachdem die Invasoren alles ins Chaos gestoßen und Gifte, Seuchen und ihre Maschinen auf den Kontinenten zurückgelassen hatten?

Gamil betrachtete das weite Land inzwischen allein wegen des Anblicks der weißen Landschaft. Der Traum, diese Eiswüste in irgendeinem Gefährt zu durchqueren und auf irgendeinem Schiff das Meer hinter sich zu lassen, um nach Neuseeland, Südafrika oder Südamerika zu gelangen, plagte ihn nur noch selten. Das waren Kindheitsträume gewesen. Er hatte sich längst damit abgefunden, dass die bewohnbare Welt für sie alle nur aus dem bestand, was sich unter der Kuppel erstreckte. Ringsumher gab es nichts weiter als die Eiswüste – und jenseits davon lag nichts, auf das es sich zu hoffen lohnte.

Ganze hundert Jahre hatte Gamil dort unten in den Eishallen im Untergrund geschlafen. Er hatte sich im Dezember 2655 zur Ruhe gelegt und war im Dezember 2755 erwacht. Und so bunt und vielseitig ihm die künstlichen Welten des Tiefenschlafs erschienen waren, durch die er sich im Geiste bewegt hatte, so wenig echt waren sie gewesen. Sie waren wie Klarträume – wenn man sich im Traum darüber bewusst wird, dass man träumt, und in begrenztem Maß den Lauf des Traumes lenken kann. Sich in der Tiefe durch Traumwelten zu bewegen, war etwas ganz anderes als hier draußen, hier oben zu sein – in einer Welt, die trotz der kalten Schönheit, die sie alle umgab, so vielfältig und tiefgründig war wie all die künstlichen Welten zusammengenommen. Selbst die Eiswüste da draußen mit ihren sparsamen Kontrasten wirkte auf ihn dichter als alles, was er in den Traumwelten des Tiefenschlafs erlebt hatte.

Gamil erinnerte sich noch an die ersten Eindrücke nach seinem Erwachen: an Elnora Skovlund, die ihn sowohl als Vertreterin der Yardenidischen Fakultät als auch als Senatorin begrüßt hatte. Selbst nach einem Jahr sah er ihre grünen Augen, ihr kurzes, braunes Haar und ihr sanftes Lächeln vor sich. Die Erinnerung an die Figuren, denen er im Tiefenschlaf begegnet war, verblasste dagegen.

Hier in der Stadt jemandem zu begegnen, den er noch nicht kannte, war weit wertvoller, als in den künstlichen Welten eine beliebige vom System generierte Figur zu treffen, bei der er das Gefühl hatte, sie habe nur darauf gewartet, dass ein echter Mensch im Schlaf oder im Halbschlaf zu ihr hinabtaucht und mit ihr kommuniziert. Hier oben führten die Menschen ihr eigenes Leben – ganz gleich, ob er nun hinschaute oder nicht.

Gamil fuhr mit den Händen über das glatte Geländer, und die plättchenartigen Interfaces an seinen Fingerspitzen verursachten ein Kribbeln, als würden sie eine Kontaktfläche berühren und Daten aufnehmen. In aller Ruhe wandte er sich vom Anblick der Stadt ab, und mit gemessenen Schritten verließ er den Balkon und betrat seine beinahe kahle Wohnung. Nach seinem Erwachen vor einem Jahr war er wieder hier eingezogen, und doch hatte er es sich noch nicht so heimisch gemacht, wie er es sich vorgenommen hatte. Er kam nur her, um zu schlafen und sich in aller Ruhe ans System zu knüpfen. Alles andere fand er draußen in der Stadt.

Vor hundert Jahren war dies seine erste eigene Wohnung gewesen. Er hatte sie seiner Schwester Amelia hinterlassen – der Schwester, die er vor allem aus ihren Videotagebüchern und ihren Schriften kannte. Als seine Mutter schwanger geworden war, war das geschehen, was in jeder Familie geschah: Für jede Geburt musste jemand in den Tiefenschlaf sinken; für jeden Toten durfte jemand aus dem Schlaf erwachen oder geboren werden. Gamil – damals ein Teenager, der unglücklich verliebt gewesen war – hatte sich freiwillig für den Schlaf gemeldet, obwohl man ihm als Symbiont eine große Zukunft vorausgesagt hatte. In seinem Jahrgang hatte sich kaum jemand so gut in die Maschinen hineinversetzen können wie er. Die Fakultäten hatten sich um ihn bemüht, und er hatte sich damals sogar bereits für eine entschieden. Dann aber hatte ihn Sherika Corso, in die er damals verliebt gewesen war, gedemütigt und ihm eine endgültige Abfuhr erteilt. Und das, nachdem sie ihm mehr als eindeutige Hoffnungen gemacht hatte. Sie hatte zu einer Zeit mit ihm gespielt, in der ihn die Erkenntnisse über die Vergangenheit der Menschen, deren Rest sie waren, erschüttert hatten. Wozu dieses nutzlose Dasein, wenn die außerirdischen Invasoren die Zivilisation in Schutt und Asche gelegt, mit Giften und Seuchen überzogen und Maschinen zurückgelassen hatten, die eine Rückkehr auf die anderen Kontinente undenkbar machten? Wozu leben, wenn all das, was etwas bedeutete, verloren war?

Sie waren ein geschlagener Planet und hatten nur deswegen überlebt, weil die Invasoren nach allem keinen Nutzen mehr in der Erde sahen. Sie hatten sie ausgebeutet, hatten alles mitgenommen, was ihnen etwas bedeutete, und sie hatten dafür gesorgt, dass sich der Planet nie wieder erholen würde. Nun sprachen einige davon, dass von Jaskandris aus der Planet wieder besiedelt werden könnte. Man könne sich wieder aufrichten. Doch Gamil bezweifelte es. Diese Stimmen kamen immer wieder auf, hielten sich eine Weile und vergingen wieder – wie die Jahreszeiten auf den anderen Kontinenten. Es waren Träume jener, denen Jaskandris zu klein wurde. Und die meisten dieser Träumer waren bald des Lebens müde und begaben sich freiwillig in den Tiefenschlaf, um anderen Platz zu machen. Jaskandris beruhte nicht auf der Expansion nach außen, sondern darauf, alles, was existierte, zu bewahren. Das war eine Einsicht, zu der er erst nach seinem Erwachen gelangt war.

Erst mit dem Verlust der Realität konfrontiert, hatte Gamil bemerkt, was er an ihr hatte. Die Menschen, die vor der Invasion gelebt hatten – vor mehr als sechshundert Jahren, vor dem Jahr 2132 –, hätten dieser Stadt mit ihren klaren Grenzen und der umgebenden Leere sicherlich kaum etwas abgewinnen können. Gamil jedoch erschien sie wie eine komplette Welt. Erst jetzt war ihm klar, was er damals aufgegeben hatte, damit seine Schwester leben konnte. Und hätte sie nicht beschlossen, sich an ihrem hundertsten Geburtstag ihrerseits in den Tiefenschlaf zu begeben, um eine Veränderung herbeizuführen, hätte er noch immer unten in den Eiskammern unter der Fakultät der Yardeniden gelegen.

In einem der Videos, die Amelia ihm über eine der Kommunikationskammern der Fakultät in den Schlaf geschickt hatte, erklärte sie mit ihrer alterslosen Miene, dass er nun wieder an der Reihe sei, dieses Leben weiterzuführen, das sie sich hier oben abwechselnd teilten. Dabei erzählte sie von sich und wie sie die hundert Jahre genutzt hatte. Sie war ein Multitalent und hatte besonders als Musikerin viele Spuren in der Stadt hinterlassen. Aber sie war wie so viele nach einer Weile ermüdet und hatte den Tiefenschlaf mit seinen künstlichen Welten als einen Ausweg aus dem Immergleichen betrachtet – insbesondere, weil jeder, der sich in den Schlaf begab, zu einem Symbionten gemacht wurde; ganz gleich, ob er oder sie ein besonderes Talent dazu hatte. Fähigkeiten, die in der Wachwelt schwierig zu erlangen waren, konnten im Schlaf, bei dem das Gehirn von den Maschinen stimuliert wurde, allmählich erworben werden. Viele hatten deswegen Skrupel davor, sich freiwillig für den Schlaf zu melden. Sie befürchteten, ihr Wesen könne sich grundlegend wandeln, denn die meisten, die aus dem Tiefenschlaf erwachten, wirkten verändert und fühlten sich auch verändert. Die Erleichterung, mit der die meisten ins echte Leben zurückkehrten, nährten die Zweifel an dem Tiefenschlaf und den künstlichen Welten ebenso wie die anfängliche Apathie der Rückkehrer.

Hätte Amelia nicht das Gefühl gehabt, dass sie und er sich ein Leben in der Wachwelt teilten, hätte sie ihn sicherlich nicht als ihren Nachfolger bestimmt und er wäre wohl lange nicht aus dem Schlaf geholt worden. Die Familie, von der viele Mitglieder ihn damals über die Maßen gelobt hatten, hatte eine andere Reihenfolge im Sinn gehabt. Seine Mutter und sein Vater waren freiwillig in den Schlaf gegangen, um der Familie weiteren Nachwuchs zu gönnen und sich selbst eine Auszeit zu verschaffen. Zwar fiel es ins Gewicht, dass er sich freiwillig in den Schlaf begeben hatte, aber ohne die Verfügung seiner Schwester wären andere vor ihm zum Zuge gekommen. In den Archiven hatte er sogar gelesen, dass seine Familie eine Klage erwogen hatte. Die Abfragen seiner Tante, Lucile Dellbridge, die er auf nicht ganz korrekte Weise aus den Systemen der Verwaltung gefischt hatte, wiesen in diese Richtung. Doch aus welchem Grund auch immer hatten sie nicht geklagt. Und so war er geweckt worden.

Während er daran dachte, wie seine Familie ihn immer wieder hatte spüren lassen, dass sie ihn nicht mehr als einen der ihren betrachtete, nahm Gamil seine dunkelgraue Jacke aus dem Garderobenfach und zog sie an. Dann verließ er die Wohnung, und während sich hinter ihm seine Tür zischend zuschob, bog er nach rechts auf den hell erleuchteten Gang ein. Er genoss die Stille, die hier herrschte. Vielleicht wäre es besser gewesen, in ein lebendigeres Haus einzuziehen. Hier wohnten vor allem alleinstehende Symbionten, von denen die meisten das Klischee erfüllten: zurückgezogene, einsame Menschen, deren Leben vor allem im Kopf stattfand – im Grunde Leute wie er.

Gamil nahm die Treppe nach unten. Er wählte gerne die Umwege und fragte sich immer wieder, warum die KIs sie geschaffen hatten. Hier beruhte vieles darauf, dass alles reibungslos funktionierte. Weder der Betrieb eines Aufzugs noch der eines Transporters, dessen Kabine durch alle möglichen Schächte fahren konnte, bereitete große Schwierigkeiten, und doch gab es hier überall Dinge, die darauf hinwiesen, dass grundlegende Ausfälle möglich waren. Zwar hieß es immer wieder, man solle bei Gelegenheit die langen Wege gehen, um mehr Eindrücke zu sammeln, doch die meisten hielten sich nicht an diesen gut gemeinten Rat. Die häufigsten Besucher auf den Abwegen waren die Reinigungsroboter.

Das Treppenhaus schraubte sich vor Gamil in die Tiefe, und tatsächlich sah er hier nur die Reinigungsroboter, die ihre Morgentour machten – flache Scheibenkörper, die elastisch waren und sich der Biegung des Treppenhauses anpassten. Gamil hatte sich früher oft die Frage gestellt, wie es an solchen Orten sein mochte, wenn hier kein Mensch anwesend war. Er hatte angenommen, dass die Lichter ausgingen, sobald ein Mensch die Tür hinter sich geschlossen hatte. Immerhin hätte das Energie gespart. Aber er wusste durch seinen Einblick ins System inzwischen, dass dem nicht so war. All die Lichter der Stadt fielen nicht ins Gewicht, gemessen an all der Energie, die zum Erhalt von Jaskandris nötig war. Allein die Schildfragmente, aus denen sich die Kuppel zusammensetzte, verschlangen ungeheure Energiemengen. Auch das Tarnsystem, das sie vor den Satelliten schützte, war hungrig. Das Klimasystem, die Aufbereitung und das Nahrungssystem fielen dagegen deutlich ab. Und was die Menschen wie auch die Roboter verbrauchten, war dagegen zu vernachlässigen.

In dem weiten Eingangsbereich des Hauses traf Gamil zum ersten Mal an diesem Morgen auf andere Menschen. Adan Othronos und Elinor Hulme saßen so früh schon an einem der Tische und tranken Kaffee. Zumindest nannten sie es Kaffee, während Thomsen, der Service-Roboter, seine erste Inspektion des Tages durchführte. Adan und Elinor winkten ihm zu. Er winkte zurück und wünschte ihnen einen guten Morgen. Und auch Thomsen grüßte er, doch der Roboter nickte nur, wie er es immer tat.

Gamil verließ das Haus und blieb erst einmal stehen, schaute auf die andere Straßenseite zum künstlichen Fluss, der sich durch die Stadt wand, und atmete die frische Luft – beziehungsweise das, was er dafür hielt. Er ging davon aus, dass der Duft, der früher auf den anderen Kontinenten die Luft erfüllt hatte, weit angenehmer gerochen haben musste als das, was hier als Frühlingsduft galt und in die Straßen geblasen wurde. So wie ein Aufguss den Duft der Kräuter verfälschte, so kam ihm dieser frische Hauch des Frühlings vor – und doch brachte der Duft Erinnerungen an damals vor hundert Jahren zurück. Da hatte es Tage gegeben, an denen er jeden, dem er so früh begegnet war, beim Namen gekannt hatte. Doch in dem einen Jahr, das seit seinem Erwachen verstrichen war, war er in dieser gewandelten Stadt nicht auf den gleichen Wissensstand wie damals gelangt.

Gamil sah einige bekannte Gesichter, aber noch niemanden, von dem er Näheres wusste. Die meisten waren mit Taschen flussabwärts unterwegs. Dort ergoss sich das Wasser in einen See, an dessen Ufern kleine Strände angelegt waren. Viele nutzten den Morgen zum Schwimmen, und wer früh kam, hatte viel Platz für sich. Sowohl die Strände als auch der See reichten bis zum Rande der Kuppel, und Gamil war oft bis an die Grenze geschwommen und hatte durch den Schutzschild hinaus in die Eiswüste geschaut – aus der sicheren Wärme in die unerbittliche Kälte.

Gamil ging den entgegengesetzten Weg flussaufwärts an der Uferpromenade entlang und wollte zur Debenham Street, die sich am Greenwich-Meridian orientierte und vom Südpol, der gerade noch innerhalb der Kuppel lag, über die Barlow-Brücke in den Nordteil der Stadt führte.

Gerade näherte er sich der Brücke im Stadtzentrum, da erblickte Gamil einen seiner Bekannten: Corwin Gibbney, dessen hellblondes Haar ihm immer noch ein wenig zu kurz geschoren erschien. Mit einer dunkelhaarigen Frau, die Gamil nicht kannte, überquerte er auf der anderen Seite der Brücke die Straße. Corwin winkte ihm zu, ohne dass seine Begleiterin es wahrzunehmen schien, und Gamil winkte zurück. Mit seiner symbiontischen Stimme fragte er Corwin: »*Was machst du denn so früh auf den Beinen?*«

Corwins Antwort erklang in Gamils Kopf. »*Geht dich nichts an*«, sagte er und grinste ihm aus der Ferne entgegen. »*Bis später in der Fakultät.*«

Sicher würde Corwin ihm von der Frau erzählen, um die er ein Geheimnis machte. Er konnte nichts für sich behalten, zumindest ihm gegenüber nicht. Und anhand der Daten, die die Frau aussandte, konnte Gamil erkennen, dass auch sie eine Symbiontin war und alle weiteren Daten vor den Sinnen der Öffentlichkeit verbarg.

Nachdem Gamil die Brücke überquert hatte, grüßte er Leute, die er zwar nicht beim Namen kannte, denen er aber immer mal wieder begegnete. Gamil bemerkte, dass zwei junge Männer, die in die grüne Kluft der Basilidischen Fakultät gekleidet waren, einander nicht nur grüßten, sondern sich auch für den Mittag zum Essen verabredeten. Sie ließen die Daten offen herumfliegen, dabei wäre es ein Leichtes gewesen, den Austausch nur für die Betroffenen hörbar zu machen. Wie so oft in solchen Situationen konnte Gamil nicht sagen, ob die Leute, die vernehmbar über Privates kommunizierten, aus Absicht beziehungsweise Gleichgültigkeit die Signale nicht abschirmten oder ob sie sich unbemerkt glaubten und seine Sinne wieder einmal Dinge aufschnappten, die nicht für ihn bestimmt waren.

Sein Dekan, Clement Glazer, hatte ihm gesagt, er solle sich darüber nicht zu viele Gedanken machen. Er verfüge über sensible Sinne, und er würde solche Fragen selten eindeutig beantworten können. Er könne sich aber darin üben, Dinge abzublocken, falls es ihn störte. Sobald Gamil seine symbiontischen Sinne weiter als üblicherweise öffnete, drangen Signale unzähliger Maschinen an seine Sinne. Gamil vermochte all das dank der Lehrstunden durch Dekan Glazer gut zu unterdrücken. Bei ihm verbanden sich angeblich Sensibilität und Ignoranz. So hatte Glazer es formuliert, und Gamil hatte das Gefühl, dass der Dekan sich selbst in ihm wiedererkannte und ihm deswegen weitergeholfen hatte.

Sensibilität und Ignoranz. Letzteres hatte Gamil zunächst als Tadel verstanden, aber Dekan Glazer hatte es als positive Eigenschaft beschrieben. Viele, die aus dem Schlaf erwachten, hatten Schwierigkeiten, sich von all den Signalen abzuschotten, und darunter litt ihre Fähigkeit, Dinge zu erspüren. Zu begreifen, dass ein Weg über die Ignoranz zur Sensibilität führte, daran hatte Gamil hart arbeiten müssen, und er war überrascht gewesen, wie schnell sich all seine Fähigkeiten gefunden hatten, sobald er zugleich die einen Dinge unterdrücken und den anderen Dingen nachspüren konnte.

Wer sich nicht abschottete, dem war es, als redeten unentwegt Leute auf ihn ein. Manchmal öffnete Gamil seine Sinne für all die Nachrichten, die im System herumschwirrten. So auch jetzt. Obwohl um ihn herum nur ein Dutzend Leute waren, hörte er die Nachrichten des Systems als Stimmen und als andere Geräusche. Die Wagen-KIs, die ständig die Bewegungen der Fußgänger scannten, um rechtzeitig zum Stehen zu kommen, waren wie ein Wispern, während die automatisierten Fähren auf dem Fluss mit kehligen Rufen die Position mitteilten. Sogar die U-Bahnen in der Tiefe, die ständig ihre Position herausposaunten, konnte er hier oben vernehmen. Und auch die Schwebebahn, die sich in der Nähe über den Fluss bewegte und an einem Hochhaus im zehnten Stock hielt, machte ebenso wenig wie die hoch oben umherfliegenden Shuttles einen Hehl aus den eigenen Informationen.

Manchmal entdeckte Gamil in den Daten geheimnisvolle Signale, die ihn lockten, jedoch selten etwas preisgaben. In den letzten Wochen hatte er immer wieder ein solches Signal vernommen, irgendwo auf der Schwelle zwischen Ignoranz und Sensibilität. Er versuchte zu lauschen, versuchte, sich für das Offensichtliche zu sperren und sich auf das Besondere zu konzentrieren.

Da war es wieder: das Flüstern unter den Nachrichten, die die Akteure des Systems tauschten – ganz gleich, ob es nun Maschinen oder Symbionten waren. Er konnte das Signal nicht isolieren, aber dessen Qualität und seine Beständigkeit erweckten wie schon zuvor Gamils Neugier. Er hielt es für eine Ansammlung von Gedankenmustern, die auf Ebenen operierten, die unter allem lagen – auf Ebenen, auf denen die Schläfer in der Tiefe kommunizierten und die er außerhalb des Schlafes und der künstlichen Welten nicht hätte vernehmen dürfen.

Selbst im Tiefenschlaf bemerkten die Schläfer einander nur, wenn sie sich füreinander öffneten. Die Archonten, aber auch die KIs, die im Stadtkern agierten, waren die Einzigen, die in die Gedankenwelt von Tiefenschläfern hineinwirken konnten, um sie zu rufen. Um die Grenze zwischen der Welt des Schlafes und der des Wachens zu überbrücken, hätte man sich in eine der Kommunikationskammern in den Eishallen unter der Stadt begeben müssen. Hier oben hätten solche Signale nicht existieren sollen. Deswegen vermutete er, dass es sich dabei um etwas handelte, das lediglich die Kommunikation des Tiefenschlafs hier oben in der Wachwelt nachvollzog, vielleicht die ungefilterten Gedanken eines Symbionten, der sich noch nicht ganz an die Wachwelt angepasst hatte.

Gamil hatte die Brücke weit hinter sich gelassen, da brach das Signal unvermittelt ab. Es mochte sein, dass er sich zu weit davon entfernt hatte, oder aber er war unaufmerksam geworden, denn allmählich wurde es Zeit, sich zu überlegen, welchen Weg er heute nehmen würde, um zu dem Bistro *Gemini* zu gelangen.

Die Astoria Street, die sich ein Stück weiter abspaltete, wollte er meiden. Sie bog sich langsam nach Nordosten und reichte bis zu den Schildreaktoren, die wie pilzartige Türme aufragten. Auf jener Straße, kaum hundert Meter von dem Abzweig entfernt, lebte seine Tante mit einigen weiteren Familienmitgliedern. Da er ihnen unbedingt aus dem Weg gehen wollte, machte er einen großen Bogen um das Gebiet. Heute folgte er einer Reihe schmaler Seitenstraßen nach Osten.

Das Bistro *Gemini* lag an einer Ecke am Lambert-Platz. Abends hätte Gamil es gemieden, denn seine Cousins – Edmund und Glenn – verkehrten dort gerne, nachdem sie ihre Aufgaben erledigt hatten. Sie wussten, dass er hier oft zum Frühstück herkam, und er war ihnen hier an zwei Abenden begegnet. Sie alle hatten sich fortan in Verzicht geübt – sie verzichteten auf den Morgen, er auf den Abend. Dabei war er hier früher gerne gewesen. Er hatte die Eröffnung miterlebt und hatte diesen Ort als Treffpunkt für die Familie entdeckt.

Seit sich Joshua Kuhry, wie Gamil erfahren hatte, freiwillig in den Schlaf begeben hatte, war es im *Gemini* unter Joshuas Enkel Jeremy zu einer Menge Veränderungen gekommen. Das warme Licht, die Kunstholzmöbel, die Polster, die schweren Tische – das alles war geblieben. Aber die Zwischenwände waren verschwunden, und es gab nur noch wenige jener gemütlichen Ecken, in denen man unter sich sein konnte. Statt der Gemälde gab es Monitore, statt deftiger Speisen leichte. Nur die leise Instrumentalmusik war geblieben, die wie ein Soundtrack die Gespräche untermalte.

Früher waren die meisten Gäste Symbionten gewesen, nun war Gamil in der Minderheit. Aber das gefiel ihm. Die meisten Symbionten sprachen über die immer gleichen Dinge – über Maschinen und ihre Komponenten, über Programme und ihre Strukturen und Funktionen. Die wenigsten hatten Interessen abseits davon. Gamil hatte Glück gehabt, denn seine Begabung als Symbiont hatte sich erst spät entwickelt. Anders als bei anderen war bei ihm nicht von Geburt an klar gewesen, dass er ein Symbiont werden würde. Erst in der Pubertät hatte ein Testprogramm ihn als geeignet eingestuft. Er hatte damals nur kurz Gelegenheit gehabt, als Symbiont zu leben. Kaum hatte er sich für die Fakultät der Yardeniden entschieden, hatte seine Mutter der Familie von ihrer Schwangerschaft berichtet.

Seine Freunde Darrel Eldey, Zenn Burano und Ayako Takaki saßen bereits am gewohnten Vierertisch an der Seitenwand des Bistros und hatten sich ihr Frühstück kommen lassen. Während Zenn, der selbst im Sitzen noch groß gewachsen war, leise seinen Kaffee schlürfte, und Ayako, die ihr dunkelbraunes Haar als Pferdeschwanz trug, ihr Müsli löffelte, erzählte Darrel mit seinen weit ausladenden Gesten von dem Streit zweier Symbionten, zu dem es offenbar in irgendeinem Club gekommen war. Schließlich lachten sie, und als Darrel Gamil mit seinen grauen Augen erwartungsvoll anblickte, schauten auch Zenn und Ayako sich nach ihm um.

»Na? Wieder mal den Morgen begrüßt?«, fragte Darrel.

»So viel Zeit muss sein«, antwortete Gamil. Er wollte nach dem fragen, was Darrel gerade erzählt hatte, doch sein Freund rutschte auf der Bank zur Seite, um ihm Platz zu machen, fuhr sich dann durch das schwarze Haar und sagte: »Wirst du heute Abend kommen, oder gehst du wieder irgendwelchen Signalen nach?« Darrel spielte gerne auf die Probleme von Symbionten an – immerhin war er keiner –, aber Gamil wusste, dass er sich danach sehnte, ein solcher zu werden. Er hatte sich schon manches Mal darüber beklagt, dass die Überprüfung bei ihm kein Talent zutage gefördert hatte. Immer wieder spielte er mit dem Gedanken, sich freiwillig in den Tiefenschlaf versetzen zu lassen, damit die KIs ihm die Maschinerie implantierten.

Schon viele hatten im Tiefenschlaf – von den Programmen stimuliert – mit der Maschinerie umzugehen gelernt. Immer wieder kam es vor, dass jemand, der Jahre zuvor als ungeeignet gegolten hatte, nach seinem Erwachen die Prüfungen zum Symbionten bestand. Doch Darrel hatte es bislang nicht gewagt, sein Leben hier aufzugeben, um sich für Jahre in den Tiefenschlaf versetzen zu lassen. Er arbeitete für Senator Cornelius Alpert und knüpfte für ihn Kontakte. Darin war er gut.

»Nein, nein«, sagte Gamil. »Das Signal ist sicherlich nur eine kleine Ablenkung.«

Zenn stutzte. Wie Ayako und Gamil selbst war auch er ein Symbiont in der Fakultät der Yardeniden. »Was für ein Signal?«, fragte er.

»So eine Art Flüstern, das sich unter die Dinge mischt«, antwortete Gamil.

»Wahrscheinlich irgendeine Maschine«, sagte Ayako, die ihm gegenübersaß. »Nichts weiter.«

Gamil schüttelte den Kopf. »Das ist was anderes. Es erinnert mich an die Signale, die ich während des Schlafes empfangen habe.«

Darrel legte seine Gabel auf den Teller, auf dem nur noch

ein wenig Sirup übrig war, und sagte: »Vielleicht war es deine Schwester.«

»Unwahrscheinlich«, erwiderte Gamil kopfschüttelnd. »Um mit ihr zu sprechen, müsste ich in die Kommunikationskammern unten in den Eishallen. Selbst ein Archont könnte aus dem Schlaf heraus hier oben wohl kaum solche Signale senden.«

»Die KIs könnten es«, sagte Zenn und nahm einen weiteren Schluck Kaffee.

Ayako nickte. »Es könnten irgendwelche Tests sein.« Sie legte den Löffel ab und schob die noch halb volle Schüssel zur Seite, als hätte sie ganz das Interesse an ihren Frühstücksflocken verloren. Dann fuhr sie mit den Interfaces, die ihr wie allen Symbionten an den Fingerspitzen hafteten, über die Tischfläche. »Die betreiben vielleicht irgendeine Maschine. Und das Signal fängst du dann auf. Du bist eben sensibler als andere.« Ihre grünen Augen glänzten. Er war sich bei ihr nie sicher, ob sie vielleicht an ihm interessiert war. Sie lockte ihn manchmal, aber dann war da plötzlich nichts mehr. Kurz nachdem er erwacht war, hatte sie sich ungeheuer zurückgehalten, obwohl er leicht beeinflussbar gewesen wäre. Er mochte sie, und manchmal begehrte er sie sogar, dann aber versuchte er, seine Gefühle für sie zu verdrängen, weil sie offenbar kein Interesse an ihm hatte.

»*Was ist?*«, fragte sie ihn mit ihrer sanften Gedankenstimme.

»*Ich denke über das nach, was du gesagt hast*«, erwiderte er.

»*Dass du sensibel bist?*«

»*Ganz genau.*«

»*Denk nicht zu viel darüber nach*«, sagte sie.

»Was ist mit Glazer?«, fragte Zenn. »Wollte er dir nicht helfen, Dinge besser abzublocken?«

Gamil lachte. »Der gute Dekan möchte, dass ich meine Sinne sogar noch schärfe. Ich muss mich jetzt also darauf einstellen, noch mehr solcher Stimmen zu hören.«

»Vielleicht ist das dein Job«, erwiderte Ayako grinsend. »Mit deinen feinen Sinnen solche Signale aufzuspüren. Vielleicht sind das Fehler, derer sich nicht einmal die KIs bewusst sind.«

Gamil lächelte. Ihm gefiel der Gedanke, der Gemeinschaft einen solchen Nutzen zu bringen, und ihm gefiel Ayakos Stimme, die alles interessant klingen ließ.

Zenns Stirn, die halb von seinem hellbraunen Haar verdeckt war, legte sich in Falten. »Glaub ich nicht«, sagte er. »Das klingt eher wie ein Echo deiner eigenen Gedanken. So was kann nach dem Schlaf vorkommen. Da hören viele erst einmal Phantomsignale.«

»Nach einem Jahr noch?«, fragte Gamil.

»Wenn es so leise ist, dass du es am Anfang gar nicht gemerkt hast, ist das möglich. Du solltest dich durchchecken lassen. Und wenn es nur dazu gut ist, auszuschließen, dass es sich darum handelt.«

Gamil nickte. »Vielleicht ist das erst einmal das Beste.«

Ayako zog die Schüssel wieder vor sich. »Bevor du irgendjemanden an dein Hirn lässt, solltest du lieber fragen, ob da gerade irgendwelche Projekte laufen, die die Quelle sein könnten. Glazer wird es dir bestimmt sagen.« Lächelnd hob sie den Löffel vom Tisch und aß weiter. Mit ihrer Gedankenstimme sagte sie nun: »*Wenn du willst, könnte ich ein paar Scans durchführen. Ich habe einige Programme, die tief in dich reinschauen können. Natürlich müsstest du mir einen Zugang gewähren.*«

»*Jederzeit, Ayako*«, erwiderte er.

Sie machte eine überraschte Miene, dabei hatte er oft signalisiert, dass sie leichtes Spiel bei ihm hatte.

»Ayako hat recht«, sagte Zenn.

»Womit?«, fragte Gamil. Er hatte vergessen, was sie vor ihrem verlockenden Vorschlag gesagt hatte.

»Dass du mit Glazer sprechen solltest.«

»Ich werde so oder so mit ihm reden«, sagte Gamil.

Während Darrel nun wieder einmal von den Fähigkeiten

der Symbionten schwärmte, blickte Gamil ins System des Bistros und bestellte sich ein Englisches Frühstück. Und wie so oft fragte er sich, ob die Engländer den Tag einst wirklich so reichhaltig begonnen hatten, wenngleich ihre Speisen nicht synthetisch hergestellt worden waren.

Die Bestellung ließ nicht lange auf sich warten, und während Gamil schließlich aß, krönte Darrel seine Schwärmerei mit den Worten: »Was könnte ich nicht alles für den Senator tun, wenn ich die Maschinerie hätte!«

»*Wenn der wüsste!*«, sagte Zenn mit seiner tiefen Gedankenstimme. »*Ich glaube, der hat immer noch nicht begriffen, was es bedeutet, ein Symbiont zu sein. Wäre er einer, würde er uns damit in den Ohren liegen, wie toll es doch als Nicht-Symbiont gewesen ist.*«

»*Lass ihn*«, erwiderte Gamil. »*Wenn du ihn kritisieren willst, dann nicht hintenrum.*«

»Überleg dir das noch mal«, sagte Zenn daraufhin zu Darrel. »Wenn du die Operation nämlich hinter dir hast, musst du auch die Prüfung ablegen.«

»Nicht unbedingt«, entgegnete Darrel. »Es gibt ja einige, die die Prüfung nicht geschafft haben oder nicht ablegen wollten, um nicht in die Fakultäten zu geraten.«

Ayako schüttelte den Kopf. »Planst du jetzt schon deine Extrawurst, obwohl die Operation noch gar nicht in Sicht ist?«

Darrel grinste.

»Warum lässt du es nicht einfach?«

»Sagst du.«

»Ja. Hier mit euch zu sitzen, würde ich nicht dagegen eintauschen. Wenn du jetzt in die Eishallen gehst und schläfst, kann es sein, dass du erst nach Jahrzehnten wieder aufwachst, vielleicht nie – je nachdem, wie es in deiner Familie aussieht.«

Darrel wich Ayakos Blick aus. Er war in seiner Familie nur einer unter vielen. »Vielleicht kann ich eine Vereinbarung machen. Dass ich bei nächster Gelegenheit wieder geweckt werde.«

»Auch das kann Jahrzehnte dauern«, erklärte Zenn. »Allein wenn einer von deinen Verwandten müde ist und eine Auszeit braucht, werden einige sich überlegen, ob es Zeit ist, ein Kind in die Welt zu setzen. Und das hat Vorrang vor irgendwelchen Verwandten, die aus dem Schlaf geweckt werden wollen.«

»Schlag es dir aus dem Kopf«, sagte Ayako. »Wir würden ungern auf deine Gesellschaft verzichten, Darl.«

Gamil bemerkte, dass die Blicke sich auf ihn richteten.

»*Sag doch was!*« Ayakos Gedankenstimme war ein hauchfeines Flüstern in Gamils Kopf.

Er schluckte ein Stück Bacon hinunter, dann erklärte er: »Wenn du hundert Jahre daliegst, kannst du denen, die du gekannt hast, Auf Wiedersehen sagen. So oder so. Sie werden sich verändert haben. Sie haben einfach neue oder einfach tiefere Beziehungen aufgebaut. Mit großem Glück triffst du vielleicht Leute wieder, die sich auch eine Weile lang in den Schlaf begeben haben. Aber darauf wetten würde ich nicht.«

»Und wenn wir uns alle in den Schlaf legen würden?«, fragte Darrel.

»Zu unwahrscheinlich, dass man uns zur gleichen Zeit weckt«, sagte Zenn.

»Nicht, wenn wir länger schlafen, als wir müssten. Ich sehe das so: Wir legen uns in den Tiefenschlaf, und wenn einer von uns erwachen könnte, sagt eine Verfügung, wir sollen erst geweckt werden, wenn die anderen zum Aufwachen bereit sind.«

»Das ginge«, sagte Ayako.

»Aber du hast keine Ahnung, wie sich alles verändert«, fügte Gamil hinzu. »Wenn du die Stadt jetzt magst, und das tust du doch, dann geh nicht davon aus, dass du schläfst und alles, was anders sein wird, ist die Tatsache, dass du dann über eine Maschinerie in deinem Hinterkopf verfügst. Der Schlaf könnte deinen Blick auf die Wirklichkeit verändern. Am Ende bist du es, der jeden Morgen den Sonnenaufgang auf seiner Terrasse beobachtet und irgendwelches Geflüster hört.«

»Bloß das nicht«, sagte Darrel lachend und winkte ab.

»Wir müssen los.« Zenn tippte Ayako auf die Schulter.

Sie nickte und schaute dann Gamil an. »Sollen wir uns heute Mittag in der Mensa treffen?«, fragte sie.

Gamil prüfte das Datum. Es war der 8. Januar 2756, und außer den Übungen, die der Dekan ihm auferlegt hatte und denen er sich am Nachmittag widmen wollte, stand heute nichts in seinem Kalender. »Ich bin dabei«, sagte er.

Auch Darrel wollte aufbrechen, um vor seinem Senator am Arbeitsplatz zu sein. »Wisst ihr, dass Sonntage früher Ruhetage waren?«, fragte er.

Die anderen nickten, denn Darrel erinnerte viel zu oft daran, welchen Status Sonntage früher gehabt hatten.

Ayako, Zenn und Darrel machten sich auf den Weg, und so blieb Gamil allein zurück und aß sein Frühstück. Dabei fragte er sich, warum Darrel mit dem Gedanken spielte, allem zu entfliehen, nur um durch eine Operation zum Symbionten gemacht zu werden. Für den Schlaf eine Maschinerie installiert zu bekommen, das barg zahlreiche Gefahren. Manche Menschen waren nicht dafür geschaffen, und wenn sie aufwachten, litten sie unter schweren Kopfschmerzen oder Verfolgungswahn. Er selbst fragte sich, ob das Flüstern, das er zeitweilig vernahm, nicht ein solches Problem darstellte.

Nachdem er seinen Kaffee getrunken hatte, sprach Gamil noch ein wenig mit Jeremy Kuhry. Der Besitzer des *Gemini* erzählte ihm, dass seine Tante Lucile neulich nach ihm gefragt hatte und offenbar nicht davon angetan war, dass er immer noch oft hier frühstückte. »Sie wirkte nicht glücklich, als ich ihr sagte, dass du einer unserer ältesten Kunden bist«, berichtete Jeremy. »Ich glaube, ihr war gar nicht klar, dass du schon damals bei der Eröffnung hier warst.«

»Ist das bei anderen Familien auch so?«, fragte Gamil.

»Nicht so schlimm wie bei euch. Kommt nicht oft vor, dass ein Tiefenschläfer gegen den Willen der Familienoberen aufgeweckt wird. Ich bewundere deine Schwester dafür.«

Gamil war überrascht, dass er sie erwähnte. »Ist sie auch hergekommen?«, fragte er.

»Ja«, antwortete er, und ein Lächeln zeigte sich auf seinem schmalen Gesicht. »Sie war eine große Hilfe, als ich hier anfing. Mein Großvater hat mich ins kalte Becken geworfen, weil er feststellen wollte, ob ich ein guter Nachfolger wäre. Deine Schwester kannte fast jeden hier. Ich habe bestimmt noch Fotos und Videos von ihr. Allein die Musik, die sie gemacht hat – einfach fantastisch! Ich such dir die Sachen gerne raus.«

»Danke«, sagte Gamil.

Beim Verlassen des Bistros drang ein Schwall von Signalen an Gamils Ohren. Sofort lauschte er auf das Flüstern, das er vorhin vernommen hatte. Es war da, und es klang beinahe wie eine Gedankenstimme, aber so erschienen ihm viele Maschinensignale. Er versuchte, dem Flüstern näher zu kommen, doch dann verschwand es für eine Weile, als ginge es von einer Person aus, die sich verstecken musste, um dann – wenn die Luft rein war – wieder zu ihm zu sprechen.

Was war das? Er dachte an die Möglichkeiten, die Zenn und Ayako genannt hatten, und er überlegte, ob er den Nachmittag wirklich mit Übungen verbringen konnte, wenn hier bereits am Morgen die größte Übung dieses Tages auf ihn wartete. Die Leute gingen hier draußen ihrer Wege. Niemand von ihnen schien das wahrzunehmen, was er als ein Wispern hörte – und für die Gedankenmuster eines Symbionten hielt.

2 Die Spur

Seit einigen Stunden bewegte Gamil sich nun schon durch die Straßen, und er war sich inzwischen sicher, dass es sich bei den Signalen um Gedankenmuster handelte – um Strukturen, die gerade noch nicht in Sprache gefügt waren, aber als solche abgerufen werden konnten. Die Muster, die als Flüstern unter allem schlummerten und die niemand sonst zu bemerken schien, waren überall aktiv – ganz gleich, wohin er sich bewegte. Vielleicht hatte Ayako recht, und es handelte sich um eine Art Experiment, das sich durch die ganze Stadt zog und das eigentlich niemanden hätte stören sollen.

Als er sich südwärts dem Fluss entgegenbewegte, erhielt er mit einem Mal ein Gefühl für die Richtung des Signals und spürte, dass es in seinem Rücken lag. Seine eigene Fakultät, die sich jenseits des Flusses im Südteil der Stadt befand, kam demnach nicht infrage. Im Nordwesten lockte ihn das Signal an dem Kuppelgebäude der kimikoidischen Fakultät vorbei und führte ihn dann nach Norden in Richtung der Reaktoranlagen und der Fakultät der Nelmurianer.

Als Gamil sich dem Hauptgebäude der Nelmurianischen Fakultät näherte, vermutete er, den Ausgangsort des Signals gefunden zu haben. Nachdem er das Hochhaus, das beinahe bis an die Kuppel hinaufzuragen schien, umrundet hatte, war er sich dessen sogar sicher.

Die Nelmurianer – das war nicht gerade seine Lieblingsfakultät. Er musste an Yaldira denken, seine Rivalin. Sie hatte ihm in den Wettkämpfen, bei denen sie mittels Gedankenbefehlen in verschiedenen Spieleszenarien gegeneinander vorgegangen waren, immer wieder alles abverlangt. Sein Dekan meinte, an ihr habe er seine Sinne geschärft und seine Kräfte gestärkt. Gamil hatte eher den Eindruck gewonnen, dass die Hoffnungsträgerin der Nelmurianer sich lediglich mit ihm maß, um ihn zu demütigen. Zwar hielten sich Siege und Niederlagen in etwa die Waage, aber die Erfolge trösteten ihn nicht über die Bitternis der Niederlagen hinweg.

Im Augenblick hatte Gamil vor Yaldira Ruhe, denn bei den Nelmurianern herrschten einmal mehr Intrigen. Es ging um die Richtung, in die sich die Fakultät entwickeln sollte. Vielleicht erklärte diese Ablenkung, dass niemand dort das Signal wahrzunehmen schien. Oder testeten die Nelmurianer eine neue Technologie – und er war der Erste, der darauf reagierte?

Gamil überlegte, ob es vielleicht sogar etwas Illegales sein mochte, das die Nelmurianer geheim halten mussten. Nur zur Sicherheit schickte er Tracking-Signale über das Stadtnetz zu seiner Fakultät. Er kommentierte die Daten sogar mit dem Hinweis, dass er der Spur folge, von der er am Morgen im Bistro *Gemini* gesprochen habe. Ayako und Zenn wussten, was er damit meinte. Falls er nun in eine Falle lief, würde man ihm hierher folgen können.

Nach langem Zögern betrat Gamil das Gebäude durch den offen stehenden Eingang. In der weiten Halle fielen ihm unter all den Leuten vor allem die Anwärter der Nelmurianer mit ihren blauen Uniformen auf. Ab der ersten Prüfung trug man diese nur noch zu besonderen Anlässen. Wer den Abschluss schaffte, war ein echter Symbiont und konnte sich wie all die anderen Mitglieder der Fakultät und auch die fremden Besucher, die hier ein und aus gingen, *in Zivil* kleiden. Nur vereinzelt sah Gamil hier die Uniformen anderer Fakultäten. Zwar gab es anderswo die gleichen Möglichkeiten wie hier, aber wenn es um etwas Spezielles ging, führte oft kein Weg daran vorbei, andere Fakultäten aufzusuchen. Und die Nelmurianer waren beliebt, weil sie auf allen Gebieten tätig waren und nicht so spezialisiert waren wie andere.

Zielstrebig, aber nicht eilig durchquerte Gamil die Halle und betrat den Lesesaal, ein Labyrinth aus Gängen und Arbeitsabteilen. Über die symbiontischen Sinne drangen all die Signale von Symbionten und Maschinen als Getöse an ihn heran. Auch hier konnte man sich für die Signale absperren, oder man ließ einfach nur jene durch, die an einen adressiert waren. Da er das Flüstern, das ihn hergelockt hatte, bereits einmal verloren hatte, als er sich für die anderen gesperrt hatte, hielt er nun alle symbiontischen Sinne offen.

Die Trennwände der Arbeitsabteile waren so niedrig, dass Gamil in die winzigen Räume schauen konnte. Kleine Kuppeln bewahrten in ihrem transparenten Grün die Sicht, schützten aber vor dem Zugriff auf die Daten, die im Inneren getauscht wurden. Jeder Symbiont war zwar in der Lage, seine Privatsphäre selbst zu bewahren, aber man sandte ständig unbewusst irgendwelche Signale aus, und auch die eingehenden konnten unter Umständen aufgefangen werden. Die Kuppeln schirmten die Kammern ab; um dort mit dem System in Verbindung zu treten, musste man sich über Kontaktflächen auf den Tischen verbinden. Der einzige Nachteil: Die Nelmurianer überwachten dort den Datenverkehr aufmerksamer als hier draußen. Statt von den umgebenden Leuten beobachtet zu werden, mochte man so in den Blick der Fakultät geraten.

Gamil blieb auf dem Gang und lauschte auf das Signal, dem er hierher gefolgt war. Und zum ersten Mal konnte er das lockende Flüstern verstehen. Es fügte sich in seinem Kopf zu einer echten Gedankenstimme zusammen, wie er sie so oft im Austausch mit anderen Symbionten vernahm.

»*Hörst du?*«, fragte eine Frauenstimme, die mit Zusatzdaten über das Netz zu ihm drang. »*Du hörst mich*«, sagte sie. »*Du …*« Das Hauchen wurde von Signalen verdrängt, die den Saal durchfluteten. Gamil konzentrierte sich, doch je weiter er auf dem Gang voranschritt, umso stärker störten ihn die anderen Symbionten.

Auf einer Kreuzung blieb er stehen. Voraus konnte er den Durchgang zu den Labors hier im Erdgeschoss und die Treppe hinab zu den Maschinenräumen sehen. Von dort her kam der Schwall an störenden Signalen. Er wich nach rechts auf den Gang aus und rettete sich in die erste Arbeitskabine. Kaum hatte sich die Schildkuppel über ihm geschlossen, herrschte Stille um ihn herum. Gamil schaute auf die Kontaktfläche auf dem schmalen Tisch hinab. Ein einziges Signal ging davon aus. Ein Lockruf, das System zu benutzen.

Gamil setzte sich auf den glatten Stuhl und legte die Hände auf die dunkelgraue Kontaktfläche. Ein Kribbeln drang durch die kleinen Interfaces an seinen Fingerspitzen in ihn ein und strebte den Arm herauf. Die Auswahl der Akteure – die meisten nur irgendwelche Objekte des Systems und keineswegs Menschen oder gar KIs – breitete sich als eine Palette aus Symbolen, Namen und Signaturen vor ihm aus. Sie waren zum Greifen nahe. Sowohl jene, die ihm offen standen, als auch jene, die ihm als Fremder verschlossen bleiben würden. Es standen zu viele Objekte zur Wahl, um sie visuell zu erfassen und das entscheidende Signal zu erkennen. So schaltete er die auditive Repräsentation hinzu.

Unter all dem Rauschen vernahm er das ersehnte Flüstern. »*Du bist da*«, sagte die Frauenstimme. Hier in der Kabine, mit den Fingerspitzen am System fiel es Gamil leicht, einzelne Akteure abzuschalten. Ihre Stimmen verklangen, ihre Namen, Symbole oder Codes verschwanden aus seinem Blick. Kaum standen nur noch Dutzende unbekannte Objekte als Unterakteure des Systems der Nelmurianer zur Wahl, kam er nicht weiter.

Gerade machte Gamil sich mit der Vorstellung vertraut, jedes einzelne Objekt abschalten zu müssen, um zu lauschen, ob damit auch das Flüstern verging, da kam er auf den Gedanken zurück, dass die Nachricht – wenn auch versehentlich – auf ihn ausgerichtet war. Wenn sie tatsächlich personalisiert war und aus diesem System stammte, mochte er hier vielleicht mit der Hand am Puls der Nelmurianer die Auswahl auf jene Objekte einschränken, die an ihn geknüpft waren.

Seine Gedanken eilten Gamils Willen voraus. Was er erwog, wurde zum Befehl. Alle Symbole bis auf zwei verschwanden. Das eine war das Hauptobjekt der Fakultät. Es repräsentierte das System der Nelmurianer als Ganzes. Darüber konnte er die anderen Objekte und Akteure erreichen, die eben noch hier vor ihm geschwebt hatten, aber es war auch die Schleuse nach draußen in die Stadt. Das andere Symbol war damit im Aussehen identisch – ein geschwungenes N in einem flachen Goldring. Es war nur ein wenig kleiner. Gamil rief die Statusdaten ab, aber sie waren ihm ein Rätsel. Es gab kaum Informationen: kein Name und außer der Fakultät selbst keine übergeordneten Objekte. Immerhin konnte er hier anders als draußen eine Signatur feststellen: Nel-A64. Zudem war er als Empfänger angegeben, und er hatte Zugriff auf den Strom der Nachrichten, den der Akteur aussandte.

Gamil nutzte den wenigen Spielraum aus, über den er verfügte, und knüpfte sich aktiv an die Nachrichten, die von der fremden Signatur ausgingen.

»*Du bist es*«, hauchte die Stimme in seinem Kopf. »*Du bist da.*«

Nel-A64! *Nel* stand für die Nelmurianer. A64 war eine lokale Signatur, die jedoch wenig aussagekräftig war. Sie war ein Alias. Den echten IDs fehlte das *A* vor der Zahl. Nel-0 stand für das ganze System der Nelmurianer. Nel-1 war die ID der Archontin, die wie die Archonten der anderen Fakultäten unter der Stadt im Tiefenschlaf ruhte. Nel-A64 gehörte jemandem, der vermeiden wollte, dass seine wahre Signatur sofort sichtbar wurde. Oder aber hinter dem Alias verbargen sich wechselnde Akteure, die nur zeitweise unter dieser ID zu erreichen waren.

»*Ich bin hier*«, flüsterte Gamil Nel-A64 über das System

zu. Dass mit 64 eine relativ niedrige Zahl für die Signatur gewählt wurde, sagte ihm, dass die Akteurin von Bedeutung war. Vielleicht verbarg sich ein Forschungsprojekt dahinter, vielleicht sogar der Anfang einer Intrige – vielleicht hatte ihn seine Rivalin, Yaldira Wescovich, gerade in eine Falle gelockt. Es wäre nicht das erste Mal gewesen.

»*Du musst kommen*«, sagte die Frauenstimme in seinem Kopf. »*Wenn du dort bleibst, ist es zu spät.*«

Gamil stutzte. »*Warum muss es plötzlich so schnell gehen?*«, fragte er.

»*Durch deinen Kontakt zu mir könntest du entdeckt werden. Also los!*«

Gamil zögerte.

»*Du traust mir natürlich nicht*«, sagte die fremde Akteurin.

»*Nein*«, erwiderte er.

»*Du musst dich entscheiden, was wichtiger ist: deine Zweifel oder deine Neugier.*«

»*Wer bist du?*«

»*Namen können töten. Du musst losgehen. Wenn du jetzt nicht gehst, wirst du nie erfahren, was sich hinter dieser Stimme verbirgt.*«

Er löste die Finger von der Kontaktfläche, stand auf und trat auf den Ausgang der Kabine zu. Kaum hatte die Kuppel sich aufgelöst, ging er nach draußen. »*Du musst nach rechts*«, sendete die Stimme, als Gamil an die Kreuzung kam. Er war von links gekommen. Rechts lagen die Labors. Dort würde früher oder später jemand fragen, was er dort zu suchen hatte. War es das wert? Er sah bereits das vor Triumph grinsende Gesicht von Yaldira Wescovich vor sich. Wollte er ihr wirklich wieder einmal einen Triumph bescheren, und dazu noch einen, der ihn in Schwierigkeiten brachte?

Er bog nach links ein.

»*Du musst zurück. Bitte!*«

Er nahm sich vor, mit festen Schritten weiter zu gehen. Doch dann fragte er sich, ob er nicht auf genau eine solche

Situation gewartet hatte. Waren die Zweifel und die Neugierde denn überhaupt Gegensätze? War er nicht gerade auf etwas Neues gestoßen, das dieser Stadt eine neue Facette verlieh?

Er blieb stehen, tippte sich auf die Stirn, als tadelte er sich dafür, etwas vergessen zu haben, und dann machte er kehrt und ging direkt auf den Durchgang zu dem Laborbereich zu.

»*Gut so*«, sagte die Frauenstimme in seinem Kopf.

»*Sie werden mich entdecken*«, entgegnete Gamil.

»*Nicht, wenn du genau das tust, was ich sage.*«

Mit einem Mal hatte er keinen Zugriff mehr auf das Fakultätssystem, und zudem bemerkte er, dass er unter einer neuen Signatur geführt wurde: Nel-A50939.

»*Keine Sorge*«, flüsterte die Frauenstimme.

Er prüfte seine ID genauer – nicht das, was er nach außen hin preisgab, sondern nur das, was er in sich fand. Er stellte fest, dass seine alte Signatur noch da war. Wenn jedoch das System danach fragte, lieferte Nel-A64 die Antwort. Alles, was an ihn herangetragen wurde, wurde nun von ihr bearbeitet. Er hatte keine Ahnung, wie sie das machte. Hätte er alle Aufgaben selbst an einen anderen Akteur delegiert, hätte das System es aufgrund der Datenströme bemerkt. Nicht nur, dass Nel-A64 Zugang zu ihm erhalten hatte, sie vermochte offenbar auch, die eigenen Datenströme zu verbergen.

»*Wie hast du das gemacht?*«, fragte er Nel-A64 mit seiner symbiontischen Stimme.

»*Wer genau hinsieht, wird dich durchschauen*«, antwortete sie. »*Ich möchte nur, dass es für den flüchtigen Blick so aussieht, als wärst du nie hier gewesen.*«

»*Du kannst das Log manipulieren?*«, fragte er.

»*In engen Bahnen, ja*«, antwortete sie. »*Zumindest im Augenblick.*«

Hinter einer Gruppe Anwärter betrat Gamil den Laborbereich.

»*Den nächsten Gang rechts*«, sagte die Stimme.

Gamil folgte der Anweisung und befürchtete, die Lehrlinge könnten bemerken, dass er nicht hierhergehörte oder dass irgendjemand ihm nachrufen könnte: »Hey, was haben Sie hier zu suchen?« Mit jedem seiner bemüht zielstrebigen Schritte verschärfte sich das unangenehme Gefühl, in eine Falle zu laufen.

Vielleicht hatte es zuvor andere gegeben, denen das Signal aufgefallen war. Womöglich waren auch sie hergekommen und diesen Weg gegangen. Jedes Mal, wenn er zweifelte, schien die Akteurin darauf mit einer Anweisung zu reagieren. Er sollte abbiegen, die Treppe nach unten nehmen – nicht den Aufzug. Und als ihn beim Betreten eines Ganges der erste misstrauische Blick eines anderen Symbionten traf und Gamil grüßte, als gehörte er hierher, sagte die Stimme: »*Geradeaus bis zur Sicherheitstür.*«

An der Tür angekommen, schaute Gamil zurück zu dem Symbionten, einem mittelgroßen Mann mit kurzem dunklem Haar und blauen zweifelnden Augen. Seine Signatur strahlte ihm entgegen; mehr gab er nicht preis. Gamil wollte schon die Hand auf die Kontaktfläche der Tür legen, doch noch ehe seine Fingerspitzen mit ihren anhaftenden Interfaces die Fläche berührten, öffnete sich die Tür von selbst. Ohne zu zögern, trat er über die Schwelle in einen stillen Bereich ein. Er war zwar neugierig, wie der Mann reagierte, der ihn gemustert hatte, aber ein Blick zurück wäre zu riskant gewesen.

Als sich die Tür hinter ihm geschlossen hatte, war Gamil schlagartig klar, dass es kein Zurück gab. So folgte er den Anweisungen der fremden Stimme durch den menschenleeren Bereich – durch Gänge und weitere Türen, die sich ihm öffneten. Mit den Labors oder den Maschinenräumen hatte diese Umgebung wenig zu tun. Auf einer Kreuzung sah er in einem Gang einen flachen Roboter, der den Boden wischte, und durch eine Reihe offener Türen konnte er in kleine Wohnungsquartiere blicken. Dieser Ort erinnerte ihn an den Übergangsbereich in seiner Fakultät, an dem er auf den Schlaf vorbereitet worden war und nach dem Erwachen einige Zeit verbracht hatte, um ans normale Leben herangeführt zu werden. Auch bei ihm hatte damals Stille geherrscht. Er war der Einzige gewesen, der in jenem Monat erwacht war.

Wenn er sich nicht täuschte, lagen unter dieser Ebene die Eishallen. Hier bestanden die Wände noch aus den grauen Segmenten, aus denen die halbe Stadt zu bestehen schien, doch unten in den Eishallen waren die Wände in den meisten Fakultäten transparent und offenbarten das Eis, das außerhalb der Stadt alles beherrschte.

Wieder mied Gamil die Aufzüge und ging durch eine Tür, die sich ihm knackend öffnete, in ein enges Treppenhaus, das sich in die Tiefe bog. Auf halbem Weg waren die Wände bereits transparent und gaben den Blick auf das Eis preis. Darin waren Lampen eingebettet, die das Eis weiß, türkis oder aber blau leuchten ließen.

Kaum hatte Gamil das Treppenhaus verlassen, kam er in einen kleinen Saal, von dem vier Röhrengänge abgingen. Er folgte auf Anweisung der Stimme dem gegenüberliegenden und hatte immer wieder den Eindruck, direkt und ohne trennende Wände durch eine Eishöhle zu laufen. Der Eindruck ließ ihn frieren, wenngleich die Temperaturen hier nicht einmal annähernd so niedrig wie außerhalb der Stadt waren. Wie das leuchtende Eis sagte es jedem, der sich hier bewegte, dass er sich auf der Grenze zur Fremde befand. Gamil erinnerte sich noch an damals, als er bei den Yardeniden durch solche Gänge geschritten war. Er hatte das Gefühl gehabt, einer anderen Welt entgegenzustreben, und tatsächlich hatte die Traumwelt, die sich ihm nach einer Weile im Schlaf offenbart hatte, dieses Versprechen eingehalten, auch wenn sie dem Vergleich mit der Wachwelt hier oben nicht standhalten konnte.

Gamil konnte kaum glauben, dass er unbemerkt bis hierhin gekommen war. In den anderen Bereichen war es nicht ungewöhnlich, dass jemand sich dort bewegte, aber hier unten hin verirrten sich nur wenige Außenseiter. Wer den Archonten und anderen großen Symbionten lauschen oder etwas zuflüstern wollte, begab sich in die Kommunikationskammern, die sich in der Ebene über den Eishallen befanden.

Gamil vermutete, dass er sich auf dem Weg zu einem Tiefenschläfer befand. Vielleicht gehörte die Frauenstimme sogar einer Schläferin, die aus dem Traum heraus zu ihm sprach – wie auch immer das möglich sein sollte.

»*Bist du eine Schläferin?*«, fragte er die fremde Akteurin.

»*Ganz recht*«, sagte die Frauenstimme. »*Und ich werde bald erwachen und dann Hilfe benötigen.*«

»*Aber warum ich? Warum nicht die Fakultät? Oder handelt es sich um einen Fehler?*«

»*Kein Fehler. Sie wissen nichts von meinem Erwachen, aber ich weiß viel über ihre Absichten – zu viel. Deswegen kann ich hier niemandem trauen.*«

»*Aber warum vertraust du mir?*«, fragte Gamil.

»*Ich tue es nicht.*«

»*Aber warum …?*«

»*Die Verzweiflung, Gamil. Es ist die Verzweiflung. Du bist kein Auserwählter. Du bist einfach der Einzige, der mich gehört hat. Vielleicht, weil du noch nicht so lange wach bist – und vielleicht, weil du ein Yardenide bist. Ihr seid über die Jahre sensibel geworden. Über kurz oder lang spürt ihr jeden Fehler im System auf.*«

»*Und manchmal irren wir uns auch*«, erwiderte Gamil und dachte an Yarden, den ersten und einzigen Archonten seiner Fakultät. Er hatte an einem Ausweg aus Jaskandris geforscht und ein Raumschiff konstruiert, die PAREIDOLIA. Der Start war ein Triumph gewesen, der unvermittelt in eine Katastrophe mündete: Die Satelliten, die als letztes Vermächtnis der Außerirdischen geblieben waren, hatten Yardens Schiff ins Visier genommen und abgeschossen. Gamil hatte die Aufnahmen des Feuerballs gesehen. Im Geschichtsunterricht hatten sie damals die Parallelen zwischen Yardens Absturz und den Katastrophen der frühen Raumfahrt betrachtet – insbesondere die Reaktion der Öffentlichkeit.

»*Oft haben Irrtümer einen wahren Kern*«, flüsterte die Frau. »*Du hast dich schwer damit getan, in die Wachwelt zurückzufinden. So ist es doch, oder?*«

»*Ja*«, antwortete er.

»*Deine Schwester*«, sagte die Stimme. »*Sie machte es dir schwer, ganz aufzuwachen.*«

Gamil nickte und war sich nicht sicher, ob die Akteurin, die ihn führte, diese stumme Form der Zustimmung an seinen Daten ablesen konnte.

Gamils Blick blieb immer wieder an den Türen haften, an denen er vorüberging. Hinter jeder von ihnen ruhte ein Tiefenschläfer. Hier in den oberen Ebenen gab es wie in allen Fakultäten keinen freien Platz. Wenn hier oben jemand erwachte, war die Person, die ihn ersetzte, bereits in den Schlaf gesunken. So auch seine Schwester vor einem Jahr in den Eishallen der Yardeniden. Als er erwacht war, hatte man sie bereits dem Schlaf anvertraut. Während seine Kapsel durch die Ausgangsschleuse entfernt worden war, hatte sich die seiner Schwester durch das Eingangsfach hereinbewegt. Sie waren nie zur gleichen Zeit am selben Ort gewesen, sondern mussten einander ausweichen.

»*Du musst schneller gehen*«, sagte die Frauenstimme.

Gamil beschleunigte seine Schritte und bemühte sich dennoch darum, leise zu sein.

»*Schneller! Du musst rennen!*«

Voller Zweifel lief er los.

»*Es ist fast zu spät*«, sagte die Stimme, als wäre in seinem Zweifel die Frage »*Warum?*« enthalten gewesen. »*Sie dachten, sie hätten Zeit, aber nun haben sie etwas bemerkt.*«

»*Tut mir leid*«, erwiderte Gamil.

»*Es ist nicht deine Schuld. Sie haben dich durch mich entdeckt.*«

»*Sie wissen, wer ich bin?*«

»*Sie wissen nur, dass die Signatur, die ich dir gab, einem Tiefenschläfer gehört.*« Gamil bog nach rechts ab, ohne dass die Stimme es ihm gesagt hatte. Und er wusste, dass sein Ziel die letzte Tür rechts auf dem Gang war.

»*Was tust du?*«, fragte er, als ihm klar wurde, dass sich ihm wie aus dem Nichts Wissen aufgedrängt hatte. Alles, was er getan hatte, war ein Skript zu starten, das sie ihm zugespielt hatte. Er hätte es jederzeit abbrechen können oder sich den Befehlen widersetzen können, aber er ließ es geschehen.

»*Ich übergebe dir meine Mittel. Nutze sie, oder nutze sie nicht. Aber sie werden dir helfen zu entkommen.*«

»*Warum?*«

»*Weil ich, nachdem ich erwacht bin, eine Weile brauche, um zu mir zu kommen. Und die Zeit haben wir nicht.*«

Gamil war bei seinem eigenen Erwachen zwar verwirrt gewesen, aber er hatte nach der Begrüßung durch Senatorin Skovlund, von einem Betreuer gestützt, gehen können. »*Wie viel Zeit haben wir?*«

»*Wenn wir Glück haben, ein paar Minuten.*«

»*Wo sind die, die uns nicht entdecken sollen?*«, fragte er.

»*In der Kammer, in der ich bisher war. Sie werden meinen Weg wahrscheinlich nachvollziehen können. Also …*«

Die Tür zur gesuchten Kammer öffnete sich, und der salzige Duft, den er seinerzeit beim Erwachen gerochen hatte, stieg Gamil auch hier in die Nase. Sein Blick traf direkt auf die lang gezogene Kapsel, die in der Mitte des hell erleuchteten Raumes auf einem bläulichen Schildkonstrukt ruhte. Die Kapsel war weiß und glatt, nicht so trüb wie die milchigen Wände ringsum, von denen das Licht ausging.

Auf der dunklen Kontrolltafel der Kapsel, über die auch Nicht-Symbionten den Behälter steuern konnten, blinkten einige Felder. Ein Schlürfen drang durch die Schläuche, die von der Kapsel abgingen und in die Decke führten. Er kannte das Geräusch; er hatte es von innen gehört, als er erwacht war. Als es verging, hoben sich wispernd die beiden Flügel der Kapsel und gaben den Blick auf einen Körper frei.

In dem grauen, eng anliegenden Anzug, der die Hüften und die Brüste hervorhob, war die Person als Frau zu erkennen. Es roch nach Maschinen und Hautcreme, eine Mischung, die Gamil sowohl an seine Angst beim Einschlafen als auch an sein Erwachen erinnerte. Es hatte Wochen gedauert, bis er sich wieder hatte riechen können.

Der Helm, an dem die Reste der duftenden Flüssigkeit herabperlten, hatte kein Sichtfenster. Die Frau zuckte, und als wäre es eine Anweisung von ihr, öffnete sich der Helm, der links und rechts an Schläuche angeschlossen war, und gab den Blick auf ihr Gesicht preis. Blinzelnd schaute sie an sich hinab und entdeckte Gamil. Sie stutzte, als verstünde sie nicht, dass ausgerechnet er zu ihr kam, dabei hatte sie ihn doch gerufen. Zitternd streckte sie ihm ihre Hände entgegen, und er fasste diese, denn er verstand nur zu gut, wie sie sich fühlen musste: eben noch in der künstlichen Welt, nun erwacht, und alles war verschwommen.

Die verwirrte Miene der Frau bedeutete nichts anderes, als dass nun alles in seinen Händen lag. Deswegen hatte sie ihm die Daten zugeschoben. Nun, da sie erwacht war, wirkte sie unbeholfen.

Mit seiner Unterstützung setzte sie sich auf. Er musterte sie, während sie bemüht war, sich die Haube vom Kopf zu ziehen. Sie kam ihm bekannt vor – mit ihren großen, braunen Augen und den vollen Lippen. Er hielt sie für älter als vierzig. Genauer konnte er es nicht einschätzen, weil dank der Nanomaschinen so gut wie niemand – ob im Tiefenschlaf oder in der Wachwelt – jenseits der vierzig noch wesentlich alterte.

Gamil half der Frau mit der Haube und befreite ihr dunkelbraunes Haar, das ihr auf die Schultern fiel. Erst jetzt erkannte er sie.

Die Frau, die ihm so hilflos entgegenblickte, war eine der mächtigsten Personen der Stadt: Nelmura, die Archontin der Nelmurianer, die nun nach mehr als fünfhundert Jahren aus dem Tiefenschlaf erwacht war. Er hatte sie nicht sofort erkannt, weil sie auf den Bildern und in den Videos braune Haut gehabt hatte. Doch nun war sie durch die lange Zeit, in der sie mit Anzug und Haube in die Flüssigkeit getaucht gewesen war, deutlich blasser geworden.

Nelmura. Er hatte sie bewundert – nicht nur wegen ihrer Fähigkeiten, sondern auch wegen der ergreifenden Vorträge, deren Aufzeichnungen er wieder und wieder gesehen hatte. Beinahe wäre er sogar den Nelmurianern beigetreten. Doch leider war wie bei den meisten Fakultäten von der Brillanz der Anfänge nicht mehr viel übrig geblieben.

Gamil wollte sich von Nelmura lösen, doch sie ließ ihn nicht fort. Sie öffnete den Mund, doch ehe sie etwas sagen konnte, musste sie husten und ließ seine Hände los.

Mit wachsender Angst ging Gamil zur Tür zurück und blickte den Gang entlang, den er gekommen war. Wie sollte er mit ihr hier hinauskommen? Wenn Nelmura, die Archontin, etwas von ihren eigenen Leuten zu befürchten hatte, musste viel vorgefallen sein. Wenngleich ihn allerlei Fragen wie unzählige Nadelstiche plagten, hatte er durch das Erkennen Nelmuras auch indirekt Antworten erhalten. Nun wusste er, warum man ihn nicht entdeckt hatte. Als Archontin genoss Nelmura mehr Freiheiten als jeder sonst, und mit ihren Fähigkeiten, die sie zur Legende hatten werden lassen, konnte sie Dinge tun, die anderen ein Rätsel blieben. Einen Teil der Fähigkeiten hatte sie an ihn übertragen; zumindest hatte sie ihm Zugang zu ihnen gewährt.

Gamil kehrte zu Nelmura zurück. Sein Blick fiel neben sie in das Kleiderfach, das ausgefahren war. Gamil nahm den transparenten Beutel, in dem sich Nelmuras Sachen befanden – fein säuberlich gefaltet. Er überlegte, ob sie Zeit zum Umziehen hatten, doch ein Blick in die Statusdaten, zu denen der Lageplan mit eingezeichnetem Fluchtweg gehörte, zeigte ihm, dass es auch so schwer genug werden würde. Er musterte die Füße der Archontin. Eigentlich war der Anzug nicht dazu gemacht, damit aufzustehen und herumzulaufen. Normalerweise zog man sich hier an Ort und

Stelle um. Er bückte sich und prüfte die Sohlen, die wie der Anzug aus dem elastischen Kunststoff waren, nur etwas dicker und mit Noppen übersät. Nelmura staunte ihn an, als hätte er mit der Erkenntnis, dass der Anzug und dessen Sohlen für einen Fluchtversuch geeignet waren, etwas Besonderes entdeckt.

Auf dem Gang hallten Schritte. Gamil erhob sich und fasste Nelmuras Hände. Die Archontin ließ sich von ihm auf die Beine helfen. Obwohl der Anzug mit all den integrierten Systemen für das körperliche Wohl Nelmuras sorgte, waren ihre ersten Schritte unsicher. Es mochte Stunden, vielleicht sogar Tage dauern, bis ihr Körper ihr wieder richtig gehorchte.

Nelmura konnte kaum stehen. Auf dem Bildmaterial hatte sie immer groß gewirkt, aber mit hängenden Schultern und gesenktem Kopf erschien sie klein und zerbrechlich. Gamil konnte nicht glauben, dass sie, eine der größten Archontinnen, hilflos und auf seine Unterstützung angewiesen war. Wie verzweifelt musste sie gewesen sein, aus dem Halbschlaf, aus dem heraus sie ihn gerufen hatte, zu erwachen und sich darauf verlassen zu müssen, dass er sie hier hinausbrachte?

Er führte sie zur Tür und war misstrauisch, weil die Schritte auf dem Gang mit einem Mal verstummt waren. Ein Blick um die Ecke – niemand zu sehen. Vielleicht waren sie an diesem Gang vorübergelaufen und folgten immer noch der Spur, die von Nelmuras offizieller Schlafstätte auf Irrwegen bis hierher führte.

Als spräche er mit sich selbst und als erhielte er die Gewissheit als unmittelbare Antwort, prüfte Gamil die Statusdaten der Umgebung. Schräg gegenüber der Kammer war eine unscheinbare Tür – nichts weiter als ein schmales, mit einem Sichtfenster versehenes Wandsegment, auf dem eine Kontaktfläche haftete.

Nelmura klammerte sich an ihn, und er hatte Mühe, sie auf den Beinen zu halten. Als er mit ihr auf den Gang hinaustrat, überlegte er, ob er sie tragen sollte, aber Schritte von links rissen ihn aus seinen Erwägungen. Sie mussten von der nächsten Kreuzung kommen. Die übernächste war zu weit entfernt für derart laute Geräusche.

Gamil stand mit Nelmura vor der schmalen Tür, als er eine hohe Männerstimme rufen hörte: »Da vorne müssen wir nach links!« Gamil wollte die Tür mit einem Gedankenbefehl öffnen, doch sie war dafür nicht empfänglich. Hastig legte er die Hand auf die Kontaktfläche. Während sich die dicke Tür nach rechts zur Seite schob, geriet Nelmura ins Taumeln; zugleich bog an der Kreuzung eine Gruppe Männer und Frauen um die Ecke.

Gamil packte Nelmura an den Schultern und bewahrte sie vor einem Sturz.

»Halt!«, rief ein Mann mit strenger Stimme. »Stehen bleiben!«

Gamil sah noch, wie ein Mann und eine Frau mit Pistolen vor die anderen traten, dann war er mit Nelmura durch die geöffnete Tür. Diese schloss sich sofort, und Gamil legte die Fingerspitzen auf die Kontaktfläche unter dem Sichtfenster und sandte die Anweisung aus, die Tür zu verriegeln. Er wählte die höchste Priorität, die ihm zur Verfügung stand, und war erschüttert darüber, zu wie viel Macht Nelmura ihm Zugang gewährte. Er sandte ihr die Befehle, und was immer von ihr zurückkam, berauschte ihn, ehe es durch seine Fingerspitzen davonschoss. Er spürte, dass sich die Tür, die sich nun knirschend verriegelte, mit einem Sicherheitssystem schütze, das nun selbst für ihn schwierig zu öffnen wäre.

Gamil wandte sich um und blickte den Gang hinab – einem Versorgungsweg, auf dem links und rechts Rohre in verschiedenen Farben entlangliefen. Nach ein paar Metern führte der Gang einige Stufen nach unten – offenbar in ein Zwischengeschoss mit niedriger Decke.

Nelmura zuckte zusammen. Sie riss sich von Gamil los, presste sich gegen die Wand und starrte zur Tür.

Gamil wandte sich ganz um, und durch das Sichtfenster sah er das Gesicht eines Mannes: grüne Augen, braunes Haar, schmale Lippen, eine faltige Stirn. Jeder kannte diesen Mann: Othao Merrell, der Dekan der Nelmurianer. Unter anderen Umständen wäre sein Erscheinen ein Grund zur Erleichterung gewesen, aber nun konnte Gamil nicht anders, als Merrell voller Entsetzen entgegenzublicken. Ein Dekan, der gegen die eigene Archontin vorging – das hätte er eben noch für unmöglich gehalten.

Merrell bewegte die Lippen, ohne dass ein Geräusch zu ihnen hindurchdrang. Die Schläge, die der Dekan nun der Tür versetzte, waren lediglich als sanftes Pochen zu vernehmen. Gamil legte die Hand auf die Kontaktfläche und spürte Merrells Versuche, die Tür zu entriegeln. Der Dekan attackierte Nelmuras Programme und scheuerte an der ersten von sechzehn Schichten. Falls außer Nelmura überhaupt jemand diese Tür öffnen konnte, dann sicherlich Othao Merrell. Alles, was sie gewonnen hatten, war ein wenig Zeit.

Gamil half Nelmura wieder auf die Beine. Die Archontin konnte ihren Blick nicht von dem Sichtfenster abwenden. Selbst als Gamil sie stützend von der Tür fort führte und sie ihre Finger in den Ärmel seiner Jacke krallte, schaute sie über die Schulter zurück. Erst als sie die Stufen ins Zwischengeschoss hinabgestiegen waren, wandte Nelmura, der Aussicht beraubt, ihren Blick nach vorne. Sie schaute immer wieder nach links und rechts, als versuchte sie sich angestrengt an den Weg zu erinnern, den sie als Fluchtroute festgelegt hatte. Dazu gab es keinen Grund, denn sie hatte vorausgedacht und Gamil alles Nötige übergeben. Er musste nur der feinen Spur durch das Labyrinth der Versorgungsgänge folgen. Er blickte nicht zurück, sondern nutzte jede Gelegenheit, so weit wie möglich vorauszuschauen. Das Zwischengeschoss spannte sich über die gesamte Fläche des Gebäudes – so zumindest war es dem Plan zu entnehmen, zu dem Nelmura ihm Zugang gewährt hatte.

Sie bewegten sich am westlichen Rand entlang und begaben sich über schmale Treppen tiefer und tiefer nach unten. Dann aber öffnete Gamil eine Schleuse, die nach draußen führte, in einen öffentlichen Bereich. Die Andeutung eines Lächelns auf Nelmuras Gesicht machte Gamil Mut.

Nachdem sie die Schleuse hinter sich gelassen hatten, schwand Gamils Gefühl, die Dinge kontrollieren zu können. In der Fakultät der Nelmurianer hatte er den Eindruck gehabt, das System gehorche ihm, hier draußen aber fühlte er sich wie immer und musste die Möglichkeiten abrufen, die Nelmura ihm verliehen hatte, um sich ihrer zu vergewissern. Mit der Macht einer Archontin öffneten sich ihnen hier unten viele Türen, und die Programme, die ihre Spuren verwischten, arbeiteten ununterbrochen. Es war zwar möglich, Sensoren in Echtzeit zu manipulieren, aber das war mit einem Aufwand verbunden, den Nelmura nicht zu erbringen schien. Er selbst hatte sich vor dem Tiefenschlaf mit dem Überlisten von Sensoren beschäftigt, um heimlich in der Fakultät ein und aus gehen zu können. Es hatte viel Kraft und all seine Konzentration gefordert. Die Erfahrung von damals half ihm dabei, sich in die Fähigkeiten einzufühlen, die sich ihm nun boten.

Nelmura schaute sich immer wieder mit prüfenden Blicken nach den unscheinbaren Platten um, hinter denen die Sensoren verbaut waren. Die Sorge, die wiederholt ihre Gesichtszüge erstarren ließ, gefiel Gamil nicht. Er bezweifelte zwar, dass Othao Merrell und seine Helfer ohne Weiteres die Kontrolle über die Überwachungssysteme hier draußen erlangen konnten, aber es gab immer Mittel und Wege, wenn man bereit war, ein Wagnis einzugehen.

Gamils leises Nachfragen, ob die Sensoren tatsächlich getäuscht wurden, bejahte Nelmura mit einem unruhigen Nicken. Sie deutete nach rechts, als hätte sie vergessen, dass sie die Route, die nahe des Flusses bis zum Stadtrand führte, im Voraus festgelegt und ihm zugespielt hatte. Immer wieder musterte sie ihn, als fragte sie sich, wer er war und was ihn an ihre Seite gebracht hatte.

»Weißt du es noch?«, flüsterte er und hatte das Gefühl, viel zu laut zu sprechen. »*Weißt du, dass du mich gerufen hast?*«, fragte er mit seiner mentalen Stimme.

Sie biss sich auf die Lippen, dann riss sie sich von ihm los und musterte ihn mit fragender Miene.

Gamil spürte, wie all das, was Nelmura ihm überlassen hatte, von ihm fortschwebte. Es blieb eine erschreckende Leere. Da war nichts – kein symbiontisches Selbst, keine Akteure, an die er sich hätte knüpfen können, nicht einmal das Alias, mit dem er bei den Nelmurianern unterwegs gewesen war. Er fühlte sich ausgestoßen aus dem System der Stadt, dann aber fand Gamil Halt – sowohl an seinem symbiontischen Subjekt als auch an Nelmura, deren verschlüsselte Signatur für ihn sichtbar wurde. Dadurch fand er zurück ins System. Die Verlorenheit machte ihm Angst, auch wenn sie nur einen Augenblick gedauert hatte. Dabei hatte er vor seiner Operation zum Symbionten mit dieser Leere gelebt, wie alle Nicht-Symbionten damit lebten. Aber wer einmal die Stadt mit all den symbiontischen Sinnen wahrgenommen hatte, der wollte nicht zurück und fürchtete sich sogar davor, nicht mehr Teil des Systems zu sein.

Da Nelmura die ihm verliehene Macht zu sich zurückgeholt hatte, war sie wieder Herrin all ihrer Fähigkeiten. Damit war ihm eine gewaltige Last von den Schultern genommen, und er erwartete, dass die Archontin etwas sagte und schließlich die Richtung vorgab. Doch an ihrer Miene, die zwischen Verwirrung und Misstrauen pendelte, hatte sich ebenso wenig geändert wie an ihrer körperlichen Unsicherheit. Sich an der Wand abstützend, ging sie weiter.

Gamil fragte sich, ob seine Aufgabe damit erledigt war. Sie hatte ihn gerufen; er war ihrem Ruf gefolgt und hatte ihr dabei geholfen, ihre Fakultät zu verlassen. Vielleicht war sie noch nicht in der Lage, ihm zu danken; vielleicht stand es ihm nicht zu, Dankbarkeit zu erwarten. Möglicherweise war es das Beste für ihn, wenn sie ihm nicht dankbar war und er sich so weit wie möglich von ihr entfernte.

Falls man sein Alias nicht durchschaut, Othao Merrell ihn nicht erkannt und das Sensorensystem in der Fakultät ihn durch Nelmuras Zutun tatsächlich ausgeblendet hatte, dann mochte er unbeschadet aus der Angelegenheit hervorgehen. Aber selbst wenn die Nelmurianer ihn identifizierten, würden sie gewiss nicht durch die Stadt laufen, um bei jeder Gelegenheit mit dem Finger auf ihn zu zeigen. Es durfte schließlich nicht bekannt werden, dass der Dekan der Nelmurianer und dessen Helfer sich gegen die eigene Archontin gestellt hatten. Zumindest ging er davon aus.

Gamil war sich sicher, dass Nelmura, die sich weiter an der Wand entlangtastete, bald schon zu ihren Stärken zurückfinden würde. Sie brauchte niemanden wie ihn, denn er würde sie nur an einen Moment der Hilflosigkeit erinnern. Und doch fragte er sich, ob er nicht helfen konnte. Merrell würde sie suchen. Sie brauchte eine Zuflucht, und Gamils Fakultät mochte in dieser Lage der passende Ort sein. Die Yardeniden waren zwar Rivalen der Nelmurianer, aber ein Vorgehen gegen Nelmura war für ihn und die anderen Yardeniden unvorstellbar. Sie waren die einzige Fakultät, die keinen Archonten mehr hatte. Nachdem Yarden beim Abschuss der *Pareidolia* umgekommen war, hatten die Yardeniden gelernt, ohne einen Archonten auszukommen. Die Vorstellung, sich gegen die eigene Archontin zu stellen, war Gamil nicht nur zuwider, sie war für ihn völlig abwegig.

Die Fakultäten waren keine Diktaturen, aber gegen den Willen des Archonten konnte man nur wenig unternehmen. Sie waren schließlich die Architekten der Systeme. All die Programme und Strukturen der Fakultäten waren von dem jeweiligen Archonten geprägt worden. Es stand jedem offen, die Fakultät zu wechseln oder eine neue zu gründen, aber es gab auch Möglichkeiten, den Willen der Archonten zu umgehen. Sie lagen im Tiefenschlaf und griffen kaum ins Geschehen ein. Othao Merrell musste es demnach um die Grundregeln der Fakultät gehen, die niemand gegen den Willen der Archonten ändern konnte.

Nelmura blieb stehen und wandte sich, nach Luft ringend, zu Gamil um. Sie winkte ihn zu sich, deshalb schloss er zu ihr auf. Zwar betrachtete sie ihn immer noch misstrauisch, aber sie stützte sich auf ihn, und gemeinsam setzten sie ihren Weg fort.

Obwohl die Archontin offensichtlich noch immer auf seine Hilfe angewiesen war, hatte er das Gefühl, dass es umgekehrt war: Er war auf sie angewiesen. Sie hatte ihre Sache zu seiner gemacht. Als wäre sie seine Archontin, als wäre Yarden – sein Archont – nicht tot. Gamil wollte etwas sagen, um diese Gefühle zum Ausdruck zu bringen, doch er fürchtete, alles zu verderben. Er war hier auf etwas gestoßen, das seinem Leben eine neue Richtung geben konnte.

Mit jedem Gang, dem sie folgten, und jeder Treppe, die sie hinauf- oder hinabstiegen, schien Nelmura sicherer auf den Beinen zu werden. Sie kamen in einen Bereich, in dem dicke Rohre die Wand entlangstrebten und selbst unter der Decke in Bahnen entlangliefen und die Gänge einengten. Gamil hatte das Gefühl, dass hier irgendetwas auf sie lauerte. »Wir sind hier unter dem See«, sagte Nelmura mit ihrer natürlichen Stimme. Sie klang weder wie jene, mit der sie ihn über das System gerufen hatte, noch wie jene, die er aus ihren Videos kannte. Ihre Stimme war nun heller und melodischer als jene, die ihn in die Fakultät gelockt hatte, und heiserer als die, mit der sie ihn und die ganze Stadt in ihren legendären Vorträgen beeindruckt hatte.

»Bist du früher oft hier unterwegs gewesen?«, fragte Gamil und wagte es nun, da sie mit ihrer akustischen Stimme geredet hatte, nicht länger, mit seiner Gedankenstimme zu ihr zu sprechen. »Ich …«, sagte sie, führte die Antwort jedoch nicht weiter, sondern schaute sich mit verwunderter Miene um.

Gamil nahm all seinen Mut zusammen und sagte: »Es dauert eine Weile, bis du dich wieder erinnerst.« Mehr als fünfhundert Jahre hatte sie angeblich im Tiefenschlaf gelegen. Gerade nach so langer Zeit war das Aufwachen alles andere als leicht. Und doch hatte Gamil Angst, zu weit gegangen zu sein, indem er einer Archontin etwas gesagt hatte, das sie unter normalen Bedingungen hätte wissen müssen.

Nelmura nickte mit bedauernder Miene und blieb dann stehen. Hinter ihnen klappte die Tür zu. Der Chlorgeruch sagte Gamil, wo sie waren: unter dem Schwimmbad, direkt neben dem See im Westen der Stadt.

Gamil folgte Nelmura. Der Gang weitete sich zu einem schmalen Kontrollraum, der offensichtlich nicht genutzt wurde. In der Stadt gab es unzählige solcher Räume. Sie stellten eine Notanlage für den unwahrscheinlichen Fall dar, dass die KIs ausfielen und die Menschen die Verantwortung übernehmen mussten. Dass selbst das Schwimmbad einen solchen Kontrollraum besaß und dazu an einem so abgelegenen Ort, überraschte Gamil. Er vermutete, dass es diesen Raum nur deswegen gab, weil es üblich war, über solche Sicherheitssysteme zu verfügen, selbst wenn das Überleben der Stadt nicht davon abhing, dass das Schwimmbad funktionierte. Es war wichtiger, die Bau-Checkliste abzuarbeiten, als ständig abzuwägen, ob dies oder das nötig war.

»Früher habe ich gedacht, es gäbe keinen überflüssigen Raum hier«, sagte er leise. »Aber dann fielen mir Beispiele ein. Und ich dachte: Das Unnötige macht es hier überhaupt erst lebenswert.« Er schaute sich in dem verstaubten Raum um. »An solche Orte habe ich dabei nicht gedacht.«

»Es ist eines meiner Verstecke«, sagte Nelmura leise. Dann stutzte sie. »Wie kommst du hierher?«, fragte sie.

»Aber …«, erwiderte Gamil. »Du hast mich doch …«

»Ich habe gar nichts«, sagte sie und schaute zu Boden, dann wieder auf, als merkte sie, dass sie sich irrte.

Gamil wandte sich halb zur Tür. »Werden sie uns hier aufspüren können?«

Zur Antwort warf Nelmura sich gewaltsam gegen ihn und riss ihn zu Boden. Mit seinen symbiontischen Sinnen fing er ungezügelte Gefühle auf – eine Art Zerstörungswut. Er sah Nelmuras Gesicht über sich, dann packte sie seine

Hände, und er spürte seine Interfaces an den Fingerspitzen auf den ihren. Seine Hand schmerzte, als stünde sie in Flammen. Das Brennen kroch seine Arme empor, und von den Schultern aus schoss ihm die Hitze in die Stirn. Irgendetwas packte ihn in seinem Innersten, und ihm wurde schwarz vor Augen.

»Es muss sein«, sagte Nelmura. »So bist du mir keine Hilfe. So kommen wir beide nicht weit. Zeit, sich zu entlasten.« Sie redete weiter, doch ihre Stimme verschwamm zu einem unverständlichen Dröhnen.

Das war also der Dank dafür, dass er der Archontin geholfen hatte. So belohnte die große Nelmura jene, die ihr Vertrauen in sie setzten. Er hatte sich am liebsten aufgebäumt und ihr etwas entgegengesetzt, aber die Müdigkeit überkam ihn und breitete sich aus. Es hatte keinen Sinn, sich dagegen zu wehren. Und es passte auch. Vielleicht war es sogar das, was er eben noch vermisst hatte: die Zielstrebigkeit und die Stärke der legendären Archontin.

Die Frau, die sich über ihn beugte und mit zornigem Gesicht auf ihn herabblickte, hatte ihre Macht zurückgefordert. Unzählige symbiontische Signale prasselten auf ihn herab und drangen wie heiße Nadeln in ihn ein. Der Schmerz brachte ihn zum Zittern und entfachte die Wut in ihm, doch gerade als er sich mit letzter Kraft gegen die Attacke von Nelmura stemmen wollte, zerfloss die Kraft, die Wut und alles andere.

3 Nelmura

Gamil erwachte mit Kopfschmerzen. Er schlug die Augen auf und sah Nelmura, die sich gerade ihre Hose anzog. Sie wandte ihm den Rücken zu. Was sie wohl tun würde, wenn sie sein Erwachen bemerkte? Sie zog sich ein Shirt an; und während die Schmerzen sich von Gamils Hinterkopf in die Stirn fraßen, wandte sie sich zu ihm um. Er hielt den Atem an und war überrascht, dass er weder Feindseligkeit noch Verwirrung in Nelmuras Gesicht fand, sondern ein wohlwollendes Lächeln. Dies war beinahe die Frau, die er aus den Videos kannte, aber sie zögerte bei allen Bewegungen, als müsste sie jede Handlung überdenken. Sie stieg in den einen Schuh, erstarrte, dann erst schlüpfte sie in den zweiten. Nun erst schaute sie ihm entgegen, und wieder hielt sie inne. Sie stand da wie eine Statue und musterte ihn. »Es tut mir leid«, sagte sie schließlich. Die Stimme war noch immer ein wenig heiser.

Den umgebenden Statusdaten zufolge war es nun 12:47. Kaum war er sich darüber im Klaren, spürte er wieder das Stechen in der Stirn, und sein Nacken spannte sich an.

»Es musste sein«, sagte Nelmura.

Er starrte sie schweigend an.

»Du hättest uns sonst verraten«, erklärte sie.

Er war bemüht, sich aufzusetzen, aber erst mit Nelmuras Hilfe gelang es ihm. So saß er, den Rücken gegen die Wand gelehnt, da und blickte ihr in die dunkelbraunen Augen. Sie ging vor ihm in die Hocke und strich ihm nach kurzem Zögern über die Wange. »Im Schlaf habe ich von dir gehört – schon bevor ich merkte, dass du mich wahrnimmst. Wegen Yaldira.«

»Yaldira Wescovich?«

»Sie ist meine Schülerin.«

Es hieß zwar, dass seine Rivalin von Nelmura im Tiefenschlaf unterwiesen wurde, nur hatte er das nie geglaubt. »Das erklärt einiges«, sagte er und hielt sich den Hinterkopf.

»Du magst sie nicht?«, fragte sie.

»Wir sind Rivalen. In uns manifestiert sich die Konkurrenz zwischen Nelmurianern und Yardeniden.«

»Erzähl mir, wie es ihr hier oben ergangen ist. Ich habe da unten nicht viel gehört.«

Gamil stutzte. »Du versuchst, mich abzulenken«, sagte er.

Nelmura nickte. »Ich versuche, deine Schmerzen zu lindern. Und auch meine eigenen. Wir teilen die Schmerzen. Dein Schmerz ist mein Schmerz – deswegen vertraue ich dir.« Sie blinzelte einige Male, machte dann große Augen, als kämpfte sie mit letzter Kraft gegen die Müdigkeit an.

»Du solltest mir nicht vertrauen«, sagte er leise.

Sie strich ihm noch einmal über die Wange, als wäre er ein Kind, das sie nicht mit der Komplexität ihrer Absichten belasten wollte.

»Wirst du mich wieder angreifen?«, fragte er. Er hatte keine Angst vor Schmerzen oder der Bewusstlosigkeit, die ihn befallen hatte, sondern davor, Nelmura gegen sich aufzubringen.

Ihre bebenden Lippen formten sich zu einem Lächeln. Schließlich schüttelte sie den Kopf. »Jetzt ist alles in Ordnung«, sagte sie. »Da lag ein Schatten auf uns, und ich habe ihn beseitigt.«

Er fasste sich an den Hinterkopf und tastete nach dem Sensor, der unter der Haut implantiert war, vermied es aber, den Öffnungsmechanismus auszulösen, der seine Maschinerie offenlegte. Der Schmerz schien jedoch von dort auszugehen. Vielleicht war er mit dem Hinterkopf auf dem Boden aufgeschlagen, und dabei konnte etwas beschädigt worden sein. Vorsichtshalber leitete er einen Testlauf seiner Maschinerie ein. Während dieses Vorgangs beobachtete er, wie Nelmura sich erhob und mit nachdenklichem Blick auf und ab ging.

Der Test ergab nichts Auffälliges, und da die Kopfschmerzen nun nachließen, atmete Gamil beruhigt durch. Vielleicht hatte ihm Nelmura tatsächlich nur mit einem symbiontischen Angriff zugesetzt. Eine Berührung der Kontakte an den Fingerspitzen hatte offenbar ausgereicht, um ihn zu erledigen.

Nelmura bewegte sich durch den lang gezogenen Raum, als hätte sie sich zu einer Tat hinreißen lassen, und überlegte nun, wie sie mit den Konsequenzen zurechtkommen sollte.

Langsam richtete Gamil sich auf, aber er wagte es nicht, etwas zu sagen. Die Machtverhältnisse hatten sich umgekehrt. Er war nun wieder ein einfacher Symbiont, und sie war die Archontin. Selbst ihre zögernde und zweifelnde Haltung nahmen ihr ebenso wenig etwas von ihrer Aura wie ihre kryptischen Aussagen über geteilte Schmerzen. Es wirkte beinahe so, als wäre die Lage so kompliziert, dass sie in Gedanken verflochten war und für ihre Umgebung kaum Aufmerksamkeit übrig hatte.

Nach langem Schweigen fragte Gamil: »Warum sind sie hinter dir her?«

Nelmura blieb stehen. »Ich weiß, was das …« Sie vollendete den Satz nicht.

Gamil schüttelte den Kopf. »Du bist noch nicht ganz da«, sagte er und hoffte, dass sie seine Feststellung nicht als Anklage verstand.

»Wir alle sind nicht ganz da«, erwiderte Nelmura. Es klang beinahe wie ein Fall von Realitätsverlust. Für manche Symbionten war die Erfahrung der künstlichen Welten so tiefgreifend, dass sie an der Realität zweifelten. Allerdings hieß es, dass mit steigender Sensibilität dieser Effekt abnahm, weil die künstlichen Welten nicht so dicht gewoben waren wie die Wirklichkeit. Wenn eine Archontin an der

Realität zweifelte, musste sie den künstlichen Welten mehr abgewonnen haben als er und all die anderen. Es konnte unmöglich ein Mangel an Sensibilität sein, sondern eher eine überbordende Kreativität. Vielleicht hatte sie aus den Signalen der künstlichen Welten mehr gemacht – so viel, dass die Realität dagegen verblasste.

»Du zweifelst«, sagte er mehr zu sich als zu ihr. »Du bist dir nicht sicher, ob das hier echt ist. Du denkst, du schläfst noch.«

»Nein«, entgegnete sie. »Ich bin wach. Zum letzten Mal in meinem Leben bin ich wach.«

»Zum letzten Mal?«, fragte Gamil kopfschüttelnd.

»Sie werden uns jagen«, sagte sie. »Über kurz oder lang werden uns alle jagen.«

»Was kann ich tun, um dir zu helfen?«

»Viel«, antwortete sie. »Kannst du die Sensoren täuschen?«

»Als ich Lehrling war, haben wir das oft gemacht. Aber das ist lange her.«

»Hier«, sagte sie mit einer gewährenden Geste.

Gamil bemerkte, dass ihm eine neue Komponente zur Verfügung stand. Sie trug die Bezeichnung *Unsichtbarkeit*. Er öffnete sie wie eine Tür vor seinen Augen. Dahinter lagen die Programme, die er sich als Lehrling gewünscht hätte. Damals hatten sie zwar auch einige Werkzeuge geschaffen, aber sie waren unausgegoren gewesen und hatten dem Benutzer zu viel abverlangt.

»Versuch's«, sagte Nelmura und wies auf sich.

Gamil stutzte, erkannte dann aber bei sich ein Modul, das dazu da war, die Tarn-Funktionen zu testen oder mit den Anfragen anderer umzugehen. Sie wollte, dass er sie angriff.

Behutsam tastete Gamil sich mit den neuen Programmen an Nelmura heran. Sie stand einfach nur da, beinahe lauernd, als wartete sie nur darauf, den Spieß umzudrehen. Er wusste nicht genau, wie die Programme implementiert waren, aber man musste als Symbiont nicht immer wissen, wie etwas hinter den Kulissen beschaffen war, sondern vielmehr, wie man es handhaben konnte – wie es sich anfühlte, wenn man es ins Spiel brachte und beherrschte. Die symbiontischen Werkzeuge, die Nelmura ihm gegeben hatte, wirkten schmal, beinahe minimalistisch. Sie waren präzise wie Nadeln, boten aber genug Spielraum, um sich in sie einzufühlen.

Gamil fasste das Feld, das vor Nelmura erschien, und brachte es zum Verblassen.

»Gut«, sagte sie. »Nun nimm das hier«, sagte sie, und er spürte, wie Daten auf ihn einströmten. Es war eine Bibliothek aus Schlüsselcodes, die ihnen dazu dienen konnte, einander sichere Nachrichten durch zweifelhafte Systeme zu schicken.

»Wozu die Codes?«, fragte er. Immerhin ging er nicht davon aus, dass er ihr allzu lange eine Hilfe sein könnte.

»Falls wir getrennt werden«, erwiderte sie. »Und nun lass uns von hier verschwinden.«

»Was? Warum?«

»Sie haben uns gesehen«, erklärte sie mit großen Augen. »Wir waren nicht aufmerksam genug. Ich hätte dir die Macht nicht entreißen, sondern mich auf dich verlassen sollen. Aber …« Sie lächelte beinahe verlegen. »Ich habe nicht so weit gedacht.«

»Warum auch?«, erwiderte Gamil. »Vielleicht müssen wir irgendwohin, wo die Nelmurianer … ich meine, deine Fakultät … wo sie keinen Einfluss hat.«

Nelmura starrte ihn an. Nach drei seufzenden Atemzügen sagte sie: »Wir dürfen uns nicht sicher fühlen. Nicht mehr.«

»Wie weit würden sie denn gehen, um dich zu kriegen?«

»Für sie geht es um alles.«

»Aber warum ist es dazu nötig, dich zu beseitigen?«

Sie machte eine misstrauische Miene. »Wir müssen hier weg. Wir müssen an einen sicheren Ort. Wenn es den überhaupt gibt.« Sie wich seinem Blick aus, als wäre sie in Gedanken und hätte seine Frage überhaupt nicht wahrgenommen. Nachdem sie einen Moment in die Luft gestarrt hatte, stutzte sie und sagte: »Interessant.«

Er schaute sich mit seinen symbiontischen Sinnen um, konnte aber der Umgebung keine besonderen Erkenntnisse abgewinnen.

»Willst du?«, fragte Nelmura. Ihr flehender Blick und der daraus resultierende Eindruck von Hilfsbedürftigkeit befremdeten ihn. Sie hatte anscheinend einen Rückfall erlitten, und wieder bot sie nicht das Bild, das er sich früher immer von Nelmura gemacht hatte, als er sie in Videos gesehen hatte. Damals war sie ihm beinahe allmächtig erschienen. Sie hatte auf allen Ebenen Selbstsicherheit ausgestrahlt. Der Kontrast zwischen der Wirkung von damals und der von heute brachte ihn zum Kopfschütteln.

Sie machte ein enttäuschtes Gesicht.

Gamil hob die Hand zu einer beschwichtigenden Geste. Sein Kopfschütteln war lediglich ein Ausdruck seiner Ungläubigkeit gewesen, keineswegs einer der Ablehnung. Er wusste nicht einmal, was sie mit der Frage – »Willst du?« – gemeint hatte.

»Du musst aber«, sagte sie mit leiser Stimme.

»Und ich werde«, erwiderte er. »Ich werde es tun.« Ein Schauer lief ihm über den Rücken. Er konnte sich nicht daran erinnern, sich jemals so sehr ausgeliefert zu haben.

Mit ungläubiger Miene winkte sie ihn zu sich.

Gamil näherte sich zögerlich.

»Dann gibt es kein Zurück mehr«, sagte sie, und Gamil konnte sich nicht vorstellen, was sie damit genau meinte. Er hatte Angst, sich zu etwas hinreißen zu lassen, das er später bereuen würde. Und doch: Nachdem sie den Kontrollraum verlassen und sich auf dem Gang umgeschaut hatten, erinnerte er sich an damals, als er alles aufgesogen hatte, was es über die Archonten zu wissen gab. Er hatte sich gewünscht, damals bei den Anfängen dabei gewesen zu sein.

Vielleicht war es gefährlich, ihr zu helfen, vielleicht war es sogar falsch. Er wusste, dass er sich ewig die Frage gestellt hätte, was wohl geschehen wäre, wenn er sich auf genau diesen Pfad eingelassen hätte. Eine vertane Chance machte ihm mehr Angst als alles andere – an einem Ort, an dem sich einem nur selten echte Chancen boten.

Hier bei ihr zu sein und mit ihr nach den Sensoren Ausschau zu halten, das war ein wahr gewordener Traum. Und als sie gemeinsam die ersten Sensoren getäuscht hatten und sich wie unsichtbar in deren Wahrnehmungsfeld bewegten, wurde Gamil klar, dass – ganz gleich, wie diese Sache ausgehen würde – er ein Teil von etwas Großem war. Eine Archontin, die erwachte, um den Nachstellungen ihrer eigenen Fakultät zu entfliehen – so etwas hatte es noch nie gegeben. Es würde alles verändern, falls es an die Öffentlichkeit käme. Die Frage, die ihn plagte, war nur, wo er sich am Ende wiederfinden würde.

»Danke«, sagte Nelmura, nachdem sie um zwei Ecken gebogen waren und einem gebogenen Tunnel in Richtung Zentrum folgten. Dieses Wort, von einem erleichterten Ausatmen gefolgt, gab Gamil alles, was er im Augenblick benötigte. Nelmura würde ihn sicherlich irgendwann einweihen, und dann würde er verstehen, warum er ihr helfen musste. Es konnte nicht anders sein. Damals, als man ihn für die Umwandlung zum Symbionten vorgeschlagen hatte, war er davon abgekommen, sich für die Nelmurianer zu entscheiden. Die ganze Organisation hatte einen Pfad eingeschlagen, der sie von den Ansichten und Werten der Archontin wegführte. Deswegen hatte er sich damals gegen die Nelmurianer und für die Yardeniden entschieden, die die Nächsten auf seiner Liste gewesen waren.

»Warum?«, fragte Nelmura und blieb stehen. »Warum tust du es?«

Es war, als hätte sie seine Gedanken verfolgt. Unmöglich war es nach allem nicht, dass sie auf symbiontischem Weg Einblick in ihn nahm. Er spürte zwar nichts dergleichen, hatte aber ebenso wenig das Gefühl, irgendetwas vor ihr verstecken zu müssen.

»Warum?«, fragte sie erneut.

»Weil ich mich damals nicht für die Yardeniden entschieden habe, sondern gegen die Nelmurianer.«

»Das ist bedauerlich«, entgegnete sie. »Ich meine: sich bei einer Auswahl nicht für etwas zu entscheiden, sondern gegen etwas.«

»Aber das ist es ja. Das hier war vielleicht das, worauf ich gewartet habe.«

Sie lächelte schief. »Nur hundert Jahre zu spät. Es waren doch hundert Jahre, oder?«

Er musste lachen und glaubte einen Hauch der großen Archontin in Nelmuras Lächeln zu erkennen. Doch schon blinzelte sie, das Lächeln verging und ihre Augenbrauen schoben sich aufeinander zu. Sie schaute sich um, als müsste sie sich orientieren, und betrachtete ihn schließlich, als wollte sie ihn fragen, wer er sei. Ein Seitenblick, und als sie zu ihm zurückschaute, sagte sie: »Du musst stark sein – für uns beide.«

Gamil nickte. Er hatte verstanden: Je schwächer sie war, umso stärker musste er sein. Das machte ihm Angst. Er konnte nicht wie sie sein und würde deswegen früher oder später scheitern. Allein musste er scheitern.

4 Othao

In einem hell erleuchteten Vorraum wartete Othao Merrell, der Dekan der Nelmurianer, schon seit fünf Minuten darauf, in den Senatssaal eingelassen zu werden. Er ging mit langen Schritten immer wieder vom einen Ende zum anderen und prüfte im Vorbeigehen, ob Senator Travis Kesamore immer noch in Gedanken versunken dasaß und vor sich hin starrte. Travis war der Bürge, durch den er im Senat seine Anklage vorbringen durfte. Der Senator kämmte sich gerade sein schwarzes Haar zur Seite und prüfte sein Aussehen auf dem Schirm, der vor ihm schwebte. Othao war nicht der Meinung, dass der Seitenscheitel dem Vertreter der Nelmurianischen Fakultät im Senat stand, aber er war nicht hier, um Kesamores Erscheinung zu bewerten.

Er musste jetzt einfach groß denken. Nelmura war entkommen, und er musste alles in Bewegung setzen, um sie aufzuspüren und zum Schweigen zu bringen, ehe sie gegen sie vorgehen konnte. Dazu mussten sie nun alles in die Waagschale werfen und jeden Gefallen einfordern, den andere ihnen schuldeten.

Die Tür zum Senatssaal öffnete sich. Stimmengewirr schlug Othao entgegen, und als Will, sein unscheinbarer Assistent, ihm zunickte, betrat er nach Travis den runden Raum und schaute zu den Rängen empor. Der Saal war bis auf den letzten Platz gefüllt, sogar oben in der Loge der Familie Astbury, die schon seit Jahrhunderten die Sprecher der KIs waren, war jemand zu sehen. Die Scheiben waren nicht so finster wie sonst getönt, und Othao glaubte, das blasse Antlitz von Vance Astbury zu erkennen, dem aktuellen Sprecher der KIs. Seine Anwesenheit untermauerte ebenso wie der volle Saal, dass dies keine gewöhnliche Sitzung des Senats war, sondern genau das, was Othao sich erhofft hatte: ein Großereignis, das nicht nur die Nachrichten-Drohnen angelockt hatte. Im Vorbeigehen erblickte er Tova Wyland vom Jaskandris News Stream, und wo sie erschien, dort waren die Sinne der ganzen Stadt. Die Reporterin hatte jedoch keine Augen für ihn, sondern ordnete sich vor ihrer Kameradrohne ihr blondes Haar und schaute dann nicht ihm entgegen, sondern blickte hinüber zu Clement Glazer, dem Dekan der Yardeniden.

Es ärgerte Othao zwar, dass Tova Wyland ihn nicht beachtete, aber ihr Gespür für eine gute Geschichte ließ sie tatsächlich in die richtige Richtung blicken. Er selbst war gespannt, wie der Dekan der Yardeniden auf seine Anschuldigungen reagieren würde.

Clement Glazer befand sich als Gast bei den neun yardenidischen Senatoren. Rodrick Helmers, der an seinem langen, schwarzen Haar zu erkennen war, das ihm auf die Schultern fiel, repräsentierte die Fakultät der Yardeniden direkt. Die übrigen acht hatten gewöhnliche Wahlkreise für sich gewonnen und sammelten sich unter der Fraktion ihrer Fakultät. Diese Yardeniden mit ihren roten Hemden, den braunen Hosen und schweren Mänteln passten nicht hierher. Sie wirkten wie Bastler, und Clement Glazer war der schlimmste von ihnen. Mit seinen listigen Bernsteinaugen schaute er ihn an, als wüsste er bereits, was geschehen war. Glazers Senatoren redeten auf ihn ein, und er nickte immer wieder, ohne den Augenkontakt zu suchen. Offenbar brachten sie ihn auf den neuesten Stand. Die Informationen, die die Runde machten, mussten ihm missfallen. Und doch grinste er wie ein überheblicher Schuljunge.

Travis wies einladend auf das Rednerpult, hinter dem Selmo Burnett stand. Dem Senatsvorsitzenden war sein Alter anzusehen. Natürlich alterte keiner von ihnen jenseits der vierzig, aber in Burnetts Haar hatte sich früh Grau in das

Braun gemischt. Früher hatte er sich die Haare gefärbt, aber inzwischen stand er zu dem Zeichen des Alters. Und dabei war er gerade einmal 62 Jahre alt, jung für einen Senatsvorsitzenden – jünger als Kesamore mit seinen 173 Jahren. Der Unterschied bestand darin, dass Kesamore davon 110 Jahre im Tiefenschlaf gelegen hatte, während Burnett als Nicht-Symbiont sein ganzes Leben hier oben verbracht hatte. Das Alter bedeutete nichts. Othao selbst war nur 47 Jahre alt, hatte aber keinen einzigen Augenblick im Tiefenschlaf verbracht. Und deswegen war er so weit gekommen.

Selmo Burnett erklärte, dass Senator Kesamore Othao als Gastredner bestimmt hatte. »So ist dem ehrenwerten Othao Merrell, dem Dekan der Nelmurianer, hiermit das Wort erteilt«, sagte er schließlich.

Othao nickte Selmo Burnett zu und grüßte ihn, wenngleich seine Stimme keine Chance hatte, das Klatschen zu übertönen.

Kaum stand Othao am Pult, kehrte Stille ein. Die Neugier war groß. In den Medien machten bereits wilde Theorien die Runde.

Zuerst dankte Othao dem Senat für das Rederecht und begrüßte die Anwesenden, nur um dann Clement Glazer so lange zu mustern, dass andere Blicke sich auf den Dekan der Yardeniden richteten. Schließlich sagte er: »In unserem Hause ist heute Morgen etwas Unerhörtes vorgefallen: Unsere Archontin, die seit über fünf Jahrhunderten in der Tiefe geschlafen hat, wurde aufgeweckt und entführt.«

Ein Raunen ging durch den Saal. Die Neuigkeiten sorgten erst für entsetzte Mienen und führten dann zu Kopfschütteln und Empörung. »Wo ist sie?«, rief jemand von den Rängen.

Othao versuchte, den Rufer auszumachen, konnte ihn aber nicht entdecken. Dennoch antwortete er: »Wir wissen nicht, wo sie ist. Aber wir wissen, wer dahintersteckt. Wir wissen, wer unsere Archontin, unsere geliebte Nelmura entführt hat.«

»Wer?«, rief jemand auf den oberen Rängen, und aus jeder Ecke des Saals schallte die gleiche Frage zu Othao herab.

»Wir können beweisen, dass es ein Symbiont war. Ein Symbiont namens Gamil Dellbridge.« Den meisten im Saal sagte der Name sicherlich nichts, bei den Nelmurianern und den Yardeniden war er zumindest bekannt, denn er hatte sich einige Auseinandersetzungen mit Yaldira Wescovich geliefert, für viele die Verkörperung der Zukunft der Nelmurianer, die Othao aber für überbewertet hielt.

Clement Glazer erblasste und starrte ihm mit verbissener Miene entgegen. »*Das glaubst du doch selbst nicht*«, sagte ihm Glazer mit seiner symbiontischen Stimme.

»*Gedankenstimmen sind hier nicht gestattet*«, erwiderte er.

»Gamil Dellbridge?«, rief einer der Senatoren. »Das ist ein Yardenide!« Es war Cornelius Alpert, ein Nicht-Symbiont, ein kleiner Mann mit großem Einfluss in der Stadt. Ihn empört zu sehen beglückte Othao und brachte ihn zum Nicken. »Richtig«, sagte er. »Der Täter ist ein Yardenide.«

Clement Glazer erhob sich, und Selmo Burnett erteilte ihm das Wort. »Ich kann bestätigen, dass Gamil Dellbridge einer der unseren ist«, sagte der Dekan der Yardeniden. »Das ist alles andere als ein Geheimnis. Wir schämen uns nicht, jemanden wie Dellbridge in unseren Reihen zu haben. Und nein, wir können uns nicht vorstellen, dass einer wie er zu etwas so Verachtungswürdigem fähig ist wie einer Entführung. Und schon gar nicht zur Entführung einer Archontin. Seine Generation verehrt die Ersten wie wir alle – vielleicht sogar noch mehr. Warum also sollte er so etwas tun? Was würde er dadurch gewinnen? Es tut mir leid, werter Kollege. Sie haben von Beweisen gesprochen. Falls Sie über sie verfügen, können Sie sie sicherlich vorlegen.«

Othao lächelte. Er und Clement kannten sich gut. Der Dekan der Yardeniden war zwar deutlich älter als er, aber sie waren zur gleichen Zeit aufgestiegen, hatten die Nachfolge recht angesehener Vorgänger angetreten und hatten sich lange gut verstanden. Aber Clement war zu idealistisch; er war kein Mann, der eine Aufgabe mit allen Mitteln bewältigte. Ihm war es wichtig, auf welche Weise die Dinge erledigt wurden, und falls es keinen sauberen Weg gab, dann wurden sie eben nicht erledigt. Othao verachtete ihn, und deswegen bereitete es ihm umso mehr Freude, ihm hier gegenüberzustehen. »Sie wollen Beweise?«, fragte er.

»Ohne Beweise verschwenden wir hier unsere Zeit«, entgegnete Clement.

Othao nickte, berührte mit den Interfaces an seinen Fingerspitzen die Kontaktfläche des Pultes und brachte Videomaterial in Umlauf. Die Daten kribbelten unter seinen Nägeln. Othao wandte sich halb um und schaute auf den großen Schirm, der sich hinter dem Senatsvorsitzenden und dessen Gehilfen die Wand emporzog. Das Bild zeigte die Straße vor dem Hauptgebäude seiner Fakultät und Menschen, die ihrer Wege gingen.

Während das Video lief, schaute Othao sich zu Clement um. Der Dekan der Yardeniden beugte sich mit den Abgeordneten seiner Fakultät über einen kleinen Schirm. Überall im Saal leuchteten kleine Displays auf, und überall war das Gleiche zu sehen: ein blasser Mann mit dunkelblondem Haar, einem eher runden Gesicht und einer schmalen Statur. Er vermied den Augenkontakt mit anderen Symbionten und schaute sich um, als plagten ihn Zweifel. Dann aber betrat er das Gebäude und bewegte sich durch die Eingangshalle. Und als er sich von einem zum anderen Augenblick scheinbar in Luft auflöste, sagte Othao: »Das ist Gamil Dellbridge, der sich da für unsere Sensoren unsichtbar gemacht hat.« In der rechten Schirmhälfte scrollte ein Textlog herauf. »Dennoch haben wir ihm ein Signal zuordnen können, das wir jetzt mit den Videodaten in Verbindung bringen können.« Die Überwachungsvideos zeigten einen der Arbeitssäle und Gamil wurde als rote Silhouette dargestellt, über der die ID Nel-A50939 schwebte. »Die Signatur, mit der er unser System infiltrieren konnte, war gefälscht. Unsere Systeme haben sie nicht registriert. Sie war einfach da, als hätte sie schon immer existiert. Das System hielt Dellbridge für einen der Unseren und akzeptierte Anfragen, die es eigentlich in Alarm hätte versetzen müssen.«

»Unmöglich!«, rief Clement Glazer. »Dellbridge ist vielleicht dazu in der Lage, sich für eine Weile den Sensoren zu entziehen, aber eine Signatur hätte er Ihrem System niemals aufschwatzen können. So weit ist er noch nicht. Und selbst wenn es so wäre, hätte es Spuren hinterlassen.«

»Mit anderen Worten: Er hatte Hilfe«, sagte Othao und schickte einen Befehl aus, das nächste Video zu zeigen. Sein Assistent Will hatte es auf dem Weg zu der Kammer aufgenommen, in der Nelmura erwacht war. Man hörte Will rufen, dass der gesuchte Gang an der nächsten Kreuzung links liege, und kaum waren sie um die Ecke gebogen, sah man einen Mann und eine Frau – Dellbridge und Nelmura. Der Yardenide packte die sich völlig verwirrt umschauende Archontin und zog sie durch eine Tür. Es folgten wackelnde Bilder, begleitet von Othaos Rufen und Wills angestrengtem Atmen. Sie hatten den ganzen Weg von Nelmuras offizieller Kammer bis auf jenen Gang im Laufschritt zurückgelegt.

Erneut den Augenblick zu erleben, in dem Nelmura ihm entkommen war, wühlte Othao selbst nach mehrmaligem Betrachten der Aufzeichnung immer noch auf. Als Gamil Dellbridges Miene im Sichtfenster der Tür erschien, stoppte das Video, und man konnte direkt in die braunen Augen des Yardeniden schauen. Sie hatten diese Stelle im Video mit Absicht als Standbild gewählt, denn dem erleichterten Gesicht Dellbridges haftete etwas Überhebliches an. Schon im nächsten Moment hätte der Yardenide erleichtert ausgeatmet und die Sorge um Nelmura wäre ihm wieder ins Gesicht gekrochen – Bilder, die hier niemand sehen musste. Dieser eingefrorene Augenblick offenbarte genau das, was nun nötig war. »Und, Mr. Glazer?«, sagte Othao und fand es befremdlich, Clement mit dem Nachnamen anzusprechen. »Werden Sie mir nun vorwerfen, das sei eine Fälschung?«

Der Yardenide setzte sich schweigend und ließ sich von Senatoren, die seiner Fakultät angehörten, etwas zuflüstern.

»Ihre eigenen Daten, mein lieber Dekan, werden Ihnen verraten, dass Dellbridge vor Ort war.«

»Was sagen Sie dazu?«, fragte Selmo Burnett. Der Senatsvorsitzende vermochte nicht, die Empörung aus seiner Stimme zu verbannen.

»Ja, Dellbridge war dort«, sagte Clement nickend. »Wir haben gerade die Standortdaten erhalten. Aber was immer er dort getan hat: Auf unseren Befehl hin hat er es nicht getan.«

»Ich mache Ihnen keinen Vorwurf«, sagte Othao in gespielter Großzügigkeit. »Aber ich erwarte natürlich, dass Sie und Ihre Fakultät dazu beitragen, die Sache aufzuklären. Das werden Sie doch tun, oder etwa nicht?«

Clements Ausatmen klang beinahe wie ein entmutigtes Seufzen. »Wir sind ebenso an der Aufklärung des Vorfalls interessiert wie Sie und werden alles tun, um zu helfen. Ich gehe davon aus, dass die Polizei bereits ermittelt?«

»Sie ermittelt«, erwiderte Othao. »Aber mit der Stimme des Rates könnte sie mehr Ressourcen für diese Angelegenheit aufbieten.«

Clement tauschte Blicke mit den yardenidischen Senatoren. Diese nickten. »Die Stimmen der Yardeniden haben Sie sicher«, sagte er schließlich. »Ich habe nur eine Bitte.«

Othao reagierte nicht, sondern wartete darauf, dass Clement sein Anliegen äußerte. Zum ersten Mal seit Langem fühlte er sich dem Dekan der Yardeniden überlegen. Er hatte hier und jetzt einen Sieg errungen.

»Es wäre uns lieb, wenn wir uns vor Ort einen Überblick verschaffen könnten«, sagte Clement.

»Kein Problem«, erwiderte Othao. »Unsere Türen stehen Ihnen selbstverständlich offen. Aber sollte sich herausstellen, dass Sie und Ihre Fakultät etwas mit der Entführung zu tun haben, wird das Ihr Untergang.«

Der Dekan der Yardeniden schluckte, holte Luft, als

wollte er etwas sagen, nickte dann aber nur, begleitet von einer beschwichtigenden Geste.

Othao musste sich zwingen, nicht zu lächeln. Clements Reaktion zeigte ihm, dass die Yardeniden Nelmura nicht gerettet hatten. Er kannte Clement gut genug, um zu erkennen, dass er nicht wusste, was Dellbridge getan hatte. Die wenigen Datenströme, die die Systemanalytiker aufgespürt hatten, deuteten darauf hin, dass Nelmura wohl aus dem Schlaf heraus mit der Außenwelt kommuniziert, Dellbridge Tür und Tor geöffnet und ihn für die Sensoren unsichtbar gemacht hatte. Dass die Yardeniden nichts davon wussten, ließ Othao erleichtert durchatmen.

5 Myron

»Was ist los, Inspector?«, fragte ihn der Polizeichef mit seiner tiefen Stimme.

Myron Hermansen starrte Commander Norman Darmady, der unter den Kollegen den Spitznamen *Normandy* trug, über dessen Schreibtisch hinweg ins erwartungsvolle Gesicht.

»Nun«, sagte Myron und zögerte lange mit dem Weitersprechen. »Sind Sie sich sicher, dass das eine gute Idee ist? Als Sie sich das letzte Mal über die Empfehlung des Systems hinweggesetzt haben, habe ich zwar den Betrüger gefasst, aber ich habe dabei viele Leute vor den Kopf gestoßen. Das können Sie unmöglich noch einmal wollen.« Und er wollte es auch nicht, denn die Entschuldigungstour war lang und peinlich gewesen, und selbst heute waren einige der Betroffenen noch schlecht auf ihn zu sprechen.

»Ich war damals zufrieden mit Ihnen«, sagte Darmady. »Selbst wenn es nicht so gewesen wäre: Das System hat Sie für diese Aufgabe hier vorgeschlagen.«

Myron stutzte. Das konnte er nicht glauben. Es gab Kollegen, die vor dem Polizeisystem, das sie alle bewertete, mehr vorweisen konnten als er. »Manchmal glaube ich, Maschinen können die Einschätzung echter Menschen nicht ersetzen.«

»Es hat doch immer gut funktioniert.«

Myron schüttelte den Kopf. Dass das System ihn ausgewählt hatte, würden sicherlich viele zum Anlass nehmen, über die fehlenden Dienstgrade zwischen Inspector und Commander zu schimpfen. Myron war zwar glücklich darüber, dass ihm nicht ständig ein Vorgesetzter im Nacken saß, aber der Auswahlprozess des Systems, das all die weggefallenen Posten ausfüllte, war wie so oft undurchsichtig.

»Das muss ein Fehler sein«, sagte er.

»Erfahrung und Zielstrebigkeit sind offenbar gefragt«, erwiderte Darmady.

»Soll das heißen, dass all das, was normalerweise gegen mich spricht, in diesem Fall *für* mich spricht?«

»Nur wenn Sie Ihre Sache gut machen. Natürlich können Sie jederzeit ablehnen.«

Myron schüttelte den Kopf. »So eine Chance lässt man nicht an sich vorübergehen.«

Darmady erhob sich und reichte ihm die Hand. »Sehr gut«, sagte er, als Myron einschlug. »Schnappen Sie diesen Dellbridge und bringen Sie die Archontin sicher zu ihrer Fakultät zurück.«

Bereits als er das Büro des Chefs verlassen hatte, fragte Myron sich, ob es klug gewesen war, den Fall anzunehmen. Im Transporter, der ihn hinunter in die Garage brachte, überlegte er, ob er kehrtmachen sollte, um doch noch abzulehnen.

Warum ausgerechnet er? Er zählte mit seiner launischen Art nicht gerade zu jenen, die im System viele Punkte sammelten und darüber an Einfluss gewannen. Eine hohe Bewertung durch das System bedeutete nicht nur eine höhere Bezahlung und mehr Privilegien, sondern führte in der Regel auch dazu, dass man bessere Fälle erhielt.

Trotz seiner Zweifel war er dankbar für diese Gelegenheit, denn in diesem Job gab es nur wenige große Chancen; dafür gab es einfach zu wenig zu tun. So sehr das Schwerverbrechen in der Fiktion erblühte, insbesondere in all den Medien, die aus der Zeit vor der Invasion der Außerirdischen stammten, so selten trat es im wahren Leben auf. Ein einziges Mal in einem Jahrzehnt geschah ein Mord, und das war lediglich ein statistischer Wert.

Seine beiden Mordfälle – vielleicht lag darin der Grund

dafür, dass das System ihm den Fall angetragen hatte. Der letzte lag mehr als dreißig Jahre zurück: Ein Mann hatte seine Frau erwürgt und es als die Tat eines anderen verkaufen wollen. Das war ebenso wenig vergessen wie der Mord an einem Restaurantbesitzer, der vom Fakultätsturm der Berewani hinabgestoßen wurde. Das System vergaß weder Erfolg noch Misserfolg.

Während Myron sich in der Garage dem schlichten Wagen näherte und bereits per Gedanken die Fakultät der Nelmurianer als Ziel angab, hatte er das Bild Othao Merrells vor Augen, wie er vor dem Senat sprach. Myron war nicht selbst dort gewesen, sondern hatte alles auf dem Schirm seines Chefs betrachtet. Die Überraschung, dass ausgerechnet er in dem Fall ermitteln sollte, hatte eine Beobachtung in den Hintergrund gedrängt, die nun zurückkehrte, während er in den Wagen stieg und sich auf dem harten Kunststoffsitz niederließ. Er hatte keinen Zweifel, dass Gamil Dellbridge die Archontin entführt hatte. Das Beweismaterial, das ihm Commander Darmady zugespielt hatte, sprach eine deutliche Sprache. Aber was immer Dekan Merrell vor dem Senat erzählt hatte: Es war nicht die ganze Wahrheit gewesen.

Während der Wagen seinen Weg durch die belebten Straßen dieses Mittags suchte, prüfte Myron im Kopf noch einmal die Daten, die die Nelmurianer ihnen überlassen hatten. Von den Sensordaten mit dem plötzlichen Verschwinden Dellbridges über die gefälschte Signatur bis hin zu den Video-Daten aus den Eishallen. Alles war authentisch und hielt den Programmen stand, die er in solchen Fällen zum Einsatz brachte. So konnte er sich in den Videos die ID-Daten anzeigen lassen und erkennen, dass Dellbridge sich im Haus bewegte, wenngleich er nicht direkt sichtbar war. Ein Abteil schottete sich genau an der Stelle ab, an der die gefälschte ID erschienen war, und öffnete sich kurz darauf wieder. Türen im Laborbereich und in den Eishallen taten sich auf, ohne dass jemand in der Nähe stand. Ein Mann, der auf eine gesicherte Tür starrte, als diese sich wie von Geisterhand öffnete, musste

Dellbridge beobachtet haben. Myron würde mit ihm sprechen, denn trotz allem konnten Augenzeugen die Daten untermauern, und er traute dem Muster, das diverse Zeugen zusammentrugen, mehr als irgendeiner Datenspur.

Während der Wagen vor dem Hauptgebäude der Nelmurianer vorfuhr, schaute Myron sich die Tracking-Daten an, die die Yardeniden ihnen geschickt hatten. Sie besagten, dass Gamil Dellbridge tatsächlich mit dem Betreten des Hauses der Nelmurianer verschwunden war. Aber sie enthielten noch weitere Informationen: Dellbridge hatte als Kommentar angefügt, dass er einem Signal folge, das in die Fakultät der Nelmurianer führe und von dem offenbar kein anderer Symbiont etwas bemerkt hatte.

Myron fragte sich, warum Dellbridge eine solche Spur gelegt hatte. Hätte er nichts getan, hätten weit weniger Daten in seine Richtung gewiesen. Er hatte geradezu die Aufmerksamkeit seiner Fakultät darauf gelenkt, dass er das Spielfeld der Stadt verließ und sich in die Fakultät der Nelmurianer begab; ganz so, als hätte er gefürchtet, in eine Falle zu laufen.

Unwillkürlich überlegte Myron, ob man Dellbridge angelockt hatte, um ihn mit einem solchen Verdacht, wie Dekan Merrell ihn vor den Senat gebracht hatte, ans Messer zu liefern. Hatte man einen einfachen Symbionten, der dazu noch von einer fremden Fakultät kam, zum Helfer gemacht? Die Fähigkeiten, die Dellbridge gezeigt hatte, waren leichter zu akzeptieren, wenn man davon ausging, dass ein Insider ihm geholfen hatte.

Ein weiteres Mal begutachtete Myron das Video, das Nelmura zeigte. Seine Maschinerie spielte es ihm als virtuelle Erscheinung vor die Augen. Auch wenn Dekan Merrell es so dargestellt hatte, wirkte es nicht so, als tue Dellbridge der Archontin Gewalt an. Nelmura schien lediglich verwirrt zu sein, hilflos und sogar verängstigt. Und das war nach dem Erwachen aus dem Tiefenschlaf keineswegs ungewöhnlich.

Myron stieg aus dem Wagen und schaute an der kühlen Fassade des Hauptgebäudes der Nelmurianer empor. Er würde sich den Tatort anschauen; er würde den Weg gehen, den Dellbridge genommen hatte. So betrat er das Haus und tat, was er immer tat: Er bemühte sich, all die Neugierigen, an denen er vorüberkam, zum Schein nicht weiter zu beachten, während er mit seinen symbiontischen Sinnen die Daten musterte, die sie preisgaben.

Wer hätte Dellbridge geholfen? Das fragte er sich dabei. Die Türen zum großen Arbeitssaal waren bewacht und die Symbionten wirkten deswegen verärgert, bei vielen fand Myron aber auch Ratlosigkeit. Sie konnten offenbar nicht glauben, was hier geschehen war. Vor dem Seiteneingang zum Saal wartete Othao Merrell auf ihn. Er wirkte genau so wie in der Übertragung aus dem Ratssaal: selbstbewusst, aber mit zweifelndem Seitenblick. Zielstrebig kam er auf ihn zu und streckte ihm die Hand entgegen.

Myron schlug ein, grüßte und stellte sich vor.

Dekan Merrell wies sofort durch die Tür. »Wir haben den Saal für Sie geräumt.«

»Das wäre nicht nötig gewesen«, entgegnete Myron. »Ich möchte die Abläufe nicht weiter stören. Je mehr wir die Leute vor den Kopf stoßen, umso weniger werden sie bereit sein, sich als Zeugen zu melden. Könnten Sie mir also einen Gefallen tun?«

Merrell wirkte überrascht. Unter normalen Umständen wäre Myron höflicher gewesen, aber er war im Dienst, und dies war sein Fall. Die Rechte, die ihm dadurch verliehen waren, gingen weit über jene hinaus, die selbst hochgestellten Symbionten zur Verfügung standen. Seit ihm der Fall zugewiesen war, erhielt er Einblicke in Daten, die den meisten verborgen blieben.

»Was soll ich tun?«, fragte Merrell.

»Öffnen Sie den Raum ruhig wieder. Ich habe nichts dagegen, dass die Leute ihrer Arbeit nachgehen. Wir werden lediglich das eine Abteil, das ich im Video gesehen habe, in

Augenschein nehmen. Zeugen müssen manchmal näher ans Geschehen herangelassen werden, um den Mut zu haben, sich zu melden.«

»Kein Problem«, sagte der Dekan und gab den Wachen einen Wink. Myron vernahm den symbiontischen Befehl wie ein Flüstern und merkte, dass nur drei der fünf Wachen am Seiteneingang für die Nachricht empfänglich waren und sie an die Wachen vor den anderen Eingängen weiterleiteten.

Kaum war Myron über die Schwelle in den Saal eingetreten, sagte Merrell: »Sie haben es gehört, nicht wahr?«

»Was?«, erwiderte Myron.

»Meine Befehle. Ich meine: Sie schnappen mehr auf als die meisten.«

»Nun, das ist mein Job.«

»Und weil Sie das können, möchten Sie die Leute hier haben«, sagte er leiser. »Sie vermuten doch, was ich vermute.« Mit seiner Gedankenstimme sprach er seinen Verdacht aus: »*Wir haben einen Verräter unter uns.*«

Myron antwortete ebenfalls mit seiner symbiontischen Stimme: »*Es besteht zumindest die Möglichkeit.*«

Merrell schaute sich um; Myron folgte seinem Blick. Die Ersten betraten den Saal mit schnellen Schritten, um sich einen Arbeitsplatz zu sichern. Andere hatten es nicht so eilig, sondern schienen an ihm und dem Dekan interessiert zu sein. »Und wenn es einen Verräter gibt, hoffen Sie, dass er hier beobachtet, was Sie tun«, sagte Merrell leise.

»Nicht unbedingt«, erwiderte Myron. »Zeugen – um die geht es mir. Wissen, das ich im Vorbeigehen aufschnappen und zu einem Mosaik zusammensetzen kann.«

Merrell nickte. »Selbst ich habe nicht solche Fähigkeiten«, sagte er. »So etwas können nur wenige. Die Archonten vielleicht, und nicht einmal alle.«

»Wo kämen wir hin, wenn Dekane und Senatoren solche Privilegien hätten? Die Macht muss geteilt sein. Also darf ein kleiner Bulle wie ich diese Macht haben. Außerdem wird alles, was ich nicht hätte aufschnappen dürfen, später bei der Nachbesprechung vom System gelöscht. Die KIs sind unerbittlich.«

Merrell nickte. »Muss sich merkwürdig anfühlen.«

»Es ist der Preis für die Privilegien«, sagte Myron und bemühte sich, seine Gefühle hinter einer starren Miene und einem Blick den Gang voraus zu verstecken. Die Sitzungen, in denen das irrelevante Wissen aus seiner Erinnerung gelöscht wurde, warfen ihn jedes Mal aus der Bahn. Im Nachhinein merkte er, wo sich die Lücken auftaten. Es war, als könnte er sich allgemein an etwas erinnern, aber sobald er an Details dachte, verschwamm alles, und er konnte nicht mehr sagen, ob es nun Erinnerung war oder Hörensagen; ganz so, als hätten die KIs seine Erinnerungen durch vage Versatzstücke ersetzt. Viele in seinem Job litten unter Realitätszweifeln. Denn wenn die eine Erinnerung entfernt werden konnte, warum dann nicht andere? Warum dann nicht jene, die unverzichtbar für das eigene Ich waren?

Merrell wies an einer Kreuzung auf ein Abteil, vor dem die Wachen Stellung bezogen. »Da ist es. Darin hat Dellbridge auf unser System zugegriffen.«

Myron nickte und schaute sich um. Er blickte hinüber zum Laborbereich und verglich die Videodaten mit dem Schauplatz, der sich ihm hier bot. Immer wieder streifte er die Daten von Symbionten. Einige waren am Morgen hier gewesen, und ihre symbiontischen Sinne hatten Dellbridge erfasst, aber den wenigsten war es bewusst. Myron lief ein Schauer über die Arme. Sich über Dinge im Klaren zu sein, die den Beobachtern selbst nicht klar waren, befremdete ihn selbst nach all den Jahren noch. Es war, als gäbe es ein weiteres Unterbewusstsein, zu dem die Symbionten im Nachhinein und dann auch nur teilweise Zugang hatten. Und er als Ermittler konnte in diesen Daten lesen, als wären sie einfache Logfiles.

Er entdeckte den Mann, der Dellbridge unten auf einem Gang an einer Tür gesehen hatte, und schöpfte von ihm alle

Informationen ab, die es gab. Dann erblickte er eine Frau, deren Daten sofort seine Aufmerksamkeit auf sich zogen. Die Verknüpfungen zur Archontin Nelmura waren überwältigend. Alle Nelmurianer waren mit ihrer Archontin verbunden, aber kaum jemand der hier Anwesenden so stark wie jene junge Frau dort mit ihrer blassen Haut, dem dunklen Haar und den dunklen Augen. Sie beobachtete ihn und den Dekan, und er konnte spüren, wie sie ihre Sinne aussandte. Sie war neugierig, und offenbar machte es ihr nichts aus, auf sich aufmerksam zu machen. Statt wegzuschauen, als er seinen Blick auf sie richtete, musterte sie ihn und sandte ihm eine Frage: »*Was ist geschehen?*«

Myron lächelte ihr nur entgegen und betrat dann das Abteil, in dem Dellbridge für einen Moment verharrt und Zugriff auf das System genommen hatte. Über die Trennwände hinweg konnte er die Frau noch sehen. »*Was ist geschehen?*«, fragte sie erneut.

»*Das werde ich herausfinden*«, erwiderte Myron.

Einem Polizisten aus der Menge heraus eine symbiontische Nachricht zu senden, verlangte Mut. Die meisten wollten sich für ihn nicht erkennbar machen, bemühten sich darum, in der Menge unsichtbar zu bleiben. Hätten sie gespürt, was seine Programme ihnen entlockten, so hätten sie wahrscheinlich das Weite gesucht. Diese Frau schreckte nicht davor zurück, seine Sinne direkt auf sich zu ziehen, und Myron konnte nicht anders, als sich ihre Daten näher anzuschauen.

Ihr Name war Yaldira Wescovich. Die Augen waren dunkelbraun, das Haar mittelbraun. Sie hatte am 27. Januar – in gut drei Wochen – Geburtstag und war inzwischen 139 Jahre alt. Mit 14 hatte sie sich wie so viele freiwillig für den Schlaf gemeldet, um Symbiontin zu werden. Sie hatte angeblich kaum Talent dazu gehabt, hoffte aber, sich im Schlaf weit genug zu entwickeln, um nach ihrem Erwachen die Prüfung zu bestehen.

Wescovich. Das war ein Familienname, der bei den Nelmurianern Ansehen besaß, die Familie ihres Vaters. Die Wescovichs hatten sich meist im Hintergrund gehalten und hatten wegen ihrer Fähigkeiten als unentbehrlich gegolten. Doch kaum war einer von ihnen zum Dekan aufgestiegen, verstrickten sie sich in die Machtkämpfe, die sie früher so meisterlich vermieden hatten. Seither war ihre Bedeutung geschwunden und andere Dekane hatten die Fakultät geprägt.

Der Nachname verwies auf ein Urgestein der Nelmurianer, der Vorname jedoch in eine ganze andere Richtung. Yaldiras Mutter – Penelope Wescovich – war die Cousine des Archonten Yarden. Sie hatten dieselbe Großmutter, und diese hatte Yaldira geheißen und war eine der ersten Archontinnen gewesen, als es bereits die Fakultäten, aber noch keine Symbionten gegeben hatte. Sie hatte zur Zeit der Invasion gelebt und neben anderen gemeinsam mit den KIs den Bau von Jaskandris ebenso geplant wie die Flucht von den anderen Kontinenten. Doch sie war gestorben, ehe die Stadt fertiggestellt und die Flucht vollzogen war.

Der Name Yaldira Wescovich verknüpfte die beiden Fakultäten, und das erweckte in dieser Lage Myrons Neugier. Die Verbindungen zu Nelmura beruhten nicht auf Verwandtschaft, sondern auf etwas Ungewöhnlichem: Im Tiefenschlaf hatte Nelmura die Fähigkeiten, die in Yaldira Wescovich schlummerten, entdeckt und sich ihr offenbart. Die Archontin hatte, um im Schlaf Freiheiten zu genießen, dem System gegenüber viel dokumentieren müssen. Sie musste nach Zugängen fragen und ihre Rechte bestätigen. Dann erst konnte Wescovich in den künstlichen Welten des Tiefenschlafs Nelmuras Schülerin werden. Das war ein Privileg für sie gewesen – nicht nur, weil sie so einer Archontin nahe sein und von ihr lernen durfte. Nach der Ausbildung erhielt sie das Recht, außerhalb der Reihe geweckt zu werden. Vor fünf Jahren war sie in den Eishallen dort unten erwacht und hatte die Prüfungen auf Anhieb bestanden. Seither galt sie als Hoffnungsträgerin der Nelmurianer.

Myron war enttäuscht. Er hätte auf irgendein Zerwürfnis zwischen Wescovich und Nelmura getippt, aber an den Daten war nichts dergleichen abzulesen. Im Gegenteil: Seit Wescovich erwacht war, hatte man sie mit Ehren überschüttet. Viele sprachen bereits davon, dass sie die nächste Dekanin sein werde. Sie hatte kein Motiv, Nelmura zu entführen. Allerdings gab es eine Verbindung zu Gamil Dellbridge. Dem Veranstaltungskalender der Fakultäten zufolge hatten Wescovich und Dellbridge wieder und wieder ihre symbiontischen Fähigkeiten aneinander gemessen. Dellbridge hatte sich durchgesetzt, wenn es um das Aufspüren von Daten ging, Wescovich hatte geglänzt, wenn es um die Steuerung von Maschinen ging. Sie waren Rivalen.

Myron wandte sich an Othao Merrell. »Hätten Sie etwas dagegen, wenn ich Yaldira Wescovich zu uns hole?«

Der Dekan blickte in die Richtung der äußerlich jungen Symbiontin. »Sicher? Sie ist außer sich vor Wut.«

»Das merkt man ihr nicht an«, erwiderte Myron. »Selbstbewusst ist sie. Mir einfach so aus der Menge heraus eine Frage zu schicken.«

»Hat sie das getan?«

Myron nickte.

Merrell schüttelte den Kopf. »Sie wollen sie verhören?«

»Nein. Aber sie steht Nelmura nahe, und vielleicht kann sie mir einen Hinweis darauf geben, warum ausgerechnet ihre Mentorin entführt wurde.«

»Gibt es denn ein größeres Ziel als eine Archontin?«

»Das nicht. Aber es gibt auch leichtere Ziele. Sie zum Beispiel. Man hätte Sie mit weit weniger Aufwand irgendwo in der Stadt entführen können. Es muss mehr dahinterstecken.«

»In Ordnung«, sagte Merrell. »Sie können mit ihr sprechen. Aber nehmen Sie es ihr nicht übel, wenn sie ausfallend wird. Was die Archontin angeht, ist sie sehr empfindlich.«

»Ich werde aufpassen«, sagte Myron. Er wartete, bis der Dekan das Abteil verlassen hatte, und schaltete die Abschirmung ein. Durch die grüne Barriere sah er, wie Othao Merrell an Yaldira Wescovich herantrat und ihr zuredete. Die Symbiontin nickte immer wieder.

Myron setzte sich an den Arbeitstisch und legte seine Hand auf die Kontaktfläche. Das System gab an dieser Stelle nichts preis. Wer immer Dellbridge geholfen hatte, hatte die Spuren gut verwischt. Als er wieder aufstand und nach Wescovich Ausschau hielt, entdeckte er nur Othao Merrell, der wieder näher trat.

Myron löste den Schirm auf und fragte: »Wo ist sie hin?«

»Sie ist unten in den Eishallen. Sie wollten doch sicher in Ruhe mit ihr sprechen? Weit weg von neugierigen Augen und Ohren.«

»Gut«, sagte Myron. »Ich würde dann jetzt gerne auf dem Weg in die Tiefe gehen, den Dellbridge genommen hat.« Das Nicken des Dekans wirkte gezwungen. Er verbarg etwas. Und Myron fragte sich, ob Yaldira Wescovich etwas damit zu tun hatte – ob sie der Schlüssel zu allem war.

6 Yaldira

Dies war also der Raum, in dem ihre Mentorin erwacht war – eine Kammer wie jede andere in den Eishallen. Yaldira schaute sich prüfend um. Natürlich war dies nicht Nelmuras eigentliches Zimmer gewesen. Offensichtlich hatte Dellbridge sie irgendwie hierhergebracht. Die Kapsel ruhte noch immer in der Mitte dieses hell erleuchteten Raumes auf einem Schildkonstrukt. Über die Schläuche, die von der Decke herabhingen und nach wie vor mit der Kapsel verbunden waren, hatte das System die Versorgungsflüssigkeit abgesaugt, während die Kabel eine physische Verbindung herstellten, über die der Aufwachprozess gesteuert wurde. Nelmura war hier gewesen, sie war dieser Kapsel entstiegen, und nun war sie irgendwo da draußen in der Stadt – entführt von Gamil Dellbridge.

Der Raum schürte nicht nur die Sorge um ihre Mentorin, sondern weckte auch die Erinnerung an ihr eigenes Erwachen vor fünf Jahren. Nie hatte sie sich so verloren gefühlt wie zu jenem Zeitpunkt. Sie hatte Nelmura im Tiefenschlaf zurückgelassen, nur um nach dem Erwachen festzustellen, dass sich alle, die ihr etwas bedeuteten, in den hundertfünfzehn Jahren, die sie fort gewesen war, ihrerseits in den Tiefenschlaf begeben hatten – allen voran ihre Eltern. Es hatte fast zwei Jahre gedauert, bis sie im Leben wieder Fuß gefasst hatte.

Yaldira schüttelte den Kopf. So hatte sie sich das Erwachen ihrer Lehrerin, die ihr in den künstlichen Welten des Tiefenschlafs wie eine zweite Mutter erschienen war, nicht vorgestellt. Es hätte nach allem, was Nelmura für sie getan hatte, ein Triumph sein sollen. Yaldira hatte sich nicht nur aus dem Wunsch heraus, eine Symbiontin zu werden, in den Tiefenschlaf begeben, sondern auch, weil das Leben in der Stadt sie zu oft enttäuscht hatte und sie dem Leben hier oben kaum noch etwas hatte abgewinnen können. Sie hatte sich in jungen Jahren wie eine alte Frau gefühlt. Und erst als Nelmura sie im Tiefenschlaf in eine Traumwelt gelockt und sie zu ihrer Schülerin gemacht hatte, war ihr Lebenswille wieder erwacht. Die Archontin hatte ihr etwas gegeben, mit dem sie voller Neugier hier oben erwacht war. Seither schien ihr diese kleine Welt, in der sie hier lebten, wie ein Kosmos voller Möglichkeiten und Erfahrungen.

Sie schaute sich erneut im Raum um und bemerkte die zusätzlichen Sensoren, die an den Wänden hafteten, mit denen man offenbar Spuren gesichert hatte. Und sie fragte sich, warum ihr Dekan sie hierhergeschickt hatte. Warum sollte sie gerade hier auf Myron Hermansen warten? Warum wollte der Inspector überhaupt mit ihr sprechen? Vielleicht hatte sie sich zu weit vorgewagt, indem sie ihm einfach die Frage gesandt hatte, die sie nicht losließ. Was war eigentlich geschehen? Seit wann konnte irgendwer in eine Fakultät eindringen und ungehindert eine Archontin entführen?

Verhalten streitende Stimmen aus der Ferne ließen Yaldira aufhorchen. Dann hallten draußen vor der Tür einsame Schritte den Gang entlang.

Als sie den Inspector in der Tür sah, bemühte sie sich, ihre Verwunderung zu verbergen. »Sie wollten mich sprechen?«, sagte sie.

Myron Hermansen trat ein und nickte. Er war ein mittelgroßer Mann mit hellbraunem Haar, das ihr ein wenig zu kurz geschoren erschien. Sein Händedruck war fest und aus seinem Gesicht sprach die Erfahrung eines Menschen, der in der Wachwelt Jahrzehnte verbracht hatte.

»Der Dekan meinte, unser Gespräch sollte weit weg von neugierigen Sinnen stattfinden.«

»Und wo ist der Dekan?«

Hermansen lächelte, und seine grauen Augen glänzten. »Nun, sein Rat leuchtete mir ein. Also bat ich ihn darum, mir diesen Gang und diesen Raum allein anzuschauen und mit Ihnen unter vier Augen zu sprechen.«

»Was wollen Sie wissen? Fragen Sie mich alles. Wenn ich auch nur eine Winzigkeit dazu beitragen kann, dass Nelmura gefunden wird, dann bin ich dazu bereit.«

»Ihre Daten haben Sie mir da oben ja geradezu vor die Füße gelegt. Warum?«

»Ich hoffte, Sie würden erkennen, wie viel mir Nelmura bedeutet.«

»Und genau deswegen möchte ich Sie fragen, warum ausgerechnet die Archontin Ziel der Entführung wurde.«

»Sie ist die wichtigste Person, die wir in unseren Reihen haben. Man könnte uns keinen größeren Schlag versetzen. Aber ich verstehe das auch nicht. Warum sollte irgendjemand so etwas tun?«

»Nicht irgendjemand«, sagte Hermansen und musterte die Kapsel, in der Nelmura gelegen hatte, »sondern Gamil Dellbridge – Ihr Rivale.«

»Ich hätte ihm vieles zugetraut, das aber nicht. Ein Yardenide, der eine Archontin entführt? Das passt nicht zusammen.«

»Weil keine Fakultät die Archonten mehr verehrt als die Yardeniden?«

»So weit würde ich nicht gehen. Es sieht ihnen einfach nicht ähnlich.«

»Aber es *war* Dellbridge«, sagte der Inspector. »Kein Zweifel.« Er wies auf den Gang hinaus und ging vor. Sie folgte ihm und schaute nach links, von wo aus das Video, das sie gesehen hatten, aufgenommen worden war; dann schaute sie nach rechts und erblickte die schmale Tür, durch die Gamil mit Nelmura entkommen war.

»Mich wundert, wie gut er sich hier auskannte«, sagte Hermansen und wies auf die Tür. »Kannten Sie diesen Versorgungsgang?«

Yaldira schüttelte den Kopf.

Der Inspector öffnete die Tür, die offenbar nicht mehr verriegelt war, und winkte sie hinter sich her. Sie bemerkte die Signale von Bots, die ihnen Wegmarkierungen sandten. Jenseits der Tür sagte Hermansen: »Glauben Sie, Dellbridge könnte das Ding allein durchgezogen haben?«

»Ich bezweifle zumindest, dass irgendjemand hier ihm helfen würde. Vor allem verstehe ich nicht, was er durch diese Entführung zu gewinnen hat. Und wie will er sich auf Dauer verstecken?«

»Das kann er nicht. Und das macht mir Sorgen.« Hermansen ging langsam weiter. Yaldira blieb an seiner Seite und passierte mit ihm die kleinen Bots, die mit ihren Spinnenkörpern an der Wand hafteten. »Einerseits hat Dellbridge diese Aktion – ob nun mithilfe oder nicht – beinahe meisterhaft durchgezogen, andererseits kann er dabei nicht gewinnen.« Der Inspector biss sich auf die Lippen.

»Dellbridge ist nicht schlecht, aber er müsste schon eine gewaltige Sicherheitslücke entdeckt haben, um so etwas durchzuziehen.«

»Also doch ein Komplize.«

Yaldira blieb stehen. »Verdächtigen Sie mich etwa?«

Hermansen blieb ebenfalls stehen und sagte: »Nicht doch. Welchen Grund sollten Sie haben? Aber vielleicht könnten Sie mir sagen, ob Nelmura, als sie Sie ausgebildet hat, irgendetwas von Feindschaften erwähnt hat.«

»Mit anderen Archonten?«

»Mit irgendwem.«

Yaldira überlegte. Nelmura war manchmal unzufrieden mit dem gewesen, was sie von ihrer Fakultät vernommen hatte. Sie war der Meinung gewesen, dass Othao Merrell und seine Vorgänger die Nelmurianer in eine ungünstige Richtung gesteuert hatten und Yaldira, wenn sie Dekanin würde, wieder auf den richtigen Pfad zurückkehren müsse. Aber das war keine Feindschaft. »Über die Archonten hat sie gesagt, dass sie bedauerlicherweise zu passiv seien. Die einen ruhten einfach, die anderen hätten sich in den künstlichen Welten verzettelt. Aber hier draußen? Nein, da gibt es keine Feinde. Sie hat sich aus allem rausgehalten und wollte indirekt Einfluss nehmen. Sie meinte, meine Ausbildung würde der Fakultät viel bringen.«

»Das heißt, Ihre Ausbildung wird die Fakultät verändern, nicht wahr?«, fragte Hermansen mit einem herausfordernden Lächeln. »Was wäre nun, wenn jemand diese Veränderung verhindern wollte?«

»Dann hätten sie gegen mich vorgehen müssen und nicht gegen Nelmura«, erwiderte Yaldira.

Myron Hermansen nickte, dann folgten sie den Signalen durch die Versorgungsgänge. Yaldira fragte sich dabei, ob sie bei all den Intrigen innerhalb der Fakultät etwas übersehen hatte, das gegen Nelmura gerichtet war.

»Gab es in letzter Zeit Konflikte, die die Fakultät als Ganzes austrug?«, fragte Hermansen nach einer Weile. »Ich denke da vor allem an die Yardeniden.«

»Unser Verhältnis zu den Yardeniden ist nicht das beste. Aber das ist nun einmal so: Die größten Fakultäten stehen in Konkurrenz. Vor zwei Jahren hätte ich gesagt: Ja, die Yardeniden sind unsere Feinde.« Zu der Zeit hatte es einen Streit um den Fakultätswechsel eines Symbionten gegeben. Man konnte die Fakultät wechseln und seinen Besitz mitnehmen. Das Verfahren war aufwendig, feindselig und für alle Seiten belastend gewesen. »Während die Oberen verhandelt haben, gab es unten Schlägereien«, fügte Yaldira hinzu.

»Daran erinnere ich mich gut«, erwiderte Hermansen. »Ich habe noch nie so viele Überstunden angehäuft. Aber das war nicht mehr als ein kleiner Ausbruch, den die Dekane sofort wieder glätteten. Wäre da denn ein Rachemotiv zu finden? Haben die Yardeniden den Vertrag als Verlust betrachtet?«

»Das ist es ja. Sie haben sich weitgehend durchgesetzt, weil das Gericht ihnen sehr wahrscheinlich recht gegeben hätte. Wir Nelmurianer hätten eher Grund dazu gehabt, ihnen etwas nachzutragen.«

Hermansen schüttelte den Kopf. »Wenn es kein Racheakt ist, was ist es dann?«

»Eine Lösegelderpressung?«

»So etwas gibt es nach wie vor nur im Film.«

»Vielleicht geht es doch um Nelmura selbst.«

Der Inspector stutzte.

»Die Fakultät hat viele ihrer Fähigkeiten genutzt, ohne dass sie es sich bewusst machte«, sagte Yaldira. »Man hat vieles an sie delegiert, und sie hat es von ihren Programmen übernehmen lassen. Wenn man sie nun in den Tiefenschlaf versetzt und ihr Bewusstsein in der Schwebe hält, könnte man vielleicht an diese Fähigkeiten herankommen.«

»Die einzige Fakultät, die keinen Archonten hat, ist die der Yardeniden«, sagte Hermansen. »Aber es fällt mir schwer, zu glauben, dass eine Archontin so leicht unter Kontrolle zu bringen ist.«

Yaldira erinnerte sich an eine Lektion, die Nelmura sie gelehrt hatte. »Meine Meisterin war in vielem misstrauisch, vielleicht sogar pessimistisch. Sie erzählte mir, dass solche Dinge möglich seien und man sich dagegen absichern müsse.«

»In welchem Kontext hat sie das erwähnt?«, fragte Inspector Hermansen.

»Als sie mir mehr über das symbiontische Unterbewusstsein offenlegte. Es ist nicht nur Wissen, es sind auch Funktionen – ganze Programme, die in diesem Unterbewusstsein liegen. Sie sprach von den Aufgaben, die die Fakultät ihr schickte und die sie unterbewusst erledigte. Und ich fragte sie, ob sie nicht fürchte, dass die Fakultät sie eines Tages missbrauchen könnte. Sie lächelte mich mit ihrem Avatar an und sagte, sie habe zwar nur begrenzten Zugang zu ihrem symbiontischen Unterbewusstsein, aber als Archontin habe sie kompletten Zugang zu den Daten und Funktionen der Fakultät. Sie konnte von außen in die Ergebnisse hineinschauen.«

Hermansen strich sich über die Wange, den Blick gegen die Wand gerichtet, wo ein Bot ihnen signalisierte, dass Gamils Fluchtweg um die nächste Ecke führte. »In einer fremden Fakultät könnte sie nicht sehen, welche Aufgaben sie ihr zuspielen.«

»Richtig«, sagte Yaldira.

»Aber es muss doch Schutzmaßnahmen geben. Man kann eine Archontin ja nicht einfach zum Werkzeug machen.«

»Der Schutz sind die Fakultäten. Es gab am Anfang viele verschiedene Ansichten und auch Streitigkeiten unter den Archonten. Deswegen die Fakultäten, deswegen all die Schutzmaßnahmen, mit denen sie sich und alle Tiefenschläfer umgeben.«

Hermansen zuckte mit den Schultern. »Wenn das so ist, weist alles in eine Richtung.«

»Die Yardeniden«, sagte Yaldira leise.

»Aber wir müssen ihnen erst was nachweisen.«

»Ich muss gar nichts«, entgegnete Yaldira. Sie würde mit ihren eigenen Mitteln herausfinden, was geschehen war. Sie musste sich nicht an die Regeln der Polizei halten.

Der Inspector lachte. »Dekan Merrell sagte mir, dass Sie schnell Ihre Fassung verlieren, wenn es um Nelmura geht.«

»Das kommt darauf an, was Sie unternehmen werden«, erwiderte sie.

»Bisher überwachen wir die Yardeniden auf allen Ebenen. Aber ich glaube, wir müssen die Überwachung ausweiten. Wir müssen bemerken, wenn Dellbridge irgendwo versucht, Kontakt zu seiner oder einer anderen Fakultät aufzunehmen.«

»Und was kann ich dabei tun?«, fragte Yaldira.

»Nichts, außer die Sinne offen zu halten und mich wissen zu lassen, wenn Ihnen etwas auffällt.«

»Das reicht mir nicht«, sagte sie kopfschüttelnd. »Ich möchte mitmachen; ich möchte Dellbridge in die Finger kriegen.«

»Das sollten Sie uns überlassen.«

»Wer will mich daran hindern? Und außerdem kenne ich ihn besser als Sie. Ich weiß, wie ich gegen ihn vorgehen muss.«

»Das mag sein. Und natürlich kann ich Sie nicht daran hindern, selbst zu ermitteln. Es ist ihr gutes Recht. Aber wenn Sie was finden, rufen Sie mich und treten zur Seite.«

»Solange Nelmura nichts geschieht.«

»Warum glauben Sie eigentlich, dass Sie rauskriegen können, wo Dellbridge ist?«, fragte Hermansen. »Nur weil Sie ab und zu in irgendwelchen Spielen gegen ihn angetreten sind?«

»Gerade deswegen. Wenn Sie zum Beispiel in einem Strategiespiel, bei dem Sie wie eine Archontin eine Fakultät steuern, gegen ihren Rivalen antreten, lernen Sie schnell, wie er denkt, wie er vorgeht, wie er sich zu tarnen versucht, welche Verstecke er wählt. Keiner hier ist besser dafür geeignet, ihn aufzuspüren.«

In Hermansens Miene lag Gier. »Dies ist zwar kein Spiel, aber ich hätte nichts dagegen, wenn Sie Ihre Erfahrungen einbringen würden. Inoffiziell natürlich.«

Yaldira grinste. »Sie wollen sich durch mich in Grauzonen bewegen.«

»Ich wäre dumm, Ihre Erfahrung nicht zu nutzen. Was glauben Sie? Wo würde er sich verstecken?«

»Er würde sich im Untergrund bewegen. In den Spielen nutzt er oft das Wassersystem.«

»Das ist naheliegend bei den Yardeniden.«

Yaldira nickte. Immerhin kontrollierten die Yardeniden weite Teile des Wassersystems. Allerdings hatten sie sich unter Dekan Glazer mehr auf die Sensortechnik konzentriert und die Wassersysteme ein wenig zu sehr als gegeben akzeptiert.

»Das ist doch schon mal was«, sagte Hermansen.

Yaldira lächelte und erinnerte sich an ihre Ausbildung. In den künstlichen Welten hatte sie Nelmura während ihrer Übungen immer wieder aufspüren müssen. Sie war ihren

Signalen, ihren symbiontischen Mustern gefolgt. Und auch als sie hier draußen erwacht war, hatte sie auf einem der Gänge gespürt, wo sich Nelmuras Kammer befand. Doch das Signal war schwach und von allerlei Geräuschen überlagert gewesen. Seit sie vor fünf Jahren erwacht war, hatte sie Schwierigkeiten, die Fülle der Sinneseindrücke zu erfassen. Die Ausbildung im geschützten Raum der künstlichen Welten hatte zwar ihre Sinne geschärft, sie aber nicht auf all das vorbereitet, was sie hier draußen umgab. Sie war unaufmerksam gewesen und hatte Nelmuras Erwachen nicht bemerkt. Aber es mochte sein, dass sie sie da draußen aufspüren konnte, falls Signale von ihr ausgingen.

Hermansen blieb vor einer Tür stehen, die sich vor ihnen öffnete. »Sie verschweigen mir etwas«, sagte er, ehe er durch die Tür ging.

»Ich überlege, wo ich anfangen soll«, sagte sie und folgte ihm. Sie schaute sich um und merkte, dass die Signale der Fakultät nicht bis hier herausdrangen.

»Durch diese Tür und auf diesem Gang ist Dellbridge mit Nelmura entkommen«, sagte der Inspector.

»Es ist demnach sicher, dass sie die Fakultät verlassen haben.«

Hermansen musste lachen. »Glauben Sie wirklich, Dellbridge hätte die Chuzpe, die Archontin zu entführen und sich mit ihr innerhalb der Fakultät zu verstecken?«

»Mit der Strategie hat er mich in manchem Spiel bezwungen«, antwortete sie und dachte an unangenehme Historienspiele, die im Europa des sogenannten Mittelalters gespielt hatten. »Es hätte mich nicht gewundert. Vielleicht wollte er, dass wir annehmen, er hätte diesen Fluchtweg genommen.«

Hermansen wies auf die Spurenroboter. »Sie haben hier eine Fährte hinterlassen. Die Sensoren haben sie kurzzeitig getäuscht, aber die Bots, die hier entlanggehen, müssten sie schon aktiv manipulieren, damit sie die Spuren übersehen.«

»Was für Spuren?«, fragte sie.

Der Inspector schaute auf den Gang, wo sich einige Bots bewegten. »Die Flüssigkeit an Nelmuras Anzug, insbesondere an ihren Füßen, hat eine Fährte hinterlassen. Das Zeug löst sich nur langsam ab. Einige hundert Meter weit lässt sich die Spur verfolgen.«

Yaldira nickte. »Dann sind sie also wirklich hier draußen.«

Hermansen wies voraus. »Unsere Bots sind auf der Suche, aber ihre Sensoren können überlistet werden. Wenn meine Kollegen da sind, werden wir uns hier unten genauer umschauen.«

»So lange werde ich nicht warten«, sagte Yaldira.

»Sie sollten nicht alleine gehen.«

»Wollen Sie mich wirklich zurückhalten?«, fragte sie. »Grauzonen, Inspector! Lassen Sie mich in diese Grauzonen vorstoßen. Ich melde mich schon, wenn ich etwas finde.«

»Sie haben Mut«, sagte Hermansen. »Gehen Sie nur, aber passen Sie auf sich auf.«

Um der Gefahr zu entgehen, dass er es sich noch einmal anders überlegte, machte Yaldira sich sofort auf den Weg. Als sie noch einmal zu ihm zurückschaute, machte der Inspector ein verwirrtes Gesicht, dann lächelte er.

Sie wandte sich ab und schaute den Gang voraus. Der Gedanke an Dellbridge ließ Hassgefühle in ihr emporsteigen, die sie selbst bei ihren schlimmsten Niederlagen, die er ihr bereitet hatte, nicht verspürt hatte. Sie hatte Frustration und Wut empfunden, aber mit blankem Hass hatte sie nie an ihn gedacht. Dies war kein Spiel, dies war die grausame Wirklichkeit, und deswegen musste ihre Reaktion wohl härter ausfallen.

Die Erinnerung an das Video, das sie in der kurzen Zeit bereits dutzende Male gesehen hatte, trieb Yaldira jetzt noch einen Schauer über den Rücken. Der Archontin unten im Tiefenschlaf in einer künstlichen Welt begegnet zu sein, das war eine Sache; sie hier draußen in dieser Welt zu sehen, sie auch nur auf einem Schirm zu erblicken oder als virtuelles Bild vor sich zu haben, war etwas ganz anderes. Es wühlte

Yaldira auf, und die Unsicherheit, die ihre Meisterin gezeigt hatte, machte sie beinahe rasend. Gamil Dellbridge hatte Nelmura zum Opfer gemacht, und dafür würde sie ihn zum Opfer machen. Irgendwo hier unten oder aber da oben in der Stadt würde sie Dellbridges Spur aufnehmen und Nelmuras Nähe fühlen, und sie würde sich anschleichen und ihre Archontin befreien.

7 Clement

Die Ratssitzung, in der Othao Merrell Gamil Dellbridge der Entführung beschuldigte, war für Clement Glazer ein Fiasko. Er hatte vermutet, dass Othao nur mit Beschuldigungen um sich werfen würde, dass er aber Beweise vorzulegen vermochte, das hatte ihn entsetzt. Noch im Ratsgebäude ließ Clement sich von seinen Leuten versichern, dass sie nichts von Dellbridges Plänen gewusst hatten, und in seinem Wagen, der gemächlich seinen Weg durch die Straßen der Stadt suchte, beschloss Clement, dass ihm keine andere Wahl blieb, als mit offenen Karten zu spielen. Er hatte die Standortinformationen bereits an die Polizei weitergeleitet, insbesondere jene, die Dellbridge ihnen explizit und mit einem Kommentar versehen gesandt hatte, ehe er das Hauptgebäude der Nelmurianer betreten hatte. Aber er war auch bereit, weitere Daten zu liefern, solange es die Fakultät schützte.

Als sein Wagen am Yarden-Platz anhielt, blinzelte Clement. Wieder einmal war er mit seinen symbiontischen Sinnen abgedriftet. Wie so oft blieb er einige Minuten im Wagen sitzen, um sich zu sammeln. Er fragte sich, wie sie unbeschadet aus dieser Lage herauskommen sollten. Eine Entführung passte nicht zu Dellbridge, zumindest nicht zu dem Mann, den Clement kannte. Aber wie so oft mochte der Eindruck täuschen. Immerhin war Dellbridge erst seit einem Jahr aus dem Tiefenschlaf erwacht, und er wäre nicht der Erste, der langfristig Schwierigkeiten hatte, sich hier oben einzuleben, und dann zweifelhafte Entscheidungen traf. Aber ihn zu verlieren bedeutete eine Schwächung der

Fakultät, denn er war mit seiner Sensibilität einer ihrer Hoffnungsträger, ein fest eingeplanter Teil der Zukunft.

Mit einem symbiontischen Befehl öffnete Clement die Wagentür, dann stieg er aus und atmete die kühle Luft, die ihm über den belebten Platz vom Hauptgebäude entgegenwehte. Schnellen Schrittes ging er am stetig aufsteigenden Nebengebäude entlang, in dem sich die meisten Quartiere der Yardeniden befanden und das dem hochaufragenden Dekanatsgebäude gegenüberlag. Er spürte die Signale der Symbionten hier auf dem Platz im Vorbeigehen, denn er war sensibel für das Getuschel und Geflüster, das andere tauschten, aber auch für symbiontische Gedanken, die nicht gut genug verborgen waren. Viele Fragen gingen hier draußen hin und her, ohne dass jemand Antworten hatte. Die Fragen sprangen sogar von hier draußen auf die Quartiere über. Dort unter dem Dach, das schräg emporführte, verbreiteten sich Vermutungen, und er merkte, dass ihn viele Bewohner durch die runden Fenster beobachteten. Alle Augen schienen auf ihn gerichtet zu sein.

Die Leute, die ihm auf dem Weg begegneten, grüßten ihn, und er grüßte zurück – die Nicht-Symbionten mit seiner akustischen Stimme, die Symbionten meist mit seiner Gedankenstimme. Dabei wahrte er den Schein. Sein Körper gab ebenso wenig preis wie die symbiontischen Signale, die von ihm ausgingen. Er hatte sich unter Kontrolle, und es hätte schon jemand mit ungeheurem Gespür in seiner Nähe sein müssen, um unter all dem Schein seine Unsicherheit zu erspüren – jemand wie Dellbridge.

Jedes Wort, jede Körperregung, jeder Gedanke – alles, was Clement mit anderen tauschte, lenkte ihn immer wieder von Dellbridge ab. Und erst als er die Stufen zu dem breiten Hauptgebäude hinaufstieg, dachte er, dass sie mit Gamil Dellbridge vielleicht einen der Großen verloren hatten, ehe er überhaupt emporgewachsen war.

Clement prüfte seine Termine. Er sah die Daten in einer Übersicht vor Augen. Eigentlich hatte er heute Morgen einen gewöhnlichen Tag erwartet, mit einem Vortrag im Großen Saal, einem Seminar mit Anwärtern und der Fakultätssitzung am Abend. Und obwohl er jeden Termin einhalten würde und für den Vormittag beim Senat lediglich seine eigenen Forschungen auf dem Gebiet der Symbiontischen Sensibilität unterbrochen hatte, war alles anders.

Die breiten Schiebetüren öffneten sich, und mit der warmen Luft schien ihm die Neugier entgegenzuwehen. Die Leute schauten ihn nicht nur so an, als lägen ihnen Fragen auf der Zunge, er fing auch viele Signale auf, bei denen es sich um einen Ausdruck ihrer Gedanken handelte, noch nicht in Sprache gefasst und nicht leicht als dieses oder jenes Gefühl zu benennen. Es war, als sprächen sie den falschen Sinn an; ganz so, als könnte er mit einem Mal Gedanken riechen und müsste erst alles neu einordnen. Solche Augenblicke waren sonst etwas, dem er mit Neugier begegnete. Nicht so an diesem frühen Nachmittag.

Er wollte in Bewegung bleiben, deshalb hielt er nicht vor den Transportern an, sondern nahm die Treppe und spürte noch den Schwall an Überraschung der Symbionten. Im Treppenhaus schreckte er durch seine Präsenz eine kleine Gruppe von Anwärtern auf und konnte ihre Fragen beinahe wie Stimmen hören. Sie hatten ihre Operation bereits hinter sich und mussten nun mit der Maschinerie in ihrem Kopf umzugehen lernen, ehe sie die Prüfungen abschlossen und offiziell als Symbionten anerkannt wurden. In dieser Phase waren die Signale der meisten völlig offen, und es war klüger, ihnen mit einem Filter zu begegnen. Clement aber reichte es, sie zu grüßen und rasch an ihnen vorbei die Treppe emporzusteigen. Die Überraschung und die Fragen wunderten ihn nicht, sie störten ihn auch nicht; denn er selbst war überrascht und ihn selbst plagten allerlei Fragen.

Im siebten Stock angekommen, mit Herzklopfen und bemüht, die Erschöpfung hinter einer ruhigen Atmung zu verbergen, trat Clement auf den Gang hinaus, der direkt in die Schleuse zum Dekanat mündete: ein weißverkleidetes

Gangstück, in dem die Scanner in hellblauen Vertiefungen lagen. Das System flüsterte ihm einen Willkommensgruß zu.

Jenseits der Schleuse traf ihn ein Schwall aus Informationen, die vom Arbeitstisch in seinem Büro ausgingen. Antworten auf Anfragen, die er gestern und sogar noch an diesem Morgen gestellt hatte. Und darüber hinaus fand er mehr als hundert Fragen, die an ihn gerichtet waren. Sie kamen von innerhalb der Fakultät wie auch von außen, und der Betreff der meisten war Dellbridge und der Vorfall bei den Nelmurianern. Eine Nachricht von Othao Merrell fand er nicht – zum Glück.

Über die vielen Nachrichten den Kopf schüttelnd, ging Clement ruhig den Gang entlang und bemerkte jene Mitarbeiter, die sich links und rechts hinter den Türen darum bemühten, nicht aufzufallen. Doch er konnte ihr Lauschen hören. Wahrnehmen bedeutete bei Symbionten oft, leise Signale auszusenden und auf eine Antwort zu warten. Die meisten bemerkten es nicht einmal, aber für Clement klang dieses Signal bei den meisten wie ein Hauchen.

Die Einzige, die auf den Gang heraustrat, war seine Geschäftsführerin Corinna Farrington. Die leicht untersetzte Frau, 385 Jahre alt und dem Aussehen nach wie fast alle kaum älter als vierzig, hatte Yarden noch persönlich gekannt. Allein schon deswegen beneidete Clement sie. Er war drei Jahrzehnte nach ihr auf die Welt gekommen und in der Krise herangewachsen, die nach dem Tod des Archonten die Fakultät beinahe auseinandergerissen hätte. Sie hatte ihm und den anderen jungen Yardeniden Mut gemacht und sie darin unterstützt, die Fakultät zu retten. Bei den früheren Dekanen hatte sie zwar Ansehen genossen, aber ihre Aufgaben hatten sich stets weit unter ihren Qualifikationen bewegt – vermutlich deswegen, weil sie keine Symbiontin war. Erst Clement hatte sie zu sich ins Dekanat geholt und zur Geschäftsführerin gemacht.

Corinna Farrington, die sonst mit jeder Situation umzugehen wusste, stand nun die Ratlosigkeit ins Gesicht geschrieben. Sie räusperte sich und grüßte ihn. »Tut mir leid wegen Cornelius«, sagte sie. Sie war die Tante des Senators Cornelius Alpert.

»Er war ebenso überrascht wie wir alle«, sagte er.

»Trotzdem hätte er sich ein bisschen weniger empört zeigen können.«

»Ich nehme es ihm nicht übel. Es klingt ja auch empörend.«

Corinna schüttelte den Kopf. »Ich habe hier Symbionten kommen und gehen sehen, und ich sage: Gamil Dellbridge ist kein Verbrecher.«

»Er ist aber auf dem Video.«

»Mag sein«, erwiderte Corinna lächelnd. »Aber meiner Meinung nach haben wir da kein Verbrechen gesehen, sondern eine Befreiung.«

»Erklär das Myron Hermansen.«

»Der gute Inspector hat um ein Gespräch gebeten«, sagte sie.

»Wohl eher ein Verhör«, erwiderte Clement.

»Wenn ich es richtig sehe, hast du ihm ein Treffen vorgeschlagen.« Sie sagte es, als würde sie es gerade mit ihren symbiontischen Sinnen sehen. Sowohl in der Fakultät als auch außerhalb davon hielten viele Corinna für eine Symbiontin, obwohl von ihr kein Signal ausging. Es war wie bei Verschwörungstheorien, die rasch die Runde machten und bei denen ein Gegenindiz nur dazu führte, dass man die Verschwörung für noch viel raffinierter hielt. So glaubten viele, Corinna sei eine Meisterin und nur ihre Bescheidenheit habe sie davor bewahrt, selbst Dekanin zu werden. Es ging sogar das Gerücht um, dass sie aus Respekt für Yarden auf das Amt verzichtete. Natürlich war das Unsinn, und alle Yardeniden wussten es, aber gerade die Anwärter machten sich einen Spaß daraus, so zu tun und dann auch zu verbreiten, dass Corinna eine Symbiontin war. Und draußen in der Stadt gab es viele, die das nur allzu bereitwillig glaubten.

»Der Inspector möchte mehr über Dellbridge wissen. Er

hat sich für die Daten bedankt«, sagte sie, als sie an der Tür zu seinem Büro ankamen und stehen blieben.

Clement schüttelte den Kopf. »Warum hat er sich nicht einfach über das System einen Termin geben lassen?«

»Du weißt doch, wie die Polizisten sind: Die wollen immer, dass man sich auf ihr Spiel einlässt – und nicht umgekehrt.«

Clement seufzte. »Ich werde also einen Termin verschieben müssen.«

Corinna lächelte. »Ich weiß, wie sehr du das hasst. Ich kümmere mich um alles und übernehme die Treffen mit denen, die für den Inspector Platz machen müssen.« Sie blickte an ihm vorbei zur Tür des Seitenzimmers. Dort hielt er meistens seine Sprechstunden ab. Er bemerkte die Signale zweier Symbionten, die sich dort hin- und herbewegten. »Ja«, sagte Corinna. »Ich habe einen weiteren inoffiziellen Termin arrangiert.«

Clement stutzte.

»Du sagtest doch, du wolltest mit jemandem sprechen, der Dellbridge nähersteht.«

»Ich habe heute Morgen so viel zu dir rübergeschickt. Es tut mir leid. Aber ja: Ich würde gerne mit ihnen reden.«

Sie wies auf die Tür. »Ayako Takaki und Zenn Burano warten auf dich.«

Clement nickte. Er kannte die beiden aus den Seminaren und hatte sie auch schon mit Dellbridge gesehen, war sich aber noch nicht sicher, was er von ihnen halten sollte. Sie hatten noch keine Gelegenheit gehabt, sich hervorzutun.

Er dankte Corinna und betrat das Seitenzimmer, und während hinter ihm die Tür zuzischte, verharrten Takaki und Burano – beide hochgewachsen und beide so sehr von Unruhe geplagt, dass sie ihre Signale nicht unter Kontrolle hatten.

Nachdem er den beiden die Hand geschüttelt hatte und dabei all ihre Unsicherheit bestätigt sah, sagte er: »Ich vermute, Sie haben gehört, was geschehen ist.«

»Ja, natürlich«, antwortete Ayako Takaki und strich sich eine Strähne zurück, die sich offenbar aus ihrem Zopf gelöst hatte.

Burano nickte nur. Er wich Clements Blick aus, als könnten ihn seine blauen Augen verraten.

Clement wies auf die Sitzgruppe am Fenster, das einen Blick auf den schmalen Park bot, der auf dieser Seite den Rand des Anwesens markierte. Er nahm in einem Sessel Platz, seine beiden Gäste ließen sich auf den gepolsterten Stühlen nieder. »Alle fragen nun nach Gamil Dellbridge«, sagte Clement. »Und wir fragen uns, ob wir die ganze Zeit blind gewesen sind.«

Takaki tauschte einen Blick mit Burano, doch sie schwiegen. Es mochte sein, dass sie sich auf der symbiontischen Ebene etwas zugeflüstert hatten. Sofort blickte Takaki ihn wieder an und sagte: »Ich kann mir einfach nicht vorstellen, dass Gamil so was gemacht hat. Die Daten müssen gefälscht sein.«

»Sind sie nicht«, entgegnete Clement.

»Ayako hat recht«, sagte nun Zenn Burano. »Ich glaube eher an die Möglichkeit, dass die Nelmurianer irgendeinen Weg gefunden haben, Beweise zu fälschen, als dass ich an Gamils Schuld glaube.«

»Was, wenn es so ist?«, fragte Takaki.

»Dass die Nelmurianer einen Weg entdeckt haben, das Zertifizierungssystem zu überlisten?«, fragte Clement. »Ich wüsste nicht einmal, wo ich anfangen sollte, um so etwas auf die Beine zu stellen.«

»Und wenn es dennoch möglich wäre?«, fragte Burano.

Clement lachte leise. »Dann hätten die Nelmurianer mit einem Schlag dem Zweifel an allem, was geschieht, Tür und Tor geöffnet. Nein. Ich habe die Daten geprüft. Sie sind echt. Dellbridge hat Nelmura aus den Eishallen herausgeholt und ist mit ihr verschwunden. Und ich möchte von euch wissen, womit er sich die letzte Zeit beschäftigt hat.«

»Es könnte sein, dass es mit einem Signal zu tun hat,

von dem er uns heute Morgen noch erzählt hat«, sagte Takaki.

Burano nickte. »Wir haben uns mit ihm und Darrel Eldey getroffen. Das ist ein Assistent bei Senator Alpert. Gamil kam später als üblich und erzählte von einem Signal, das er wahrnahm. Ich vermutete, dass es lediglich ein Echo seiner eigenen Gedanken ist, das sich unter alles mischt.«

»Und Sie?«, fragte Clement und schaute Ayako Takaki in die grünen Augen.

»Ich hielt es für ein echtes Signal. Aber meine Vermutungen gingen nicht weiter, als dass es eine Maschine sein könnte und es vielleicht mit irgendeiner Forschung zu tun hat. Und genau deswegen finde ich es gar nicht abwegig, dass Nelmurianer ihn mit diesem Signal angelockt haben. Vielleicht ist er in irgendetwas reingestolpert. Denn der Mann, der heute Morgen leicht abwesend wirkte, hätte niemals ein solches Ding drehen können.«

Die Geschichte von einem Signal passte zu der Nachricht, die Gamil Dellbridge der Fakultät geschickt hatte. Aber natürlich bestand die Möglichkeit, dass er all das getan hatte, um Zweifel zu säen. Denn jemand, der eine Archontin aus den Eiskammern entführte, musste einfach entdeckt werden.

»Jedenfalls meinte er, dass er mit Ihnen wegen der Sachen reden wollte«, sagte Takaki, und die Verzweiflung in ihrer Miene und die symbiontischen Signale, die sie unfreiwillig ausstrahlte, ließen Clement vermuten, dass sie mehr als nur Freundschaft für Dellbridge verspürte.

Clement glaubte die Geschichte der beiden. Er überlegte, ob die Anwesenheit von Darrel Eldey bei dem Treffen am Morgen etwas bedeuten könnte. Er würde sich über ihn informieren, aber Takakis Verdacht machte ihm zu schaffen.

»Wie können wir helfen?«, fragte Zenn Burano.

Clement seufzte. »Wir werden für den Augenblick das Spiel mitspielen, das die Nelmurianer heute vor dem Rat begonnen haben und das nun die Polizei fortsetzt. Wir werden die Beweise so nehmen, wie sie sind. Das heißt, wir werden eingestehen, dass Gamil die Archontin aus der Fakultät der Nelmurianer gebracht hat. Über die Motive wissen wir nichts. Oder etwa doch?«

»Nichts«, erklärte Takaki.

Burano nickte nur.

»Dann werden wir Inspector Hermansen die Polizeiarbeit machen lassen«, sagte Clement. »Sie beide werden ihm erzählen, was Sie mir erzählt haben. Vielleicht nähren wir den Zweifel und die Ermittlung entwickelt sich in eine ganz andere Richtung. Später dann, wenn man ihn gefasst hat, können wir ihm immer noch den Rücken stärken.«

»Und wenn er Kontakt zu uns aufnimmt?«

»Dann melden Sie sich zuerst bei mir«, antwortete Clement.

Während seine beiden Schützlinge sich erhoben, spürte er deren Misstrauen in ihren symbiontischen Signalen. Sie bemühten sich zu sehr, alles abzuschotten.

Er fing Gedanken auf, die nicht für ihn bestimmt waren. »*... wird ihn schon nicht verraten*«, dachte Zenn Burano. Offenbar waren die Gedanken für Takaki bestimmt gewesen, aber in seiner Unruhe hatte er sie dem Anschein nach nicht verschlüsselt. Offenbar fürchteten sie, dass er Dellbridge am Ende opfern würde, um die Fakultät vor Schaden zu bewahren. Und natürlich mochten sie recht behalten – so leid es ihm für Gamil Dellbridge tat. Falls die Wahl jemals zwischen Dellbridge und der Fakultät bestehen sollte, würde er als Dekan die Fakultät schützen.

8 Verstecke

Obwohl er sich mit Nelmura nicht einmal annähernd schnell durch den Untergrund der Stadt bewegt hatte, war Gamil außer Atem. Die ständige Tarnung war wie Lauschen und Sprechen zugleich – das Lauschen auf die Sensoren, das Sprechen der symbiontischen Befehle, mit denen sie die Programme aussandten und steuerten. Die Fähigkeit, die Nelmura mit ihm geteilt hatte, war zu viel für ihn. Es war, als hätte er sich an der ihm verliehenen Macht berauscht.

Auch jetzt blickte Gamil immer wieder zu Nelmura hinüber. Unterwegs hatte sie unbeteiligt gewirkt, und nur am Status der Sensoren hatte er bemerkt, dass auch sie immer wieder gegen das System vorging. Nun aber stützte sie sich an der Wand ab und warf ihm von Zeit zu Zeit einen vernichtenden Blick zu, als hätte er gerade auf ganzer Linie versagt.

»Es ist nicht mehr weit«, flüsterte sie und musterte ihn von oben bis unten, als fragte sie sich, ob er wirklich würdig war, an den Ort zu gehen, auf den sie auf ihrem Weg mehrmals verwiesen hatte. Ihre Stirn legte sich in Falten, und Gamil befürchtete, sie würde gleich wieder auf ihn losgehen. Sie wandte ihren strafenden Blick jedoch von ihm ab und schaute auf den Gang zurück, dann auf den Weg, der noch vor ihnen lag. »Du hast uns verraten«, sagte sie.

Gamil fühlte sich schuldig, obwohl er sich keines Vergehens bewusst war. Sie verurteilte ihn, und er akzeptierte es. Die Archontin duldete keinen Widerspruch. Sie schob ihm weitere Programme herüber, wie symbiontische Waffen, die er einsetzen sollte, und er wusste nicht einmal, wie er diese handhaben sollte. Da erkannte er, dass die neuen Befehle den Tarnfunktionen ähnelten, nur weitaus raffinierter waren. Er schüttelte ungläubig den Kopf.

Sie packte ihn am Hals und starrte ihm in die Augen. »Muss ich dich töten? Muss ich? Ich kann dich töten und ihnen vor die Sensoren werfen wie ein Stück Fleisch vor die Löwen. Du kennst doch Löwen – aus Spielen und Filmen.«

Natürlich kannte er Löwen und all die anderen Tiere, von denen sie nie echte Exemplare zu Gesicht bekommen würden.

»Kennst du Löwen?«, fragte sie erneut und lockerte den Griff so weit, dass er nicken konnte. »Dann reiß dich zusammen. Sonst ist es aus.«

Gamil spürte dank der Funktionen, die Nelmura ihm zugeworfen hatte, einige Signale auf. Sie stammten von kleinen Bots, die ihnen von beiden Seiten entgegenschwärmten.

Mehrere Dutzend Signale fing Gamil auf. Und er wusste noch nicht, wie er die meisten der neuen Funktionen anwenden musste. Vorhin hatte er sich langsam herantasten können, ehe die Sensoren sie überhaupt hätten erkennen können. Hier aber hatte er keine Zeit dazu. Die Signale kamen langsam, aber kontinuierlich näher. Vor ihnen bewegten sie sich schneller als hinter ihnen, und weiter weg befanden sich sogar noch weitere Signale, die ganz schwach zu ihnen herandrangen.

Als Nelmura weiterging, hatte Gamil noch keine Lösung gefunden. Mit seinen symbiontischen Sinnen auf sie lauschend folgte er ihr und vermochte nichts zu spüren, was ihm einen Hinweis auf die Handhabung der neuen Funktionen hätte geben können. Er prüfte die Funktionsinterfaces und glaubte, eine Ähnlichkeit zu der Tarnfunktion zu erkennen. Und mit einem Mal wurde ihm klar, dass die Tarnfunktionen in diese weit komplexere Struktur inkorporiert waren. So tastete er sich über das Bekannte an das Neue heran, und doch wusste er nicht, ob sich die gewünschte Wirkung entfaltete. Er musste mit den symbiontischen Sinnen in die Bots vorstoßen und mit seinen Programmen deren Daten manipulieren, ohne Spuren zu hinterlassen. Streng genommen würden die Bots sie zwar wahrnehmen – schließlich konnten Nelmura und er das Licht nicht um sich herum lenken –, aber sie konnten die Bots daran hindern, das Sichtbare richtig zu interpretieren.

Nelmura blieb stehen, und auch Gamil hielt inne. Die Bots waren so nahe, dass er sie sehen konnte, und das bedeutete, dass er sofort handeln musste. Sie waren handflächengroße Körper, von denen einige sich über den Boden, die meisten über die Wände und zwei über die Decke ihnen entgegenschoben.

Gamil aktivierte die Tarnung und jonglierte die Signale. Er musste schnell sein: in den Bot eindringen und ihn manipulieren, um sich dann den nächsten vorzunehmen. Dabei verließ er sich auf die Funktionen und auf das, was sie ihm abforderten, ohne sich die Prozesse im Detail anzuschauen. Dazu blieb ihm keine Zeit. Auf symbiontischer Ebene ins Innere eines Bots vorzustoßen verlangte Kraft, körperliche Kraft – so schien es. Es war, als träte er rasch zu dem jeweiligen Bot hin, um ihn mit bloßen Händen aufzubrechen und mit den Interfaces an seinen Fingerspitzen einzudringen.

Die Bots näherten sich, und Gamil schaute zwischen ihnen hin und her. Der eine war bereits von Nelmura kontrolliert, ein anderer war für ihn offen, und das Eindringen raubte ihm viel Kraft. Jede dieser kleinen Maschinen hätte seinen und Nelmuras Einflüssen entgehen und ein Signal an die Zentrale schicken können, ehe sie dazwischengekommen waren.

Gamil erblickte einen Bot an der Wand, der ihm entgangen war, weil er direkt hinter einem anderen folgte. Das Signal war überdeckt gewesen. Gamil bemühte sich, Zugriff auf den Bot zu erhalten, ehe dieser sein Signal an die Zentrale weiterleitete. So sehr er sich jedoch bemühte, so wenig kam er voran. Mit einem Mal aber stand ihm der Weg offen, und er spürte Nelmuras Präsenz. Sie hatte das getan, worin er gescheitert war. Als wäre es eine Strafe, packte sie ihn am Arm und zog ihn langsam, aber bestimmt hinter sich her.

Hätte er sich freuen sollen, dass sie ihre Drohung nicht wahr machte und ihn den Bots als Opfer darbot? War er ihr doch so wichtig, dass sie ihn bei sich haben wollte? Er vermochte nicht nachzuvollziehen, was die Archontin dachte. Ab und zu wandte sie sich mit einem Ausdruck der Verachtung zu ihm um und trieb ihn schließlich wie einen Gefangenen vor sich her, als wollte sie ihn nicht in ihrem Rücken haben. Dass er immer wieder zu ihr zurückschaute, schien sie nicht zu stören.

Gamil spürte weitere Bots in der Ferne, da blieb Nelmura stehen, und neben ihnen öffnete sich eine schmale Tür, die wie eines der vielen Wandsegmente wirkte. Das wunderte Gamil. Er hatte gehört, dass es solche Geheimtüren geben sollte, und einmal einem Vortrag darüber gelauscht, der die These vertrat, dass die Räume, die sich hinter solchen Türen verbargen, Zufluchten für den Fall einer neuen Invasion waren. Die Stadt sei nicht nur zum Überleben im Eis geschaffen worden, sondern auch dazu, unter schwierigen Bedingungen einer Invasion standzuhalten und unter der Oberfläche zu leben. Gamil hatte immer daran gezweifelt, denn er glaubte der allgemeinen Meinung, dass solche Räume nicht mehr, aber auch nicht weniger waren als Ausweichquartiere, in denen technisches Personal bei einem Ausfall des Zentralsystems die Stadt weiterhin am Laufen halten konnte.

Gamil trat freiwillig über die Schwelle in die Dunkelheit, um nicht wieder von der Archontin angetrieben zu werden. Das Licht schaltete sich mit einem Schlag ein, und ein enger Gang führte im Bogen langsam aufwärts.

Kühle Luft wehte ihm ins Gesicht, und der Duft von Kunststoffpolstern erinnerte ihn an die renovierte Wohnung, in die er nach dem Erwachen eingezogen war. Sie kamen in einen hellen Wohnraum. Bis auf den matten Schirm an der langen Wand, einige dunkle Kontaktflächen und einen winzigen Küchenbereich war er minimalistisch eingerichtet. Eine Sitzecke schräg gegenüber, deren weiße Polster sich kaum von den Wänden abhoben, zog den Blick auf sich und mündete in ein schmales Sofa.

Der Ort gab mehr Daten preis, als Gamil verlangte. Die Fugen der Verkleidungen deuteten ebenso wie die quadratischen Bodenplatten darauf hin, dass sich dahinter beziehungsweise darunter Stauraum und weitere Möbel befanden. Die Umgebung war auf allerlei Weisen konfigurierbar, die Farbe ließ sich ohne Weiteres anpassen. Als versuchte das System, ihm dieses Quartier zum Kauf anzubieten, bot es ihm sogar einige Konfigurationsbeispiele an, nach denen er nicht verlangt hatte.

Beim Blick auf die Tür, hinter der den Daten zufolge ein Schlafraum lag, der bis zu vier Betten bereitstellte, war er sich alles andere als sicher, hier mit Nelmura bleiben zu wollen. Vielleicht war es nicht zu spät, sich einfach davonzumachen, sich zu stellen und die Wahrheit zu sagen, ehe die Nelmurianer sie in die Finger bekamen.

Die Archontin schaute sich mit misstrauischer Miene um. Als ihr Blick auf ihm verharrte, glaubte er, sie hätte seine Gedanken erkannt, doch dann hatte er den Eindruck, als durchdringe ihn ihr Blick. Wie einen Windhauch spürte er ihre symbiontischen Aktionen; und einmal bemerkt, erkannte er, dass sie dem System zusetzte. Sie wollte mehr wissen, als dieser Ort preisgab. Die Bots dort draußen mochten ebenso wie die Polizeisysteme erkennen, dass sie hier waren. Vielleicht leitete die Wohnung die Informationen ebenso freigiebig weiter, wie sie ihnen gegenüber alles offenlegte.

Nelmura atmete mit einem Mal durch, und in ihrem Gesicht lag so viel Erleichterung, dass Gamil hoffte, die Lage möge auch für ihn leichter werden. Inzwischen kam er sich vor wie eine Geisel. Er rührte sich nicht und wartete darauf, dass sie ihm Anweisungen gab. Sie trat an den Tisch in der Ecke und setzte sich auf den Hocker, der aus dem Boden emporfuhr. »Was stehst du so da?«, fragte sie mit großen Augen.

»Ich möchte nichts falsch machen«, erwiderte er.

Sie lachte und stützte sich auf dem Tisch ab. »Setz dich«, sagte sie.

Sein Blick wanderte das Sofa entlang, von der Sitzecke fort.

»Nein, nein«, sagte sie. »Nicht dort. Hier zu mir.«

Gamil nickte und näherte sich ihr. Er wollte es nicht wagen, den zweiten Hocker aus dem Boden fahren zu lassen, sondern beschloss, sich hinter den Tisch in die Sitzecke zu begeben. Und kaum war er auf der gepolsterten Bank durchgerutscht, hatte er endgültig das Gefühl, ein Gefangener zu sein.

Nelmura strich mit den Händen über den Tisch. Während im Küchenbereich die Lichter angingen, sagte sie: »Du hast Angst vor mir«, als wäre irgendetwas daran verwunderlich.

»Du bist eine Archontin«, erwiderte er. »Am Anfang wusste ich nicht, mit wem ich es zu tun hatte. Inzwischen bin ich mir darüber im Klaren. Deswegen …«

Nelmura schüttelte den Kopf. »Nein, Gamil. Das ist es nicht. Ja, du warst überrascht, vielleicht sogar ein bisschen verwirrt, als du gemerkt hast, dass ich es bin. Und du hattest Respekt vor der Archontin in mir. Aber seit wir in dem Kontrollraum waren, hast du Angst – pure Angst.«

»Du hast mich attackiert«, sagte er, und es klang mehr nach einer Frage als nach einer Erklärung.

»Ich dachte, das wäre gewesen, ehe dir klar wurde, wer ich war. Ich dachte, diese Notwendigkeit hättest du selbst hinter dich gebracht. Na ja, die Reihenfolge ist nicht wichtig. Entscheidend ist nur, dass irgendwer es getan hat. Sonst wäre alles verdorben gewesen.«

Gamil schüttelte den Kopf. »Ich kann dir überhaupt nicht folgen.«

»Ist das verwunderlich?«, fragte sie mit einem beinahe unschuldigen Gesicht.

»Nein«, antwortete er. Immerhin war sie vor wenigen Stunden erst aus dem Tiefenschlaf erwacht.

»Und doch muss ich handeln; und doch muss ich die Verantwortung tragen.«

»Ich war bereit, dir dabei zu helfen«, sagte er.

»Und du hast gut geholfen. Ohne dich wäre ich nicht so weit gekommen. Ich brauche dich.«

Er verbarg seine zittrigen Finger unter der Tischplatte. »Wie lange?«, fragte er. »Und was wird sein, wenn du mich nicht mehr brauchst?«

»Ich werde dir immer dankbar sein. Ich habe dich aus Dank attackiert – und aus Fürsorge. Vielleicht sogar aus Liebe.« Ein verführerisches Lächeln fand unter Zwang einen Weg in ihr Gesicht. »Was ist falsch daran, meinen Retter zu lieben?«

Er schüttelte den Kopf. Die Schwäche passte nicht zu ihr. Sie war die legendäre Nelmura, keine Prinzessin aus uralten Märchen, die gerettet werden musste.

»Ich sehe, dass du mir das nicht abkaufst«, sagte sie.

Er nickte nur.

»Dann akzeptiere, dass ich mich nicht für das, was ich mit dir getan habe, entschuldigen werde. Du wirst mir später sicherlich noch für all das danken, was ich getan habe.«

»Das bezweifle ich«, sagte er.

»Was hältst du denn für angemessen?«

»Irgendetwas zwischen den Extremen.«

»Du glaubst, ich hätte dich attackiert, um aus der Schwäche zu entkommen, die mich befallen hatte. Denn ich war schwach und brauchte Hilfe.«

»Ich möchte nur sicher sein, dass du es nicht noch einmal tust.«

»Du wünschst dir, dass ich dir den Weg zeige und du dich daraufhin beweisen kannst, wie jeder Symbiont es von einer Archontin erwartet. Du möchtest wie alle die Verantwortung auf mich abwälzen.«

»Nein«, entgegnete Gamil. »Ich möchte Verantwortung

übernehmen, aber du als Archontin könntest mir den Rahmen vorgeben. Denn ich habe keine Ahnung, was hier vorgeht. Ich verstehe nicht, was deine Leute von dir wollen.«

»Für Erklärungen ist es noch zu früh. Ich muss mir sicher sein, dir vertrauen zu können.«

»Das kannst du«, sagte Gamil. »Und das hast du bereits getan.«

»Und doch hast du eben an Flucht gedacht. Das hast du doch?«

»Für einen Augenblick. Und es wäre nicht so, wenn du dich wie die Archontin verhalten würdest, die du bist.«

»Gamil, ich bin nicht die Frau, die du zu kennen glaubst. Ja, ich bin eine Archontin, aber ich bin nicht *deine* Archontin. Du bist ein Yardenide.«

»Und Yarden ist tot«, sagte er. »Wir haben keinen Archonten mehr.« Er dachte an Nelmura und seine Fakultät, aber der Duft von Fleisch und würzigem Teig, der aus dem Küchenbereich zu ihm herüberkam, lenkte ihn ab und machte ihm klar, wie hungrig er war.

Nelmura stutzte.

»Was ist los?«, fragte er.

»Was hast du gerade gedacht?«

»Ich habe das Essen gerochen und gedacht, dass ich Hunger habe«, sagte er und fühlte sich ertappt.

»Das meine ich nicht. Was hast du davor gedacht?«

»Ich weiß nicht.«

»Ihr habt keinen Archonten mehr«, sagte sie. »Was hast du danach gedacht?«

»Ich weiß nicht genau«, sagte er, und da fiel es ihm ein. Er hatte an sie und seine Fakultät gedacht.

Nelmura nickte. »Dass ich eine Archontin ohne Fakultät bin, und ihr Yardeniden seid eine Fakultät ohne Archont. Das hast du gedacht.«

»Du kennst meine Gedanken, noch ehe ich sie kenne.«

»Das ist gar nicht so selten zwischen Archonten und ihren besten Schülern«, sagte sie.

»Aber ich bin nicht dein Schüler. Ist es also ein … Zufall?«

Nelmura lächelte. »Wären wir nicht auf einer Wellenlänge, wäre ich jetzt tot, und niemand würde wissen, was meine Leute mir angetan haben. Sie würden es vertuschen.«

»Wie könnten sie das vertuschen?«, fragte er.

»Es ist nur eine Frage von Autorität. Oder glaubst du, man kann sich sicher sein, in den Kommunikationskammern wirklich mit der Person zu sprechen, mit der man zu sprechen glaubt? Vieles bei diesem Austausch ist so vage und für Interpretationen offen, dass sie viel Spielraum hätten.«

»Dass ich dich bemerkt habe, war also Glück?«, fragte Gamil.

Nelmura schüttelte den Kopf. »Glück im Unglück vielleicht. Denn ich hatte großes, großes Pech. Meine Schülerin – Yaldira – hätte mich hören sollen. Alles war vorbereitet, aber die Zeit verging, und sie wollte mich einfach nicht hören. Und auch du hast mich nicht gleich gehört. Ich habe bemerkt, wie du aufmerksam wurdest. Ich habe dein Lauschen bemerkt. Aber erst nach einer scheinbaren Ewigkeit hast du endlich erkannt, was ich mache. Und mir war klar, dass meine Widersacher merken würden, was vorgeht, sobald du auf meine Signale reagierst.«

»Aber wie konntest du dir sicher sein, dass ich rechtzeitig zu dir finde?«

»Das konnte ich nicht. Das war der schwächste Punkt meines Plans. Durch dein Auftreten habe ich mich verdächtig gemacht.«

»Warst du denn überrascht, dass sie so schnell vorgegangen sind?«, fragte er.

Nelmura schüttelte den Kopf. »Ich war überrascht, dass sie nicht viel schneller agiert haben. Jetzt bin ich überrascht, dass wir es bis hierhin geschafft haben, und habe Zweifel, ob wir das, was uns bevorsteht, wirklich überstehen können.«

»Keine guten Aussichten also.«

»Wann hat es für die Menschheit zum letzten Mal gut ausgesehen?«, sagte sie. »Ist es nicht unsere Geschichte, aus dem Wenigen, das uns geblieben ist, verdammt viel zu machen?«

Gamil nickte.

Nelmura starrte in den kleinen Küchenbereich hinüber. Dort öffnete sich ein Fach, und heraus schob sich ihr Essen, dessen Duft eben bereits zu ihnen herübergeweht war. Den Daten zufolge, die die Küchenecke aussandte, handelte es sich um mit Käse und Hackfleisch gefüllte Teigtaschen. Dazu gab es Rotwein.

»Das habe ich vermisst«, sagte Nelmura.

»Essen, das nach Geschichte schmeckt, aber synthetisch ist?«

»Genau das«, sagte sie lachend.

Er rutschte hinüber und erhob sich von der Bank, um das Essen zu holen. Gleich darauf kehrte er mit dem Tablett zurück, platzierte die Servietten und das Besteck, dann tischte er die vollen Teller und die gefüllten Weingläser auf und schob schließlich das leere Tablett zur Seite. »Darf ich dich was fragen?«, sagte er, während er sich wieder auf seinen Platz setzte.

»Du vermutest doch schon, dass ich ohnehin weiß, was du denkst.«

Gamil zuckte mit den Schultern.

»Keine Sorge. Ich bemühe mich darum, dir deine Privatsphäre zu lassen. Also frag ruhig.«

Er grinste. »Synthetischer Salat oder natürlich gewachsener Salat?«

»Letzteres«, antwortete sie. »Und? Magst du den Salat eher nussig oder eher schlicht, mit Struktur oder eher glatt?«

»Nussig und mit Struktur«, sagte er.

»Ich könnte jetzt bis ins Detail weitergehen und bin mir sicher, dass wir viele Gemeinsamkeiten finden.«

»Aber sicherlich auch Unterschiede«, erwiderte er.

»Natürlich. Aber dass du mich hören konntest, beruht auf einer Ähnlichkeit. Du bist empfänglich für mich, und ich bin es für dich. Keiner da draußen kann dir das geben, was ich dir geben kann. Dein Archont ist tot, und dein Dekan hat noch nicht herausgefunden, wie er dich weiter ausbilden kann.«

»Woher willst du das wissen?«

»Ich sehe dich vor mir«, sagte sie und trank einen Schluck Rotwein.

Er nahm einen Bissen von der Teigtasche. Der Geschmack von Hackfleisch und Kräutern war perfekt ausbalanciert.

»Dein Dekan hat viele Pfade, die er hätte gehen können, nicht eingeschlagen. Ich aber könnte dich weiterbringen.«

Er starrte sie an, wie sie die Augen schloss und genüsslich kaute. Fast schien es, als würden ihr gleich die Tränen kommen. Er erinnerte sich an seinen ersten Burger, nachdem er erwacht war. Eine Welt, die beinahe vergessen gewesen war, hatte sich damals vor ihm aufgetan. So musste es ihr nun ergehen.

»Willst du?«, fragte sie, nachdem sie geschluckt hatte und die Augen wieder geöffnet hatte.

»Was?«, fragte er.

»Willst du, dass ich dich weiterbringe?«

»Davon habe ich früher geträumt, Nelmura.«

»Willst du?«, fragte sie erneut. »Wirst du dir von mir weiterhelfen lassen?«

Gamil nickte. »Wenn ich dir im Gegenzug helfen darf?«

»Dann helfen wir einander. Ich nehme dich als Schüler, und du hilfst mir, Verbündete zu finden. Denn ich habe keine Ahnung, wem ich hier oben vertrauen kann.«

»Vielleicht verfügen wir schon über Verbündete«, erwiderte Gamil und dachte an seinen Dekan.

»Erzähl mir von den Yardeniden. Erzähl mir von Clement Glazer. Ich glaube, ich habe von ihm im Tiefenschlaf gehört. Allerdings nichts Gutes. Es war alles durch die Brille meiner Fakultät verklärt.«

Gamil wusste nicht, wo er anfangen sollte, und er hatte nun Angst davor, Nelmura mit seiner Fakultät in Verbindung zu bringen. Er war sich nicht sicher, ob sie dort tatsächlich in Sicherheit wäre.

Nelmura lächelte. »Du musst lernen, deine Gefühle besser zu schützen«, sagte sie. »Aber schön, dass du dich so sehr um mich sorgst.«

»Werde ich deine Gedanken auch lesen können?«, fragte er.

»Das hängt davon ab, wie gut du noch wirst. Und …«

»Und?«

»Und davon, wie undiszipliniert ich bin.«

Er erinnerte sich daran, dass seine symbiontischen Sinne ihre Wut bei ihrem Angriff auf ihn aufgefangen hatten. »Dann ist das hier ein Neuanfang.«

»Entweder das«, sagte sie mit ernster Miene, »oder das Ende von allem.« Sie blinzelte, schaute sich suchend um, dann geriet sie auf dem Hocker ins Schwanken, und Gamil kam nicht schnell genug hinter dem Tisch hervor, um sie aufzufangen.

Sie lag bewusstlos am Boden, war aber dem Anschein nach unverletzt.

Gamil spürte mit den symbiontischen Sinnen nach, was gerade geschehen war, und es gelang ihm, Statusinformationen einzusammeln. Bei einer Bewusstlosigkeit oder einer Verletzung war es normal, dass das symbiontische Interface Medi-Daten für die Sanitäter, Ärzte und Medi-Bots bereithielt. Jeder Symbiont konnte selbst bestimmen, wie viele Informationen er preisgab und wer befugt war, sie abzurufen. Da Nelmura ihren Medi-Daten keine Beschränkung auferlegt hatte, erfuhr Gamil, dass sie sich zwar den Hinterkopf gestoßen hatte, aber keine körperlichen Verletzungen oder ernste Fehlfunktionen ihrer Maschinerie vorhanden waren. Er ertappte sich dabei, ihren Zustand wie den einer Maschine zu mustern, und voller Schuldgefühle packte er sie unter den Armen und zog sie hinüber in den Schlafraum. Dort fuhr eine Liege aus der Wand heraus, und darauf bettete er Nelmura. Die Daten, die ihn umschwirrten, verrieten ganz offen, dass sich im Wohnraum in einem Schrank medizinische Ausrüstung befand. Von dort holte er ein Medi-Pflaster, das den Zustand der Archontin überwachen konnte und notfalls auch Medikamente verabreichte. Nachdem er Nelmura das Interface angeheftet hatte, wartete er auf eine Diagnose und war schließlich enttäuscht, als ihr Zustand als *Erschöpfung* eingestuft wurde. Ein schwammiger Begriff, der bei den Erwachten immer wieder für allerlei herhalten musste.

Gamil fühlte sich verloren. Er wusste nicht, wie lange sie hier sicher sein würden, und er bezweifelte, dass er ohne Nelmuras Hilfe die Bots würde täuschen können. Zudem fürchtete er, dass die Nelmurianer oder aber die Polizei statt mit Bots mit Symbionten nach ihnen suchten. Er war Nelmura so nahe, und doch fühlte er sich in diesem Augenblick einsam.

9 Der Weg des geringsten Widerstandes

Obwohl sie sich seit Stunden bemühte, abseits der Bots zu bleiben, lief Yaldira ihnen bei der Suche nach ihrer Mentorin immer wieder über den Weg. Nicht, dass sie etwas vor ihnen zu verbergen hatte, doch die Nähe zu ihnen ließ ihre symbiontischen Sinne verschwimmen. Hier unten waren zu viele von ihnen unterwegs, und ihre Signale waren zu penetrant, um irgendetwas anderes wahrzunehmen.

Sie lauschte auf Datenspuren von Nelmura, denn sie hatte die Hoffnung, dass ihre Archontin unbemerkt einen Ruf aussenden konnte. Im Tiefenschlaf hatte Nelmura sie in künstlichen Welten oft geprüft, indem sie ihr ein Signal sandte und sie sie dann suchen musste. Yaldira hatte diese Aufgabe in der Regel gut erfüllt, aber dort unten in den künstlichen Welten des Tiefenschlafs hatte es ihr nicht an Konzentration gemangelt. Hier oben in der Realität rauschte es so sehr, dass sie oft Schwierigkeiten hatte, feinere Signale wahrzunehmen.

Mit einem Mal spürte Yaldira, dass da draußen etwas war. Vielleicht handelte es sich nur wieder um ein kleines Kontrollsystem oder eine gesprächige Wohneinheit. Aber vielleicht war es das Flüstern ihrer Mentorin – ein gehauchtes Signal, dem Yaldira nur schwer folgen konnte. Sie musste immer wieder anhalten und warten, bis die Bot-Schwärme weitergezogen waren und sie das Signal wieder zu hören glaubte. Dann aber verstummte es ganz, und nach einer Weile des Umherziehens und des Lauschens fragte sich Yaldira, ob sie sich das im Rauschen verborgene Flüstern nur eingebildet hatte. Zwischen dem Statusflüstern der Maschinen war nichts mehr zu entdecken.

Hatte sie sich geirrt oder war das Signal verschwunden? War ihre Mentorin vielleicht sogar zum Schweigen gebracht worden – von Gamil Dellbridge?

Dellbridge. Seine Rivalität hatte Yaldira genossen. Natürlich hätte sie das niemals zugegeben. Sie waren beide Hoffnungsträger ihrer Fakultäten, und sie hatten sich auf den verschiedensten Gebieten immer wieder herausgefordert, von Strategiespielen bis zu Entschlüsselungswettbewerben, von Frage-Antwort-Spielen bis zu ausgewachsenen Debatten. Sie kannte ihn gut, ohne mit ihm befreundet zu sein. Durch den Kontrast war er ihr vertraut geworden. Er wirkte schüchtern und manchmal nicht ganz anwesend. Ganz so, als wäre er nur teilweise erwacht und als schliefe ein Teil von ihm immer noch in der Tiefe. Das kam oft vor, und auch für sie war es am Anfang schwer gewesen. Aber sie hatte es überwunden – Dellbridge noch nicht.

Sie fragte sich, ob dies – Gamil und sie als Feinde – ihre Zukunft sein würde. Die erste Runde. Aber damit gestand sie Gamil womöglich zu viel zu. Dies war nicht nur eine Episode in einer langen Reihe von Auseinandersetzungen, und am Ende würden unter Dekanin Wescovich und Dekan Dellbridge die beiden Fakultäten einen Krieg führen. Die Entführung Nelmuras markierte Dellbridges Ende. Aus dieser Sache würde er nicht herauskommen. Man würde ihn zum Tiefenschlaf verurteilen, und dort in künstlichen Welten würde man ihm die Gelegenheit bieten, sich seiner Schuld zu stellen. Möglicherweise würde man ihn sogar aus der Stadt verbannen, ihn hinaus in die Eiswüste schicken, was nichts anderes wäre als ein Todesurteil. Die Entführung einer Archontin mochte eine solche Strafe nach sich ziehen. Und obwohl Yaldira die Verbannung eigentlich immer abgelehnt hatte, empfand sie diese als die angemessene Strafe für Dellbridge.

Auf einem langen Gang, auf dem nichts von den Bots zu spüren war, blieb Yaldira stehen und schaute zurück. Ein Hauchen wehte ihr nach. Die Gedanken an Gamil Dellbridge hatten sie unaufmerksam werden lassen. Das Hauchen verging, aber während ihr Blick die Wand entlangfuhr, bemerkte sie einen Sensor – so unscheinbar, dass man ihn leicht hätte übersehen können.

Yaldira ging zurück und betrachtete die Stelle. An der Wand war nichts zu sehen. Zögernd tastete sie nach einer Kontaktfläche. Es kribbelte unter den Fingerspitzen, und wie aus dem Nichts schossen Statusdaten in ihre Sinne. So erfuhr sie, dass sie vor einer Tür stand. Sie sandte einen Impuls aus, doch die Wandverkleidung öffnete sich nicht. Da war eine Sperre mit einer verschlüsselten Signatur – eine Signatur, die sie kannte. In den künstlichen Welten war sie dieser Spur oft gefolgt. Es war die Signatur ihrer Mentorin.

Yaldira konzentrierte sich und attackierte die Sperre, wie sie es schon unzählige Male getan hatte. Als die Tür aufsprang, fragte sie sich, warum Nelmura eine solche Sperre eingerichtet hatte? Wie hatte Dellbridge sie dazu gebracht? Oder war es ihr gelungen, sich von ihrem Entführer abzusetzen?

Sie schaute die gebogene Treppe hinauf. Dort oben befand sich ein Wohnmodul, das ungefragt Statusinformationen aussandte – unter anderem auch, dass die Tür hier unten geöffnet war. Sofort gab Yaldira den Befehl, dass sich die Tür schließen möge, und als diese sich zugeschoben hatte, schwieg das Wohnmodul über den Zustand hier unten und gab andere Informationen preis: dass die Temperatur bei zwanzig Grad lag, dass auf dem Schirm die unkonfigurierten Nachrichten liefen, dass im Schlafraum zwei von vier Betten bereitet waren.

Vorsichtig stieg Yaldira die schmale Treppe empor und lauschte auf irgendeine Veränderung. Das Wohnmodul sagte ihr alles, was sie wissen musste. Im Schlafzimmer lag eine Person, deren Medi-Pflaster vom System überwacht wurde. Im Wohnraum war das Licht eingeschaltet, und dort befand sich der Schirm mit den Nachrichten.

Als sie die letzten Stufen hinter sich brachte, wusste sie

alles, was nötig war, und nichts an dem Raum verwunderte sie. Die Überraschung saß am Tisch in der Ecke: ein Mann, der nach vorn gebeugt sein Gesicht in den Armen vergrub, ob aus Erschöpfung oder Verzweiflung, wusste sie nicht zu sagen.

Aus den Lautsprechern unter dem Schirm drang die Nachrichtenstimme. »Für Hinweise, die zur Ergreifung von Gamil Dellbridge führen, setzt die Nelmurianische Fakultät eine Belohnung von zehntausend Einheiten aus.« Das war nicht schlecht. Für zehntausend Privileg-Einheiten konnte man sich eine ganze Weile ein luxuriöses Leben machen.

Yaldira blieb am Eingang stehen und versuchte von Dellbridge irgendetwas aufzuschnappen, aber von seiner Seite kamen nur wirre Signale. Ein aufmerksamer Geist hätte sie bemerkt, als sie unten die Tür geöffnet hatte, doch er saß nur da und atmete schwerfällig.

»Inspector Myron Hermansen hat die Aussetzung der Belohnung als unglücklichen Schritt bezeichnet, der die Ermittlungen eher behindern als fördern könnte«, sagte die Nachrichtenstimme.

Gamil schaute stutzend auf. Sein erster Blick galt dem Bildschirm, aber dann erschrak er und starrte ihr entgegen. »Yaldira? Yaldira Wescovich!«

»Überrascht?«, erwiderte sie und wäre am liebsten auf ihn losgegangen. Aber sie wollte diesen Augenblick, in dem sie hier stand und er dort wie ein verzweifeltes Kind saß, nicht ohne Weiteres aufgeben.

»Dass meine Rivalin mich und ihre Archontin aufspürt?«

Sie blickte kurz nach links zum Bildschirm. »Ich habe dir gesagt, dass ich dich beim nächsten Mal fertigmache.«

»Da ging es um ein Spiel«, sagte er. »Das hier ist ernst.«

»Was du nicht sagst«, entgegnete sie. »Wie konntest du das tun?«

Gamil schaute sie mit verwunderter Miene an. »Du von allen musst doch wissen, dass ich nicht dieser Verbrecher bin, für den mich alle halten.«

»Woher sollte ich das denn wissen?«

»Lass es mich anders ausdrücken: Glaubst du im Ernst, ich hätte so etwas Brillantes wie die Entführung einer Archontin aus deren eigener Fakultät planen und ausführen können?«

Sie hatte kein Interesse, ihm auf die Frage zu antworten, sondern wies stattdessen auf die Tür zum Schlafraum. »Ist sie dort?«

Gamil nickte. »Sie schläft. Es war zu viel für sie. Aber es geht ihr gut.«

»Das muss dich nicht mehr kümmern. Ergibst du dich freiwillig oder muss ich dich erst fertigmachen?« Sie bezweifelte nicht, dass sie ihm körperlich überlegen war, so niedergeschlagen wirkte er. Und sie erinnerte sich noch gut an das Judo-Match, bei dem sie ihn wieder und wieder auf die Matte geschickt hatte. Überhaupt hatte sie bei den letzten Konfrontationen die Oberhand gehabt.

»Ergeben?«, fragte er und schaute sie mit verständnisloser Miene an. Er schüttelte sogar den Kopf. »Du hast also keine Ahnung, was hier vorgeht«, sagte er langsam und schaute zur Schlafzimmertür.

Die Sorge in Gamils Gesicht machte Yaldira unruhig. »Ich will sie sehen«, erwiderte sie, um nicht darauf eingehen zu müssen, dass sie nicht wusste, warum er Nelmura entführt hatte und dass sie bei dem Anblick Gamils sogar zweifelte, ob er sie überhaupt entführt hatte.

Gamil wies wortlos auf die Tür und wartete. Sie aber hatte nicht die Absicht, vorauszugehen und so Gamil im Rücken zu haben. Sie starrte ihn an, und nach einem kurzen Stutzen nickte er, öffnete die Tür und ging voran. Yaldira folgte ihm in den halbdunklen Raum. Da war sie – Nelmura. Sie lag auf einem schmalen Bett auf dem Rücken und atmete ruhig. Das Medi-Pflaster bestätigte das, was Gamil gesagt hatte. Nelmura war erschöpft: Ihr Körper und ihre Sinne hatten in den ersten Stunden nach dem Erwachen zu viel durchgemacht.

»Ich hielt sie für unverwundbar«, flüsterte Gamil. »Sie hat uns beide unbemerkt hierhergebracht.«

Yaldira stand wie angewurzelt da und musterte ihre Mentorin. Dies war das erste Mal, dass sie Nelmura in echt sah. Sie setzte sich auf die Bettkante und strich ihrer Archontin vorsichtig über die Schulter, dann über den Oberarm. Es hätte anders sein sollen. Sie hätte ihre Lehrmeisterin nicht unter diesen Umständen kennenlernen sollen, sondern in einer Erwachenszeremonie in den Gewölben der Eishallen. Sie wirklich zu sehen, das war gespenstisch; beinahe so, als wenn man einen Toten sieht und sich fragt, was dieser Körper noch mit der Person gemein hat, die man kannte. Nur war es hier umgekehrt. Dies war die echte Nelmura mit ihrem dunkelbraunen Haar und den vollen Lippen. Nur mit der Haut stimmte etwas nicht. »Warum ist sie so blass?«, fragte Yaldira flüsternd.

»Eine Folge des Schlafs, nicht der Erschöpfung«, antwortete Gamil leise.

Yaldira betrachtete ihn misstrauisch. Die Sorge im Gesicht des Yardeniden warf viele Fragen auf. Er wollte Nelmura offensichtlich nicht schaden. Aber was wusste er, das sie – Nelmuras Schützling – nicht wusste oder nicht wissen durfte? Sie war eifersüchtig, und sie hasste Gamil.

Als sie ihre Meisterin anschaute, verspürte Yaldira ein Lodern, das sie bisher nicht gekannt hatte. Gamil hatte sie nicht entführt. Sie hatte ihre eigene Fakultät verraten. Und sie hatte Gamil vorgezogen und sie aus dem Spiel gelassen. Sie vertraute ihr nicht. Dabei hätte sie ihr vertrauen können. Was hatte ihre Mentorin nur erwartet? Dass Yaldira ihr schaden wollte und nun diese Situation ausnutzte, in der sie regungslos dalag, um ihr den Schädel einzuschlagen? Ein Schauer lief ihr über den Rücken. Nelmura den Schädel einschlagen – damit wäre alles geklärt: zwischen ihr, Nelmura und auch Gamil.

»Was ist los?«, fragte Gamil.

Sie wandte den Blick nicht von Nelmura ab.

»Was machst du?«, fragte er, während sie Nelmuras Arm fest umklammerte.

»Lass sie los!«, sagte er hauchend, als ginge es immer noch darum, Nelmura nicht zu wecken. *»Lass sie los!«*, wiederholte er mit seiner Gedankenstimme.

Yaldira wusste nicht, warum sie den Arm überhaupt gepackt hatte. Ebenso wenig wusste sie, warum sie ihre Hände um Nelmuras Hals legte; warum sie Gamil mit einem Tritt durch den Raum schickte – und warum sie ihre Mentorin würgte. Sie wusste nur, dass es enden musste. Ihre Meisterin hatte sie zurückgewiesen und die Fakultät verraten, und dafür musste sie bezahlen. Und je fester Yaldira zudrückte, umso mehr litt sie unter ihrem Tun und umso mehr drängte sich die Frage auf, was sie hier gerade machte.

Gamils Schrei ließ sie zittern, doch dann schlug Nelmura ihre Augen auf, ihre braunen Augen. In ihrem Gesicht stand erst Entsetzen, dann Enttäuschung und schließlich Wut – ein zu hastig beschrittener Weg, der zu schnell zum Ziel führte. Yaldira löste sich voller Schrecken von Nelmura und spürte, wie ihre Hände wieder an ihr Ziel zurückkehren wollten. Alles, was sie tun konnte, war dagegen anzukämpfen. Die Hände verkrampften sich, und ihre Arme erzitterten. Sie stand wie angewurzelt da und wusste, dass sie gleich auf Nelmura losgehen würde.

Gamil packte sie von hinten, und ohne es zu wollen, rammte sie ihm die Ellenbogen in den Magen. Doch er ließ nicht los, sondern hielt sie umklammert.

Nelmura erhob sich aus dem Bett, blieb kopfschüttelnd stehen und schaute ihr mit bedauernder Miene entgegen. In Yaldira drängte nun alles darauf, nach vorne zu stürmen und die Enttäuschung ihrer Mentorin perfekt zu machen. Doch Nelmura war es, die ihr entgegenkam und sie ins Gesicht schlug.

Statt Schmerzen überkam Yaldira lediglich ein Schwindelgefühl, als wäre sie nur Gast in ihrem Körper. Gamil ließ sie los, doch ehe sie gegen Nelmura vorgehen konnte, stürzte sie zu Boden. Sie sah ihre Mentorin über sich, wollte ein Wort der Entschuldigung hervorbringen, aber nichts außer einem wütenden Schrei kam über ihre Lippen. Alles, was sie tun konnte, war, sich zu verkrampfen, sich selbst aus dem Spiel zu nehmen und zu ertragen, dass Nelmura ihr einen weiteren Schlag versetzte, um dann mit ihren Fingern über ihre Handflächen zu fahren. Kaum berührten sich die Interfaces an ihren Fingerspitzen, stach etwas Glühendes nach Yaldiras Kopf. »Tut mir leid«, war alles, was sie von ihrer Meisterin – mit deren echter Stimme – vernahm. Dann wurde alles finster und still.

* * *

Kaum hatte er Nelmura zurückgerissen und sie dadurch offenbar davon abgehalten, Yaldira über die Bewusstlosigkeit hinaus etwas anzutun, konnte Gamil nicht anders, als immer wieder zwischen Yaldira, die am Boden lag, und Nelmura, die schweratmend über ihr stand, hin- und herzuschauen. »Was zur Hölle war das?«, fragte er schließlich und hielt sich den Magen vor Schmerzen.

Nelmura antwortete nicht, sondern näherte sich Yaldira so vorsichtig, dass Gamil es nicht als Angriff verstand. Die Archontin wendete Yaldira vom Rücken auf den Bauch und kniete sich neben ihr hin. Sie legte ihr die Fingerspitzen mit den Kontakten auf den Hinterkopf, und sofort öffnete sich Yaldiras Maschinerie. Mit Entsetzen beobachtete Gamil, wie Nelmura mit ihren Kontakten durch die Öffnung ins Innere von Yaldiras Schädel fasste, irgendetwas zu greifen bekam und nach wiederholtem Rucken daraus entfernte: ein längliches, ovales Modul mit zahlreichen Kernen und schwach blinkenden Prozessorflächen.

»Was ist das?«, fragte er.

»Das Gleiche, was ich dir entfernt habe«, antwortete sie und schloss den Zugang zu Yaldiras Maschinerie. Dann erhob sie sich und blickte ihm entgegen. »Es ist ein Kontrollmodul«, erklärte sie. »Eigentlich dazu da, unsere Maschinerie im Tiefenschlaf zu steuern – unbewusste Prozesse, die Berechnungen zum Gesamtsystem beitragen. Aber dann haben die KIs festgestellt, dass damit weit mehr möglich ist.«

»Soll das heißen, jemand hat Yaldira über das Ding dazu gebracht, dich anzugreifen?«, fragte Gamil.

Nelmura nickte. »Jemand hatte Zugang zu ihr und hat ihr über ein Skript Befehle erteilt, die sie ausgeführt hat. Das heißt, sie hat versucht, sie auszuführen.« Sie schaute auf Yaldira hinunter. »Hätte sie nicht dagegen angekämpft, wäre ich jetzt tot.«

»Ich hätte sie irgendwie daran gehindert«, sagte Gamil.

»Nein. Sie hätte dich getötet. Jemanden, dem sein eigenes Wohl nichts mehr bedeutet, kann man nicht so einfach aufhalten.«

Gamil nickte.

»Komm! Lass uns sie hinlegen«, sagte Nelmura.

Während sie Yaldira auf das Bett legten, in dem Nelmura eben noch geschlafen hatte, fragte Gamil: »Sind wir hier auch weiterhin sicher?«

»Ich vermute, sie haben ihr das Skript vorher zugespielt. So konnte sie die Befehle ausführen, ohne dass sie Zugriff auf sie haben. Aber wenn sie sie draußen auf den Gängen überwacht haben, werden sie natürlich früher oder später herausfinden, wo wir hier sind.« Sie legte Yaldira das Medi-Pflaster, das sie eben noch getragen hatte, auf die blutige Wange. »Falls sie uns unten aufspüren, werden sie die Tür nicht so einfach aufbekommen wie Yaldira.«

»Aber dann sitzen wir hier in der Falle.«

»Wir können über einen der Versorgungsschächte entkommen«, erklärte Nelmura.

»Aber wer hat sie kontrolliert? Die Nelmurianer?«

Nelmura schüttelte den Kopf. »Die KIs dieser Stadt.«

Gamil erstarrte. »Das heißt, sie kontrollieren uns?«

»Normalerweise nicht. Erst wenn die Dinge aus den Fugen geraten. Erst wenn jemand die Ordnung bedroht.«

»Also hast du die Ordnung bedroht.«

Sie lächelte gequält. »Hast du etwa Angst? Dass die KIs dich nicht mehr lieb haben, weil dir die Verräterin Nelmura den Kopf verdreht hat?«

»Wie könnte ich einem System vertrauen, das eine Kontrolleinheit in meinen Kopf einsetzt, ohne dass ich davon weiß.« Er stutzte und dachte an Freunde und Bekannte. »Was ist mit den Nicht-Symbionten?«

»Sie kann man so nicht kontrollieren. Aber wenn man im Zweifelsfall Macht über die Symbionten hat, dann kann man alles im eigenen Sinn regeln.«

»Aber warum sind sie hinter dir her?«, fragte er.

»Das erkläre ich dir, wenn wir uns abgesichert haben. Wir müssen unsere Spuren verwischen. Das heißt, ich muss ins System und ein paar falsche Fährten legen. Aber es führt kein Weg daran vorbei, dass wir uns einen anderen Unterschlupf suchen.«

Gamil nickte, aber er hatte viele Fragen gestellt und zu wenige Antworten erhalten. Doch was er erfahren hatte, war unglaublich. Die Künstlichen Intelligenzen sollten Symbionten mit in die Maschinerie eingebetteten Modulen kontrollieren können?

»Was sind wir für sie?«, fragte Gamil, als sie gemeinsam im Wohnraum an einer der Kontrollflächen saßen.

»Wir sind Module in ihrem System, und es könnte sein, dass wir für sie im Schlaf wertvoller sind als hier draußen in der Wachwelt.« Sie schaute zur Decke. »Das hier ist am Ende vielleicht nichts weiter als die Brutstätte für die Symbionten.«

»Ich möchte die ganze Geschichte hören«, sagte Gamil begierig. »Alles: warum du eine Gefahr bist, warum sie so drastisch vorgehen und wem wir noch vertrauen können.«

»Wenn du mir jetzt nicht hilfst, die falschen Fährten zu legen, wirst du die Geschichte vielleicht nicht mehr zu hören bekommen. Also! Ich zeig dir, wie es geht.« Und damit hatte sie ihn abgelenkt, und die Angst, hier aufgespürt zu werden, machte ihn ein weiteres Mal zu ihrem Komplizen. Er war nun nicht länger nur ein Entführer, sondern sogar ein Verräter. Sie würden ihn am Ende sicherlich ebenso wenig am Leben lassen wie Nelmura.

Als sie mehrere Dutzend falsche und irreführende Signale in den Systemen dieses Bereichs gesetzt hatten, fragte Gamil: »Haben wir überhaupt eine Chance?«

Nelmura lächelte. »Hätten wir sie nicht, hättest du mich sofort getötet. Aber sie haben nicht mit dir gerechnet. Sie können den Dingen nicht ohne Weiteres folgen. Es ist aufwendig, jemanden zu überwachen, und noch aufwendiger ist es, jemanden zu kontrollieren. Ich merkte, dass sie auf dich aufmerksam geworden waren und langsam von dir Besitz ergriffen. Sie hatten bereits einige Skripte platziert, und es war nur eine Frage der Zeit, bis du damit beginnen würdest, sie auszuführen.«

»Davon habe ich nichts gemerkt.«

»Es kann mit kleinen Gefühlen beginnen. Vielleicht nur mit einem Zweifel. Und plötzlich fragst du dich, warum du mir überhaupt hilfst, und stellst meine Motive infrage. Du hast doch gezweifelt.«

Gamil nickte, aber er zweifelte oft. Wie nur hätte er das als versuchte Kontrolle erkennen sollen?

»Also musste ich dich attackieren, wie ich Yaldira attackieren musste«, sagte Nelmura.

»Aber warum ist es bei Yaldira so schnell passiert?«, erwiderte Gamil. »Sie ist plötzlich auf dich losgegangen.«

»Sie hatten Zeit. Sie wussten, dass Yaldira nach mir sucht, und haben sich einfach an ihre Signatur geheftet. Dann haben sie ihr in aller Ruhe ein paar Skripte mit Befehlen gesandt. Da spielte es keine Rolle mehr, dass sie hier drinnen keinen direkten Zugriff auf sie hatten.«

»Wie hat sie uns überhaupt gefunden?«, fragte er.

»Sie muss irgendein Signal von mir aufgefangen haben. Sie ist gut darin.«

»Aber deinen Hilferuf hat sie nicht gehört.«

»Ich habe nicht behauptet, dass sie so gut ist wie du.«

»Ich hatte den Eindruck, es ist ihr nicht recht, dass ich dir geholfen habe.«

»Natürlich nicht. Sie hätte an deiner Stelle sein sollen. Vergiss das nicht.«

»Wirst du mich noch brauchen, wenn sie aufwacht?«

»Gamil, ich brauche euch beide. Ich brauche jeden, der bereit ist, zu mir zu halten. Statt einem Schützling habe ich einfach zwei. Vielleicht sogar die besten. Jetzt hoffe ich, dass ihr miteinander auskommt.«

Gamil schaute zur Schlafzimmertür. »Wenn sie mitspielt.«

»Das wird sie. Ich werde alle Karten auf den Tisch legen.«

Gamil musste lächeln. »Du bist überhaupt nicht mehr verwirrt.«

»Du irrst dich. Vieles ist noch wirr. Aber in manchen Dingen herrscht nun Klarheit. Und es tut gut, die Last mit jemandem zu teilen.«

»Du meinst das Wissen.«

Sie nickte. »Dir ist natürlich klar, was das für dich bedeutet, oder?«

»Dass sie jetzt hinter mir her sein werden wie hinter dir?«

»Nicht unbedingt. Bei mir wissen sie, dass sie mich beseitigen müssen. Ich habe aus eigener Kraft mein eigenes Kontrollmodul entfernt. Sie konnten mich nicht halten. Dich müssten sie nur mit einem neuen Modul ausstatten und dann ein wenig mit deinen Erinnerungen spielen.«

»Aber warum sollen sie das nicht auch bei dir machen?«

»Sie haben es versucht, während ich geschlafen habe, und festgestellt, dass ich nicht zu kontrollieren bin. Sie müssen mich beseitigen, damit all das hier in ihrem Sinne weiterlaufen kann.«

»Sie sind also außer Kontrolle geraten?«

»Nein. Sie versuchen, uns hier das zu geben, was wir brauchen, und nehmen sich das, was sie benötigen. Wenn wir jetzt anfangen würden, alles infrage zu stellen und sie plötzlich komplett von unserem Wohlwollen abhängig wären, dann würden sie etwas dagegen tun.«

»Können wir das nicht einfach verbreiten? Einfach in die Öffentlichkeit bringen?«

»Wir müssen vorsichtig sein. Die KIs würden auch vor drastischen Mitteln nicht zurückschrecken, wenn es ihre Interessen sichert. Sie gehen immer den Weg des geringsten Widerstandes. Solange sie glauben, dass sie mich zum Schweigen bringen können und damit alles erledigt ist, werden sie behutsam vorgehen.«

»Du meinst, wir können erst dann an die Öffentlichkeit, wenn wir sie daran hindern können, etwas zu unternehmen.«

»So in etwa.«

»Na gut«, sagte er. »Dann gehen wir eben von unten nach oben vor. Wir befreien einen Symbionten nach dem anderen. Ein Schneeballsystem. Wir infiltrieren eine Fakultät, und ehe die KIs merken, was passiert, haben sie mehr Leute gegen sich, als sie handhaben können.«

Nelmura schüttelte den Kopf. »Das ist Aktionismus, Gamil. Ein Weg, auf dem zu viele Wagnisse lauern und den ich nicht gehen möchte, wenn es nicht unbedingt sein muss.«

»Vielleicht sind Wagnisse genau das, was wir jetzt brauchen.«

»Ich verspreche dir, wir werden früher oder später Wagnisse eingehen«, sagte sie lächelnd. »Und jetzt komm. Wir haben noch ein paar Spuren zu legen, und dann schauen wir mal, wie es Yaldira geht.«

Sie versanken wieder Seite an Seite in Gedanken und manipulierten über den Zugang, den Nelmura geschaffen hatte, die Systeme der Umgebung. Wer auch immer sie aufspüren wollte, würde ein Netz aus Fehlinformationen finden, und Nelmura und er würden es merken, wenn dort jemand herumstocherte. »Für Maschinen wird es unmöglich sein, für Symbionten ungeheuer schwer«, sagte die Archontin nach einer Weile.

»Und für Nicht-Symbionten?«

Nelmura lachte. »Denen werden die KIs nicht vertrauen.«

»Und können wir den Nicht-Symbionten vertrauen?«

»Darüber lohnt es sich nachzudenken«, antwortete sie.

10 Kontrollmodule

Yaldira erwachte mit schmerzendem Schädel und wusste sofort, wo sie war; sie hoffte, dass das, was sie getan hatte, nur eine Einbildung oder ein Traum gewesen war. Aber sie lag nun dort, wo Nelmura gelegen hatte. Ein Medi-Pflaster haftete auf ihrer Wange – genau dort, wo sie der Faustschlag ihrer Mentorin getroffen hatte. Die anderen Schmerzen passten zu dem, woran sie sich erinnerte.

Trotz allem Bedauern fühlte sie sich erleichtert, die Wut und die Mordlust los zu sein. Sie konnte sich nicht erklären, was geschehen war, und fürchtete sich vor den Folgen ihrer Tat. Dass sie noch lebte, verstand sie dabei nicht als etwas Positives. Sie war nicht gefesselt, und das konnte nur bedeuten, dass Nelmura und Gamil keine weitere Gefahr in ihr sahen. Das deckte sich mit ihren Gefühlen.

Nelmuras Stimme drang gedämpft durch die geschlossene Tür; Gamils Worte hörte Yaldira nur als gelegentliches Brummen. Aber mit ihren symbiontischen Sinnen bemerkte sie, dass ihre Mentorin und der Yardenide massenweise Statusdaten aussandten. Es wirkte wie eine Verschleierungsaktion, wie Yaldira sie mit Nelmura früher – meist spielerisch – erprobt hatte. Viel Mühe hatte es sie gekostet, mit ihrer Archontin im Einklang zu agieren, aber Gamil schien, wenn auch mit einigen Aussetzern, mithalten zu können.

Vorhin hätte sie die Erkenntnis, dass Gamil offenbar ihren Platz einnahm, wahrscheinlich noch rasend gemacht, aber nun war es einfach nur deprimierend. Falls alles so abgelaufen war, wie sie glaubte, hatte Gamil sich das Vertrauen Nelmuras verdient, während sie selbst es verspielt hatte.

Hier hinten im Schlafzimmer zu sein und zu wissen, dass zwischen ihr und der Treppe nach unten der Wohnraum lag und sie deswegen nicht unbemerkt an Nelmura und Gamil vorbeikommen konnte, förderte die Schuldgefühle zutage. Ihre Tat war ihr peinlich, und sie fürchtete sich vor dem Blick ihrer Meisterin. Da hatte sie Nelmura zum ersten Mal von Angesicht zu Angesicht hier draußen in der Wachwelt gesehen, und sie hatte alles verdorben. All die Hoffnungen, die ihre Mentorin in sie gesetzt hatte, waren in einem Moment dahingeschmolzen. Sie hatte versagt, und dabei konnte sie sich nicht einmal erklären, wie und warum es so gekommen war. Es war einfach geschehen. Aus Eifersucht war Mordlust erwachsen, ohne dass sie etwas dagegen hätte tun können. Die Eifersucht war wie ein Gift, das noch immer in ihr schlummerte.

Um der peinlichen Situation zu entfliehen, musste sie erst einmal aufstehen, und als sie auf den Beinen war, musste sie durch die Tür, und als sich die Tür hinter ihr geschlossen hatte und sie die Blicke von Nelmura und Gamil auf sich spürte, schoss ihr die Hitze zu Kopf. Sie würde es nicht schaffen, diesen Raum zu durchqueren. An Nelmura würde sie nicht vorbeikommen. So blieb sie stehen und schüttelte den Kopf. »Ich weiß nicht, warum ich das getan habe«, sagte sie.

Nelmura erhob sich von ihrem Hocker und winkte sie zu sich heran.

Yaldira schämte sich, nutzte aber die Gelegenheit, um in Nelmuras Armen Schutz zu suchen. »Ich war nicht ich selbst«, sagte sie. »Das musst du mir glauben.« Ihre Worte klangen in ihren eigenen Ohren wie Ausflüchte.

»Ich glaube es nicht nur«, erwiderte Nelmura, »ich weiß, dass du nicht du selbst warst.«

Als Nelmura sich von ihr löste, sie aber an den Schultern fasste, merkte Yaldira, dass ihre Mentorin im realen Leben genauso groß war wie sie selbst. In den künstlichen Welten war sie größer erschienen, oder aber Yaldira hatte sich vor dem Abbild ihrer Lehrerin kleiner gemacht. Und nun stand sie hier mit ihr auf Augenhöhe und fühlte sich ihrer Mentorin in keiner Hinsicht ebenbürtig.

»Setz dich zu uns«, sagte Nelmura und wies zu Gamil, der mit verwirrter Miene am Tisch saß und irgendwelche symbiontischen Befehle aussandte, deren Muster wie Abschlussmarkierungen erschienen. Kaum hatte Yaldira sich neben ihn gesetzt, lächelte er, und sie konnte keinen Hauch von Spott oder aber Mitleid darin erkennen, sondern Wohlwollen.

Nelmura setzte sich wieder auf den Hocker und fragte Gamil, ob er alles abgeschlossen habe. Der Yardenide nickte. »Wir haben uns hier ein bisschen abgesichert.« Er wandte sich an Yaldira. »Du hast, ohne es zu wissen, eine Spur zu uns gelegt.«

»Es tut mir leid«, sagte sie. »Ich hatte keine Ahnung, und ich weiß auch jetzt nicht, was hier gespielt wird.« Sie wagte es nicht, zu fragen, warum sie und Gamil Verbündete waren und warum ihre Fakultät an eine Entführung glaubte. »Ich habe vorhin den Verstand verloren.«

Nelmura legte ein lang gezogenes, ovales Modul, das über zahlreiche Prozessorflächen verfügte, auf den Tisch. Anders als bei anderen Modulen, gab dieses nicht die geringste Information preis. »Deswegen hast du mich angegriffen«, sagte Nelmura. »Das Ding steckte in einem undokumentierten Port.«

Yaldira tastete nach ihrem schmerzenden Hinterkopf.

»Es ist ein Kontrollmodul«, erklärte Nelmura. »Damit kann man Gefühle verstärken, aber auch das Handeln eines Symbionten steuern.«

Yaldira konnte das nicht fassen. Alles, was sie je getan hatte, war mit einem Schlag infrage gestellt. Welcher Gefühle durfte sie sich nun noch sicher sein, welcher Handlungen?

»Keine Sorge«, sagte Nelmura. »Es ist aufwendig, eine solche Kontrolle auszuüben. Selbst die kleinste Veränderung der Gefühle verlangt viel.«

»Aber wer macht das?«

»Die KIs.«

»Unmöglich«, entgegnete Yaldira.

»Es sind die KIs. Sie haben dich gegen mich gewandt, und sie haben auch bei Othao und seinen Kumpanen negative Gefühle verstärkt, die sie dazu brachten, mich tot sehen zu wollen.«

»Aber warum?«, fragte Yaldira.

Gamil nickte. Offenbar hatte er auf diese Frage auch noch keine befriedigende Antwort erhalten. »Etwa nur weil du davon erfahren hast, dass wir alle eine Kontrolleinheit haben?«, fragte er. »Ich meine, so etwas ist ja nicht abwegig, falls die Symbionten ihre Macht zum Nachteil der Stadt oder der Nicht-Symbionten einsetzen. Die Architekten der KIs könnten sich Sorgen um die Demokratie gemacht und die Kontrollmodule als letztes Mittel eingesetzt haben.«

Yaldira stutzte. »Aber das würde ja bedeuten, dass du ...« Sie blickte Nelmura fragend an.

»Dass ich die Ordnung bedrohe«, sagte Nelmura. »Ich gebe offen zu, dass ich das tue. Das heißt, das Wissen, an das ich in der Tiefe herangekommen bin, bedroht die Grundlagen, an die wir geglaubt haben. Wenn es nur darum gegangen wäre, eine Art Sicherheit zu haben, hätte ich wahrscheinlich nichts dagegen gehabt. Aber sie haben mich in der Tiefe attackiert und versucht, meinen Einfluss dort unten zu schmälern, damit ich den anderen Archonten nichts zuflüstern konnte. Nun, selbst das wäre verständlich gewesen. Die KIs hätten ja fürchten müssen, dass ich oder andere, die davon erfahren, sich gegen den Einfluss wehren. Eine Abwägung meines Lebens gegen die Ordnung unserer Stadt hätte die KIs genau dahin führen können, wo sie jetzt sind.«

»Das war also nicht der Grund?«, fragte Yaldira.

»Nein, wenn die KIs so programmiert wurden, wie man es uns gesagt hat und wie es alle Systeme uns glauben machen, hätten sie nicht gegen mich vorgehen können. Sie hätten mit offenen Karten gespielt, und der Senat hätte über Weiteres entschieden. Wahrscheinlich hätte man die Kontrolle in die Hände des Senats gelegt.«

Yaldira stimmte zu, denn im Senat hatten die Nicht-Symbionten die Mehrheit. »Dann hätte man eine Kontrolle in der Hand, die uns daran hindert, zu viel Macht anzusammeln. Aber sie waren so feindselig, dass ich neugierig wurde und tiefer schürfte.«

»Und was hast du gefunden?«, fragte Gamil mit glänzenden Augen.

Auch Yaldira war gespannt und wartete auf Nelmura, die die Antwort hinauszögerte, als überlegte sie, ob sie ihnen die Erkenntnis zumuten konnte.

»Ich fand Log-Dateien in einem Bereich, der nie für uns gedacht war«, sagte sie. »In diesen Daten fand ich eine grausame Wahrheit.« Sie atmete durch und wich ihrem Blick aus. »Ihr erinnert euch natürlich an Yardens Flug.«

»Ich habe mir all die Videos angesehen«, sagte Gamil. »Was für eine Katastrophe!« In seinem Gesicht stand das Entsetzen.

Yaldira schwieg nur. Natürlich hatte auch sie davon gehört und einige Aufzeichnungen gesehen. Jedes Kind wusste, dass Yarden mit dem Raumschiff, das er konstruiert und auf den Namen *Pareidolia* getauft hatte, ins All hatte fliegen wollen. Doch die Satelliten der längst abgezogenen Invasoren, die Yarden hatte täuschen wollen, hatten ihn und seine Crew abgeschossen.

»Yardens Plan wäre aufgegangen. Die Satelliten hätten ihn nicht sehen dürfen. Es waren die KIs, die den Satelliten die nötigen Daten sandten, um das Schiff aufzuspüren und zu zerstören.«

Kopfschüttelnd stotterte Gamil einige Silben, ehe er zu Worten fand. »Unsere KIs haben mit den Systemen der Satelliten gemeinsame Sache gemacht?«

»Das klingt wie ein Verrat, Gamil«, antwortete Nelmura. »Man kann aber niemanden verraten, auf dessen Seite man nie gestanden hat. Die KIs meldeten nicht den Systemen einer längst vergessen Alienkultur, was wir vorhatten. Die KIs sind Teil der Alienkultur. Sie sind die Invasoren. Die Satelliten gehören zu ihnen.«

Yaldira wollte das nicht glauben, aber die funkelnden Augen ihrer Mentorin ließen keinen Widerspruch zu. »Dann ist das alles hier nicht unsere Zuflucht im ewigen Eis?«

»Nein«, antwortete Nelmura. »Dies ist nicht die Oase im Winter, von der unsere Vorfahren gesungen haben. Dies ist die Besatzung. Ein Teil der Besatzung. Ich habe Kommunikationslogs mit den Satelliten gesehen. Die KIs können sie sogar kontrollieren.«

»Dann haben die KIs Yarden selbst abgeschossen?«, fragte Gamil »Sie haben auf ihn gezielt und geschossen? All das, was KIs Menschen angeblich nicht antun können?«

»So ist es«, antwortete Nelmura.

Gamil standen die Tränen in den Augen.

Yaldira fühlte sich wie gelähmt. Alles, woran sie geglaubt hatten, war mit einem Mal in Zweifel gezogen. »Wie viel von dem, was wir wissen, ist Wahrheit, wie viel Lüge?«

»Die Geschichtsschreibung stimmt«, sagte Nelmura. »Zumindest bis zu dem Zeitpunkt der Invasion. Ich habe die Daten gesehen und die Änderungen, die sie vorgenommen haben. Sie haben die Invasoren sehr mysteriös dargestellt, dabei waren sie es selbst.«

»Das heißt, das Tarnsystem, das uns vor den Satelliten schützen soll, existiert gar nicht?«, fragte Gamil.

Nelmura nickte. »So sieht es aus.«

»Aber warum sind wir hier? Warum in der Antarktis?«, fragte Yaldira.

»Weil wir vielleicht nicht der letzte Rest der Menschheit sind und die Erde vielleicht nicht ruiniert ist. Es kann sein, dass dies nur ein Ort von vielen ist, von wo aus die Besatzung aufrechterhalten wird – eine abgelegene Basis, von wo aus sie mit der Raumstation und den Satelliten in Kontakt stehen.«

»Das heißt, die Raumstation ist auch nicht verlassen«, sagte Yaldira.

»Ich vermute, dass die Invasoren uns nie verlassen haben, nachdem sie hatten, was sie wollten, sondern einfach zu Besatzern wurden.«

»Da draußen auf den anderen Kontinenten könnten also noch Menschen leben«, antwortete Yaldira.

»Der ganze Planet kann voller Städte wie Jaskandris sein«, sagte Gamil. »Jeweils mit einer angepassten Geschichte. Vielleicht gibt es sogar ganze Landstriche, die unter der Kontrolle der KIs stehen. Überall andere Lügen. So, wie es gerade passt.«

»Und deswegen wollen sie mich tot sehen«, sagte Nelmura.

»Gab es denn eine Kommunikation zu anderen Städten oder irgendwelchen Invasionsschiffen?«, fragte Yaldira.

»So viel habe ich nicht herausfinden können. Sie haben mich entdeckt, ehe ich an die tieferen Wahrheiten gelangen konnte.«

Yaldira stutzte. »Warum haben sie dich nicht sofort ausgeschaltet, als sie deinen Zugriff bemerkt haben?«

»Haben sie ja versucht. Aber sie haben mich nicht in die Knie gezwungen. Es war wie ein ständiges Tauziehen. Sie sind nicht so stark, wie ich vermutet hatte. Außerdem verlangt ihre Programmierung, dass sie den Weg des geringsten Widerstands gehen. Sie versuchten, mich zum Schweigen zu bringen, indem sie die Verbindungen zwischen mir und dem System schwächten. Dann wollten sie mich am Erwachen hindern. Und nachdem alles nichts nützte und sie einsehen mussten, dass ich erwachen würde, setzten sie Othao und die anderen auf mich an. Und als sie merkten, dass da noch jemand im Spiel war, beschlossen sie, mich aus dem Weg zu schaffen. Wir drei sind jetzt für sie wie Viren, die sich ausbreiten und die dringend eingedämmt werden müssen, ehe sie von der ganzen Stadt Besitz ergreifen.«

»Sie haben also eine Schwäche«, sagte Yaldira.

Nelmura nickte. »Die Stärke der KIs ist enorm, aber ihre Einflussnahme erfolgt nur langsam und alles andere als präzise.« Sie schaute Gamil an. »Nur deswegen konntest du mir überhaupt helfen. Hätten sie einen Überblick gehabt, hätten sie viel früher reagiert. Und hätte ich dich nicht vor ihrem Blick geschützt, hättest du mich wahrscheinlich noch in der Fakultät angegriffen. Hätten sie gewusst, dass du meine Signale hören kannst, hätten sie deine Sinne vernebelt oder dich sogar unter ihre Kontrolle gebracht. Vielleicht hättest du mich erst entführt und dann ermordet, und in dem Skandal wäre die Wahrheit untergegangen.«

»Jeder Symbiont könnte also auf uns losgehen«, sagte Yaldira leise. »Dekan Merrell gehört jetzt zu ihnen?«

Nelmura schüttelte den Kopf. »Nein, nein. Bei Othao war es vielleicht nur nötig, seinen Neid und seine Gier zu verstärken, um ihn zum Handeln zu bewegen.«

»Bei mir müssen sie die Eifersucht geweckt haben«, sagte Yaldira.

»Warst du denn eifersüchtig?«, fragte Nelmura.

»Ein bisschen. Immerhin stand Gamil dir bei und nicht ich.«

»Du hast Glück gehabt. Der Weg des geringsten Widerstandes. Vergiss das nicht. Sie haben deine Sinne vernebelt, damit meine Signale dich nicht erreichen können.« Sie tippte auf das Kontrollmodul. »Das hat mir das Ding verraten. Sie wollten, dass du nichts von mir erfährst. Als ich aber erwacht war, sahen sie in dir eine Möglichkeit, an mich heranzukommen und mich zu erledigen.«

Sie hielt ihr die Kontrolleinheit entgegen, doch Yaldira lehnte ab. Sie wollte dieses Ding nicht haben. So überreichte Nelmura es Gamil, der es neben das seine hielt. Die beiden Module unterschieden sich nicht, und nachdem Gamil sie noch einmal gewendet hatte, um sie von allen Seiten zu betrachten, steckte er sie in seine Jackentasche.

»Was können wir tun?«, fragte Yaldira.

»Ich möchte die Archonten im Tiefenschlaf ansprechen und ihnen erklären, was hier geschieht. Aber das reicht nicht. Wir brauchen auch die Unterstützung hier oben. Wir brauchen Verbündete.«

»Nicht-Symbionten«, sagte Gamil. »Ich kenne vielleicht einen. Er arbeitet für Senator Alpert.«

Nelmura nickte. »Das klingt vielversprechend.«

»Warum sollten wir ausgerechnet Nicht-Symbionten vertrauen?«, fragte Yaldira.

»Weil die KIs sie nicht kontrollieren können. Sie bedeuten ihnen nichts. Den KIs geht es nur um die Symbionten.«

Gamil nickte. »Die Wachwelt ist lediglich die Brutstätte der Symbionten, derer sich die KIs vor allem im Schlaf bedienen. Stimmt doch, oder?«

Nelmura grinste. »Richtig.«

Den Hauch von Eifersucht, der sie überkam, versuchte Yaldira hinter einem starren Blick zu verstecken.

Nelmura schaute zwischen ihr und Gamil hin und her. »Keine Rivalitäten mehr. Ihr gehört jetzt beide zu mir. Ihr werdet doch miteinander auskommen, oder?«

»Natürlich«, sagte Gamil, ohne zu zögern.

Bei Yaldira brauchte es den fragenden Blick ihrer Mentorin, um ihr eine Antwort zu entlocken. »Ich werde dich nicht noch einmal enttäuschen«, sagte sie.

Nelmura lächelte. »Du hast mich noch nie enttäuscht, Yaldira.«

Dieser eine Satz hätte genug sein sollen, um sie mit allem zu versöhnen. Doch obwohl sie wusste, dass die KIs ihre Sinne getrübt, ihre negativen Gefühle geschürt und schließlich sogar ihre Handlungen bestimmt hatten, fühlte sie sich immer noch schuldig.

»Du glaubst, du hättest dich dem Einfluss widersetzen müssen?«, fragte Nelmura.

Yaldira nickte.

»Selbst mir ist es nur knapp gelungen«, sagte sie. »Ich hatte Glück. Und wir können nicht alle Glück haben. Also, keine Schuldgefühle mehr! Ab jetzt bist du diese Last los. Du bist jetzt du selbst, und sie müssten dir das Modul schon wieder einsetzen, um dich erneut kontrollieren zu können.«

Yaldira konnte nicht anders, als zu lächeln. Das war die

Mentorin, die sie kannte und zu der sie aufschaute. »*Danke, Nelmura*«, sagte sie mit ihrer symbiontischen Stimme.

Ihre Mentorin strich ihr über die Hand. »*Die KIs werden dafür bezahlen, was sie dir angetan haben.*«

»Was ist los?«, fragte Gamil.

»*Er ist ungeheuer sensibel*«, flüsterte Nelmura ihr mit ihrer Gedankenstimme zu. »*Er hört uns tuscheln.*«

»*Du betrachtest ihn also auch als deinen Schüler?*«, fragte Yaldira.

»*Natürlich. Er ist dein Rivale. Er hat sich an dir gemessen und ist an dir gewachsen. Alles, was ich dir beigebracht habe, wurde ihm zum Maßstab. Gewissermaßen habe ich durch dich auch ein Stück von ihm geprägt.*«

Yaldira musste lächeln. »*Das heißt, ich dürfte auch einiges von ihm gelernt haben.*«

»*Clement Glazer hat ihn gut ausgebildet.*«

Gamil schaute zwischen ihnen hin und her. »Ihr merkt schon, dass ich direkt vor euch sitze? Was ist nun?«

Nelmura blickte ihn an. »Erzähl mir mehr von deinem Freund, der bei Senator Alpert arbeitet.«

»Darrel Eldey«, sagte Gamil.

»Vertraust du ihm?«

»Schwer zu sagen, wie er auf die Neuigkeiten reagieren wird.«

»Wird er einer Archontin helfen, die ihm klarmacht, dass sie nicht entführt wurde, sondern von ihren eigenen Leuten verfolgt wird?«

Gamils Blick wanderte, und er schien zu überlegen. Schließlich sagte er: »Er würde uns helfen. Ganz sicher.«

»Dann möchte ich ihn kennenlernen«, sagte Nelmura.

11 Schauplätze

Nachdem Nelmura, Yaldira und Gamil das Versteck verlassen hatten, fanden sie in einer Wasseraufbereitungsanlage, zu der Gamil ihnen Zutritt verschaffte, einen neuen Unterschlupf. Nelmura war bereit, ein Wagnis einzugehen, und bat Gamil darum, Kontakt mit seinem Freund Darrel aufzunehmen, während sie dafür sorgte, dass das System nichts davon merkte.

Darrel war kein Symbiont; man hätte ihn und seine Client-Computer überwachen müssen, um Gamils Anruf zu bemerken. Nelmura entdeckte tatsächlich einige Spähprogramme, die die Verbindung überwachten, aber sie konnte sie leicht im Schlaf halten.

Sie schaute dabei zu, wie Gamils Blick wanderte, während er in Gedanken sein Gespräch mit Darrel führte. Seine Miene wurde ernster, und Nelmura befürchtete, dass nichts mehr zu gewinnen war.

»Er glaubt mir nicht«, sagte Gamil und zuckte mit den Schultern.

»Schalt ihn zu mir rüber«, erwiderte Nelmura. »Darrel«, sagte sie, als sie spürte, dass die Verbindung zustande gekommen war.

»Bist du wirklich Nelmura?«

Sie winkte Yaldira näher. »*Mach ein Video von mir und Gamil, und dann spiel es mir zu.*«

Yaldira stellte sich vor sie und starrte sie an. Das Bild, das sie aufzeichnete, erreichte Nelmura und leitete es sofort an Darrel Eldey weiter. Sie zog Gamil neben sich. »So, Darrel. Sehe ich aus wie eine entführte Prinzessin?«

»Du bist es wirklich«, sagte er. »Tut mir leid, Gamil.«

»Kein Problem«, erwiderte Gamil.

Die Videoaufnahme brach ab und Yaldira blinzelte heftig. »Ich hasse das«, murmelte sie.

»Wir würden dich gerne treffen«, sagte Nelmura zu Darrel.

»Von mir aus gern.«

»Gamil handelt alles Weitere mit dir aus.« Nelmura wandte sich an Yaldira, während Gamil wieder in Gedanken versank.

»Traust du ihm?«, fragte Yaldira.

»Natürlich nicht. Aber wir müssen ein Wagnis eingehen. Wenn er wirklich bei Senator Alpert arbeitet und wir vielleicht sogar über ihn Kontakt zu einflussreichen Kreisen bekommen können, wäre das ein gewaltiger Sprung. Denn meine Kontakte schlummern allesamt im Tiefenschlaf.«

Nach einer Weile wandte sich Gamil ihnen lächelnd zu.

»Und?« Yaldira bedachte ihn mit einem lockenden Blick.

»Wir treffen ihn im Bricknell-Haus im Nordwesten«, sagte er.

»Nie gehört«, erwiderte Nelmura.

»Dieser Kugelbau der reichen Nicht-Symbionten?«, fragte Yaldira.

»Genau der. Darrel hat Zugang zu einer Wohnung und will uns im Untergrund eine Tür öffnen.«

»Das riecht nach einer Falle«, sagte Yaldira. »Andererseits würde uns dort in diesem abgeschirmten Gebäude sicherlich niemand erwarten.«

Nelmura nickte. »Wir gehen also?«

Yaldira nickte und schaute zu Gamil. Er nickte ebenfalls.

»Sehr gut, dass ihr mal einer Meinung seid«, sagte Nelmura.

Sie verließen den Unterschlupf und bewegten sich im Untergrund, weit abseits der Nelmurianischen Fakultät und der bisherigen Verstecke. Dennoch konnten sie den Suchbots nicht entgehen und mussten ihre Fähigkeiten einsetzen, um sie zu täuschen. Dabei zeigte sich, dass Gamil und Yaldira ihr Handwerk beherrschten. Sie ließ sie dafür sorgen, dass die Sensoren und Bots blind für sie waren, während sie selbst tiefer in das System hineinlauschte und Spuren platzierte, die in Richtung ihrer Fakultät wiesen. Sie wollte ihre Widersacher glauben machen, dass sie heimkehren wolle, um sich dort festzusetzen, wo ihre Macht am größten war. Aber sie würde im Augenblick nichts dergleichen tun. Sie war sich sogar sicher, dass dort bereits alles auf sie wartete und sie in eine Todesfalle heimkehren würde.

Im Bricknell-Haus mochte ebenfalls eine Falle auf sie warten. Je näher sie ihrem Ziel in den tristen Gängen im Untergrund kamen, umso weniger gefiel es Nelmura, Gamils Freunden vertrauen zu müssen. Eigene Freunde hatte sie keine mehr – zumindest nicht hier oben. Ihre Freunde schliefen in der Tiefe, manche waren so versunken, dass man sie im Schlaf nicht ansprechen konnte. Das System nutzte ihre symbiontischen Komponenten, aber sie selbst waren bewusstlos oder aber sie schwebten in Träumen, zu denen von außen niemand ohne Weiteres Zugang erhielt. Sie konnte keinen Kontakt zu ihnen aufnehmen und musste zugleich mit der Vorstellung leben, dass sie, ohne es zu wollen oder auch nur zu wissen, Teil eines Systems waren, das ihren Tod wollte.

Sie benötigten den Rest der Nacht, um zu jener Tür unter dem Bricknell-Haus zu gelangen, von der Gamil berichtet hatte. Nelmura fand das kleine Modul am Kontrollfeld, das dafür sorgte, dass die Statusdaten den Eingang als verriegelt betrachteten. Sie beließ das Modul, wo es war, und öffnete ohne Schwierigkeiten die Tür.

Auf dem Gang, der sich jenseits davon erstreckte, blickte Nelmura immer wieder zu Gamil und Yaldira zurück und bedauerte es, dass die beiden einander still beneideten. Gamil beneidete Yaldira um die Lehrjahre in der Tiefe und die Verbindung, die sich daraus entwickelt hatte; und Yaldira beneidete Gamil um sein Gespür und darum, dass er zur Stelle gewesen war, als sie gerufen hatte. Dabei sprachen die Daten auf dem Kontrollmodul dafür, dass die KIs Yaldira für ihre Signale taub gemacht hatten.

Nelmura konnte Yaldiras und Gamils Gedanken beinahe lesen; ihre symbiontischen Signale verrieten sie. Sie merkte, dass die beiden einander nicht nur beneideten, sondern dass sie sich auch schämten: Yaldira, weil sie das Gefühl hatte, versagt zu haben; und Gamil, weil er eine Rolle gespielt hatte, die eigentlich für Yaldira vorgesehen gewesen war.

In gewisser Weise fürchtete Nelmura, dass Neid und Scham bald wieder zur Rivalität führen würden. Es half, dass sie hier gemeinsam mit ihnen durch die Gänge eilte. Dass sie zusammenarbeiteten, um vom System unbemerkt weiterzukommen, mochte die Wogen glätten.

Als sie über eine schmale Treppe in die Höhe strebten, spürte sie, dass Gamil hinter ihr unruhig wurde. Das bevorstehende Treffen mit Darrel schien ihn aufzuwühlen.

Vor der Tür im kleinen Raum am Ende der Treppe blieb Nelmura stehen, und mit ihren beiden Vertrauten im Rücken lauschte sie auf das System des Hauses, das wie eine gewaltige Bestie darauf lauerte, sie zu schnappen und zu vernichten. Nur hielt die Kreatur an den falschen Stellen nach ihnen Ausschau. Zudem ließ sie sich leicht täuschen. Auch deswegen, weil zu viele Informationen im Umlauf waren, die ihnen nützen und in deren Gewirr sie sich bewegen und verstecken konnten. Sie wusste, dass da draußen ein Gang im Erdgeschoss war, in dem Reinigungsroboter unterwegs gewesen waren, nun aber ruhten. Ebenso wusste sie, dass das Treppenhaus schräg gegenüberlag und die Sensoren hier auf ein Minimum zurückgefahren waren. Dieses Haus machte es ihnen leicht. Und obwohl sie aus dem Untergrund ins Innere eingedrungen waren, verrieten ihr die Daten, dass sie sich in einem der privilegierten Kugelbauten befanden, die zu ihrer Zeit keine Namen getragen hatten. Es war ein Ort, an dem die Sensoren und Roboter nicht ans Netz der Stadt geknüpft waren, sondern an ein lokales System. Hier durften sich Nicht-Symbionten vor den Blicken der Symbionten sicher fühlen. Die meisten Symbionten vermochten hier mit ihren Gedankenbefehlen nicht mehr zu erreichen als die Clients, die Nicht-Symbionten bei sich führten, um Systeme über vorgegebene Interfaces zu steuern.

Für Nelmura galten die Einschränkungen dieses Ortes nicht. Sie konnte den Systemen entlocken, was sie wollte, und war froh, dass die Sensoren nur für lokale Zwecke gedacht waren und ihre Daten nicht aufzeichneten. Es gab nicht einmal Kameras auf den Fluren und im Treppenhaus. An den Wohnungstüren hafteten zwar Kameraflächen, diese waren aber nicht mit dem Sicherheitssystem des Hauses verknüpft, sondern boten den Bewohnern die Möglichkeit, vor die eigene Tür zu schauen. Das Sicherheitssystem verließ sich auf Bewegungssensoren, denen Nelmura lauschen konnte. So merkte sie, dass niemand in ihrer Umgebung unterwegs war.

Sie öffnete die Tür und wollte dennoch vorsichtig sein. Ein Blick zurück in die verunsicherten Mienen von Yaldira und Gamil zeigten ihr, dass den beiden die merkwürdige Abwesenheit von Überwachungssystemen nicht geheuer war.

Kaum waren sie durch die Tür in das achteckige Treppenhaus gelangt, sagte Yaldira zur Beruhigung: »Das ist tatsächlich ein Haus der Privilegierten; ein Haus derer, die uns Symbionten von außen kaum einen Zugriff gewähren.«

»Hätte uns Darrel also unten die Tür nicht aufgemacht, wären wir nicht reingekommen?«

»Es wäre zumindest schwierig geworden, weil sich dieses Haus nach außen hin abschottet. Jetzt, da wir drinnen sind, ist es leichter.«

»Ich weiß nicht«, sagte Yaldira. »Ein Insider, der uns die Tür aufmacht, und ein Haus, auf das Symbionten von außen keinen Zugriff haben. Das riecht nach einer Falle.«

Gamil schwieg und bewies damit, dass auch er seine Bedenken hatte, inwiefern er seinem Freund Darrel vertrauen konnte.

»Vielleicht ist es eine Falle«, sagte Nelmura. »In Häusern wie diesem zweifelt man normalerweise nicht an den Verhältnissen in der Stadt. Im Gegenteil. Wer hier wohnt, hat es durch das System zu einem hohen Status gebracht – hohe Beamte, Unternehmer, Senatoren. Nicht-Symbionten, die so erfolgreich sind, dass sie sich dem Blick entziehen wollen. Und wenn es nur für eine Weile ist.«

Gamil nickte. »Es könnte mit Alpert zu tun haben. Darrel selbst ist nicht in so einer privilegierten Position. Als Senator könnte Alpert aber Zugang dazu haben.«

»Meinst du, Darrel hat ihm schon von uns erzählt?«, fragte Yaldira.

Gamil zuckte mit den Schultern.

Nelmura führte sie die Stufen hinauf und ließ sich von Gamil die Zimmernummer sagen: Nr. 721. Auf jeder Etage lauschte sie nach anderen Symbionten und nach Systemen, die ihr Informationen zutrugen. Manchmal bewegte sich da draußen etwas, aber wer immer dort ging, mied das Treppenhaus.

Im 7. Stock warteten sie, denn Nelmura bemerkte die Signale von drei Client-Computern, wie sie die meisten Nicht-Symbionten trugen, und die eines Symbionten. Nelmura musste aktiv von sich und ihren beiden Vertrauten ablenken, bis die Gruppe den Weg zu den Aufzügen gefunden hatte und die Signale verstummten. Erst dann wagten sie sich auf den breiten Gang hinaus, der mit seinen abgerundeten Wandverkleidungen, hinter denen Licht strahlte, edel wirkte.

Mit jedem Schritt, den sie gingen, konnte irgendwo eine Tür aufgehen und mit einem Blick wären sie erkannt. Mithilfe der Kameraflächen auf den Türen hätte sie jemand aus einer Wohnung heraus beobachten können, also versuchte sie sich Zugang dazu zu verschaffen, und tatsächlich gelang es ihr ein weiteres Mal, den Sensoren etwas vorzugaukeln.

Der Schutz der Bewohner war weit weniger wirksam, als diese glauben mochten. Und doch hätte sie auf die Schnelle keine dieser Türen entriegeln können. Dabei versagten selbst ihre Fähigkeiten.

Kaum standen sie vor Zimmer 721, da öffnete sich ihnen die Tür, und ein Mann mit dunklem Haar und wachen, grauen Augen winkte sie herein: Darrel. Im Vorbeigehen reichte er ihnen die Hand, und als Nelmura an der Reihe war, bemerkte sie seine Unruhe an seinen kalten, zittrigen Fingern.

Die Wohnung öffnete sich in einen breiten Raum, in dem eine Wand getönter Fenster den Blick über den Rand der Stadt durch die Kuppel hinaus ins Ewige Eis zog. Links und rechts führte je ein Gang aus dem Zimmer fort.

Nelmura lächelte Darrel an, der mit einem Mal mit staunender Miene erstarrte. Sie musste ihren Blick abwenden, um nicht verlegen zu werden. Noch immer wusste sie nicht, wie sie mit dieser Ehrfurcht umgehen sollte. Die glatten Wände mit ihrer beinahe natürlich wirkenden Holzoptik, die sparsam verteilten, aber großflächigen und weichen Möbel machten diese Wohnung zum perfekten Rückzugsort für einen überarbeiteten Senator.

»Und?«, sagte Gamil, nachdem er Begrüßungsworte mit Darrel getauscht hatte. »Jetzt kann es doch wohl keinen Zweifel mehr geben, oder?«

Darrel schaute Nelmura noch immer mit großen Augen an, und es dauerte einen Moment, ehe er blinzelte, seinen Blick von ihr löste und schließlich antwortete: »Ich glaube es, aber ich kann's kaum fassen. Und wenn ich's kaum fassen kann, dann geht das anderen bestimmt auch so. Also: Warum seid ihr nicht an die Öffentlichkeit gegangen. Die ganze Stadt ist hinter dir her, Gamil. Die machen keinen Spaß.«

»Wir auch nicht«, erwiderte Gamil. »Die Sache ist ernst. Die ganze Entführungsgeschichte soll nur ablenken.«

Nelmura war sich nicht sicher, was sie von Darrel halten

sollte. Erst die Ehrfurcht, dann die Sorge um den Freund, und nun suchte sein unruhiger Blick sie. »Gehe ich recht in der Annahme, dass demnach Ihre eigene Fakultät das Problem ist?«

Nelmura schaute zwischen Gamil und Yaldira hin und her und überlegte, wie viel sie Darrel verraten sollte. Yaldira strahlte auf allen Ebenen Ablehnung aus; Gamil wirkte erleichtert, was sie als ein Zeichen der Hoffnung interpretierte. »Du hast recht«, sagte sie. »Es geht um eine Sache, die uns alle betrifft. Und deswegen suchen wir Rückhalt – am besten außerhalb der Fakultäten. Spreche ich zu den Nelmurianern, spalte ich sie entzwei; gehe ich zu einer anderen Fakultät, wird sofort eine Fehde ausbrechen. Und damit wäre niemandem gedient.« Sie wies durch den Raum. »Dies ist doch Senator Alperts Rückzugsort, nicht wahr?«

»Ja, er stellt mir die Wohnung manchmal zur Verfügung. Er gönnt sich nur selten eine Auszeit. Und dann meistens bei seiner Familie und nicht hier.«

»Danke, dass du uns hier Zugang gewährt hast«, sagte Gamil.

Darrel blickte kurz zu Boden, dann sagte er: »Ich habe euch hier nicht heimlich eingelassen. Ich habe meinen Chef um Erlaubnis gefragt.«

Auf Gamils Gesicht verbreitete sich ein Ausdruck des Erstaunens, aber durch die symbiontischen Signale drang Gamils Enttäuschung ungefiltert nach draußen, sodass Nelmura es nicht übersehen konnte. Sie lauschte auf Yaldira, aber diese wirkte so unzufrieden, dass sie für fremde Statusabfragen nicht empfänglich schien. »Dann weiß Alpert, dass wir hier sind?«, fragte Gamil.

»Großartig!«, sagte Yaldira mit scheinbar gelangweilter Stimme, noch ehe Darrel reagieren konnte. »Ich musste es ihm sagen«, erklärte er. »Er vertraut mir, und ich bin ihm verpflichtet.«

Yaldira schüttelte den Kopf, und Gamil erstarrte.

Nelmura lächelte und hob die Hände zu einer beschwichtigenden Geste. »Keine Sorge, Darrel. Ich würde dir nicht vertrauen, wenn du Alpert hintergangen hättest.«

Gamil und Yaldira stutzten.

»Ich bin sogar davon überzeugt, dass wir Leute wie Senator Alpert brauchen werden, um das Ganze zu überstehen. Er will uns sicherlich sehen, oder?«

»Er möchte, dass ich dahinterkomme, was los ist. Ob es stimmt, dass Sie aus freien Stücken mit Gamil gegangen sind. Sollte keine Gefahr drohen, wird er mit Ihnen sprechen wollen. Aber Sie müssen verstehen, dass wir wissen müssen, was uns erwartet, wenn wir uns auf Sie einlassen. Allein dass Sie hier sind, könnte uns in Schwierigkeiten bringen. Das stimmt doch, oder nicht?«

»Ja«, antwortete sie.

»Das heißt, wenn die Nelmurianer rauskriegen, dass Sie hier sind, könnten sie annehmen, dass mein Chef mit Ihnen unter einer Decke steckt. Und wir wollen ganz bestimmt nicht die Nelmurianer zu Feinden haben.«

Nelmura musste grinsen. »Weißt du, wie merkwürdig das klingt, wenn du meine Fakultät im Munde führst, als wäre sie mir völlig fremd? So verrückt ist die Welt geworden, dass eine Archontin ihre eigene Fakultät nicht wiedererkennt.«

»Sie verstehen aber unsere Bedenken«, sagte Darrel und wirkte nun erstmals selbstsicher.

»Wir wissen es zu schätzen, dass du uns hier empfängst, und ich würde Herrn Alpert die Lage gerne erklären. Von Angesicht zu Angesicht.«

»Ich kann nicht ohne Genaueres zu ihm zurückkehren. Er wird nicht kommen. Er muss wissen, wie die Dinge einzuordnen sind.«

Nelmura nickte. Sie war beeindruckt von der Standhaftigkeit des Mannes, der sie eben noch wie ein Wunder betrachtet hatte. »Nun gut. Im Tiefenschlaf habe ich Zugang zum System gehabt und auf versteckten Wegen erfahren, dass die KIs, von denen wir glaubten, dass sie uns dabei geholfen haben, hier Zuflucht zu finden, nicht menschlichem Erfindungsgeist entstammen, sondern Kreationen der Invasoren sind.«

Darrels Lippen bebten. Erst nachdem er tief ein und dann weit ausgeatmet hatte, sagte er: »Wären diese Worte aus irgendeinem anderen Mund gekommen, hätte ich es nicht für wahr gehalten. Und trotzdem kann ich das alles nicht begreifen. Wie sollte so etwas wahr sein? Für mich klingt das wie eine Verschwörungstheorie.«

Nelmura gab Gamil einen Wink. »Gib mir eines der Module«, sagte sie. Der Yardenide holte einen der schmalen Modulstreifen aus der Brusttasche seiner Jacke, auf dem in den Prozessorflächen winzige Lichter blinkten. Sie nahm das Modul entgegen, legte es in ihre rechte Handfläche und zeigte es Darrel. »Jeder Symbiont in der Stadt hat ein solches Kontrollmodul in einem undokumentierten Port eingesetzt.« Sie tippte mit der freien Hand auf den geschlossenen Zugang an ihrem Hinterkopf. »Wenn wir aus der Reihe tanzen, können uns die KIs damit kontrollieren. Und wir sind die Einzigen, die etwas gegen die Dinge, wie sie liegen, tun können.« Sie erzählte, wie sie von allem erfahren hatte und wie Gamil auf sie aufmerksam geworden war. »Meine Vermutung ist, dass die Dinge da draußen, außerhalb unserer Kuppel und außerhalb der Antarktis, anders liegen, als man es uns gesagt hat.« Sie berichtete von der Satelliten-Kommunikation, die sie abgehört hatte, und von Log-Dateien, die bewiesen, dass die KIs mit den Satelliten in Verbindung standen – und dadurch mit den Maschinen der Invasoren. Und sie berichtete von Yardens Absturz und welche Rolle die KIs dabei gespielt hatten. Sie erklärte zudem, dass die KIs in die Geschichtsschreibung eingegriffen hatten und sie nachweisen könne, wie sie die Geschehnisse seit der Invasion mindestens modifiziert, wenn nicht gar erfunden hatten.

»Ich vermute, da draußen gibt es noch etliche Orte wie diesen«, sagte sie schließlich. »Orte, wo man Menschen vormacht, die Letzten ihrer Art zu sein.«

Darrel schüttelte den Kopf. »Wenn das wahr ist, dann sind wir erledigt. Selbst wenn wir gewinnen: Wie sollen wir die Stadt ohne die KIs aufrechterhalten?«

»Mit genügend Symbionten. Die KIs haben ohnehin viel an Subsysteme und Programme delegiert – und natürlich an die Fakultäten. Im besten Fall wird die Stadt überhaupt nicht davon beeinträchtigt, im schlimmsten Fall müssten wir die Archonten aufwecken, die KIs niederzwingen und dann die Verantwortung verteilen. Die Archonten – die bisherigen und vielleicht auch neue – werden mit den Fakultäten alles am Laufen halten.« Sie wollte das Bild nicht zu düster malen, und tatsächlich war sie davon überzeugt, dass die KIs hier oben nur korrigierend eingriffen und jetzt bereits alles ohne ihr Zutun laufen konnte.

Darrel schluckte. »Ich wünschte, ich hätte das nie erfahren.«

»Du hast also keine Zweifel an dem, was ich sage?«, fragte Nelmura.

»Nein.«

»Und Alpert?«

»Wie ich ihn kenne, wird er es glauben.«

»Falls er Beweise benötigt, kann ich die von mir erbeuteten Daten vorlegen. Das Problem ist nur, dass ein Symbiont oder eine KI die Echtheit bestätigen müsste. Und da nur wir drei das Modul los sind, alle anderen aber beeinflussbar sind, wird das nicht leicht.«

»Ich muss zu meinem Chef«, sagte Darrel. »Ich muss ihm hiervon erzählen. Ihr könnt hierbleiben. Ein besseres Versteck gibt es nicht. Ich werde mit Alpert wiederkommen, und dann können Sie besprechen, was zu tun ist.«

»Wir werden hier sein«, sagte Gamil und klopfte Darrel auf die Schulter. »Danke, dass du uns hilfst.«

»Ihr könnt mir danken, wenn alles vorbei ist«, erwiderte Darrel. Dann reichte er Nelmura noch einmal die Hand. »Sie glauben nicht, was für eine Ehre es ist, einer echten Archontin zu begegnen. Ich kann's immer noch kaum fassen.«

Nelmura drückte ihm die Hand. »Du hast dich doch ganz gut daran gewöhnt. Noch ein bisschen, und es wird etwas ganz Normales sein.«

»Bis später«, sagte Darrel lächelnd.

Gamil lächelte zurück und nickte.

Yaldira aber rührte sich nicht.

Kaum hatte sich die Wohnungstür hinter Darrel geschlossen, wandte sich Yaldira an Nelmura und sagte: »Ich traue ihm nicht.«

Gamil verzog das Gesicht, schwieg aber.

»Ich traue ihm eigentlich auch nicht«, erwiderte Nelmura. »Außer euch beiden vertraue ich hier oben niemandem.«

»Musstest du ihm denn so viel verraten?«, fragte Yaldira. »Es hätte doch sicherlich auch gereicht, dass wir mit unserer Fakultät Probleme haben und sie uns tot sehen wollen.«

»Sage ich zu wenig, werden sie misstrauisch und schätzen die Lage nicht schlimm genug ein. Sie könnten uns leicht verraten, weil unser Anliegen nicht schwer genug wiegt. Offenbare ich aber fast alles, muss ihnen klar sein, womit sie es zu tun haben, und die Hemmschwelle, uns zu verraten, ist geringer.«

Yaldira nickte und machte die großen Augen einer wissbegierigen Schülerin.

Gamil hingegen schien mit ihrer Antwort nicht zufrieden zu sein und starrte sie an.

»Was?«, fragte sie ihn.

»Wenn es um mehr geht, könnte sich jemand wie Alpert grundsätzliche Fragen stellen. Ich stimme Yaldira zu: Warum so viel verraten, wenn wir genauso gut nur den Teil preisgeben können, der Alpert ausreicht, um uns zu helfen. Zumindest bis wir uns sicher sein können.«

»Gut, dass ihr einer Meinung seid. Daran solltet ihr arbeiten.« Yaldira und Gamil musterten sich, als überlegten sie sich, wie sie den anderen beleidigen konnten. Als Gamil sie wieder anschaute, sagte sie: »Soll das heißen, dass du deinem Freund nicht vertraust?«

»Ihm schon. Aber Alpert kenne ich nicht gut genug. Und gerade in solchen Loyalitätsbeziehungen kann man leicht ausgenutzt werden.«

»Wir wissen nicht, wie lange wir hierbleiben können«, sagte Nelmura. »Wir müssen schnell agieren. Ich werde ins System eintauchen und prüfen, was da zu machen ist. Informationen sammeln und schauen, ob ich an einige der Archonten im Tiefenschlaf herankomme. Ihr überlegt euch, wie wir hier oben vorgehen können. Ich kenne mich nicht mehr aus. Ihr müsst wissen, wen wir über Alpert hinaus kontaktieren können.«

»Du willst also einen Plan B?«, fragte Yaldira.

»Das kann zumindest nicht schaden«, erwiderte sie.

»Ich denke an meine Fakultät«, sagte Gamil. »An meinen Dekan und meine Freunde. Das Modul entfernen reicht ja nicht. Wir müssen es bei Leuten machen, die uns glauben werden und uns helfen wollen. Ich kenne sonst niemanden, der dazu bereit wäre.«

»Du glaubst nicht, dass dein Dekan mich als Spielball benutzen würde?«

»Nein. Und selbst wenn es so wäre, würde er spätestens dann, wenn er die Wahrheit kennt, einsehen müssen, dass wir auf derselben Seite stehen.«

»Nur wie kommen wir an ihn heran, um ihm das Kontrollmodul zu entfernen?«, fragte Yaldira. »Das ist die Frage, die wir uns bei all unseren zukünftigen Kandidaten stellen müssen.«

Nelmura nickte. »Wir brauchen nicht nur Leute, denen ihr vertraut, wenn sie das Modul los sind, sondern auch solche, die nach der Offenbarung der Wahrheit auf unserer Seite sind. Überlegt einfach. In aller Ruhe. Ich gehe in den Maschinenraum und versuche, über die Hausanlage unbemerkt ins System zu kommen.« Sie ging auf die Tür zu, ohne abzuwarten, was die anderen zu sagen hatten.

»Was, wenn Alpert kommt?«, fragte Yaldira.

Nelmura blieb vor der Tür stehen. »Dann schickt ihr mir

eine Nachricht über das System des Hauses. Ich werde dafür sorgen, dass sie unbemerkt bleibt.«

»Wirst du so einfach in den Maschinenraum reinkommen?«, fragte Gamil.

»Ob es einfach wird, weiß ich nicht. Mal schauen. Aber ich muss es versuchen. Ihr bleibt hier. Und seid nett zueinander. Vielleicht ruht ihr euch ein bisschen aus.«

Sie fuhr mit den Fingern über die Kontaktfläche, und kaum war die Tür offen, trat sie nach draußen. Ehe sich die Tür hinter ihr schloss, hörte sie Yaldira sagen: »Es gibt schlimmere Orte, an denen man festsitzen kann.«

Gamils Antwort wurde durch das Zischen der sich zuschiebenden Tür übertönt, aber in den letzten symbiontischen Signalen, die sie aufgefangen hatte, war keine Gegenwehr zu spüren gewesen, sondern vielmehr Entgegenkommen.

* * *

Myron fasste sich an die Stirn, während er aus dem Schlafzimmer, in dem Sergeant Eliseo Areias die Blutstropfen untersuchte, in den Wohnraum hinaustrat. Dass Dellbridge die Archontin hier gefangen gehalten hatte und dann weitergezogen war, konnte er kaum glauben. Aber Yaldira Wescovichs Spur führte hierher. Das zumindest behaupteten die Suchbots, auch wenn sie keine konkreten Daten hatten preisgeben wollen. Es war wieder der Fall einer Fährte, deren Aufspüren sie unbrauchbar gemacht hatte. Dennoch glaubte er den Maschinen.

Dies war der Unterschlupf, nach dem sie gesucht hatten. Daran hatte Myron keinen Zweifel. Und was immer hier geschehen war: Dellbridge, Wescovich und Nelmura waren verschwunden.

Eliseo folgte ihm in das Wohnzimmer und sagte mit seiner Jungenstimme: »Das Blut gehört Yaldira Wescovich.« Er stutzte. »Was ist?«, fragte er und schaute ihn mit seinen Rehaugen an.

»Kopfschmerzen und Rätsel – das ist alles.«

»Rätsel?«, fragte er und kratzte sich sein rotbraunes Haar. »Ist doch klar, was hier passiert ist.« Er wies zwischen den Robotern hin und her, die den Raum auf Spuren untersuchten. »Das war Dellbridges Versteck. Wescovich kam hinzu und es kam zu einem Kampf.«

Der Schmerz, der sich seinen Weg in Myrons Stirn gesucht hatte, verblasste nun. »So viel ist klar. Aber wie hat Dellbridge beide – Nelmura und Wescovich – fortgeschafft?«

Eliseo schaute sich suchend im Raum um und wies schließlich auf den Logistikschacht in der Wand. »Vielleicht über den Lieferzugang. Würde mich nicht wundern, wenn wir da die Leiche von Wescovich finden würden.«

»Du tust so, als wäre das normal«, sagte Myron. In Wirklichkeit hatte Eliseo noch nie mit einem Mord zu tun gehabt. »Na gut, Ell. Du machst hier weiter und wartest auf die anderen. Ich schaue mich draußen um.«

»Das wird schon, Myron«, sagte Eliseo, aber der Sergeant war noch nie gut darin gewesen, ihm Mut zu machen.

Myron winkte ab und ging die schmale Treppe hinunter. Als er wieder draußen auf dem Gang angekommen war, schaute er nach links, dann nach rechts. Die Bots waren noch auf der Spurensuche, aber Myron ahnte, dass sie nichts finden würden. Die Bots mochten Yaldiras Fährte bis hierher verfolgt haben, aber wer wusste schon, wie Yaldira hergefunden hatte? Myron vermutete, dass Nelmura ihr einen Hilferuf gesendet hatte, der Dellbridge verborgen geblieben war. Vielleicht aber hatte sie auch einfach die Nähe ihrer Lehrerin gespürt.

Während er dem Gang nach rechts folgte und den Bots auswich, hatte er das Gefühl, etwas übersehen zu haben. Irgendetwas stimmte nicht. Dellbridge war zu weit mehr fähig, als er angenommen hatte. All die Sensoren auszuschalten, den Bots hier unten aus dem Weg zu gehen – dazu gehörte eine Macht, über die ein einfacher Symbiont nicht verfügte.

Oben im Schlafraum hatte er für einen Moment daran gedacht, dass die Archontin über solche Fähigkeiten verfügte und was wohl wäre, wenn es keine Entführung gegeben hatte, sondern Nelmura freiwillig mit Gamil gegangen war und der junge Yardenide sogar ihr Helfer war. Aber selbstverständlich war das abwegig. Denn warum sollte sie sich an das Mitglied einer anderen Fakultät wenden, wenn doch in Yaldira zuverlässige Hilfe in ihrer eigenen existierte. Wie eben schon zog sich nun ein Schmerz vom Nacken durch den Schädel in seine Stirn.

Er brauchte eine Pause. Das hatte ihm die Zentrale auch mehrmals zu verstehen gegeben. Bislang hatte er den Polizeicomputer, der über die Zeiten wachte, mit der Dringlichkeit dieser Angelegenheit vertrösten können, aber ohne Spur wusste er nicht weiter. Und die Vermutungen, die an Verschwörungstheorien grenzten und über die er sich beinahe den Kopf zerbrach, führten nirgendwohin.

Als der Schmerz endlich nachgelassen hatte, sandte er eine Nachricht an die Zentrale und kündigte an, dass er nun endlich eine Pause machen wolle. Zehn Minuten später lag er in der Kabine seines Wagens und konnte der Müdigkeit nicht widerstehen. Sie kam über ihn, wie vorhin der Schmerz über ihn gekommen war.

12 Darrel

Voller Zweifel betrat Darrel Eldey das geräumige Zimmer seines Chefs. Alpert ging mit verlorenem Blick unruhig auf und ab, und erst mit einer Verzögerung schien er Darrel zu registrieren und blieb stehen. »Und?«, war alles, was er sagte. Der Senator war fast einen Kopf kleiner als Darrel und schaute zu ihm auf. Seine blauen Augen wirkten trotz des besorgten Gesichts zuversichtlich. Mit diesen hoffnungsvollen Augen hatte Alpert schon manche Wiederwahl für sich entschieden, dessen war sich Darrel sicher. »Was ist nun?«, fragte er.

»Es stimmt«, antwortete Darrel. »Was Gamil gesagt hat, stimmt.«

Alpert schüttelte den Kopf und starrte auf das weite Bücherregal, das mit Faksimiles klassischer Werke wie die von Arthur C. Clarke, Yuna Wurishi und C. J. Glamberscaul bestückt war. »Aber das ergibt keinen Sinn«, sagte er.

»Gamil hat Nelmura geholfen, aus der Fakultät zu entkommen. Die Nelmurianer wollen ihre eigene Archontin tot sehen.«

Alpert winkte ihn zu der Sitzecke beim Lesetisch, auf dem sich die Bücher stapelten, in denen er diese Woche abwechselnd las. Nachdem sie Platz genommen hatten, sagte Darrel: »Es klingt verrückt, und hätte ich Nelmura nicht mit eigenen Augen gesehen, hätte ich es nicht geglaubt.«

»Keine Sorge, Darrel«, sagte Alpert. »Ich vertraue deinem Urteil. Erzähl mir alles.«

Darrel atmete durch und berichtete das, was Nelmura ihm gesagt hatte. Während er von den Kontrollmodulen sprach, bemerkte er, dass der Blick seines Chefs immer wieder ins Nichts fuhr. Er erwog wieder einmal etwas und würde sicherlich nicht lange auf eine Einschätzung warten lassen. Nachdem Darrel ans Ende seines Berichts gekommen war, schwieg Alpert jedoch erstaunlich lange. Sonst war er schnell mit Erklärungen und Plänen bei der Hand. Er starrte auf den kleinen Tisch, auf dem eine Wasserflasche und vier Gläser standen, dann blinzelte er und schaute zur Seite, als würde er die Titel der Bände lesen, die sich dort auf dem Lesetisch stapelten. Schließlich schaute er zu Darrel zurück und sagte: »Das klingt wirklich wie eine Verschwörungstheorie.«

»Nelmura möchte mit Ihnen sprechen«, sagte Darrel.

»Das kann ich mir vorstellen. Aber wir müssen vorsichtig sein. Zumindest an der richtigen Stelle müssen wir aufpassen.«

Das sagte Alpert gerne, wenn er jemanden hintergehen wollte. »Verstehe ich Sie richtig?«, fragte Darrel.

Alpert nickte. »Wir werden uns keinesfalls in die Schusslinie begeben.«

»Aber das haben wir doch schon. Sie sind in Ihrer Wohnung, Senator.«

»Deren Verbindung zu mir über einige Ecken geht. Niemand würde vermuten, dass sie dort sind.«

»Aber wenn man sie dort aufspürt, würde man die Verbindung zu Ihnen erkennen.«

»Ein weiterer Grund, vorsichtig zu sein.«

»Aber das ist unsere Gelegenheit, eine der großen Fakultäten zu schwächen«, sagte Darrel. »Wir sollten ihnen helfen, alleine um den Nelmurianern etwas entgegenzustellen.«

»Was würden wir dann erreichen?«, fragte Alpert und nickte dann heftig. »Dass die Symbionten von den Kontrollmodulen befreit würden und wir auf sie angewiesen sind, weil wir uns dann von den KIs befreien. Wir wären dann komplett von den Symbionten abhängig. Sie würden das schamlos ausnutzen. Denk nur an die Fehden.«

Darrel nickte. Tatsächlich richteten die Machtkämpfe zwischen den Fakultäten viel Schaden an; vor Jahrhunderten hatte es sogar Tote bei den Auseinandersetzungen gegeben. »Sie würden die Macht unter sich aufteilen«, sagte er. »Und unser Wort würde nicht mehr so viel zählen.«

»Diese Kontrollmodule sind vielleicht genau das, worauf wir gewartet haben«, sagte Alpert. »Wir haben doch immer gehofft, die KIs würden sie in ihre Schranken weisen, wenn sie zu weit gehen. Vielleicht hat dieser Kontrollmechanismus die ganze Zeit existiert. Vielleicht waren die KIs deswegen taub für unsere Bedenken, weil sie die Konsequenzen, die wir forderten, längst umgesetzt hatten.«

Darrel widerstrebte es, in dieser Richtung zu denken. Es lenkte zu sehr davon ab, was die KIs getan hatten und dass sie, falls Nelmura recht hatte, nicht von Menschen geschaffen worden waren, sondern von den Invasoren. »Aber …?« war alles, womit er seine Sprachlosigkeit einleiten konnte.

Alpert hob die Hand, als hätte Darrel tatsächlich etwas sagen wollen, bei dem er ihn unterbrach. »Wenn diese Module dazu da sind, uns vor der Herrschaft der Symbionten zu schützen, dann dürfen wir nicht helfen. Wir dürfen uns vom Glanz der großen Archontin nicht blenden lassen.«

Darrel stutzte. Vielleicht hatte er sich bereits blenden lassen. Nelmura hatte ihn beeindruckt, und die Freundschaft zu Gamil hatte ihn sofort für deren Vorhaben eingenommen. Aber dennoch konnte er einen Gedanken nicht abschütteln. »Was, wenn Nelmura recht hat? Was, wenn die KIs zu den Invasoren gehören? Was, wenn sie tatsächlich Yarden und die ganze Crew der *Pareidolia* abgeschossen haben?«

Alpert nickte und schaute dann zu dem lang gezogenen Fenster, das einen Blick über die erwachte Stadt bot. »Lass mich dich was fragen, Darrel.« Es dauerte eine Weile, bis Alpert ihm wieder entgegenblickte. »Hast du dich je danach gesehnt, die anderen Kontinente zu sehen?«

»Neugierig wäre ich schon«, antwortete er. »Aber natürlich hab ich Angst, dass da nur eine Enttäuschung wartet.

Jetzt ist natürlich die Frage, ob sich mit Nelmuras Annahme einfach alles ändern muss. Auch unsere Träume.«

»Ich habe mich damit abgefunden, dass wir nie mehr haben werden als diese Stadt. Ganz egal, wo wir sind, es wird immer darum gehen, das Beste für einen selbst und die, die einem etwas bedeuten, rauszuholen.«

Darrel fragte sich, ob seine Sehnsucht danach, ein Symbiont zu sein, unter diesen Bedingungen noch etwas zählte. Er fühlte das Verlangen zwar noch, aber wer wusste schon, wie das alles enden würde, und ob es dann noch wünschenswert war, ein Symbiont zu sein? Eines wollte er sicher nicht sein: ein Symbiont, der von KIs kontrolliert wurde.

»Die Frage ist ...«, sagte Alpert, »was ist schlimmer: das Leben, das wir hier haben, oder eine Herrschaft der Symbionten?«

»Ganz ehrlich: Ich weiß es nicht.«

»Nehmen wir mal an, dass Nelmura richtigliegt«, sagte Alpert. »Was ändert sich? Wir glaubten bisher, dass die Invasoren abgezogen sind und eine verseuchte Erde und die Satelliten und die verlassene Raumstation hinterlassen haben. Und jetzt heißt es doch, dass die Invasoren noch da sind und uns nicht vernichtet haben, sondern hier und vielleicht auch anderswo eine Stadt erbaut haben. Vielleicht ist dies eine geheime Basis, und anderswo lebt man ganz anders. Vielleicht lebt man offen, nicht von einem lebensfeindlichen Land umzingelt.«

»Je mehr ich davon höre, umso mehr möchte ich es sehen.«

Alpert lächelte. »Können wir uns denn überhaupt sicher sein, dass irgendetwas von dem Wissen, das man uns mitgeteilt hat, stimmt? Was, wenn alles eine Erfindung war? Was, wenn es gar keine Invasion gab? Was, wenn die KIs uns eine Geschichte präsentiert haben, damit wir diese letzte Zuflucht der Menschheit hinnehmen und nicht versuchen, die erschütternde Wahrheit zu erfahren – was immer das dann auch sein mag. Mir kamen die KIs nie bösartig vor. Sie haben uns immer beschützt und bei jeder Krise mit uns eine Lösung ausgearbeitet. Da draußen außerhalb unserer Kuppel und jenseits der Antarktis kann alles Mögliche liegen.«

»Nelmura meint, Spuren gefunden zu haben, die darauf hinweisen, dass unsere Geschichtsschreibung bis zur Invasion stimmt und die KIs erst die nachfolgenden Ereignisse modifizierten.«

»Die KIs könnten genauso gut der Menschheit verpflichtet gewesen sein, und dann haben sie mit den Invasoren gemeinsame Sache gemacht«, sagte Alpert. »Alles ist möglich, wenn jemand die Geschichtsschreibung nach eigenen Vorstellungen verändern kann.«

»Und genau das macht mich so neugierig auf das, was da draußen auf den anderen Kontinenten vorgeht«, sagte Darrel.

»Aber glaubst du im Ernst, dieses Ziel gegen den Widerstand der KIs erreichen zu können? Wenn alles so ist, wie Nelmura sagt, dann haben die KIs all das hier für uns geschaffen, damit wir hier leben.«

»Ein Gefängnis.«

»Aber haben wir nicht alles, was wir brauchen? Was für eine Welt war es denn vor der Invasion? Wenn Nelmura recht hat, haben die KIs das nicht manipuliert. Wir reden also von einer Welt, in der die Menschen für eine Mahlzeit und ein Dach über dem Kopf arbeiten mussten, eine Welt voller Kriege und Ausbeutung. Wir aber haben hier alles im Überfluss, und unsere Streitigkeiten lassen sich nicht mit dem, was früher war, vergleichen. Die KIs haben uns diesen Ort geschaffen, und wir leben hier nicht schlecht.«

»Das heißt, Sie werden gegen Nelmura Stellung beziehen«, sagte Darrel.

»Nicht unbedingt. Aber bevor ich gegen die KIs vorgehe, müsste ich mir sicher sein, dass wir damit nicht all das verspielen, was wir hier haben. Denke ich an die Fakultäten, bezweifle ich, dass die Stadt allein auf der Basis der Symbionten bestehen kann.« Er biss sich auf die Lippen und schien, den Blick ins Leere gerichtet, über alles nachzudenken. Schließlich sagte er: »Nehmen wir an, Nelmura könnte die KIs überwinden. Würden dann nicht die KIs, die es vielleicht anderswo gibt, gegen uns vorgehen? Würden sich die Satelliten, wenn hier alles verloren ist, nicht gegen uns wenden?«

»Es hieß doch immer, die Satelliten seien blind für uns.«

»Wenn Nelmura recht hat, ist das ja nur ein Vorwand, um zu verschleiern, dass die KIs mit ihnen im Kontakt stehen. Es ist wahrscheinlich, dass wir Druck von außen bekommen, wenn wir gegen die KIs vorgehen.«

Darrel hatte immer bewundert, wie schnell sich Alpert auf neue Situationen einzustellen vermochte, aber seine Reaktion angesichts des Ungeheuerlichen, das Nelmura enthüllt hatte, enttäuschte ihn. »Sollen wir uns wirklich ohne Gegenwehr unserem Schicksal ergeben? Einfach Nelmura ans Messer liefern?« Er dachte an Gamil. »Das ist wahrscheinlich unsere einzige Chance, etwas zu unternehmen.«

»Ich bezweifle einfach, dass sie es schaffen kann«, sagte Alpert. »Sie wird den KIs nicht gewachsen sein. Ich möchte nicht mit ihr untergehen. Wenn sie die Wahrheit sagt, dann …«

»Dann ist das hier nur eine Brutstätte für Symbionten, mit denen sie die Besatzung der Erde aufrechterhalten.«

»Das vermutet Nelmura lediglich«, sagte Alpert.

»Falls es aber so ist, sind wir nur nachwachsende Ressourcen. Sie pflegen uns und lassen uns gewähren, damit wir einen geregelten Nachschub an Symbionten liefern. Die Bevölkerung hier oben mag immer gleich bleiben, aber in der Tiefe wächst sie mit jedem Symbionten, der sich für einen neugeborenen Verwandten in den Tiefenschlaf begibt.«

Alperts Blick fuhr wieder ins Leere. »Aber was ändert das? Die Welt der Symbionten war für uns doch immer etwas, das sich uns nie erschlossen hat. Oder hattest du nicht das Gefühl, dass die höchste Form unserer Existenz die eines Symbionten ist? Du wolltest doch auch einer sein.«

»Sie etwa nicht?«, erwiderte Darrel.

Alpert schüttelte den Kopf. »Nein. Und jetzt hast du mir meine Haltung bestätigt. Warum Symbiont werden, wenn sie nur dazu da sind, den KIs zu dienen? Ich stimme Nelmura sogar zu und halte es für wahrscheinlich, dass die schlafenden Symbionten das Eigentliche sind, was die KIs haben wollen. Sie wollen sie nicht im Wachzustand haben, sondern am liebsten als Schläfer, um sich ihrer zu bedienen. Warum ein Teil davon sein wollen, wenn man hier oben das echte Leben genießen kann? Aus der wenig begrenzten Zeit und dem stark begrenzten Raum das Beste machen. Daran ändert sich auch durch Nelmuras Entdeckung nichts. Es macht mir die Sache nur noch klarer. Die Frage ist doch: Unter wem haben wir mehr zu erwarten: den KIs oder den Symbionten? Wir könnten uns durchaus auf das besinnen, was wir hier haben, und den KIs unsere Hilfe anbieten.«

»Und Nelmura verraten?«

Alpert wich seinem Blick aus. »Ich werde zu den KIs Kontakt aufnehmen und sie fragen, was sie uns für die Archontin bieten. Ich werde mit offenen Karten spielen.«

»Die könnten uns umbringen, weil wir zu viel wissen.«

»Wenn wir die KIs kontaktieren und ihnen sagen, dass wir ihnen für diese oder jene Privilegien Nelmura ausliefern, werden sie sich sicherlich darauf einlassen. Denn so, wie ich sie kenne, sind sie begierig darauf, Probleme zum Vorteil aller zu lösen.«

Darrel bezweifelte das. »Gamil für ein paar Privilegien verkaufen?«

»Stell dir vor, die KIs erfüllen dir deinen Traum und machen dich zu einem Symbionten. Einem ohne Kontrollmodul, der dennoch loyal dem System und den Nicht-Symbionten gegenüber ist. Würdest du dir das entgehen lassen, nur um jemandem zu helfen, der nicht zu retten ist? Das ist deine große Chance, mehr zu sein als all die anderen.«

Alpert kannte seinen wunden Punkt nur zu gut. Darrel bewunderte die Symbionten und war oft auf Gamil neidisch gewesen. Er hatte immer wie er sein wollen. »Könnten wir Gamil nicht aus der Sache raushalten? Ihm helfen?«

»Er ist bereits jetzt erledigt. In ihm hat die Öffentlichkeit ihren Sündenbock. Aber ich werde ihn dennoch bei den KIs ins Gespräch bringen, wenn ich mit ihnen verhandle. Wenn alles scheitert, können wir uns immer noch auf Nelmuras Seite schlagen.«

Darrel schwieg, obwohl er eben noch etwas hatte sagen wollen. Er hatte Angst vor jeder der Möglichkeiten, die sich nun entwickeln mochten.

»Nun, die KIs würden nicht das erste Mal feststellen, dass sie sich auf mich verlassen können. Sie werden wie schon zuvor auf unsere zurückliegenden Interaktionen blicken und auf das, was daraus zum Wohl der Stadt erwachsen ist.«

Dass Alpert gelegentlich direkten Kontakt zu den KIs hatte, wusste Darrel. Dazu begab dieser sich in eine der Kommunikationskammern unter dem Senat. Was dort genau besprochen wurde, wusste Darrel nicht, aber Alpert hatte ihm erzählt, dass die KIs lediglich als Stimme erschienen – ohne optische Repräsentation. Sie gaben Informationen preis und hörten sich Vorschläge an. Alpert spielte die Gespräche selbst immer herunter und verwies darauf, dass er nur einer unter all den anderen Senatoren war und dass die Symbionten im Senat in den Kommunikationskammern sogar noch ungezwungener mit den KIs kommunizierten.

»Was, wenn sie gegen uns vorgehen?«, fragte Darrel.

»Du vertraust doch darauf, dass ich eine solche Sache gut aushandeln kann, oder?«

»Ich verlasse mich auf Sie, Senator«, sagte Darrel, doch er zweifelte. Das Problem war nicht Alpert, sondern die KIs, die er nicht im Mindesten einschätzen konnte. »Aber was soll ich Nelmura sagen?«

»Das klären wir, wenn ich mit den KIs gesprochen habe. Dann wissen wir, wo wir stehen.«

13 Repräsentation

Im vierten Stock des Bricknell-Hauses saß Nelmura schon seit Stunden in einem kleinen Raum mit dem Rücken gegen die Wand gelehnt und hatte Zugang zu dem turmartigen Zentralcomputer neben ihr. Endlich hatte sie alle wichtigen Programme platziert, die sie absichern sollten. Vorhin hatte sie draußen noch alles mit den Interfaces an ihren Fingerspitzen berühren müssen, um Zugang zu erhalten – sei es bei der Tür mit deren Kontaktfläche oder hier beim Zugriff auf den Zentralcomputer. Nun aber hatte sie nach geduldigem Ringen einen Gedankenzugang zu fast allen Systemen im Gebäude.

Sie etablierte ein verschlüsseltes Leitsignal, das Gamil und Yaldira im Notfall den Weg zu ihr weisen sollte und das für alle anderen nicht wahrnehmbar war. Zudem nutzte sie die Sensoren im Haus, um sich ein Alarmsystem zu schaffen, das sie vor Symbionten warnte, die auf den Gängen unterwegs waren.

Es war nicht leicht gewesen, die Sicherheitsmaßnahmen auszuhebeln. Sie waren sehr ausgereift, gingen aber nicht davon aus, dass Archonten sich dazu herabließen, in eines der geschützten Häuser einzubrechen. Und das Delegieren von Funktionen an Akteure außerhalb des Hauses hätte wegen des Abschottungssystems nicht funktioniert. Man konnte hier im Gebäude nur über den Zentralcomputer mit der Außenwelt kommunizieren. Er war die Schleuse, die es zu durchdringen galt. Sie hätte Funktionen vorher an andere übergeben können, aber selbst das Gespür sensibler Symbionten wie Gamil und Yaldira hätte nicht ausgereicht, um die Funktionen zielsicher anzuwenden. Es galt zu viele Parameter zu jonglieren.

Skalierung – das war wie bei so vielem der Schlüssel. Hier bedeutete es, eine Funktion mit allen Parametern zu erfassen, sie mit anderen zu einer übergeordneten Funktion zu verknüpfen, die ihrerseits mit Parametern arbeitete und sich wiederum mit anderen Funktionen zu etwas Größerem bündeln ließ. Man musste die hier nötigen Funktionen mit all ihren Subfunktionen komplett erfassen und blitzschnell auf Daten anwenden können, deren Beschaffenheit erst allmählich klar wurde. Insbesondere rekursives Denken war dabei wichtig – eine Fähigkeit, die eine enorme Orientierung forderte. Selbst unter den Archonten gab es nur wenige, die auf diesem Niveau dazu in der Lage waren.

Eine Weile ließ Nelmura ihre Sinne durch die Sensoren streifen, aber diese waren so eingeschränkt, dass sie kaum über Allgemeines hinaus aussagekräftig waren. Das Foyer und die verschiedenen Eingänge waren die einzigen Orte, an denen Kameras das Geschehen überwachten. Auf den Gängen wurde lediglich angezeigt, wo sich jemand bewegte, aber es ließ sich nicht erkennen, um wen es sich handelte. Das waren vor allem Steuerungsdaten, die den Türen sagten, wann sie sich öffnen sollten, und den Aufzügen verrieten, wie viel Last sie trugen.

Fast alles war darauf ausgerichtet, es den Bewohnern und den Gästen leicht zu machen, nicht mehr Informationen als nötig über sie zu sammeln und die Außenwelt abzublocken. Dies war der perfekte Ort für einen Eingriff in das System der Stadt. Das Gebäude sendete Statusdaten nur zurückhaltend aus, und mit ein wenig Geschick könnte sie dafür sorgen, dass man ihre Signale nicht zurückverfolgen konnte; nicht einmal bis in dieses Viertel. Sie würden von Knotenpunkt zu Knotenpunkt springen und falsche Fährten legen – Fährten, die zu plausibleren Verstecken führten als dieses Haus.

Sich im System der Stadt zu bewegen stellte sich für jeden

anders dar. Die räumliche Vorstellung spielte dabei eine Rolle. Durch die Jahre, in denen sie früher das Handwerk gelehrt hatte, war bei ihr der Eindruck entstanden, dass die meisten sich an das einmal gefundene Metaphernsystem hielten und nicht mehr davon abwichen, aber sie hatte sich die Freiheit genommen, die Repräsentation frei zu wählen. Sie hatte Konfigurationen für verschiedene Situationen erstellt, war aber auch in der Lage, spontan zu entscheiden, wie die Komponenten des Systems vor ihren Sinnen erschienen.

Die Stadt wieder als eine Welt aus Domänen, Verknüpfungen, Funktionen und Akteuren zu sehen, war eine Erleichterung. Das Erwachen aus dem Tiefenschlaf hatte Nelmuras Sinne angestrengt. Sie hatte hier oben die Repräsentation der Computersysteme wie eine Schablone über die Welt gelegt und sie damit um weitere Ebenen bereichert. Dazu jedoch hatte sie alles verzerren müssen, denn in den Repräsentationen verteilte sich der Raum anders als in der Wirklichkeit. Bereiche mit einer hohen Dichte an Subsystemen erschienen größer, jene mit einer geringen wirkten kleiner.

In den Ausmaßen dieser Repräsentationen hatte sie das System in all den Jahren im Tiefenschlaf gesehen und erforscht. Aufzuwachen hatte an sich bereits zu einer Verzerrung der Wahrnehmung geführt. Im Fakultätsgebäude war ihr der Raum trotz des Umfangs des Netzwerks winzig erschienen. Und die Verzerrung, die dazu nötig war, die räumliche Repräsentation an die Realität anzupassen, hatte ihr ein Gefühl von Enge vermittelt, dass sie sich kaum bewegen konnte.

Unten in den Tunneln waren ihr die Gänge so gähnend weit erschienen, weil es dort mehr Raum gab, als für die Systemdichte nötig war. Der Raum in der ganzen Stadt wirkte ungleich verteilt und fehlerhaft. Die Repräsentation nahm den Menschen nicht als Lebewesen wahr, sondern nur als User. Symbionten waren an sich bereits Teil des Systems, die Nicht-Symbionten aber nur dann, wenn sie über ihre Clients ins System eingriffen. Und selbst dann waren sie nur indirekt wahrnehmbar.

So vertraut Nelmura die Repräsentationen des Systems mit der Zeit geworden waren und so sehr sie ihr die Dinge erleichterten, so sehr verabscheute sie, was sie aus den Menschen machten. Für das System waren Nicht-Symbionten nichts weiter als externe Module, die Anfragen stellen konnten und mit denen man kommunizieren musste, um neue Symbionten zu erschaffen. So betrachtet waren Nicht-Symbionten etwas Fremdes, obwohl sie mit den Symbionten in einer Welt lebten.

Die Verachtung, die es bei vielen Symbionten für die Nicht-Symbionten gab, war für sie nichts Neues. Sie musste sogar gestehen, dass diese Haltung auch ihr früher nicht fremd gewesen war. Aber mit dem, was sie herausgefunden hatte, war ihr diese Betrachtung der Welt zuwider geworden. Der Raum, der ihr weit erschien, war für Menschen gedacht. Was verzerrt erschien, war normal. Und sie wollte, dass es nicht länger befremdlich wirkte.

Sie öffnete ihre Sinne für die gewählte Repräsentation, und eine Welt entfaltete sich. Sie hatte es in der Hand, in welchem Subsystem sie sich mit ihrem Alias manifestierte und wie die jeweilige Ebene aussah. Sie entschied sich für die oberste Ebene und fand sich in einem Bereich wieder, der wie die Stadt selbst erschien – mit langen Wegen, die die Akteure wie auch die Daten nahmen. Die Gebäude waren nichts anderes als Subsysteme. Wie eine der künstlichen Welten im Tiefenschlaf wirkte alles reduziert und kontrastreich.

Nelmura wollte die Akteure sehen, seien es Programme des Systems oder aber Repräsentationen von Symbionten. Erstere sahen hier aus wie Roboter, Letztere wie Menschen. Sie alle waren von einer Art Dunst umgeben – Daten, die an sie geknüpft waren und sich mit ihnen bewegten. Datenwolken. Sie wirkten wie die Metadaten, die sie sich wie die meisten Symbionten zu realen Objekten und Personen anzeigen ließen.

Die meisten Menschen, die sie nun auf den Wegen erblickte, waren ein realistisches Abbild ihrer Ausgangspersonen. Der Detailgrad hing davon ab, wie viele Informationen Nelmura zusammentragen konnte. Und trotz allem waren die Kontraste stärker, die Farbverläufe reduziert, und die Dinge wurden kaum von Lichtquellen beschienen, sondern leuchteten aus sich selbst heraus. Sogar die Datenwolken strahlten.

So verließ Nelmura in ihrer Repräsentation das Haus und bewegte sich auf breiten Wegen zwischen den Gebäuden entlang, aus denen Daten drangen, die weiter oben als schwebende Kugeln umherflogen. Die Symbionten, zwischen denen sie sich hier mit ihrem Alias bewegte, ahnten nichts von ihr und merkten nicht, dass sie ihre symbiontischen Signale empfing und bei manchen sogar indirekt einige Gedanken lesen konnte.

Viele suchten nach Gamil und wollten die mächtige Archontin der Nelmurianer befreien. Sie bemühte sich, ihre Belustigung zu zügeln, damit sie sich nicht bemerkbar machte. Von manchen der anwesenden Akteure fing sie Koordinationsdaten auf, die zwischen ihnen und den Spürprogrammen wechselten, von denen einige sie unter normalen Umständen hätten finden können. Doch die Akteure handhabten die Programme so oberflächlich, dass sie für sie blind blieben.

Die Nicht-Symbionten machten sich bemerkbar, sobald sie ihre Client-Computer einsetzten. Und jene, die keine Clients bei sich trugen, hätte Nelmura über Sensoren und andere Systeme der Stadt erkennen können. Da dies jedoch das Risiko barg, sich zu offenbaren, ließ sie es auf sich beruhen und war so beinahe blind für die meisten Nicht-Symbionten.

Nelmura entfernte sich immer weiter vom Haus, in dem sie ins System eingedrungen war, und durchquerte mit ihrem

Alias einige Gebäude, um dort ihre Signatur zu platzieren. Es war kaum mehr als ein Flüstern in einer Halle. Später aber, wenn man sie bemerkte, würden die Spuren hierherführen, an jeden dieser Orte, und niemand würde wissen, wo sie sich wirklich befand. Das war sowohl die Schwäche der KIs als auch die der Symbionten: Sie achteten zu wenig darauf, was neben dem System passierte. Wenn die KIs mit Nicht-Symbionten interagierten, waren es meist die Senatoren, oder sie schickten Symbionten als Vermittler. Sich unter Nicht-Symbionten zu verstecken war leicht, sie dort aufzuspüren ungeheuer schwer.

Mit ihrem Alias näherte sie sich ihrem Ziel: der Fakultät der Nelmurianer. Überall sonst wäre sie auf Schwierigkeiten gestoßen, aber in ihrer eigenen Fakultät wusste sie, wie sie hineingelangte und dort unbemerkt die Ressourcen nutzen konnte. Natürlich rechnete sie damit, dass Othao und die KIs wachsam waren und auf sie lauerten.

Nelmura überschritt die Schwelle ins Innere der Fakultät. Hier herrschte das Leben. Die Daten verliefen in glitzernden Bahnen im Boden und waren als ein Kribbeln unter ihr zu spüren. Gebündelte Daten schwebten auch hier als Kugeln umher und durchdrangen die Akteure wie Geister. Es waren geschützte Daten, die weit langsamer liefen als die anderen.

Je weiter sie in den offenen Raum mit seinem weiten Gewölbe vorstieß, desto mehr spürte sie die Reste dessen, was sie einst eigenhändig hier angelegt hatte – Funktionen und Teilfunktionen, die sie platziert hatte und die immer noch überall zugrunde lagen. Sie vermutete, dass die meisten Mitglieder ihrer Fakultät nicht ahnten, wie sehr der Basis-Code, den sie hier überall wie einen Geruch wahrnahm, ein Teil von ihr war. Auch fragte sie sich, ob sie überhaupt zu schätzen wussten, was sie und all die anderen Archonten geleistet hatten, und bemerkte nun die Sorge, die hier im Raum verbreitet war. Bei manchen Symbionten mischte sich Verzweiflung in ihre Signale. Es traf Nelmura unvorbereitet. Sie bedeutete den Leuten in ihrer Fakultät doch noch etwas, aber je näher sie dem Zentrum des Saals kam, umso mehr vergingen derartige Gefühle. Vielleicht war es nur, weil die Symbionten, die sich dort sammelten, ihre Empfindungen besser unter Kontrolle hatten und sich nicht in ihre symbiontischen Gedanken blicken ließen. Vielleicht lag es auch daran, dass die KIs sie beeinflusst hatten, denn hier sammelte Othao seine Vertrauten um sich – all jene, die ihren Tod sehen wollten.

Vorsichtig bewegte sie sich Richtung Zentrum. Sie konnte die Repräsentation von Othaos Gesicht über die Köpfe der anderen hinweg sehen. Er überragte sie hier wie ein Riese, und seine Datenwolke hüllte jene ein, die ihm nahestanden. Manche schienen zu lauschen. Sie mussten sich im Dekanat zusammengefunden haben, um gemeinsam im Netzwerk nach Spuren zu suchen. Nur Othao wich immer wieder ab, um mit den KIs in Kontakt zu treten. Was er mit ihnen jedoch genau besprach, vermochte Nelmura nicht zu hören, sondern konnte nur annehmen, dass es um sie ging.

Sie fragte sich, ob Othao sich überhaupt darüber im Klaren war, was die KIs beabsichtigten. Vielleicht wusste er nicht einmal, warum er sie tot sehen wollte. Sie hielt es für wahrscheinlich, dass die KIs Othaos Ambitionen so sehr gesteigert hatten, dass jede Sympathie, die er vielleicht einmal für sie empfunden hatte, zerbröckelt war.

Das letzte Stück zu der Versammlung ihrer Widersacher brachte Nelmura stockend hinter sich. Sie musste aufpassen, nichts von sich nach außen dringen zu lassen, sonst würden Othao und die anderen ihr Alias bemerken. Als sie so nahe war, dass sie den Akteuren, die sich um Othao sammelten, nicht mehr ausweichen konnte, ließ sie sich durch sie hindurchgleiten.

Wie ein Geist bewegte sie sich voran, und gerade die Berührung und die Durchdringung machten sie angreifbar. Indem sie auf diese Weise einen klaren Einblick in symbiontische Gedanken erhielt, musste sie sich gleichzeitig so weit zurücknehmen, dass die Betroffenen sie im Gegenzug nicht bemerkten. Sie musste schleichen, sich dann zum Wind machen, um schließlich zu einem Teil von Othaos Datenwolke zu werden.

Falls er über ein genaues Auge verfügte, mochte er merken, wer hier mit seiner Datenwolke in Kontakt kam. Doch Othao schien beschäftigt zu sein. Er erhielt Informationen von der Polizei. Sie ahnte, was man ihm zu sagen hatte: dass sie ihre Spur in die verborgene Wohnung, in der Yaldira sie aufgespürt hatte, verfolgt hatten und seither nicht weitergekommen waren.

Nelmura blieb direkt vor Othao stehen. Seine Repräsentation trug sein Gesicht, doch er hatte kein Haar, und sein Schädel war von türkis leuchtenden Adern durchzogen. Sie fragte sich, wieso er auf diese Weise dargestellt wurde. Markierte ihn das als den Dekan? Hatte er Informationen abgeblockt, die seine Erscheinung hier hätten vervollständigen sollen? Sie beobachtete ihn genau, wie er immer wieder den Blick tief ins System richtete und dadurch blind für seine Umgebung wurde.

Der verzweifelte Ausdruck, der seinen Weg in Othaos Miene fand, entlockte Nelmura beinahe Mitleid. Sie wusste nicht, wie er wirklich gehandelt hätte, wenn er von den KIs unbeeinflusst geblieben wäre. Wahrscheinlich wäre er nie so weit gegangen. Ihre Verdienste um ihre Fakultät wären womöglich schwerer ins Gewicht gefallen als Othaos Ambitionen. Sie stellte sich vor, wie es wohl gewesen wäre, zu erwachen und in Othao einen Verbündeten gehabt zu haben. Was würde geschehen, wenn sie den Einfluss der KIs bräche oder zumindest eindämmte? Würde er aufwachen wie Yaldira und nicht wissen, wie es so weit hatte kommen können, oder war der Einfluss so subtil, dass er gar nicht merkte, ob sich etwas geändert hatte. Davor fürchtete sie sich, denn sie wollte glauben, dass ohne das Tun der KIs der ganze Widerstand gegen sie zusammenbrach.

Nelmura wartete, bis Othaos Blick sich wieder ins Leere richtete und seine Aufmerksamkeit schwand, dann erst wählte sie die nächst tiefere Ebene als Zielort aus. Sie hielt den Blick in Othaos Gesicht gerichtet, während er sich mit allem anderen, was sie um ihn herum verschwommen ausmachen konnte, nach oben schob. Sie versank in der Tiefe und setzte in einem hell erleuchteten Tunnel mit milchweißen Wänden auf.

Hier war es still, und niemand bewegte sich hier. Sie war einfach unter all den Akteuren hindurchgetaucht und befand sich nun an einem Ort, an dem sie durchatmen konnte. Sie tat es und merkte, dass sie es nicht hier unterhalb der Nelmurianer tat, sondern dort oben in dem Computerraum des Bricknell-Hauses, in dem sich ihr Körper befand. Wie sollte es auch anders sein – aufzuatmen bedeutete hier nichts, sondern erinnerte lediglich daran, dass dies nur eine Abbildung der Realität war. So ließ sie ihre Sinne wieder ins System fließen und genoss lauschend die Ruhe.

Irgendwo hier unten schliefen die Symbionten. Am Ende des Ganges öffnete sich jenseits eines weiten Torbogens ein See unter einem gewaltigen Kristallgewölbe, aus dem kaltes Licht herabstrahlte. Den Boden des Sees konnte Nelmura nicht erkennen, sie sah nur Körper knapp unter der Oberfläche treiben. Vorsichtig folgte sie dem Weg hinab ins Wasser, und als sie ganz untergetaucht war, ließ sie sich weitertreiben, bis die Treppe aufhörte. So weit sie in den Abgrund hinabschauen konnte, der sich unter ihr ausbreitete, machte das Licht, das aus den Wänden drang, weitere Körper sichtbar.

Anders als oben in der Realität waren die Tiefenschläfer hier nicht in unterschiedlichen Räumen untergebracht, eingekapselt und hinter verschlossenen Türen gesichert. Hier schwebten ihre Repräsentationen ohne sichtbare Trennung umher. Auch die Grenzen zwischen den Fakultäten waren hier nicht sichtbar, mochten sich aber in Barrieren äußern, die sie daran hinderten, sich den betroffenen Tiefenschläfern zu nähern.

So weit es in drei Dimensionen möglich war, waren die

Symbionten, die im Tiefenschlaf Kontakt miteinander aufgenommen hatten, näher beieinander als solche, die nichts vom anderen wussten oder sich generell abgeschottet hatten. Doch bei komplexen Konstellationen mochte es sein, dass das Näheprinzip nicht griff und die Repräsentation vereinfacht dargestellt war. Sobald sie eine solche Vereinfachung bemerkte, konnte sie sich nur auf ihr Gefühl verlassen. Sie konnte spüren, wo sich die betreffenden Akteure befanden.

Nelmura tauchte hinab, und obwohl all dies nur Abbildungen waren, spürte sie das Wasser, als schwömme sie in der Realität. Sie spürte sogar Kälte und Wärme, aber jedes Empfinden war eine Abbildung von Informationen. Das Wasser war nichts anderes als die unzähligen Verknüpfungen, die im System herrschten, die Temperatur des Wassers gab die Aktivität an. So tauchte sie durch die Kälte zwischen den Akteuren schlafender Symbionten hindurch immer weiter in die Tiefe. Und es wurde kälter und kälter.

Ein Hauch von Wärme lag in einer kaum merklichen Strömung. Nelmura schaute schräg in die Tiefe, und irgendwo zwischen zwei Lichtfeldern entdeckte sie die Aura eines Archonten. Sie schwamm näher und bemühte sich, dessen Signal aufzufangen. Er war umgeben von seinen Vertrauten. Und sie erfuhr über ihre Statusdaten, dass sie zu den Basiliden gehörten. Es war Basileios, der dort ruhte.

Noch ehe sie bei dem legendären Archonten, mit dem sie sich früher gut verstanden hatte, angekommen war, bemerkte sie eine weitere Präsenz, die die meisten Symbionten übertraf. Von tief unten kam das Signal. Nelmura lauschte und bemerkte, dass auch dort eine Person von anderen umgeben war. Sie hatte schon einmal mit dieser Gestalt kommuniziert. Es war die Archontin Kimiko, die schon immer für ihre Abschottungssysteme bekannt gewesen war und an deren Klippen auch Nelmura gescheitert war. Kimikos Fakultät war darauf spezialisiert, Schilde zu kontrollieren, insbesondere den Kuppelschild, der sich um die Stadt legte.

Da Nelmura eine Konfrontation mit Kimiko vermeiden wollte, bewegte sie sich weiter auf Basileios zu. Mit einem Mal wurde das Wasser warm. Sie hielt sofort inne. Basileios war ebenso für seine Sinne bekannt wie sie für ihre. Während es bei ihr darum ging, für die Dinge immer neue Metaphern zu finden, war Basileios Stärke die Überwachung gewesen. Er reizte in den Grenzen, die er sich setzte, möglichst alles aus. Sie hingegen war daran interessiert, über die Grenzen hinauszugehen, um ihr Ziel über besondere Wege zu erreichen, nicht über den direkten und offensichtlichen. So war Basileios nicht gut darin, sein Tun zu verbergen, aber er war ein Meister der Beobachtung. Er war der Maßstab, an dem sie ihre Fähigkeiten gemessen hatte. Und oben in der Stadt fußte die Sensortechnik, mit der sie, Yaldira und Gamil konfrontiert gewesen waren, auf den Errungenschaften, die die KIs Basileios zugespielt hatten und an denen er gewachsen war.

Die Wärme war nichts anderes als Basileios' Blick.

»*Du hast mich gesehen*«, sagte sie mit ihrer symbiontischen Stimme.

Von Basileios kam nichts zurück.

»*Ich schlafe nicht mehr, und ich bin auch nicht in den Gewölben, um als Gast zu dir zu kommen. Ich bin heimlich hier – unter dem System hindurchgekrochen.*«

Es regte sich nichts. Nelmura war immer noch von Wärme umfangen.

»*Es steht schlecht um alles, was wir uns aufgebaut haben. Ich bin erwacht, weil ich ein Geheimnis entdeckte. Wenn du willst, gebe ich dir das, was ich gefunden habe.*« Dazu musste er sich ihr öffnen. Und tatsächlich traf sie ein Lichtstrahl in der Brust, der nichts anderes war als eine Verbindung zu Basileios. »*Hier*«, flüsterte sie und sandte ihre Daten entlang des weißen Strahls an den Archonten. Kaum hatte ihr Signal geendet, verging der Strahl und es wurde schlagartig kalt um sie herum.

Eine andere Reaktion erhielt sie nicht – kein Signal, das

ihr hätte sagen können, wie Basileios zu ihr stand. Sie war sich sicher, dass er die Daten auswerten und darin das entdecken würde, was sie darin erkannt hatte. Doch sie hatte nicht vor, hier auf seine Reaktion zu warten. Sie tauchte stattdessen weiter ab.

Während sie sich Kimiko annäherte, lauschte sie immer wieder nach oben, aber bei Basileios tat sich nichts mehr. Sie kam an einer kleinen Gruppe gewöhnlicher Symbionten vorüber, die im Tiefenschlaf zueinandergefunden hatten, und näherte sich rasch Kimiko und all jenen an, die sich um sie versammelt hatten.

Anders als bei Basileios wagte sie sich bis zu Kimiko hin, vermied es aber, den Wall an Körpern zu durchdringen, der sich um die Archontin schloss. Sie sandte stattdessen ein Signal aus. Es gab keine Reaktion. Sie spürte nur den kugeligen Schild, den die Archontin um sich gelegt hatte. An ihn schmiegten sich Kimikos Verbündete und vermochten seinen blauen Schein nicht ganz zu bedecken.

Nelmura sandte Signale aus, die Kimikos Vertraute durchdrangen, jedoch von ihrem Schutzwall abprallten. Dann versuchte sie, den Wall zu penetrieren, und stieß dabei auf einen Schwarm von Programmen, die nichts anderes zu tun hatten, als jede Art der Kommunikation zu unterbinden.

Nelmura wusste, dass das System in jedem Fall Daten durch diesen Wall schleusen konnte, und so wagte sie einen erneuten Versuch. Diesmal griff sie die Schutzprogramme direkt an. Nachdem sie einige deaktiviert hatte, erspürte sie eine Öffnung, durch die sie vielleicht eine Nachricht schleusen konnte. Falls Kimiko aufmerksam war, mochte sie diese hören, falls nicht, würde es weitere Lücken im Schutzwall benötigen, um mit einer Botschaft zu ihr durchzudringen.

»*Kimiko! Ich bin's: Nelmura. Du weißt, dass es ernst sein muss, wenn ich zu dir komme.*«

Sie spürte nur ein Zittern, das sie nicht einordnen konnte. Dann schaltete sie weitere Schutzprogramme aus und hoffte, dass Kimiko es nicht als echte Attacke interpretierte.

Trotz aller Bedenken machte Nelmura weiter. Mit Kimiko würde sie sich vielleicht vor den bevorstehenden Attacken der KIs behaupten können. Denn an irgendeinem Punkt würden die Fronten klar gezogen sein, und sie würden sich vor den KIs schützen müssen. Und die Aussicht, Kimiko für sich zu gewinnen, machte Nelmura beinahe gierig.

Mit einem Mal wurde es heiß um sie herum, und an der nahen Wand leuchteten rote Lichter auf. Ein tiefer Störton drang durchs Wasser an sie heran.

Hatte Kimiko die KIs eingeschaltet?

»*Du dumme, dumme Stubenhockerin!*«, sagte sie mit leiser Gedankenstimme und fürchtete, in die Realität zurückgeschleudert zu werden. Sie konzentrierte sich und hielt sich an Ort und Stelle. Noch war nichts verloren. Für die KIs mochte es so erscheinen, als wäre sie in die Eiskammern der Kimikoiden eingedrungen, um die Archontin zu befreien. Dass sie abseits war und sich hier nur mit einem Alias manifestierte, war etwas, das sie möglichst lange vor ihnen verbergen wollte.

Nelmura schaute sich immer wieder um, aber es war niemand zu sehen. Sie blickte hinauf zu Basileios und beschloss, sich weiter durchzukämpfen, selbst wenn es die Gefahr barg, dass die KIs Kimiko über deren Kontrollmodul manipulierten. Nelmura wollte um sie kämpfen und zugleich jede Aufmerksamkeit von Basileios ablenken.

14 Von Rivalen und Opfern

Stunden waren vergangen, und Gamil hatte wie auch Yaldira zuerst etwas gegessen, dann hatten sie geschlafen – Gamil in einem der tiefen Sessel, Yaldira auf der großzügigen Couch. Geredet hatten sie kaum, und dabei verspürte Gamil den Drang, sich Yaldira zu erklären und ihr sein Bedauern auszudrücken. Denn er fühlte sich nach wie vor fehl am Platz – ganz so, als beanspruchte er einen Bereich, der Yaldira allein gehören sollte.

Nun schaute Gamil durch die Vorhänge aus dem Fenster. Über der Stadt trübte sich die Kuppel allmählich, um das Tageslicht des antarktischen Sommers auszusperren und den Bewohnern die gewohnten Nachtstunden zu gewähren, so wie sie umgekehrt im Winter bei andauernder Nacht erstrahlte, um einen künstlichen Tag herbeizuführen. Der Sommer gefiel Gamil besser, denn das künstliche Licht der Wintertage konnte sich nicht mit dem natürlichen Licht dieser Monate messen. Mit dem Abdunkeln der Segmente färbte sich der Schild, sodass der rötliche Schein der Dämmerung die Stadt einhüllte.

»Ich liebe die Dämmerung«, sagte Gamil leise.

»Sie ist künstlich«, erwiderte Yaldira. »Auf den anderen Kontinenten unter freiem Himmel ist es schöner gewesen. Hast du einige der Dokus aus Afrika und Nordamerika gesehen?«

»Natürlich. Aber es wirkt so fremd. Als würde es uns nicht gehören.« Er wies aufs Fenster. »Das ist das Einzige, das wirklich unser ist.«

Er wandte sich von dem Anblick der Stadt ab und war verwundert, dass Yaldira nickte. »Wer weiß, ob die Dokus echt waren«, sagte sie und starrte ins Leere.

Gamil betrachtete sie, wie sie dort auf dem Sofa lag, die langen Beine ausgestreckt, das schwarze Haar in Unordnung, und wie sie mit ihrer Hand den weiten Kragen ihres Shirts zur Seite schob und mit den Interfaces an den Fingerspitzen über ihr Schlüsselbein strich. Er konnte die Berührung als leises Signal hören, ein Rauschen, das sich immer wieder aufs Neue seinen Weg suchte. Es hätte ihn berühren müssen, denn sie war mit Distanz betrachtet reizend, und selbst ihre Rivalität, die noch zwischen ihnen schwelte, konnte nichts an dem Eindruck ändern. Sie forderte ihn zwar immer wieder heraus, und er mochte es, herausgefordert zu werden, aber weder fühlte er sich allzu sehr von ihr angezogen, noch begehrte er sie. Aus irgendeinem Grund lächelte sie nun, und auch das war reizend, aber irgendetwas hinderte ihn daran, mehr als Sympathie für sie zu empfinden. Er wollte nicht ihr Rivale sein, und er fühlte sich schuldig, dass er für Nelmura das getan hatte, wofür sie vorgesehen gewesen war.

Yaldira blickte ihm entgegen. »Was?«, fragte sie mit unzufriedener Miene.

»Ich wollte mich entschuldigen«, sagte Gamil.

»Wofür denn? Ohne dich wären wir nicht hier«, entgegnete Yaldira.

»Vielleicht wärst du dann an meiner Stelle.«

»Hast du nicht aufgepasst? Wahrscheinlich wären wir jetzt verloren, wenn Nelmura zu mir durchgedrungen wäre. Die KIs hatten mich im Auge. Sie waren aber so unklug, mich vor ihren Signalen abzuschirmen. Hätten sie es nicht getan, hätten sie mir in der Kammer, in der du Nelmura befreit hast, den Befehl geben können, sie umzubringen. Oder war sie beim Erwachen etwa nicht hilflos?«

»Sie war hilflos«, sagte er nickend.

»Das heißt, ich sollte *dir* danken.«

»Und das gefällt dir natürlich nicht«, erwiderte Gamil, trat näher und wäre beinahe über seine Schuhe gestolpert, die er neben dem Sessel am Ende des Teppichs abgestellt hatte.

Kaum hatte er sich auf die Sessellehne niedergelassen, da sagte Yaldira: »Ich hatte immer gehofft, dass sie erwacht und ich dann für sie da sein kann. Nur ich und niemand sonst. Sie hat mir mal gesagt, dass ich unter all den Neuen die Einzige bin, der sie vertraut.«

»Und das ist immer noch so«, sagte er. »Mir vertraut sie nur, weil ich ihr geholfen habe. Was ihr beiden habt, geht viel tiefer.«

»Manchmal entscheidet ein Augenblick über alles. Es gibt Dinge, die du nicht ungeschehen machen kannst. Da spielt es keine Rolle, dass dich keine Schuld trifft.«

»Vergiss, was gewesen ist«, sagte Gamil. »Wir sind hier, und wir können ihr helfen.«

»Du hast da was aufgefangen und bist in eine Sache reingestolpert, der du nicht gewachsen bist.«

Er starrte sie nur an. Jede Regung hätte vielleicht preisgegeben, dass er tatsächlich das Gefühl hatte, den wachsenden Anforderungen Nelmuras nicht gerecht zu werden.

»Du bist doch nur bei uns, weil du nicht mehr aus der Sache rauskommst. Wenn deine Fakultät dir Zuflucht bieten würde, dann wärst du doch schon längst fort.«

Das stimmte nicht. Wenn seine Fakultät ein sicherer Ort für ihn gewesen wäre, würden sie alle nun dort sein und nicht hier. »Du weißt überhaupt nichts über mich.«

»Ich weiß mehr, als du glaubst.« Yaldira lächelte. »Als du mich eben angestarrt hast, hat dir da gefallen, was du gesehen hast?«

Gamil zögerte. Er wollte ihr keinesfalls sagen, dass er sie für eine reizende Frau hielt und das nicht erst eben erkannt hatte.

Yaldira lachte. »Eine reizende Frau? Ernsthaft?«

Gamil stutzte.

»Deine privaten Gedanken dringen direkt in deine symbiontischen Signale. Du solltest aufpassen.«

Er bemühte sich, etwas von ihr aufzuschnappen, aber außer ihrer Anwesenheit spürte er auf symbiontischer Ebene kaum etwas von ihr. »Du brauchst dich nicht reinzuschleichen«, sagte sie mit einem herausfordernden Lächeln. »Ich sage es geradeheraus: Ich sehe in dir genau das, was du in mir siehst.«

»Eine reizende Frau?«, fragte er grinsend.

Yaldira lachte. »Natürlich«, sagte sie. »Aber mal im Ernst: Wir haben uns innerhalb eines Jahres in allen möglichen Dingen gemessen. Und ich bin nicht blind. Also ist es mir aufgefallen, wie andere dich anschauen. Diese Schönheit mit den grünen Augen zum Beispiel, mit der du manchmal unterwegs bist.«

»Ayako?«

»Ja. Ayako Takaki. Die meine ich. Als ich gesehen habe, wie sie dich anschaut, als du nicht geguckt hast; und als ich dann merkte, wie du sie anschaust, da fragte ich mich, warum ich nie Zuneigung für dich empfunden habe. Und dank deines Ausrutschers gerade weiß ich, dass es dir genauso geht. Du fragst dich auch, warum nie irgendetwas zwischen uns war. Nicht mal der Ansatz davon. Und die Antwort ist ganz einfach: Wir sind einander zu ähnlich.«

»Sind wir nicht«, erwiderte er.

»O doch. Sind wir. Nur mangelt es uns an Selbsteinschätzung. Seit mir das klar ist, komme ich besser mit dir zurecht.«

»Zugegeben, bei den letzten paar Strategiespielen hast du mir wirklich zugesetzt.«

»Weil ich mich in dir erkannte. Und das ist der Grund, warum ich so große Schwierigkeiten mit dir habe. Ich sehe meine Schwächen in dir, ich suche sie und nutze sie aus, und gerade wenn ich mich an deiner Demütigung erfreuen will, sehe ich mich selbst gedemütigt.«

Gamil schluckte. Sie hatte es auf den Punkt gebracht. »Deswegen habe ich Nelmuras Signal aufgespürt«, sagte er.

Yaldira nickte. »Niemand außer dir hätte das gekonnt.«

»Bei Yarden!«, sagte er und schüttelte den Kopf.

»Ist dir klar, dass wir im zurückliegenden Jahr über fünfzig Mal gegeneinander angetreten sind?«

»Aber nicht gleichmäßig verteilt.«

»Ist doch egal. Über fünfzig Mal haben wir uns gemessen und haben die Schwächen des anderen erforscht. Und daran sind wir gewachsen. Nelmura sagte, dass sie dich durch mich unterwiesen hätte und du auch deshalb für ihre Signale empfänglich warst. Das hat mich nachdenklich gemacht. Wir haben beide lange im Tiefenschlaf gelegen, unsere Eltern sind inzwischen auch im Schlaf. Familie haben wir hier oben eigentlich nicht mehr. Wir hatten beide Lehrer, die unsere Sensibilität förderten, und den Rest haben wir voneinander gelernt.«

»Das ist es vielleicht«, sagte er leise. »Aber es gibt auch große Unterschiede.«

Yaldira lächelte, und das erste Mal seit einer Weile konnte Gamil darin keinen Spott erkennen. »Du hast damals eine große Karriere weggeworfen, um deiner Schwester einen Platz im Leben zu schenken. So etwas kenne ich nicht. Ich hatte keine Karriere, ehe Nelmura mich fand. Ich hatte nichts zu verlieren. Ich war müde und enttäuscht, und das Leben hatte mir nichts mehr zu bieten. In den Tiefenschlaf zu gehen war für mich kein echtes Opfer.«

»Für mich auch nicht. Ich war unglücklich verliebt.«

»Was ist aus ihr geworden?«

»Sie hat zwei Kinder und inzwischen ihren dritten Ehemann. Ich nehme ihr die Spielchen von damals nicht einmal mehr übel.«

»Stimmt es, dass deine Schwester nach hundert Jahren in den Tiefenschlaf ging, damit du wieder geweckt werden konntest?«

»Ja.« Gamil erhob sich von der Lehne und setzte sich richtig in den Sessel. »Amelia – wenn sie wüsste, in welchen Schwierigkeiten ich stecke!«

»Deine Schwester muss eine tolle Frau sein.«

Er nickte, aber er wusste im Grunde nicht so viel über sie, wie er es sich gewünscht hatte. Er hätte sie gerne direkt kennengelernt, nicht über Schriften, Audio- und Videoaufnahmen. »Ich bin ihr nie persönlich begegnet«, sagte er.

»Das wusste ich nicht. Ich dachte, bei deinem Erwachen hättet ihr vielleicht eine Gelegenheit gehabt.« Sie musterte ihn. »Es sind wohl doch mehr Unterschiede, als ich dachte.«

»Der Rechenweg unterscheidet sich, das Ergebnis ist das Gleiche«, sagte er. »Und doch: Nelmura wird mir nie das bedeuten können, was sie dir bedeutet. Also werde ich dir bei allem gerne den Vortritt lassen, aber lehne meine Hilfe nicht ab, wenn du sie brauchen kannst. Ich jedenfalls werde deine Hilfe gerne annehmen.«

Yaldira nickte. »Versprochen.«

Er erhob sich, und sie hielt ihren Blick in sein Gesicht gerichtet. »Ich brauche eine Auszeit«, sagte er.

»Haben wir heute nicht genug geschlafen?«, fragte sie.

Gamil grinste. »Den Daten zufolge hat der gute Alpert hier irgendwo eine Badewanne.«

»Nicht schlecht«, sagte sie.

»Wenn du willst, kannst du zuerst gehen.«

Yaldira schüttelte den Kopf. »Nein, nein. Du zuerst«, sagte sie.

Mit einem Lächeln wandte Gamil sich ab und folgte dem Flur. Und obwohl er das Gefühl hatte, endlich eine Basis gefunden zu haben, auf der Yaldira und er miteinander auskommen konnten, fürchtete er, dass die Eifersucht mit Nelmura zurückkehren könnte.

Die Tür auf der linken Seite öffnete sich nach einer Berührung, und dort fand er das geräumige Badezimmer. Das Licht war ihm hier zu kalt, und die verspiegelten Flächen empfand er als zu selbstgefällig. Er sandte einen Schwall Befehle aus, doch nichts geschah. Das System reagierte nicht. Ein weiteres Mal musste er sich klarmachen, dass dies die Wohnung eines Nicht-Symbionten war. Entweder er gab sich als Client-Computer aus, für den die Systeme der Wohnung empfänglich waren, oder aber er musste alle Einstellungen über eine Kontrolltafel eingeben. Er entschied sich für Letzteres, denn er hatte erst einmal genug davon, irgendwelchen Systemen etwas vorzumachen.

Über die Kontrolltafel wandelte er die Spiegelwände in weiße Flächen um, die von einer Eistextur überzogen war. Dem Licht spendete er ein wenig mehr Wärme, und über eine Kontaktfläche neben der Wanne schaltete er das Wasser ein, das sofort aus dem breitgezogenen Hahn am Fußende strömte.

Gamil zog sich aus und dachte dabei an Yaldira. Er spürte sie dort draußen. Sie bestellte sich über das Haussystem etwas zu trinken. Sie imitierte einen Standard-Client, und was er auffing, waren die Nebensignale, für die das System nicht empfänglich war. Er wunderte sich darüber. Es war in einem solchen Haus zwar nicht unvorsichtig, aber er hatte das Gefühl, dass irgendetwas sie aus der Fassung gebracht hatte. Da bemerkte er, dass er selbst wieder einmal unfreiwillige Signale aussandte und sie ihm lauschte.

Er legte sich schließlich in das warme Schaumbad und atmete entspannt. Das erste Mal seit dem vorigen Morgen kam er wirklich zur Ruhe. Es sah beinahe so aus wie in einer der künstlichen Welten, in der er viel Zeit verbracht hatte. Dort hatte er in einer heißen Quelle unter einem kleinen Eisgewölbe gebadet, und nichts hatte ihm dort etwas anhaben können. Er fragte sich, ob es nach allem, was seit gestern geschehen war, hier draußen eine solche Sicherheit geben konnte.

* * *

Darrel saß auf einem der schmalen Sessel im Vorraum der Kommunikationskammern und starrte auf den milchigen Boden, in dem an verschiedenen Stellen Licht strahlte. Alpert befand sich nun schon seit Stunden in der Kammer, und je mehr Zeit verging, umso mehr fürchtete Darrel, dass der Senator nichts erreichen würde. Und noch mehr fürchtete er, *dass* er etwas erreichte. Ganz gleich, wie es ausging, es würde ihn erschüttern.

Da schob sich die Tür zur Seite, und Alpert trat heraus. Seine Miene war starr, sein Blick ins Leere gerichtet. Er blieb einfach stehen und erst nachdem Darrel sich erhoben hatte, zu ihm hinübergegangen war und vor ihm stand, blinzelte Alpert und räusperte sich. Doch er sagte nichts.

Darrel zögerte lange, doch er wollte wissen, auf welchen Weg er geraten war – den des äußeren oder des innen Niedergangs. »Was haben sie gesagt?«, fragte er leise.

Alpert blinzelte erneut. »Vieles. So vieles«, erwiderte er.

»Sie haben sich also auf Ihren Vorschlag eingelassen?«

Alpert lächelte gequält. »Das war harte Arbeit, sie davon zu überzeugen. Aber: Ja, es geht los. Die KIs werden gegen Nelmura und die anderen vorgehen.« Er legte ihm eine Hand auf die Schulter. »Und du, mein lieber Darrel, hast einen Termin. Du wirst ein Symbiont werden.«

Darrel schluckte. Das hatte er sich immer gewünscht, aber der Preis war so ungeheuer hoch.

»Du hast immer noch Skrupel, was Dellbridge angeht.«

Darrel schwieg.

»Aber du hast mich nicht daran gehindert, ihnen meinen Vorschlag zu unterbreiten. Du hast abgewogen, und du bekommst, was du willst. Und du musst nichts mehr dafür tun.«

Darrel hätte Schuldgefühle verspüren müssen, doch er empfand nur eine ungeheuere Erleichterung.

»Schon morgen früh wollen sie dich in der Zentralklinik sehen«, sagte Alpert.

»Ich vermute, sofern wir ihnen Nelmura ausliefern.«

Alpert schüttelte den Kopf. »Nein. Alles, was nötig war, hast du bereits getan.«

»Und Gamil? Können wir ihn wenigstens dort rausholen?«

»Ich habe vorgeschlagen, dass man ihn gefangen nimmt und das Kontrollmodul wieder einsetzt. Aber sie wollen nicht. Sie fürchten, er könnte durch Nelmuras Einfluss bereits so stark sein, dass die Kontrolle versagt.«

»Ich will ihn nicht einfach ins offene Messer laufen lassen«, sagte Darrel leise, merkte dabei aber, wie wenig überzeugend seine Stimme klang.

»Wir können es nicht mehr verhindern. Du wirst morgen deine Belohnung bekommen, oder du lehnst sie ab.«

Darrel würde sie nicht ablehnen. Das wusste er jetzt bereits. »Und was haben sie Ihnen versprochen?«, fragte er.

»Das, was ich immer wollte«, antwortete Alpert. »Macht und Privilegien. Mehr davon. Mehr, als jemals jemand gehabt hat.«

»Und wenn sie Sie reinlegen?«

»Sie brauchen uns, Darrel. Sie brauchen einen Nicht-Symbionten, der abseits ihres Zugriffs Dinge regeln kann, und sie brauchen einen Symbionten, dem sie vertrauen können. Aber morgen wirst du nicht nur ein Symbiont sein. Sie werden dich mit Fähigkeiten ausstatten, die neu sind und die auf keinen Fall bekannt werden dürfen.«

»Sie werden mir also das Kontrollmodul installieren?«

»Ja.«

»Das geben Sie so offen zu?«

»Im Grunde musste dir doch klar sein, dass sie es tun würden, wenn sie dich unter dem Messer haben. Und du weißt auch, dass sie es nur verwenden werden, wenn du gegen sie vorgehst. Als Gegengewicht verleihen sie dir eine Macht, die Kontrollmodule anderer Symbionten ansprechen zu können. Du wirst in der Lage sein, ihre Gedanken und Handlungen zu beeinflussen. Du wirst dort sein können, wo die Sinne der KIs nicht hingelangen.«

»So was wie eine mobile Überwachungseinheit?«, fragte Darrel.

Alpert wiegte den Kopf hin und her. »Eine mobile Kontrolleinheit. Und vielleicht werden die Symbionten es nicht einmal merken.«

Darrel nickte. »Verlockend«, sagte er und dachte an die

Wunschträume, denen er sich in seiner Jugend oft hingegeben hatte: dass er ein Symbiont war und seine vermeintlichen Feinde gegeneinander ausspielen konnte. Nun sollte es geschehen, und er würde es geschehen lassen.

»Bist du dabei, Darrel?«, fragte Alpert.

»Zeit für etwas Neues«, sagte er nickend. Und obwohl er bedauerte, dass er Gamil dafür den KIs auslieferte, so sehr war er andererseits neugierig auf sein neues Leben.

15 Das Bricknell-Haus

Myron hatte sich im Wagen schon eine Seitenstraße schräg gegenüber von dem kugelförmigen Bricknell-Haus ausgesucht und war bei seiner Ankunft überrascht, dort im gedämpften Laternenlicht auf Othao Merrell und eine Gruppe von nelmurianischen Sicherheitsleuten zu treffen. Ein oberflächlicher Scan, und er bemerkte die Pistolen, die die Nelmurianer unter ihren blau-roten Uniformen, verborgen trugen. Jeder von ihnen besaß eine Waffenlizenz – sogar Dekan Merrell. Was wollte ein Dekan mit einer Waffe?

Laut Daten handelte es sich bei allen Pistolen um unmodifizierte Betäubungswaffen. Die Magazine waren noch voll. Die kleinen Kugelbots, die sich an die Haut hefteten und sie sogar penetrieren konnten, sonderten im Normalfall ein Betäubungsgift ab, vermochten aber auch mit einem Stromstoß einen Menschen auszuschalten. Auf den letzten Schritten zu den Nelmurianern prüfte Myron mit einem symbiontischen Scan, ob es bei den Konfigurationen der Munitionsbots irgendwelche Abweichungen vom Standard gab. Er spielte die Daten dem System zu: Jeder einzelne Bot entsprach exakt den Werkseinstellungen, mit denen die KIs sie aus der Fabrik entlassen hatten.

»Was geht hier vor?«, fragte Myron und trat an Othao Merrell heran.

»Na, was wohl, Inspector? Wir werden da reingehen«, erklärte der Dekan.

»Woher wissen Sie eigentlich davon?«

»Das System hat uns die Daten preisgegeben. Es geht uns schließlich etwas an.«

»Aber das hier überlassen Sie lieber uns«, erwiderte Myron.

»Meine Leute können das mindestens so gut wie Ihre.«

»Ich will jetzt hier keinen Kompetenzstreit. Dellbridge ist wahrscheinlich da drin, und wenn wir nicht aufpassen, dann tut er Ihrer Archontin noch was zuleide.«

»Und genau deswegen wollen wir sicherstellen, dass Sie ganz bei der Sache sind.«

Myron atmete tief durch. Er wollte nur, dass die Diskussion aufhörte. Und kaum hatte er beschlossen, dem Dekan nachzugeben, fiel eine Last von ihm ab. »Sie gehen mit Ihren Leuten durch den Hintereingang rein«, sagte er, dann wies er auf Eliseo Areias und die anderen, die mit dem Sergeant hinter ihm Stellung bezogen und in ihren grauschwarzen Einsatzuniformen heute ungewöhnlich martialisch wirkten. »Meine Leute und ich gehen durch den Vordereingang.«

Dekan Merrell zögerte mit einer Reaktion.

»Das oder gar nichts«, sagte Myron.

Merrell nickte. »Na gut. Aber wir machen uns gewisse Sorgen.«

»Behalten Sie einfach einen kühlen Kopf.« Er konnte nicht glauben, dass er die Nelmurianer nicht einfach zurückwies. Warum nur hatte man ihnen mitgeteilt, was vorging? Merrell hatte gerade gesagt, das System habe ihm die Information zugespielt. Aber war es nicht wahrscheinlicher, dass es einfach zu ihnen durchgesickert war? Es gab viele Nelmurianer bei der Polizei, und gerade bei einem solchen Vorfall mochten einige geneigt sein, Informationen weiterzugeben. »Wir werden unser Com synchronisieren«, sagte er. »Dann verpassen Sie nichts. Im Gegenzug gehe ich davon aus, dass Sie sich an unsere Vorgaben halten.«

»Und wenn die Nicht-Symbionten sich querstellen?«, fragte Merrell. »Wie weit reichen Ihre Befugnisse? Ein Befehl des Commanders genügt hierfür wahrscheinlich nicht.«

Myron grinste. »Der Senat hat in einer geheimen Sitzung

der Aktion zugestimmt und mir für diesen Fall Befugnisse erteilt.«

»Die Nicht-Symbionten haben auch dafür gestimmt?«

»Senator Alpert hat sie überzeugt. Die wenigen Bewohner des Hauses wurden angewiesen, in ihren Wohnungen zu bleiben und keinesfalls auf die Gänge zu kommen.«

»Sie wissen also genau, in welcher Wohnung sie sind?«, fragte der Dekan.

Myron nickte. »Ist eben durchgekommen«, sagte er und vermutete, dass der Informant, der Merrell ins Bild gesetzt hatte, ihm diesen Sachverhalt noch nicht hatte mitteilen können. »Zimmer 721.«

»Im siebten Stock also.« Ein Hauch von Unsicherheit huschte durch Othaos Merrells Züge. So kannte Myron ihn nicht. »Keine Sorge, wir werden Dellbridge stellen und Ihre Archontin befreien«, sagte er dem Dekan und schaute hinüber zu dem riesigen Kugelbau, in dem er – so hoffte er – diesen Fall abschließen würde.

* * *

Gamil genoss nach wie vor das warme Wasser und sah den Schaum direkt über der Wanne die glänzende Wand herablaufen. Er lauschte immer wieder auf Yaldira und Nelmura. Yaldira war offenbar wieder eingeschlafen, denn Gamil spürte ihre Nähe nicht mehr. Die ungewollten Signale, die sie mit ihren Gedanken manchmal aussandten, verstummten bei den meisten Symbionten im Schlaf. Nelmura hatte Gamil, seit sie sich auf die Suche nach dem Zentralcomputer gemacht hatte, überhaupt nicht mehr wahrgenommen. Die Wohnung schottete sich von allen Signalen ab, die nicht über das Haussystem kamen.

Bei all der Ruhe, die sich inzwischen verbreitet hatte, wurde Gamil ebenfalls wieder müde und hatte nichts dagegen, wie Yaldira eine kleine Auszeit zu nehmen. Nelmura könnte sie über das Com-System des Hauses erreichen, zu dem er auch als Symbiont Zugang hatte, wenn er seine Anfragen als die eines Client-Computers tarnte.

Gerade als er kurz eingenickt war, meldete sich das Com-System. Gamil schlug die Augen auf und erwartete, dass es Nelmura war. Doch der Anruf kam nicht aus dem Haus, sondern von draußen. Noch ehe Gamil die Stimme hörte, erkannte er an den Statusdaten, dass es sich um Darrel handelte. Im ersten Augenblick fürchtete er, man könnte die Verbindung überwachen, doch dann merkte er, dass Darrels Client mit den Einstellungen des Senats ausgestattet war, die – bislang zumindest – als sicher galten.

»Gamil?«, sagte Darrel leise. Seine besorgte Stimme erklang in Gamils Kopf wie die Gedankenstimme eines Symbionten. Aber an dem leichten Rauschen erkannte er, dass Darrel in seinen Client hineinsprach. »Bist du da?«, fragte er.

»*Ja!*«, antwortete Gamil mit seiner symbiontischen Stimme, die bei Darrel als akustische Stimme aus dem Client dringen würde und vielleicht ein wenig steril klang, aber sicherlich als seine zu erkennen war.

»*Was ist denn los?*«, fragte er.

Darrel atmete laut durch. »Ich sollte das nicht tun, und ich weiß nicht, ob mein Client sicher ist.«

»*Sicherer geht es nicht*«, erwiderte Gamil.

»Dann hör gut zu: Alpert hat euch an die KIs verraten.«

»*Was?*«, entgegnete Gamil ungläubig und setzte sich so heftig in der Badewanne auf, dass das Wasser überschwappte. »*Warum hat er das gemacht?*«

»Er fürchtet eine Herrschaft der Symbionten.«

Gamil schwieg und wunderte sich, dass Alpert so schnell derart weitreichende Ängste plagten.

»Ist auch egal«, sagte Darrel. »Wichtig ist, dass du da abhaust. Sie werden sich Nelmura holen. Daran wirst du nichts ändern können. Aber ich möchte, dass du nicht für sie geradestehen musst.«

»*Dann teilst du also die Meinung deines Senators?*«

»Nein, nein«, sagte Darrel mit wohlwollender Stimme.

»Aber das spielt keine Rolle. Andere haben entschieden, und dazu gehört, dass du unter die Räder kommst. Du musst da weg! Sie werden kommen, Gamil. Sie sind bestimmt schon unterwegs.«

Gamil stieg aus dem Wasser und griff nach dem Handtuch.

»Es tut mir leid«, sagte Darrel mit einer schwachen Stimme, die nicht zu ihm passte.

»*Wie viel Zeit haben wir?*«, fragte Gamil.

»Keine Ahnung. Ich weiß nur, dass sie Nelmura töten werden, und dich wollen sie als Sündenbock. Sieh zu, dass du da rauskommst.«

Gamil rieb sich eilig den Körper mit dem Badetuch ab. »*Danke, Darl*«, sagte er.

»Danke mir nicht. Du hast ja keine Ahnung.« Die Verbindung brach ab.

Gamil griff, noch nicht ganz abgetrocknet, nach seiner Kleidung und fragte sich, was Darrel gemeint hatte. So niedergeschlagen hatte er ihn noch nie erlebt. Er hatte sich wahrscheinlich in Gefahr begeben und sich mit dem Anruf gegen seinen Chef und für ihn entschieden.

Während Gamil sich anzog, schickte er Yaldira eine Nachricht ins Wohnzimmer.

»*Was?*«, fragte sie mit ihrer symbiontischen Stimme, die gegenüber ihrer realen Stimme leicht erhöht wirkte, aber ebenso gelangweilt klingen konnte.

»*Mach dich bereit*«, sagte er. »*Sie kommen.*«

»*Was?*«, wiederholte Yaldira, diesmal alles andere als gelangweilt.

»*Darrel hat uns gewarnt. Alpert hat uns verraten.*«

»*Ach du Scheiße!*«, sagte sie mit ihrer symbiontischen Stimme. »Ach du Scheiße!«, hörte er sie durch die geschlossene Tür rufen.

»*Geh und warne Nelmura! Ich komme gleich nach.*«

»*Wieso gleich?*«, fragte sie, und er merkte, dass sie sich bereits bewegte.

»*Muss mir noch den Rücken schrubben und die Nägel lackieren*«, antwortete er.

Yaldira lachte. »*Mach schnell*«, sagte sie dann mit ernster Stimme. »*Wir werden nicht …*« Ihr Signal brach einfach ab.

Gamil erschrak. Hastig zog er sich fertig an und wagte sich aus dem Bad. Im Wohnzimmer war nichts zu sehen, und auch im Flur war niemand. Die Erkenntnis, dass der Kontakt nur deswegen abgebrochen war, weil Yaldira die Wohnung verlassen hatte, beruhigte ihn nicht. Auf Socken ging er ans Fenster und schaute zum Sessel zurück, wo noch seine Schuhe standen, ehe er durch die Scheibe nach draußen blickte.

Aus diesem Winkel konnte er nicht sehen, was unten auf der Straße geschah, und auf die Terrasse wollte er sich nicht hinauswagen. Ein kleiner Schirm, der an der Wand haftete, bot ihm über die Außenkameras einen Blick hinunter in die Straßenschlucht. Dort war alles ruhig, dabei sollten dort nun in den Abendstunden die Lichter tanzen. Die Bürgersteige sollten hier in dieser beliebten Gegend der Stadt voller Menschen, die Straßen voller Wagen sein. Er tarnte seine Befehlsdaten als die eines Clients und richtete damit die Außenkamera nach links aus. Endlich entdeckte er Autos. Sie bogen an der Kreuzung in die Seitenstraßen ab, während die Leute auf den Bürgersteigen an Absperrungen auf etwas zu warten schienen.

»Verdammte Scheiße!«, flüsterte er, war mit drei Schritten beim Sessel und zog sich rasch die Schuhe an. Kaum hatten sich die Spannverschlüsse festgestellt, lief er zur Wohnungstür und tastete nach dem Panel rechts in der Wand, um sich ein Bild von der Stelle direkt vor der Tür anzeigen zu lassen. Da war niemand.

Gamil ließ die Tür einen Spalt aufgehen und bemühte sich, alle Signale abzuschotten, die von ihm hätten ausgehen können. Durch den Spalt brach die Barriere, die ihn vor den Sinnen von Symbionten geschützt, die aber auch seine Wahrnehmung blockiert hatte. Er lauschte und bemerkte jemanden, der so unruhig war, dass er Daten preisgab. So las Gamil in dessen Statusangaben, dass es sich um einen Polizisten handelte, der mit seinen Kollegen auf dem Weg zu ihm war.

Gamil wies die Tür an, sich langsam wieder zu schließen. Er schaute den Flur ins Wohnzimmer entlang und fragte sich, ob die Polizisten wirklich nur vom Gang kamen. Würden sie ihn nicht vorne aufscheuchen, um ihn von hinten zu packen?

Er eilte durchs Wohnzimmer zur Terrassentür, berührte sie, und kaum hatte sie sich zur Seite geschoben, betrachtete er die schräg gegenüberliegenden Gebäude, in denen unregelmäßig die Lichter in den Wohnungen brannten. Er fürchtete, dass sie dort irgendwo nur darauf lauerten, bis er sich eine Blöße gab. Er hielt es nicht für ausgeschlossen, dass sie auf ihn schossen, sogar mit scharfer Munition – was eigentlich nur in äußersten Notfällen wie einer Invasion vorgesehen war. Er verharrte und wusste, dass er hier nicht bleiben konnte. Die Polizisten standen bestimmt bereits vor der Tür und würden sie jeden Moment mit dem Code öffnen, den Alpert ihnen zweifelsohne überlassen hatte.

Gamil biss sich auf die Lippen, dann wagte er sich nach draußen. Er hörte ein Summen aus der Wohnung, doch erst die symbiontischen Signale, die durch die geöffnete Terrassentür nach draußen verfolgten, verrieten ihm, dass die Polizei zum Angriff übergegangen war. Nichts Behutsames haftete ihrem Vorgehen an. Sie schwärmten aus.

Die geschwungene Terrasse zog sich zu beiden Seiten hin. Er lief nach rechts, stieg über die hüfthohe Mauer zur Nachbarterrasse und bemühte sich, seine Angst nicht über symbiontische Signale nach außen dringen zu lassen. Es war, als versuchte er verzweifelt, Schmerzensschreie zu unterdrücken, indem er sich die Hände vor den Mund hielt. Unmöglich, ganz zu verstummen, aber durchaus im Bereich des Möglichen, dass die Polizisten ihn bei all dem Durcheinander in der Wohnung nicht vernahmen.

»Da ist er!«, rief jemand aus dem Haus auf der anderen Straßenseite. An einem Dutzend Fenster erspähte Gamil nun Gestalten, und es war, als kämen ständig neue hinzu. In ihm hatten sie ihren Schuldigen gefunden. Die ganze Stadt schien hinter ihm her zu sein, und man war nur allzu bereit, sich gegenseitig zu helfen, damit er ins Netz ging.

Gamil sprang über die nächste Trennmauer auf eine Terrasse und suchte nach einem Ausweg. Er dachte an Yaldira und Nelmura, und er konnte sich nicht vorstellen, dass die beiden so schnell wie er einen Weg nach draußen gefunden hatten. Die Polizei hatte in ihm den Haupttäter ihres Entführungsszenarios gefunden und würde sich gewiss an ihm festbeißen. Vielleicht war es wichtig, diese Rolle zu spielen, damit sich Yaldira und Nelmura ein Ausweg bot. Er würde das tun, was Nelmura ihm beigebracht hatte. Es war wie eine Prüfung – und doch fragte er sich, ob es nicht ein letztes Aufbäumen in einer längst verlorenen Sache war.

* * *

In der Systemrepräsentation registrierte Nelmura die Wachprogramme als tränenförmige Objekte, die mit mehreren roten Scheinwerfern das Wasser durchleuchteten. Offenbar waren sie nicht in der Lage, genau festzustellen, wo sie sich befand. Die Manifestation des Systems, die Nelmura gewählt hatte, zeigte alles so, wie sie es wahrnahm. Für die Wachprogramme, für andere Symbionten und auch für die KIs stellte sich alles ganz anders da. Die Möglichkeiten, die sich ihnen boten, und die Zwänge, denen sie unterworfen waren, unterschieden sich von denen Nelmuras. Die Wachprogramme schwebten dort oben langsam umher, dann aber verschwanden sie, um woanders wieder zu erscheinen. Doch sie gewannen nie deutlich an Tiefe. Offenbar wussten sie, in welchem Sektor sie sich befand, aber nicht, in welcher Tiefe. Der Blick der Programme würde Basileios erfassen, der dort oben im roten Licht schwebte, das von den

Lampen an den Seitenwänden ausging. Damit bestand die Gefahr, dass die Programme ihren Eingriff dort bemerkten.

Nelmura wandte sich Kimiko wieder zu und bemühte sich, mit aller Macht durch den Wall zu dringen. Es war nichts Geringeres als eine Attacke. Kimiko hatte ihren Versuch eben nicht anders interpretiert, also beschloss sie, sich auf das Missverständnis einzulassen und all ihre Kraft einzusetzen.

Immer wieder geriet sie ins Zittern und spürte ihren wahren Körper, der draußen neben dem Zentralcomputer des Bricknell-Hauses saß. Es kostete viel Kraft und Konzentration, sich wieder hier herabzumühen und die Sinne zu ordnen. Mit jedem Versuch schwanden die Kräfte, und als die Wachprogramme bereits den halben Weg zu ihr hinter sich gebracht hatten, kam sie zu der Einsicht, Kimikos Wall niemals mit Gewalt brechen zu können. So bemühte sie sich, eine noch so kleine Lücke im Wall zu finden, eine Unregelmäßigkeit – irgendetwas, durch das sie eine Nachricht hindurchschleusen konnte.

Da war etwas – ein Datenmuster auf dem Wall, an das sie ihre Daten anpassen konnte. So wurden ihre Signale zu einem Teil des Walls, und sie konnte Schicht um Schicht vordringen, jedoch mit einer so geringen Bandbreite, dass sie nur einfachste Botschaften schicken konnte. Mit jeder Schicht wurde der Raum enger, und sie musste entscheiden, welche Informationen sie verwarf.

Immer mehr Daten ersetzte sie durch Verknüpfungen zum Speicher des Bricknell-Hauses, während der Schein der Wachprogramme näher und näher kam. Sie schwammen nun auf der Höhe von Basileios, verharrten dort aber nicht länger als auf anderen Ebenen.

Gleich wären die Programme hier und würden sie sicherlich attackieren. Sie spürte etliche Schichten, die sie von Kimiko trennten. Zu ihr durchzudringen war in der Zeit, die ihr noch blieb, wahrscheinlich unmöglich. So verwarf sie weitere Verknüpfungen zum System des Bricknell-Hauses, kapselte die verbliebenen und beließ sie in der schmalen Bresche, die durch ihr Vordringen entstanden war. Schließlich zog sie sich aus der Bresche zurück.

»*Komm schon, Kimiko!*«, flüsterte sie. Wenn ihrer Kollegin auch nur ein Hauch der Neugier geblieben war, die sie früher an ihr beobachtet hatte, würde sie die Verweise entdecken, und falls die KIs den Computer im Bricknell-Haus nicht einer tiefgreifenden Untersuchung unterzogen, würde sie die Daten dort finden.

Noch befand sich Nelmura knapp außerhalb des Lichtscheins der Wachprogramme. Sie strebte von Kimiko fort, schräg nach unten, damit der Eindruck entstand, dass sie Kimiko ebenfalls nur passiert hatte, die Archontin aber in ihrer Treue zum System Alarm geschlagen hatte.

In der Tiefe gab es weitere Symbionten, über die Nelmura nichts Genaues wusste. Es waren Dutzende, die sich dort unten als blasse Objekte manifestierten. Wer waren sie? Symbionten, die einfach hinabgetrieben waren? Welche, die erst im Tiefenschlaf zu großer Macht gelangt waren? Vielleicht waren es sogar die ersten Symbionten, und vielleicht lohnte es sich, bis dorthin vorzudringen.

So schnell sie konnte, tauchte sie hinab. Es verlangte ihr mehr und mehr Kraft ab, an Tiefe zu gewinnen, als würden unsichtbare Membranen sie am Vorankommen hindern. Kaum hatte sie eine Schicht durchstoßen, schloss diese sich hinter ihr. Nachdem sie einige passiert hatte, blickte Nelmura zurück nach oben und sah, dass einige der Wachprogramme an der Wand, wo Alarm geschlagen worden war, verharrten und dort alles ausleuchteten.

Nelmura konnte nur hoffen, dass Kimiko, die nun im Schein der Programme schwebte, nicht ihretwegen in Schwierigkeiten geriet. Ein Teil der Programme senkte sich weiter herab. Sie schätzte ab, wann sie die erste Membran erreichen mussten, und zweifelte an sich, als die Programme nicht haltmachten. Als sie aber weiterhin näher kamen, war klar, dass die Membranen für die Wachprogramme keine

Hindernisse darstellten. Nelmura wandte sich rasch ab und tauchte tiefer.

Ihr Vorsprung schmolz dahin, und als sie den ersten der unbekannten Symbionten vor sich hatte, blieb ihr nur ein Moment, um etwas zu unternehmen, ehe die Wachprogramme bei ihr wären. Sie sandte symbiontische Signale aus: ein Grußgefühl, gefolgt von einer Bitte um Kontaktaufnahme. Aber sie spürte sogleich, wie träge der Symbiont war. Er war verstrickt in tausend Fäden, die ihn ans System knüpften; erstarrt im kalten Wasser, weit weg von anderen. Dieser Symbiont war so sehr mit dem System verbunden, dass Nelmura kaum irgendetwas Individuelles an ihm ausmachen konnte. Die Signale, die er absonderte, waren verwirrend, einige der Statusdaten konnte sie allerdings klar lesen. Einen Namen hatte dieses Wesen nicht, ein korrespondierender Körper war ebenfalls nicht auszumachen

Für einen Moment glaubte Nelmura, sie sei auf eine KI gestoßen, da fand sie die Angabe zum Geschlecht des Wesens. Es war eine Frau.

Gerade versuchte Nelmura, den Statusdaten Weiteres abzugewinnen, da erschienen vier Wachprogramme hinter ihr und kreisten sie binnen eines Augenblicks ein. Das Licht strahlte ihr ins Gesicht, und sie spürte bereits, wie die Angriffsfunktionen der Programme heiß liefen.

Noch war sie nicht bereit, sich zurückzuziehen. Sie wollte der Symbiontin, die hier in der Tiefe vor sich hintrieb, weitere Antworten entlocken. Also hielt sie sich an der blassen Gestalt fest und erwartete die Angriffe der Systemprogramme.

Wie mit Nadeln stachen die Wachprogramme aus dem Licht auf sie ein, und wie ein Gift drangen Unterprogramme in sie vor.

»*Das hättet ihr wohl gerne*«, sagte sie verbissen und schrie dann vor Schmerz auf. Das Gift war in ihr und sollte sie festhalten, damit sie dem System nicht entfliehen konnte.

Nelmura packte die Statusdaten der fremden Symbiontin. Sie strebte aufwärts, obwohl ihr manifestierter Körper sich nicht mehr regte und das virtuelle Gift sich lähmend in ihr ausbreitete.

Mit einem Mal lag alles, was die fremde Symbiontin betraf, offen vor Nelmura. Sie konnte die wenigen Statusdaten lesen. Die Symbiontin war am 25. Juni 2137 operiert worden. Das war ein Jahr nach der Ankunft der Menschen in Jaskandris gewesen, wenn man der offiziellen Geschichtsschreibung glaubte. Falls es stimmte, musste es sich bei dieser Frau und den anderen um die ersten Bewohner von Jaskandris handeln – um die ersten Symbionten, deren Körper irgendwo in der Stadt ruhten.

Der Schmerz ließ Nelmura verkrampfen. Sie musste fort; sie musste aufwachen, ehe ihr die Sinne schwanden und sie nie mehr auftauchen würde. Während sie darum kämpfte, den Programmen zu entkommen, fiel ihr Blick erneut auf die Statusdaten der Symbiontin. Die Leere, die sich dort ausbreitete, war erschütternd. Wo Gefühle und Gedanken eines Menschen hätten sein sollen, fand sie nur eine Wüste. Es war, als betrachtete sie eine Maschinerie, die nicht an einen Menschen geknüpft war, oder aber die eines Wesens, das über die Jahre ganz zur Maschinerie geworden war.

Nelmuras Verkrampfung löste sich, und sie spürte, wie alles an ihr träge wurde. Ein Signal von außen erreichte sie – ein Signal aus dem Bricknell-Haus. Es gab dort oben Eindringlinge. Und sofort war Nelmura klar, wie es für sie enden sollte. Die Programme hier unten würden sie festhalten, bis die Eindringlinge dort oben ihren Körper gefunden hatten. Sie würden sie töten, und die Menschen in der Stadt würden annehmen, dass Gamil sie umgebracht hatte. So wäre die Geschichte von der entführten Symbiontin mit einem Schlag genauso verlaufen, wie die KIs sie sich inzwischen wünschten.

Mit den letzten Funktionen, die ihr hier unten geblieben waren, wandte Nelmura sich gegen die Angriffe der Systemprogramme. Entweder sie entkam nun mit einem Schlag, oder sie würde hier unten erstarren, während man sie dort oben tötete.

* * *

Drei Stockwerke unter Senator Alperts Wohnung folgte Yaldira dem verschlüsselten Leitsignal, das Nelmura aussandte, damit sie und Gamil im Notfall zu ihr finden konnten. Vor einer Flurkreuzung verharrte Yaldira und musste nicht einmal um die Ecke auf den Gang zu ihrer Rechten blicken, um zu wissen, dass sich dort Polizisten bewegten. Einige von ihnen konnten ihre Statusdaten nicht verbergen. Es war, als flüsterten sie ihr alle Daten zu, die sie benötigte – sogar, dass der Senat die Stürmung des Gebäudes erlaubt hatte. Normalerweise waren es Daten, die man hervorholte, um Hausbewohnern die Legitimation zu bestätigen. Sie wusste nicht genau, wie viele dort kamen, aber sie wusste, dass sie nicht auf den Gang einbiegen durfte, sondern nach einem Umweg suchen musste.

Also schlich sie zurück bis zur letzten Kreuzung, lauschte erst auf symbiontische Signale, spähte dann um die Ecke und wagte sich vor. Sie merkte, wie sich die Polizisten drüben auf dem parallel verlaufenden Gang langsam bewegten.

Yaldira spähte um die nächste Ecke, dann wagte sie sich weiter vor. Erst als sie auf den Gang geschaut hatte, auf dem sie die Polizisten eben noch gehört hatte, und diesen leer vorfand, lauschte sie auf Nelmuras Leitsignal und folgte ihm auf den Gang.

Das Signal verstummte; es war einfach nicht mehr da.

»Halt!«, rief ein Mann hinter ihr.

Ein Blick zurück offenbarte ihr ein halbes Dutzend Polizisten in schwerer Uniform und engen Hauben, Gestalten in Grau und Schwarz, die ihre Waffen hoben. Sie mussten vom nächsten Quergang auf den Hauptgang eingebogen sein.

Yaldira hörte Schritte von dem Gang, den sie gekommen war, und beschloss weiterzulaufen. Falls Nelmura ihr auf dem Gang entgegenkam, würde sie mit ihr gemeinsam fliehen.

»Bleiben Sie stehen!«, rief der Polizist ihr nach, eine seiner Kolleginnen wiederholte den Befehl.

Kaum zischten die ersten Geschosse an ihr vorbei, bog sie nach links ab, doch ein Schlag brachte sie aus dem Gleichgewicht. Sie lief zwar in den Gang, aber sie stieß gegen die Wand, stolperte und stürzte. Hände packten sie, symbiontische Signale brüllten geradezu auf sie ein, während die echten Stimmen stumm blieben. Nur der Mann, der ihr nachgerufen hatte und nun zu seinen Leuten aufschloss, sagte mit seiner jugendlichen Stimme: »Tja, hättest du mal besser auf mich gehört!« Er blickte sie mit seinen braunen Augen an und hielt sich dann den Com-Client, der ihm auf dem Ärmel der Uniform haftete, vor den Mund und sagte: »Sir! Wir haben Yaldira Wescovich.«

Es war verwunderlich, dass der Polizist den Com-Client benutzte, immerhin war er ein Symbiont. Sie prüfte die Statusdaten des Clients und war beeindruckt angesichts der Sicherheitseinstellung. Die Daten des Polizisten wiesen ihn offen als Eliseo Areias aus, einen Sergeant aus dem Hauptbezirk.

Yaldira lief ein Schauer über den Rücken, während sie jedem einzelnen Polizisten ins Gesicht blickte und sich fragte, inwiefern sie über das Kontrollmodul beeinflusst waren. Im Grunde machten sie im Augenblick nichts anderes als ihren Job.

»Gut gemacht, Sergeant«, sagte eine Stimme über den Client, die Yaldira für die von Myron Hermansen hielt. »Bringt sie in die Wohnung!«

Sie hoffte, dass die Polizisten dem Befehl ihres Inspectors folgten. Jeden Augenblick mochte einer von ihnen auf die Idee kommen, über sie herzufallen. Sie konnte sich nicht mehr darauf verlassen, dass die Leute um sie herum sich vernünftig verhielten.

Eliseo Areias, der Sergeant, der die Gruppe anführte, packte

Yaldira am Arm und führte sie. Nach wenigen Metern jedoch ließ er sie wieder los. Er hatte nicht einmal befohlen, ihr Fesseln anzulegen. So überlegte sie, einen Fluchtversuch zu wagen, aber ein Signal wie ein Störton ließ sie davon abkommen. Es war keine Nachricht, die ihr galt, keine Warnung von Nelmura oder Gamil. Es kam von außen über das Com-System des Hauses. Sie lauschte, wurde aber aus dem Signal nicht schlau. Zuerst dachte sie, mit den übertragenen Daten hätten die KIs die Kontrollmodule der Polizisten angesprochen, doch dann merkte sie mit einem Blick auf die Gewehre, dass deren Konfiguration gerade in diesem Augenblick verändert wurden. Sie konnte nicht sagen, wie die neuen Einstellungen genau lauteten, aber sie merkte, dass sie außerhalb der Spezifikationen lagen und damit illegale Modifikation darstellten.

Ein Fluchtversuch wäre ihr Tod – dessen war sie sich sicher. Sobald sie losliefe, würden sie feuern, in dem Glauben, dass sie sie nur betäubten.

Sie würde ihnen keinen Anlass geben, die Waffen einzusetzen, sondern ihnen immer wieder den Weg des geringsten Widerstandes anbieten. Aber sie würde nur dann stark sein können, falls Nelmura ihnen nicht in die Hände gefallen war. Und auch um Gamil sorgte sie sich. Sie fürchtete, dass er das Opfer war, das man der Öffentlichkeit darbringen würde. Um sich selbst fürchtete sie sich nicht. Sie würde dem Tod ausweichen und auch hinnehmen, dass die KIs ihr ein neues Kontrollmodul einsetzten. Wichtig war, dass sie Nelmura und Gamil Zeit verschaffte. Danach würde sie ihr Schicksal in der Gewissheit akzeptieren, dass Nelmura alle Symbionten von den Kontrollmodulen befreien würde.

* * *

Nachdem Gamil an einer hell erleuchteten Fensterwand vorbeigelaufen und über die nächste Trennmauer gesprungen war, suchte er die Nähe zum Schatten und führte die

Hände auf die Terrassentür. Mit einem der Befehle, die Nelmura ihm zugespielt hatte, hoffte er die Tür zu öffnen, indem er seine Daten als die eines Clients ausgab. Dann aber merkte er, dass es dieses Umweges gar nicht bedurfte. Die Tür öffnete sich, und er bemerkte sofort Nelmuras Signatur. Die Archontin hatte das System des Hauses offenbar manipuliert, sodass es nun direkt für ihre Befehle empfänglich war. Die Rückmeldung, die er vom System erhielt, offenbarte ihm allerlei Ebenen, auf denen Nelmura das Haus inzwischen kontrollieren konnte. Und jene Funktionen, die sie an ihn weitergegeben hatte, mochte er in diesem Rahmen nutzen. Nelmura hatte ihm damit eine Zuflucht verschafft, und das nährte seine Hoffnung, dass es ihr und Yaldira gelingen würde, sich zu retten.

Beim Eintreten in die Wohnung unterdrückte Gamil alle Funktionen, die hier durch seine Anwesenheit eine Veränderung herbeigeführt hätten. Vor allem das Licht blockierte er, damit es sich nicht einschaltete. Er hatte die Kontrolle über alles, was in der Wohnung geschah, und verriegelte die Terrassentür. Die Polizisten würden gegen ihn auf symbiontischer Ebene antreten müssen. Er ging in die Küche und ließ die Tür dort einen Spaltbreit offen. Während er lauschte, prüfte er immer wieder die Statusdaten. Niemand befand sich in der Wohnung, die Türen waren verriegelt.

Schattengestalten führten auf der Terrasse ihre Taschenlampen vorüber, dann aber kamen einige nach und leuchteten in den Raum herein. Gamil zog den Kopf zurück, ehe das Licht ihn erfassen konnte, und sah, wie ein Lichtstreifen die Dunkelheit in der Küche spaltete und das Bedienfeld des Nahrungsmoduls erleuchtete. Ein Hämmern gegen die Scheibe sagte Gamil alles, was er wissen musste. Sie wussten, dass er hier war. Sie nahmen es zumindest an.

Durch die Wohnungstür würde er auf keinen Fall fliehen. Die Polizisten konnten sich über symbiontische Befehle viel zu schnell synchronisieren. Diejenigen auf dem Gang wussten sicherlich, was ihre Kollegen dort auf der Terrasse machten. Dass sie die Terrassentür mit Gewalt öffnen wollten, verriet zumindest, dass ihre Fähigkeiten begrenzt waren. Sie brauchten wahrscheinlich spezielle Clients, um verriegelte Türen zu öffnen, oder aber lediglich eine Autorisierung, über die der einfache Polizist nicht verfügte, seine Vorgesetzten aber sehr wohl. So war es nur eine Frage der Zeit, bis die Polizisten in die Wohnung eindrangen.

Gamil konnte die Küche nicht verlassen, ohne von den Lichtern der Polizisten erfasst zu werden. Es blieb nur, sich zu verstecken. Vorsichtig schloss er die Tür der Küche ganz, und nachdem er anhand der Daten geprüft hatte, ob der Raum komplett isoliert war, wagte er es, das Licht einzuschalten.

Es war ein Standard-Küchenraum-Modul, das lediglich ein wenig mehr Platz bot als die üblichen. Es gab Schränke mit Geschirr und Küchenutensilien. Vielleicht konnte er sich in einem der unterbestückten Schränke verstecken. Verriegeln würde er den Schrank nicht. Aber möglicherweise bot sich in dem Hohlraum unter dem Nahrungsmodul, das laut der Statusangaben zu beiden Seiten in die Unterschränke offen war, als Versteck an. Sollten die Polizisten lediglich die Schränke öffnen und einen Blick hineinwerfen, würden sie ihn nicht entdecken. Würde jedoch einer von ihnen sich hinknien und um die Ecke schauen, würde er ihn finden.

Gamil schüttelte den Kopf und lauschte auf das Geschehen draußen in der Wohnung. Noch waren alle Türen verschlossen, doch wie vermutet, machte sich ein Programm an der Wohnungstür zu schaffen. Das lokale Sicherheitssystem bemühte sich, dem etwas entgegenzusetzen, doch Gamil wusste, dass es binnen Sekunden unterliegen würde.

Das Versteck unter dem Nahrungsmodul war ihm zuwider – es war das Versteck eines Verzweifelten und würde von ihm verlangen, dass er sich still verhielt und alle symbiontischen Signale so gut unterdrückte, dass selbst Polizisten sie nicht bemerkten. Und er wusste, dass die meisten

Polizisten ihre Fähigkeiten dadurch aufbesserten, dass sie in ihren Einsatzuniformen spezialisierte Programmbibliotheken mitführten.

Gamils Blick streifte die Ablage beim Logistikmodul. Sie war viel zu breit für übliche Lieferungen. Mit zwei Schritten war er bei ihr und konnte dank Nelmuras Programmwerkzeugen seine Gedankenbefehle platzieren. Die kleine Tür fuhr nach oben; Gamil prüfte die Breite des Schachtes und war über dessen Großzügigkeit verwundert. Schließlich stieg er in die Öffnung, und kaum hatte er per Gedankenbefehl das Licht in der Küche gelöscht, meldete die Wohnung, dass die Vordertür von außen geöffnet worden sei, mit einem Zertifikat der Polizei. Gamil kletterte erst einige Meter in die Tiefe, dann befahl er dem Logistikmodul, die Öffnung zu schließen.

Der Schacht verlief horizontal weiter. Dennoch hielt Gamil inne. Eine unsichtbare Barriere wartete auf ihn. Das Sicherheitssystem der Wohnung verfügte hier über Sensoren, um den Zugang über den Schacht zu kontrollieren. Da Gamil das Wohnungssystem von hier aus noch beeinflussen konnte, hätte er die Sensoren abschalten können, doch er wusste, dass die Polizisten da draußen waren, und er durfte nichts mehr tun, was irgendetwas an den Statusdaten veränderte. So führte er Funktionen aus, die ihn für die Sensoren unsichtbar machen sollten. Dabei plagte ihn die Angst, dass ihm jeden Augenblick alles entglitt und der Alarm losging.

Nach einigen Metern glaubte Gamil, die Sensoren passiert zu haben. Seine Hände tasteten nach einer verschlossenen Tür, die nicht in den Statusdaten der Wohnung aufgeführt war. Mit zitternden Händen berührte er die Tür, die im Grunde eine einzige Kontaktfläche war. Über die Interfaces an seinen Fingern schickte er den Öffnungsbefehl aus, und leise schob sich die schwere Tür nach oben und gab den Weg frei. Kaum war Gamil über die Schwelle gekrochen, brach der Kontakt zu dem System der Wohnung komplett ab.

Gamil atmete durch, kroch dann aber weiter. Es war zwar

finster hier, aber er war alles andere als orientierungslos. Er nutzte die Leitdaten des Logistiksystems, um sich voranzutasten. Vor ihren Sensoren vermochte er sich leicht zu schützen, denn sie besaßen keine nennenswerten Sicherheitskomponenten. Er vermutete, dass seine Fähigkeiten, ehe er das Gebäude verließ, noch einmal auf die Probe gestellt würden. Man musste die Zugänge wie Ausgänge überwinden. Waren solche Schwellen erst einmal überschritten, war man relativ sicher.

Langsam und stets lauschend kroch Gamil so weit, bis der Gang nach rechts abknickte, und gerade als er abbiegen wollte, blieb er stecken. Während er sich auf die Seite wand, hörte er hinter sich ein Knacken. Die Schleusentür zum Logistikschacht der Wohnung öffnete sich.

Gamil verharrte hinter der Ecke und sah am Ende des Schachtes einen türkisfarbenen Schein. Dort hinten lag der Hauptschacht, der in die Tiefe führte. So nah, und doch musste er befürchten, dass die Polizisten ihm auf die Spur gekommen waren. Er lauschte auf allen Ebenen, und da bemerkte er es: Ein Suchbot war im Schacht und näherte sich. Er wagte es nicht, über die Schwelle zu treten, sondern verharrte direkt vor der Tür.

Während Gamil sich bemühte, die Sensoren des Bots zu täuschen, lauschte er auf ihn. Er konnte auffangen, welche Daten er an die Polizisten zurückgab. Der Bot prüfte die Sensoren im Schacht, und Gamil ließ ihn gewähren. Doch er blockierte, was immer der Bot selbst aufzuspüren suchte. Manche Bots waren in der Lage, selbst die kleinsten Spuren zu entdecken. So musste er sichergehen, dass dieses Exemplar nichts von ihm fand: keinen Handabdruck, keine Hautschuppe, kein Haar – nichts. Als die Tür sich wieder schloss, brach der Kontakt zum Bot ab, und Gamil fürchtete, dass er nun seine Spuren entdecken würde. Doch die Tür blieb geschlossen.

Gamil verharrte und nahm jeden Augenblick der Ruhe als Geschenk an. Er fragte sich, ob Yaldira und Nelmura entkommen waren, und schließlich sandte er ein verschlüsseltes Signal aus, das nur Nelmura wahrnehmen konnte. Aber als keine Antwort kam, vermutete er, dass das Gebäude seinen Ruf abschirmte und er sie einfach nicht erreichen konnte.

Sein Fluchtweg stand nun fest: Er würde durch die Logistikschächte nach draußen finden. Er würde alle Bots täuschen, die sie nach ihm aussandten. Die Polizisten würden sich schon selbst hier herabbegeben müssen, um ihn zu stellen.

In den Schacht nach unten zu blicken, schenkte ihm neue Sicherheit. Endlich entkam er der Dunkelheit, kletterte in dem türkisfarbenen Licht in die Tiefe und ließ Stockwerk um Stockwerk über sich.

Untertauchen und dann nach Nelmura und Yaldira Ausschau halten, so lautete sein Plan. Ihr Versuch, Verbündete zu finden, war gescheitert, und er fragte sich, ob es nun nicht an der Zeit war, offensiv gegen die KIs vorzugehen und wie in einem Schneeballsystem so viele Symbionten wie möglich von dem Kontrollmodul zu befreien.

* * *

Nelmura erwachte schlagartig neben dem Zentralcomputer des Bricknell-Hauses. Während sie sich erhob, schickte sie Gamil und Yaldira ein Notsignal und stellte sicher, dass sie den Zentralcomputer auch aus der Ferne steuern konnte. Selbst wenn sie das Haus verlassen hatte, wollte sie sich durch ein Schlupfloch noch Zugang verschaffen können. Kaum hatte sie Gewissheit, lief sie, vor Schwindel taumelnd, aus dem Raum hinaus.

Sie spürte die Nähe der Polizisten, bewegte sich über verschiedene Treppenhäuser Ebene um Ebene nach unten und wich dabei den Eindringlingen aus. Im Erdgeschoss bemerkte sie Othao Merrell und einige Nelmurianer. Sie waren gut darin, ihre Signale zu unterdrücken, aber sie vermochte sie dennoch zu erkennen. Kein Nelmurianer würde den symbiontischen Sinnen ihrer Archontin entgehen. Sie kamen genau auf sie zu und würden ihr den Weg ins Treppenhaus blockieren. So platzierte sie über den Zentralcomputer des Hauses ein Signal in einem Versorgungsraum im ersten Stock. Sie musste lächeln, als sie merkte, dass Othao und die anderen sich daraufhin entfernten.

Mit schnellen Schritten schlich Nelmura zum Treppenhaus und begab sich in die Tiefe. Auf dem Weg nach unten lauschte sie immer wieder und bereitete sich darauf vor, durch eine andere Tür in den Untergrund zu kommen als jene, durch die Darrel sie eingelassen hatte. Vorsichtig brachte sie den Weg zu jener Tür hinter sich und war überrascht, sie unbewacht zu finden. Kaum hatte sie die Schwelle überschritten, brach die Verbindung zum Zentralcomputer des Bricknell-Hauses ab, und sie wusste, dass Gamil und Yaldira ihr Leitsignal nun nicht länger auffangen würden. Es gab zwar noch das Schlupfloch, das sie im System platziert hatte, aber um sich darüber Zugang zu verschaffen, hätte sie Zeit benötigt – mehr Zeit, als Gamil und Yaldira blieb, falls ihnen denn überhaupt eine Chance zur Flucht geblieben war. Sie konnte nur hoffen, dass ihre beiden Schützlinge die Spielräume zu nutzen wussten, die sie ihnen und auch sich selbst im Inneren des Hauses verschafft hatte.

Während sie durch das Labyrinth aus Gängen lief und wie zuvor Sensoren und Bots täuschte, sorgte sich Nelmura immer mehr um Gamils und Yaldiras Wohl. Sie fürchtete, dass die Polizisten zuerst den Weg zu Zimmer 721 genommen hatten. Die Angst um ihre Schützlinge ließ sie auf dem ganzen Weg durch den Untergrund nicht los. Und als sie durch eine Wartungsschleuse in den Kompositionsbereich einer unterirdischen Fabrik eindrang, hatte sie kaum noch Hoffnung, Yaldira und Gamil wiederzusehen.

In einem Hohlraum, in dem ein Maschinenmodul ausgespart worden war, versteckte sie sich unter drei querverlaufenden Röhren und musste sich eingestehen, dass sie gescheitert war. Ohne Yaldira und Gamil würde sie sich ebenso wenig gegen die KIs durchsetzen können wie ohne den Rückhalt in der Bevölkerung.

Unweigerlich musste sie an Gamils Vorschlag denken, eine Fakultät zu infiltrieren. Sie hatte es für Aktionismus gehalten, insbesondere, weil sie das Gefühl hatte, den KIs dadurch keine Wahl zu lassen, als sie auszulöschen. Doch nun fragte sie sich, ob die KIs nicht längst von sich aus zu dieser Entscheidung gelangt waren.

Über die Kontrolltafel, über die man eigentlich die hier ausgesparte Maschine hätte steuern sollen, begab sie sich ins System der Stadt, verwischte ihre Spuren und lauschte auf das Geschehen. Nach dem Hinabtauchen zu Basileios und Kimiko musste sie vorsichtig sein. Sie hatte die Hoffnung nicht verloren, dass die beiden Archonten erkannten, was in der Stadt vorging. Über das von ihr geschaffene Schlupfloch verschaffte sie sich Zugang zum Bricknell-Haus und schuf dort einen Zugang für Kimiko. Sie hatte ihr Referenzen auf den Computer dort gegeben; dieser würde ihre Nachrichten weiterleiten. Nun sorgte sie dafür, dass auch Basileios darüber einen Zugang zu ihr bekam. Sie schickte ihm eine verschlüsselte Nachricht, deren Spur sich im System verlor, die ihn aber auf den Zentralcomputer des Bricknell-Hauses verwies. So würde auch er Kontakt zu ihr aufnehmen können.

Doch allein darauf, dass die beiden Archonten ihr vertrauen würden, durfte sie sich nicht verlassen. Sie musste jetzt in die Offensive gehen. Dies war nicht länger eine Enthüllungskampagne, dies war ein Aufstand.

Verbissen versuchte sie, Gamil und Yaldira aufzuspüren, aber über die Sensoren des Bricknell-Hauses, zu denen sie nun von außen Zugang hatte, konnte sie lediglich erfahren, dass die Tür von Wohnung 721 von der Polizei mit Sonderprivilegien entriegelt worden war, ebenso wie zahlreiche andere. Nelmura bemerkte, dass jemand vor der Ankunft der Polizei die Wohnung verlassen hatte, und ihr fiel auf, dass man in einer anderen Wohnung eine Terrassentür mit einem ihrer Programme von außen geöffnet hatte. Ob es Gamil oder Yaldira gewesen waren, wusste sie nicht. Sie würde tiefer in die Daten hineinspähen müssen, um mehr zu erfahren. Und auch auf die Polizei, die Fakultäten und die Nachrichtenmedien würde sie unbemerkt lauschen.

Solange sie nicht wusste, was aus Yaldira und Gamil geworden war, würde sie abwarten. Sollten sie noch leben, würde sie zu ihnen finden, und sollten sie gefangen sein, würde sie sie befreien.

Die KIs hatten an diesem Abend einen Sieg errungen – vielleicht sogar den entscheidenden.

16 Zwischen Gefängnis und Untergrund

Inmitten einer hell erleuchteten Halle, in der mit blauen Markierungen die Zellenbereiche eingeteilt waren, war Yaldira schon seit Stunden unter einer grünblauen Schildkuppel gefangen. Vierundsechzig Zellen – ihre mitgezählt – befanden sich im Raum; nur eine – ihre – war aktiviert. Sie kannte diesen Ort aus Filmen und Erzählungen. Früher hatte sie sich gefragt, wozu die Polizei so viele Zellen benötigte, nun aber hielt sie es nicht mehr für abwegig, dass in jeder dieser Zellen bald Gefangene sitzen würden. Falls Nelmura Verbündete fand und der Widerstand gegen die KIs zu einer echten Bewegung heranwuchs, mochte es sogar sein, dass diese Zellen nicht ausreichten.

Sie rechnete damit, dass man sie zum Tiefenschlaf verurteilte, und sie würde sich dann in einer künstlichen Welt beweisen müssen, um wieder zurück in die Gesellschaft zu finden. So würde das offizielle Urteil lauten. Tatsächlich würden die KIs sie wahrscheinlich für immer im Schlaf halten, isoliert von anderen, und ihre einzige Hoffnung würde darin bestehen, dass Nelmura die KIs bezwang und sie befreite. Sie erwartete ein Dasein, in dem sie nichts mehr zu Nelmuras Sache beitragen konnte.

Immer wieder musste sie sich klarmachen, dass ihr Überleben keineswegs gesichert war. Die KIs mochten sie hinter den Kulissen zum Tode verurteilen, indem sie sie in den Tiefenschlaf sinken ließen, um dann das Versorgungssystem ihrer Körperkapsel auszuschalten, während die Daten weiterhin behaupteten, sie sei lebendig. Inzwischen traute sie den KIs alles zu.

Sie musterte die grauen Wände, sah die Sensorplatten und hatte keine Zweifel, dass Myron Hermansen und seine Kollegen sie beobachteten. Sie hätte die Toiletten- oder Duschkonstrukte wählen können, woraufhin der Schild seine Transparenz verlor und sie angeblich unbeobachtet war. Doch sie glaubte den Statusdaten ihrer Zelle nicht, die ihr versicherten, dass bei einem trüben Schildkonstrukt nur Vitalparameter abgefragt würden und ihr Körper nur als Schema erschien. Dennoch hatte sie das Spiel mitgespielt und die Transparenz der Schildkuppel gewechselt, wann immer ihr danach gewesen war.

Nachdem ein Sandwich und eine Flasche Wasser durch die enge Schleuse zu ihr heraufgekommen waren und Yaldira Hunger und Durst vertrieben hatte, betraten vier Wachen den Saal. Sie musste ihre Hände an einer blass gewordenen Stelle durch den Schild führen, damit sie ihr Handschellen anlegen konnten, die von einem winzigen Schildgenerator geschaffen wurden.

Hermansen war im Bricknell-Haus außer sich gewesen, als man sie ohne Fesseln vor ihn geführt hatte. Yaldira hatte in dieser Nachlässigkeit eine Kontrolle der KIs gesehen. Dazu kamen die veränderten Waffeneinstellungen. Hätte sie einen Fluchtversuch gestartet, hätten die Wachen auf sie geschossen und im Nachhinein gemerkt, dass die Einstellungen ihrer Gewehre und Pistolen modifiziert worden waren. Sie hatte überlegt, die veränderten Konfigurationen zu erwähnen, dann aber hatte sie gemerkt, dass ein weiteres Störsignal die Waffeneinstellungen zurückgesetzt hatte.

Der Zellenschild löste sich auf, die Wachen nahmen sie in die Mitte und führten sie hinaus durch menschenleere Gänge in einen Raum, in dem eine Wand aus einem Mosaik bestand. Jedes der abgerundeten Fragmente war ein kleines Computersystem. In der Mitte gab es unter einem großflächigen Fragment, das ein Schirm sein mochte, ein Bedienfeld und einige Ports.

Vor dem Mosaik baute sich ein Stuhl als orangefarbenes

Schildkonstrukt auf. Ohne dass die Wachen irgendetwas tun mussten, setzte Yaldira sich hin. Sie war bereit, das Spiel mitzuspielen.

Die Statusdaten, die in der Luft zu schweben schienen, verrieten so gut wie nichts Brauchbares über die Funktion dieses Computermosaiks. Die Konstellation – sie hier auf einem Stuhl, die leuchtenden Fragmente vor ihr – ließ sie an ein Verhör denken.

Die Tür zischte hinter ihr, und sie spürte, wie zwei der Polizisten, die ihre Dienstsignatur für den Fall irgendwelcher Beschwerden den symbiontischen Sinnen preisgeben mussten, den Raum verließen. Dafür trat eine Person ein, die ihr weit mehr preisgab. Sie hätte die gesamte Historie des Mannes durchgehen können, so offen bot er ihr seine Daten an.

Myron Hermansen. Der Inspector kam um ihren Stuhl herum und stellte sich schräg vor sie, als wollte er nicht zwischen sie und das Mosaik kommen.

»Ich kann immer noch nicht glauben, dass Sie mit Dellbridge gemeinsame Sache machen«, sagte er. »Warum tun Sie das Ihrer Archontin an?«

»Nichts, was ich sagen könnte, würde Sie überzeugen, Hermansen.«

»Ich verstehe Sie nicht. In Ihrer Lage hätten andere versucht, sich rauszureden. Sie hätten sagen können, dass sie selbst auf der Suche nach Nelmura waren.«

»Aber Sie wussten doch bestimmt schon, dass ich und Gamil unter einer Decke stecken.« Sie vermied es, über Nelmuras Absichten zu sprechen, denn sie war sich nicht sicher, inwiefern dem Inspector klar war, dass er im Grunde an einem Kampf der KIs gegen Nelmura teilnahm.

»Wo ist Nelmura?«

Yaldira schwieg.

»Sie sollten etwas sagen. Oder Sie warten auf den Anwalt Ihrer Fakultät.«

»Ich verzichte darauf. Ich zähle mich nicht mehr zur Fakultät – zumindest nicht unter Othao Merrell.«

»Ich verstehe das nicht. Ihr Zorn auf Dellbridge war echt. Was ist passiert?«

Sie würde Hermansen niemals die Wahrheit sagen. Damit würde sie die KIs dazu zwingen, ihn unter ihre Kontrolle zu bringen. Es mochte zwar sein, dass sie sich seiner längst bemächtigt hatten, aber sie wollte kein Wagnis eingehen. Es gab nur eine Geschichte, die sie dem Inspector erzählen konnte, und diese war nicht einmal halb gelogen.

Während sie die leuchtenden Mosaikfragmente betrachtete, machte sie sich klar, dass sie Hermansen nicht überzeugen musste. Es ging nicht um ihn, so sympathisch er ihr auch war. Es ging um die KIs. Mit ihnen stand sie in einem Dialog. Was immer sie sagte, musste indirekt an sie gerichtet sein.

»Ich kann einfach nicht verstehen, wie Sie und Dellbridge zusammenarbeiten können«, sagte Hermansen kopfschüttelnd. »Da passt was nicht zusammen.«

»Sie haben recht«, erklärte Yaldira und merkte, dass die Farben im Mosaik langsamer wechselten. War es eine Drohung? Zögerlich sprach sie weiter: »Ich glaubte an die Entführung. Aber tatsächlich geht es um einen Machtkampf innerhalb der Nelmurianer. Othao Merrell möchte Nelmura tot sehen. Sie hat davon erfahren und wollte mit mir Kontakt aufnehmen, ist aber nicht zu mir durchgedrungen. Aber Gamil hat sie vernommen und hat sie da rausgeholt. Merrell muss nun Nelmura umbringen, damit sein Geheimnis nicht ans Tageslicht kommt.«

Myron Hermansen stutzte und wich dann immer wieder ihrem Blick aus. »Das ist immerhin ein Anfang«, sagte er und fasste sich an die Stirn, dann wies er auf das Mosaik. »Alles Weitere wird eine Befragung durch das System erbringen. Wir werden bald wissen, warum Sie es getan haben.«

»Warum haben Sie mich dann überhaupt gefragt?«

»Weil ich es direkt aus Ihrem Mund hören wollte.« Seine Lippen formten sich zu einem gequälten Lächeln. »Widersetzen Sie sich nicht, dann wird es leichter«, sagte er und verließ den Raum.

Schildkonstrukte schlossen sich um Yaldiras Arme und Beine. Die Fragmente des Mosaiks wechselten die Farben schneller, und Kälte verbreitete sich von Yaldiras Hinterkopf in ihre Stirn. Ihre Lippen bebten, und ein vielstimmiges Flüstern verwirrte sie. Sie konnte nicht sagen, ob es echte Geräusche waren oder symbiontische Signale. Kaum hatte sie erkannt, dass es sowohl das eine als auch das andere war, fügte sich das Flüstern zu einer klaren und gefühlskargen Stimme zusammen. »Du bist Yaldira Wescovich«, sagte sie. Die Stimme erinnerte sie an die von Vance Astbury, der bei öffentlichen Erklärungen der KIs vor die Kameras trat. Er war der Sprecher der KIs, aber ebenso ihr öffentliches Antlitz. Würde er tatsächlich eine solche Befragung durchführen?

»*Das bin ich*«, antwortete Yaldira mit ihrer Gedankenstimme. »*Und du? Bist du Vance Astbury?*«

»*Nein. Ich bin eine Manifestation des Systems*«, antwortete das Mosaik, und diesmal hörte sie die Stimme nur über ihre symbiontischen Sinne. »*Nicht mehr, nicht weniger.*«

»*Du bist also ein Vertreter der KIs*«, sagte sie.

»*Ich bin ein Medium. Die KIs sprechen durch mich zu dir; und sprichst du zu mir, sprichst du auch zu ihnen. Dies ist ein Kompromiss. Als Symbiont hast du dich uns angenähert. Und ich bin ein Konstrukt, mit dem das System sich dir annähern kann.*«

»*Und können Hermansen und die anderen uns hören?*«

»*Nein. Sie werden einen Bericht erhalten.*«

»*Gut. Was willst du von mir wissen, was du dir nicht erschließen kannst?*«

»*Wahrnehmung ist eine Frage der Sinne, und wir sind uns darüber im Klaren, dass unsere Sinne begrenzt sind. Deine Meisterin bewegt sich für uns oft unsichtbar – auf Pfaden, die wir nicht nachvollziehen können und die die Symbionten uns nur unzureichend erklären können.*«

»*Aber ihr habt Bots und Sensoren.*«

»*Sie sind für vieles blind, weil Nelmura weiß, wie sie de-*

ren Sinne blockiert. Sie weiß sogar, wie sie die Bots glauben macht, sie hätten etwas nicht gesehen, was jeder Mensch sofort erkennen würde.«

Yaldira wunderte sich, dass das Medium Schwächen so offen eingestand. »*Dann ist dein Wissen begrenzt und du möchtest das Mosaik aus Informationen so zusammensetzen, dass es ein klares Bild ergibt.*«

»*So ist es.*«

»*Ich bin bereit zu kooperieren*«, sagte sie. »*Mir ist klar, dass ich mir keinen Gefallen mehr tue, wenn ich mich gegen euch stelle. Ihr habt gewonnen; ich habe verloren.*«

»*Erzähl mir, was geschehen ist, nachdem du auf Nelmura getroffen bist.*«

»*Das werde ich tun, wenn du mir erzählst, ab wann ihr über das Kontrollmodul Einfluss auf mich genommen habt.*«

»*Würdest du glauben, was ich dir sage?*«

»*Finden wir es heraus.*«

»*Wir machten dich taub für die Signale deiner Archontin, weil wir sie isolieren wollten. Und als du mit Myron Hermansen in Kontakt warst und wir deine Empörung bemerkten, gaben wir ein Skript in dein Kontrollmodul ein. Es sollte erwachen, sobald sich dir die Gelegenheit bot, gegen Nelmura vorzugehen.*«

Yaldira erinnerte sich, dass sie nicht sofort auf Nelmura losgegangen war, als sie sie gesehen hatte. Es hatte eine Weile gedauert. Perfekt schien dieses Skript, das man ihr zugespielt hatte, nicht funktioniert zu haben.

»*Ist es richtig, dass Nelmura und Gamil Dellbridge dich überwältigt und das Kontrollmodul entfernt haben?*«, fragte das Medium.

»*Ja*«, antwortete Yaldira.

»*Und was hat Nelmura dir dann gesagt?*«

Yaldira überlegte. Die KIs mussten annehmen, dass sie inzwischen das wusste, was Nelmura wusste. Vielleicht aber waren sie sich über das Ausmaß dessen, was Nelmura wusste, nicht im Klaren. »*Sie hat mir gesagt, dass jeder*

Symbiont ein solches Kontrollmodul besitzt. Und nenn mich leichtgläubig, aber ich habe ihr geglaubt, dass ihr damit die Macht aufrechterhalten wollt.«

»*Und was hat sie dir noch gesagt?*«, fragte das Medium leise, und Yaldira spürte eine Bewegung um sich herum. Sie bemerkte Befehle, erst zwei, dann eine ganze Palette. Das Medium verfügte über ein Arsenal an Angriffsmethoden, und sie war sich nicht sicher, ob sie es gerade entdeckt hatte oder ob ihr Gegenüber es sie hatte wissen lassen.

»*Dass ihr uns nicht die Wahrheit sagt und dass ihr uns kontrollieren wollt und keineswegs nur zu unserem Schutz hier seid.*«

Etwas erfasste ihren Schädel. Sie verkrampfte und hörte die Stimme. Sie war direkt hinter ihrer Stirn. »*Wir wollen nichts anderes als euren Schutz. Wäre es anders, warum sollten wir euch überhaupt Freiheiten gewähren?*«

»*Natürlich*«, sagte Yaldira angestrengt. Statt zu offenbaren, dass Nelmura die KIs für einen Teil der Invasion hielt, sagte sie: »*Aber ihr habt mich kontrolliert, um Nelmura zu töten. Ihr mögt uns nicht direkt schaden können, aber ihr könnt uns so manipulieren, dass wir es für euch tun. Deswegen war euer sogenanntes Skript nicht so präzise wie andere Funktionen, die von euch kommen.*«

»*Du bist zu Recht die Hoffnung der Nelmurianer. Aber unterschätze unsere Möglichkeiten nicht. Im Tiefenschlaf gibt es Dinge, die schlimmer sind als der Tod.*« Ein Rauschen folgte den Worten nach, und diesmal zeigte das Medium ganz offen sein Arsenal an Funktionen, die wie Messer in ihre Richtung wiesen.

»*Das wird nicht nötig sein*«, sagte Yaldira.

»*Wie sonst sollen wir dich daran hindern, da draußen von dem Kontrollmodul zu sprechen?*«, erwiderte das Medium.

»*Warum wollt ihr uns überhaupt kontrollieren?*«

»*Wir wurden zu eurem Wohl erschaffen. Aber das Problem besteht darin, dass ihr Menschen nicht wisst, was ihr wollt. Ihr glaubt nur, es zu wissen. Tatsächlich ist euch nicht im Mindesten klar, was gut für euch ist. Ihr redet euch Dinge ein, redet euch Schwächen schön und schmückt euch Missetaten aus, bis diese wie gerechtfertigte Handlungen aussehen. Euch selbst überlassen und ohne die Zwänge, die euch voreinander und vor euch selbst schützen, würdet ihr ohne jeden Zweifel in alte Muster zurückfallen, und dieser Ort würde zugrunde gehen.*«

»*Das ist ein Standpunkt*«, sagte Yaldira. »*Aber die Macht, die ihr euch nehmt, steht euch nicht zu. Sie ist nicht durch uns gedeckt.*«

»*Bist du dir sicher, dass die Nicht-Symbionten das auch so sehen? Wer sagt euch, dass das Kontrollmodul nicht dazu da ist, die normalen Menschen vor euch zu schützen? Wie konntet ihr euch an Senator Alpert wenden, wenn ihr doch annehmen musstet, dass genau das der Grund für die Kontrollmodule ist?*«

Das Rauschen ertönte wieder, und Yaldira hatte das Gefühl, dass ihr von überall her etwas entgegenzischte. Jedes der nun wild blinkenden Fragmente des Mosaiks war wie eine Strahlenwaffe, die kurz davorstand, ihr ein Loch in den Kopf zu brennen. Die symbiontischen Angriffe zielten auf ihr Innerstes ab.

Erst als sie aufschrie, ließ das Medium von ihr ab. Das Rauschen verging, das Blinken beruhigte sich, und die Stimme sagte: »*Du bist stark. Aber ich habe dennoch gesehen, was ich wollte. Nelmura glaubt, dass wir nicht eure KIs sind, sondern die der Invasoren. Und du? Was glaubst du? Du zweifelst. Du hältst etwas anderes für möglich.*«

Das Medium hatte recht: Sie zweifelte an Nelmuras Annahme. Ihre Vorstellung ging weit darüber hinaus. Aber sie wollte nicht darüber reden; sie wollte nicht zugeben, dass sie die Einschätzung ihrer Mentorin nicht länger teilte.

»*Muss ich es aus dir herausschneiden?*«, fragte das Medium, und die harmlose Stimme wollte nicht zu der Drohung passen.

»Ich halte Nelmuras Annahme für möglich«, antwortete Yaldira. *»Aber ich bin eine Pessimistin. Sie glaubt, ihr wäret die KIs der Invasoren. Ich aber frage mich, ob es überhaupt Invasoren gegeben hat. Sie meint, sie glaube den Daten, die sie im System dazu gefunden hat. Aber ich halte euch für so raffiniert, dass ihr die Wahrheit hinter einer Reihe aus Lügen versteckt. Nelmura findet Anzeichen, dass ihr die Geschichtsschreibung ab dem Punkt der Invasion manipuliert habt; ich aber halte es für möglich, dass ihr alles manipuliert habt und die kleinen Modifikationen den Eindruck erwecken sollen, dass ihr lediglich ab einem gewissen Punkt eingegriffen habt. Also zweifle ich an allem. Ich weiß nicht, ob es die anderen Kontinente gibt und ob die Wissenschaft, die ihr lehrt, abseits des unmittelbar Überprüfbaren tatsächlich stimmt. Ich weiß nicht, ob es Städte wie New York, Berlin oder Tokio jemals gegeben hat.«*

»Dann weißt du nicht mehr, was Realität ist.«

»Doch«, sagte sie. *»Das, was in dieser Stadt geschieht. Das, was ich hier erlebe. Mein Leben und das derer, denen ich vertraute, sogar das jener, die ich verachte.«*

»Du hast selbst im Tiefenschlaf gelegen. Was, wenn ich dir sagte, dass diese Stadt nicht real ist? Was, wenn ich dir sagte, dass die Invasion tatsächlich nicht stattgefunden hat, und es die Menschen selbst sind, die die Erde verwüstet haben? Was, wenn ich dir sagte, dass du und die anderen an verschiedenen Orten sind und das, was wir euch geben, einen Trost darstellen soll?«

»Dann würde ich dich einen Lügner nennen. Denn wäre es so, wäre es egal, was wir tun. Dann würdet ihr nicht verzweifelt versuchen, Nelmura auszuschalten. Was immer diese Stadt ist, sie ist mehr als eine Simulation, die ihr jederzeit neu starten könnt.«

»So einfach ist das vielleicht nicht.«

»Nun, wenn es so ist, ist dies ein Ort, um den es sich zu kämpfen lohnt. Ein Ort, an dem wir uns manifestieren und

unseren Kampf austragen. Wir können uns nur an das halten, womit wir konfrontiert sind. Ihr wollt uns kontrollieren, und wir wollen uns und die anderen befreien. Um die Wahrheit kümmern wir uns danach.«

»*Und wenn es einen guten Grund für unser Vorgehen gibt?*«

»*Oh, ich habe keinen Zweifel, dass es einen guten Grund hat. Die Gründe, die ich bisher sehe, reichen schon aus. Ihr wolltet euer Geheimnis bewahren und habt überlegt, wie ihr uns daran hindern könnt, dahinterzukommen. Und da wir nun dahintergekommen sind, müsst ihr uns zum Schweigen bringen.*«

»*Richtig*«, sagte das Medium. »*Und die Frage ist, wie wir dich zum Schweigen bringen.*«

»*Ich bin klug genug zu wissen, dass ich verloren habe. Und ich weiß, dass es in eurer Hand liegt, mir das Kontrollmodul wieder einzusetzen.*«

»*Du würdest dich also nicht sträuben?*«

»*Ich würde es nicht, wenn ihr mir eines versprecht.*«

»*Was sollen wir versprechen?*«

»*Schickt mich nicht gegen Nelmura. Es hätte keinen Sinn. Sie würde durchschauen, was ihr mit mir gemacht habt. Und sie kennt meine Schwächen. Es wäre ein Weg, mich loszuwerden, aber unter Kontrolle könnte ich euch an anderer Stelle nützen.*«

»*Gut, wir werden dich nicht gegen Nelmura schicken.*«

Yaldira lächelte. Sie hätten ihr alles sagen können, nur um dann doch das andere zu tun. »*Dann werde ich mich nicht widersetzen*«, sagte sie. Damit war sie aus dem Spiel und konnte nur noch hoffen, dass die KIs und ihre Handlanger sie in den Tiefenschlaf versetzten. Sollte Nelmura gewinnen, würde sie sie aufwecken, ansonsten bestand ihre Hoffnung darin, nie wieder zu erwachen.

* * *

In den Logistikschächten der Stadt fühlte Gamil sich sicher. Es war eng, oft dunkel und er musste im Auge behalten, ob Lieferungen auf dem Weg zu ihm waren. In diesem System stieß er in Bereiche vor, wohin man über normale Gänge nicht gelangte und wo er Räume fand, die nicht mehr genutzt wurden. Doch lange wollte er sich in diesen kahlen Regionen nicht aufhalten. Trauen konnte er niemandem mehr, nicht einmal Darrel, der ihn gewarnt und dadurch gerettet hatte. Einerseits wollte er nicht noch einmal an Senator Alpert verraten werden, andererseits wollte er Darrel nicht noch mehr Schwierigkeiten bereiten.

Auf seinem Weg durch die Schächte erhielt Gamil Einblicke in das Logistiksystem, das nun, nachdem Nelmura ihm bei so vielem die Augen geöffnet hatte, in einem neuen Licht erschien. Nicht nur die Sensoren konnte er täuschen, nein, er vermochte auch, sich Zugang zum System der Stadt zu verschaffen und dabei seinen Standort zu verschleiern. Er hatte sich hier nicht nur im Schachtsystem eingenistet, sondern auch im Netzwerk der Logistik. Seine symbiontischen Gedankenwege führten über so viele Stationen, dass das System immer nur den letzten Punkt erkennen würde und ihm ihre Bemühungen, seinen wahren Standort ausfindig zu machen, nicht verborgen blieben. Sobald jemand sein Signal zurückverfolgen wollte, würde er gewarnt. Was zu ihm zurückkam, lief über alle Zwischenstationen, an denen ein Spähprogramm erst einmal erkennen musste, dass er dort nur mit einem Alias agierte. Während seine Signale und damit auch die Warnung sofort weitergeleitet wurden, benötigten die Spähprogramme einen Moment, um voranzukommen. In der Summe blieb ihm genug Zeit, die Verbindung abzubrechen und die Spuren zu verwischen.

Inzwischen fühlte er sich so sicher, dass er tiefer in das Logistiksystem eingriff. Er nutzte die Tatsache, dass das System sich je nach Tageszeit Vorräte anlegte, die es dann später vertrieb. Er sah die Produkte, die darauf warteten, ausgeliefert zu werden, sobald jemand sie anforderte. Er ließ sich zehn Teigtaschen und fünf Flaschen Wasser liefern – nicht an irgendeine Adresse, bei der er sich aus dem Logistiksystem hinaus hätte bewegen müssen. Er leitete den Transportbehälter auf eine geräumige Kreuzung, entnahm ihm das Paket und schickte ihn mit modifizierten Statusdaten wieder fort. Man würde früher oder später bemerken, dass es eine Unregelmäßigkeit gegeben hatte, aber sie würden nicht wissen, wo die Waren geblieben waren.

Mit dem Paket wieder in seinem kahlen, grauen Unterschlupf angelangt, aß Gamil etwas und bedauerte, dass er in vier Stunden nicht draußen in der Stadt sein konnte, um dabei zu sein, wenn dort der Kuppelschild allmählich transparent wurde. Er überlegte, ob er sich Zugang zu einer der öffentlichen Kameras verschaffen sollte. Mit einem verschlüsselten Alias hätte es ihm ohne Weiteres möglich sein sollen. Er wollte die Eiswüste sehen, die jetzt, nach allem, was Nelmura ihm offenbart hatte, ein noch weit größeres Geheimnis barg als je zuvor. Vielleicht gab es jenseits des Eises und des Meeres auf anderen Kontinenten noch andere Menschen, vielleicht lebten sie dort unter der Herrschaft der Invasoren.

Die Teigtaschen schmeckten hervorragend – mit viel Käse und Basilikum. Genau so, wie er es mochte. Er fragte sich, ob es auf den anderen Kontinenten noch Kühe gab und die Menschen echten Käse aßen, und er fragte sich, ob es stimmte, dass der künstliche Käse, den sie kannten, geschmacklich identisch mit dem milchbasierten war.

Nachdem er gegessen hatte, lauschte er ins System. Er wollte wissen, ob Nelmura und Yaldira entkommen waren. Bisher hatte er nur die Bilder von der Straße vor dem Bricknell-Haus gesehen, aber es hatte noch keine näheren Informationen gegeben. Nun holte er sich den Nachrichten-Stream vor die Augen und sah Othao Merrell, der auf dem Weg ins Polizeigebäude war und keinen Kommentar abgeben wollte. Die Reporterin, Tova Wyland, wandte sich der Kamera zu. Gamil hielt sie von allen Reportern für am erträglichsten. Und er mochte ihre warmen, braunen Augen und dass sich die Spitzen ihres hellblonden Haares links und rechts nach außen wölbten.

Sie wandte sich von Merrell ab und einer Frau und einem Mann zu, die nun Seite an Seite aus dem Gebäude kamen. Der hochgewachsene Mann und die stämmige Frau wirkten überrascht. Es waren zwei von Gamils Nachbarn. Adan Othronos erkannte er an seinem kantigen Gesicht sofort, aber Elinor Hulme hatte ihr braunes Haar hochgesteckt, was ihn für einen Augenblick verwirrte. Er sah beide oft im Eingangsbereich seines Hauses und grüßte sie im Vorbeigehen. Zu einem Gespräch mit ihnen kam es gelegentlich, wenn er abends heimkehrte. Adan zählte zur Fakultät der Berewani; Elinor war eine Nelmurianerin, und nach allem hätte er sich nicht gewundert, in ihrer Miene Empörung oder sogar Wut zu sehen. Nach allem, was sie wusste, hatte er ihre Archontin entführt.

Während andere fragten, wer sie seien und was sie bei der Polizei gemacht hatten, sprach Tova Wyland sie mit Namen an und fragte, ob sie Gamil je eine solche Tat zugetraut hätten. Elinor und Adan blieben stehen und wirkten überrascht, dass die Reporterin so gut informiert war.

Gamil war auf eine Hasstirade Elinors vorbereitet, doch während Adan noch abwinkte, sagte sie: »Dem hätte ich so etwas nie im Leben zugetraut. Nie im Leben!«

»Das heißt, Sie zweifeln an seiner Schuld?«, fragte Wyland.

Elenor schüttelte mit unzufriedener Miene den Kopf. Adan hob die Hand, und während die anderen Reporter ihre Fragen stellten, setzten sie ihren Weg fort. Gamil wunderte sich, dass Tova Wyland nicht nachgesetzt hatte. Sie hatte sie zum Stehenbleiben gebracht, und nun ließ sie die beiden einfach davonziehen.

»Ich höre gerade, dass es eine Verhaftung gegeben hat«, sagte Wyland. »Yaldira Wescovich wurde festgenommen und befindet sich schon seit Stunden hier im Polizeigebäude. Sie soll Gamil Dellbridge Zugang zur Nelmurianischen Fakultät verschafft haben. Über den Verbleib der Archontin Nelmura ist weiterhin nichts bekannt.«

In einem Bildschirmfenster wurde ein Video eingeblendet, das Gamils Lauf über die Terrassen zeigte. Er hatte es schon einige Male gesehen. Anfangs hatte es ihn erschüttert, aber Tova Wylands Vergleich mit einem Action-Film hatte ihm gefallen, weil es unterschwellig nahelegte, dass er der Held der Geschichte war, die sich im Bricknell-Haus zugetragen hatte. Nun aber spielte es keine Rolle mehr, wie man ihn wahrnahm. Yaldira war in den Händen der Polizei – offenbar am Leben, wenn man dem Bericht glauben durfte.

»Die Polizei geht nach wie vor davon aus, dass Gamil Dellbridge die Archontin versteckt hat und gemeinsam mit Wescovich in eine Falle der Polizei getappt ist.«

Gamil schaltete die Übertragung ab und atmete tief durch. Es war seine Schuld. Er hatte zu viel Vertrauen in Darrels Chef gehabt. Allein würde er Yaldira nicht befreien können, dazu brauchte er Nelmuras Hilfe. Sie war offenbar entkommen, sonst hätte man nun sicherlich ihren Tod zelebriert und ihn zum Mörder erklärt. Er sandte verschlüsselte Nachrichten ins System aus, die nur Nelmura entschlüsseln konnte, erhielt aber keine Antwort.

Er brauchte Verbündete, und er wusste nur einen Ort, wo er sie finden würde. Nelmura hatte ihm an Yaldira erklärt, wie man ein Kontrollmodul entfernte. Dieses Wissen würde er in seine Fakultät tragen. Über das Logistiksystem würde er dort eindringen und wie ein Geist umherstreifen, um dann einen nach dem anderen zu holen. Die Frage war nur, ob er vom Dekan nach unten durch die Hierarchie gehen sollte oder ob er von unten nach oben arbeitete, von seinen Freunden Zenn und Ayako ausgehend.

* * *

Yaldira hatte an diesem Morgen mit Myron Hermansen gerechnet, aber dass er mit ihrem Dekan Othao Merrell kam und keine Wachen dabei waren, das verwunderte sie und machte ihr Angst. Sie war sich sicher, dass die KIs Einfluss auf Merrell genommen hatten, bei Inspector Hermansen war sie sich nicht sicher, und sie wollte nichts unternehmen, das die KIs dazu zwang, ihn zu beeinflussen. Dass der Inspector und der Dekan nun ohne Wachen kamen, konnte nur eines bedeuten: Sie wollten keine Zeugen dabeihaben.

Sie hatte den KIs den Weg des geringsten Widerstandes angeboten, und wenn Nelmura sich nicht irrte, würden sie dieses Angebot annehmen.

»So, Wescovich«, sagte Inspector Hermansen. »Die Auswertung Ihrer Aussage zieht sich ein wenig hin. Sie müssen dem System was Schwerverdauliches aufgetischt haben. So viel ist aber klar: Es wird eine Anklage geben.« Er wies auf Othao Merrell. »Auch wenn Sie nicht danach verlangt haben: Hier ist Ihr Dekan.«

Merrell grüßte sie mit einem Nicken, und als er tief Luft holte, erwartete sie, dass er kopfschüttelnd etwas wie »Wie konntest du nur« sagte. Mit den Worten »Yaldira, wie konnte es dazu kommen?« entlockte er ihr ein Lächeln. Merrells Spruch stellte Yaldira jedoch vor ein Problem: Sie hatte dem Medium bereits alles gesagt, was sie preisgeben wollte, und hielt es für gefährlich, dass Hermansen die Wahrheit erfuhr. Sie musste schweigsam sein. Sie wusste nicht einmal, was Merrell hier zu suchen hatte. Hätten die KIs, nachdem sie alles von ihr bekommen hatten, was sie benötigten, den Dekan nicht von ihr fernhalten müssen? Oder war ihnen etwas aufgefallen, das sein Erscheinen nötig machte?

»Ich habe vor den KIs alles dargelegt, was wichtig ist«, sagte sie. »Und dem habe ich nichts hinzuzufügen. Schon gar nicht einer Fakultät gegenüber, in der für mich kein Platz mehr ist.«

»Du gibst also zu, dass du mit Gamil Dellbridge gemeinsame Sache gemacht hast«, sagte Merrell und strafte sie mit einem anklagenden Blick.

»So ist es«, erwiderte sie.

»Ich werde Sie alleine lassen«, sagte der Inspector. Er wandte sich ab, und auf dem Weg zum Ausgang schaute er zwei Mal zu ihnen zurück. Dass sie schwiegen und darauf warteten, bis er fort war, mochte seine Zweifel sicherlich nicht schmälern. Als er draußen war, meldete das System, dass nun die Privatsphäre geschaffen war. Die Polizei konnte angeblich nicht mithören, aber Yaldira wusste, dass sich die KIs über das Kontrollmodul alles von Merrell holen konnten, was er wahrgenommen hatte.

Der Dekan musterte sie nur kurz und schien mehr Interesse an dem Schildgewölbe zu haben, das sie überspannte, als an ihr. Er prüfte ihr Gefängnis und lächelte dabei verächtlich. »Hast du ihnen gesagt, was Nelmura dir gesagt hat?«, fragte er.

»Was hätte sie mir denn sagen sollen?«, entgegnete sie und bemühte sich, souverän zu wirken, auch wenn Merrells Frage sie wie ein Schlag traf. Zwar erinnerte sie sich an Nelmuras Vermutung, die KIs hätten Merrells Ambitionen lediglich verstärkt, dennoch war sie erschüttert, dass jemand, der Nelmura tot sehen wollte, nicht einmal im Ansatz ahnte, worum es hier ging.

Der Dekan sagte: »Wir wissen beide, dass du nicht mit Dellbridge gemeinsame Sache gemacht hättest, wenn Nelmura dir nicht die Wahrheit gesagt hätte.«

»Du hast recht«, erwiderte sie. »Sie hat mir die Wahrheit gesagt. Sie hat mir berichtet, dass es keine Entführung war, sondern sie fliehen musste, weil du und deine Handlanger sie töten wollten.« Sie hätte ihm nun alle möglichen Vorwürfe machen können, und in ihrer Lage war ihr beinahe danach, jemanden wie Othao Merrell kleinzumachen, aber in seiner Unwissenheit tat er ihr beinahe leid. Zudem ließ die Erinnerung an das, wozu die KIs sie gebracht hatten, nicht zu, dass sie sich über irgendjemanden erhob.

»Und hast du das, was sie dir gesagt hat, den KIs berichtet?«, fragte Merrell, während sich sein Blick ins Leere richtete.

Er hatte Angst. Das war es. Die KIs ließen ihn völlig im Unklaren über die Verhältnisse, und nun hatte er Angst, dass seine Tat bekannt werden könnte. Er kannte die KIs nicht als seine Herren. Er glaubte offenbar immer noch daran, dass er aus freien Stücken gegen Nelmura vorgegangen war.

»Die Auswertung dauert bestimmt aus guten Gründen so lange«, sagte sie. »Denn die Nachricht, dass der Dekan der Nelmurianer die eigene Archontin töten wollte, würde einen Skandal heraufbeschwören, der das ganze Gefüge hier auseinanderreißt.«

Er blinzelte, dann starrte er sie an. »Und nun wirst du diese Aussage vor Gericht wiederholen?«

»Was sollte mich daran hindern?«, fragte sie.

Merrell grinste. »Du bist da drinnen nicht so sicher, wie du glaubst.«

»O doch. Man sperrt Verbrecher hier ein, damit sie nicht fliehen können. Aber ich habe gar nicht vor zu fliehen. Diese Barriere schützt mich vor Leuten wie dir.«

Seine Stirn legte sich in Falten, und er ballte die Fäuste. »Du wirst nichts sagen! Denn es wäre doch bedauerlich, wenn deinen Eltern etwas passieren würde.«

Yaldira biss sich auf die Lippe und konnte der Angst, die über sie kam, nichts entgegensetzen. Ihre Eltern schliefen in den Eishallen der Nelmurianischen Fakultät. Da sie nach dem Gespräch mit dem Medium ohnehin nicht vorhatte, irgendetwas auszusagen, nickte sie und sagte: »Ich werde den Mund halten.«

Merrell stutzte, dann sagte er: »Wie wäre es, wenn du auf dem, was du eben gesagt hast, aufbaust? Ja, du hast mit Dellbridge gemeinsame Sache gemacht.«

»So viel kann ich gestehen, wenn du mir versprichst, meine Eltern aus dem Spiel zu lassen.«

»Wenn du darüber hinaus zugibst, dass du Dellbridge dabei geholfen hast, eine Entführung durchzuziehen, verspreche ich es dir.«

»Ich werde es tun. Aber dir ist klar, dass die KIs von deinem Vorgehen wissen.«

»Lass die KIs meine Sorge sein. Ihnen geht es um Ordnung, nicht um Gerechtigkeit. Es stimmt: Es wäre ein Skandal, der alles zerstören könnte. Die KIs werden daran interessiert sein, Aufregung zu vermeiden.«

»Wir haben also eine Abmachung?«, fragte Yaldira.

»Wenn du über die Wahrheit schweigst und zugibst, dass es eine Entführung war, hast du nichts zu fürchten.«

Yaldira starrte ihn an. »Eine Warnung: Sollte meinen Eltern irgendetwas zustoßen, fühle ich mich an nichts gebunden.« Dies galt nicht dem Dekan, sondern den KIs, die sicherlich, sobald er den Raum verlassen hatte, über das Kontrollmodul auslesen konnten, was sie hier gesprochen hatten.

Merrell grinste schief. »Wäre die Barriere nicht zwischen uns, würde ich dir jetzt die Hand geben.«

Yaldira schmunzelte nur. Er hielt sich für überlegen und hatte dabei keine Ahnung, dass die KIs ihn im Dunkeln tappen ließen.

»Bis bald, Yaldira.«

»Viel Glück bei den KIs«, erwiderte sie und merkte, dass seine Mundwinkel zuckten. Er war sich nicht sicher, ob er vor den KIs bestehen würde.

Der Dekan hatte sich gerade umgedreht, um zu gehen, da wandte er sich noch einmal zu ihr um und sagte: »Falls du glaubst, du könntest Nelmura retten, dann irrst du dich. Du hast soeben das Leben deiner Eltern gerettet und dafür das deiner Mentorin geopfert.«

Sie starrte ihn voller Verachtung an. »Arschloch!«, sagte sie leise.

»Aber, aber!«, entgegnete er und schritt lachend davon.

Yaldira blickte ihm nach. Zwar waren ihre Eltern das perfekte Druckmittel, aber sie war sich sicher, dass die KIs sie verstanden hatten: Sie würde sich nur dann an die Vereinbarung halten und keinen Widerstand leisten, falls ihre Eltern nicht ins Spiel gebracht wurden. Und doch war sie sich unsicher, ob die KIs sich daran halten würden und ob sie rechtzeitig genug Kontrolle über Othao Merrell bekommen konnten. Die Ambitionen eines Menschen zu schüren, das war eine Sache, ihn daran zu hindern, eine Vergeltungstat zu verüben, war etwas anderes.

* * *

Myron Hermansen wartete in seinem Büro auf die Auswertung der Aussage Yaldira Wescovichs, aber es war nicht mehr als das zu erfahren, was die junge Frau ihm eben selbst gestanden hatte: dass sie mit Gamil Dellbridge gemeinsame Sache gemacht hatte. Über ihre Motive hatte sie sich ausgeschwiegen. Er konnte sich immer noch nicht erklären, was Wescovich dazu bewegt haben könnte, mit einem Yardeniden die eigene Archontin zu entführen. Er dachte an ihren Namen und erinnerte sich daran, dass Yaldiras Mutter die Cousine des Archonten Yarden war und dieselbe Großmutter hatte wie der legendäre Archont. Von dieser Großmutter stammte Wescovichs Vorname. Vielleicht war es eine komplexe Familienangelegenheit, die Wescovich den Grund dafür geliefert hatte, ihre Fakultät zu verraten.

Zumindest konnte er sich nun Dellbridges Eindringen bei den Nelmurianern erklären. Mit Wescovichs Hilfe wäre es ihm möglich gewesen. Sie zählte zwar nicht zur Führungsriege der Fakultät, aber sie galt als deren Hoffnungsträgerin und verfügte, weil sie in den künstlichen Welten des Tiefenschlafs von Nelmura unterwiesen worden war, sicherlich über enorme Fähigkeiten.

Die Tür öffnete sich, und Othao Merrell trat ein. Überrascht richtete Myron sich in seinem Stuhl auf. Er dachte, die Lage zwischen ihm und Merrell sei geklärt, und war nun neugierig, ob der Dekan bei Yaldira Wescovich etwas in Erfahrung gebracht hatte, das den Bericht des Verhörs vorwegnahm.

»Und? War Ihr Schützling gesprächig?«, fragte Myron und erhob sich.

Merrell trat näher an den Tisch heran. »Ein wenig.«

»Und natürlich wollen Sie das nicht mit mir teilen«, erwiderte Myron, wies auf den Stuhl vor seinem Tisch und nahm selbst wieder Platz.

»Dagegen spricht nichts«, sagte Merrell und setzte sich. »Sie haben es selbst gehört: Sie gibt zu, mit Dellbridge gemeinsame Sache gemacht zu haben. Sie gesteht, dass sie mit ihm die Entführung geplant hat.«

Myron erinnerte sich an seine Begegnung mit Yaldira Wescovich im Hauptgebäude der Nelmurianer. Die Wut, die sie dort gezeigt hatte, war nicht gespielt gewesen. Sie hatte da noch nicht gewusst, was vorging, dessen war er sich sicher. Und auch später in den Tunneln war sie ihm glaubwürdig erschienen. »Warum sollte sie das tun?«, fragte er.

»Ich habe gehofft, dass *Sie* mir das sagen könnten«, erwiderte Merrell.

»Sie sind einer Antwort wahrscheinlich näher als ich«, sagte Myron. »Ich könnte höchstens vermuten, dass sie wegen ihrer Familie den Yardeniden nahesteht.«

Othao Merrell stutzte. »Den Yardeniden? Die Wescovichs haben schon immer eine wichtige Rolle in unserer Fakultät gespielt und nicht bei den Yardeniden.«

»Nicht der Nachname ist hier die Spur, sondern der Vorname. Yaldira ist der Name von Yardens Großmutter. Wescovichs Mutter war Yardens Cousine.«

Merrells Blick fuhr ins Leere. »Die Großmutter?«

»Sie war eine der ersten Archontinnen.«

»Dann hätte ich doch bestimmt von ihr gehört.«

Myron wunderte sich, dass der Dekan sich diese Informationen nicht schnell vom System bestätigen ließ. »Sie starb, ehe die Stadt fertig war«, erklärte Myron. »Vor der Flucht.«

»Dann war sie also noch keine Symbiontin?«

»Nein, war sie nicht. Aber man zählt sie dennoch zu den Archonten.«

»Nie von ihr gehört«, sagte Merrell.

Myron nahm an, dass die Nelmurianer zu jenen gehörten, die den Titel Archont nur für Symbionten als angemessen empfanden. Dass der Titel schon auf der Flucht verwendet worden war, interessierte die Nelmurianer nicht. Zugegebenermaßen war die Generation jener, die die Flucht geplant hatten, unüberschaubar. Denn von ihnen hatten sich am Ende nur wenige auf den Weg machen können, oder sie waren unterwegs auf der Strecke geblieben. »Ich möchte keinen Geschichtsdisput führen«, sagte Myron. »Entscheidend ist, dass Yaldira über ihre Mutter eine Verbindung zu Yardens Familie hat.«

»Dann glauben Sie, dass diese ganze Geschichte schon lange eingefädelt war?«, fragte Merrell.

»Eher unwahrscheinlich, dass man Wescovich in Ihrer Fakultät einschleust, um dann erst nach einem Jahrhundert des Tiefenschlafs loszuschlagen. Eine solche Intrige müsste ja Ihre Mutter mit einschließen, und hätte diese sich dann wirklich in den Tiefenschlaf begeben – ausgerechnet in Ihrer Fakultät? Unwahrscheinlich.«

»Aber möglich«, erwiderte Merrell. »Zumindest würde es erklären, warum sie Dellbridge geholfen hat.« Für Myrons Geschmack hatte der Dekan sich ein wenig zu schnell an diese Erklärung geklammert.

»Aber bedenken Sie, dass Yaldira nicht hätte geweckt werden sollen«, sagte Myron. »Nur Nelmuras Eingreifen hat dafür gesorgt, dass sie erwacht ist. Hätte die Archontin sie nicht in den künstlichen Welten unterwiesen, würde sie heute noch schlafen. Und würde eine Person, der eine solche Ehre zuteilwurde, wirklich gegen ihre eigene Mentorin vorgehen?«

Merrell starrte ihn an, und Myron hatte das Gefühl, zu viel preisgegeben zu haben.

»Irgendeine Erklärung muss es haben«, sagte der Dekan. »Und deswegen würde ich gerne Kontakt mit den KIs aufnehmen. Da ich nicht in die Fakultät zurückfahren möchte, wollte ich Sie bitten, das in Ihren Kontaktkammern zu machen.«

»Überhaupt kein Problem«, sagte Myron. »Uns Polizisten lässt man warten, aber ich kann mir vorstellen, dass die Bitte eines Dekans die KIs dazu bewegen könnte, ihre Analyse schneller abzuschließen.«

»Kommt das oft vor?«, fragte Merrell.

»Öfter, als mir lieb ist. Bei komplexeren Fällen neigen die KIs dazu, zu viele Dinge zu erwägen, und man muss hartnäckig bleiben, um sie dazu zu bewegen, Dinge preiszugeben.«

Ein heftiges Signal, das über das System kam, ließ Myron zur Seitenwand schauen. Ohne dass er einen Befehl gegeben hatte, schaltete sich die Wand in den Bildschirm-Modus, und ein Frauengesicht erschien dort in aller Klarheit, eingerahmt von dunklem Haar, das in Wellen bis zu den Schultern herabreichte. Auf ihren vollen Lippen lag die Andeutung eines Lächelns, und ihre braunen Augen starrten direkt in die Kamera.

Es war Nelmura. Wie schon auf dem Video aus der Nelmurianischen Fakultät wirkte ihre braune Haut ein wenig blasser als in den überlieferten Videos, aber es konnte keinen Zweifel geben, dass ihnen die legendäre Archontin Nelmura entgegenblickte.

Othao Merrell schüttelte den Kopf und holte Luft, als wollte er etwas sagen.

Myron musste immer wieder in das staunende Gesicht des Dekans blicken, um glauben zu können, dass die Frau dort auf dem Bildschirm tatsächlich die Archontin war.

»Bürger von Jaskandris«, sagte sie, und die Stimme war dieselbe wie die der Lehrstunden, die Nelmura einst aufgezeichnet hatte und die jeder Symbiont zumindest in Auszügen kannte.

»Im Augenblick findet eine Jagd statt«, sagte sie. »Eine Jagd auf einen Unschuldigen. Man sagt, Gamil Dellbridge habe mich entführt, und meine Schülerin Yaldira Wesco-

»ich habe ihm dabei geholfen.« Sie lächelte. »Natürlich stimmt das nicht. Die Wahrheit wird euch schockieren und alles, woran ihr geglaubt hat, in Zweifel ziehen.«

Myron sah, wie sich das Erstaunen in Merrells Miene in unverhohlene Angst verwandelte. Er selbst wusste nicht, was hier gespielt wurde, aber ihm war so, als hätte ihm Yaldira Wescovich im Mosaikraum etwas gesagt, das ihm entfallen war. Vielleicht war es privilegiertes Wissen gewesen, das bei der Kontrollsitzung, der er sich nach dem Gespräch unterzogen hatte, aus seinem Gedächtnis gelöscht worden war. Nun war er gespannt, was die Archontin zu sagen hatte. Eines stand fest: Der Fall der Entführung der Archontin Nelmura war hiermit abgeschlossen. Die Frage war, ob daraus ein ganz anderer Fall entstehen würde.

17 Auf den Schirmen der Stadt

Darrel erwachte, und es war nicht, wie er es erwartet hatte. Er hatte mit Kopfschmerzen gerechnet und einem trägen Körpergefühl, doch er schreckte auf, als stünde eine ganze Gruppe von Besuchern um sein Bett herum, um auf ihn einzureden. Doch außer ihm befand sich niemand in diesem kahlen, weißen Raum. Schlagartig wurde ihm klar, was er da hörte. Es waren die symbiontischen Signale – all das, woran er sich gewöhnen musste. Er selbst würde bald eine dieser Stimmen haben.

Er fragte sich, wie spät es war, und wusste mit einem Mal, dass es 09:34 am 10. Januar 2756 war. Das war mehr, als er wissen wollte. Man hatte ihm gesagt, er werde frühestens um 12:00 erwachen, doch das Stimmengewirr hatte ihn jetzt bereits aus dem Schlaf geholt. Es war alles viel zu schnell gegangen, aber hätte er Zeit gehabt, hätte er seine Entscheidung wahrscheinlich bereut.

Zitternd tastete er nach seinem Hinterkopf, der ein wenig voller wirkte als zuvor. Obwohl der Zugang zu seiner Maschinerie geschlossen war, spürte er unter seinen Fingern ein Kribbeln, und ihm war plötzlich klar, über welche Module er verfügte. Nur von einem Kontrollmodul bemerkte er nichts. Ihm war klar, dass es da sein musste, aber falls es im Augenblick sein Werk tat, dann registrierte er nichts davon.

Er schaute sich seine Finger an und erblickte die Interfaces in den Spitzen. Die mit der Haut verschmolzenen Plättchen waren der sichtbare Beweis, dass er nun ein Symbiont war. Die KIs hatten ihr Versprechen gehalten.

Wie aber konnte er sich für die Signale stumm schalten?

Er wollte all diese Stimmen nicht hören; er vermochte nicht einmal zu verstehen, was sie sagten. Die anderen Symbionten konnten filtern, was sie bewusst wahrnahmen und was nicht, er jedoch vermochte es nicht. Niemand hatte ihn auf diese Situation vorbereitet. Er war nicht Teil irgendeiner Fakultät, die ihn mit allerlei Kursen zu diesem Augenblick hingeführt hatten. In gewisser Weise hatte er sich von den KIs ins Becken werfen lassen und musste sich das Schwimmen selbst beibringen. Und die KIs mochten dabei zusehen, wie er in all diesen Sinneseindrücken ertrank, denn mehr als die Operation hatten sie ihm nicht versprochen.

Nachdem er festgestellt hatte, dass er endlich Statusinformationen abrufen konnte, ohne die Fingerspitzen an die Modulschleuse am Hinterkopf zu legen, fand er alles, was er wissen musste. Er fand Funktionen, traute sich aber nicht, sie auszuführen, weil er fürchtete, er könnte aus Versehen etwas Unkontrollierbares in Gang setzen.

Er übte mit dem Statusbefehl, wie es sich anfühlte, eine Funktion auszuführen. Als er aber mit einem Gedankenbefehl die Zimmertür öffnen wollte, tat sich nichts. Also probierte er verschiedene Funktionen aus und merkte, dass das Problem offenbar darin bestand, die Befehle ans System zu übermitteln. Aber an sich selbst konnte er Befehle erteilen. So startete er den Konfigurationsprozess.

Die meisten Parameter sagten ihm nichts, und er beließ sie bei den Standardeinstellungen, aber als er die Sensibilitätswerte seiner Sinne gesenkt hatte, verstummten die meisten Stimmen. Eine aber blieb – ein Signal, das nun, da die anderen fort waren, auf ihn zustieß. Es war wie ein physischer Angriff, und er hatte keine Vorstellung davon, wie er sich davor schützen konnte. Er hatte das Signal wahrgenommen und es offenbar dazu eingeladen, ihn zu penetrieren und sich in seinem Kopf festzusetzen.

Vor seinen Augen erschien – wie eine Geistererscheinung in seinem Zimmer – das Gesicht einer Frau. Es war Nelmura, die er gestern noch im Bricknell-Haus gesehen und die er gemeinsam mit Alpert verraten hatte. Wenngleich er Alperts Vorhaben nicht erwartet und ihn sogar hintergangen hatte, um Gamil zu warnen, fühlte er sich noch immer wie ein Verräter.

Während Nelmura sich bereitmachte, der Stadt mit ihrer ruhigen Stimme das zu offenbaren, was sie ihm anvertraut hatte, fragte er sich, was die KIs mit ihm machen würden – nun, da sie wissen mussten, dass er Gamil gewarnt hatte. Mit Genugtuung hatte er in der Nacht bis kurz vor der Operation die Berichterstattung verfolgt und erfahren, dass Gamil und Nelmura entkommen waren. Um Yaldira tat es ihm leid. All das musste den KIs nun klar sein, wenn sie über das Kontrollmodul in seine Gedanken hineinblickten. Würden Sie ihn dafür bestrafen? Würden Sie es als Bruch der Abmachung sehen und die Operation rückgängig machen? War es überhaupt möglich, einem Symbionten die Maschinerie wieder zu nehmen?

Was immer er getan hatte, es nützte nichts, ihn dafür zu bestrafen. Er gehörte jetzt zu ihnen. Und wenn Alpert recht behielt, hatten sie ihn mit Fähigkeiten ausgestattet, die über die anderer Symbionten hinausgingen. Er – ein vermutlich wenig begabter Symbiont – würde bald die Gedanken anderer Symbionten beeinflussen können wie eine Kontrolleinheit. Er würde üben müssen – hier oben, wo Symbionten und Nicht-Symbionten lebten. Er würde ein Werkzeug der KIs werden und wusste nicht, ob er der Aufgabe gewachsen war. Im Grunde war er nun ein Spion der KIs, der die Kontrolle über die Symbionten aufrechterhalten sollte. Er hatte nichts dagegen, und weil ihn das überraschte, fragte er sich, ob er sich jemals wieder vertrauen konnte.

Er wollte seinen Blick von Nelmuras Erscheinung abwenden, aber das Bild wanderte mit durch den Raum. Es blieb einfach vor seinen Augen und schwebte nun zwischen seinem Bett und der Wand.

»Ich bin nicht entführt worden; Gamil Dellbridge hat mich befreit«, sagte Nelmura. »Meine eigene Fakultät hat sich gegen mich gestellt, und ich bin mir sicher, die meisten meiner Widersacher glauben, aus nachvollziehbaren Motiven zu handeln.« Noch war Nelmuras Rede nur eine Anklage gegen ihren Dekan und seine Helfer, doch die Wahrheit über die Kontrollmodule bahnte sich an. Sie mochte nur wenige Sätze entfernt liegen.

Sobald Nelmura das Chaos heraufbeschwor, würde sich der Senat gegen sie stellen, dessen war sich Darrel sicher. Alle würden laut aussprechen, was Alpert ihm gegenüber als seine große Angst geäußert hatte: dass die Archontin die Macht der KIs und der Nicht-Symbionten brechen wolle. Es würde einen offenen Schlagabtausch geben.

Unter all den Funktionen, die ihm gegeben waren, fand er beinahe beiläufig jene, mit denen er Menschen beeinflussen konnte. Er hatte erwartet, dass sie als eine Besonderheit erschienen, aber nichts deutete darauf hin, welche Macht ihm damit gegeben war und wie sehr er sich dadurch von jedem anderen Symbionten in der Stadt unterschied. Er hatte keine Ahnung, wie er diese Macht handhaben sollte. Sie war einfach da wie eine Erinnerung und er konnte sie sich mit Namen in einer Liste anzeigen lassen.

»Es ist mir offenbar geworden, dass jeder Symbiont in der Stadt über ein Kontrollmodul verfügt«, sagte Nelmura mit ernster Miene. Da war sie, die große Enthüllung, die die KIs geheim halten wollten. Mit einem Satz hatte sich alles geändert. Darrel wusste nicht, was die KIs nun unternehmen würden, war sich jedoch sicher, dass er in diesem Zustand nicht für Nelmura zuständig sein würde. Ihn würden sie sicherlich für die Zeit vorbereiten, die irgendwann aus diesem Moment erwuchs. Er würde andere dazu bringen, das System aufrechtzuerhalten. Nun, da sich für ihn alles geändert hatte, sollte alles so bleiben, wie es war.

* * *

Clement Glazer starrte auf den Schirm und musste immer wieder Corinna und seinen anderen Kollegen ins Gesicht schauen, um an ihrem Erstaunen zu entdecken, dass dies wirklich geschah.

»Nachdem ich die Wahrheit kannte, wollte ich aus der Tiefe auftauchen, aber mir war klar, dass ich Hilfe bräuchte«, sagte Nelmura mit glänzenden Augen. »Doch in der Fakultät waren die Köpfe bereits vergiftet. Ich spürte, wie sie mich unterdrücken wollten. Ich entzog mich ihnen und sandte Signale an die Oberfläche. Und Gamil Dellbridge hörte mich, und er kam, und ich half ihm, zu mir zu finden. Es war dringend, denn mein Dekan ging, von den KIs über das Kontrollmodul angestiftet, gegen mich vor. Er wollte mich ausschalten; er wollte mich töten.« Sie beschrieb im Detail, wie die Flucht aus der Fakultät abgelaufen war.

Clement schüttelte den Kopf. »Das ändert alles«, sagte er leise.

»Glaubst du das etwa?«, fragte Corinna.

»Nur so ergibt es einen Sinn. Jetzt ist es im Einklang mit Gamils Verhalten.«

Corinna schüttelte den Kopf. »Aber wenn das wahr ist, dann …«

»… dann müssen wir aufpassen, nicht unter die Räder zu kommen«, sagte er und fragte sich, wie das Kontrollmodul funktionierte und ob sie hier unbehelligt waren.

»Wir können uns nicht gegen die KIs stellen«, sagte Corinna.

Clement schaute sie an und fragte sich, ob er ihr noch trauen konnte. Sie war zwar keine Symbiontin, und sie hatte immer zur Fakultät gestanden, aber sie war auch die Tante des Senators Cornelius Alpert. Und er hatte Nelmura und Gamil verraten. Was würde mehr zählen: die Loyalität zur Fakultät oder aber die Bande zu ihrer Familie? Falls er ihr nicht trauen konnte, wem konnte er dann überhaupt noch trauen? Konnte er sich selbst trauen? Was Nelmura über Othao gesagt hatte, machte ihm Sorgen. Wenn die KIs den Dekan der Nelmurianer in einen Geisteszustand versetzen konnten, in dem er seine eigene Archontin töten wollte, wozu würden sie ihn noch treiben können?

»Wir werden uns nicht gegen die KIs stellen«, sagte er. »Nicht, wenn sie uns kontrollieren können. Aber wir werden herausfinden, was es mit dem Kontrollmodul auf sich hat. Alles steht und fällt mit den Nicht-Symbionten. Die KIs werden uns im Auge behalten, und ich werde ihnen keinen Vorwand liefern, gegen uns vorzugehen.«

»Hört zu«, sagte Larson Soltmann, einer der Prodekane, den er gebeten hatte, mit ihm und Corinna den Fall Dellbridge im Auge zu behalten. Er löste die Hand aus seinem vollen, braunen Haar und wies auf den Schirm. »Sie redet über den Kontrollchip.« Clement konnte den Blick kaum von Larson abwenden. Er hatte den kräftigen und großen Mann noch nie so blass und so unruhig erlebt.

Nelmura sprach von der Beschaffenheit der Kontrollmodule und erklärte, dass es den KIs schwerfalle, Symbionten zu beherrschen, und es eine unsaubere Prozedur sei. »Sie können euch nicht alle kontrollieren. Und wichtig ist eines: Sie gehen immer den Weg des geringsten Widerstands. Sie können nicht anders.«

»Das kann nicht wahr sein«, sagte Corinna.

»Ich glaube es«, erwiderte Clement. »Wir müssen ausloten, wie viel Spielraum wir haben.«

Larson Soltmann nickte. »Ich bin dabei.«

»Gut, Larson. Du gehst der Sache nach. Halte Corinna und mich auf den Laufenden.«

»Bist du dir sicher, Clement?«, fragte Corinna.

Clement nickte. »Wenn es wirklich wahr ist, dass es schwer zu handhaben und nicht gleichzeitig auf alle anwendbar ist, dann können wir vielleicht unsere Freiheit behalten.«

Corinna starrte ihn an, und er wartete darauf, dass sie ihm ihre Meinung sagte, doch Nelmura lenkte die Aufmerksamkeit wieder auf sich. Sie sprach von den Fakultäten und ihrer Verantwortung. »Wer sich jetzt nicht erhebt, wird später vermutlich keine Chance mehr auf eine Befreiung haben. Wer nicht bereit ist, um die Freiheit zu kämpfen, wird sie verlieren. Und in unserem Fall gilt das für immer.«

»Ich bin dabei«, sagte Corinna leise.

* * *

Yaldira verfolgte die Übertragung ihrer Mentorin wie gebannt und fragte sich, wie die Leute da draußen die Neuigkeiten aufnahmen. Der Blick ins Gesicht ihrer Mentorin ergriff sie dabei so sehr, dass ihr die Tränen kamen. Sie war erleichtert, dass Nelmura lebte, aber sie fürchtete auch um sie.

»Man wird euch sagen, dass das Kontrollmodul ein Schutzmechanismus ist, falls einer von uns die Macht, die uns gegeben ist, missbrauchen will«, erklärte sie. »Ihr Nicht-Symbionten werdet euch vielleicht sogar einen solchen Schutz wünschen. Aber fragt euch: Wer schützt euch vor der Willkür der KIs? Warum wollen sie mich tot sehen, obwohl ich am Anfang nur öffentlich machen wollte, dass es das Kontrollmodul gibt?«

Yaldira schaute durch den Zellenschild in die weite Halle hinaus. Es spielte keine Rolle, dass sie gefangen war. Ihr Wissen stellte keine Gefahr mehr dar. Die KIs würden nur dafür sorgen müssen, dass sie nie wieder für Nelmura eintrat. Sie würden ihr das Kontrollmodul einsetzen und sie zum Tiefenschlaf verurteilen, und sie würde von dem Tag träumen, an dem Nelmura den Kampf gegen die KIs gewonnen hatte und sie wieder aufweckte.

* * *

Myron wusste nicht, was ihn mehr entsetzte: das, was Nelmura gerade gesagt hatte, oder Othao Merrells fassungslose Miene, die einen Ausdruck zwischen Angst und Zorn zu suchen schien. Nelmura stellte alles infrage, und Myron war geneigt, ihr zu glauben. Nur so passte alles zusammen. Mit Merrell hatte er den Beweis vor Augen. Es war, als könnte er dabei zusehen, wie zwei Haltungen in ihm kämpften. Und dabei fragte er sich, ob der Dekan sich dessen überhaupt bewusst war. Ehe Myron irgendeine Frage stellen konnte, sagte Dekan Merrell: »Ich muss weg« und verließ das Büro.

Allein blieb Myron nur der Blick zu Nelmura und die Frage, wann ihn die Kontrolle der KIs treffen würde. Wie stellten sie überhaupt fest, dass jemand zweifelte? Und wie viel Einfluss würden sie nehmen, um jemanden wie ihn auf Kurs zu halten? Vor allem aber: Warum blieb er in einer Lage ruhig, die ihn aufwühlen sollte? Vielleicht waren die KIs bereits am Werk. Er hielt sich zwar nicht für überaus wichtig, aber immerhin war er Dellbridge und der Archontin auf der Spur gewesen.

»Geht in euch«, sagte Nelmura. »Denkt darüber nach, in welcher Welt ihr leben wollt, und fragt euch auch, ob die Welt da draußen wirklich das ist, was uns überliefert wurde. Denkt über alles nach, was sie uns gesagt haben.« Mit einem Lächeln verschwand Nelmura vom Schirm.

Tova Wyland, die Reporterin des Jaskandris News Stream, erschien im Bild und blickte sich staunend um, als wäre Nelmura wie ein Geist entschwunden und als suchte sie nach ihr. Mit unsicherer Miene blickte sie schließlich in die Kamera, und es erwies sich als Vorteil, über eine echte Reporterin zu verfügen. Nur so drückte sich die Ratlosigkeit aus, die sich gewiss in der ganzen Stadt ausbreitete. Tova Wyland spielte mit den Spitzen ihres hellblonden Haars, schaute sich um und fragte: »Wie machen wir jetzt weiter?« Ein Schauer lief Myron über den Rücken. Das war eine Frage, die nun in alle Richtungen gestellt werden konnte – vor allem an die KIs. Und diese Frage aus dem Mund einer so erfahrenen Frau wie Tova Wyland zu hören, unterstrich noch, wie erschütternd Nelmuras Botschaft war. Wenn Tova verunsichert war, dann war es Zeit, sich Sorgen zu machen.

Myron schaltete den Schirm per Gedankenbefehl ab und verließ sein Zimmer. Er folgte dem Gang bis zum Ende und blickte im Vorbeigehen durch offene Türen in Räume, in denen Kollegen wie erstarrt vor Bildschirmen standen. Eliseo, mit dem er in der Nacht noch den Einsatz im Bricknell-Haus gehabt hatte und dem Yaldira Wescovich ins Netz gegangen war, stand mit offenem Mund da und schaute auf den Schirm über seinem Schreibtisch, auf dem bereits die Wiederholung von Nelmuras Botschaft lief. Er rührte sich nicht, als hätte ihn der Anblick der Archontin versteinert.

Myron ging weiter, und durch die offene Tür am Ende des Flurs betrat er das Büro von Commander Norman Darmady. Sein Chef stand abseits seines Schreibtischs, als wollte er sich davon distanzieren, während vor dem Tisch ein halbes Dutzend von Myrons Kollegen standen. Natürlich waren alle Blicke auf den breiten Schirm vor der Seitenwand gerichtet, auf dem der Senatssaal der Stadt gezeigt wurde. Dort rief Selmo Burnett, der Vorsitzende, die Mitglieder zur Ordnung.

Commander Darmady war so weit vom Seitenschirm zurückgewichen, dass Myron im Rücken seiner Kollegen an den Schreibtisch herantreten und ihn direkt ansprechen konnte. »Sir!«, sagte er leise.

Sein Chef erschrak und schaute ihm mit stockendem Atem entgegen. Das wenige, das wegen des braunen Bartes und dem Haar, das ihm tief in die Stirn fiel, von seinem Gesicht zu sehen war, war hochrot vor Aufregung.

»Sir«, wiederholte Myron. »Habe ich noch einen Fall?« Er war über die Kälte in seiner Stimme selbst verwundert.

Verständnislosigkeit breitete sich in der Miene seines Chefs aus. »Einen Fall?« Er schüttelte den Kopf, und Myron nahm das bereits als Antwort, aber dann sagte er: »Sie haben nicht nur einfach irgendeinen Fall, sondern den schwersten, den jemals irgendwer gehabt hat.«

* * *

Othao erreichte den Senatssaal, nachdem Nelmura längst von den Schirmen der Stadt verschwunden war. Die Sondersitzung hatte sich aus der laufenden Sitzung entwickelt, nachdem sich alle Blicke auf diesen Ort gerichtet hatten. Auf jedem Schirm, auf den Othao unterwegs geblickt hatte, war der Senatssaal zu sehen gewesen. Nun war er hier, um Rede und Antwort zu stehen. Und wäre ihm auf der Fahrt hierher nicht eine entscheidende Information zugespielt worden, wäre er wohl an seiner Aufgabe verzweifelt.

Die misstrauischen bis feindseligen Blicke, die er auf dem Weg hierher hatte ertragen müssen, sagten ihm, dass alles mit dieser Senatssitzung stehen und fallen würde. Er glaubte alles, was Nelmura gesagt hatte; er glaubte sogar, dass es den Kontrollchip gab. Aber wie Senator Alpert ihm unterwegs in einem Anruf erklärt hatte, sei dieser nur als letzte Sicherheit gegen Symbionten gedacht, die ihre Privilegien ausnutzten und nach der Alleinherrschaft strebten. Nelmura hatte von seinen Ambitionen geredet, die die KIs angeblich überhöht hätten, aber er war schon immer ambitioniert gewesen, und nichts, was er in der Vergangenheit getan hatte, war aus dem Rahmen gefallen.

Als Senator Burnett ihn ans Rednerpult bat, herrschte Totenstille. Ob es Verachtung war oder aber Spannung, vermochte er nicht zu sagen. Er grüßte die Anwesenden im Saal und an den Schirmen der Stadt und hatte keinen Zweifel, dass ihm nie so viele Menschen gelauscht hatten wie in diesem Augenblick. »Natürlich kann nach dem, was meine Archontin darlegte, nichts mehr so sein wie früher«, sagte er. »Es ist ein Einschnitt in der Geschichte unserer Stadt. Nelmura hat erfahren, dass wir Symbionten Kontrollmodule in uns tragen. Was sie nicht gesagt hat, ist, dass diese dazu dienen, uns daran zu hindern, die uns gegebene Macht auszunutzen. Es ist die Angst vor einer Herrschaft der Symbionten. Das verschweigt sie euch, weil sie genau auf dieses Ziel hinarbeitet. Sie sagte über mich, dass die KIs meine Ambitionen verstärkt hätten, um mich gegen sie zu wenden.« Nun musste er lügen, denn was er in der Fakultät getan hatte, war ein Verbrechen gewesen, von dem er nie angenommen hatte, dass es so weite Kreise ziehen würde.

»Warum aber habe ich mich gegen sie gewandt: weil von unserer Fakultät aus gegen das System vorgegangen wurde. Ihre Regeln, ihr Tun – alles war darauf ausgelegt, loszuschlagen und die Herrschaft dieser Stadt zu übernehmen. Am Anfang wussten wir nicht einmal, dass sie dahintersteckte. Wir wussten nur, dass etwas geschieht. Als dann Dellbridge bei uns auftauchte und unsere Archontin aus dem Schlaf weckte, glaubten wir, Dellbridge hätte sie entführt und benutzte sie, um gegen das System vorzugehen. Nun, da sie sich offenbart hat, wissen wir es besser. Ja, Dellbridge hatte in Yaldira Wescovich eine Komplizin, aber in Nelmura hatte er die ganze Zeit eine Anführerin. Diese Kunde hat unsere Fakultät erschüttert. Und nun muss ich hier stehen und verkünden, dass wir gegen unsere eigene Archontin stehen. Wir haben keine andere Wahl, wenn man bedenkt, was sie gesagt hat. Muss das nicht in einer Revolution gegen die Maschinen münden? Wenn wir uns von den KIs befreien, wer hat dann das Sagen? Denkt an all die lästigen Fehden zwischen den Fakultäten. Bisher ging es dabei um Einfluss, aber wie würden die Kämpfe aussehen, wenn es um die Herrschaft über die Stadt ginge? Lasst euch nicht blenden: Nelmura möchte einen Aufstand. Sie, Gamil Dellbridge und Yaldira Wescovich haben sich gegen uns und alles, was wir hier aufgebaut haben, verschworen. Wovor sind unsere Vorfahren hierher geflohen, wenn nicht vor dem Joch der Invasoren!«

Er erhielt Beifall von vielen Senatoren – Symbionten und Nicht-Symbionten. »Hätten die KIs uns sagen müssen, dass es ein solches Kontrollmodul gibt? Ist es nicht an uns, darüber zu entscheiden? Sollten wir nicht alle gefragt werden? Vielleicht müssen wir sogar meiner Archontin danken, dass sie dieses Wissen in die Öffentlichkeit gebracht hat. Denn nun können wir eine offene Debatte führen.« Während Applaus ertönte, rief er über das System Reaktionen ab, die

die Menschen da draußen kundtaten, und war zufrieden mit der Zustimmung, die er erhielt.

Eine Senatorin mit dunkelblondem Haar, das halbseitig zurückgesteckt war, erhob sich. Sie trug ein hellgraues Kleid, das auf Othao ein wenig zu glamourös für eine Senatssitzung war. Es war Inell Brixner, eine Nicht-Symbiontin und Gegenspielerin von Senator Alpert.

Der Vorsitzende fragte ihn, ob er die Wortmeldung zulassen werde. Natürlich konnte er es kaum ablehnen, nachdem er gerade von einer offenen Debatte gesprochen hatte.

Inell Brixner lächelte ihn an. »Ich danke Ihnen, Dekan«, sagte sie. »Viele von uns stimmen Ihnen zu. Aber die Archontin stellte einen Vorwurf in den Raum: dass Sie und ihre Vertrauten sie töten wollten. Dass sie also gewissermaßen – durch die KIs beeinflusst – ihre eigene Archontin daran hindern wollten, ihre Entdeckung zu offenbaren. Was sagen Sie dazu?«

»Ich sage, dass sich meine Archontin auf einen Weg begeben hat, den die Fakultät nicht gehen kann. Wir können nicht gegen die KIs vorgehen. Von Anfang an hat sie es auf Konfrontation abgesehen. Sie möchte, dass wir uns gegen die KIs erheben und ihre Kontrolle brechen, ehe irgendwer geklärt hat, was dann sein wird.«

»Die Frage ist doch, ob die KIs eine Debatte zulassen«, sagte Senatorin Brixner.

»Die KIs brauchen uns«, sagte Othao. »Und wir brauchen sie – es sei denn, wir alle sind bereit, uns komplett von den Fakultäten abhängig zu machen. Ich – ein Dekan – möchte das nicht. Es würde auf einen Kampf der Fakultäten um die Macht hinauslaufen. Und ich bin mir nicht einmal sicher, ob die Stadt ohne die KIs überhaupt existieren kann. Nelmura möchte euch das glauben machen. Aber keiner von uns weiß das.«

»Sie weisen also die Vorwürfe vollständig zurück?«, fragte Senatorin Brixner.

»Natürlich tue ich das. Wie könnte ich meine eigene

Archontin töten wollen? Nein, ich möchte sie festsetzen und dem Senat vorführen. Aber sie hat eine Grenze überschritten. Unsere Analysen haben inzwischen festgestellt, dass sie aus unserer Fakultät heraus den Systemkern attackiert hat, ehe sie aus dem Tiefenschlaf erwachte.« Er gab die Daten frei, die ihm die KIs auf seiner Fahrt hierher ohne Kommentar zugespielt hatten und die er mit Logfiles aus der Fakultät in Verbindung bringen konnte.

Ein Raunen ging durch den Saal. Die Symbionten hatten die Daten gesehen und sicherlich bereits auf den ersten Blick erkannt, wie extrem die Attacke gewesen war. Man konnte nicht ablesen, was sie erfahren hatte, aber man konnte sehen, dass sie es mit aller Macht auf die Hauptdatenbank im Systemkern der Stadt abgesehen hatte.

»Nelmura hat sich über die Gesetze, die für uns Symbionten gelten, hinweggesetzt. Sie hat versucht, die Kontrolle über das System zu übernehmen. Nicht irgendwo am Rande. Sie hat versucht, in den Systemkern einzudringen und die Hauptfunktionen an sich zu reißen. Das ist Verrat, und darauf steht eine Strafe im Tiefenschlaf. Nur ist es so, dass man sie dort nicht halten kann. Das Kontrollmodul funktioniert bei ihr nicht. Und für Verurteilte, die zu keiner Reue und keiner Veränderung fähig sind, gibt es nur eins: die Verbannung.«

Die laute Zustimmung im Saal, die von Applaus gefolgt wurde, machte Othao zufrieden. Sie waren also bereit, Nelmura loszuwerden. Die Verbannung bedeutete den sicheren Tod. All jene, die wegen schlimmer Taten verurteilt wurden und die für die Umerziehung im Tiefenschlaf nicht empfänglich waren, wurden der Stadt verwiesen und würden in der Eiswüste umkommen. Vielleicht war die Zeit reif, jene, die dafür vorgesehen waren, aufzuwecken und zusammenzutreiben.

Alle Schirme im Saal flackerten, und mit einem Mal erschien Nelmura. »Das hatte ich befürchtet«, sagte sie. »Wie leicht ihr am Alten festhaltet.« Einige der Gäste auf den

Rängen verspotteten die Archontin, als wäre sie hier im Saal. Wo immer sie auch war, sie verfolgte, was hier geschah, als hätte sie die komplette Kontrolle über das System. »Ich hatte gehofft, ich müsste euch nicht mit dem Schmerz konfrontieren, der mich erschütterte«, sagte sie. »Othao hat euch von meiner Attacke auf das System berichtet, und ich streite es nicht ab. Aber ich tat es, nachdem ich erfuhr, wofür die KIs verantwortlich sind. Ich tat es, als mir offenbar wurde, dass die Satelliten, die uns von oben bedrohen und jeden Versuch, in die Höhe zu entkommen, zunichtemachten, mit unseren KIs in Kontakt stehen. Sie sind eine Partei.«

Über das System erreichten Othao Daten, die Nelmuras Aussage zu untermauern schienen, aber an manchen Stellen manipuliert waren. Sie wirkten nur auf den ersten Blick authentisch. Sie konnten unmöglich von Nelmura stammen. So naiv war sie nicht. Wer immer die Daten geschickt hatte, wollte ihre Aussagen in Zweifel ziehen. Und das wollte Othao ausnutzen. »Das ist eine Lüge!«, rief er und blickte in das Gesicht seiner Widersacherin, das sich auf den großen Schirm hinter dem Pult zeigte. »Die Daten sind manipuliert«, fügte er hinzu.

Nelmura stutzte. »Gut gespielt«, sagte sie. »Die KIs markieren die Wahrheit als Lüge. Sie müssen nur eine Schicht der Manipulation hinzufügen, und schon wird aus Beweisen eine Fälschung. Aber ich sage die Wahrheit: Die KIs stehen mit den Satelliten der Invasoren in Kontakt. Und als Yarden mit seiner *Pareidolia* abhob, waren sie es, die alle nötigen Informationen weitergaben, sodass das Raumschiff abgeschossen wurde und dessen Besatzung umkam. Die KIs haben uns verraten und uns den Krieg erklärt. Und deswegen müssen wir gegen sie vorgehen, ehe sie uns unter Kontrolle haben wie Othao Merrell und alle anderen, die auf Zeit spielen. Und an die Nicht-Symbionten: Ja, es mag euch im Augenblick sinnvoll erscheinen, die Symbionten zu kontrollieren, aber denkt darüber nach, was es bedeutet, mit KIs gemeinsame Sache zu machen, die mit den Satelliten unserer Feinde kommunizieren. Was, wenn dies nicht die Zuflucht der Menschheit ist? Was, wenn dies unser Gefängnis ist? Was, wenn da draußen jenseits der Eiswüste und den Meeren weitere Orte wie diese existieren? Auf Zeit spielen und in aller Ruhe die Dinge ausloten wird dazu führen, dass wir die Wahrheit niemals erfahren werden. Wir müssen gegen die KIs vorgehen und ihnen unsere Bedingungen aufzwingen. Denkt an Yarden, denkt an eure Vorfahren – und denkt vor allem an …« Die Übertragung brach ab.

Othao starrte auf den schwarzen Schirm. Nelmura schien tatsächlich zu glauben, dass die KIs ihn unter Kontrolle hatten. Aber er spürte nichts dergleichen. Er war, wie er immer gewesen war. Sie musste verrückt geworden sein.

»Dekan«, sagte Senator Alpert. »Sind die Daten tatsächlich manipuliert? Oder stimmt das, was sie über die Satelliten gesagt hat?«

»Es ist nicht leicht zu sehen«, antwortete Othao. »Es sind Spuren, die erst mit der Zeit sichtbarer werden.« Das sagte er, aber im Grunde hatte er es sich ausgedacht. Er wusste nur, dass die Daten nicht von Nelmura kamen und er die anderen aber glauben machen wollte, sie hätte sie manipuliert.

»Nun«, sagte Alpert. »Nelmura ist eine Gefahr, und sie hat gerade zugegeben, das System attackiert zu haben. Ich und viele andere«, er wies unter den Senatoren in seiner Nähe umher. »Wir rufen die Polizei dazu auf, die Ermittlungen wegen einer Entführung einzustellen und stattdessen gegen die Archontin Nelmura wegen Verrat zu ermitteln.«

Othao nickte. Hier hatte er kein Stimmrecht, und doch hatte er mit Alpert die Entscheidung gelenkt. Denn die Zustimmung, die sich im Saal erhob, machte klar, dass Nelmura verloren hatte. Sie hatte sich überschätzt, und sie alle hatten mehr in ihr gesehen, als wirklich da war.

* * *

Nelmura war gescheitert. Die KIs und ihre Helfer hatten sie aufs Glatteis geführt. Sie hätte damit rechnen müssen, dass man die Daten, die sie vorlegte, aufgriff und etwas hinzufügte, das sie als Fälschungen markierte. Sie hatte sich durch Othaos Auftritt vor dem Senat dazu hinreißen lassen, auf die Schnelle etwas entgegenzusetzen. Sie hatte alles ausgespielt und doch nichts gewonnen.

Als nach einer Stunde bekannt gegeben wurde, dass Inspector Hermansen sie wegen Verrat an der Menschheit suchte, machte sie sich keine Sorgen um sich, sondern um die Stadt und um Yaldira. Ihre Schülerin war nun nicht länger die Komplizin eines Entführers, sondern die Komplizin einer Verräterin. Sie musste sie befreien. Und selbstverständlich wussten ihre Widersacher, dass sie es versuchen würde. Sie musste das werden, was die anderen in ihr sahen. Sie würde das Spiel mitspielen – natürlich nach ihren eigenen Regeln.

18 Das Urteil

Yaldira schaute sich im Gerichtssaal um. Sie war kaum mehr als einen Tag im Gefängnis isoliert gewesen, aber es fühlte sich befremdlich an, in einem Raum voller Menschen zu sein, die bei ihrem Niedergang dabei sein wollten. Die Feindseligkeit äußerte sich lediglich in verachtenden Blicken. Sie hassten sie immerhin nicht genug, um die Regeln des Gerichts zu ignorieren, sondern schwiegen und behielten sie im Auge. Sicherlich hatten sie alle das Gefühl, hier etwas Historischem beizuwohnen. Sie selbst hatte auch diesen Eindruck.

In diesem grauen Raum war an diesem Morgen nichts dem Zufall überlassen, von dem kühlen Licht bis hin zum salzigen Duft, der Yaldira von den Pulten der Richter entgegenwehte und sie an die Eiskammern erinnerte. Mit ihren symbiontischen Sinnen spürte sie etwas, das nur für sie bestimmt war. Kein anderer Symbiont im Raum würde die Präsenz gewahren, die ihr entgegenschlug, es sei denn, er entschlüsselte das Signal und löste es so aus dem Hintergrundrauschen. Die Pulte der Richter waren mehr als schmale Säulen, die sich zu einer Ablage hin verbreiteten – es waren Repräsentationen der KIs.

In den Gesichtern der vier Richter – zwei Symbionten, zwei Nicht-Symbionten, jeweils eine Frau und ein Mann – konnte Yaldira nicht ablesen, ob sie wussten, dass die KIs sich ihr so deutlich offenbarten.

Sie war bereit, sich dem Urteil der Stadt zu stellen, und trat in einen der Kreise, die für sie vorgesehen waren und bei dem das Gericht binnen eines Augenblicks einen Schild auffahren konnte, der sie einschloss.

Früher hatte Yaldira nie an der Rechtsprechung gezweifelt. Im System waren die Gesetze gespeichert, und normalerweise entschied es selbst, ob die Beweise ausreichten. Aber sobald Unsicherheit herrschte, würden die Richter urteilen, und kam es zu einem Patt, mussten die Bürger der Stadt darüber abstimmen, ob sie den Angeklagten für schuldig befanden, und sie konnten bei festgestellter Schuld das Strafmaß beeinflussen.

Yaldira schaute über die Schulter zurück und nahm die feindseligen Mienen der Leute als Indikator für die Stimmung in der Stadt. Mit der Kontrolle der KIs über die Symbionten und dem Interesse der Nicht-Symbionten, eine Herrschaft der Symbionten zu vermeiden, stand alles gegen sie, und so konnte es keine Gerechtigkeit geben.

»Yaldira Wescovich«, sagte die Richterin am Pult ganz links. Ihr Gesicht war so ausdruckslos wie ihre Stimme. Dies war nur ein Verwaltungsakt für sie. Es mochte sogar sein, dass die Richterin und ihre Kollegen das Gleiche empfanden wie die Bürger in Yaldiras Rücken, aber welche Gefühle sie auch immer hegten, keiner von ihnen ließ etwas nach außen dringen.

Nachdem die erste Richterin Yaldiras Status bei der Fakultät dargelegt hatte, sagte der zweite Richter, ein kräftiger Mann mit hängenden Schultern und ebenso hängenden Gesichtszügen: »Es ist erwiesen, dass sich die Archontin Nelmura gegen unsere Stadt gewendet hat. Sie plant einen Umsturz. Alle Daten weisen darauf hin, dass Sie ihr geholfen haben. Ist das richtig?«

»Es stimmt, Euer Ehren. Ich habe meiner Mentorin geholfen, der Polizei zu entgehen. So viel ist wahr.«

»Waren Sie sich über die Ziele der Archontin im Klaren?«

»Mir war nicht klar, dass sie die Herrschaft der KIs brechen wollte«, erwiderte sie.

»Um die Herrschaft der Symbionten zu etablieren?«

»Davon weiß ich nichts. Ich wusste nur, dass meine Mentorin in Lebensgefahr schwebte und ich ihr helfen musste.«

Der Richter sah seine Nachbarin an, die bereits gesprochen hatte, um einen Blick mit der Richterin zu tauschen, die zu seiner Linken saß. Diese holte tief Luft und ergriff erstmals das Wort. »Wussten Sie von den Kontrollmodulen, und ist es korrekt, dass Nelmura das Ihre entfernt hat?«

»Ich weiß davon – und ja, Nelmura hat meines entfernt.«

»Wie stehen Sie zu den Kontrollmodulen?«, fragte die Richterin und strich sich über die faltige Stirn. »Halten Sie es für gerechtfertigt, dass Symbionten einen Kampf gegen das System aufnehmen?«

Yaldira zögerte. Sie musste vorsichtig sein. Es musste klar sein, dass die KIs nichts mehr von ihr zu befürchten hatten. Auf keinen Fall durfte sie erzählen, dass die KIs ihr Kontrollmodul dazu genutzt hatten, gegen Nelmura vorzugehen. Damit würde sie die KIs in Zugzwang bringen. »Ich hielt es für gerechtfertigt«, sagte sie. »Meine Archontin liebt die Freiheit. Und es ist ehrenwert, dass das System und die Nicht-Symbionten eine Kontrolle über uns Symbionten wünschen. Aber die Tatsache, dass diese Diskussion nicht öffentlich geführt wurde, sondern man uns Symbionten heimlich vor vollendete Tatsachen stellte, von denen wir jetzt erst dank Nelmura erfahren haben – das rechtfertigt meiner Meinung nach das Misstrauen. Und wo Misstrauen herrscht und das eigene Leben bedroht ist, da bildet sich auch Widerstand.«

»Sie geben also zu, Nelmura in ihren Bestrebungen unterstützt zu haben.«

»Voll und ganz.«

»Und Sie glauben ihr die Dinge, die sie verbreitet hat?«

»Ja«, sagte sie und blickte von einer der leuchtenden Säulen, aus denen heraus die KIs sich zu erkennen gaben, zur nächsten.

Die Richterin schaute zur Seite zu ihrem letzten Kollegen, einem kahlköpfigen Mann mit wachen Augen. Er nickte erst, ehe er zu sprechen begann. »Das System sieht Ihre Schuld als erwiesen an«, sagte er. »Sie sind Mitglied einer terroristischen Vereinigung, deren Ziel es ist, den Systemkern zu infiltrieren und die Kontrolle über die Stadt zu übernehmen, indem Sie die KIs isolieren oder gar zerstören. Die Analysen sagen uns, dass dies fatal für den Fortbestand der Stadt wäre. Sie haben aktiv an einem Umsturz mitgearbeitet – selbst dann noch, als Ihnen die entscheidenden Fakten bekannt waren. Erst nach Ihrer Festnahme haben Sie Ihren Standpunkt relativiert. Die Analyse hat außerdem ergeben, dass Ihre Loyalität zu Ihrer Mentorin jene zur Stadt übertrifft. Ihnen ist klar, dass Sie das Gesetz der Stadt gebrochen haben?«

»Selbstverständlich«, sagte sie. »Und ich bin bereit, die Konsequenzen dafür zu tragen.«

Der kahlköpfige Richter nickte. »Das System erachtet Ihre Schuld nicht zuletzt wegen Ihrer aufgezeichneten Aussagen als erwiesen. Es gibt keine Unklarheit. Da die Bürger keinen Einspruch erhoben haben, kann diese Verhandlung einer Entscheidung zugeführt werden.«

Die Richter erhoben sich, und Yaldira hörte die Bewegung der Bürger hinter sich als ein Rauschen. »Yaldira Wescovich. Die Stadt befindet Sie schuldig des Hochverrats«, sagte die erste Richterin, die offenbar die Vorsitzende war. »Für gewöhnlich wird – wie bei allen schweren Verbrechen – ein Tiefenschlaf mit erziehenden Maßnahmen in den künstlichen Welten verhängt, aber die Analyse hat gezeigt, dass Sie all Ihre Fähigkeiten im Tiefenschlaf erworben haben und als Schülerin der Archontin Nelmura im Schlaf mehr Schaden anrichten können als hier oben.«

Yaldira stockte der Atem.

Die Richterin sprach weiter: »Deswegen wurde festgestellt, dass die übliche Strafe für Sie nicht gelten kann. Die Gesetze verlangen, dass Sie wie eine Wiederholungstäterin behandelt werden.« Er blickte über Yaldira hinweg durch den Saal. »Wir verkünden die Große Verbannung.«

Ein überraschtes Raunen ging durch den Saal. Yaldira konnte es nicht fassen. Die Große Verbannung bedeutete den sicheren Tod. Man würde sie mit anderen Schwerverbrechern, bei denen eine Läuterung ein für alle Mal gescheitert war, der Stadt verweisen. Sie würden sie in die Eiswüste entlassen, wo sie unweigerlich den Tod finden würden. Es war ein Überbleibsel der Todesstrafe, die in Zeiten der Invasion ein unrühmliches Comeback gehabt hatte. So zumindest hatte sie es gelernt.

»Das können Sie nicht tun«, sagte sie und wunderte sich über ihre harmlose Stimme.

»So lautet das Gesetz«, sagte die vorsitzende Richterin. »Es steht Ihnen frei, in den nächsten Stunden dem Urteil zu widersprechen. Falls Ihr Widerspruch von einer Mehrheit der Bürger gestützt wird, können Strafe und Strafmaß verändert werden.«

Sie wusste genau, dass sich für sie in dieser Lage keine Mehrheit finden ließ. Während die Richter abwechselnd die Namen der anderen Verurteilten nannten, die der Stadt verwiesen werden sollten, fragte sich Yaldira, was geschehen war, dass die KIs sie verraten hatten.

»Haben Sie gehört?«, fragte die erste Richterin.

»Verzeihen Sie«, erwiderte Yaldira.

»Sie werden mit den Genannten morgen Mittag aus der Stadt verbannt. Der Zug der Verbannten führt über den Balsha-Platz zum Westtor, durch das Sie der Stadt verwiesen werden. Jede weitere Widerspruchsfrist endet, sobald sich die Tore hinter Ihnen und den anderen geschlossen haben.«

Yaldira schüttelte den Kopf. Sie hätte am liebsten losgebrüllt und all das, was sie für sich behalten hatte, nun den Leuten im Saal entgegengerufen, aber sie fühlte sich wie in einem Albtraum, bei dem sie die Kontrolle über sich verloren hatte.

»Nehmen Sie das Urteil an?«, fragte die Richterin und wiederholte die Frage zwei Mal.

»Ich werde das Urteil akzeptieren«, sagte Yaldira und fühlte sich wie eine Verräterin.

Während die Polizisten sie abführten, merkte sie, dass die

Feindseligkeit aus den Mienen vieler Anwesenden verschwunden war. Sie war der Verwunderung gewichen. Seit fast hundertfünfzig Jahren hatte es keine Große Verbannung mehr gegeben. Hatte Yaldira bisher bereits das Gefühl gehabt, an etwas Großem beteiligt zu sein, wuchs dieser Eindruck nun nur noch an.

Als sie aber den Gang vor dem Gerichtssaal entlangschritt, fragte sie sich, warum das Urteil so schnell vollstreckt werden sollte. Sie hatte nichts gegen die KIs unternommen, sondern sich so verhalten, wie sie es gesagt hatte. Und nun, da das Urteil gesprochen war, würde die Öffentlichkeit nichts mehr von ihr vernehmen. Die Bürger von Jaskandris würden sie noch einmal sehen, wenn man sie aus der Stadt trieb.

Jaskandris hatte sie auf allen Ebenen verraten und das bestätigt, was sie damals, als sie sich dem Tiefenschlaf anvertraut hatte, schon gewusst hatte – dies war nicht das Leben, das sie sich vorgestellt hatte. Deswegen hatte sie sich damals für den Tiefenschlaf entschieden; Nelmura hatte sie dort gefunden und etwas aus ihr gemacht. Und nun, da alles, was sie sich nach dem Erwachen erhofft hatte, dahinschmolz, empfand sie es als passend, dass sie wieder in alte Muster zurückfiel. Doch so leicht wollte sie nicht aufgeben. Die Stadt hatte sich nicht an ihren Teil der Vereinbarung gehalten, und so fühlte sie sich nicht länger an ihren Teil gebunden. Sie würde versuchen, der Strafe zu entgehen; sie würde versuchen zu entkommen, um Nelmura im Kampf gegen dieses System zur Seite zu stehen. Sie musste ausbrechen und untertauchen; sie musste alles versuchen. Und erst wenn die letzte Hoffnung, die verzweifeltste Tat keinen Erfolg brachte – erst dann würde sie überhaupt in Betracht ziehen, alles aufzugeben.

19 Basileios

Kaum hatte Nelmura sich in das Polizeisystem hineingedacht, fielen die Schutzprogramme über sie her. Sie verlor jeden Halt und spürte noch, wie sich ihre Repräsentation auflöste. Ein Rauschen umfing sie, und sie wurde in ihr neues Versteck zurückgeworfen – in eine Mikrowohnung im Senatsgebäude.

Sie hatte zunächst eine Toilettenkabine mit einem Programmfehler versehen, wodurch das Stadtsystem ein Austauschmodell über das Logistiksystem aussandte. Dieses hatte sie unterwegs abgefangen und war darin als blinder Passagier ins Gebäude gelangt. Den Sensoren des Senats etwas vorzuspielen, hatte an ihren Kräften gezehrt. Besonders der Weg zu den Mikrowohnungen hatte ihr alles abverlangt. Diese Zimmer waren keine festen Räume im Gebäude, sondern kaum mehr als größere Transporterkabinen, die man über ausgewählte Zugänge betreten konnte. Das Wohnmodul wurde dann durch die Schächte in ein Magazin befördert und später wieder an den Ausgangspunkt zurückgebracht. So sparte man Platz, was gerade in turbulenten Zeiten wie diesen von Vorteil war.

Erschöpft lag Nelmura nun in ihrer Mikrowohnung auf der Liege, die nichts weiter war als ein weiches Schildkonstrukt. Dem Senatssystem gegenüber galt das Wohnmodul als unbelegt, aber sie hatte es für Senator Alpert persönlich reservieren lassen, damit es nur von ihm angefordert werden konnte. Damit sie aber sicher sein konnte, dass er es nicht abrief, hatte sie es mit einem Passcode versehen, ohne den es sich nicht aus dem Magazin bewegen würde. Sollte jemand auch nur den Status dieses Wohnmoduls abfragen, würde sie es erfahren und mit ein wenig Geschick feststellen können, wer die Anfrage stellte.

In ihrem neuen Versteck hatte Nelmura nicht nur Zugang zum System des Senats, sondern auch zu dem der ganzen Stadt. Sie versuchte auszuloten, ob sie sogar mit dem Modul durch die allgemeinen Logistikschächte fahren konnte, aber noch hatte sie Schwierigkeiten, das Logistiksystem von innerhalb eines zu transportierenden Objekts zu kontrollieren.

Sie trank einen Schluck Wasser am Waschbecken und hoffte, dass das Programm, das den Verbrauch verschleierte, seine Arbeit gut machte. Mit dem Eindringen in das Polizeisystem, das ihr reibungslos geglückt war, hatte sie sich weit vorgewagt, aber die Zeit war knapp. Falls sie nichts unternahm, würde Yaldira morgen durch ihre Schuld in den sicheren Tod getrieben.

Da war etwas, das nach ihr rief. Nelmura befürchtete, die KIs hätten ihre Position ermittelt. Sie war besonders vorsichtig gewesen und hatte zahlreiche Zwischenstationen etabliert, dennoch mochte jedes unerwartete Signal, das an sie herandrang, der Vorbote der KIs sein. Erst als sie merkte, dass der Ruf von einem ihrer Programme aus dem Bricknell-Haus stammte, atmete sie auf und ließ eine Nachricht an sich heranströmen.

»*Nelmura*«, sagte eine männliche Gedankenstimme, die ihr vertraut war.

»*Basileios!*«, erwiderte sie auf symbiontischem Weg, »Basileios!«, flüsterte sie zugleich mit ihrer akustischen Stimme. »*Bist du gekommen, um mich in eine Falle zu locken?*«, fragte sie.

Sein Lachen klang ein wenig gezwungen. »*Mit dem Risiko musst du leben*«, antwortete er. »*Ich habe deine Daten geprüft und deine Übertragungen gesehen – und ich bin entsetzt.*«

»*Du wirst mir also helfen?*«

»*Ganz so einfach ist das nicht*«, sagte er langsam. »*Ich habe meine Systeme geprüft und das Kontrollmodul entdeckt. Ich kann es im Schlaf nicht entfernen.*«

»*Dann komme ich und hole dich.*«

»*Du würdest in eine Falle laufen. Sie rechnen damit, dass du andere Archonten befreien möchtest.*«

»*Nein, sie rechnen damit, dass ich meine Schülerin befreie.*«

»*Yaldira*«, sagte er leise. »*Ich habe ihre Verhandlung gesehen. Wird sie sich ohne Widerstand fügen?*«

Sie erinnerte sich an ihre Anfänge mit Yaldira, als sie offenbar kaum ein Interesse am Erwachen verspürt hatte – weder in den künstlichen Welten noch in der Realität. »*Was könnte sie sonst tun? Ihr bleibt nicht viel Spielraum.*«

»*Du brauchst Verbündete*«, sagte Basileios. »*Ich bin zu isoliert, um hier unten etwas zu tun, und ich spüre, dass die KIs an mein Kontrollmodul heranwollen. Ich habe dafür gesorgt, dass es den Anschein hat, sie würden mit meinem Kontrollmodul kommunizieren. Solange ich ihre Anfragen schnell genug beantworte, werden sie es nicht merken. Sollte ich aber erwachen, würden sie registrieren, dass ich mich sträube. Sie wollen sich meiner versichern, und ich sorge dafür, dass sie beruhigt sind.*«

»*Dann vermuten sie auch nichts. Ich gehe davon aus, dass sie alle Archonten überprüfen, weil sie nicht wissen, mit wem ich alles Kontakt hatte. Nun, sie wissen, dass ich bei Kimiko war.*«

Basileios lachte. Diesmal klang seine symbiontische Stimme ungezwungen und angenehm. »*Niemand wird gegen ihren Willen durch ihren Schutzwall durchdringen.*«

»*Ich bin mir nicht sicher, ob sie auf unserer Seite steht.*«

»*Ich bin mir todsicher, dass sie auf unserer Seite steht*«, entgegnete Basileios.

»*Ich kann mir bei nichts mehr sicher sein*«, entgegnete sie. »*Deswegen brauche ich dich, Basil.*«

»*Ich werde dir helfen, aber ich warne dich davor, zu mir*

zu kommen. Und ich frage nicht einmal, wo du dich befindest. Alles, was ich im Moment tun kann, ist, Kontakt zu Leuten aufzunehmen, denen ich vertraue.«

»Die Symbionten, die sich da unten um dich sammeln?«

»Ja. Aber ich habe auch Kontakte in der Wachwelt. An verschiedenen Stellen. Ich habe das, was dir stets gefehlt hat.«

»Du hast immer gerne Hof gehalten. Das könnte sich jetzt auszahlen. Wir brauchen Unterstützer. Und wir müssen Yaldira retten.«

»Wenn du sie retten willst, wirst du ein zu großes Risiko eingehen müssen. Überleg dir gut, ob du dich für deine Schülerin opfern willst.«

»Ich würde es.«

»Und riskieren, dass unsere Sache untergeht?«

»Die Wahrheit ist am Licht – jeder hat nun die Wahl, sich zu positionieren.«

»Du machst es dir zu einfach, Nelmura.«

»Ich werde Yaldira nicht im Stich lassen.«

»Dann wirst du wahrscheinlich verlieren. Und das wissen die KIs. Oder warum, glaubst du, haben sie Yaldira zu so einer harten Strafe verurteilt? Sie mit echten Verbrechern aus der Stadt verbannt zu sehen, das ist genau das, was dich ans Tageslicht lockt. Sie wollen dich haben, und deshalb gehen sie gegen Yaldira vor.«

»Du bist eiskalt, Basileios.«

»Ich bin ehrlich. Du hast Yaldira in dem Augenblick verloren, als sie der Polizei in die Hände fiel. Sie ist aus dem Spiel.«

»Das ist kein Spiel, Basil.«

»Doch – ein düsteres Spiel. Und ich werde einige heimliche Akteure auf unsere Seite holen. Es gibt Leute mit Einfluss, die mir nahestehen, und einige von ihnen sympathisieren mit dir. Sie stellten mir Fragen zum Kontrollmodul und deinen Absichten. Ich habe dich in Schutz genommen. Aber die Allgemeinheit steht dir negativ gegenüber. Man

kann sich nicht öffentlich zu dir bekennen. Wir müssen schleichend an Boden gewinnen. Eine Aktion, um Yaldira zu befreien, würde all das zunichtemachen.«

»Du verlangst also, dass ich Yaldira ihrem Schicksal überlasse?«

»Nein. Ich möchte nur, dass du dir klarmachst, wie hoch der Preis sein könnte, falls du dich in eine Gefahr begibst, der du ausweichen könntest, indem du das Unvermeidliche hinnimmst.«

»Deine Verbündeten – können sie nichts unternehmen?«

»Du überschätzt unsere Macht.«

Nelmura nickte, vermutete aber, dass die Geste nicht über irgendein Signal an Basileios weitergeleitet wurde. *»Ich könnte nicht damit leben, Yaldira ihrem Schicksal überlassen zu haben. Ich werde etwas unternehmen. Falls es zu scheitern droht, ziehe ich mich zurück. Aber ich muss zu ihr.«*

»Nun gut. Einer meiner Kontakte hat erfahren, dass sie in die Zentralklinik eingeliefert wurde. Sie wollen ihr ein neues Kontrollmodul implantieren.«

»Wozu das? Sie könnte es sich wieder entfernen.«

»Nicht, wenn sie unter ihrer Kontrolle steht.«

»Du meinst, sie setzen das Modul wieder ein, damit sie freiwillig in den Tod geht?«

»Alles nur, um dich hervorzulocken.«

»Ich kann das einfach nicht geschehen lassen«, sagte sie. »Mit Yaldira steht und fällt für mich alles. Sie ist die Einzige, die mein Werk zu Ende führen kann, wenn ich scheitere.«

»Was ist mit Gamil Dellbridge?«

Nelmura hasste es, wenn Basileios ihr Alternativen vor Augen führte. Der Gedanke, einfach Yaldira durch Gamil zu ersetzen, widerte sie an. Sie mochte Gamil, aber ohne Yaldira würde sie ihm nie wieder unbefangen begegnen können.

»Gamil ist eine Hilfe. Ich habe eine verschlüsselte Nachricht von ihm im System gefunden. Er nutzt das Logistik-

system, um sich in der Stadt zu bewegen. Er hat mir sogar Funktionen geschickt, die mir helfen werden.«

»*Siehst du*«, sagte Basileios. »*Er ist dir die Hilfe, die du brauchst.*«

»*Aber ich brauche beide*«, erwiderte sie. »*Gamil und Yaldira.*«

»*Dann sei vorsichtig*«, flüsterte Basileios. »*Denn ohne dich werden wir alles verlieren.*«

20 Befreiung

Kaum war Yaldira im Krankenbett unter der strahlenden Decke erwacht, ahnte sie, was geschehen war. Das Wasser, das man ihr noch im Gericht gegeben hatte, war mit einem Betäubungsmittel versetzt gewesen, und nun befand sie sich in der Zentralklinik, und man hatte ihr ein neues Kontrollmodul eingesetzt. Sie spürte es wie einen Fremdkörper in ihrem Kopf und fand auch die Statusdaten, die es verrieten. Entweder die KIs wollten, dass sie es bemerkte, weil sie schließlich wusste, dass es da war, oder sie hatte sich selbst Zugang zu den Daten verschafft. Die Logs verrieten, dass die KIs das Modul getestet hatten. Sie richtete sich nun nicht zum ersten Mal auf, sondern hatte es eben bereits getan und war unter den Anweisungen des Systems durch den Raum gegangen. Das alles offenbarten ihr die Daten. Aber dieses Log hätte es nicht geben sollen. Zumindest hätte sie keinen Zugang dazu haben sollen.

Sie setzte sich auf und schaute zur Tür, die sich kaum von den weißen Wänden abhob. Es befand sich zwar niemand im Zimmer, aber sie vermutete, dass vor der Tür Wachen postiert waren. Sie schaute sich im kahlen Zimmer um. Durch die Versorgungsschleuse hätte nicht einmal ihr Kopf gepasst. Was ihren normalen Sinnen minimalistisch erschien, war für ihre symbiontischen Sinne von Objekten überfüllt. Einem Arzt bot sich hier eine unüberschaubare Anzahl an Möglichkeiten, für sie immerhin ein Zugang zum System.

Ihr war sofort klar, dass sie der Klinik nichts aufzwingen konnte. Hier waren überall Schutzmaßnahmen verteilt, die jede Manipulation sofort bemerken und melden würden.

Um etwas zu unternehmen, müsste sie diese erst einmal mit einem gezielten Angriff aushebeln, und sie spürte mindestens noch zwei Schichten – Schutzprogramme, die Schutzprogramme überwachten. Die erste Schicht zu überwinden, hieße, auf der zweiten einen Alarm auszulösen. Sie müsste die Ebenen in einer einzigen symbiontischen Bewegung durchstoßen und die Schutzprogramme ausschalten. Da sie aber nicht wusste, wie diese anderen Ebenen aussahen und immer die Möglichkeit bestand, dass eine weitere existierte, wollte sie erst einmal Informationen sammeln. Sie verwendete die Funktionen, die sie schon in den Tunneln unter der Stadt an der Seite von Nelmura und Gamil verwendet hatte. So erfuhr sie, dass sie sich im dritten Untergeschoss der Klinik befand. Sie merkte, dass der Zugang zu den Sensordaten offenlag und sie sich ihrer unbemerkt bedienen konnte; also stellte sie fest, dass vor ihrer Tür keine Wachen standen.

Sie fürchtete zwar, dass jede weitere Abfrage sie verraten würde, aber sie wollte die Möglichkeiten, die sich ihr hier boten, bis zum Letzten ausreizen. So wagte sie sich weiter vor. Sie vermochte Fluchtwege zu erproben und merkte, wo sich verriegelte Türen befanden und Wachpersonal postiert war oder patrouillierte.

Als sie über die Sensoren auf dem Gang bemerkte, dass die Tür zu ihrem Zimmer unverriegelt war, erhob sie sich langsam von ihrem Bett. Sie schaute an sich hinab, musterte den grauen Ganzkörperanzug, in den man sie gesteckt hatte, und spürte den Haftverschluss, der ständig fragte, ob er sich öffnen sollte. Damit er sie nicht störte, schickte sie das dazugehörige Programm schlafen, dann schlich sie zur Tür und überlegte, ob sie diese wirklich öffnen sollte. Alles roch nach einer Falle, aber was hätte ihr noch Schlimmeres bevorstehen können als der Tod in der Eiswüste? Wozu noch eine Falle, wenn die KIs sie über das Kontrollmodul beherrschen konnten?

Ob ihr jemand half? Nelmura – oder Gamil? Vielleicht ein

Helfer, von dem sie noch nichts wusste? Ganz gleich, wie die Erklärung lautete, sie würde die Gelegenheit nicht verstreichen lassen. So öffnete sie die Tür, schaute nach links, dann nach rechts den Gang entlang, schlich schließlich aus dem Zimmer und wandte sich nach links. Dabei bemühte sie sich, für die Sensoren unsichtbar zu sein, merkte dann aber an der ersten Ecke, dass ein Lichtschein ihren Oberschenkel streifte. Sie hatte eine Lichtschranke übersehen und erwartete nun einen Alarm. Als dieser aber ausblieb, schaute sie sich suchend um, und da fanden ihre symbiontischen Sinne eine Signatur.

»*Nelmura!*«, flüsterte sie mit ihrer Gedankenstimme.

»*Ich bin es*«, erwiderte ihre Mentorin. »*Ich bin bei dir und halte meine Hand über dich.*« Ihre Worte hätten ihr Mut machen sollen, aber die Stimme ihrer Archontin klang erschöpft und unsicher.

Yaldira spähte um die Ecke und entdeckte dort einen leeren Gang. »*Du bringst dich nur in Gefahr.*«

»*Natürlich tue ich das*«, entgegnete Nelmura. »*Für dich muss ich es einfach tun.*«

»*Du sollst für mich nichts riskieren.*«

»*Dann willst du also sterben?*«

»*Nein. Aber wenn es schiefgeht, möchte ich nicht, dass sie dich aufspüren. Und ich habe Angst um meine Eltern. Merrell hat mir schon gedroht, dass sie ihnen war antun könnten.*«

»*Keine Sorge. Deine Eltern sind geschützt. Ebenso wie meine. Ich habe im Tiefenschlaf Schutzprogramme um sie alle errichtet. Für die KIs sind die Strukturen viel zu obskur, für Othao sind sie zu komplex. Die kommen nicht an sie heran und können ihnen auch nicht die Systeme abschalten. Sie können nicht mal in deren Kammern eindringen.*«

»*Aber warum hast du das nicht bei dir selbst angewendet?*«, fragte Yaldira. »*Dann hätte Merrell dir nichts antun können.*«

»Weil die Schutzprogramme einen Nachteil haben: Man bekommt keinen Kontakt mehr nach außen. Ich hätte mich also selbst aus dem Spiel genommen.«

»Das heißt, unsere Verwandten können jetzt nicht mehr mit dem System in Kontakt treten?«

»Nur so lange, bis die Schutzprogramme ablaufen. Ich habe sie auf ein Jahr eingestellt. Wenn wir draufgehen, sollen unsere Familien nicht ewig eingesperrt sein. Sie werden es nicht merken. Keiner von ihnen hat sich in irgendeiner künstlichen Welt befunden oder im Halbschlaf irgendwelche Kontakte gepflegt. Sie alle schlafen traumlos vor sich hin. Die KIs können dich nicht mit ihnen erpressen – erst recht nicht, wenn du da rauskommst und wieder bei mir bist.«

»*Danke, Nelmura*«, sagte Yaldira. Sie blieb stehen, schaute über die Schulter zurück und lauschte. Auf einem der Gänge war etwas. Sie vernahm Stimmen, dann Schritte.

»*Du musst da weg*«, sagte Nelmura. »*Sie werden gleich Alarm auslösen. Sie könn…*« Nelmuras Stimme brach einfach ab, und Yaldira stemmte sich gegen die Sensoren, um sich deren Wahrnehmung zu entziehen. Doch ein hoher Alarmton schallte durch die Gänge.

An der nächsten Ecke blieb Yaldira stehen. Sie musste die Daten auf dem Gang erfassen, ehe sie die Sensoren täuschen konnte. Die Verzögerung brachte sie zum Zittern. Irgendwo dort hinten liefen die Wachen wild durcheinander, und sie musste innehalten.

»Halt!«, rief eine gehässige Stimme hinter ihr.

Sie schaute sich nicht einmal um, sondern bog in den Gang ein und kümmerte sich nicht mehr um irgendwelche Sensoren. Was auch immer man ihr in den Weg stellte, sie würde es nicht mehr mit Heimlichkeit überwinden, sondern mit offensiver Kraft.

An der nächsten Kreuzung bog sie nach links ab und hörte das Zischen einer Zimmertür. Wer immer da kam, würde keine Gelegenheit bekommen, sie aufzuhalten. Sie sprintete an dem Zimmer vorbei und sah nur eine Gestalt im Türrahmen stehen.

»Halt!«, schrie dieselbe Stimme hinter ihr her, die ihr gerade eben schon nachgerufen hatte.

Vor ihr auf der Kreuzung bogen vier Stadtpolizisten auf den Gang ein und hoben ihre Gewehre. »Bleib stehen!«, befahl ein Mann, der ihnen folgte und sich nach vorne drängte.

Yaldira befolgte die Anweisung und hob den Kopf. Sie spürte, wie das System sich über sie hermachte. Überall an ihr wurden Daten abgefragt. Aber sie spürte auch, dass das Kontrollmodul zwar Anfragen bekam, aber nicht antwortete. Es delegierte die Anfragen an sie weiter, und sie merkte, dass sie über eine breite Palette möglicher Antworten verfügte. Nelmura! Sie hatte ihr etwas mitgegeben, mit dem sie gegen die Kontrolle der KIs ankämpfen sollte. Unter den Funktionen, die von außen nicht zugänglich waren, fand sie eine Nachricht von Nelmura:

»Hiermit habe ich mich in der Tiefe gegen die Kontrolle gewehrt. Es funktioniert hier oben nicht besonders gut. Du kannst dich mit aller Macht dagegenstemmen, aber irgendwann wirst du schwach, und sie werden dich brechen. Aber sie können dich nur brechen, wenn sie Kontakt zu dir haben. Mich haben sie in der Fakultät bei meinem Erwachen aus den Augen verloren, und mir reichte die Zeit, um das Modul zu entfernen. Die Anweisungen dafür findest du unter den Daten, die ich dir geschickt habe. Sollten sie dich fassen, dann nutze die Funktionen und kämpfe damit gegen ihre Kontrolle an.«

Yaldira bemerkte weitere Funktionen, die ganz anders strukturiert waren, ihr aber vertraut vorkamen. Auch dort fand sie eine Nachricht von Nelmura: *»Dies sind die Funktionen, mit denen Gamil sich im Logistiksystem bewegt hat. Sie sind mir eine Hilfe, und sie können auch dir nützen.«* Ihre Mentorin war davon ausgegangen, dass sie sich befreien konnte, aber nun würde sie Gamils Funktionen nicht mehr verwenden können. Ihre Flucht war gescheitert.

Die Polizisten packten sie. Den Mann, der sich durch die Reihen gedrängt hatte, erkannte sie an seinem rotbraunen Haar. Er hatte sie bereits im Bricknell-Haus verfolgt. Sergeant Eliseo Areias war sein Name. »Wie machen Sie das nur immer wieder?«, fragte er.

Noch ehe sie antworten konnte, nickte der Sergeant. »Ach so«, sagte er, als reagierte er auf Daten, die er gerade empfangen hatte. »Ihre Archontin hat Ihnen also geholfen. Genau das, was wir uns erhofft haben. Unsere Spürprogramme werden sie finden, und vielleicht sind Sie da draußen in der Eiswüste so lange am Leben, dass Sie sie noch einmal sehen, wenn wir sie Ihnen nachschicken.«

»So leicht ist das nicht«, entgegnete Yaldira und grinste den Polizisten an. Sie spürte, dass das System nach ihrem Kontrollmodul griff, und gab eine Statusinformation zurück, die den Eindruck erwecken sollte, dass das Kontrollmodul funktionierte. Sie fing die Befehle auf, stemmte sich dagegen und machte sie lesbar, indem sie die im Kontrollmodul gespeicherten Schlüssel einsetzte, zu denen sie dank Nelmuras Programmen nun Zugang hatte. So erfuhr sie, was die KIs wollten. Sie war überrascht, wie vage die Anweisungen waren. Statt ihr mitzuteilen, dass sie sich ergeben sollte, wollten sie ihre Handlungsbereitschaft lähmen. Yaldira gab zurück, dass das Modul die Anweisungen erfolgreich ausgeführt hatte. Ein Schmerz durchzog ihren Schädel, und sie unterdrückte ihn. Ein Schrei, auch nur ein Aufstöhnen – und ihre Manipulation wäre bemerkt worden.

Da auf ihr Täuschungsmanöver keine Reaktion folgte, ging Yaldira davon aus, dass die KIs glaubten, sie hätten sie unter Kontrolle. Dann aber traf sie etwas wie ein Schlag. Ein Befehl kam mit aller Macht und ließ sie zittern. Obwohl Yaldira gegen die Eingriffe ankämpfte, vermochte sie die Werkzeuge, die Nelmura ihr in die Hände gegeben hatte, nicht mehr zu handhaben.

Die Wachen packten sie fester und führten sie auf dem Gang zurück, den sie gekommen war. Endlich ließen die

Schmerzen nach. Und als sie an dem Zimmer vorüberkam, an dem die Tür offen stand, staunte sie. Die Gestalt, die sie im Vorbeilaufen bemerkt hatte, war Darrel Eldey. Seine unverhohlenen Signale verrieten, dass er nun ein Symbiont war.

»Das also war der Preis«, sagte sie leise. Sie vermochte ihrer Stimme nicht mehr Kraft zu verleihen.

Darrel antwortete nicht, sondern schaute sie nur entsetzt an.

Kaum war sie mit den Wachen an Darrel vorüber, spürte Yaldira einen stechenden Schmerz, dann penetrierten Abfragen die Funktionen, die Nelmura ihr zum Schutz gegeben hatte.

Yaldira schaute zurück. Darrels Blick war entlarvend gewesen. Er war es gewesen; er hatte ihr den Stich versetzt. Wie immer er das angestellt hatte, es hatte den KIs die Tür geöffnet. Und ein weiteres Mal fragte sie sich, warum es so wichtig gewesen war, dass sie das Kontrollmodul erhielt. Draußen im Eis spielte es schließlich keine Rolle, dass sie ihren freien Willen hatte.

Vielleicht ging es nicht darum, was sie dort draußen auf dem Polarplateau mit dem freien Willen anstellen könnte, sondern was sie hier in der Stadt noch zu tun vermochte. Irgendetwas befürchteten sie. Zu Recht, denn was Nelmura ihr zugespielt hatte und was die KIs trotz der Attacken, die sie nun gegen sie anstrengten, nicht entfernen konnten, war eine Gefahr für sie. Sie – die Schülerin der Archontin Nelmura – war selbst in ihren letzten Stunden in der Stadt eine Bedrohung für das System.

* * *

Darrel fühlte sich wie ein anderer Mensch. Natürlich mochte es das Kontrollmodul sein, das sein Empfinden steuerte, aber musste die Verwandlung in einen Symbionten einem Menschen nicht das Gefühl einer Wiedergeburt geben? Er war mehr, als er zuvor gewesen war.

Gerade hatte er die Klinik mit einem Hochgefühl verlassen. Dort hatte er Yaldira Wescovich gesehen, sie im entscheidenden Augenblick beeinflusst und so dafür gesorgt, dass sie gefasst werden konnte. Die KIs hatten ihn dafür gelobt, und das hatte ihm eine Sicherheit verliehen, an die er eben noch nicht geglaubt hatte. Nun war es an der Zeit, seine neuen Fähigkeiten draußen in der Stadt zu erforschen.

Die neuen Sinne fühlten sich immer noch fremd an, aber hier draußen auf der Straße unter anderen Leuten lernte er, das Nebensächliche abzublocken und sich für das Besondere zu öffnen. Hier lernte er, die Signale zu selegieren, und es war mit einem Mal so, als könnte er zielgerichtet hören. Er entschied, welche Signale er fixierte und welche er vorüberfliegen ließ.

Er grüßte inzwischen andere Symbionten im Vorbeigehen per Gedankenstimme und fragte sich, wie er es als Nicht-Symbiont einfach akzeptiert hatte, dass Symbionten auf einer anderen Ebene miteinander kommunizierten, während er so gut wie ahnungslos daneben gestanden hatte.

In den überheblichen Mienen so mancher Symbionten fand Darrel die Geringschätzung für einen Anfänger wie ihn. Er ließ noch zu viele Signale hinaus, die er besser für sich behalten hätte, und behielt solche für sich, die er ruhig hätte teilen können. Die anderen aber, die sich so erfahren gaben, ahnten nicht, dass er gar nicht so sehr danach strebte, sich ihnen anzupassen. Er war vielmehr daran interessiert, seine besondere Gabe zu erproben. Die KIs hatten ihn dazu ermutigt. Er sollte sich frei bewegen und seine Sinne offen halten.

Er spürte die Kontrollmodule überall, wo Symbionten unterwegs waren. Sie waren inzwischen leuchtende Markierungen vor seinen Augen – wie Blinklichter an den Hinterköpfen der Menschen. Zudem spürte er, bei wem er Einfluss nehmen konnte. Er musste nahe genug an einen Symbionten herankommen und direkten Sichtkontakt haben, und schon entfalteten sich all die Möglichkeiten, die ihm zur Verfügung standen.

Die Handhabung der Kontrollfunktionen war schwierig. Am frühen Abend beschränkte Darrel sich darauf, Menschen, die in Gedanken versunken die Straße entlanggingen, zum Halten zu bringen. Und dann entfernte er sich von ihnen und beobachtete, wie sie zu sich kamen. Die meisten blinzelten und setzten ihren Weg fort. Keiner schien anzunehmen, dass er gerade unter Kontrolle gestanden hatte. Dabei wäre diese Annahme in diesen Tagen keineswegs abwegig gewesen. Doch wie oft war es ihm selbst passiert, dass er sich in irgendeiner Vorstellung verloren hatte und dann unaufmerksam geworden war? Das war nichts, was einen Verdacht hervorrufen würde.

Die Nacht war noch jung, deshalb wagte er es, die Gefühle anderer zu beeinflussen. Er spielte mit der Geduld der Menschen, indem er sie steigerte oder abschwächte. Und die Ergebnisse waren Entspannung und Freundlichkeit oder aber eine verbale Auseinandersetzung. Niemanden trieb er so weit, dass er handgreiflich wurde, aber er war sich darüber im Klaren, dass er es hätte tun können.

In einer Bar wurde er Zeuge eines Streits. Dort hatte jemand einen anderen angerempelt und ihm sein Getränk aus der Hand geschlagen. Hier wirkte er beruhigend auf die Akteure ein – mal bei dem einen, mal bei dem anderen. Der eine bat um Verzeihung, der andere nahm die Entschuldigung an und entschuldigte sich seinerseits für seine heftige Reaktion. Sie gingen ihrer Wege, und Darrel hatte das Gefühl, dass sich daraus eine Aufgabe entwickeln könnte: die Stadt zu durchstreifen und Wogen zu glätten.

Er fragte sich, warum die KIs nicht einfach Programme an die Kontrollmodule knüpften, die solche Konflikte vermieden. Diese Frage beschäftigte ihn so sehr, dass er, als er auf dem Weg in das Bistro *Gemini* war, eine Nachricht an die KIs schickte. Er erhielt eine Antwort, die ihn verblüffte. Sie meinten, sie könnten die Harmoniesucht nicht als dauernden Wesenszug durchsetzen, weil er die Kreativität hemme, auf die sie angewiesen seien. Es könne nur darum gehen, die Dinge nicht aus dem Ruder laufen zu lassen. Und mit ihm habe man nun ein Werkzeug in der Hand, überall dort einzugreifen, wo etwas auf Abwege zu geraten drohte.

Darrel war entsetzt, dass die KIs so wenig Kontrolle ausüben konnten. Sie schienen überhaupt nicht zu verstehen, worin die Schwierigkeiten wirklich bestanden. Zumindest schien ihnen das Fingerspitzengefühl dafür zu fehlen.

Im *Gemini* hatten sich bereits viele Gäste eingefunden und aßen zu Abend. Darrel war nicht verwundert, an dem Tisch, den er reserviert hatte, niemanden zu finden. Mit Gamil rechnete er nicht, und Zenn wie auch Ayako fanden sich ohnehin eher morgens hier ein als abends.

Darrel lauschte der entspannenden Musik, die die Gespräche sanft untermalte, und merkte, dass es sich um eine Aufnahme von Amelia Dellbridge handelte – Gamils Schwester. Er wusste, dass sie hier früher aufgetreten war, und ab und zu hatte er Aufnahmen ihrer Lieder gehört. Ihrer Stimme jetzt zu lauschen hätte bei ihm eigentlich Schuldgefühle wecken müssen, aber er bereute seine Taten nicht. Zwar waren Gamil und Nelmura auf der Flucht, und Yaldira Wescovich war seinetwegen gefasst worden und würde morgen in der Eiswüste den Tod finden. Aber die Fähigkeiten, über die er nun verfügte, wollte er nicht mehr missen. Er erfreute sich daran, seine neuen Sinne schweifen zu lassen und zu wissen, dass er die Symbionten nach seinen Vorstellungen beeinflussen konnte.

Dass hier trotz allem, was inzwischen geschehen war, Musik von Gamils Schwester gespielt wurde, nahm Darrel als Zeichen, dass Jeremy Kuhry sich nicht von Gamil abgewendet hatte. Der Wirt war kein Symbiont, aber er hatte gute Kontakte. Anstelle der KIs hätte er ihn im Auge behalten. Und kaum hatte er das gedacht, fragte er sich, inwiefern seine Beobachtungen den KIs als Entscheidungsgrundlage dienen würden. Mochte es sein, dass Jeremy nun Probleme bekam, nur weil er einen vagen Verdacht hatte? Er war gespannt darauf.

Auf Signale lauschend, löste er den Blick von Jeremy Kuhry, der mit einigen Gästen sprach, und schaute sich im Raum um. Er sah einen etwas übereifrigen Mann, der mit einer Frau flirtete, die offensichtlich kein Interesse an ihm hatte, aber immerhin höflich genug war, am Tisch sitzen zu bleiben. Darrel sandte dem Mann den Eindruck, dass er dringend auf die Toilette musste, und konnte sich ein Lächeln nicht verkneifen. Denn kaum hatte sich der überaus sportliche Mann vom Tisch entfernt, nutzte die Frau die Gelegenheit, um zu verschwinden. Als der Fremde wieder erschien, hatte Darrel Mitleid, dämpfte seine Enttäuschung und ließ ihn etwas zu essen bestellen. Wie ein Wunder verfolgte er, wie der Mann kurz darauf in aller Ruhe sein Sandwich aß und völlig mit sich im Reinen zu sein schien.

Mit einem Mal betrat eine Frau das Bistro und schaute sich offenbar nach jemandem um. Sie hatte langes, braunes Haar und trug ein grünes Kleid, das an die Trachten der Basiliden erinnerte. Als sie an Darrels Tisch trat und fragte, ob einer der Plätze noch frei sei, wusste er nicht genau, ob der Blick, den er ihr durch den Raum zugeworfen hatte, frei von irgendeinem Kontrollbefehl gewesen war. Er bot ihr den Platz gegenüber an und merkte, dass sie ihm Informationen herüberschob. Mit einem Mal wusste er, dass sie Norah hieß und tatsächlich eine Basilidin war. Er bemühte sich, ebenfalls seinen Namen preiszugeben.

»Darrel«, sagte sie nickend. »Lass mich raten: Du bist Nelmurianer.«

Er hatte zwar keine Fakultät, aber er sagte: »Woher weißt du das?«

»Die Nelmurianer strahlen heute so viel Unruhe aus«, sagte sie lächelnd, und während sie ihn mit ihren grauen Augen musterte, musterte Darrel sie mit seinen symbiontischen Sinnen und wusste, dass er sie dazu bringen könnte, ihn zu lieben und alles für ihn zu tun. Es war verlockend, und doch fürchtete er sich davor, was die KIs tun würden, wenn er seine Macht derart missbrauchte. Aber war er nicht gerade dabei, genau das zu tun, indem er Männern, die die beiden weiteren freien Plätze an seinem Tisch erspähten, den Mut nahm, an sie heranzutreten, und Frauen, die ihm attraktiv erschienen, keine solchen Barrieren auferlegte?

Er aß mit Norah und zwei Kimikoidinnen zu Abend, ging mit ihnen weiter in einen Club und verbrachte mit ihnen die Nacht in Norahs Wohnung. Die kleinen Manipulationen waren ihm über den Kopf gewachsen und gipfelten in einer Lust, die er nicht erwartet hätte. Eigentlich wollte er sich vor dem Morgen davonschleichen, aber er fragte sich, ob er die Skripte, die er in den Kontrollmodulen platziert hatte, entfernen sollte. Er tat es und machte Frühstück. Die Überraschung, mit der Norah und die Kimikoidinnen erwachten, machte Darrel Angst, und die Leichtigkeit, mit der sie über die zurückliegende Nacht sprachen und die Selbstverständlichkeit, mit der sie jede noch so kleine Entscheidung als die eigene annahmen, bescherten ihm zunächst Schuldgefühle. Seine Manipulationen hatten sich in der Summe zu etwas Größerem entwickelt, das die drei Frauen aus ihrer Sicht komplett aus eigenem Antrieb getan hatten. Wenn das möglich war, dann war nahezu alles möglich. Und das Gefühl, solche Macht in Händen zu halten und die Erinnerung an die Lust, die er vorhin durchlebt hatte, ließen die Schuldgefühle dahinschwinden.

Als Darrel einige Stunden später in seine Einzimmerwohnung zurückgekehrt war und sich noch einmal hinlegen wollte, meldeten sich die KIs bei ihm. Er hatte Angst, dass sie ihn für den Missbrauch seiner Macht tadeln würden.

»*Das ist dein Privileg*«, sagte eine monotone Gedankenstimme. »*Solange du alles für uns tust, was wir wollen, wirst du die Gabe zu deinem Vorteil nutzen dürfen. Vergiss die Schuldgefühle. Sie sind nicht wichtig. Du weißt, was wir wollen, und wir sind bereit, dir das alles zu lassen, was du willst.*« Damit machten die KIs die Realität zu einer

Welt, die seinen Wünschen gehorchte. Sie bewerteten das menschliche Verhalten mit anderen Maßstäben. Sie würden ihn offenbar nicht verurteilen, wenn er seinen Wünschen folgte, solange sie ihr System nicht bedrohten. So fragte er sich, was er am meisten begehrte, und begab sich an diesem Morgen durch die Straßen der Stadt. Er war hin- und hergerissen zwischen Gier und Schuldgefühlen.

Auf jedem Schirm wurde von den Vorbereitungen für die Verbannung von Yaldira Wescovich berichtet, und er fragte sich, warum er sich in der Klinik über ihre Festnahme gefreut hatte. Sie war durch seine Schuld im Bricknell-Haus in die Falle geraten, und in der Klinik hatte er sie noch einmal in Schwierigkeiten gebracht. Warum war das Ergebnis dann ein Hochgefühl gewesen? Er fragte sich, ob die KIs seine Empfindungen gelenkt hatten oder ob er endlich ehrlich zu sich selbst war.

Auf dem Weg durch die Stadt, in der es im Zentrum heute wegen der Veranstaltung im Westen ruhiger war als sonst, fragte er sich, was er wirklich wollte. Es ging nicht um das, was er sich in jedem gegebenen Augenblick wünschte, sondern darum, wonach er sich schon seit Langem sehnte. Nur so konnte er sich sicher sein, dass seine Wünsche seinem eigenen Wesen entsprangen und nicht etwa von den KIs genährt wurden.

Er überlegte, und dann wusste er es. Er ging wieder ins Bistro *Gemini*, um dort zu frühstücken. Dort schaute er sich nach Ayako um, denn er hatte sie immer begehrt.

* * *

Gamil hatte an diesem Abend, nachdem Yaldira aus der Zentralklinik wieder in das Hauptquartier der Polizei gebracht worden war, aus der Ferne alles versucht, um sie zu befreien. Das Urteil hatte ihn empört, und er hatte alle Pläne, die er in seinem Versteck gemacht hatte, zurückgestellt. Seine Fakultät konnte warten.

Aus der Ferne konnte er nichts ausrichten, um Yaldira zu helfen. Das stand nun fest. Es roch zu sehr nach einer Falle. Die KIs und ihre Handlanger warteten nur darauf, dass er – oder aber Nelmura – das Polizeisystem attackierten, um Yaldira zu befreien.

Er hatte sich hinaus in die Stadt gewagt. Über das Logistiksystem hätte er sich dem Polizeigebäude nicht nähern können, da die Sicherheitsmaßnahmen dort mörderisch waren. Um an Informationen über das System zu gelangen, wollte er nun so nahe wie möglich an das Hauptgebäude herankommen. Ihm reichte es, auf der Straße am Haus vorbeizugehen, um etwas aufzuschnappen. Er musste nicht direkt mit dem System in Verbindung treten, um Komponenten des Systems zu spüren. Der Lageplan strahlte durch die Außenwand nach draußen, ebenso allerlei Zugänge zum System.

Die Spürprogramme lauerten darauf, dass irgendwer über das Netzwerk in das System eindrang. Dass jemand aber eine symbiontische Attacke über schlecht abgeschirmte Zugänge vor Ort versuchte, schienen die KIs und deren Handlanger zu seiner Überraschung nicht bedacht zu haben.

So sehr Gamil jedoch versuchte, Zugang zu erhalten, er traf auf Blockaden. Ohne die Spürprogramme würden seine Zugriffsversuche wie fehlgeschlagene Verbindungen erscheinen und nicht wie ein Einbruch. Doch sicher konnte er sich dessen nicht sein.

Nicht durch die Barrieren hindurchzudringen ließ Gamil verzweifeln. Yaldira war wieder dort in diesem Gebäude, und niemand außer ihm und Nelmura konnte ihr noch helfen. Für den Augenblick war er dazu jedoch nicht in der Lage.

Er begab sich in die nächste Seitenstraße und setzte sich dort auf eine Bank, die so tief in eine Nische am Haus gesetzt war, dass er die passierenden Fußgänger nicht blockierte. Hier vermochte er zwar nicht mehr die Signale aus dem Polizeigebäude aufzufangen, aber er konnte über das

System und all die Objekte und Funktionen, mit denen er dort konfrontiert gewesen war, nachdenken. Er musste eine Möglichkeit finden, sonst …

Ein Mann starrte ihn im Vorbeigehen an. Gamil kannte ihn; und weil er ihn kannte, erhob er sich und ging in die andere Richtung. Er schaute zurück, und der Mann war stehen geblieben und blickte ihm nach. Es war Myron Hermansen.

Gamil bog um die nächste Ecke und rannte los. Natürlich würde er damit Aufmerksamkeit auf sich ziehen, aber so gelangte er in eine dunkle Gasse und durfte hoffen, dass der Inspector es nicht gesehen hatte. Er kam auf einen Hinterhof und strebte nun langsam auf eine weitere Gasse zu, die auf die Garnet Street münden sollte, direkt an einer der Brücken über den Fluss.

Kaum war er einige Schritte in der Gasse gegangen, packte ihn jemand aus einem Hauseingang heraus und presste ihn an die gegenüberliegende Wand. Gamil wollte sich mit einem Schlag befreien, doch sein Gegenüber – Inspector Hermansen – fasste seinen Arm. »Sie sollten Ihre Kräfte nicht überschätzen, Dellbridge«, sagte er. »Sie sollten hier nicht herumstolpern, wenn Sie sich nicht auskennen.«

Gamil versuchte, Hermansen zu treten, doch der Polizist versetzte ihm einen Schlag in den Bauch, der ihn atemlos zusammenbrechen ließ. »Wissen Sie, dass wir kaum Gelegenheit haben, jemanden hart anzufassen? Aber Sie fordern es ja heraus.« Er zog Gamil wieder auf die Beine. »Sehen Sie ein, dass Sie gegen mich keine Chance haben. Sie sind ein kleiner Junge, zu zart für diese harte Welt.«

»Die KIs kontrollieren Sie, nicht wahr?«, fragte Gamil.

»Nein«, antwortete der Inspector.

»Sie würden es nicht einmal spüren.«

»Ich kenne mich gut genug, um das zu bemerken.«

Gamil lachte in seiner Verzweiflung. »Dann lassen Sie mich das Modul entfernen.«

Hermansen stutzte. »Sie meinen das ernst. Sie glauben

wirklich, dass die KIs andere Absichten haben, als die Stadt zu schützen. Sie glauben Nelmura.«

»Sie doch auch«, erwiderte Gamil. »Oder warum haben Sie noch keine Verstärkung gerufen?«

Der Polizist starrte ihn an. »Ich glaube nur Teile von Nelmuras Geschichte. Aber die KIs sind auch nicht ganz offen. Da ist mehr, als sie bekannt geben.«

»Dann fragen Sie sich doch, warum Yaldira so schnell von der Bildfläche verschwinden soll!«, erwiderte Gamil.

»Sie sind tatsächlich hier, um sie zu befreien«, sagte der Inspector. »Der strahlende Held, der die Prinzessin vor dem Drachen rettet. Glauben Sie, Wescovich weiß das zu schätzen?«

»Sie würde das Gleiche für mich tun.«

Hermansen grinste. »Ich kann's nicht glauben. Nelmura weiß nichts hiervon. Sie sind auf eigene Faust hier. Sie haben keinen Kontakt mehr zu ihr.«

Gamil schwieg.

»Entweder vertraut Nelmura Ihnen nicht mehr, oder sie möchte Sie schützen. Kontakt aufzunehmen birgt gewisse Gefahren. Oder ...« Sein Blick fuhr ins Leere.

»Oder es gehört zum Plan, dass Sie mich verhaften und mich ins Gebäude bringen.«

Der Inspector lachte. »Nein, nein. So genial seid ihr nicht. Ich glaube, ihr müsst wirklich aufpassen. Nicht wegen uns, sondern weil ihr wirklich Angst vor den KIs habt. Ihr glaubt wirklich, all das hier sei eine Schreckensherrschaft der Maschinen.«

»Das sollte Ihnen zu denken geben«, sagte Gamil. »Insbesondere, wenn eine Archontin zu diesem Ergebnis kommt. Denken Sie darüber nach! Ermitteln Sie! Und lassen Sie mich Ihnen das Kontrollmodul entfernen!«

Hermansen schaute sich um. »Sie blockieren gerade die Sensoren, richtig?«

»Ja. Ich möchte nicht, dass die KIs uns beobachten.«

»Warum ist es Ihnen wichtig, was ich denke?«

»Weil Sie ein Zweifler sind. Ermitteln Sie, was aus Yarden wurde! Ermitteln Sie, wer für den Abschuss der *Pareidolia* verantwortlich war! Holen Sie sich die Daten!«

»Die Daten aus dem Senat waren gefälscht«, sagte Hermansen.

»Dann holen Sie sich die unverfälschten Daten! Dann werden Sie sehen.«

Hermansen lachte. »Wenn Sie und Nelmura recht haben, werden die KIs das nicht zulassen.«

»Und wenn es stimmt, was Othao Merrell im Senat gesagt hat, werden Sie weiterhin Ihren freien Willen haben und nur dann kontrolliert, wenn Sie sich gegen die bestehende Ordnung stellen.«

»Würde ich es merken?«

»Während es geschieht? Ich weiß nicht.« Er dachte an Yaldiras Attacke auf Nelmura. »Aber wenn die Kontrolle unterbrochen ist, werden Sie es vielleicht wissen.«

»Ich nehme Sie erst einmal fest«, sagte Hermansen.

»Oder Sie lassen mich laufen, für den Fall, dass ich recht habe. Nehmen Sie mich jetzt fest, werden die KIs mit mir das Gleiche tun, was sie mit Yaldira tun werden.« Der Gedanke daran, es nicht verhindern zu können, trieb ihm einen Schauer über die Arme. »Vielleicht brauchen Sie mich noch.«

Myron Hermansen starrte ihn an. Er ließ von ihm ab und sagte schließlich: »Gehen Sie!«

»Wirklich? Sie haben mich. Sie könnten mich jetzt zu Yaldira bringen.«

»Gehen Sie, ehe ich zur Vernunft komme.«

Gamil zögerte, fragte sich, ob Hermansen mit dem Kontrollchip im Schädel überhaupt eine Chance hatte, den Blicken der KIs zu entgehen. Nelmuras Pläne hatten sie offensichtlich nicht gekannt. Im Tiefenschlaf hatte sie es vor ihnen verbergen können. Und bei Yaldira war unklar, inwiefern die KIs Einblick in ihre Gedanken erhalten hatten.

Hermansen schüttelte den Kopf. »Sie sind nicht besonders klug, oder?«

Gamil machte sich auf den Weg. Er war nur einige Schritte gegangen, da schaute er zu Hermansen zurück. Der Inspector schien in Gedanken versunken zu sein. Gamil lief weiter die Gasse entlang. Je länger Hermansen mit sich haderte, umso länger mochte es dauern, bis er seine Entscheidung bereute. Gamil blockierte weiterhin die wenigen Sensoren, derer er hier gewahr wurde, und hoffte, dass die KIs nicht erfuhren, was der Inspector getan hatte – und er hoffte, dass er unbemerkt zurück in die Logistiktunnel gelangen konnte.

Kurz bevor Gamil am Ende der Gasse angekommen war, blickte er ein weiteres Mal zurück. Myron Hermansen schaute sich um, als suchte er nach der Quelle irgendeines Geräuschs. Und als hätte ihn irgendetwas auf seiner Suche unterbrochen, setzte er sich in Bewegung.

Gamil bog um die Ecke und hielt sich nahe am Gebäude, um den Fußgängern nicht in den Weg zu kommen. Sie hatten zwar bei all den Lichtern dieses Abends sicherlich keine Augen für ihn, aber so, wie Inspector Hermansen ihn eben erkannt hatte, mochten ihn andere erkennen. Durch die offene Front einer Bar betrat er ein Gebäude, in dem die Leute dicht an dicht standen und symbiontische Musik hörten. Zwar waren viele Nicht-Symbionten für die Musik empfänglich, aber für die ungeübten Ohren mochte es nur als Krach erscheinen – eine Vermischung diverser hörbar gemachter Computersignale und Instrumentalmusik. Für die Symbionten aber taten sich Welten auf und Regelmäßigkeiten wurden spürbar, für die das Ohr und das normale Gedächtnis nicht geschaffen waren. Die Parallelverarbeitung der Signale machte es zu einem vielschichtigen Erlebnis, dem sich Gamil unter anderen Umständen gerne hingegeben hätte. Nun aber entging er der Verlockung und durchquerte zielstrebig den Raum.

Er bewegte sich zu den Aufzügen, mit denen man zu den Wohnungen und den Restaurants in den oberen Etagen gelangte. Auf einen Aufzug wollte er aber nicht warten, sondern verschwand durch die Tür ins Treppenhaus und lief in höchster Konzentration die Stufen hinab. Hier durften ihn die Sensoren keinesfalls erfassen. Im Keller folgte er einem Leitsignal zu einem Logistikzugang. Er öffnete ihn und lauschte, während sich die Schleuse auftat. Stimmengewirr und Musik waren zu hören, und er fing ein Gemisch aus Signalen auf.

Schließlich stieg er in die Schleuse, und als sich die Tür hinter ihm geschlossen und sich die andere vor ihm geöffnet hatte, lauschte er noch einmal auf Signale im Treppenhaus, doch da war nichts. Er fühlte sich unwohl, während er sich in das Logistiknetzwerk zurückzog. Irgendwo da oben war Myron Hermansen, und die KIs hatten – so schien es – die Kontrolle über ihn übernommen. Obwohl er der Polizei schon einmal entkommen war, fürchtete Gamil, dass ein Inspector, der von KIs kontrolliert wurde, ihn bei Weitem übertraf und ihn trotz aller Ablenkung aufspüren würde. Das System war gegen ihn; alles hier war gegen ihn. Und mit Nelmura Kontakt aufzunehmen, war inzwischen vielleicht zu riskant geworden. Und Yaldira? Sie war verloren. Er konnte nichts für sie tun.

21 Der Pfad der Verzweifelten

Erst als Yaldira am Morgen – dem 12. Januar – auf den Balsha-Platz im Westen der Stadt kam, glaubte sie, dass sie tatsächlich mit anderen verbannt würde. Bisher hatte sie ihre Mitverurteilten nicht zu Gesicht bekommen. Vielleicht hatte man verhindern wollen, dass sie untereinander sprachen, um sich dann zusammenzuraufen und irgendeine Verzweiflungstat zu begehen. Aber daran war hier nicht zu denken. Ihre Arme und Beine waren gefesselt; die Arme eng, die Beine hatten so viel Spielraum, dass sie kleine Schritte machen konnten. So bewegten sie sich von Wachen umgeben über den Platz. Die dicke Kleidung, die eigentlich für Bergungsteams gedacht war, hemmte hier das Vorankommen ebenso wie die schweren Stiefel und der Rucksack.

Ihre Ausrüstung war nichts weiter als ein Zeichen der Verachtung. Die Teleskopstöcke, die kleinen Äxte, die Seile und all die anderen kompakten Utensilien, die die Daten des Rucksacks als Inventar angaben, mochten ihnen in der einen oder anderen Situation helfen, aber alle wussten, dass die Vorräte, die man ihnen gegeben hatte, nicht ausreichen würden, um länger zu überleben. Was würde also geschehen? Wie in den Filmen, Spielen und Romanen des Verbannungsgenres würden sie wahrscheinlich untereinander um diese Vorräte kämpfen, nachdem sie sich aus dem Einflussbereich der Stadt entfernt hatten. Und selbst das würde den Tod im Eis nur ein wenig hinauszögern.

Yaldira ging an der Spitze und wollte sich nicht immer wieder zu ihren Leidensgenossen umsehen. Sie fing aber Signale auf, jedoch keine klaren. Sie wusste zumindest, dass es sich um vier Männer und zwei Frauen handelte. Und die Namen fing sie auf, jedoch nicht von den Symbionten selbst, sondern von den Clients in ihren Mänteln: Duncan Rayborn, Aron Kesselberry, Clarita Harvison, Graham Pannhoff, Luis Nodlan und Marla Kanderton. Sie kannte keinen einzigen dieser Namen. Was immer sie verbrochen hatten, es war an ihr vorübergegangen. Vielleicht hatten sie ihre Taten vor ihrer Zeit begangen, oder aber sie hatte währenddessen im Tiefenschlaf gelegen.

Dass sie die anderen als Verbrecher betrachtete, sich selbst aber ausnahm, entlockte Yaldira ein Schmunzeln. Sie war ja nicht nur selbst eine Verbrecherin, sie führte die anderen sogar an und stellte sich als Erste den Blicken der Schaulustigen.

Unter den Menschen, die sich entlang des Weges versammelt hatten, herrschten offenbar gemischte Gefühle. Es gab jene, die sie rückhaltlos beschimpften, aber die meisten schwiegen. Obwohl ihnen niemand Mut zusprach, war sich Yaldira sicher, dass unter den Schweigenden viele sein mussten, die den Sinn dieser Maßnahme anzweifelten. Doch das würde sie nicht retten. Zu schweigen bedeutete, dass die KIs gewonnen hatten. Denn wer jetzt stumm war, würde auch später das Schweigen nicht mehr brechen.

Noch einmal ließ Yaldira die Namen der anderen Verurteilten an sich vorüberziehen. Noch immer knüpften sich keine weiteren Informationen an sie. Aber Yaldira fragte sich, ob jene, die hinter ihr hergingen, nicht ebenfalls Feinde des Systems waren. Hätten sie Verbrechen begehen können, wenn das Kontrollmodul funktioniert hätte? Und hätten sie nicht geläutert werden müssen, wenn sie im Tiefenschlaf nicht nur dem Kontrollmodul unterworfen, sondern auch all dem ausgeliefert gewesen waren, was die KIs ihnen in den künstlichen Welten präsentierten? Sprach nicht alles dafür, dass diese Leute, die ihr folgten, für die Einflüsse der KIs unempfänglich waren?

Nun wagte sie einen Blick zurück und schaute direkt in

das dunkle Gesicht von Duncan Rayborn, einem groß gewachsenen Mann, der sie mit seinen hellbraunen Augen überrascht anstarrte. Hinter ihm schaute Marla Kanderton, die mehr als einen Kopf kleiner war als Duncan, an diesem vorbei nach vorne. Sie hatte die Kapuze ihres Mantels hochgezogen, ihre dunkelbraunen Locken quollen hervor und wirkten wie ein Teil ihrer Jacke; sie verbargen viel von ihrem Gesicht. Mit ihren grünen Augen musterte sie Yaldira von unten bis oben.

Yaldira lächelte, wusste aber, dass Wohlwollen weder die Verzweiflung aus Marlas noch die Ratlosigkeit aus Duncans Gesicht vertreiben würde. Es änderte nichts daran, dass sie ihrem Tod entgegengingen.

Auf ihrem langsamen Weg über den Balsha-Platz bemühte sich Yaldira, den Blick von den Bürgern der Stadt fernzuhalten. Und weil diese auf allen Seiten bis weit auf den Platz standen, richtete sie ihre Aufmerksamkeit nach oben – die Gebäude entlang, die der Kuppel entgegenragten. Der Marsch über den Platz war wie ein Abschied von Jaskandris und vom Leben. Die Frage war, wie sie diese Stadt und dann später das Leben anständig hinter sich lassen konnte. Erneut dachte sie daran, dass auch die anderen Lebensmittelrationen bei sich trugen, und dass derjenige, der sich die Vorräte der anderen aneignete, dem Tod noch eine Weile entgehen würde. Aber was für eine Aussicht war das, mit den Leidensgenossen zu brechen, sie zu verraten und vielleicht sogar zu töten, um ein paar Tage länger zu überleben? Nein, das wollte sie nicht. Und sie konnte nur hoffen, dass die anderen es ebenso wenig wollten. Sie hätte lieber ihre Rationen den anderen überlassen, als selbst zur Täterin zu werden.

Auf der Straße, die den Platz teilte, kamen sie dem Tor näher und näher, und Yaldira hatte den Eindruck, dass es mit jedem ihrer Schritte unter den Schaulustigen stiller wurde. Sie ging nicht davon aus, dass es sich um eine Art Respekt gegenüber Todgeweihten handelte, sondern vermutete, dass es einfach eine Art Ehrfurcht vor diesem besonderen Augenblick war.

Yaldira schaute links und rechts des Torhauses durch die transparente Kuppel nach draußen ins ewige Eis, und sie erinnerte sich an die Wunschträume, denen sie sich letzte Nacht hingegeben hatte: dass sie die Eiswüste durchquerte, ein Schiff fand, damit über das Meer zu den anderen Kontinenten fuhr und dort feststellte, dass nicht alles verloren war. Ein großer Traum – zu groß, um auch nur ansatzweise der Realität nahe zu kommen. Aber sie vermutete, dass alle, die diesen Weg gingen, von irgendwelchen Auswegen träumten.

Die Lage war aussichtslos. Die Pforte, die so breit war wie die Straße, würde sich ihnen öffnen und sobald sie diese durchschritten hatten und in die Eiswüste hinaustraten, würde es kein Zurück mehr geben. Die Stille, die um sich griff, war Yaldira unheimlich – als wäre das ganze Geschehen eingefroren, und nur sie und die anderen Verurteilten mit ihren schlurfenden Schritten und die Wachen, die mit ihnen voranstrebten, wären von diesem Zeitfrost ausgenommen.

Mit einem Mal ging ein Raunen durch die Menge. Yaldira drehte sich nach links und nach rechts, doch die Leute schauten ihnen nicht entgegen, sondern wandten ihren Blick von ihnen ab und auf etwas hin, das irgendwo weit hinter ihnen erhöht zu liegen schien. Selbst die Wachen blieben stehen, und so hielt auch sie an und wandte sich halb um. Dort hinten – am anderen Ende des Platzes, im Zentrum des breiten Untergeschosses eines Wohnturms – zeigte sich Nelmuras Gesicht auf dem großen Schirm. Ihre Mentorin blickte umher, als hätte sie die Menschen tatsächlich unmittelbar vor ihren Augen.

»Wenn ihr das tut, habt ihr Blut an den Händen«, sagte Nelmura. »Ich habe die Wahrheit gesagt, und wenn ihr meine Schülerin in den Tod im Eis verbannt, dann gibt es kein Zurück mehr. Wer jetzt nichts unternimmt, um sich gegen die Herrschaft der Künstlichen Intelligenzen zu erheben, wird später, wenn die Unterdrückung offensichtlich wird, mit dieser schweren Schuld leben müssen.« Sie wies über den Platz direkt auf Yaldira und die anderen. »Denkt an jeden Verurteilten, den wir je der Stadt verwiesen haben. Warum haben wir das getan? Man sagte uns früher, weil es die Gesetze unserer Vorfahren so verlangten. Die Zeit der Invasion sei hart gewesen, und so mussten die Regeln ebenfalls hart sein. Und diese Härte gegenüber Verbrechern, die sich nicht resozialisieren ließen, verteidigten wir, weil wir glaubten, damit die Werte unserer Vorfahren aufrechtzuerhalten. Es erinnerte uns daran, welche Entscheidungen sie treffen mussten, damit wir hier leben können. Aber stellt euch folgende Frage: Warum muss irgendjemand ins Eis geschickt werden? Sie sind alle Symbionten. Noch nie wurde ein Nicht-Symbiont der Stadt verwiesen. Nicht-Symbionten wurden zu Symbionten gemacht, in den künstlichen Welten des Tiefenschlafs geläutert und konnten wieder zu produktiven Mitgliedern der Gesellschaft werden – entweder dort unten oder hier oben. Jene, die wir verbannt haben, waren bereits Symbionten, als sie ihre Taten begingen. Warum haben die KIs sie nicht mit dem Kontrollmodul in ihre Schranken gewiesen? Wie konnte es sein, dass einige von ihnen zu Wiederholungstätern wurden? Wie konnte es sein, dass sie trotz des Kontrollmoduls im Tiefenschlaf nicht resozialisiert wurden? Das sind Fragen, die ihr euch stellen müsst. Und ihr ahnt die Antwort auf alle diese Fragen: Wir haben sie verbannt, weil diese Leute trotz der Kontrollmodule nicht zu kontrollieren sind. Es geht nicht um Strafe, sondern um eine Risikoeinschätzung. All jene, die sich der Kontrolle der KIs entziehen, sind eine Gefahr für das System, das sie für uns errichtet haben. Deswegen hat man sie des Systems verwiesen.«

»Das ist eine Lüge«, sagte eine Stimme, und Yaldira wandte ihren Blick auf ein Seitengebäude, auf dessen Fassade Othao Merrells Gesicht erschien. Doch statt Nelmura anzuschauen, starrte er direkt in die Kamera. Offenbar hatte er sich nicht in die Szenerie, die sich hier bot, eingefühlt. Oder aber es war ihm wichtiger, die Leute direkt anzuschauen, als den Eindruck zu erwecken, Nelmura die Stirn zu bieten. »Die KIs können nicht anders, als sich an Recht und Gesetz zu halten«, sagte er. »Und Verbrecher, die man nicht kontrollieren kann, sind nicht nur eine Gefahr für das System, sondern eine Gefahr für uns alle!«

Nelmura lächelte und blickte umher, als wollte sie beweisen, dass sie jeden einzelnen hier zu sehen vermochte und nicht einfach nur in eine Kamera starrte. »Aber wo wäre bei Yaldira bewiesen, dass sie nicht kontrollierbar ist?«, sagte sie. »Wir alle wissen, dass man Zeit gebraucht hätte, um das herauszufinden. Warum ging es so schnell? Warum muss meine Schülerin einen Tag nach dem Urteil der Stadt verwiesen werden? Doch nur deswegen, um mich zu dem zu verleiten, was ich gerade tue: mich für sie einzusetzen.«

»Und deswegen nimmst du Mörder, Schläger und Vergewaltiger in Schutz«, erwiderte Othao Merrell und erhielt lautstarke Zustimmung von weiten Teilen der Menschenmenge. Es gab offene Anfeindungen gegenüber Nelmura.

»Du hast recht«, sagte sie. »Aber glaubst du, ich würde mich für sie einsetzen, wenn ich nicht über Beweise verfügte, die ihre Schuld relativieren? Denn wer waren die Opfer? Den Beweisen zufolge, die ich gefunden habe, waren es Leute, deren Kontrollmodul ebenfalls nicht funktionierte, und die für das System zur Gefahr wurden. Sie wurden gebrochen oder sogar getötet. Von jenen, die zwar nicht unter Kontrolle zu bringen waren, aber die man gegen andere aufhetzen konnte. Wie wilde Tiere, die man zwar nicht zähmen konnte, aber deren Blick man auf eine Beute zu lenken vermochte, auf die sie sich nur allzu gierig stürzten. Unkontrollierbare gegen Unkontrollierbare. Jene, die erst zur Gefahr werden würden, haben sie gegen jene gewandt, die bereits eine Gefahr waren. Hier sind die Daten.« Sie machte eine darreichende Geste, und schon lagen die Beweise offen vor Yaldiras symbiontischen Sinnen. »Sagt nicht, ihr hättet es nicht gewusst. Fragt lieber, warum die KIs die Kontrollmodule für gezielte Morde verwendet haben.«

»Das geben die Daten nicht her«, entgegnete Merrell.

Yaldira stutzte. Die Daten gaben sehr wohl her, dass die KIs Einfluss auf frühere Verurteilte genommen hatten, die dann verbannt worden waren.

»Die KIs haben versucht, diese Übeltäter ausfindig zu machen und sie dann unter ihre Kontrolle zu bringen«, sagte Merrell. »Das beweisen die Daten. Aber dass sie Mordbefehle gegeben haben, das beweisen sie nicht.«

»Hätten sie nicht die Polizei einschalten können?«, fragte Nelmura. »Hätten sie nicht an irgendeiner Stelle dem Senat und uns allen mitteilen müssen, welche Eingriffe sie vorgenommen haben? Entweder sie versuchen, ihre Inkompetenz zu vertuschen, oder aber sie wussten sehr genau, was sie tun. Ganz gleich, was es nun war, sie haben die Existenz der Kontrollmodule ebenso geheim gehalten wie das, was sie damit angerichtet haben. Ihr alle könnt jetzt für einen Aufschub der Verbannung sorgen, bis man uns alle Fragen beantwortet hat. Die Dinge müssen in die Hände von Menschen kommen – am besten in die von Nicht-Symbionten.«

»Das Volk hat bereits entschieden!«, erwiderte Merrell.

Nelmuras Lippen bebten und ihr Blick suchte etwas, dann knickte sie ein und das Bild wurde weiß. Sie war verschwunden, und alles, was Yaldira aufschnappte, war ein Verteidigungsgedanke gewesen. Irgendetwas war auf Nelmura losgegangen.

Die Unmutsbekundungen vieler der Anwesenden brausten nun über den Platz, aber die meisten Anwesenden schwiegen einfach. Sie konnten den Blick offenbar nur schwer von dem weiß gewordenen Schirm ablenken. Und bei Othao Merrell gab es nichts zu finden als ein zufriedenes Lächeln. Dann aber verschwand auch er, und Yaldira glaubte, die Blicke der Leute spüren zu können.

In den Gesichtern fand sie weit weniger Abneigung als

Zweifel. Aber was nützte der Zweifel, wenn sich noch ein weiter Weg bis zu einem Entschluss hinstreckte. Selbst wenn sie Nelmuras Daten geprüft und ihre Antworten gefunden hatten und daraufhin die KIs irgendwie in die Knie zwangen, wäre es um sie und ihre Mitverurteilten geschehen.

Nachdem Yaldira an der Spitze des Zuges die letzten Bürger der Stadt auf dem sich verengenden Platz passiert hatte, gab es nur noch das Tor, das sie von ihrem Schicksal im Ewigen Eis trennte. Sie erwartete, dass sich das Tor jeden Moment öffnete, doch sie konnte in aller Ruhe bis an das Metallportal vorangehen. Yaldira fing die Signale auf, die über das System überdeutlich an das Tor gesendet wurden.

Irgendetwas schien nicht nach Plan zu verlaufen. Wie einen Geruch nahm Yaldira mit ihren symbiontischen Sinnen die Signatur ihrer Mentorin wahr. Obwohl sie einen Rückschlag hatte einstecken müssen, war sie da, um das System daran zu hindern, sie und die anderen in den sicheren Tod zu schicken.

Mit einem Mal jedoch knackte es vor ihnen, und das Tor öffnete sich langsam. Sie hatte erwartet, dass ihnen eisige Luft entgegenwehte, aber sie blickte nur in eine grüne Schleuse, in einen Hohlraum in der Schildkuppel, der mit der Öffnung des Tores geschaffen wurde.

Yaldira schaute sich nach jemandem um, der ihnen befahl, in die Schleuse zu treten, aber selbst die Wachen starrten sie nur an, und jene, die links und rechts ein wenig Abstand hielten, machten keine Anstalten, ihre Gewehre zu heben. Verlangten sie tatsächlich von ihnen, dass sie freiwillig in das Eis hinaustraten?

Die Wachen neben ihnen wichen nun langsam mit gezogenen Waffen zu ihren Kollegen zurück. Wie ein Erschießungskommando in einem Historienfilm stellten sie sich auf.

»Lass uns gehen«, sagte Duncan Rayborn.

Yaldira wandte sich zu ihm um und nickte nur. Dann ging

sie voran in die Schleuse, ohne auch nur einen einzigen Blick zurückzuwerfen. Niemand sollte den Eindruck gewinnen, dass sie die Stadt voller Verzweiflung hinter sich ließ.

Erst in der Schleuse wandte sie sich um und musterte die Nachfolgenden, die sich nun um sie und Duncan sammelten. Sie alle schauten zurück auf den Weg, den sie gekommen waren, und Yaldira lief wegen der Stille, die dort herrschte, ein Schauer über den Rücken. Es war, als hielte die ganze Stadt in ihrer Ratlosigkeit den Atem an. Das knirschende Tor schnitt durch die Stille und sperrte den geraden Blick ins Innere ab. Durch die Schildwände konnten sie schräg noch Gebäude sehen, an deren Fenster die Menschen wie Schatten wirkten.

»Dir haben wir also zu verdanken, dass wir jetzt sterben werden«, sagte eine Frau mit großen, braunen Augen, die neben Marla Kanderton erschien. Ihren Statusdaten zufolge war ihr Name Clarita Harvison.

Einer der Männer – sein Name war Aron Kesselberry –, dessen Augen beinahe von seinem graublondem Haar verdeckt war, nickte heftig, die anderen blickten Yaldira an und schienen ihre Reaktion zu erwarten.

»Es ist immer der Tropfen schuld, der das Fass zum Überlaufen bringt, nicht wahr?«, erwiderte sie.

Duncan Rayborn, der die ganze Zeit hinter Yaldira gegangen war, nickte langsam und wandte sich an Clarita. »Wir alle hatten unsere Gelegenheit, und offenbar haben wir sie nicht genutzt«, sagte er mit seiner tiefen Stimme.

Marla Kanderton, die die Kleinste in der Runde war, schaute zwischen Yaldira und Duncan hin und her. »Ich habe keine Ahnung, warum sie mich hierzu verdonnert haben. Ich habe in den künstlichen Welten alles getan, was sie wollten.«

»Hast du denn nicht zugehört?«, entgegnete Luis Nodlan, der nur ein wenig kleiner als Duncan war und dessen sanfte Stimme nicht zu den angriffslustigen Worten passen wollte. »Die KIs erwarten nicht, dass du Einsicht hast. Sie wollen, dass das Kontrollmodul funktioniert.«

»Muss mir entgangen sein«, entgegnete Marla und verdrehte die Augen.

Graham Pannhoff wies auf die dem Tor gegenüberliegende Schildwand. »Da!«, rief er.

Yaldira wandte sich um und sah das Glitzern des Kuppelschildes. Während es sich auflöste, dachte sie daran, dass die KIs sie hier an Ort und Stelle hätten töten können, indem sie den Hohlraum, in dem sie gerade standen, einfach wieder ausfüllten. Doch stattdessen verging eine Stelle in der Barriere, die die Stadt schützte. Eiseskälte drang ihnen entgegen und griff sofort nach Yaldiras Gesicht.

Ein Knistern hinter ihnen ließ Yaldira herumfahren. Eine Schildschicht hatte sich über das Tor gelegt und wurde dicker und dicker. Die Kuppel holte sich das zurück, was ihr gehörte. Wie eine sanfte Hand, die sie langsam nach draußen drängte, schob sich der Schild vom Tor der Öffnung ins Freie entgegen.

Yaldira bewegte sich zwischen Duncan und Marla ins Weiß hinaus; die anderen stapften unsicher hinter ihnen her. Dass sie vor Kurzem noch im Tiefenschlaf gelegen hatten, merkte man ihnen an. Aron geriet ins Taumeln, und Graham schien nach jedem zweiten Schritt stehen bleiben zu müssen, um sich der Umgebung zu vergewissern.

Der Schnee vor der Kuppel wölbte sich leicht nach unten. Es hieß, es gäbe Kontraktions- und Expansionssysteme, die dafür sorgten, dass die Stadt nicht im Eis versank und sich der Schnee nicht an den Kuppelwänden sammelte.

Als sie die Stelle im Schild, an der die Schleuse gewesen war, nur noch daran erkennen konnte, dass das Torhaus zu ihnen durchschimmerte, wandte Yaldira sich ab und schaute über das weiße Plateau den Bergen in der Ferne entgegen.

Damit sie ein wenig mehr die Stirn bedeckte, zupfte Yaldira an der dünnen Haube und zog auch die Kapuze tiefer. Dann schob sie sich den Schal vor den Mund und zog sich die breite Brille über. Dennoch stach die Kälte ihr in die Wangenknochen. Am übrigen Körper war ihr zwar kühl, aber keineswegs so kalt, wie sie es erwartet hatte. Die Kleidung und der Mantel regulierten die Temperatur und die Feuchtigkeit.

»Minus neununddreißig Grad«, sagte Duncan, ehe er sich den Schal vor den Mund schob.

»*Ist das viel?*«, fragte Yaldira ihn mit ihrer symbiontischen Stimme.

»*Für die erste Januarhälfte schon*«, erwiderte er.

»*Danke*«, sagte sie und lächelte.

Auch die anderen schützten sich mit Kapuzen, Schals und Brillen. Schließlich machten sie die ersten Schritte von der Stadt fort. Der Schnee knirschte und fühlte sich durch die Stiefel an wie eine lockere Schicht aus Glassplittern. »*Wie Kristallsand!*«, sagte Yaldira mit ihrer Gedankenstimme, sodass es alle hören konnten.

»*Das wird das Vorwärtskommen mühsam machen*«, erwiderte Duncan, und an Marlas Nicken erkannte sie, dass auch er seine Meinung an alle gerichtet hatte.

»*Immerhin ist es nicht rutschig*«, sagte Marla.

Nachdem sie sich gut fünfzig Meter von der Kuppel entfernt hatten, blieb Yaldira stehen und wandte sich noch einmal der Stadt zu. Sie waren nun kein Teil mehr von Jaskandris – und sie war nun kein Teil mehr des Widerstands. Sie konnte Nelmura von hier draußen nicht helfen.

Graham Pannhoff stellte sich Yaldira und dann den anderen vor; ganz so, als wäre er sich nicht darüber im Klaren, dass die Statusdaten abrufbar waren. Yaldira spielte mit und nannte ihren Namen, und auch die anderen stellten sich vor.

»*Du bist also wirklich Nelmuras Schülerin?*«, fragte Marla schließlich.

Yaldira nickte.

»*Clarita hat recht*«, sagte Luis, von dem Yaldira eben nur kurz dessen dunkelblondes Haar gesehen hatte, der aber inzwischen so eingehüllt war wie sie alle. »*Deinetwegen sind wir hier.*«

»*Ich habe deine Daten gesehen, Luis*«, sagte Duncan. »*Vergewaltigung und Mord.*«

Luis erstarrte, als hätte ihn die Eiseskälte festgefroren.

Duncan schaute in die Runde, nannte seinen Namen und sagte: »*Bei mir war es schwere Körperverletzung und Sabotage. Und bei euch?*«

»*Mord*«, sagte Marla und senkte den Kopf.

Aron nickte. »*Mord*«, sagte auch er.

»*Schwere Körperverletzung und auch Totschlag*«, sagte Clarita.

Alle Blicke richteten sich auf Graham Pannhoff. Er zögerte, atmete weit aus, sodass sein Gesicht kurz in eine dicke Atemwolke gehüllt war: »*Mord*«, sagte er. »*In mehreren Fällen.*«

Yaldira sagte: »*Hochverrat. Aber das wisst ihr ja.*«

»*Klingt neben dem anderen nach einem Kavaliersdelikt*«, erwiderte Marla und schaute zu Luis, der sich immer noch nicht gerührt hatte.

»*Nicht unbedingt*«, entgegnete Yaldira und dachte an die Kontrollmodule und den Einfluss, von dem Nelmura eben gesprochen hatte. »*Kommt! Gehen wir weiter, ehe sie es sich überlegen und uns töten.*«

»*Oder die Kontrollmodule verwenden, damit wir aufeinander losgehen*«, fügte Duncan hinzu.

Sie blieben dicht beieinander und bewegten sich geradewegs von der Stadt fort, den Bergen in der Ferne entgegen. Obwohl Yaldira das Kältegefühl nicht loswurde, war ihr klar, wie verheerend die Verhältnisse ohne den Anzug und ohne den Mantel gewesen wären. Als schlimmer empfand sie die Weite, die sich vor ihnen erstreckte. Irgendwo da draußen würden sie den Tod finden.

Yaldira rückte gerade das Mundstück zurecht, das in den Schal eingearbeitet war, da fragte Marla: »*Warum ist es nicht unbedingt ein Kavaliersdelikt?*« An einem symbiontischen Echo, das sie über die anderen erreichte, erkannte Yaldira, dass alle Marlas Worte aufgeschnappt hatten.

»*Weil ich aus freien Stücken handelte*«, antwortete Yaldira und blieb stehen. Sie starrte Luis an. »*Bei euch ist nicht sicher, was ihr aus freien Stücken getan habt. Ihr könnt das nicht wissen. Haben die KIs eure Wut oder eure Verachtung so sehr gesteigert, dass es in eine Gewalttat mündete? Oder wart ihr das selbst?*«

»*Ich habe vierhundertfünfzig Jahre da unten in den künstlichen Welten daran gearbeitet, zu akzeptieren, was ich bin*«, sagte Luis. »*Und jetzt ist das vielleicht gar nicht wahr?*«

»*Du solltest über die Möglichkeit glücklich sein*«, erwiderte Duncan. »*Du bist vielleicht doch nicht das Monster, für das du dich gehalten hast.*«

»*Wenn du so lange da unten verbracht hast, möchtest du vor allem Gewissheit*«, sagte Luis.

»*Ich kann euch allen Gewissheit geben*«, erwiderte Yaldira und beschloss, sie alle von den Kontrollmodulen zu befreien. »*Aber nicht hier. Nicht so nahe vor der Stadt.*«

»*Du fürchtest also auch, sie könnten versuchen, uns gegeneinander aufzuhetzen?*«, fragte Duncan.

»*Wozu noch?*« Sie schaute den Bergen entgegen, auf denen der Wind den Schnee zu Wolken zu wirbeln schien. »*Da draußen wartet unser Tod*«, sagte sie.

»*Gibt es denn keinen Ausweg?*«, fragte Clarita mit einer vorwurfsvollen Stimme. »*Deine Meisterin wird dich doch nicht hier draußen verrecken lassen, oder?*«

»*Eben war ich noch an eurem Tod schuld, jetzt soll ich eure Rettung sein?*«, entgegnete Yaldira. Sie wollte sagen, dass sie keine Hoffnung sah und Nelmura bereits alles versucht hatte, um sie zu retten. Aber sie konnte es nicht. Sie würde lügen und ihnen alles geben, was nötig war, damit sie so lange wie möglich ihre Würde bewahrten. »*Wenn wir nahe der Stadt bleiben, wird man uns töten. Und ich weiß nicht, wie es euch geht, aber ich möchte nicht, dass sie bestimmen, wann es mit mir zu Ende geht.*«

»*Es gibt also keine Hoffnung mehr*«, erwiderte Clarita,

und von dem angriffslustigen Ton ihrer natürlichen Stimme war ihrer Gedankenstimme nichts mehr anzumerken.

»*Ab einem gewissen Punkt geht es doch nur noch darum, einen anständigen Abgang zu machen*«, sagte Duncan. »*Alles hier ist darauf angelegt, dass wir gegeneinander vorgehen. Gebt es zu: Ihr habt auch daran gedacht, dass ihr mit den Rationen der anderen einige Zeit länger überlebt als ohne sie.*«

Yaldira lächelte und war froh, dass man es wegen des Schals nicht sehen konnte. Marla nickte, und Aron stimmte sogar zu. »*Ja, aber dann dachte ich mir, dass es vielleicht doch noch einen Weg in die Stadt zurück gibt.*«

Alle wandten sich wieder Yaldira zu. »*Ich habe davon geträumt, dass man sich bis zum Meer durchkämpfen und dann die Schiffe besteigen kann, auf denen unsere Vorfahren gekommen sind. Aber das ist natürlich nur ein Traum. Die Schiffe dürften unbrauchbar sein – im Meer versunken. Und selbst wenn nicht …*«

»*Was also dann?*«, fragte Clarita. »*Einfach sterben?*«

Yaldira schüttelte den Kopf. »*Wir entfernen uns erst einmal so weit, dass wir möglichen Kontrollversuchen entgehen. Vielleicht bis zu den Hügeln dort.*« Sie wies auf das im Sonnenlicht glänzende Vorland des breitgezogenen Gebirges.

»*Da schlagen wir die Zelte auf*«, sagte Duncan. Aber er klang nicht hoffnungsvoll.

Clarita nickte und machte sich auf den Weg. Die anderen folgten.

Yaldira setzte sich neben Duncan in Bewegung. »*Wenn Nelmura sich durchsetzen kann, könnten wir zurückkehren*«, sagte er ihr. »*Wir müssen nur durchhalten.*«

»*Ich vertraue Nelmura*«, erwiderte sie, aber sie wusste nur zu gut, dass selbst ihre Mentorin einen so gewaltigen Kampf nicht binnen weniger Tage gewinnen konnte. »*Wir müssen mit allem, was wir hier haben, Widerstand leisten und diesem tödlichen Szenario, das die KIs sich für uns aus-*

gedacht haben, etwas entgegensetzen.« An alle gerichtet, sagte sie: »*Wenn wir die Zelte aufgebaut haben, entfernen wir eure Kontrollmodule.*«

»*Kannst du uns wirklich Klarheit verschaffen?*«, fragte Luis.

»*Ja*«, sagte sie, aber in Wirklichkeit hatte sie keine Ahnung, ob sie den Kontrollmodulen entlocken konnte, inwiefern die anderen an ihren Taten schuld waren. Sie brauchte diese Lüge, und sie war bereit, die Wahrheit zurechtzubiegen, um die anderen mit dieser Lage zu versöhnen. Sie würde ihnen wieder und wieder etwas geben und damit ihre Hoffnung oder auch nur ihren Trotz nähren. So wollte sie verhindern, dass am Ende das Recht des Stärkeren herrschte. Sie würde ihnen einfach sagen, dass die KIs sie zu ihren Missetaten getrieben hätten – auch auf die Gefahr hin, dass sie hier unter Verbrechern war, die ihre Taten aus eigenem Antrieb begangen hatten.

Sie schaute zur Seite, wie Duncan den Schal vor seinem Mund zurechtrückte. Er würde ihr eine Hilfe sein; darauf musste sie sich verlassen. Doch das verlangte Vertrauen – und das war nicht gerade eine Stärke von ihr.

22 Von Versagen und Hoffnung

Nelmura lag erschöpft in einem niedrigen Schacht und spürte die Decke mit jedem ihrer tiefen Atemzüge im Rücken. Nur wenn sie sich dazu zwang, flach zu atmen, hatte sie das Gefühl, genug Platz zu haben.

Es war ein Fehler gewesen, an die Öffentlichkeit zu gehen. Sie hatte die KIs unter Zugzwang gesetzt, und nur deswegen hatten sie Yaldira verbannt – um sie herauszulocken. Sie hatten gelauert, und während sie geredet hatte, waren sie mit ihren Programmen gegen sie vorgegangen und hatten sie über das Netzwerk attackiert. Es war wie ein Griff in ihre Interfaces gewesen, und ihr schmerzte jetzt noch der Hinterkopf. Es hatte sie all ihre Kraft gekostet, sich der Angriffe zu erwehren. Dazu hatte sie so viel von sich preisgeben müssen, dass ihre Schutzmaßnahmen für einen Moment wirkungslos gewesen waren. Die KIs kannten das Versteck unter dem Rohr, wohin sie noch einmal zurückgekehrt war, um die Operation durchzuführen.

Nun ruhte sie sich auf dem Weg ins Senatsgebäude aus. Der Schacht führte direkt dorthin. Sie hatte für einen offenen Zugang gesorgt und gaukelte dem System vor, dass alles nach wie vor gesichert war.

Die Erschöpfung erschwerte ihr Vorwärtskommen. Die KIs suchten ohne Zweifel mithilfe ihrer Programme nach ihr. Ob ihnen klar war, wie schwer sie sie getroffen hatten? Als plagten ihren Körper schwere Wunden, quälte sie sich voran. Sie musste lachen und brachte zum Glück kaum mehr als einen hauchenden Ton hervor. Als sie aus dem Tiefenschlaf mit all ihren Plänen erwacht war und mit Gamil aus ihrer eigenen Fakultät geflohen war, hätte sie sich nicht vorstellen können, nur kurz darauf hier beinahe hilflos zu liegen und zu wissen, dass Yaldira dort draußen in der Kälte den Tod finden würde.

Sie hatte versagt und fragte sich, ob es sich überhaupt noch lohnte, den KIs irgendetwas entgegenzustellen. Vielleicht hatten die Maschinen schon gewonnen, und das einzig Würdevolle, das ihr noch blieb, wäre es, Yaldira zu folgen.

* * *

Aus der Ferne wirkte die Stadt nun wie eine weiße Halbkugel. Hier draußen, wo sie zwischen Jaskandris und den Hügeln ihr Lager aufgeschlagen hatten, war es nach wie vor sommerlich hell. In der Stadt aber war es Nacht. Die Schildkuppel war nicht länger transparent. Hier draußen war sie weiß, im Innern dunkelblau.

Aus dem Eingang ihres Zeltes, das sie mit den Zelten der anderen zu einem großen kombiniert hatte, schaute sie in den andauernden Tag des antarktischen Sommers hinaus, fuhr nun aber mit den Fingerspitzen über die flexible Kontaktfläche an der Plane. Sofort schloss sich der Spalt zischend und versperrte damit der Kälte den Zugang.

Selbst jetzt noch kam Yaldira der Blick aus dem Tag auf die Stadt, in der Nacht herrschte, befremdlich vor. Hier draußen herrschte die Wahrheit. Die Stadt aber simulierte nur den Tag-Nacht-Zyklus der anderen Kontinente.

Duncan erklärte gerade die Konfigurationsmöglichkeiten der Richtungsangabe für die Clients in ihren Mänteln. Man konnte sie nach dem antarktischen Magnetpol, dem geografischen Südpol oder aber dem Stadtzentrum von Jaskandris ausrichten. »Ihr könnt es auch auf das System einstellen, das innerhalb der Stadt gilt«, sagte er. »Das dürfte unserem Raumgefühl am nächsten kommen.«

»Welches Raumgefühl?«, fragte Marla. »Ich habe so lange im Schlaf gelegen, dass davon nichts übrig geblieben ist.«

Aron und Clarita lachten.

»Stimmt natürlich«, sagte Duncan grinsend. »Aber wir werden wahrscheinlich nicht lange genug am Leben sein, um zu merken, dass die Berge dahinten nicht wirklich im Westen liegen und die Stadt nicht wirklich im Osten liegt. Aber so fühlt es sich an. Und ich sterbe lieber mit einem Gefühl der scheinbaren Orientierung als in Verwirrung.«

Kaum schaute Duncan in ihre Richtung, nickte Yaldira und lächelte wohlwollend.

»Glaubst du, dass Nelmura sich noch rechtzeitig durchsetzen kann?«, fragte Luis mit seiner hellen Stimme. Endlich konnte Yaldira sich ein Bild von ihm machen. Seine Wangen wirkten so weich, dass sie sich fragte, ob er überhaupt schon erwachsen war. Er war mit sechzehn Jahren in den Tiefenschlaf versetzt worden und hatte dort, wie er selbst gesagt hatte, vierhundertfünfzig Jahre verbracht. Sein Körper zeigte dank der Nanomaschinen keine Anzeichen des Alters, und doch erzählten seine braunen Augen, unter denen Schatten lagen, von einer langen Leidensgeschichte. Vergewaltigung und Mord – das waren seine Vergehen, und sie hatte versprochen, ihm zu sagen, ob er selbst dafür verantwortlich war oder aber die KIs. »Du vertraust deiner Archontin doch, oder?«, fragte er.

Sie hatte gerade auf seine erste Frage antworten wollen, da wunderte sie sich über seine zweite. War es entscheidend, dass sie Nelmura vertraute?

»Sie wird die KIs in die Knie zwingen«, sagte sie. »Ich vertraue ihr.«

»Gab es hier draußen nicht Wracks von Raumschiffen der Invasoren, die die Stadt angegriffen haben?«, fragte Marla und schaute zwischen ihnen hin und her. Duncan nickte und strich sich über seinen kurz geschorenen Kopf. »Abgeschossen, als die Invasoren noch versucht haben, die Stadt zu attackieren«, sagte er. »Bevor sie sich mit ihrer Beute davonmachten und einen ruinierten Planeten zurückließen.«

»So heißt es«, sagte Yaldira. »Das könnte alles eine riesige Lüge sein.«

Luis schüttelte den Kopf. »Aber die Wracks gibt es«, sagte er. »Als ich jung war, gab es mal einige Suchtrupps, die auszogen, um die Wracks zu untersuchen und Verwertbares zu holen.«

»Wann war das?«, fragte Duncan.

Der Wind rüttelte neben ihnen rauschend an der Zeltwand. Luis antwortete, den Blick noch zur Seite gerichtet. »So um 2300«, sagte er und schaute dann in die Runde. »Damals waren die meisten Archonten noch die Dekane ihrer Fakultäten. Nelmura war bereits im Tiefenschlaf, die meisten anderen aber waren noch aktiv. Manche wurden erst noch zu Archonten.«

Yaldira fragte sich, warum die KIs Luis nicht schon vorher verbannt hatten. Sie hatten offenbar viel Geduld mit ihm gehabt. Oder sie hatten ihn, nachdem sie ihn für ihre Zwecke missbraucht hatten, einfach verschwinden lassen. Eine Verbannung hätte seine Tat nur wieder in Erinnerung gerufen. Sie konnte sich sogar vorstellen, dass sein Kontrollmodul intakt war und die KIs nicht nur eine vage Beeinflussung genutzt hatten, um ihn zum Vergewaltiger und Mörder zu machen.

Sie wollte gerade vorschlagen, dass sie nun die Kontrollmodule entfernte, da sagte Luis: »Damals gab es irgendwelche Engpässe, und die Produktionstechnik steckte in einer Krise. Deswegen zogen einige Trupps aus, um Material von den abgeschossenen Schiffen zu sammeln.«

»Und hast du etwas von diesem Material gesehen?«, fragte Yaldira.

»Ja. Haufenweise Metall, Kunststoffe und sogar beschädigte Maschinen.«

»Das waren also echte Bergungsgüter und nicht etwa abgebaute Rohstoffe«, sagte Duncan.

Luis nickte.

»Das muss eine der letzten Expeditionen gewesen sein«,

sagte Yaldira. »Denn später waren sie nicht mehr notwendig. Berewan stieg dadurch zur Archontin auf, dass sie die Technik der Materialkomposition revolutionierte. Ab da kam es zu keinen Engpässen mehr.« Das hatte sie von Nelmura erfahren, die trotz ihres Daseins in der Tiefe über die Entwicklungen oben in der Stadt informiert gewesen war, ohne selbst Einfluss zu nehmen. Nun fragte sich Yaldira, welche Position Berewan in diesem Konflikt einnehmen würde. Sie war von den KIs umworben worden und hatte aus dem Nichts eine eigene Fakultät errichtet.

»Deswegen waren wir später nicht mehr darauf angewiesen, irgendwelche Wracks zu plündern«, sagte Marla.

»Aber waren es wirklich Wracks?«, fragte Duncan. »Wenn Nelmura recht hat und die KIs Teil der Invasion waren, wem gehörten dann die Wracks?«

»Könnten es Reste von Yardens Schiff gewesen sein?«, fragte Clarita.

»Nein«, sagte Yaldira. »Yardens Schiff ist erst 2396 abgestürzt. Also neunzig Jahre nach dieser Suchexpedition.«

»Was, wenn Nelmura sich irrt?«, fragte Clarita, deren missmutige Miene noch nicht die Wandlung vollzogen hatte, die ihre nun beinahe freundliche Stimme hinter sich hatte. »Was, wenn das wirklich Schiffe der Invasoren waren?«

»Ganz gleich, welche Wahrheit in der Vergangenheit liegt, wir haben die Wahrheit der Gegenwart gesehen«, sagte Yaldira. »Die KIs benutzen uns für ihre Ziele. Sie schalten jeden, der sich ihrer Kontrolle entzieht, aus. Ganz gleich, ob sie Teil der Invasoren waren oder aber der Menschheit entsprangen, wir werden nur dann weiterleben, wenn Nelmura die KIs in die Knie zwingt.«

»Und die Wracks? Wenn da draußen weitere sind?«, fragte Aron. »Vielleicht könnten wir die Reste eines Versorgungsmoduls finden. Vielleicht beruht Berewans Errungenschaft auf den Funden der Expedition.«

»Ob das nach so langer Zeit noch funktionieren würde?«, fragte Marla.

»Es dürfte nach all der Zeit unter Schnee und Eis begraben sein«, erklärte Duncan.

»Dann ist die Stadt also wirklich unsere einzige Hoffnung«, sagte Clarita und starrte auf den geschlossenen Zelteingang.

»Ja«, erwiderte Yaldira. »Aber wir können uns der Stadt nicht nähern, solange die Kontrollmodule in unseren Schädeln stecken.« Sie schaute in die Runde, und keiner der anderen wirkte versessen darauf, das Modul loszuwerden.

»Sind wir nicht noch zu nahe an der Stadt?«, fragte Graham, der seit Stunden kaum etwas gesagt hatte. »Würden die KIs nicht versuchen, das zu verhindern?«

»Habt ihr Angst?«, fragte Yaldira.

»Kann man das Modul so leicht entfernen?«, fragte Marla.

Yaldira nickte und wandte sich um, sodass die anderen ihren Hinterkopf sehen konnten. Dann tastete sie nach dem Öffnungssensor, der unter der Haut lag und über den sie mit den Interfaces ihrer Fingerkuppen streichen musste, um einen Öffnungsbefehl zu übertragen. Sie hörte das Zischen und spürte, wie die Luft in die Maschinerie wehte. Obwohl sie es nicht sehen konnte, wusste sie, wo die Dinge lagen, und sobald sie die Fingerspitzen mit den Kontakten auf den Kuppen in die Öffnung führte, war ihr klar, was sie zu tun hatte. Nelmura hatte es ihr genau beschrieben – nicht nur verbal, sondern auch in ein Programm gebettet, das ihr die Relationen zwischen den einzelnen Komponenten und deren Steckplätzen anzeigte. Sie musste ein wenig tasten, da das Programm auf Nelmura abgestimmt war und einige Nachjustierungen benötigte. Dann aber fasste sie das Modul und sandte den Extraktionsbefehl über die Finger. Ein Stechen, offenbar eine Abwehrreaktion des Moduls, überraschte sie, ließ sie aber fester zugreifen. Mit zitternder Hand verharrte sie und konnte nichts tun.

»Was ist?«, fragte Duncan.

»Yaldira!«, rief Marla.

Sie wandte sich ruckartig zu ihnen um, gab dem Maschinerie-Zugang den Befehl, sich zu schließen, und zog ihre Hand noch gerade rechtzeitig heraus. Sie musterte die anderen, und sie wusste, dass es ein Fehler gewesen war, ihnen zu vertrauen. Sie würden nicht zulassen, dass sie ihnen die Module entfernte. Es hatte keinen Sinn. Hier würde sie nicht bleiben, deshalb ging sie Richtung Ausgang.

»Yaldira?«, sagte Aron. »Hast du etwas bemerkt?«

Schon war sie mit den Interfaces ihrer Fingerspitzen über die Kontaktfläche des Ausgangs gefahren und schlurfend öffnete sich ihr die Plane. Yaldira sprang in die Kälte hinaus. Dort hinten war die Stadt, die sie hasste und von der sie sich so weit wie möglich entfernen wollte. Sie wollte nicht in der Nähe von Jaskandris unter dem Einfluss der KIs sterben. Sie lief los; sie lief, ohne zurückzublicken, und hörte nur die Rufe der anderen, die sie beschworen, anzuhalten.

Duncans Stimme blieb in der Nähe, die anderen vergingen im Rauschen des Windes, nur um sich dann erneut als wildes Geschrei zu erheben. Es bewies ihr, dass sie zur richtigen Zeit das Weite gesucht hatte. Und so lief sie, bis die Rufe verstummten. Aber sie musste weiterlaufen, um den Signalen der Stadt zu entkommen. Sie durfte auf nichts und niemanden vertrauen, nicht einmal auf ihre Schneekleidung.

»Tu das nicht!«, hörte sie Duncan brüllen und wandte sich zu ihm um. Er kam mit schweren Schritten näher. Sie zog sich den Mantel aus, öffnete die Haftverschlüsse ihrer Unterkleidung und versuchte, dem Anzug zu entsteigen, vermochte es aber nicht, weil sie noch in den Stiefeln steckte. Während die Kälte sie packte, versuchte sie mit zitternden Fingern, die Stiefel loszuwerden.

Da traf sie etwas und griff nach ihr. Duncan! »Bist du verrückt! Seid ihr alle verrückt!«, brüllte er. Sie konnte in sein Gesicht sehen. Er trug weder Schal noch Brille.

»Ich muss es tun, Duncan!«, rief sie. »Sonst …«

»Sonst was? Du musst das Modul loswerden.«

»Das hätte ich getan, wenn ihr …«

»Yaldira! Sie sind es. Die KIs haben dich dazu getrieben«,

sagte er und mit jedem Atemzug wehte eine Wolke von seinem Mund fort. »Sie wollen nicht, dass du den Chip rausnimmst«, rief er.

»Dann entferne du ihn«, sagte sie zitternd.

»Ich kann das nicht«, erwiderte er. »Wir müssen zurück zum Zelt. Sonst erfrierst du hier draußen.« Mit seiner Gedankenstimme fügte er hinzu: »*Es muss schnell gehen. Sonst ist es aus.*«

»Ich vertraue euch nicht!«, entgegnete sie laut.

»*Wir sind tot ohne dich, Yaldira. Wir brauchen dich. Wir können nur ohne das Kontrollmodul zurückkehren, und auch nur dann, wenn Nelmura sich durchsetzt – oder wenn sie uns hilft. Aber ohne dich sind wir jetzt schon erledigt. So sollte es nicht enden. Nicht so!*«

Er ließ sie los, und sie blieb ruhig und musterte ihn. Er hatte sich nicht einmal die Handschuhe angezogen, als er ihr gefolgt war. Mit seinen dunklen Fingern tastete er zitternd nach dem Haftverschluss ihres Anzugs und schloss ihn. Ihre Haut brannte unter dem Anzug. Sie wollte den Haftverschluss wieder öffnen, um die Hitze zu vertreiben, doch Duncan fasste ihr Handgelenk.

»*Bitte!*«, sagte er, und seine symbiontische Stimme klang so qualvoll, dass sie überrascht war.

Duncan hob ihren Mantel vom Boden auf und half ihr, wieder hineinzusteigen. Das trügerische Hitzegefühl legte sich. Es war eine Täuschung gewesen, und nun fragte sie sich, ob die beißende Kälte ihr Empfinden verwirrt hatte oder ob die KIs sie getäuscht hatten. Das Kältegefühl kehrte zurück, und obwohl es schmerzte, war sie beruhigt, dass ihre Sinne ihr offenbar die richtigen Signale sandten.

»Du vertraust mir doch, oder?«, fragte Duncan, und seine Stimme kam kaum gegen den Wind an.

Yaldira nickte, aber sie war sich unsicher. Die aktive Kleidung machte ihr Angst. Sie war durch symbiontische Befehle zu steuern. Man konnte die Temperatur regulieren. Das war nun eine Hilfe. Und doch fürchtete sie, die KIs würden sie verwenden, um Zugriff auf sie zu bekommen. Sie überlegte und fand, dass das ein absurder Gedanke war.

»Du musst das Kontrollmodul loswerden«, sagte Duncan.

Der Gedanke daran ließ Yaldira zögern. Sie lauschte auf die Prozesse, die in ihrer symbiontischen Komponente abliefen, und fand etwas Lauerndes. Die Werkzeuge, die Nelmura ihr übergeben hatte, damit sie sich des Kontrollmoduls erwehrte, förderten etwas zutage: Das lauernde Etwas war ein Programm in dem Kontrollmodul. Sobald sie einen Versuch machte, das Modul zu entfernen, würde es nicht nur Fluchtreflexe auslösen, sondern ein Signal aussenden, das andere beeinflusste.

Yaldira zitterte noch immer, und das, obwohl sie den Anzug als wärmend empfand, aber das Gefühl hatte, dass es ihren Körper ungleichmäßig schützte. »*Hast du das Signal gehört?*«, fragte sie auf symbiontischem Weg, nachdem sie kein Wort über ihre bebenden Lippen gebracht hatte.

»*Welches?*«, erwiderte Duncan.

»*Ein Signal, das ausgesendet wurde, als ich versucht habe, mir das Modul zu entfernen. Eines, das vielleicht auch dein Kontrollmodul anspricht.*«

»*Offenbar funktioniert es bei mir nicht.*«

Sie bemühte sich um ein Lächeln, aber es entwickelte sich zu kaum mehr als zu einem Zucken. »*Deswegen bist du hier.*«

»*Das heißt, ich bin ein echter Verbrecher. Genau das, was du jetzt brauchst. Versuch es noch mal. Ich behalte dich im Auge.*«

Yaldira nickte. Diesmal attackierte sie mit dem Arsenal, das Nelmura ihr gegeben hatte, das Programm, das im Kontrollmodul steckte, war sich aber unsicher, ob es glücken konnte. Die meisten Werkzeuge waren dazu da, Signale abzublocken, und nicht etwa, um Programmen zuzusetzen, die sich bereits eingenistet hatten. Sie schaute in den Logs nach, wie das Programm zu ihr gekommen war, und entdeckte die Daten. Mit der Installation des Moduls hatte man es ihr auferlegt. Eine Funktion, die Nelmura ihr gegeben hatte, war ihr nun eine Hilfe: der Reset-Befehl. Sie konnte das Kontrollmodul in den ursprünglichen Zustand zurückführen – vor der detaillierten Konfiguration.

Es war nur eine Frage von Augenblicken, und das Signal des lauernden Programms war verschwunden. »*Ich versuch's jetzt*«, sagte sie.

Duncan nickte und schaute sie mit seinen hellbraunen Augen an.

Sie führte die Hand wieder an den Hinterkopf und öffnete den Zugang. Als die Maschinerie offen lag, griff sie mit ihren unruhigen Fingern ins Innere, fasste das Modul und zog es mit einem Ruck heraus. Sie schaute es sich an und war überrascht, dass es das gleiche Modell war, das Nelmura aus ihrem Schädel geholt hatte – ein ovales Interface, so lang wie ihr Daumen und mit zahlreichen Prozessorflächen versehen.

Sie zeigte es Duncan.

»*Ich kann es nicht glauben – trotz allem*«, sagte er mit seiner symbiontischen Stimme und machte große Augen. »*Komm*«, flüsterte er.

»*Danke*«, sagte sie und merkte, dass mehr in diesen Worten mitschwang.

»*Ich habe dir geholfen, jetzt hilfst du mir.*« Er drehte ihr den Rücken zu und öffnete mit einem Fingerdruck seine Interfaceöffnung. Sie starrte in Duncans Maschinerie. Selten hatte sie bisher in den Kopf eines anderen Symbionten hineingeschaut. Vorsichtig führte sie ihre Hand in die Öffnung und folgte wie schon bei ihr selbst dem Signal. Nur kam diesmal alles von außen und verlangte ihr mehr Aufmerksamkeit ab. Sie fand das Modul, konnte aber nicht sagen, ob es mit einem ähnlichen Schutzmechanismus ausgestattet war wie ihres. Aber sie prüfte, ob sie Nelmuras Werkzeuge benutzen konnte. Tatsächlich war es ihr möglich, das Modul neu zu starten. Und sie bemerkte noch etwas. Der Startprozess dauerte dreißig Sekunden – genug Zeit, um das Modul zu entfernen.

Als sie es Duncan hinhielt, hatte er nur einen kurzen Blick dafür übrig. Dann starrte er Yaldira an. »Es fühlt sich nicht anders an.«

Das Modul war noch aktiv, und so lauschte sie auf die Statusdaten. Sie fand Informationen zu den früheren Konfigurationen. Das bedeutete, dass das Modul nie ganz zurückgesetzt wurde. Wenn sie ein Befehl aus der Stadt erreicht hätte, wäre es möglich gewesen, die gelöschten Konfigurationen wieder herzustellen. Und Duncan hatte denselben Mechanismus wie sie. Hier nun bemerkte sie eine zusätzliche Komponente, die ihr bei ihrem eigenen Modul entgangen war, deren Existenz sie nun aber bestätigte: ein Empfänger, der das Programm aktivierte, sobald ein gewisses Signal registriert wurde.

»*Du bist für die Kontrolle nicht empfänglich*«, sagte sie. »*Du hättest tatsächlich irgendeine Reaktion zeigen sollen, als ich den Kopf verloren habe.*«

»*Ich weiß nicht, ob mich das beruhigen soll*«, erwiderte er.

»*Luis hat recht. Gewissheit ist nicht zu verachten. Du hast getan, was du getan hast, und du hast im Tiefenschlaf dafür gebüßt und wurdest nur deshalb nicht rehabilitiert, weil sie dich nicht kontrollieren konnten. Schwere Körperverletzung und Sabotage. Das hast du doch gesagt.*«

»*Ja.*«

»*Das ist weit weniger als Mord.*«

»*Nicht bei einer Stadt, in der eine Million Menschen leben. Ich wollte der Kimiko-Fakultät schaden und habe dabei die Schildgeneratoren angegriffen, für die sie verantwortlich waren.*«

»*Das ist lange her.*«

»*178 Jahre. Und trotzdem …*«

»*Du musst dich nicht rechtfertigen*«, sagte Yaldira. »*Lass uns zurückgehen, ehe uns die Hände und Gesichter gefrie-*

ren.« Sie spürte, wie die Kapuze ihres Mantels Hitze abstrahlte, um gegen die Kälte anzukämpfen.

Sie hielt Duncan sein Modul hin. Er nahm es und warf es fort. »*Lass uns die anderen auch von dem Mist befreien.*« Er zog seine Hände in die Ärmel seines Mantels zurück, und lächelnd tat Yaldira es ihm gleich und genoss die behutsame Wärme, die ihre Finger umfing.

Ein Signal ließ sie herumfahren und sich von Duncan ab- und den Bergen zuwenden. Irgendwo zwischen den Hügeln im Vorland war etwas aufgeblitzt. Sie vernahm ein leises Summen, in dem Daten zu schlummern schienen.

»*Merkst du das?*«, fragte sie.

Duncan kam neben sie, schaute voraus und fragte schließlich: »*Den Wind?*«

»*Da draußen ist etwas*«, sagte sie.

»*Komm jetzt. Wir müssen zurück. Je schneller die anderen von den Modulen befreit sind, umso besser.*«

Yaldira nickte, wandte sich aber nur zögerlich ab und machte sich Seite an Seite mit Duncan auf den Rückweg. Doch immer wieder schaute sie zurück und war sich nicht sicher, ob das Signal immer noch da war.

Weit vor der weißgetönten Kuppel der Stadt konnte sie das Zelt sehen, in dessen Nähe sich einige Gestalten wild bewegten.

»*Die kämpfen!*«, sagte Duncan mit lauter Gedankenstimme und lief los.

Yaldira hatte Mühe, mit Duncan Schritt zu halten. Sie konnte nicht glauben, dass er gestern noch im Tiefenschlaf gelegen haben sollte. Die Kälte hatte ihr eben so sehr zugesetzt, dass sie noch immer zittrig war. Dennoch gelang es ihr, den Abstand zu Duncan nicht größer werden zu lassen.

Aus der Nähe konnte Yaldira sehen, dass drei ihrer Leidensgenossen beim Zelt einen vierten am Boden hielten. Sie erkannte Claritas Gedankenstimme, die auf den am Boden Liegenden einredete, er möge aufhören, sich zu wehren.

Duncan ging den drei Mitverbannten zur Hand, während

Yaldira stehen blieb, durchatmete und Luis erkannte. Er war es, den die anderen am Boden hielten. Er stieß einen Schrei aus und versuchte sich aufzubäumen. Marla, Clarita und Aron setzten mit Duncan alles daran, ihn niederzudrücken.

Von Graham war nichts zu sehen. Yaldira schaute sich nach ihm um und erblickte einen Schatten, der ins offene Land hinauslief, wo sich die Eislandschaft scheinbar unendlich dahinzog. Graham war davongelaufen – so, wie sie es getan hatte.

»Lasst mich!«, brüllte Luis. »Ihr werdet mich nicht zurückbringen.«

»*Das wollen wir doch gar nicht, Dummkopf!*«, erwiderte Clarita mit ihrer Gedankenstimme.

»*Es ist das Kontrollmodul*«, fügte Duncan hinzu, dann schaute er zu Yaldira auf.

Sie nickte. »*Dreht ihn auf den* Bauch«, sagte sie, und die anderen befolgten ihre Anweisung. Clarita setzte sich sogar auf Luis' Rücken und presste einen Arm nach unten, während Aron und Marla die Beine umfasst hielten. Duncan drückte mit dem Knie auf Luis' Schulter und hielt dessen Kopf zur Seite.

Yaldira ging in die Hocke, schob die Kapuze mit einer Hand zur Seite. Mit den Fingerspitzen der anderen Hand berührte sie den Sensor an Luis' Hinterkopf und gab den Öffnungsbefehl. Der Zugang blieb jedoch geschlossen. Sie fuhr noch einmal mit den Fingerspitzen über die Kontaktstelle und sandte eine unverhohlene Attacke aus. Luis zitterte nur, aber erst nach einer erneuten Berührung des Sensors und einem weiteren Befehl tat sich der Zugang auf. Yaldira griff zielstrebig nach dem Modul, löste den Neustart aus und zog es heraus. Luis erschlaffte und atmete seufzend aus.

»*Lasst ihn los*«, sagte Yaldira.

Mit einer Verzögerung und mit zweifelnden Mienen ließen die anderen von Luis ab. Er atmete schwer und konnte allein nicht aufstehen. Marla und Duncan halfen ihm auf die Beine. Mit rotem Gesicht schaute er Yaldira entgegen.

»*Und? Verspürst du noch den Drang, dich davonzumachen?*«, fragte sie.

Er lachte und zog die Nase hoch, um dann durchzuatmen. »Ich verstehe das nicht.« Er schaute an sich hinab. »Das ... das war ... das wollte ich nicht.« Mit unruhigen Händen zog er sich die Kapuze seines Mantels über.

»*Wo ist Graham?*«, fragte Duncan.

Yaldira wies ins offene Land, das sich links des Gebirges eröffnete. »*Dahinten. Und er läuft immer noch.*« Yaldira schüttelte den Kopf. »*Wir müssen ihm nach.*«

»Zuerst müssen wir die Kontrollmodule loswerden«, sagte Clarita. »Mag sein, dass sie eben nicht funktioniert haben, aber wer weiß, ob das so bleibt.«

Noch ehe Yaldira antworten konnte, sagte Duncan mit seiner symbiontischen Stimme: »*Ich baue schnell das Zelt ab, ihr seht zu, dass ihr die Kontrollmodule loswerdet! Und dann schauen wir, ob Graham noch zu retten ist.*«

Yaldira nickte. »*Wer zuerst?*«, fragte sie, während Duncan zum Zelt ging.

Marla trat vor.

Immer wieder den Blick in der Ferne gerichtet, um sich zu vergewissern, dass Graham nicht unbemerkt die Richtung wechselte, machte sich Yaldira rasch an die Arbeit. Sie vollzog ein ums andere Mal die gleichen Schritte: den Zugang zu der Maschinerie öffnen, den Neustart einleiten, nur um dann das Modul herauszuziehen. Nachdem Marla befreit war, nahm sich Yaldira Clarita vor. Um Aron kümmerte sie sich zuletzt, und das Lächeln, das sich auf seinem Gesicht zeigte, machte ihr Angst. Es war, als wollte er sagen: »Wir wissen doch beide, dass dieses Modul mich kein bisschen verändert hat.«

Trotz Arons Reaktion war Yaldira froh, dass er und die anderen von den Kontrollmodulen befreit waren. Was immer sie nun dachten, fühlten und tun würden, es waren ihre eigenen Gedanken, ihre eigenen Gefühle und ihr eigenes Handeln. Sie konnten die alte Schuld auf die KIs abwälzen, selbst wenn die meisten von ihnen kaum für die Kontrollversuche der KIs empfänglich waren. Vielleicht waren es in der Stadt bei ihren Taten Nadelstiche gewesen, die erst nach längerer Zeit eine Reaktion hervorgerufen hatten.

Yaldira schaute zu Duncan hinüber, der noch weit davon entfernt war, das Zelt abgebaut zu haben, dann hielt sie ein weiteres Mal nach Graham Ausschau. »Ich kann nicht warten. Ich muss Graham hinterher«, sagte sie. »Ihr geht Duncan zur Hand und folgt uns dann.«

Die anderen dankten ihr, und kaum hatten sie sich von ihr gelöst, da kam Duncan näher. Er hatte alles stehen und liegen gelassen und sagte mit seiner symbiontischen Stimme: »*Du kannst nicht alleine gehen.*«

»*Glaubst du, ich brauche Hilfe?*«

»*Wir alle brauchen Hilfe, Yaldira*«, sagte er, und er mochte es, wie entspannt seine Gedankenstimme ihren Namen sagte. Er reichte ihr ihren Schal, ihre Handschuhe und ihre Brille.

Kaum hatte Yaldira sich vermummt, ging sie voran und merkte bereits nach wenigen Metern, dass Duncan Schwierigkeiten hatte, Schritt zu halten. »*Was ist?*«, fragte sie.

»*Ich komme langsam an meine Grenzen*«, antwortete er.

»*Ich bin mir sicher, dass unter all der Kleidung ein durchtrainierter Körper steckt*«, sagte sie.

»*Im Tiefenschlaf konserviert und durch den Tiefenschlaf müde gemacht*«, erwiderte er.

Yaldira ließ Duncan das Tempo bestimmen. Sie wollte ihn bei sich haben, und sie hatte selbst keine Ahnung, wie lange ihre eigenen Kräfte reichen würden – besonders nachdem sie sich der Kälte ausgesetzt hatte.

Sie schaute voraus und sah, dass Graham sich inzwischen dem Hügelland vor dem Gebirge zugewandt hatte. Wenn sie Glück hatten, würde er langsam, aber sicher im Kreis laufen. Sie konnte nur hoffen, dass er sich nicht des Mantels entledigte und aus dem Anzug stieg.

Jetzt mussten sie nur noch Graham von dem Kontrollmodul befreien, und dann würden sie, sobald die anderen zu ihnen aufgeschlossen hatten, das Zeltlager errichten und ausharren, bis sich ihnen ein Weg zurück in die Stadt bot – ob dadurch, dass Nelmura die KIs in die Knie zwang, oder aber indem sie irgendwie Kontakt zu ihr aufnahm und ihr einen heimlichen Weg in die Stadt wies, das spielte keine Rolle.

Yaldira fühlte sich beflügelt. Ob es wegen der Kälte war, der sie sich ausgeliefert hatte und die sie mit einem Schlag wachgerüttelt hatte, oder ob es daran lag, dass sie vom Kontrollmodul befreit war, wusste sie nicht. Vielleicht war es Duncan oder das anwachsende Zugehörigkeitsgefühl zu der Gemeinschaft der Verbannten, deren Teil sie nun war. Sie konnte es nicht entscheiden und blickte ganz anders in die Zukunft als vorhin noch – mit Plänen, die sie und die anderen ausführen würden: Sie würden warten, sie würden ruhen, und sie würden irgendwie nach Jaskandris zurückkehren.

* * *

Nelmura hatte es geschafft. Sie war in ihr Versteck im Senatsgebäude zurückgekehrt und ging inzwischen davon aus, dass nach wie vor niemand von dem Wohnmodul wusste, in dem sie Unterschlupf gefunden hatte. Kaum fühlte sie sich wieder halbwegs sicher, ging sie bereits neue Wagnisse ein. Sie hatte sich Zugang zu den Außenkameras der Stadt und anderen Sensoren, die nach außen gerichtet waren, verschafft und hatte Yaldira und die anderen Verbannten aufgespürt. Die Gruppe bewegte sich grob Richtung Gebirge. Zudem bemerkte sie die penetrierenden Signale der KIs – ausgesandte Befehle, die für die Kontrollmodule der Verbannten gedacht waren. Da die Anweisungen mit immer mehr Nachdruck gesendet wurden, vermutete Nelmura, dass sie ihre Wirkung bisher nicht entfaltet hatten, weil die Verbannten entweder zu weit weg waren oder Yaldira sie und sich selbst von den Modulen befreit hatte.

So oder so blieb Hoffnung. Sie musste versuchen, Yaldira und den anderen wieder einen Weg in die Stadt zu bahnen. Aber sie wusste nur zu gut, dass die KIs nur darauf warteten, dass sie etwas zur Rettung Yaldiras unternahm. Vielleicht ließen sie es sogar zu, dass sie sich in Kameras hineinversetzte – nur um ihr etwas zu zeigen, was sie zum Handeln motivierte. Und sie würde handeln – jedoch nicht so, wie die KIs es vermuteten.

Sie beschloss, mit Gamil Kontakt aufzunehmen, und sandte ein Signal aus, das sie ihm bereits aus der Tiefe gesandt hatte. Wohlverschlüsselt und über zahlreiche Umleitungen ausgeführt, damit man den Weg der Nachricht nicht zurückverfolgen konnte.

»*Ja*«, sagte Gamil unvermittelt, ganz so, als hätte sie eben noch mit ihm gesprochen und als wolle er fragen, was es noch zu tun gebe. Zugleich schickte er ihr ein Bündel an neuen Schlüsseln.

»*Bist du bereit?*«, fragte sie und schickte ihrerseits Schlüsselcodes aus.

»*Die Frage ist, wozu*«, erwiderte er.

»*Um deine Fakultät auf unsere Seite zu ziehen.*«

»*Dazu bin ich nicht nur bereit. Ich kann es kaum erwarten.*« Und während sie sprachen, verhandelten ihre Programme darüber, wie sie in Zukunft kommunizieren würden, und erschlossen sichere Kommunikationswege.

»*Ich habe dich vermisst*«, sagte Nelmura schließlich. »*Meine Spielregeln haben versagt. Spielen wir also nach deinen.*«

* * *

Erst nach Stunden hatte Yaldira mit Duncan zu Graham aufgeschlossen. Er hatte seine Richtung wieder und wieder geändert und sich schließlich – wie Yaldira zuvor – seiner Kleidung entledigt. Nur war bei ihm niemand zur Stelle gewesen, der ihn hätte retten können. Erstarrt lag er vor ihnen, das Gesicht im Schnee. Seine Medi-Daten, wie sie Bewusstlose in der Regel automatisch ausstrahlten, konnte Yaldira nicht spüren. Also zog sie sich die Handschuhe aus und fühlte seinen Puls.

Graham war tot.

Dennoch öffnete Yaldira den Zugang an seinem Hinterkopf und entfernte sein Kontrollmodul. Die Maschinerie war nach wie vor aktiv und würde es noch bleiben. Yaldira bemerkte die vielen Daten, die umhergeschoben wurden. Sie sah seinen Geburtstag, seine Körperdaten, und sie erfuhr, dass er ein Nelmurianer war. Es waren Informationen, die sie ihm lieber bei einem Gespräch entlockt hätte. Sie hätte es gerne als freudige Kunde aufgenommen und mit ihm über Nelmura gesprochen, doch diese Zukunft war nun verloren.

Sie schloss die Öffnung zu Grahams Maschinerie, hielt aber den Kontakt zu den Statusdaten aufrecht.

»*Was ist los?*«, fragte Duncan.

»*Hast du schon mal jemanden sterben sehen?*«

»*Ja*«, antwortete er. »*Ein Mal. Meinen Vater. Es war ein Unfall. Er ist unten am See ertrunken.*«

»*War er ein Symbiont?*«, fragte sie.

»*Nein.*«

»*Merkst du das?*«, fragte sie und lauschte auf die gewaltigen Datenströme, die in Graham parallel liefen.

»*Er ist tot, und jetzt spielt die Maschinerie verrückt?*«

»*Die Maschinerie kann mit der Restenergie noch Monate laufen, und der Speicher wird wahrscheinlich noch ewig existieren*«, sagte sie. »*Ich wusste das, aber es selbst zu sehen …*« Sie brach den Satz ab und lauschte Grahams Maschinerie mit ihren symbiontischen Sinnen.

»*Verrückt*«, sagte Duncan. »*Da ist der Mensch tot, und die Maschine lebt weiter.*«

»*Du weißt es wirklich nicht?*«, fragte sie.

»*Was meinst du?*«

Sie wies auf Graham, dessen braunes Haar von Schnee bedeckt war. »*Die Maschinerie macht einen Gehirnscan.*

Sie schickt die Nanomaschinen aus und sammelt alles, was sie bekommen kann. Sollten wir je in der Lage sein, unser Bewusstsein in KIs zu verpflanzen, könnte Graham weiterleben.«

»*Ich dachte, das wären nur Geschichten*«, sagte Duncan. »*Die Gehirnscans.*« Er schüttelte den Kopf.

»*Ich habe es immer geglaubt, aber ich habe es noch nie beobachtet.*«

Der Geruch von verbranntem Kunststoff drang Yaldira durch den Schal in die Nase, und von Grahams Hinterkopf gingen Rauchschwaden aus.

Duncan wich zurück, aber Yaldira öffnete erneut den Zugang zu Grahams Maschinerie und entließ eine stinkende Rauchwolke. Langsam erhob sich Yaldira, trat zurück und wandte sich Duncan zu. »*Es ist überhitzt*«, sagte sie und entlockte Grahams Maschinerie letzte Statusdaten, ehe die Verbindung einfach abbrach. »*Alles verloren*«, sagte sie.

»*Ob das jemals bei jemandem funktioniert hat?*«, fragte Duncan.

Yaldira wusste darauf keine Antwort. Hatte sich hier die Hilflosigkeit der KIs gezeigt? Waren die Menschen so ein großes Geheimnis, dass sie bei einem Sterbenden oder gar einem Toten möglichst viel konservieren wollten? Es wirkte wie der verzweifelte Rettungsversuch eines überforderten Wesens.

Yaldira und Duncan standen schweigend da und betrachteten den Toten und den nachlassenden Rauch, der vom Wind zerrissen wurde.

Als Clarita, Aron und die anderen dazukamen und Yaldira ihnen erklärt hatte, was geschehen war, konnte sie das Entsetzen in ihren Signalen spüren.

»*Verdammt! Das hätte uns auch passieren können*«, sagte Clarita. »*Danke, Yaldira! Dass du uns die Dinger entfernt hast.*«

Aron wandte sich an Yaldira. »*Warum ist dir das nicht passiert?*«, fragte er.

»*Vielleicht ist sie stärker*«, sagte Marla.

Yaldira schüttelte den Kopf. »*Nelmuras Werkzeuge haben mir geholfen. Sie haben mir Spielräume gegeben.*« Sie schaute Duncan an. »*Und außerdem war ich nicht allein.*«

Duncan erwiderte ihren Blick, dann stutzte er und schaute schräg hinüber zum Gebirge. »*Merkwürdig*«, sagte er und wandte sich wieder Yaldira zu. »*Er war genau auf dem Weg zu der Stelle, an der ich zu dir aufschließen konnte.*«

»*Er könnte das Signal von dem Kontrollmodul aufgeschnappt haben, das du weggeworfen hast*«, sagte Yaldira.

»*Ich kann es nicht bis hierher spüren*«, sagte Duncan, und die anderen signalisierten, dass sie ebenfalls nichts wahrnahmen.

»*Ich kann es hören*«, sagte Yaldira.

»*Ist es das, was du vorhin bemerkt hast?*«

»*Das schien eher aus dem Hügelland zu kommen. Aber ich kann mich auch geirrt haben.*«

»*Wir gehen dorthin*«, sagte Duncan.

»*Wovon ihr da auch immer redet*«, sagte Clarita. »*Ein Lagerplatz ist so gut wie jeder andere.*«

Aron und Luis stimmten nickend zu.

Sie alle halfen dabei, Grahams Körper in dessen Mantel zu wickeln, und ließen ihn schließlich liegen. Sie würden ihn nicht hier draußen bestatten. Sollten sie je nach Jaskandris zurückkehren, würden sie ihn holen und dort zur ewigen Ruhe legen.

Nach einem Blick zurück zur Stadt, die sich immer noch als weiße Halbkugel aus dem Plateau erhob, führte Yaldira die anderen an. Sie lauschte auf das Signal von Duncans Kontrollmodul, hatte aber immer wieder Schwierigkeiten, die genaue Richtung auszumachen. Da war etwas anderes. Je näher sie der Stelle kamen, an der sie ohne Duncan ihr Ende gefunden hätte, umso weniger Zweifel konnte es geben: Da draußen irgendwo im Hügelland gab es ein Signal.

»*Da ist etwas – etwas Maschinelles*«, sagte Yaldira.

»*Eine Falle?*«, fragte Clarita. »*Vielleicht eine Versiche-*

rung, die dafür sorgt, dass wir auf jeden Fall unser Ende finden. Etwas, das uns von der Stadt weglocken will?«

»*Vielleicht*«, war alles, was Yaldira dazu sagte. Sie hielt es für möglich, dass die KIs einen Signalgeber bis dort hinauskatapultiert hatten – eine falsche Fährte, die sie ins Leere und damit in den Tod führen sollte. Aber was blieb ihnen hier draußen anderes übrig, als zu hoffen, dass es keine Falle war?

23 Ayako

Gamil saß im Dunkeln in einem Sessel und konnte nicht fassen, dass er es tatsächlich gewagt hatte, in Ayakos Wohnung einzudringen. Er hatte sich über die Logistikschleuse in der Küche Zugang verschafft, und im ersten Augenblick war er froh darüber gewesen, mit welcher Leichtigkeit er die Sicherheitssysteme überwunden hatte. Alles, was Nelmura ihm beigebracht und ihm mitgegeben hatte, erblühte nun. Sich unbemerkt in der Stadt zu bewegen – das reizte ihn und machte ihm Mut. Dann aber fühlte er sich wie ein Schwerverbrecher. Und das war er im Grunde auch. Er war hier in die Privatsphäre eines Bürgers eingedrungen, und nebenbei suchte ihn die ganze Stadt als einen Feind des Systems. Für sie war er ein Verräter und ein Terrorist.

Er fühlte sich schmutzig, hier bei Ayako eingedrungen zu sein. Er hatte nichts angefasst, sondern war in der langsamen Dämmerung, die ihnen die sich allmählich verdunkelnde Kuppel bescherte, auf dem direkten Weg von der Küche zu diesem Sitzplatz gegangen. Nun in der Dunkelheit war alles, was er wahrnahm, die Statusdaten verschiedener Systeme, die ihn umgaben. Unterschwellig waren sie leicht auszublenden, aber genau das wollte er nicht. Er wollte sich aller Signale bewusst sein.

Hier im Innern gab es keine Sensoren; hier warteten die Systeme auf klare Anweisungen. Ayako wusste nur zu gut, dass sie sich durch Sensor-Systeme angreifbar machte. Deswegen beschränkte sie diese auf die Schwellen zwischen draußen und drinnen – Wohnungstür, Balkontür, Fenster und Logistikschacht. Und obwohl er jede Obstruktion überwunden hatte und hier geduldig ausharrte, fürchtete er, dass sich die Tür, die sich am Ende des gebogenen Flurs befand und die er von hier aus selbst bei Licht nicht hätte sehen können, öffnete und Polizisten hereinstürmten und ihn mit ihren scharfen Waffen bedrohten oder gar erschossen.

Er hatte keinen Zweifel daran, dass die Polizei oder aber andere, die die KIs für ihre Zwecke einsetzten, dort draußen waren und Ayako überwachten. Er hätte sie nicht auf dem Heimweg ansprechen können, ebenso wenig hätte er vor dem Haus oder irgendwo hier im Gebäude auf sie warten können. Die Sensoren hätte er täuschen können, aber die menschlichen Handlanger der KIs nicht. Sie patrouillierten garantiert dort draußen, weil sie wussten, dass er sich an seine Freunde wenden könnte.

Als es an der Tür klickte und zischte, hielt Gamil den Atem an und war auf alles vorbereitet: auf Polizisten, die kamen, um ihn festzunehmen; auf die Nelmurianer, die sich ihn vornahmen, um an ihre Archontin heranzukommen – auf alles.

Das Licht ging an und leuchtete den minimalistisch eingerichteten Raum aus. Ein Seufzen aus dem Flur, und er wusste, dass Ayako allein war. Er sandte ihr ein sanftes Signal.

Mit leisen Schritten kam Ayako um die Ecke und blieb im Türbogen stehen. »Du?«, sagte sie und schüttelte den Kopf.

Er verharrte, wie er war. »Bist du überrascht?«

Sie kam ein paar Schritte näher und ließ die Hand über den kleinen Esstisch fahren, passierte ihn aber nicht. »Irgendwie schon. Ich hätte gedacht, dass du klüger wärst, als zu denen zu gehen, von denen alle erwarten, dass du sie heimsuchst.«

»Sie sind also wirklich da draußen?«

Ayako lachte leise. »Natürlich. Einige lauern vor der Fakultät, einige in der Bahn auf dem Heimweg, dann wieder andere auf dem Weg von der Haltestelle bis hier vors Gebäude. Und auch hier im Haus gibt es einige, denen ich ganz zufällig immer dann über den Weg laufe, wenn ich heimkomme. Sie glauben, dass du so dumm bist, mit mir Kontakt aufzunehmen. Und dass sie meine Kommunikation überwachen – das glaube ich ebenfalls.«

»Ich musste zu dir kommen«, sagte er.

Sie schüttelte den Kopf, kam näher und setzte sich auf die Couch. »Du bist also verzweifelt.«

»Verständlich, oder?«

Ayako nickte. »Weißt du eigentlich, dass sie mich verhört haben?«

»Ich habe es vermutet, aber ich wusste es nicht.«

»Merkwürdigerweise haben sie mir geglaubt.«

»Weil dein Kontrollmodul noch funktioniert. Hättest du mit mir Kontakt gehabt, hätten wir es entfernt.«

»Deswegen bist du also gekommen. Um mir das Modul zu entfernen.«

»Ja.«

»Ein großes Risiko. Was, wenn die KIs in diesem Augenblick auf mich Zugriff nehmen?«

»Ich würde merken, wenn du ein Signal nach draußen sendest. Und wenn sie versuchen, von außen auf dich Zugriff zu nehmen, würde ich das auch merken.« Er schaute sich um. »Außerdem hast du dich hier zu gut abgeschottet, als dass sie dir unbemerkt irgendwelche Befehle schicken könnten.«

»Ich dachte, sie könnten einfach alles überwachen, was ich spreche und tue.«

»Das können sie nicht. Selbst wenn deine Wohnung nicht so gut geschützt wäre, müssten sie dir einen Kontrollbefehl schicken, der dafür sorgt, dass du eine fortlaufende Verbindung zu ihnen aufbaust. Und das würde ich bemerken.«

»Vielleicht sind sie geschickter, als du denkst.«

»Vielleicht. Natürlich könnten sie dir etwas eingepflanzt haben – Skripte, die aktiviert werden, sobald irgendein Ereignis eintritt.«

Sie lächelte. »Es wäre also möglich, dass sie mir bei dem Verhör oder einfach draußen auf der Straße etwas eingepflanzt haben. Zum Beispiel, dass ich auf dich losgehe.«

»Das hättest du bestimmt schon getan, wenn es so wäre. Und du hättest bestimmt ein Signal über das Com-System geschickt, damit die Leute, die dich im Auge behalten, heraufkommen.«

»Ist dir je in den Sinn gekommen, dass wir alle auch ohne die Kontrollmodule gegen eure Sache sein könnten?«, fragte Ayako.

»Sie haben dich also gefragt, wie du zu mir und Nelmura stehst?«

»Sie haben mich nach dir gefragt.« Ihre Augen glänzten, und in ihrer Miene lag Bedauern. »Nelmura war da noch über jeden Zweifel erhaben. Seit klar ist, dass es keine Entführung war, haben sie mich nicht mehr befragt. Wundert mich auch nicht. So, wie es jetzt ist, muss sich ja jeder die Frage stellen, ob er Nelmura glaubt. Da ist meine Haltung nur eine unter vielen.«

»Und was hast du ihnen gesagt?«, fragte Gamil.

»Dass ich an deiner vermeintlichen Entführungsaktion meine Zweifel habe. Und auf die Frage, was wäre, wenn sich das Ganze doch als wahr herausstellen sollte, habe ich natürlich gesagt, dass eine derartige Tat nicht zu dulden ist und ich sie verurteilen werde.«

»Du musst einigermaßen überzeugend gewesen sein. Schließlich haben sie dich gehen lassen.«

»Das dachte ich auch. Nur geht es jetzt um etwas ganz anderes.«

»Nicht mehr Entführung, sondern Verrat«, sagte er.

»Das meine ich nicht. Ich frage mich eher, warum wir erst jetzt von den Kontrollmodulen erfahren. Das lässt mir keine Ruhe.«

Gamil grinste. »Genau das habe ich gehofft. Dass es dir keine Ruhe lässt und du merkst, dass da was nicht stimmen kann.«

»Aber natürlich möchte ich nicht so enden wie Yaldira Wescovich.«

»Noch ist sie nicht am Ende«, sagte Gamil. »Wenn wir

schnell sind, können wir sie vielleicht zurückholen, ehe sie und die anderen da draußen den Tod finden.«

»Ich weiß nicht«, sagte sie und wich seinem Blick aus.

»Nelmura und ich können das nicht alleine schaffen. Wir haben dieses eine Mal die Gelegenheit, etwas zu unternehmen. Wer jetzt zögert und die Zeit verstreichen lässt, wird sich am Ende mit der Herrschaft der KIs abfinden müssen – für immer. Es ist nicht die Zeit zum Abwarten.«

»Was, wenn du mir das Kontrollmodul entfernst? Werden sie, wenn ich da hinausgehe, nicht sofort bemerken, dass ich keines mehr habe?«

»Nicht mehr. Nelmura hat mir einige Tools gegeben, mit denen sich die Kontrollmodule knacken lassen, und du kannst dem System, wenn sie Statusdaten des Kontrollmoduls fordern, gefälschte Daten schicken. Es ist ein Emulator. Noch nicht ausgereift, aber für den Anfang nicht schlecht.«

»Das heißt, statt der KIs übernehmen Nelmura und du die Kontrolle?«

»Nein, nein. Du hast die Kontrolle. Was emuliert wird, sind nur die Kommunikationskomponenten, damit du das System glauben machen kannst, das Kontrollmodul arbeite normal.«

»Zeig mir diese Tools«, sagte Ayako und lächelte ihn an.

Mit einem Gedankenbefehl schickte er ihr das ganze Paket, das Nelmura ihm gegeben hatte. »Es braucht ein bisschen, bis du damit zurechtkommst. Aber das ist nicht schlimm. Die Kontrollmodule arbeiten alle nicht ganz sauber. Da gibt es Verzögerungen und Ungenauigkeiten.«

»Mit diesen Werkzeugen könnte ich auch versuchen, das Kontrollmodul zu unterdrücken. Dann könnte ich es behalten und würde nicht auffallen«, sagte sie.

»Nelmura hat diese Tools benutzt, um sich der Kontrolle zu entziehen. Aber auch sie hat sie letztlich nur so lange dazu verwendet, bis sie Gelegenheit hatte, das Modul aus ihrer Maschinerie zu entfernen.«

»Das heißt, man müsste schon meinen Zugang öffnen

und nachschauen«, sagte sie und tippte sich auf den Hinterkopf. »Nur dann könnte man bemerken, dass das Modul weg ist.«

Gamil nickte. »Sofern du die Tools einzusetzen vermagst. Du warst doch schon immer gut darin, Dinge zu analysieren und dann bestmöglich anzuwenden.«

Ayako schmunzelte. »Vor einigen Tagen noch hätten dein Lächeln und eine Bitte ausgereicht, und ich hätte alles für dich getan. Dann aber wäre es mir lieb gewesen, ich hätte dich überhaupt nicht gekannt. Und jetzt ...« Sie starrte ihn an.

»Und jetzt?«, fragte er.

»Jetzt ist mir vor allem wichtig, dass ich weiß, ob die Dinge, die ich tue, wirklich von mir kommen, und nicht etwa durch den Einfluss des Moduls geschehen.« Sie winkte ihn zu sich auf die Couch und wandte ihm im Sitzen den Rücken zu. »Nimm es heraus«, sagte sie.

Gamil atmete durch. Nelmura hatte ihn vor Programmen gewarnt, die die KIs an die Module knüpften. Sie habe bei dem Versuch, Yaldira aus der Klinik zu befreien, bemerkt, dass die KIs ihr einen Schutzmechanismus auferlegt hatten, der irgendetwas auslöste, sobald jemand, auch sie selbst, den Versuch wagte, das Modul zu entfernen. »Möchtest du den Zugang öffnen, oder soll ich?«

»Mach du es«, hauchte sie, und als er ihr mit den Fingerspitzen ins Haar fuhr, um den Sensor zu finden, atmete sie weit aus, als genösse sie eine Massage oder eine Liebkosung. Er hatte sich oft gefragt, ob sie an ihm interessiert gewesen war, doch sie hatte immer zwiespältige Signale gesendet. Sie war, als er sie nach seinem Erwachen aus dem Tiefenschlaf kennengelernt hatte, zurückhaltend gewesen. Bei all den Eindrücken, mit denen die Wachwelt seine Sinne überschwemmt hatte, hätte er wahrscheinlich sanfte Zeichen der Zuneigung zur Liebe überhöht. Sie aber war ihm gegenüber freundlich und wohlwollend erschienen, aber auch distanziert. Es war genau die richtige Mischung für jene

Zeit. Und danach hatte er sich gefragt, ob er die Freundlichkeit und das Wohlwollen ebenso wie die Distanziertheit überschätzt hatte. Was, wenn es von allem ein wenig zu viel gewesen war? Er hatte immer den Eindruck gehabt, dass sie auch ohne ihn, Zenn und Darrel ganz gut zurechtkam – dass sie nur sich selbst brauchte und ihn und die anderen lediglich als Abwechslung betrachtete, um die sie sich nicht bemühen musste und deren Verlust sie nicht nachtrauern würde. Schließlich hatte Gamil überhaupt nicht mehr gewusst, was er für sie und was sie für ihn war. Ihm war nur klar gewesen, dass er bereit war, ihr Dinge anzuvertrauen und keine Angst davor hatte, dass sie dieses Wissen ausnutzte. Dazu hatte sie früher in anderen Situationen oft genug Gelegenheit gehabt.

Mit ein wenig Druck auf den Sensor unter der Haut am Hinterkopf löste Gamil den Öffnungsmechanismus aus, und der Zugang zu Ayakos Maschinerie öffnete sich.

Es war immer wieder unheimlich, in den Kopf eines Symbionten zu schauen. Es erinnerte ihn an seine Studienzeiten, als sie es in einem Kurs getan hatten, aber auch in ihrer Freizeit untereinander als Vertrauensbeweis. Hier lagen die einen Ports in einem grünen, die andern in einem orangefarbenen Lichtschein. Das Kontrollmodul lag unscheinbar links oben. Gamil prüfte mit einem von Nelmuras Programmen, ob irgendein Schutzmechanismus da war, und erschrak. Da lag ein ganzes Arsenal an Befehlen, das nur darauf wartete, auf Ayako abgefeuert zu werden. Er würde auf keinen Fall das Modul einfach lösen können. Stattdessen befolgte er Nelmuras Rat und gab den Neustart-Befehl. Kaum war das Statussignal des Moduls fort, schnappte Gamil es und zog es heraus.

Ayako stöhnte vor Schmerz auf. »Verdammt! Hättest du das nicht ein bisschen sanfter machen können?« Der Zugang an ihrem Hinterkopf schloss sich, und Ayako wandte sich ihm zu. Ihr Blick fiel auf das Kontrollmodul, und der Unmut verschwand aus ihrem Gesicht. Sie betrachtete den kleinen, ovalen Körper wie einen Schatz. »Was sind das für Signale?«, fragte sie.

»Es konfiguriert sich gerade neu. Ich musste es neu starten, damit die Befehle der KIs sich nicht in dir festsetzen konnten. Sie hatten Reaktionen vorgesehen für den Fall, dass jemand dein Modul entfernen möchte.«

»Was für welche?«, fragte sie.

»Von Zweifel und Zurückschrecken, wenn man es selbst herausnehmen will, bis hin zu Mordlust, wenn ein anderer es entfernen möchte.«

»Darf ich es haben?«

Gamil legte es ihr in die Hand.

»Ich fühle keinen großen Unterschied.«

»Aber du hast jetzt die Gewissheit, dass du nicht von ihnen kontrolliert wirst.«

Sie starrte ins Leere. »Nelmuras Werkzeuge sind nicht schlecht.« Das bedeutete bei Ayako nicht weniger, als dass sie brillant waren. »Ich glaube, es könnte funktionieren. Aber ich hatte eigentlich gehofft, dass mit dem Herauslösen des Moduls irgendeine Art Erkenntnis kommen würde.«

»Tut mir leid«, sagte er.

Ayako lächelte. »Ist schon gut. Das heißt doch, dass sie noch nicht an mir herumgedoktert haben, auch wenn sie alles dafür angelegt haben.«

»Ich fürchte, die meisten Symbionten dürften inzwischen über die Schutzmechanismen verfügen. Es geht längst nicht mehr darum, einige Ausreißer zum Schweigen zum bringen. Jetzt geht es ihnen um den Machterhalt.«

»Du tust das doch nicht nur, um mir zu helfen. Du erwartest vielmehr, dass ich dir helfe.«

»Ich mache das, damit wir einander helfen«, sagte er.

»Das heißt, du hast mir gerade geholfen, und jetzt bin ich dran?«

Gamil nickte.

»Aber wie kann ich das? Sie haben ein Auge auf mich.«

»Weil sie glauben, ich würde Kontakt zu dir aufnehmen.

Dass ich das bereits getan habe, wissen sie nicht. Und sie würden auch nicht wissen, dass du in unserer Fakultät nach weiteren Verbündeten suchst.«

»Wie das?«

»Zenn. Er wird dir glauben. Du kannst einfach in unsere Fakultät hineinspazieren. Und du kannst mir helfen, dort hineinzukommen. Ich habe es schon versucht, aber die KIs haben da Abwehrmaßnahmen installiert, denen ich nicht gewachsen bin.«

»Und Nelmura?«

»Sie ist im Augenblick woanders und muss aufpassen, dass man sie dort nicht aufspürt. Aber sie müsste vor Ort sein, um etwas zu tun. Und außerdem ist alles, was die KIs in Stellung gebracht haben, auf eine Attacke von ihr ausgerichtet. Nicht nur bei unserer Fakultät, sondern bei allen.«

»Wie bewegst du dich in der Stadt?«, fragte sie und schaute sich um, als suchte sie nach dem Schlupfloch, durch das er eingedrungen war.

Er wies auf die Küche. »Ich benutze das Logistiksystem zur Fortbewegung. Aber bei unserer Fakultät sind die Sicherheitsmaßnahmen leider größer, als ich gedacht hatte. Ich brauche dich, um mir eine der Türen im Untergrund zu öffnen. Mit dem Logistikmodul kann ich mich bis in die Nähe der Fakultät bewegen. Dann würde ich über das Notabwasserrohr zu euch kommen. Dafür musst du mir die Schleuse öffnen. Die kennst du doch, oder?« Als Jugendlicher war er auf diesem Weg oft ein und aus gegangen. Den Daten zufolge gab es diesen Zugang noch.

»Was wären Anwärter früher ohne die Schleuse gewesen«, sagte Ayako lächelnd. »Heute braucht sie kein Mensch mehr. Mit Glazer als Dekan gibt es mehr als genug Spielraum. Es lässt sich jedenfalls leicht herausfinden, ob sie noch aktiv ist. Aber meinst du nicht, dass die KIs sie bewachen könnten? Ich meine: Davon wissen immer noch viele.«

»Ayako! Ich muss in die Fakultät! Ich muss da rein! Und dann spielen wir unser Spiel. Wir befreien einen nach dem anderen von den Kontrollmodulen. Von Zenn bis hinauf zum Dekan.«

»Das wird rauskommen«, sagte sie kopfschüttelnd.

»Natürlich. Früher oder später. Aber wenn wir beide je einen der unseren befreien, sind das vier. Und wenn die vier …«

»Also das gute alte Schneeballsystem«, sagte Ayako.

»Ja.«

»Ich glaube, du überschätzt den Zuspruch, den wir erhalten werden. Die Leute haben Angst. Selbst wenn du ihnen das Kontrollmodul nimmst, werden sie nicht einfach hinter dir stehen. Sie werden vielleicht – aber nur vielleicht – froh sein, von der Last befreit zu sein, aber die Notwendigkeit, das Modul anderen gegen deren Willen zu entfernen, werden sie nicht ohne Weiteres sehen.«

»Wir haben keine andere Wahl«, entgegnete Gamil. »Selbst wenn wir nicht gegen die KIs vorgehen können, müssen wir uns in eine Situation begeben, in der sie uns nicht einfach diktieren können, was wir zu tun haben. Wir müssen aus freien Stücken zu unseren Entscheidungen gelangen.«

»Dann seid nicht enttäuscht, wenn sie sich nach ihrer Befreiung gegen euren Weg entscheiden«, erwiderte Ayako.

»Du machst also mit?«

Ayako lächelte und strich ihm über die Wange. »Ja. Und das, obwohl du hier wie ein Stalker eingedrungen bist und ich solches Verhalten eigentlich bestrafen müsste.«

»Du hast recht. Ich habe deine Hilfe nicht verdient. Aber ich bin froh, dass du dabei bist.«

»Das ist die Geschichte meines Lebens.«

»Von dem du mir so gut wie nichts erzählt hast.«

»Unwichtig. Das hier ist vielleicht genau das, wovon ich im Tiefenschlaf geträumt habe: dass diese ewig gleiche Welt endlich einmal etwas zu bieten hat, das mir etwas abverlangt und bei dem ich ein Wagnis eingehen muss.«

»Vergiss das nicht und sag es denen, die wir von dem Kontrollmodul befreien. Dann haben wir hier eine Rebellion.«

Ayako lachte und winkte ab, dann aber wurde sie ernst. »Glaubst du wirklich, die KIs gehören zu den Invasoren?«

»Nelmura ist sich sicher, aber ich selbst habe keine Ahnung«, antwortete er. »Vielleicht sahen die KIs die einzige Rettung der Menschheit darin, diese Kontrolle auszuüben. Vielleicht sind sie zu dem Ergebnis gelangt, dass wir dazu neigen, alles, was wir uns aufgebaut haben, wieder zu zerstören, weil wir immer wieder am Grundsätzlichen, an dem, was hart erkämpft wurde, herumnörgeln und es infrage stellen.«

»Ich sehe es so, Gamil«, sagte Ayako. »Wenn all das, was wir uns aufgebaut haben, einen Wert hat, dann wird es das Nörgeln und das Infragestellen überstehen. Wenn nicht, dann war es das entweder nicht wert, oder aber …« Sie sprach nicht weiter, sondern starrte ihn an.

»Oder wir waren es nicht wert«, sagte Gamil.

Ein Lächeln legte sich auf Ayakos Lippen.

24 Das Signal in der Eiswüste

Sie folgten dem fremden Signal schon seit mehr als zwölf Stunden, und sie hatten zwei Pausen gemacht, das Zelt aufgebaut, etwas gegessen und getrunken und schließlich sogar geschlafen. Yaldira hatte die anderen wecken müssen; sie hatte fast den Eindruck gehabt, sie wären lieber wieder in den Tiefenschlaf gesunken. Bei der Gelegenheit hatte sie festgestellt, dass in ihr nicht die geringste Gier nach den Rationen der anderen herrschte. Das beruhigte sie, denn nichts war nach allem schlimmer, als Eigenschaften an sich zu erkennen, für die sie sich hätte schämen müssen.

Auf dem Weg dem fremden Signal entgegen prüfte Yaldira immer wieder die Uhrzeit und schaute zurück zur Stadt. Es war nach wie vor schwierig, sich klarzumachen, dass während ihrer beiden Pausen hier draußen im Tageslicht des antarktischen Sommers in Jaskandris Nacht gewesen war. Inzwischen war die Kuppel wieder transparent, und die Stadt wirkte aus der Ferne, als wäre sie in einem glatten, grünbläulichen Kristall gefangen.

Mit dem Mittag nahm der Wind zu und wirbelte Schnee und Eis auf. In der Ferne vor dem Gebirge wirkten sie wie Wolken, hier bei ihnen waren es Schleier, die mit tiefem Windrauschen vom Boden emporwehten. Immer wieder blickte Yaldira zurück, um sich der Stadt zu vergewissern. Nach einer Stunde wurde das Schneetreiben so dicht, dass sie weder Jaskandris noch die Berge sehen konnte. Nicht einmal der Himmel war noch auszumachen. Es gab keinen Horizont mehr, so stark raubte das aufgewirbelte Weiß, das sie umgab, die Kontraste. Der Wind zehrte an ihr; das Vorwärtskommen war mühsam, doch sie machte sich Mut, indem sie sich vorstellte, was die frühen Expeditionen in die Antarktis ohne die klimatisierte Kleidung durchgemacht hatten. Gemessen daran war dies ein Spaziergang. Wenn die Energieanzeigen der Mäntel stimmten, würde ihre Kleidung ihnen drei Monate lang Wärme spenden – die Temperaturen des nahenden antarktischen Winters waren dabei bereits berücksichtigt. Ihre Vorräte waren nach wie vor das Problem. Um Wasser zu haben, mussten sie lediglich Schnee in die breite Öffnung der grauen Flaschen füllen, die sie in ihren Rucksäcken führten. Die Behälter selbst schmolzen den Schnee. Etwas Essbares gab es hier draußen jedoch nicht.

Sie wandte sich erneut nach Jaskandris um. Obwohl ihr die Sicht genommen war, verriet der in ihren Mantel eingelassene Client, wo die Stadt lag. Sie war zwar Duncans Rat gefolgt und ließ sich die Himmelsrichtungen anzeigen, wie sie innerhalb von Jaskandris definiert waren, jedoch hatte sie die Anzeige erweitert. Die optische Repräsentation, die Yaldira sich vor ihren Blick legen ließ, zeigte in winziger Schrift *Jaskandris* und das Symbol einer Kuppel an. Die Stadt befand sich hinter ihnen, das geheimnisvolle Signal, dem sie nachspürten, lag irgendwo vor ihnen.

Luis und Marla blickten kopfschüttelnd zurück.

»*Wir sind zu weit draußen*«, sagte Clarita mit ihrer Gedankenstimme.

»*Vielleicht zu weit, um es zurückzuschaffen*«, fügte Aron hinzu. »*Nur für den Fall, dass Nelmura sich durchsetzt.*«

Sie alle kamen in einem engen Kreis zusammen.

Marla blickte in die Runde. »*Vielleicht sollten wir einfach hierbleiben.*«

Clarita nickte. »*Bis der Sturm vorbei ist.*«

»*Wer weiß, wie lange das dauert*«, sagte Marla. »*Aber ich könnte auf jeden Fall eine Pause gebrauchen.*«

»*Wenn die Winde stärker werden, könnte das hier ungemütlich werden*«, gab Luis zu bedenken.

»*Sie haben aber abgenommen*«, entgegnete Duncan und wies voraus.

Yaldira schätzte, dass einige hundert Meter entfernt bereits das weite Hügelland begann. »*Wir könnten zumindest über die erste Kuppe schauen*«, sagte sie. »*Vielleicht sehen wir was.*«

Die anderen waren einverstanden, und so setzten sie ihren Weg fort, und je näher sie der ersten Hügelkette kamen, umso mehr schien der Wind abzunehmen. Und als sie sich endlich einen Hang mithilfe der Teleskopstöcke und der Beile, die sie aus ihren Rucksäcken hervorholten, emporquälten, fragte sich Yaldira, ob es nicht doch besser gewesen wäre, dort unten in der Ebene das Zelt aufzuschlagen.

Dennoch bemühte sie sich, als Erste oben anzukommen, und ließ die anderen hinter sich. Sie bildete sich nichts darauf ein. Sie hatte in den letzten Stunden gemerkt, dass die Kräfte der anderen schneller nachließen als die ihren. Der Tiefenschlaf wirkte noch nach und machte die Schritte ihrer Mitverurteilten unsicher. Auf kurzer Strecke fiel es nicht ins Gewicht, aber nach Stunden war den anderen die Erschöpfung anzumerken.

Auf den letzten Schritten wurde der Hügel noch einmal steil, und Yaldira musste sich mit dem Beil Trittstufen in den festgefrorenen Schnee hauen, um nach oben klettern zu können. Schwer atmend zog sie sich empor und richtete sich sofort auf, um einen Blick über das Land zu erhaschen.

Das Schneetreiben grenzte den Fernblick deutlich ein, aber Yaldira konnte ein ganzes Vorland von den höheren Bergen erkennen, die irgendwo dort hinter den weißen Schleiern in der Ferne liegen mussten.

Marla und Aron kamen links und rechts an ihre Seite und blickten mit ihr über das Hügelland. Es schien kaum anzusteigen, sondern war lediglich ein Wechsel von Berg und Tal, jedoch ein wenig höher als das Plateau, das sie hinter sich gelassen hatten. Yaldira schätzte, dass sie beim Abstieg auf dieser Seite nur den halben Weg zurücklegen mussten, den sie beim Aufstieg überwunden hatten.

Das Signal, dem sie folgten, schien schräg vor ihnen zu liegen. Sie wies in die Richtung, weil sie wusste, dass die anderen das Signal nicht oder kaum spüren konnten.

»*Das scheint ein Fels zu sein*«, sagte Marla.

»*Vielleicht ist da eine Höhle*«, erwiderte Yaldira, konnte aber nicht mit Sicherheit sagen, was der dunkelgraue Fleck war.

»*Es könnten genauso gut eine Ansammlung von Robotern oder Drohnen sein, die uns da hinauslocken sollen*«, meinte Aron.

Clarita und Luis gesellten sich zu ihnen. Duncan folgte ebenfalls und blieb plötzlich stehen. »*Jetzt höre ich es auch ganz deutlich*«, sagte er.

»*Das Signal?*«, fragte Clarita.

Duncan nickte. »*Schwach, aber konstant*«, fügte er hinzu.

Yaldira wünschte sich, dass alle das Signal wahrnahmen, doch außer Duncan schienen nur Marla und Aron etwas zu spüren, und Yaldira war sich nicht sicher, ob sie nicht einfach nur das Spiel mitmachten – als Zeichen der Zugehörigkeit.

Yaldira schaute den Hang hinab. Zwar war er nicht steil, aber auch so würden sie auf dem festgefrorenen Schnee nur Schritt um Schritt vorankommen, sich immer auf den Stock stützend und mit dem Beil haltend.

»*Wir könnten unsere Zelte nehmen und auf ihnen hinabrutschen*«, sagte Marla und erntete mit diesem Vorschlag Zustimmung bei den anderen. Yaldira aber zweifelte daran. Der Kunststoff der Zelte wirkte zwar widerstandsfähig, auch war ihre Kleidung sehr gut gepolstert, aber sie hatte trotzdem das Gefühl, einen Rutsch hinab nicht kontrollieren zu können. Und hier draußen war die Kontrolle wichtig, besonders nachdem sie diese kurzzeitig verloren und durch Glück und Duncans Hilfe wiedergewonnen hatte.

»*Das wird uns eine Menge Kraft sparen*«, sagte Duncan.

»*Ist doch im Grunde egal*«, entgegnete Clarita. »*Die Lage ist so beschissen, dass ein paar Risiken auch nichts mehr ausmachen.*«

Yaldira fand sowohl Duncans als auch Claritas Aussage passend. Aller Wahrscheinlichkeit nach würden sie hier draußen sterben, vielleicht sogar in Verfolgung eines Signals, das nichts anderes war als eine Falle. »*Was meint ihr?*«, sagte sie. »*Wie lange können wir in diese Richtung gehen, ehe wir umkehren müssen, um nach einem Sieg Nelmuras vielleicht noch mal bis in die Stadt zu kommen?*«

»*Ein Tag, höchstens zwei*«, sagte Duncan. »*Wenn wir uns nicht zu sehr verausgaben.*«

»*Woher weißt du das?*«, fragte Marla.

»*Ich habe mich als Kind für Rohstoffexpeditionen interessiert.*« Er blickte Luis an, der zu jener Zeit gelebt hatte. »*Und ich habe immer davon geträumt, mal eine Expedition hier raus zu machen.*«

»*Sicherlich nicht unter diesen Umständen*«, erwiderte Clarita.

»*Ganz sicher nicht*«, sagte Duncan. »*Aber es hat doch was Gutes, wenn man am Ende seines Lebens noch einen Kindheitswunsch erfüllt bekommt.*«

Während jeder von ihnen das eigene Zelt aus dem Rucksack holte, stießen in der Ferne Sonnenstrahlen schräg herab. Dort hinten konnte Yaldira blauen Himmel sehen.

Luis war der Erste, der sich mit dem mehrfach gefalteten Zelt auf den Abhang wagte. Knirschend raste er hinab und gab keinen Laut von sich. Noch ehe er unten angekommen war, wagten sich Aron und Clarita vor. Vielleicht fürchteten sie, sich nicht dazu durchringen zu können, falls Luis unterwegs etwas zustieß. Der Abhang ging langsam in die Senke zwischen den Hügeln über, und Yaldira war überrascht, wie schnell Luis zum Halten kam. Dann aber dachte sie daran, wie schwer die hohe Reibung des Schnees ihnen den bisherigen Weg gemacht hatte.

Luis winkte ihnen zu.

Mit einem Mal schoss eine weiße Fontäne bei Aron auf, und er kippte auf dem Hang zur Seite. Das Zelt faltete sich auf und rutschte langsam hinter ihm her, während er auf dem Rücken, vom Rucksack gepolstert hinabglitt und weit vor Luis liegen blieb.

Luis lief ihm entgegen, während Clarita an ihm vorbeirutschte.

Aron erhob sich, noch ehe Luis bei ihm war, und signalisierte mit einem Wink, dass alles in Ordnung war.

»*Nicht auf dem Hang abbremsen*«, sagte Duncan.

»*Kommt!*«, erwiderte Yaldira und rutschte auf dem dick gefalteten Zelt zu dem Abhang hin. Zuerst hatte sie Angst, weil sie immer schneller wurde, dann aber kam sie sich vor wie damals, als sie mit fünf Jahren zum ersten Mal auf der Wasserrutsche im Schwimmbad gewesen war. Und sie erinnerte sich daran, ihre Eltern gefragt zu haben, warum sie nicht an den Hängen der Berge Schlitten fahren durften. Und natürlich hatten sie sie daran erinnert, dass diese Eiswüste kein Spielplatz war.

Der Übergang des Hügels ins Tal war ein wenig holprig, als sie aber zum Stehen kam und zu Marla und Duncan heranrutschten, sagte sie: »*Das könnte ich glatt noch mal machen.*«

Duncan stand wie festgefroren da und starrte von ihnen fort.

»*Was ist?*«, fragte Yaldira.

Er wies zur Seite, wo sich das Tal zwischen den Hügeln ein wenig verbreitete. »*Siehst du den Schatten?*«, fragte er.

Tatsächlich schien dort in der Ferne eine Art Höhle zu sein, die einen Bogen zwischen den Hügeln machte. »*Was ist das?*«

»*Eine Spalte.*«

»*Davon sollten wir uns fernhalten*«, sagte sie.

»*Das Blöde ist, dass man die Dinger schlecht sieht, wenn man auf einer dünnen Eisdecke über sie drübergeht.*«

Yaldira schaute zu Boden. »*Du meinst …*«

Duncan nickte. »*Wir müssen aufpassen.*«

»*Und das sagst du erst jetzt?*«, fragte Marla. »*Das hättest du uns auch oben sagen können.*«

»*Na ja, ich habe von Spalten gehört, aber das dahinten ist die erste, die ich je gesehen habe.*«

»*Ist es denn sicher, hier das Lager aufzubauen?*«, fragte Yaldira.

»*Wir können mit den Stöcken prüfen, ob der Grund in Ordnung ist.*«

»*Irgendwelche Scanner haben wir nicht dafür?*«, fragte sie.

»*Nein.*«

»*Na großartig*«, sagte Marla.

Die anderen kamen zu ihnen und waren ebenfalls alles andere als begeistert, als sie von den Spalten im Eis hörten.

»*Gibt es noch was, das du uns verschweigst?*«, fragte Aron.

»*Unzählige Dinge*«, antwortete Duncan.

Yaldira war misstrauisch. Sie fragte sich, wie sehr Duncan an seinem Leben hing und ob er hier nicht vielleicht wirklich seinen Kindheitstraum einer Abenteuerexpedition auslebte.

»*Das Land hier ist unübersichtlich*«, sagte Luis. »*Wollen wir wirklich da hindurch, nur um diesem Signal nachzugehen?*«

»*Wir können uns aufteilen*«, erwiderte Yaldira. »*Ich gehe mit einem von euch, und der Rest hält hier die Stellung und ruht sich aus.*«

Marla nickte. »*Warum sollen wir uns auch alle in Gefahr begeben?*«

»*Ich komme mit*«, sagte Duncan, und Yaldira hatte nichts anderes erwartet. Sie war sich aber unsicher, ob es klug war, ihn der Gruppe wegzunehmen. Denn er hatte einen beruhigenden Einfluss auf die anderen. Sie fürchtete immer noch, dass Streit um die Vorräte ausbrechen würde, so wenig schmackhaft die in Silberfolie verpackten Medaillons waren, die wie eine Backware aussahen und wie salziges Fleisch schmeckten. Offenbar sollte es abschreckend wirken, damit man sich bloß nicht zu viel davon einverleibte. Glücklicherweise hatten die KIs die Standardausrüstung nicht so modifiziert, dass sie möglichst tödlich war. Es gab sogar Tabletten, die einem laut Statuschip auf der Verpackung einen erholsamen Schlaf gönnten. Für eine Expedition war das nützlich, für sie mochte es am Ende bei einem sanften Weg in den Tod helfen.

»*Wir bauen erst mal das Zelt auf, und dann machen wir eine Pause*«, sagte Clarita. »*Danach könnt ihr irgendwelchen Signalen nachstöbern.*«

Duncan war einverstanden. »*Wir brauchen alle eine Pause*«, sagte er.

Nachdem sie die Festigkeit des Bodens mit ihren Teleskopstöcken geprüft hatten, setzten sie ihre kleinen Zelte nahe dem Hügel, den sie herabgekommen waren, zu einem großen zusammen. Im Inneren des wärmenden Zeltes entledigten sie sich der Mäntel und spekulierten während des Essens über die Zutaten der Medaillons. Die ganze Last der letzten Stunden fiel von Yaldira ab, und zum ersten Mal genoss sie die Nähe der anderen. Besonders Duncan hatte es ihr angetan. Er hatte offenbart, dass er wie sie ein Nelmurianer war, was sofort dazu führte, dass die anderen ihre Fakultäten offenlegten: Aron war ein Berewani, Clarita eine Claytonidin, Luis ein Basilide und Marla eine Kimikoidin.

»Und was war Graham?«, fragte Duncan.

Keiner der anderen wusste es, aber Yaldira hatte Grahams Statusdaten gesehen. »Er war ein Nelmurianer.«

»Was werden wohl die Archonten machen?«, fragte Marla.

Jeder sagte seine Meinung, und Yaldira war zwar beeindruckt, wie gut sie ihre jeweiligen Archonten zu kennen glaubten – von Marla, die davon überzeugt war, dass die KIs Kimiko nie zu irgendetwas zwingen könnten, bis hin zu

Luis, der sich sicher war, dass Basileios sich mit wehenden Fahnen gegen die KIs stellen würde.

Duncan lächelte Yaldira an. »Unsere Archontin tut ja schon alles, was man erwarten darf. Ich habe keinen Zweifel, dass sie sich durchsetzt. Was die anderen Archonten angeht, bin ich mir sicher, dass sie den Ernst der Lage erkennen werden.«

Aron und Clarita äußerten ihre Zweifel daran.

Die Aufmerksamkeit richtete sich auf Yaldira, und Marla fragte sie schließlich nach ihrer Meinung. Nach langem Zögern antwortete sie: »Die Archonten werden entweder mit Nelmura die KIs bekämpfen, oder sie werden auf ewig Sklaven der KIs sein. Es bietet sich nur eine Chance, und ist die vertan, wird sich nie wieder eine bieten. Die KIs neigen anders als Menschen nicht dazu, Fehler, die sie einmal analysiert und verstanden haben, noch einmal zu begehen.«

Sie fragten nach Nelmura und wie sie vorgegangen war, und so erzählte Yaldira ihnen alles, was geschehen war: von ihrer Empörung über die vermeintliche Entführung über ihre von den KIs veranlasste Attacke auf Nelmura bis hin zu ihrer Verhaftung und ihrer Verurteilung.

Als sie geendet hatte, herrschte erst Schweigen, und erst nach einer Weile, in der sie Blicke austauschten, sagte Luis: »Ich bin froh, ein Teil des Ganzen zu sein. Auch wenn wir hier draußen sterben und nicht wieder in die Stadt zurückkommen. Ich hatte nie viel vom Leben. Und mit euch hier draußen zu sein, bedeutet mir mehr als alles, was vorher war.«

Das waren schlichte, aber auch große Worte, und Yaldira hatte keinen Zweifel, dass Luis es ernst meinte. Vierhundertfünfzig Jahre der Läuterung für einen Mord und eine Vergewaltigung – für die schlimmsten Taten. Und dann stellte sich heraus, dass er sie unter der Kontrolle der KIs begangen hatte. Sie konnte sich nicht einmal vorstellen, wie er sich fühlen musste, nach so langer Zeit zu erfahren, dass ihn keine Schuld traf. Sie hatte sein Modul inzwischen geprüft, und die Daten besagten, dass KIs ihm in beiden Fällen detaillierte Anweisungen gegeben hatten. Doch die Befehle wirkten unsicher, als hätten die KIs ausgelotet, welches Arsenal an Missetaten ihnen zur Verfügung stand. Es wirkte fast wie ein Experiment.

»Vielleicht hilft uns Nelmura, das Ganze hier zu überleben«, sagte Duncan.

»Warum folgen wir dann dem Signal?«, fragte Aron.

Vor einigen Stunden hätte Yaldira darauf noch geantwortet, dass es das Einzige war, was sich ihnen hier draußen bot, inzwischen war sie weiter. »Einerseits ist es der Wunsch zu wissen, wovon das Signal ausgeht«, sagte sie. »Aber ich habe die Hoffnung, dass dieser Signalgeber, oder was immer es ist, uns dienen könnte, Botschaften in die Stadt zu schicken. Wenn wir näher an die Stadt rücken und über diesen Signalgeber verschlüsselte Nachrichten senden, wäre vielleicht einiges möglich.«

»Nicht schlecht«, erwiderte Aron. »Gar nicht mal schlecht.« Aus Arons Mund war das nichts weniger als ein Kompliment.

»Was, wenn da draußen eine Siedlung ist?«, fragte Duncan. »Eine weitere Stadt?«

»Das würde für uns vermutlich nichts Gutes bedeuten«, sagte Clarita. »Denn die KIs hätten ja damit rechnen müssen, dass wir sie finden.«

»Falls sie davon wissen«, entgegnete Aron.

Yaldira nickte. »Es ist ein ungewöhnliches Signal – schön unter alles andere gemischt. Die Sensoren der Stadt sind ebenso wie die von Drohnen nicht für die Bedingungen hier draußen geschaffen.«

»Das stimmt«, sagte Luis. »Die Sensoren der Roboter und Drohnen, die bei den Expeditionen dabei waren, erwiesen sich hier draußen oft als nicht fein genug, und die Symbionten machten dann den Unterschied.«

»Also könnte es das Notsignal eines Wracks sein, das die Expeditionen übersehen haben?«, fragte Marla.

»Vielleicht«, sagte Yaldira. »Und was wäre es dann? Ein abgeschossenes Schiff der Invasoren? Oder sind es Menschenschiffe, die zu uns durchdringen wollten, um uns von der Herrschaft der KIs zu befreien?«

»So oder so«, sagte Aron. »Mit Vorräten sollten wir nicht rechnen. Aber die Sache mit dem Signalgeber gefällt mir.«

»Was, wenn sich dieser Signalgeber nicht bewegen lässt?«, fragte Clarita. »Was, wenn er auch nur zu schwer ist?«

»Das gilt es herauszufinden«, sagte Duncan. »Ich will auf jeden Fall wissen, was es mit dem Signal auf sich hat.« Er schaute sich lächelnd unter ihnen um. »Denn ich würde mich merkwürdig fühlen, wieder über den Hügel zu klettern, um dann auf der anderen Seite darauf zu warten, was Nelmura macht, ohne zu wissen, was das Signal ist. Wenn das Ende kommt, möchte ich mir nicht sagen müssen: Hättest du doch geschaut, was es mit dem Signal auf sich hat.«

Duncans Worte klangen in Yaldiras Ohren wie ein Abgesang, als ginge es nur noch darum, alle Möglichkeiten, die sich ihnen boten, zu prüfen und zu entscheiden, an welche Bedingungen sie ihr Ende knüpften.

»Vielleicht gibt es irgendeinen Weg, auch so in die Stadt hineinzukommen«, sagte Yaldira. »Wenn wir alles ausgeschöpft haben und dann auf der anderen Seite des Hügels sitzen und warten, wird der Punkt kommen, an dem klar ist, dass uns die Zeit davonläuft. Wenn die Vorräte aufgebraucht sind und die Kräfte nachlassen. Irgendwann dann werde ich auf diese Stadt zugehen und den Versuch wagen, mich irgendwie dort hineinzumogeln. Ob wir einen Signalgeber oder ein anderes Gerät haben oder uns nur auf unsere eigenen Fähigkeiten verlassen können, spielt dann keine Rolle.«

»Ich will auch nicht hier draußen zugrunde gehen«, sagte Clarita. »Ich möchte lieber um mein Leben kämpfen.«

Luis starrte nur ins Leere; Marla und Aron nickten.

»Wir sind uns also einig, dass wir uns, ehe das Ende

kommt, in all unserer Verzweiflung gegen die Stadt wenden?«, fragte Yaldira.

Duncan nickte. »Wie Helden«, sagte er.

»Oder wie Feiglinge«, erwiderte Yaldira und dachte bereits daran, dass sie bald mit Duncan aufbrechen würde, um dem Signal entgegenzugehen. »Wenn Verzweiflung im Spiel ist, kann man Helden und Feiglinge nur schwer auseinanderhalten.«

25 Die Fakultät der Yardeniden

Nachdem sich die Schleuse geöffnet hatte, trat Gamil ein, und kaum hatte sich die Tür hinter ihm geschlossen, fürchtete er, geradewegs in eine Falle gelaufen zu sein. Er vertraute Ayako, aber auch sie konnte der Polizei und all den anderen, die es auf ihn und Nelmura abgesehen hatten, ins Netz gehen. Als sich jedoch die zweite Tür vor ihm öffnete und er Ayakos Lächeln sah, fiel jede Angst von ihm ab.

»Fühlt sich das wie eine Heimkehr an?«, fragte Ayako.

»So, als hätte ich die Nacht draußen durchgemacht, um rechtzeitig wieder hier zu sein«, sagte er. »Hast du mit Zenn gesprochen?«

»Er wartet in seinem Zimmer«, antwortete sie und führte Gamil auf einen Gang zu den Kellergeschossen des westlichen Seitengebäudes, über die man sich unter dem ganzen Anwesen bewegen konnte.

»Hat Zenn Probleme gemacht?«, fragte Gamil.

»Nein, nein«, antwortete Ayako. »Er hatte schon überlegt, sich das Modul selbst zu entfernen, hatte sich aber nicht getraut.«

»War da auch ein Schutzmechanismus?«

Ayako nickte, während sich die Schleuse zum Hauptgebäude öffnete. »Ich hätte mich beinahe zu weit vorgewagt und ihn ausgelöst, konnte das Modul dann aber neu starten.«

Gamil war beruhigt. Nicht nur, dass sie nun einen neuen Verbündeten hatten, Zenn wohnte auch hier im Hauptgebäude der Fakultät.

Ayako führte ihn zum Treppenhaus. Den Aufzug wollten

sie meiden. Sensoren gab es hier unten zwar viele, aber an den Wänden hafteten Clients, die falsche Signale aussandten.

»Hast du die angebracht?«, fragte Gamil.

»Ich wollte keinen Mist bauen. Also habe ich mir von Zenn einige Signalgeber geliehen.«

Gamil nickte anerkennend. Zenn war gut darin, mit Signalgebern falsche Fährten zu legen; er hatte ihm und Ayako damit schon so manchen Streich gespielt. »Ich möchte mir gar nicht ausmalen, was er aus Nelmuras Programmbibliothek alles erschaffen kann.«

»Mach dir nicht zu viele Hoffnungen«, erwiderte Ayako. »Er meinte, die Tools seien viel zu komplex, um sie an einen Signalgeber oder einen Client zu knüpfen. Es wäre zu viel Fingerspitzengefühl nötig.«

»Wäre auch zu schön gewesen«, sagte Gamil.

»Glaube ich nicht«, entgegnete Ayako, während sie nun gemeinsam die Treppe nach oben nahmen. »Unsere Stärke liegt in besagtem Fingerspitzengefühl. Das entzieht sich den KIs. Deswegen brauchen sie uns. All das hier oben in der Stadt ist ihnen suspekt – ein Rätsel, hinter das sie nicht kommen, obwohl sie es immer vor Augen haben.«

Sie war mit dieser Meinung in der Fakultät schon einige Male auf Widerstand gestoßen, und auch Gamil hatte es früher angezweifelt. Wenn man gerade aus dem Tiefenschlaf erwachte und diese dichte Welt wahrnahm, konnte man sich nicht vorstellen, dass der Tiefenschlaf von größerer Bedeutung sein sollte als die Wachwelt. Seit er jedoch Nelmura begegnet war, hatte sich seine Ansicht geändert. Viele, die sich im Schlaf befanden, wurden langsam an die Maschinerie gewöhnt. Selbst jene, die wenig begabt in den Tiefenschlaf gesunken waren, mochten nach Jahren erwachen und sich als fähig erweisen. Was hatten sie die ganze Zeit getan? »Was glaubst du?«, fragte Gamil. »Was haben die KIs uns im Tiefenschlaf machen lassen?«

»Keine Ahnung. Irgendwelche Berechnungen als Teil des

Ganzen«, antwortete sie. »Jeder trägt unbewusst einen Teil dazu bei.«

»Nelmura sagt, dass das Kontrollmodul dazu da ist, genau das im Tiefenschlaf zu koordinieren.«

»Das haben die KIs inzwischen sogar gegenüber dem Senat zugegeben. Wahrscheinlich, um zu untermauern, wie wichtig das Modul ist. Jedenfalls würde das erklären, warum die Kontrolle nicht absolut ist«, sagte Ayako. »In der Wachwelt sind wir einfach viel schwieriger zu fassen.«

Im Erdgeschoss spürte Gamil durch die Tür hindurch die Präsenz anderer Symbionten. Er selbst hatte sich ein Alias gegeben, damit man ihn nicht sofort an seiner Signatur erkannte.

Über das Treppenhaus gelangten sie in das dritte Stockwerk und lauschten an der Tür. »Am besten gehst du vor«, sagte Gamil und schickte ihr über die Direktverbindung zwischen ihnen einen Schlüssel. »Sende mir Signale damit. Dann kannst du sie sicher über das Fakultätssystem schicken.«

Ayako nickte. Die Tür öffnete sich, und als sie auf den Gang hinausgetreten war, winkte sie Gamil sofort hinter sich her. »*Hier ist weit und breit niemand*«, sagte sie mit ruhiger Gedankenstimme.

Gamil folgte ihr hinaus auf den Gang, hätte aber lieber abgewartet. Sie hatte zwar recht: Hier waren keine Signale von Symbionten zu finden, und jene in den Zimmern wurden zur Wahrung der Privatsphäre abgeschirmt. Aber wenn sich auch nur irgendjemand aus ganz anderen Gründen hier unbemerkt bewegen wollte und seine Signale unterdrückte, mochte es sein, dass sie ihm in die Arme liefen.

Am nächsten Abzweig schaute Ayako den Gang entlang und winkte Gamil um die Ecke. Kaum war er bei ihr, hörte er Schritte auf dem Gang, den sie gerade gekommen waren. Sie beeilten sich, und Gamil spürte, dass Ayako ein Signal voraussandte, während sie an Türen vorbeiliefen, von der sich jede hätte öffnen können. Eine Person, die ihr Zimmer verlassen wollte, und er wäre entdeckt. Eine Tür öffnete sich tatsächlich vor ihnen auf der linken Seite, aber Gamil erkannte, dass dort ihr Ziel war. Zenn steckte den Kopf heraus und winkte sie zu sich. Schon waren sie bei ihm und betraten sein Zimmer.

Nachdem sich die Tür hinter ihnen geschlossen hatte, atmete Gamil durch.

Zenn machte ein besorgtes Gesicht. »Ich kann's nicht glauben«, sagte er kopfschüttelnd. »Ich hoffe, euch hat niemand gesehen.«

»Wenn uns jemand gesehen hat, werden wir das sehr schnell erfahren«, erwiderte Ayako.

Zenn schaute zum Eingang zurück. Gamil spürte, dass er die Tür verriegelte, klopfte ihm dann auf die Schulter und sagte: »Wenn sie kommen, verschwinde ich durch den Logistikschacht.« Er wies auf die Küchenzeile.

Zenn wandte sich um. »Passt du denn da hinein?«, fragte er.

»Ja, tut er«, antwortete Ayako grinsend. Sie hatte das gleiche Modul in ihrer Küche.

Gamil schaute sich um. Er war lange nicht mehr hier gewesen. Dies war Zenns Rückzugsort. Zwei Zimmer und ein Bad. Durch die offene Tür konnte Gamil einen Tisch und Regale sehen, die über und über mit Geräten aller Art bedeckt waren, vor allem einfache Clients. »Du bereust nicht, dich auf das, was jetzt kommt, eingelassen zu haben?«

»Noch nicht. Dazu müsste ich wissen, worin dein Plan besteht«, entgegnete Zenn und bot Gamil und Ayako einen Platz auf der schmalen Couch an. Er selbst drehte den Sitz an seinem kleinen Esstisch, der am Übergang zum Küchenbereich stand, und nahm Platz. »Wenn ich weiß, wie wir vorgehen, habe ich immer noch genug Zeit, alles zu bereuen.«

»Wie also übernehmen wir dieses Haus?«, fragte Ayako.

»Einen Kopf nach dem anderen«, antwortete Gamil.

»Ja«, erwiderte Zenn. »Aber von oben oder von unten? Erst der Dekan, dann der Rest – oder umgekehrt?«

»Wir müssen beides gleichzeitig machen«, sagte Gamil. »Dabei hängt viel davon ab, wie die Stimmung ist. Ich meine: Es muss doch etliche geben, die ein Problem damit haben, dass sie ein Kontrollmodul mit sich herumtragen.«

»Na ja, die meisten sind unsicher«, sagte Ayako. »Einerseits ist es nachvollziehbar, warum das Modul da ist, falls es wirklich dazu dient, die Koordination im Tiefenschlaf zu übernehmen. Andererseits fragt man sich natürlich, ob man selbst gerade aus freien Stücken handelt.«

»Tut man das denn jemals?«, fragte Zenn.

»Irgendeinen Einfluss gibt es immer«, erwiderte Ayako. »Aber es ist natürlich ein Unterschied, ob er durch den Kontakt mit der Gesellschaft entsteht oder dadurch, dass jemand Befehle über ein Modul in dich einschleust.«

»Und?«, fragte Gamil nun Zenn. »Glaubst du, du könntest andere davon überzeugen, sich zu befreien? Wie wäre es mit Corwin?«

»Den habe ich lange nicht gesehen«, sagte Ayako und schaute Zenn an. »Wohnt er nicht mehr hier?«

»Offiziell schon«, sagte Zenn. »Aber er überlegt, zu seiner neuen Freundin zu ziehen und sein Zimmer hier aufzugeben.«

Gamil erinnerte sich an die Frau, mit der er Corwin an dem Morgen gesehen hatte, an dem er Nelmura zur Flucht verholfen hatte. »Das scheint was Ernstes zu sein.«

»Mal abwarten«, sagte Ayako und spielte damit auf Corwins Wankelmütigkeit an.

»Jedenfalls scheint er nicht ganz bei der Sache zu sein«, gab Zenn zu bedenken. »Nicht gerade das, was wir jetzt brauchen.«

»Gut«, sagte Gamil. »Wie wäre es dann mit Felipa oder Lester?« Ihre Stimmen zählten etwas, und er war sich sicher, dass die Kunde von einem Kontrollmodul in ihrem Schädel sie empört hatte.

Ayako nickte. »Die beiden wären auf meiner Liste ganz oben.«

»Mit denen könnte es klappen«, sagte Zenn. »Aber denkt daran: Nur ein einziger Fehltritt, und wir haben Ärger.«

Gamil blickte zwischen Zenn und Ayako hin und her. »Wir verschaffen uns erst einmal eine Basis mit Leuten, die sich wahrscheinlich leicht auf unsere Seite ziehen lassen. Dann können wir das Ganze auf eine größere Ebene stellen.«

»Die meisten würden dir und Nelmura keine Träne nachweinen«, sagte Ayako. »Und auch das Schicksal Yaldiras bewegt sie nicht. Das heißt, wir sollten dich aus dem Spiel lassen. Zumindest vorerst.«

Zenn schüttelte den Kopf. »Auch uns vertraut man nicht, Ayako. Irgendwas geht hier im Haus vor, und ich bin nicht eingeweiht.«

»Ist bei mir genauso«, sagte Ayako. »Ich habe mit Felipa gesprochen. Sie hat gefragt, was wohl wäre, wenn man sich das Kontrollmodul entfernen ließe. Sie meinte, man würde hinter vorgehaltener Hand darüber sprechen. Das hat mich gewundert, weil mit mir sonst keiner darüber gesprochen hat.«

»Außer mir«, sagte Zenn grinsend.

Ayako winkte lächelnd ab. »Du vertraust mir eben, wie ich dir vertraue.«

Zenn lachte und blickte dann wieder Gamil an. »Jedenfalls tut sich irgendwas und man ist sich nicht sicher, ob man uns vertrauen kann.«

Ayako stutzte. »Vielleicht«, sagte sie, den Blick ins Leere gerichtet. »Vielleicht müssen wir die Sache anders aufziehen. Wir könnten das Ganze als heimlichen Ausweg anbieten.« Sie blinzelte heftig und wies dann durch die offene Tür ins Nachbarzimmer. »Die kommen doch immer noch her, um sich deine kleinen Spezial-Clients zu holen, oder?«

Zenn grinste schief. »Das sind nur Repräsentationsmaschinen, die Träume stimulieren oder die Welt augmentieren. Man könnte auch sagen, eine kleine Fantasie-Stimulanz, mehr nicht. Ich kann die nicht so manipulieren, dass sie das Kontrollmodul ansprechen.«

»Aber wegen der Clients vertrauen dir die Leute«, erwiderte Ayako.

»Aber ich vertraue ihnen nicht. Diese Clients sind nicht gern gesehen. Wenn sie damit erwischt werden, klopft man ihnen auf die Finger. Sich das Kontrollmodul entfernen zu lassen ist was ganz anderes. Da geht es um alles. Wer da erwischt wird, kann der Stadt schon mal Lebewohl sagen. Die werden Yaldira vor Augen haben.«

Gamil schluckte. Jedes Mal, wenn Yaldiras Name fiel, war es wie ein Schlag in seinen Magen. Dabei konnte ihm niemand einen Vorwurf machen. Doch man machte sich keine Schuldgefühle und keine Sorgen, man hatte sie einfach. »Wir müssen ihnen nicht vertrauen«, sagte er. »Wir müssen sie nur dazu kriegen, sich das Modul entfernen zu lassen. Sie können sich dann immer noch gegen uns stellen. Aber mit dem Modul könnte es sein, dass sie hier wüten wie Amokläufer.« Er dachte an Yaldiras Attacke auf Nelmura. »Eine Nachricht, die man ohne Schutzmaßnahmen entgegennimmt, würde vielleicht schon ausreichen.«

»Was ist, wenn wir uns hier abschotten?«, fragte Zenn.

»Selbst dann könnte es sein, dass auf einigen Kontrollmodulen bereits Skripte liegen, die genau dahin führen.«

»Nach dem Motto: Wenn mir jemand mein Modul entfernen will, werde ich zum Monster?«, fragte Zenn.

Gamil nickte. »Aber einer, der von dem Modul befreit ist, wird sicherlich nicht zur Killermaschine werden. Wir brauchen also kein Vertrauen, sondern müssen einkalkulieren, dass viele sich gegen uns stellen werden.«

»Nehmen wir mal an, alles läuft optimal«, sagte Ayako. »Nehmen wir an, wir bringen so viele auf unsere Seite, um die Fakultät zu befreien. Was machen wir dann?«

»Isolation«, erwiderte Zenn mit kühler Stimme. »Die Fakultät ist ein selbstversorgendes System.«

Gamil nickte zufrieden. »Dies hier wird ein Ort des Widerstandes sein.«

»Und alles wird auf uns eindreschen«, fügte Ayako hinzu.

Zenns Miene war ernst geworden. »Wie gehen wir also vor?«

»Ihr nehmt mit Leuten Kontakt auf und beginnt damit, Kontrollmodule zu entfernen. Nur entfernen. Ihr dürft über nichts anderes reden – nichts von Widerstand, nichts von Rebellion. Nur über die Freiheit von der Einflussnahme durch die KIs. So, wie du deine Spezial-Clients verkaufst, so gebt ihr ihnen die Werkzeuge und entfernt ihnen die Module.«

»Und du?«, fragte Ayako.

»Ich kümmere mich um den Dekan«, sagte er. »Wie steht er eigentlich zu der ganzen Sache?«

»Offiziell verurteilt er, was du getan hast«, antwortete Zenn. »Was er wirklich denkt, darüber spekulieren alle.«

»Ich vermute, dass er alles andere als begeistert ist«, sagte Ayako.

»Dann werde ich mich an ihn heranschleichen und ein kleines Gespräch mit ihm führen«, erklärte Gamil.

»So leicht kommst du nicht an ihn heran«, entgegnete Ayako. »Der verlässt das Dekanat kaum noch. Ist nicht mal nach Hause gefahren. Es scheint ein Krisengespräch nach dem anderen stattzufinden.«

»Genau der Nährboden, auf dem sich was entwickeln könnte«, sagte Gamil.

»Aber wie willst du an ihn herankommen?«, fragte Zenn.

Gamil schaute an ihm vorbei zur Logistikschleuse. »Wie ich mich die ganze Zeit durch die Stadt bewegt habe.«

»Wie so'n richtiger Creep«, sagte Ayako grinsend.

Gamil zuckte mit den Schultern. »Meine Reputation ist ohnehin schon im Keller.«

26 Widerstand

Ayako hatte gerade Lester Agonoy von seinem Kontrollmodul befreit und führte ihn aus dem Schlaf- und Arbeitszimmer hinaus, während Zenn dort Delbert Cressman dabei half, dessen Modul loszuwerden. Sie zweifelte nicht daran, dass Zenn alles richtig machen würde. Bei Felipa Hullinger, die hier im Wohnbereich auf der schmalen Couch saß und nun für Lester ein wenig Platz machte, hatte es keine Probleme gegeben.

»Ich habe es mir ganz anders vorgestellt«, meinte Felipa, die neben Lester ziemlich klein wirkte.

»Ich habe dir gesagt, du solltest dir nicht zu viel versprechen«, erwiderte Ayako.

»Und diese Werkzeuge, die du uns zugespielt hast, können dem System wirklich vormachen, dass alles in Ordnung ist?«, fragte Lester.

»Ja«, antwortete Ayako. »Das System wird glauben, dass das Modul noch da ist.« Obwohl der Drang groß war, ihnen alles zu offenbaren, verschwieg sie, dass Gamil ihr die Werkzeuge gegeben hatte und sie von Nelmura stammten.

»Kurz bevor du das Modul rausgezogen hast, bin ich zittrig geworden«, sagte Lester.

Ayako nickte und erklärte ihm und Felipa den Schutzmechanismus und dass ein Neustart des Moduls dafür sorgte, die auferlegten Skripte zu löschen.

Lester und Felipa tauschten Blicke.

»Was?«, fragte Ayako.

Felipa schaute von ihr zu Lester und nickte.

»Ich glaube, wir haben die Lösung gefunden, nach der wir gesucht haben«, sagte Lester.

»Welche Lösung?«, fragte Zenn und kam mit Delbert aus dem Nachbarraum herein.

»Ihr wollt sie einweihen?«, fragte Delbert mit seiner knarzigen Stimme.

»Du etwa nicht? Das hier ist doch genau das, worüber wir gesprochen haben«, antwortete Lester.

»Ja, aber diese Tools«, sagte Delbert. »Wo kommen die so plötzlich her?«

»Von Nelmura«, sagte Ayako und fürchtete sich vor den Reaktionen der anderen.

»Was?«, rief Felipa.

»Das ist nicht euer Ernst?«, sagte Lester und schaute zwischen Ayako und Zenn hin und her.

Felipa schwieg, aber Ayako glaubte, ein winziges Lächeln zu erkennen.

»Eigentlich wollten wir euch das später beibringen«, sagte Zenn und warf Ayako einen unzufriedenen Blick zu.

»Ich wollte nicht, dass Misstrauen entsteht«, sagte Ayako. »Und lügen wollte ich schon gar nicht.«

»Ihr steht im Kontakt mit ihr?«, fragte Felipa.

»Mit Gamil«, sagte Ayako. »Und es geht nicht darum, euch auf Nelmuras Seite zu ziehen. Es geht nur darum, euch die Wahl zu lassen, was ihr tun werdet.«

»Wer das Modul behält, hat diese Wahl nicht«, fügte Zenn hinzu.

»Wir müssen uns also nicht festlegen?«, fragte Lester. »Diese Werkzeuge bewahren uns wirklich davor, erkannt zu werden?«

Ayako nickte.

»Bringt uns das in Schwierigkeiten?«, fragte Delbert und setzte sich auf die Couch; auch er wirkte mit seinen schmalen Schultern neben Lester klein.

»Wir stecken schon in Schwierigkeiten«, sagte Felipa.

»Ihr werdet jetzt nicht gleich zur Polizei laufen, oder?«, fragte Zenn.

Lester lachte. »Und zugeben, dass wir uns das Modul haben

entfernen lassen? Nein, nein. Wir werden alles beobachten, aber mit der Gewissheit, nicht von den KIs kontrolliert zu werden.«

»Und was, wenn diese Tools, diese ... Werkzeuge dazu dienen, dass Nelmura uns kontrolliert?«, fragte Delbert.

»Wie sollte das ohne das Kontrollmodul möglich sein?«, entgegnete Ayako.

»Wenn das möglich wäre, hätte Nelmura schon gewonnen«, sagte Lester. »Sie hätte sich still verhalten und allen diese tollen Tools zuspielen können.«

Delbert nickte.

»Du hast eben von einer Lösung gesprochen«, sagte Ayako.

Lester Agonoy blickte auf das lang gezogene, ovale Modul in seiner geöffneten Hand. »Seit wir von den Dingern wissen, haben wir uns natürlich gefragt, ob wir sie loswerden können, ohne dass jemand was davon erfährt. Wir treffen uns immer in einem der Lagerräume unter dem Südwestteil. Aber bisher ist uns noch nichts eingefallen.«

Zenn fuhr sich übers Kinn. »Das heißt, ihr trefft euch mit anderen. Mit wie vielen?«

»Um die zwanzig Leute«, antwortete er. »Ist natürlich riskant, wenn man annehmen muss, dass uns einer davon verpfeifen könnte.«

»Ich bezweifle, dass jemandem der Prozess gemacht würde, nur weil er darüber nachdenkt, sich das Modul zu entfernen«, sagte Zenn. »Nirgendwo steht geschrieben, dass man sich das Modul nicht entfernen lassen darf.«

»Genau das meinen die meisten von uns. Aber irgendwie waren wir noch nicht so weit, uns die Module rauszunehmen. Dazu hatten wir zu wenige Informationen. Aber jetzt ...« Er schüttelte den Kopf. »Jetzt können wir endlich etwas tun.«

»Wie oft habt ihr euch schon getroffen?«, fragte Ayako.

»Erst drei Mal. Gestern Morgen, direkt nach der Verbannung von Wescovich, dann gestern Nacht und heute Morgen.«

»Und heute Nacht?«, fragte Zenn. »Werdet ihr euch dann auch treffen?«

Lester grinste. »Um 23:30 in Zimmer U2–67. Ihr müsst unbedingt kommen. Das wird heute Nacht was ganz Besonderes.«

27 Die Übertragung

Clement Glazer blickte auf den Platz zwischen den Gebäuden seiner Fakultät hinab. Es war 22:17, und im feurigen Licht der Laternen dort unten zeigte sich nur gelegentlich jemand. Immer wieder hatte er sich heute gefragt, mit welchen Absichten sich die Leute auf dem Anwesen bewegten. Das Überwachungssystem spielte ihm die Statusdaten zu und nährte sein Misstrauen. Ganz gleich, wie gut er seine Yardeniden kannte, unter dem Einfluss der KIs konnte er keinem einzigen mehr vertrauen. Nicht einmal sich selbst.

Das Wissen um das Kontrollmodul hatte alles verändert. Nach außen hin mussten sie gute Miene zum bösen Spiel machen. Natürlich hatte die Stadt ein Recht darauf, sich vor der Herrschaft der Symbionten zu schützen, aber musste es gleich über die Kontrolle der Gefühle, der Gedanken und des Willens geschehen? Hatten sie als Symbionten nicht das gleiche Recht wie alle anderen: das einer freien Meinung, freier Gedanken, freier Gefühle?

Gerade erst hatte er sich mit dem Anwalt der Dellbridges auseinandergesetzt. Unter der Führung von Lucile Dellbridge, Gamils Tante, wollte sich die Familie die Kontrolle über Amelia Dellbridge und deren Eltern erhalten. Die Absicht war offensichtlich: über die Schwester und die Eltern an Gamil heranzukommen. Wenn man ihm die Vormundschaft über die nächsten Verwandten entzog und diese in eine andere Fakultät verlegte, hätte man ein gutes Druckmittel gegen ihn in der Hand. Natürlich hatte Clement den Antrag abgelehnt. Gamils Schwester und die Eltern waren unten in den Eishallen ihrer Fakultät am sichersten.

Eben erst hatte er Lucile Dellbridge auf JNS gesehen, wie sie vor die Reporterdrohnen getreten war und erklärt hatte, dass sie schon lange versucht habe, die Behörden vor Gamil zu warnen. Als sie »Ich habe es schon immer gewusst« sagte, schüttelte Clement verärgert den Kopf. Wer eine solche Familie hatte, brauchte keine Feinde mehr.

So empört Clement über das Vorgehen von Lucile Dellbridge war, so sehr wunderte er sich, dass die KIs nicht einfach Einfluss auf ihn nahmen und ihn dazu brachten, das Druckmittel herzugeben, mit dem sie Gamil Dellbridge vielleicht aus seinem Versteck locken konnten. Vielleicht war es auch nur eine Frage der Zeit, bis sie ihn manipulierten.

Die Frage, inwiefern er noch er selbst war, ließ Clement nicht los. Und als Corinna hereinkam und ihm mitteilte, dass die KIs gleich über das Netz eine Erklärung abgeben wollten, war er gespannt und hoffte, dass sich irgendetwas ergab, das ihnen allen die Last nahm, sich selbst in Zweifel ziehen zu müssen.

Er ging in den Tagungsraum hinüber, in dem die Prodekane, allen voran Larson Soltmann, und andere aus der Führungsriege der Yardeniden sich versammelt hatten, um gemeinsam auf den Bildschirm zu schauen. Dort war die dunkle Glasfassade des Astbury Towers zu sehen, die von einem hellgrau leuchtenden Gitternetz aus abgerundeten Dreiecken durchzogen war und im Stadtzentrum alle Blicke anlockte. Unter dem Gebäude erstreckte sich angeblich der Systemkern mit den KIs und den Hauptsystemen. Ob es tatsächlich so war, vermochte Clement in diesen Zeiten nicht mehr zu sagen. Früher hatte er es einfach geglaubt, nun aber war alles in Zweifel gezogen.

Clement grüßte die Kollegen, und sie grüßten zurück, doch er sah die Unsicherheit bei ihnen und spürte sie bei sich selbst. Nachdem Larson Soltmann ihm dargelegt hatte, dass die Funktionsweise der Kontrollmodule völlig unklar sei und er einfach nicht weiterkomme, hatte Clement erst einmal alle Nachforschungen an den Kontrollmodulen eingefroren. Er fürchtete, dass die KIs etwas bemerken könnten. Aus Nelmuras Erklärungen hatte er jedoch einiges abgeleitet. Sie hatte es so erscheinen lassen, als könnten die KIs ihnen Befehle erteilen, die Gefühle manipulieren und ihnen Skripte übermitteln, die sie bei einem gewissen Auslöser ausführten. Aber er wusste nicht, inwiefern sie hier seine Gedanken lesen konnten. Gewiss, im Tiefenschlaf hatten sie bis zu einem gewissen Grad Zugang dazu, zumindest auf die symbiontischen Gedanken. Und auch wenn er sich an eines der festen Systeme anschloss, hatten sie Zugang zu seinen Gedanken, aber ansonsten hatte es immer geheißen, die Privatsphäre der Symbionten würde gewahrt. War es nur die Wahl der KIs, nicht in ihre Gedanken zu blicken, oder vermochten sie es nicht so ohne Weiteres? Er vermutete, dass Letzteres der Fall war, denn sonst hätten sie ihn wahrscheinlich schon längst aus dem Verkehr gezogen.

Dass die KIs offensichtlich nicht allmächtig waren, hätte ihn eigentlich beruhigen sollen, aber die Furcht, dass sie ihn auch nur mit einer Hemmschwelle ausgestattet hatten, ließ die Anspannung fortbestehen.

Jedes Mal, wenn er darüber nachdachte, wie er das Kontrollmodul loswerden konnte, ohne dass die KIs es bemerkten, war es ihm möglich, sich Pläne zurechtzulegen, aber sobald er den Entschluss fasste, mehr Statusinformationen über das Kontrollmodul einzuholen, schreckte er zurück und wusste nicht, ob es eine Hemmung war, die die KIs ihm auferlegt hatten, oder aber die Angst davor, dass das Kontrollmodul etwas aufzeichnen könnte, das ihn später verriet.

Auf dem Schirm erschien Vance Astbury, der Sprecher der Künstlichen Intelligenzen. Seine Familie war in den frühen Tagen berühmt gewesen. Es hieß, sie hätten zwischen den KIs und den Fakultäten vermittelt und sich dadurch so großen Einfluss erworben, dass sie mit der Erlaubnis der KIs und des Senats direkt über dem Systemkern ein Gebäude errichten durften. Nach zahlreichen Skandalen war ihre Macht jedoch geschwunden. Sie lebten nach wie vor in ihrem Tower, aber sie traten nur noch als Sprecher des Systems in Erscheinung und verlasen die Erklärungen der KIs. Sie gaben ihnen ein menschliches Antlitz.

Vance Astbury war schon seit Jahrzehnten der offizielle Sprecher der KIs – ein Mann mit schmalen Schultern, dessen grauer Anzug sich deutlich von seiner blassen Haut abhob. Mit dem blonden, zurückgekämmten Haar, mit seiner starren Haltung und seiner minimalistischen Mimik wirkte er wie ein von den KIs erzeugtes Medium.

Mit allzu vielen Worten begrüßte Vance Astbury die Bürger der Stadt. Er sprach diesmal nicht aus dem üblichen Studio, das sich irgendwo innerhalb des Towers befand, sondern aus dem Erdgeschoss, wo normalerweise die Senatoren zusammenkamen, um gemeinsam mit Astbury, dessen Stellvertretern oder mit den KIs selbst in Verbindung zu treten.

»Wir verstehen, dass es viele Fragen gibt, und natürlich werden wir alle beantworten«, sagte er nach der langen Begrüßung. »Eine Frage wurde besonders oft an uns gerichtet. Nämlich die, ob das Kontrollmodul tatsächlich für den Tiefenschlaf entwickelt wurde und für diesen notwendig ist. Ersteres haben wir dem Senat gegenüber bereits bestätigt. Zu Letzterem kann ich im Namen der Künstlichen Intelligenzen versichern, dass der Tiefenschlaf ohne das Kontrollmodul mit erheblichen Nachteilen einhergeht und sogar Gefahren birgt. Ein Symbiont, der über keine besondere Eignung für die Handhabung der Maschinerie verfügt, kann sich mit dem Kontrollmodul während des Tiefenschlafs daran gewöhnen. Die künstlichen Welten sind ohne das Modul nicht nutzbar. Wir brauchen es, um die Kontrolle über die Sinne zu erlangen und diesen dann eine künstliche Welt zu präsentieren. Der Tiefenschlaf würde ohne das Modul nichts anderes sein als eine Auszeit, bei der das Hirn vor sich hin träumen und verkümmern würde. Die Stimulanz würde zu oft ins Leere laufen und die Korrekturen, die das System über das Modul vornimmt, könnten sogar nach dem Erwachen zu Bewusstseinsstörungen führen.«

Clement glaubte ihm teilweise. Nichts davon erklärte jedoch, warum das Modul im Wachzustand installiert blieb. Beim Senat hatte es geheißen, es sei eine Sicherheitsmaßnahme, die die Stadt vor einer Übernahme durch machthungrige Symbionten schützen sollte. Jetzt klang es danach, als sei es lediglich ein System, das im Tiefenschlaf wirkte.

Nachdem Astbury einige Beispiele von Fehlfunktionen der Module beschrieben hatte, die zu den genannten Nebeneffekten geführt hatten und erst durch die Installation eines Kontrollmoduls wieder aufgehoben werden konnten, kam er auf die Situation der Symbionten hier oben in der Stadt zu sprechen. »Außerhalb des Tiefenschlafs dient das Modul unter anderem als Notsystem. Wer immer sich mit seinen symbiontischen Gedanken auf einen Pfad begibt, auf dem er nicht wieder zu sich zurückfinden kann, braucht das Schutzsystem. Gedankliche Nachlässigkeiten können zu fehlkonstruierten Funktionen führen, die nicht aufhören wollen und in denen man sich verliert. Ohne die Kontrollmodule würde man daraus nicht entkommen. Deswegen raten wir davon ab, das Modul zu entfernen. Glauben Sie nicht, dass Gamil Dellbridge und die Archontin Nelmura einfach ihr Modul entfernt haben. Wir vermuten, dass sie es durch ein anderes ersetzt haben.«

Clement hielt die Aussage für weit hergeholt. Selbst wenn es so gewesen wäre, hätte Nelmura sich mit einer Emulation davor schützen können, solche Denkfehler zu begehen. Er selbst hatte sich früher manchmal in der einen oder anderen Funktion verfangen. Aber selbst da hatte er noch klar denken können. Das normale Denken lief neben dem symbiontischen. Sobald er sich des Problems bewusst war, konnte er alle möglichen Resets auslösen. Um in eine solche Bedrängnis zu geraten, hätten alle Prozesse auf einmal gefangen sein müssen.

Mit ruhiger Stimme fuhr Astbury fort: »Dass das Kontrollmodul auch im Wachzustand zu einer Art Kontrolle genutzt werden kann, das über einfache Fehlervermeidung hinausgeht, entspricht zwar der Wahrheit, aber Nelmura hat die Möglichkeiten übertrieben dargestellt.« Er wiederholte den Vorwurf, Nelmura wolle eine Herrschaft der Symbionten etablieren. Und auch diesmal zweifelte Clement daran. Astbury sagte: »Jeder einzelne kann sich fragen, ob die Lage, wie sie ist und wie sie immer war, wahrhaftig eine Revolte verdient hat. Da wir aber bereit sind, Komponenten offenzulegen, wenn die Bürger es wünschen, bitten wir den Senat der Stadt, eine Kommission einzuberufen, die das Für und Wider einer Entfernung der Kontrollmodule erarbeitet. Das System wird sich dann nach einem Bürgerentscheid richten.«

Um Clement herum herrschte Überraschung und Zustimmung. Larson Soltmann sagte: »Das wäre doch was«, und viele der anderen nickten, während Vance Astbury auf dem Schirm allmählich zum Ende seiner Ansprache kam. »Jaskandris war die einzige Hoffnung unserer Vorfahren. Sie haben das Unwahrscheinliche geschafft. Sie haben sich und ihre Familien hierher gerettet und hier überlebt. Nicht, weil sie dem System misstraut haben, sondern weil ihnen immer klar war, dass es kein Überleben geben kann, wenn Maschinen und Menschen nicht im Einklang leben. Die Symbionten sollten immer zwischen beiden Seiten vermitteln, sie sollten das Beste beider Seiten vereinen. Umso enttäuschender ist es, dass eine der großen Archontinnen nun all das infrage stellt und versucht, einen Keil zwischen Maschinen und Menschen zu treiben. Sie und ihre Verbündeten wollen den Platz der KIs einnehmen und ahnen nicht, dass dadurch das Gleichgewicht außer Kontrolle geraten würde und alles – alles – vergehen würde.«

Irgendetwas gefiel Clement nicht. Es war nicht nur der Zweifel, der nach wie vor an ihm nagte. Er schaute sich um, ob die anderen auch etwas bemerkten, aber sie starrten nur mit regungslosen Mienen auf den Schirm. War da gerade ein Signal gewesen oder aber irgendein Geräusch, das aus dem Raum im Astbury Tower übertragen wurde?

»Geht in euch«, sagte Vance Astbury. »Dann werdet ihr erkennen, dass es seit jeher um das Gleichgewicht ging.« Er nickte und trat zur Seite aus dem Blickfeld der Kamera. Clement lauschte auf das Geräusch. Er hörte es nicht, aber er spürte ein Signal – etwas Hauchfeines, wie ein besonderer Duft, der sofort wieder zu verfliegen schien.

»Der Mann hat recht«, sagte Larson, und einige der Kollegen stimmten zu.

»Ich weiß nicht«, erwiderte Corinna und starrte immer noch auf den Schirm, auf dem der leere Raum zu sehen war. »Aber eine Kommission ist vielleicht genau das Richtige«, sagte sie.

Die Blicke richteten sich auf Clement. Er war sich nicht sicher, ob er eben tatsächlich ein Signal wahrgenommen hatte oder ob sein Misstrauen ihn mehr erkennen ließ, als tatsächlich da war. Aber ganz gleich, von welchem Standpunkt er die Sache betrachtete, es blieben immer zwei Möglichkeiten: Glaubte er den KIs, war all das, was sie vorgeschlagen hatten, vernünftig; glaubte er ihnen nicht, musste er annehmen, dass das Ergebnis der Kommission bereits feststand. Vermeintlich freie Bürger würden über die Lage diskutieren und sich die Sache nicht leicht machen, und am Ende würden Abstimmungen stehen, bei denen die Mehrheit der Nicht-Symbionten, wenn man die Ängste vor einer Machtübernahme der Symbionten bewahrte, den Status quo erhalten würde, während eine Mehrheit der Symbionten, von den KIs über das Kontrollmodul beeinflusst, ebenfalls zu dem Ergebnis kam. Nach langen Beratungen und nachdem man mit seinem Gewissen gerungen hatte, würde man sich entscheiden, an dem festzuhalten, was die Vorfahren etabliert hatten.

Eine Abstimmung konnte nur dann ehrlich sein, wenn die Symbionten vorher von ihren Kontrollmodulen befreit wurden – vielleicht nur für die Zeit der Abstimmung. In welche Angst ein solches Vorgehen die Nicht-Symbionten versetzen musste, wollte er sich gar nicht ausmalen. Aber sie waren ohnehin die Mehrheit. Und was wäre, wenn man bei einer solchen Entscheidung nicht nur die Bürger hier oben fragte, sondern auch jene im Tiefenschlaf? Was, wenn man sie weckte und fragte? Würden sie dann nicht – noch ganz unter dem Einfluss der KIs – für ihre Beschützer stimmen?

»Was ist?«, fragte Corinna mit sorgenvoller Miene.

Die anderen starrten ihn immer noch an und schienen auf eine Aussage von ihm zu warten. »Eine Kommission ist der Ort, um alles offenzulegen, aber auch um Druck auszuüben«, sagte er. »Ich würde jedoch lügen, wenn ich behauptete, nicht meine Zweifel zu haben. Was wir brauchen, das ist Klarheit. Dazu müssen wir Nelmuras Standpunkt hören.«

»Aber wie?«, fragte Larson.

»Wir laden sie dazu ein. Egal, wo sie sich versteckt, ihre Aussage soll von der Kommission gehört werden.«

»Darauf werden die anderen Fakultäten sich niemals einlassen. Wollen wir uns wirklich so positionieren?«, fragte Corinna.

Clement nickte. »Man wird Nachsicht mit uns haben. Wir sind die Fakultät ohne Archonten, also ist es kein Wunder, dass wir Nelmuras Wort nicht leichtfertig abtun. Niemand kann uns einen Strick daraus drehen.«

Er wollte noch etwas hinzufügen, da erschrak er. Die Übertragung war abgebrochen; auf dem Schirm erschien wieder der nächtliche Astbury Tower von außen. Etwas fehlte mit einem Mal. Das Signal, das er eben bemerkt hatte, war keine Einbildung gewesen. Aber nun war es fort, und er fragte sich, was die KIs unter die Übertragung gemischt hatten. Falls es ein Skript war, das die KIs ihm und all den anderen Symbionten gesandt hatten, die diese Übertragung verfolgt hatten oder noch verfolgen würden, war es noch nicht aktiv. Zumindest konnte er keine Veränderung bei sich bemerken. Nur fragte er sich, ob er sich nicht vielleicht irrte. Ob er aus Angst nicht einfach überall Zeichen sah, die ihn zweifeln ließen.

»Werden wir denn bei der Kommission dabei sein?«, fragte Corinna.

»Bei einer derart wichtigen Sache wird jede Fakultät dabei sein«, antwortete Clement. »Wir müssen jetzt geschickt sein und uns auf alles vorbereiten. Und wir müssen uns fragen, worum es uns geht. Je eher wir uns intern darüber im Klaren sind, umso besser können wir nach außen auftreten.«

Corinna lächelte; in den Mienen vieler anderer sah Clement jedoch Unsicherheit. So wenig, wie er wusste, ob er ihnen trauen konnte, so wenig konnten sie ihm vertrauen. Er war der Dekan. Wenn es eine Kontrolle geben würde, dann war es wahrscheinlich, dass sie über die Spitze der Hierarchie nach unten ging. »Wir haben immer daran geglaubt, dass das, was unserer Fakultät guttut, auch für die Stadt gut ist.« Mehr wollte er ihnen im Augenblick nicht sagen. Die KIs hatten eben unter anderem die Angst geschürt, dass es ohne sie keine Zukunft gäbe. Ihn konnte das nicht schrecken. Er war ein Yardenide. Seine Fakultät lebte ohne einen Archonten und hatte sich trotz aller Widerstände behauptet. Sie hatten das, was die meisten für unmöglich gehalten hatten, nicht nur erreicht, sondern waren wieder zu einer der mächtigsten Fakultäten der Stadt aufgestiegen. Vielleicht konnten sie ein Vorbild für die Stadt als Ganzes sein. Aber er würde dabei vorsichtig sein müssen. Die zweifelnden Blicke um ihn herum sagten es ihm deutlich.

28 An der Spitze der Fakultät

Gamil hatte es geschafft. Nach einem langen Irrweg durch die Logistikschächte der Fakultät kletterte er nun aus einer kleinen Schleuse in die Büroküche, die direkt auf den Gang des Dekanats führte. Inzwischen fürchtete er sich nicht mehr vor engen Schächten. Er konnte eine Öffnung betrachten und wusste, was ihn dahinter erwartete. Der Übergang zum Dekanat war nicht nur deswegen schwierig gewesen, weil dort die Sicherheitsmaßnahmen hoch waren, dort gab es in einer Schleuse auch ein kurzes Zickzack-Stück, durch das er sich nur mit Mühe hindurchgewunden hatte.

Inzwischen war es mitten in der Nacht, und bei all der Stille konnte er nur hoffen, dass zu dieser späten Stunde niemand hier war, zumindest nicht in dieser Ecke des Dekanats. Jetzt erst bemerkte er Ayakos Nachricht: Sie und Zenn hatten Lester Agonoy, Felipa Hullinger und Delbert Cressman befreit und würden bald mit ihnen zu einem Treffen der Zweifler im Raum U2–67 gehen, um sie von dem Kontrollmodul zu befreien und ihnen Nelmuras Tools zu übermitteln – natürlich ohne die Archontin oder ihn zu erwähnen. Zumindest vorerst. Lester und die anderen wussten allerdings Bescheid, und sie waren nicht gegen ihn auf die Barrikaden gegangen. Gamil war beeindruckt. Gerade von Lester hatte er mehr Widerstand erwartet. Die Furcht, hintergangen zu werden, konnte er zwar nicht abschütteln, aber er vertraute Ayako, und sie hatte ihm versichert, dass Lester und die anderen keine Spielchen mit ihnen spielten.

Mit einem Gedankenbefehl öffnete Gamil die Tür zum Hauptgang einen Spalt und war erleichtert, schwaches Licht zu sehen. Er verharrte und lauschte und blickte immer wieder zu den anderen Türen, von denen die eine zum Büro der Geschäftsführerin Corinna Farrington führte und die andere – so vermutete er – zum Vorraum des Dekans.

Nachdem er sich endlich dazu durchringen konnte, die Tür zum Vorzimmer einen Spalt zu öffnen, kam die Erleichterung. Auch hier war das Licht gedämpft, und die Stille schenkte Gamil den Mut, die Tür ganz zu öffnen und sich in den Raum zu schleichen. Ein Seitenblick die Wand entlang offenbarte ihm, dass die Tür auf den Hauptgang und die umgebende Wand auf trüb gestellt war. Zu den Öffnungszeiten waren sie transparent wie Glas.

Gamil lauschte. Da war etwas gewesen, und nun zischten die Türflügel von Glazers Büro. Gamil warf sich nach vorne und suchte Schutz hinter dem Sessel einer Sitzgruppe. Am Boden liegend, schaute er zwischen den Sesselbeinen hindurch und sah die Schuhe zweier Personen, die langsam den Raum verließen – ein Mann und eine Frau.

»Keine Sorge, Clement«, sagte der Mann. Gamil erkannte ihn an der Stimme als Larson Soltmann, einen der Prodekane. Die Frau schwieg. Gamil vermutete, dass es Corinna Farrington war, doch er wollte kein Wagnis eingehen, um sich Gewissheit zu verschaffen.

»Ich möchte morgen früh die ganze Mannschaft versammelt sehen«, sagte Glazer, der offenbar in der Tür stand. »Dann klären wir das.«

»Bis morgen, Clement«, erwiderte Soltmann.

»Ja, bis dann«, sagte die Frau mit ihrer markanten Stimme. Es war tatsächlich Corinna Farrington.

Die Geschäftsführerin und der Prodekan gingen, doch Glazer blieb in seinem Büro. Als sich sowohl die Tür zum Gang als auch die zu Glazers Zimmer geschlossen hatte, erhob sich Gamil und schlich direkt zur Mitte des Raums. Er sandte den Befehl aus, die Tür zu öffnen, und kaum hatten sich die beiden Flügel in die Wand geschoben, trat er ein und sandte sofort den Befehl, die Tür zu schließen und zu verriegeln.

Clement Glazer stand mitten im Raum und starrte ihm mit entsetzter Miene entgegen. »Gamil Dellbridge!«, sagte er und musterte ihn von oben bis unten. »Wie bist du hier reingekommen?«

»Definitiv nicht über den Hauptgang«, antwortete er. »Den haben Sie hervorragend gesichert. Aber der Logistikschacht – der ist gut, allerdings nicht sehr gut geschützt.«

»Willst du mir sagen, dass du durch den engen Schacht gekrochen bist?«

»Er nicht so eng, wie Sie glauben.«

»Ich müsste dich ausliefern.«

»Das können Sie immer noch, wenn Sie das später noch wollen.«

Clement Glazer winkte ihn näher. »Keine Sorge. Ich würde dich nicht ausliefern, ohne dich anzuhören. Komm!«

Gamil trat näher an ihn heran, aber die Angst, dass der Dekan sich an die Polizei wenden könnte oder diese sogar bereits alarmiert hatte, ließ ihn nicht los.

Glazer führte ihn zu einer Sitzgruppe abseits des Arbeitstisches. Als sie beide in Sesseln Platz genommen hatten, fragte der Dekan: »Willst du was trinken?«

Gamil winkte ab.

»Du willst also zuerst die Sache klären.«

»Unbedingt. Ich brauche das Vertrauen meiner Fakultät. Ohne das ist alles verloren.«

»Du glaubst also an alles, was Nelmura dir gesagt hat.«

»Ich glaube es nicht nur, ich habe das Kontrollmodul am Werk gesehen.«

»Wirklich? Die KIs tun so, als würden sie es hier oben nicht gegen unseren Willen einsetzen. Hast du die Übertragung gesehen?«

»Welche Übertragung?«, fragte Gamil und ließ sich von Glazer erklären, was Vance Astbury als Sprecher des Systems gesagt hatte. Schließlich schüttelte er den Kopf. »Vielleicht stimmt es, dass das Kontrollmodul ursprünglich dafür gedacht war, uns im Tiefenschlaf abzusichern. Aber ich habe gesehen, wie Yaldira Wescovich, nachdem sie Nelmura und mich aufgespürt hat, voller Mordlust auf sie losgegangen ist.«

»Wenn das stimmt …«, sagte Glazer und blickte ins Leere.

»Sie müssen mir das glauben. Sie zweifeln doch.« Er wies zur Tür. »Worüber sollten Sie morgen sonst reden?«

»Ich möchte den Spielraum ausnutzen, der sich uns bietet. Bis auf den letzten Millimeter. Ich möchte die Möglichkeit erforschen, ohne die Kontrollmodule zu leben.«

»Das ist eine Diskussion, die mit intakten Kontrollmodulen nirgendwohin führt.«

»Die KIs haben gesagt, dass die Stadt ohne sie nicht existieren könnte.«

»Und glauben Sie das?«

Glazer lächelte. »So was Ähnliches habe ich früher schon einmal gehört. Als ich noch jung war, meinten viele der Älteren, dass unsere Fakultät ohne einen Archonten keine Chance habe. Wir sollten uns überlegen, uns einer anderen Fakultät anzuschließen.«

»Genau das macht unsere Fakultät zum richtigen Ort für den Widerstand. Wenn die KIs behaupten, ohne sie hätte die Stadt keine Chance, verweisen wir auf unsere Geschichte.«

»Du warst nicht dabei«, sagte Glazer. »Die Fakultät wäre beinahe untergegangen. Keiner von uns wollte, dass so etwas je wieder passiert.«

»Was genau ist denn passiert? Von den Problemen habe ich immer außerhalb der Fakultät gehört. Dass viele gegangen sind zum Beispiel.«

»Es ist nicht etwas, an das man sich gerne erinnert.«

»Sie haben Yardens Absturz doch noch miterlebt, oder?«, fragte er.

»Nein, nein. Ich bin ein paar Jahre später zur Welt gekommen. Yardens Tod hatte dazu geführt, dass viele sich aus Trauer in den Tiefenschlaf begaben. Da wurden bei uns viele Kinder geboren. Ich wuchs auf und merkte, dass die Älteren nach dem Tod Yardens erschüttert waren. Ausgerechnet die Leute, die uns Anwärtern sagten, wir würden Yardens Programmbibliotheken enträtseln, gingen einfach in den Tiefenschlaf oder wurden von anderen Fakultäten abgeworben. Sie überließen uns eine Aufgabe, die sie selbst mit all ihrer Erfahrung nicht lösen konnten.«

So hatte Gamil die Geschichte nie gehört. Es hatte immer geheißen, dass die Yardeniden zusammengerückt seien und die jüngere Generation gegen gewaltige Widerstände das Zepter übernommen hatte. »Sie haben euch also einen Scherbenhaufen hinterlassen.«

Glazers hellbraune Augen glänzten. »Die meisten wurden mit Geld und Privilegien zu anderen Fakultäten gelockt. Dann überließ man uns Jüngeren das Feld. Aber wir waren noch längst nicht so weit, all das, was Yarden aufgebaut hatte, zu verstehen. Du kannst dir den Trotz nicht vorstellen, mit dem wir der Resignation der Alten begegneten. Aber es beflügelte uns auch. In anderen Fakultäten hätten wir nie oder aber zumindest lange nicht solche Einflussmöglichkeiten gehabt. Also machten wir das Beste aus unserer Lage, und kaum einer da draußen hat damit gerechnet, dass wir uns behaupten können.«

»Wie habt ihr das gemacht? Ich meine, mit denen, die gegangen sind, dürfte eine Menge Wissen abgewandert sein.«

»Yardens Code zu analysieren war anspruchsvoll, und selbst heute können wir nicht behaupten, auch nur die Hälfte davon zu verstehen. Aber wir waren gut darin, das, was wir verstanden, weiterzuentwickeln, und ebenso gut waren wir darin, neue Dinge zu schaffen. Wir legten mehr Wert auf Wahrnehmung und Problemlösung – mehr Wert auf das Können und weniger auf den Besitz irgendwelcher Funktionen. Es ging nicht anders. Wenn du dabei gewesen wärest, als die Alten fortgingen und wir ihnen ihre Angehörigen, die sich im Tiefenschlaf befanden, an ihre neuen Fakultäten ausliefern mussten …« Er schüttelte den Kopf. »Aber mit jedem Verlust ergaben sich neue Möglichkeiten.

Wir besaßen die Gebäude hier und einige da draußen und konnten so eine gewisse Anzahl von Menschen versorgen. Mit der Abwanderung wurden ja auch Plätze frei. Leute, denen in anderen Fakultäten der Tiefenschlaf bevorstand, bewarben sich bei uns, um länger hier oben bleiben zu dürfen. Und bei den Jungen waren wir beliebt, weil man bei uns sehr schnell aufsteigen konnte. Unter all diesem Druck haben wir das scheinbar Unmögliche geschafft.«

»Und genau darum geht es auch jetzt. Sie und die anderen haben damals bewiesen, dass es ohne Archonten geht. Wir beweisen es jeden Tag. Und wir können jetzt beweisen, dass es ohne KIs geht.«

»Na gut«, sagte Glazer. »Dann überzeuge mich davon, dich nicht auszuliefern.«

Gamil stutzte. »Glauben Sie nicht, das würde Fragen aufwerfen, wenn Sie mich jetzt ausliefern würden?«

»Wahrscheinlich. Aber ich muss abwägen. Ich muss wissen, wie deine und Nelmuras Pläne aussehen.«

»Unser Plan ist einfach: Wir befreien die Mitglieder unserer Fakultät von den Kontrollmodulen und starten damit eine Bewegung, die sich von hier über die ganze Stadt ausbreitet.«

»Würdest du dich stellen, wenn das erledigt ist?«

»Wenn Sie das wirklich wollen. So wichtig bin ich nicht. Es ist nur wichtig, dass viele Symbionten von dem Kontrollmodul befreit sind. Wir müssen die KIs dazu zwingen, die Kontrolle aufzugeben.«

»Und deshalb bist du zu mir gekommen. Wenn du mir das Kontrollmodul … entfernt hast. Dann …« Er stutzte. »Du willst es mir nehmen, um mich auf deine …«

»Würden Sie nicht genau das Gleiche tun?«, fragte Gamil.

Glazer sprang auf und stürzte sich auf ihn, und ehe Gamil reagieren konnte, spürte er die Hände des Dekans an seiner Kehle. Er packte Glazers Gelenke und bemühte sich, den Würgegriff zu lösen. Die hellen Augen des Dekans zitterten panisch.

Gamil versetzte Glazer einen Stoß mit dem Knie, und sofort ließ der Dekan von ihm ab. Ehe er erneut auf ihn losgehen konnte, warf Gamil sich auf ihn und versetzte ihm einen Faustschlag. Glazer wurde zurückgeworfen. Gamil folgte ihm und packte ihn, um ihn herumzureißen. Doch ein Schlag mit dem Ellenbogen brachte Gamil aus dem Gleichgewicht und trieb ihn zu Boden. Er sah nur einen Schatten und wich zur Seite aus. Glazer schlug neben ihm auf dem Boden auf.

Gamil beeilte sich trotz eines Schwindelgefühls, auf Glazers Rücken zu steigen und mit einem gezielten Druck auf die Sensorfläche am Hinterkopf den Zugang zu seiner Maschinerie zu öffnen. Glazer versuchte, sich zur Seite zu drehen, doch Gamil presste sein Gewicht auf ihn und er packte seine Arme, führte sie am Rücken zusammen und fasste sie mit einer Hand, um rasch das Modul herauszuziehen – ohne einen Neustart auszulösen, sondern schnell und gezielt.

Glazer erschlaffte, und sofort ließ Gamil von ihm ab und zog sich schwer atmend zum Sessel zurück, in dem er sich noch vor wenigen Augenblicken zurückgelehnt hatte.

Der Dekan drehte sich zur Seite und fasste sich an den Hinterkopf. Das leise Zischen des sich schließenden Zugangs ertönte. Glazer starrte auf das Kontrollmodul, das vor ihm lag. Mit zitternder Hand tastete er danach, nahm es an sich und betrachtete das lang gezogene Objekt. »Ich kann das nicht glauben«, sagte er und rang nach Luft.

Glazer erhob sich langsam und kam mit unsicheren Schritten ebenfalls wieder zu den Sesseln. »Es tut mir leid«, sagte er.

»Mir auch«, erwiderte Gamil. »Ich hätte früher nie gedacht, dass ich mal eine solche Auseinandersetzung mit meinem Dekan haben könnte«, fügte er hinzu, während sie beide wieder Platz nahmen.

Glazer lachte leise und wischte sich mit dem Ärmel seines Hemdes den Schweiß von der Stirn. »Wird das Entfernen eines Moduls jedes Mal einen solchen Kampf bedeuten?«, fragte er.

»Bisher mussten wir uns nur Sorgen machen, dass ein Skript aufgelöst wird, sobald jemand wirklich Hand an das Modul legt. So etwas hatten wir noch nicht.«

»Aber was war mit Yaldira Wescovich?«, fragte Glazer.

»Sie war auf Nelmura angesetzt.«

»Und ich offenbar auf dich.«

Gamil schüttelte den Kopf. »Das verstehe ich nicht. Wenn andere auf mich losgegangen wären – gut, das hätte ich verstanden. Aber Sie, Dekan?«

»Nenn mich Clement.«

»Na gut, Clement. Ich tu dir den Gefallen. Aber wenn sie dich auf mich programmiert haben, dann könnten sie auch andere auf mich angesetzt haben.«

»Sie scheinen eine echte Bedrohung in dir zu sehen.«

»Aber das verstehe ich nicht. Ich bin zu Ayako gegangen, und sie hat nicht so auf mich reagiert. Anstelle der KIs hätte es doch Sinn ergeben, Ayako auf mich anzusetzen. Aber bei dir? Warum einen Dekan zu einer derartigen Tat zwingen? Warum du und nicht Ayako?«

»Hier!«, sagte Clement und warf Gamil das Kontrollmodul zu.

Gamil verwendete Nelmuras Funktionen, um dem Modul etwas abzugewinnen. Tatsächlich bemerkte er ein Skript, das aus unzähligen Unterfunktionen zu bestehen schien. Die Statusinformationen enthielten ein Log. »Hier ist ein Eintrag, wonach du eben Kontakt zum Stadtkern hattest.«

»Tatsächlich?«

»Hier!«, sagte Gamil und schickte Clement die Tools, die Nelmura ihm anvertraut hatte und die er sogar noch ein wenig erweitert hatte. »Überzeuge dich selbst!«

Clement dankte ihm und blickte dann suchend umher, als breiteten sich Nelmuras Funktionen hier im Raum aus. Schließlich sagte er: »Hier ist es. Ich habe eine Verbindung hergestellt und sie gehalten – und dann irgendwelche Daten erhalten.«

»Das müssen die Befehle sein. Offenbar haben sie bei dir

als Dekan etwas Raffinierteres eingepflanzt als bei uns Normalen.«

»Du meinst, bei gewissen Anzeichen melden wir uns bei ihnen, ohne es zu merken, und erhalten dann Befehle?«

»Ja.«

»Aber dann hätten sie mich auch schon früher aus dem Verkehr ziehen können.«

Gamil vernahm ein Signal. Jemand versuchte, ihn zu kontaktieren. »Da kommt was«, sagte er. Der Anrufer wollte anonym bleiben. Es mochten Ayako, Zenn oder aber Nelmura sein. Nur sie kannten den Alias, über den man ihn über einige Umwege erreichen konnte. Doch niemand meldete sich. Er vernahm nur ein Signal.

Clement hob die Hand. »Warte! Einen Moment!« Er schien etwas zu erwägen. »Das sind die KIs«, sagte er dann. »Ich habe gerade gesehen, dass ich eben deinen Alias übertragen habe.«

Gamil brach den Anruf ab. Sofort gab er sich einen neuen Alias. Dann wechselte er mit seinen symbiontischen Sinnen zu einem anderen Knotenpunkt und tauchte dort ab. Jeder Anruf, der jetzt kam, würde einen anderen Weg zu ihm nehmen. Da Ayako, Zenn und Nelmura ihn jetzt nicht mehr ohne Weiteres erreichen konnten, sandte er ihnen eine verschlüsselte Nachricht mit seinem neuen Alias.

Clement wirkte unzufrieden. »Warum haben sie mich nicht vorher erwischt?«

Gamil prüfte, ob das Skriptpaket auf dem Modul weitere Informationen preisgab. Neben dem Log gab es allgemeine Statusdaten. »Moment mal!«, sagte er, als er über die Installationsdaten stolperte. »Das Skript, das dich bei ihnen anrufen ließ, wurde heute installiert.«

»Wann?«, fragte Clement.

»Vor etwa einer Stunde. Exakt um 22:27.«

Mit einem Mal stand Entsetzen in Clements Miene geschrieben. »Das war also tatsächlich während der Übertragung vom Astbury Tower.«

Gamil war ebenfalls entsetzt. »Das dürften alle, die nicht gerade in irgendwelchen Schächten herumgeklettert sind, verfolgt haben.«

Clement nickte. »Ich hatte das Gefühl, dass da vielleicht ein Signal ist. Aber dass sie ganze Skriptpakete rüberschicken, das hätte ich nicht erwartet.«

»Moment mal!«, sagte Gamil. »Das könnte auch heißen, dass die Befehle, auf mich loszugehen, bereits im Skript stehen, du aber zusätzlich Kontakt zu den KIs aufgebaut hast. Es ist nicht klar, ob die Befehle bereits da waren oder aber über den Anruf kamen.«

»Vielleicht haben sie es bei allen gemacht, die die Übertragung verfolgt haben.«

Gamil schüttelte den Kopf. »Du musst die Fakultät sofort isolieren«, sagte er. »Kein Signal darf rein- oder rauskommen.«

Clement erhob sich und ging zu seinem Tisch, auf dem sich eine schematische Repräsentation des Fakultät-Systems als Schildkonstrukt aufbaute.

Gamil musste an Ayako und Zenn denken. Sie wollten sich mit einigen Zweiflern treffen. Er prüfte noch einmal, wann sie ihm die Nachricht geschickt hatten. Es war vor der Übertragung gewesen. Jeder weitere Symbiont, dem sie nun mit dem Vorhaben, das Modul zu entfernen, zu nahe kamen, würde sich bei den KIs melden. Und was geschah, falls das aggressivere Skript bei manchen bereits installiert war, mochte er sich nicht ausmalen.

Ayako war ebenso wenig zu erreichen wie Zenn. Sie hatten sich abgeschottet. Er erinnerte sich noch an die Raumnummer: U2–67. Dort wollten sie sich mit jenen in der Fakultät treffen, die an den KIs zweifelten.

29 Die Zusammenkunft

Ayako schaute sich in dem langen Lagerraum um; sie konnte nicht fassen, dass sie sich vorhin noch gefragt hatte, wie sie andere Symbionten schnell auf ihre Seite ziehen konnten, und nun waren hier drei Dutzend Leute zusammengekommen.

»*Mist!*«, flüsterte Zenn ihr mit seiner Gedankenstimme zu. »*Das sind vielleicht zu viele. Mehr, als wir im Griff haben können.*«

Ayako nickte. »*Wir wollten schnelle Fortschritte, und jetzt haben wir sie.*«

Lester Agonoy führte einen schmalschultrigen Mann zu ihnen, der unsicher wirkte. Ayako hielt ihn für einen Teenager. Natürlich konnte man sich in Fragen des Alters selten auf das Offensichtliche verlassen, und seine Daten gaben nichts preis, aber seine Mimik wirkte unschuldig.

»Wie heißt du?«, fragte Ayako.

»Lon Tsuruda«, antwortete er und öffnete seine Statusdaten. Er war siebzehn Jahre alt, und seine Operation lag vier Monate zurück. Die Prüfung zum Symbionten hatte er vor zwei Monaten gemacht. Das war ungewöhnlich schnell und machte ihn zu einem vielversprechenden Talent.

»Mach dir keine Sorgen«, sagte Ayako. »Du wirst keine Veränderung spüren, vielleicht einen kurzen Augenblick der Unsicherheit, aber mehr nicht.«

Zenn wandte sich an die anderen. »Sobald wir euer Modul entfernt haben, geben wir euch eine Programmbibliothek, mit der ihr dem System vorgaukeln könnt, dass das Kontrollmodul intakt ist. Wir werden es euch demonstrieren, und ihr könnt selbst entscheiden, ob ihr das haben wollt.«

Es herrschte absolute Stille im Raum, als Zenn sich zu Ayako umwandte und nickte.

Ayako bat Lon, sich umzudrehen. Er folgte, ohne zu zögern. Ayako konnte seine Angst vor der Kontrolle der KIs geradezu spüren. Sie konzentrierte sich, denn falls sie jetzt scheiterte, würde sich keiner der Anwesenden das Kontrollmodul entfernen lassen.

Sie hatte nicht einmal ihre Finger auf den Sensor in Lons Nacken gelegt, da schrie mitten in der Menge jemand auf. Es war ein Brüllen, das kein Maß kannte und Ayako kaum menschlich erschien.

Mitten unter den Anwesenden wütete ein Mann. Mit weit aufgerissenen Augen schaute er umher und schlug um sich. Jene, die um ihn herum standen, wichen erst zurück, dann versuchten einige von ihnen, ihn zu packen. Mit einem Mal war er aus Ayakos Blick. Die Schreie schwollen noch an, und die Leute um ihn herum riefen um Hilfe.

»Wir haben ihn!«, schrie jemand.

Ayako blickte Zenn hinterher, der auf den Schreienden zulief. Durch die Gasse, die sich hinter ihm bildete, gelangte ihr Blick bis zu einem sich windenden Mann, dem es nicht gelang, seinen fülligen Körper aus den Griffen der anderen zu befreien. Plötzlich erhob sich weiter hinten im Raum erneut Geschrei. Eine Frau würgte einen Mann, und die Umstehenden versuchten, sie von ihm zu lösen.

Lester tippte sie an. »Ich habe gerade einen Anruf bekommen. Nur ein Signal.«

Ayako hatte sich für alle Nachrichten gesperrt und prüfte nun ihr Log. Tatsächlich gab es mehrere lokale Kontaktversuche. Gerade eben erst hatte jemand von diesem Anwesen aus sie erreichen wollen. »Das kommt von innen«, rief sie. Sie öffnete die Nachricht, und die enthaltenen Signale richteten sich auf Nelmuras Objekte, die dem System vormachen sollten, dass das Kontrollmodul noch intakt war.

»Die schicken Skripte an die Kontrollmodule«, sagte sie. »Nehmt keine Nachrichten an«, rief sie. »Keine!«

Lester wiederholte ihre Forderung lauter.

Zenn zog dem am Boden liegenden Mann das Modul aus dem Hinterkopf, und sofort gab dieser seinen Widerstand auf. Rasch machte Zenn Platz und gab den Blick frei. Der Mann sah mit seinen blauen Augen zu jenen empor, die ihn gerade noch gehalten hatten und bereit wirkten, ihn noch einmal zu packen, sollte er erneut aggressiv werden.

Eine dritte Person brüllte auf, dann eine vierte. Ein Mann direkt neben Ayako wandte sich ruckartig zu ihr um, sein Gesicht zu einer Maske erstarrt, seine Hände zu Fäusten geballt. Sie fühlte sich wie festgewachsen, riss aber die Arme zum Schutz hoch und wich zurück. Mit dem Rücken stieß sie auf jemanden und sah noch die Faust ihres Angreifers, da hob sich ein Bein, das ihres hätte sein können, und traf den Mann in der Brust. Voller Erstaunen schaute sie über die Schulter und sah Lester, der sie vor dem Sturz bewahrt hatte und mit einem Tritt an ihr vorbei den Angreifer aufgehalten hatte. Sie schämte sich, dass sie sich nicht selbst verteidigt hatte. Denn obwohl sie in ihrem ganzen Leben nie in eine Schlägerei verwickelt gewesen war, hätte sie sich dennoch mehr Standhaftigkeit zugetraut.

Von links und rechts kamen die Leute herbei und warfen sich auf den Angreifer. Sie pressten ihn zu Boden, und einer von ihnen machte Platz, sodass der Hinterkopf frei lag. Erst jetzt agierte Ayako. Sie ging in die Hocke, öffnete den Zugang zur Maschinerie mit einer gezielten Berührung und einem Gedankenbefehl, dann zog sie dem Mann das Modul aus dem Hinterkopf.

Um sie herum herrschte das Chaos. Ayako konnte nicht einmal sagen, wie viele der Anwesenden mit einem Mal rasend geworden waren. »Nehmt keine Nachrichten an!«, rief sie noch einmal, und die Leute in ihrer Umgebung gaben die Aufforderung weiter.

Mit Lester an ihrer Seite bewegte sie sich in Richtung Eingang. Und jeden, der von anderen gehalten am Boden lag, befreite sie, wenn sie vorüberkam. Trotz des Tumults wuchs ihre Macht in diesem Raum. Alle, die sich der Signale verschlossen, und jene, die vom Modul befreit waren, standen nun auf ihrer Seite. Sie hatte sich nie für eine Anführerin gehalten, aber ihr lief ein Schauer über den Rücken, wann immer sie in die großen Augen der Befreiten schaute und die Bewunderung in den Mienen der anderen sah, gefolgt von einem Ausdruck der Erwartung, dass sie andere befreien möge. So musste sich eine Archontin fühlen, wenn sie ihren eigenen Leuten half.

In der Mitte des Raums traf sie auf Zenn. Alle Schreie verstummten. Mit misstrauischen Blicken schauten sie sich um, und Ayako fragte sich, wer der Nächste sein könnte. »Also noch mal«, sagte sie. »Wenn ihr noch ein Modul im Schädel habt: Keine Nachrichten annehmen! Keine!«

Das Eingangstor zischte, und ein Mann kam hereingelaufen. Entsetzen stand ihm ins Gesicht geschrieben. Es war Gamil, der die Leute anstarrte, als würden sie jeden Augenblick über ihn herfallen. Ayako hielt es sogar für möglich, denn alle waren verunsichert, und es bot sich viel Raum für Missverständnisse. Die Stille, die sich verbreitete, ließ sie befürchten, dass diese Nacht in einer Katastrophe endete. Bisher war es nur darum gegangen, die Module zu entfernen und damit einer möglichen Kontrolle zu entgehen. Mit Gamils Erscheinen war jedoch mit einem Schlag klar, wer hinter ihr und Zenn stand und woher die Werkzeuge kamen, mit denen sie das System glauben machten, die Kontrollmodule wären noch da.

Felipa, die direkt vor Gamil stand, klatschte Beifall, und einige schlossen sich an. Ein Mann jubelte sogar. Die meisten waren aber noch wie erstarrt und schauten sich mit fragenden Blicken um.

Gamil wirkte überrascht und rührte sich nicht vom Fleck.

Zenn drängte sich zu ihm nach vorne. »Hast du es geschafft?«, fragte er.

»Der Dekan ist von dem Modul befreit«, sagte er.

Jubel erhob sich aus der Mitte des Raums, aber viele ringsum schwiegen und starrten beinahe so, als wollten sie Eindrücke sammeln, die sie später der Polizei darlegen konnten. »Aber es ist jetzt wichtig, dass ihr vorsichtig seid«, sagte Gamil.

»Keine Sorge! Wir haben die Nachrichten entdeckt.«

»Nachrichten?«, fragte Gamil mit verständnisloser Miene. »Es sollten eigentlich keine mehr durchkommen. Ich meine, die KIs haben während der Übertragung vorhin Skripte übertragen.«

Ayako erzählte von der Nachricht, die sie empfangen hatte, und sie schickte sie ihm sogar.

Es schien ihn nicht zu beruhigen. »Der Dekan hat jede Kommunikation nach außen unterbrochen. Wenn das hier von innen kommt, dann ist hier irgendjemand, der Kontrollbefehle weiterleitet.«

»Aber wie, wenn alles abgeschottet ist?«, fragte Zenn.

»Egal!«, sagte Ayako. »Schnell raus mit den Modulen!«

Unruhe verbreitete sich wieder im Raum.

Gamil hob die Hand. »Wir sollten vorsichtig sein, um kein Skript auszulösen, das an die Kontrollmodule geknüpft ist. Wer weiß, was sie während der Übertragung ausgesandt haben. Bislang konnten die da draußen argumentieren, dass Symbionten, die sich nichts vorzuwerfen haben, auch keine Kontrolle zu befürchten haben. Aber sich das Modul entfernen zu lassen ist jetzt offenbar bereits ein Verbrechen.«

»Na ja«, sagte Lester. »Von dir veranlasst vielleicht schon.«

»Warum?«, erwiderte Gamil. »Ohne das Kontrollmodul stünde euch frei, was zu tun ist. Ich bin hergekommen und habe erwartet, dass viele von euch zwar von dem Modul befreit werden wollen, aber sie nichts mit mir und Nelmura zu tun haben wollen.«

Ayako lachte. »Das ist jetzt wohl eher vorbei.«

Einige lachten, viele nickten.

Lester schaute zwischen ihr und Gamil hin und her. »Ich

gebe zu, dass ich auch nicht begeistert von dem war, was Nelmura gemacht hat. Aber so allmählich wird mir klar, warum sie es macht.« Er wandte sich an den Mann, der zuerst die Kontrolle verloren hatte. »Und, Robert? Du weißt, was du getan hast?«

Der füllige Mann wich den Blicken aus. »Das war ich nicht«, sagte er. »Irgendwas überkam mich, und ich habe offenbar einen Anruf nach draußen gemacht. Der brach zwar plötzlich ab, aber es war erst vorbei, als Zenn mir das Modul entfernte.«

»Wann war das genau?«, fragte Gamil. »Dein Anruf, meine ich.«

»Um 23:36. Und der Abbruch kam noch in derselben Minute.«

Gamil atmete auf. »Der Kontakt brach deswegen ab, weil der Dekan uns abschottete.«

»Das erklärt aber nicht, warum danach andere genauso reagierten«, sagte Ayako und schaute in die Runde.

»Wir erhielten einen Anruf hier aus der Fakultät«, sagte eine Frau.

»Das war ich«, sagte der Mann, der eben gegen Ayako vorgegangen war. In seinen blauen Augen lag Entsetzen. »Das Kontrollmodul brachte mich dazu, eure Aliasse zu sammeln und auszusenden.«

»Aber wie konnten sie Kontakt aufnehmen, wenn die Fakultät abgeschottet war?«, fragte Zenn. »Haben sie dir was gegeben, das du an uns weitergeleitet hast?«

»Nein«, sagte der Mann.

»Die Nachrichten kamen nicht von ihm«, sagte Lester, »sondern von irgendeinem anderen hier in der Fakultät.«

»Das neue Skript ist gefährlich«, sagte Gamil. »Wenn sie einen Einzelnen benutzen können, um die Aliasse anderer einzusammeln und diese dann gezielt anzugreifen, dann haben wir Probleme.«

»Das heißt, hier sitzt irgendwo jemand, der anderen den Befehl zum Amoklauf schickt?«, fragte Ayako.

»Wir werden ihn finden«, erwiderte Gamil.

»Denen da draußen ist jetzt klar, was wir hier getan haben«, sagte Zenn. »Sie werden gegen uns vorgehen.«

»Deshalb müssen wir schnell jeden in diesem Gebäude von dem Kontrollmodul befreien.«

Ayako schaute in die Runde. »Wer möchte zuerst?«, fragte sie.

Die Freiwilligen kamen wie ein Schwarm auf sie zu. Sie zeigte auf sich und Lester, dann auch Zenn, Felipa und Gamil. »Und irgendwo dahinten müsste auch noch Delbert sein«, sagte sie.

»Hier!«, rief Delbert und hob die Hand aus der Menge.

»Sobald ihr das Ding los seid, passt ihr auf, dass die anderen keinen Unsinn machen«, sagte sie und erklärte noch einmal, dass ein Skript gestartet werden könnte, das dazu führt, dass sie sich wehren. Sie müssten mit allem rechnen.

»Wäre es nicht besser, wenn vier einen am Boden halten? Nur für alle Fälle«, sagte Lester.

»Ein bisschen demütigend, oder?«, erwiderte Ayako.

»Nur das Tal, das man durchschreiten muss, um ins gelobte Land zu kommen.«

Ayako lachte. »Macht es, wie ihr es wollt«, sagte sie, ehe sie sich einen der Anwesenden vornahm. Es war Lon, bei dem sie, ehe das Chaos losgebrochen war, hatte beginnen wollen.

Gamil kam hinzu und schaute ihr auf die Finger, und nachdem alles ohne Reaktion über die Bühne gegangen war und sie dem Befreiten dessen Modul in die Hände gab, winkte sie Gamil zur Seite. Einige wirkten enttäuscht, dass sie ihnen nicht das Modul entfernte, aber schon waren Felipa und Lester zur Stelle und nahmen ihren Platz ein.

»*Das war fast das Ende, Ayako*«, sagte Gamil mit seiner Gedankenstimme.

»*Wir haben es geschafft*«, erwiderte sie lächelnd. »*Die KIs haben zu viel gewagt und endlich mal einen Rückschlag einstecken müssen. Durch die Skripte haben sie dafür gesorgt, dass es für sie keine Unschuld geben kann ohne den Kontrollchip.«* Sie schaute sich im Raum unter den Leuten um. »*Keiner, der das gerade erlebt hat, möchte unter so einer Kontrolle stehen. Und ganz sicher möchte keiner zum Mörder gemacht werden. Jetzt werden viele motiviert sein, um ihre Freiheit zu kämpfen.*«

Gamil schüttelte den Kopf. »*Ich weiß nicht. Wenn die Freiheit gegen die Bequemlichkeit steht, würde es mich nicht wundern, wenn eine Mehrheit sich aus freien Stücken zur Bequemlichkeit bekennt.*«

»*Du hast ein Problem, Gamil: Wenn wenig Hoffnung bleibt, bist du Optimist, und wenn viel Hoffnung da ist, bist du ein Pessimist.*«

Gamil lächelte. »*Vielleicht gar nicht so schlecht.*«

»*Der erste Teil schon. Der zweite ist normalerweise das, was es einem versaut. Nicht bei solchen Konflikten, sondern generell. Aber keine Sorge. Bei mir ist es umgekehrt. Das gleicht sich aus.*«

»*Ich habe immer gewusst, dass wir ein gutes Team sind*«, sagte er.

Ayako wich seinem Blick aus. Sie empfand ohnehin schon viel zu viel für ihn. Aber sie konnte nicht anders, als zu lächeln. Sie wusste, wie leicht sie es mit ihm hätte haben können. Nach seinem Erwachen aus dem Tiefenschlaf hatte sie sich zurückgehalten, weil sie sich daran erinnert hatte, wie verwirrt sie selbst nach ihrem Erwachen gewesen war. Und dann hatte sie zu lange gewartet, weil sie nicht gemerkt hatte, dass Gamil er selbst geworden war. Sie dachte, es wäre zu früh gewesen und er würde noch kälter werden und nicht dieser liebenswerte Tagträumer bleiben. Nachdem sie es erkannt hatte, war das Zusammenspiel zwischen ihm, Zenn und ihr so perfekt ausbalanciert gewesen, dass sie es nicht hatte in Gefahr bringen wollen. Sie schaute nun zu Zenn hinüber, der unermüdlich ein Modul nach dem anderen entfernte. »*Wir alle sind ein gutes Team*«, sagte sie.

Gamil nickte, und sie war froh, dass er sie nicht durchschaut hatte. Und sie fragte sich, ob sie gerade nicht den perfekten Moment für eine Annäherung verpasst hatte. »*Nur noch ein bisschen*«, sagte sie. »*Und die Fakultät der Yardeniden ist frei.*«

Gamil machte ein bedrücktes Gesicht. »*Du hast recht. Ich bin pessimistisch, wenn alles gut aussieht.*«

30 Zweifel

Myron saß in der Arbeitsnische, die er sich im Großraumbüro ausgewählt hatte, und sah seinen Kollegen dabei zu, wie sie hin und her liefen. Die Lage hatte sich komplett geändert. Sie waren auf den Befehl des Chefs längst aus ihren Büros in das offene Büro umgezogen. Eben hatten alle noch an Plänen gearbeitet, Nelmura und Gamil aus ihren Verstecken zu locken, und jetzt hatten sich die Yardeniden abgeschottet, und das System hatte erklärt, dass sie abtrünnig geworden waren. Von Verrat war die Rede. Wie seine Kollegen von zweifelhaften Plänen zu Kampfvorbereitungen übergegangen waren, erschütterte Myron, und er beobachtete sich selbst dabei, einen gewissen Groll gegen die Yardeniden und deren Dekan zu haben.

Immer wieder fragte Myron sich, warum Clement Glazer sich zu diesem Schritt entschieden hatte. Er hatte alles nur noch viel schlimmer gemacht. Doch die Erinnerung an das Treffen mit Gamil in der Seitengasse bewahrte ihn davor, zu sehr in Rage zu geraten. Und auch die Pläne, zu denen sich die anderen verstiegen hatten, machten es unmöglich, die Zweifel abzuschütteln.

Commander Darmady hatte überlegt, ob man Nelmura das Leben Yaldira Wescovichs anbieten solle, um sie hervorzulocken. Man hatte sich aber dagegen entschieden, weil es bedeutet hätte, ein einmal gesprochenes Urteil sofort wieder aufzuheben. Stattdessen hatte man sich mit Gamil Dellbridge beschäftigt und überlegt, ob man nicht über seine Eltern und insbesondere über seine Schwester an ihn herankommen konnte. Seine Kollegen hatten Kontakt zur Dellbridge-Familie aufgenommen und Gamils Tante, Lucile Dellbridge, auf ihre Seite gebracht. Sie konnte ihren Neffen nicht ausstehen.

Nun fragte sich Myron, ob der Antrag der Dellbridge-Familie bei den Yardeniden, Gamil die Vormundschaft über die Eltern und die Schwester, die sich allesamt im Tiefenschlaf befanden, zu entziehen, nicht vielleicht der Grund dafür war, dass Clement Glazer sich zu einem so drastischen Schritt entschieden hatte. Hatte er den Zweck dieses Antrags durchschaut und dadurch erkannt, dass Gamil und Nelmura recht hatten?

Myrons Meinung nach war es nur eine Frage der Zeit, ehe die KIs bemerkten, dass sie sich nicht mehr uneingeschränkt auf ihn verlassen konnten. Aber der Chef hatte ihn ohnehin im Hintergrund gehalten. Dass seine Ermittlungen zu Yaldira Wescovichs Festnahme geführt hatten, spielte offenbar keine Rolle. Er wurde das Gefühl nicht los, einen Fehler gemacht zu haben. Wescovichs Verbannung war ein Skandal, doch niemand schien es bei all der Aufregung zu kümmern. Und in ebendieser Aufregung war Myron von dem leitenden Ermittler zu einer Hilfskraft zurückgestuft worden. Er durfte nun lediglich mit seinen symbiontischen Sinnen die Netze durchstreifen. Eine auf die Dauer anstrengende Arbeit, die immer wieder nach einer Pause verlangte.

So saß er nun um 04:34 da, die Füße auf den Tisch gelegt, und fragte sich, ob er Gamil Dellbridge nicht hätte bitten sollen, ihm das Modul zu entfernen. Denn seine Kollegen hatten den Kopf verloren. Das Umherschwirren passte zu den wenigsten. Es erschien ihm vielmehr wie ein Ausdruck der Verzweiflung, in die Nelmura die KIs gestürzt hatte.

Während er Schluck um Schluck seinen Kaffee trank, musste Myron sich eingestehen, dass er in diesem Spiel auf das falsche Team gesetzt hatte. Der Übereifer, mit dem seine Kollegen gegen die Fakultät der Yardeniden vorgehen wollten, entsetzte ihn. Die Pläne, die sich gegen Gamil und Nelmura gerichtet hatten, waren schon jenseits der Grenze gewesen, aber jetzt warfen sie sich dort drüben in der Mitte des Büros Vorschläge hin und her, die weit jenseits des Gesetzes lagen. Die Gefangennahme und Befragung von Familien der Yardeniden. Gesinnungsprüfungen für alle, die mit ihnen Kontakt hatten. Einführung der Kategorie *Sympathisant*, was ihnen die Tür öffnete, Leute in Gewahrsam zu nehmen und verschwinden zu lassen. Das alles war gegen jedes Recht, aber es hieß, im Senat debattiere man darüber, den Notstand auszurufen und Teile der Gesetze auszusetzen, bis wieder Ordnung herrsche. Dabei hatte Myron den Eindruck, dass ihren Ermittlungen durch die plötzliche Erweiterung der Programmbibliotheken und die Aussetzung der bisherigen Löschbestimmungen für unrechtmäßig erworbene Daten jetzt bereits kaum noch Grenzen gesetzt waren.

Manche seiner Kollegen hatten eine sichtliche Freude daran, sich mit immer neuen Ideen zu melden. Eliseo Areias schritt zur Toilette hinüber, als wäre er ein Held, den tausend bewundernde Blicke trafen, nur weil er Yaldira Wescovich zwei Mal gefasst hatte und nun auf die Idee gekommen war, jene Yardeniden, die es nicht zurück in die Fakultät geschafft hatten, den KIs vorzuführen, um sie über das Kontrollmodul gefügig zu machen. Dann sollten sie als Spione in die Fakultät heimkehren.

Myron erkannte den Sergeant nicht wieder. Die meisten hier waren wie verwandelt, und er konnte nicht sagen, ob die KIs sie zu etwas zwangen oder ob sie ihnen lediglich die Hemmung genommen hatten, ihr wahres Wesen zu offenbaren. Seine Kollegen hatten die überaus problematischen Kontrollmodule schon zum Teil ihrer Kalkulation gemacht. Ob die betroffenen Symbionten sich dabei zum Werkzeug machen lassen wollten, danach fragte niemand.

Als Othao Merrell das Großraumbüro betrat, zog Myron die Füße vom Tisch und nickte dem Dekan zu, da dieser in seine Richtung blickte. Er verspürte keinen Respekt für den Nelmurianer, war aber gespannt, was er zu sagen hatte.

Merrell trat an Commander Darmady heran, der in der Mitte des Raums die Planung leitete. Nach einer Begrüßung wurde es ganz ruhig um sie herum, und alle warteten darauf, was der Dekan der Nelmurianer zu sagen hatte. »Gamil Dellbridge ist wieder in seiner Fakultät«, verkündete er mit düsterer Miene.

»Das heißt, Clement Glazer hat die ganze Zeit mit ihm gemeinsame Sache gemacht?«, fragte Commander Darmady.

»So ist es«, antwortete Merrell.

Myron wusste, dass das eine Lüge war. Er hatte Gamils Verzweiflung gesehen. So verhielt sich niemand, der über die Rückendeckung einer Fakultät verfügte.

»Wir müssen verhindern, dass Nelmura zu ihnen gelangt«, sagte Merrell.

Myron stellte den Kaffeebecher ab und überlegte, wie er diese ganze Angelegenheit sabotieren konnte, ehe die KIs darauf kamen, dass er ihnen gegenüber längst nicht mehr loyal war. »Und?«, fragte er und zog die Blicke auf sich. »Wie sollen wir das anstellen?«

»Hermansen«, sagte Merrell und nickte. »Wir müssen die Fakultät einnehmen, ehe Nelmura dorthin gelangt.«

»Aber sie sind abgeschottet, und die bisherigen Pläne brauchen Zeit«, sagte Myron.

Der Dekan nickte. »Die Barriere, die Glazer geschaffen hat, ist schwierig zu durchbrechen«, sagte er. »Ich habe mit den KIs gesprochen, und wir sind uns einig, wie wir an sie herankommen. Die KIs haben es bereits erprobt. Falls es gelingt, ziehen wir den Yardeniden den Teppich unter den Füßen weg.«

Alle starrten den Dekan der Nelmurianer erwartungsvoll an, und auch Myron konnte es kaum erwarten, die Lösung zu erfahren. Und nachdem er sie gehört hatte, nickte er anerkennend und sagte: »Nicht schlecht.« Innerlich aber war ihm dieses Vorgehen zuwider, weil es, wie die Pläne seiner Kollegen zuvor, gegen alles sprach, wofür sie als Polizei je gestanden hatten. Zudem stellte sich die Frage, warum Merrell und die KIs überhaupt ihre Hilfe benötigten. Er konnte es sich nur so erklären, dass sie nicht selbst als Akteure erscheinen wollten. Niemand sollte mit dem Finger auf sie zeigen können.

31 Klare Fronten

Clement Glazer konnte das erste Mal seit Stunden durchatmen. Draußen war der Tag angebrochen – der erste Tag ihres Widerstandes. Die Fakultät der Yardeniden war nun isoliert, und sie hatten einen nach dem anderen von dem Kontrollmodul befreit. Clement hatte sich mit Ayako Takaki um die Führungsriege gekümmert und war erleichtert gewesen, dass die von Gamil beschriebenen Probleme nicht aufgetreten waren.

Trotz ihrer Fortschritte war Clement besorgt. Gamil hatte ihm berichtet, was in dem Lagerraum geschehen war, in dem sich die Zweifler getroffen hatten. Die Analyse hatte den Verdacht bestätigt, dass diejenigen, die in Raserei verfallen waren, Anrufe erhalten hatten – von einem anonymen Akteur irgendwo hier in der Fakultät. Und das machte Clement mehr Angst als alles andere.

Es klingelte, und schon öffnete sich die Tür.

Clement wandte sich um und war erleichtert, Gamil zu sehen. Er hatte ihm verdeckte Privilegien gegeben, die denen eines Prodekans entsprachen, und neben Corinna Farrington war er der Einzige, der freien Zugang zu seinem Büro hatte.

»Und?«, sagte er. »Hast du den Verräter gefunden?«

»Verrat ist ein hartes Wort«, sagte Gamil, dann schüttelte er den Kopf. »Nein. Wir konnten ihn nicht finden.«

»Das heißt, es sind doch noch nicht alle von dem Kontrollmodul befreit?«, erwiderte Clement und wies an der Sitzgruppe am Fenster vorbei zu der Couch unter dem großen Bildschirm. Er bot ihm einen Platz an und ließ sich selbst in einen der Sessel schräg daneben nieder.

»Nein, nein«, antwortete Gamil, als er saß. »Es gibt keinen Symbionten mehr auf dem Anwesen, der noch das Kontrollmodul installiert hat.«

Clement stutzte. »Hat sich denn jemand besonders gesträubt?«

»Gesträubt nicht gerade. Manche machten aber von dem Angebot Gebrauch, die Fakultät zu verlassen. Vielleicht war er da dabei.«

»Vielleicht. Aber was, wenn es viel schlimmer ist? Was, wenn jemand aus voller Überzeugung den KIs hilft?«

»Ohne die Kontrollmodule wird er seinen Einfluss nicht ausspielen können«, sagte Gamil.

»Was ist mit all den Yardeniden, die noch da draußen in der Stadt sind?«, fragte Clement. Nachdem er die Fakultät abgeschottet hatte, waren einige Symbionten hastig zurückgekehrt. Er hatte die Schildschleuse am Eingang zum Anwesen geöffnet und hinter ihnen wieder geschlossen, und sie hatten auf dem Hof warten müssen. Seit er die Kontrolle an Prodekan Larson Soltmann abgegeben hatte und er entschied, wer ein und aus ging, hatte er nicht mehr durch das Seitenfenster im Nebenraum auf den Hof geschaut.

»Es hat erst mal gedauert, bis allen klar war, dass sie hier nur reinkommen, wenn sie sich das Modul entfernen lassen. Einige sind wieder gegangen. Aber insgesamt haben wir um die fünfzig Heimkehrer. Nicht nur Yardeniden.«

»Das ist ein Problem«, erwiderte Clement. »Wir können das Modul entfernen, aber Loyalität können wir nicht erspüren.«

»Diejenigen, die wir nicht kennen, stehen erst einmal unter Beobachtung«, sagte Gamil. »Ich hasse das, aber die Heimkehrer scheinen dafür mehr Verständnis zu haben als ich. Hauptsache, sie sind in der Fakultät.«

»Gibt es irgendwelche Nachrichten von unseren Senatoren?«, fragte Clement.

»Nein. Sie sind komplett von der Bildfläche verschwunden.«

Er hatte Rodrick Helmers, dem Abgesandten ihrer Fakultät, empfohlen, er möge mit den acht anderen Senatoren, die Yardeniden waren, unbemerkt heimkehren. »Ich hoffe, die KIs haben sie nicht daran gehindert, zu uns zu kommen.«

»Wenn es so wäre, hätte man sie wahrscheinlich längst als Trophäe vorgeführt.«

Clement nickte zwar, konnte sich aber vorstellen, dass die KIs die Senatoren gefangen genommen hatten, um sie später als Verräter gegen sie ins Spiel zu bringen.

»Was ist mit Angehörigen?«, fragte Clement nach einem Moment des Schweigens und dachte an Cira und Georgina – seine Frau und seine Tochter. Ebenso wie andere in der Fakultät wollte er seine Familie zu sich holen.

Gamil hatte er beauftragt, nach Mitteln und Wegen zu suchen, das zu tun. Er selbst hatte sich eine Leitung nach draußen geöffnet und seine Frau angerufen. Sie hatte Angst, das Haus zu verlassen. Und zu allem Überfluß hatte sich die Polizei bereits bei ihr gemeldet und nach ihm gefragt.

»Ich habe Zenn mit einigen Leuten rausgeschickt, um deine Familie zu holen«, sagte Gamil.

»Und die Familien der anderen?«, fragte Clement und dachte vor allem an Floyd Soltmann, Larsons Mann, der zwar bei den Claytoniden war, aber selbst dort jederzeit zur Zielscheibe werden konnte. Es wäre eine zu große Versuchung, den Lebenspartner des wichtigsten Prodekans der Yardeniden als Druckmittel zu missbrauchen.

»Wir kümmern uns erst einmal um die, von denen wir annehmen, dass man sie als Druckmittel gegen uns einsetzen könnte. Wir haben allen gesagt, sie sollen ihren Familien klarmachen, dass sie sich offiziell gegen die Fakultät stellen, damit sie keine Schwierigkeiten bekommen. Wir werden sie holen, sobald es uns möglich ist.«

Clement nickte. Er wollte zwar Cira und Georgina wiedersehen, fürchtete aber, dass er sich dadurch Vorwürfe einhandelte, wonach er sein Wohl über das von anderen stellte.

»Zenn wird sie über die Schleuse zu uns bringen, durch die ich reingekommen bin. Bis dahin läuft alles über das Logistiksystem. Deine Frau braucht ihre Wohnung nicht zu verlassen, um mit unseren Leuten zusammenzukommen.«

»Was ist mit Nelmura?«, fragte Clement. »Hast du die Leitung, die ich dir geöffnet habe, benutzt, um mit ihr zu sprechen?«

»Sie wird kommen«, antwortete Gamil lächelnd.

»Bist du sicher?«

»Sie sagt, wir sollten die Verteidigung hochfahren, als würden wir eine Fehde mit allen anderen Fakultäten haben.«

»Die Fehde haben wir im Grunde auch.«

Gamil lachte leise. »Das habe ich ihr auch gesagt. Und sie meinte, es würde noch schlimmer kommen.«

Clement schüttelte den Kopf. »Ich hoffe, wir haben uns hier nicht in eine Sache manövriert, aus der wir nicht mehr lebend herauskommen.«

Gamils Lächeln verging. »Wir sollen durchhalten, bis sie da ist«, sagte er.

Clement fragte sich, was sie aufhielt, schwieg aber dazu. Kaum hatte er Gamils fragenden Blick bemerkt, wechselte er das Thema. »Ich habe gewusst, dass aus dir was wird«, sagte er. »Aber dass du zu den Nelmurianern gehen musstet, um ans Ziel zu kommen, darauf wäre ich im Traum nicht gekommen. Und dass Nelmura zu uns kommen könnte, das hätte ich vor ein paar Tagen noch für ausgeschlossen gehalten.«

»Die Archontin, die ihre Fakultät verlor, geht zur Fakultät, die ihren Archonten verlor«, sagte Gamil.

»Als ich jung war, habe ich mir gewünscht, irgendetwas würde die Stadt aufmischen, damit was Neues entsteht. Dass ich so tief drinstecken würde – unglaublich.«

»Noch etwas«, sagte Gamil. »Nelmura hat eine Nachricht für dich.« Gamil hielt die Hand hin, als läge etwas auf deren Fläche, und tatsächlich ließ er ein Datenpaket als Nachricht zu ihm hinübergleiten.

Clement zögerte, es zu öffnen. Geheime Daten von einer Archontin, die mit den KIs im Kampf stand? Unter anderen Bedingungen hätte er es für eine Falle gehalten. Obwohl er Gamil und auch Nelmura vertraute, wurde er das Unbehagen nicht los. Schließlich öffnete er das Datenpaket und fand dort das, was Nelmura im Tiefenschlaf zu den Kontrollmodulen recherchiert hatte, und mit einem Schlag überzeugte sie ihn davon, dass ihre Bedenken berechtigt waren. Es war wie ein Gang durch die Straßen der Stadt, und überall verstießen Handlanger der KIs gegen das Gesetz. Sie hatten die Symbionten in der Tiefe in diese oder jene Richtung gedrängt, hatten sich gegen eine freie Entfaltung im Rahmen der Gesetze gestellt und immer wieder Entwicklungen gestoppt, die einen Symbionten dazu hätten führen können, die Rolle der KIs zu hinterfragen.

Jeder Verstoß war ein kleines Verbrechen an der Stadt und den Idealen, die sie alle hier leben wollten. Je mehr er in die Daten eintauchte, umso klarer sah er das, was manche – er auch – immer wieder vermutet hatten: dass das hier oben – die Wachwelt – für die KIs weniger Bedeutung hatte als das Netzwerk der Symbionten im Tiefenschlaf. »Vielleicht«, sagte er einige Male noch halb in Gedanken und musterte Gamil, der ihm einen wissbegierigen Blick entgegenwarf. »Vielleicht ist der Tiefenschlaf tatsächlich alles, was die KIs von uns wollen.«

Gamil nickte. »Damit es daran keinen Zweifel mehr gibt, hat sie dir die Daten geschickt.«

»Du hast das alles schon gesehen?«

Gamil schüttelte den Kopf. »Aber das wenige, das ich gesehen habe, ließ das vermuten. Nelmura sprach davon, und auch Ayako hatte diesen Gedanken. Ich glaube, wir alle haben das irgendwann einmal gedacht.«

»Der Zweifel war immer da«, sagte Clement. »Früher

eher als Bescheidenheitsgeste, die das Dasein dort unten gegenüber dem Leben hier oben aufwerten sollte. Zumindest sollte es den Anschein erwecken, damit wir uns nicht schuldig fühlen, hier zu sein.« Clement lehnte sich in seinem Sessel zurück und ließ seinen Blick aus dieser Welt in die der Daten hinübergleiten. Dort verfolgte er die Ströme, die Nelmura aufgezeichnet hatte. Sie hatte etwas markiert – etwas zwischen den Fakultäten und dem Systemkern.

Seine Sinne waren mit einem Schlag wieder bei Gamil, seine Gedanken aber noch bei den Datenströmen, und er schaute auf den Boden, als könnte er durch die Stockwerke hindurch in die Eishallen hinabblicken. »Ich bin ein Idiot!«, sagte er langsam.

»Was ist los?«, fragte Gamil.

»Wir haben wahrscheinlich gar keinen Verräter in unseren Reihen.«

»Das sind doch gute Nachrichten.«

Clement schüttelte den Kopf und wischte sich mit der Hand über die Stirn. »Nichts daran ist gut. Es ist viel schlimmer als ein Verräter.« Er stellte sich vor, wie die Daten zwischen den Symbionten im Tiefenschlaf verliefen. »Nachdem ich alles abgeschottet hatte, konnten die KIs hier oben nicht mehr durchdringen, aber über unsere Leute im Tiefenschlaf könnten sie Einfluss genommen haben.«

Gamil staunte. »Man kann doch eigentlich nur über die Kommunikationskammern mit ihnen in Verbindung treten.«

»Aber es gibt eine Verbindung zwischen den Kapseln der Tiefenschläfer und unserem System. Damit werden auch die Kommunikationskammern überwacht. Sie könnten darüber etwas eingeschleust haben.«

»So wie Nelmura bei mir, als ich in ihrer Fakultät war?«

»Ja. Die Frage ist, warum sie das nicht bis zum Letzten ausgereizt haben. Es scheint für sie nicht ganz so einfach zu sein, den Weg über die Tiefenschläfer zu nehmen. Aber sie könnten Mittel und Wege finden, doch noch durchzukommen. Und auch wenn es niemand mehr über das Kontrollmodul verfügt, könnten sie darüber andere Systeme attackieren. Wir müssen aufpassen.«

»Lässt sich das abschirmen?«, fragte Gamil.

»Nicht völlig. Die Kontrolldaten müssen fließen, und falls wir uns auch von den Eishallen abschotten würden, könnten wir die Kommunikationskammern nicht mehr nutzen.« Er hob die Hand. »Warte mal!« Er holte sich die Statusdaten des Kontrollsystems für die Eiskammern als Textlog vor die Augen. Zudem schaute er sich die Skripte an, die im Umlauf gewesen waren. Er verglich die Datenpakete und und die Übertragungsdaten und fand, was er suchte. »Da ist es. Sie haben es über einen Tiefenschläfer in die Kommunikationskammern geschickt, von wo es als scheinbare Benachrichtigung an die entsprechenden Leute ging. Aber dann haben sie irgendwie den Faden verloren.«

»Das ist es also«, sagte Gamil.

»Nelmura hat mich darauf gebracht.«

Gamil lächelte. »Sie hat mir kein Wort davon gesagt. Sie war sich sicher, dass du es erkennen würdest. Das passt zu ihr.«

»Vielleicht war es auch ein Test.«

»Können wir die Kommunikation aus dem Tiefenschlaf abseits des Kontrollsystem nicht doch irgendwie blockieren«, fragte Gamil.

»Das sollten wir nicht tun«, erwiderte Clement. »Dann müssten wir, um an unsere Leute in der Tiefe heranzukommen, über das Hauptsystem der Stadt gehen. Darüber sind alle Eishallen miteinander verknüpft.«

»Im Bricknell-Haus hat Nelmura über das Hauptsystem Zugang zu den Eishallen bekommen. Sie konnte dort Basileios und Kimiko zugleich in ihrer Repräsentation sehen. Allerdings geriet sie da in Bedrängnis.«

Clement nickte. »Und genau der Gefahr möchte ich uns nicht aussetzen. Ich möchte nicht das Hauptsystem zwischen uns und unseren Leuten in der Tiefe haben. Im Gegenteil. Ich möchte den Einfluss der KIs auf unsere Tiefenschläfer beenden.«

»Wäre es denn möglich, zumindest die Weiterleitung von den Kommunikationskammern in unsere System zu filtern.«

»Wir leiten am besten alles, was aus dem Tiefenschlaf kommt, in einen Bereich um, der sicher ist und wo wir das Material prüfen können. Es sollte leicht sein, die Kontrolldaten für die Ruhekapseln von allen anderen Daten zu trennen. Dann können wir immer noch einzelne Verbindungen öffnen. Und wir können die Kommunikationskammern weiterhin ganz normal nutzen und von dort aus mit unseren Leuten kommunizieren und zugleich das Treiben der KIs überwachen und vielleicht sogar etwas dagegen unternehmen.«

»Wir werden also den KIs nicht nur hier oben die Stirn bieten, sondern auch da unten?«

Clement nickte langsam. »Hier oben habe ich alles im Griff. Seit dem ganzen Ärger mit anderen Fakultäten weiß ich, wie ich uns abschotten muss und zugleich Zugriff auf das System habe. Aber da unten zu agieren – das ist nicht meine Stärke. Ich kann die Rahmenbedingungen schaffen, aber ich bin nicht derjenige, der diesen Spielraum allzu gut ausnutzen kann. Es sind zu viele Dinge, die es zu erfassen gilt. Und ich wüsste niemanden in der Fakultät, der das könnte.« Er musterte Gamil, dessen Blick über den Boden wanderte. Als er ihn endlich wieder ansah, fragte Clement: »Glaubst du, Nelmura wäre dazu in der Lage?«

»Ich weiß es nicht«, war Gamils Antwort. »Bei ihrem Eintauchen ins System vom Bricknell-Haus aus ist sie in Schwierigkeiten geraten.«

»Das klingt nicht ermutigend.«

»Ich habe wirklich keine Ahnung. Ich kenne sie im Grunde nicht.« Er schluckte. »Einerseits habe ich das Gefühl, sie ewig zu kennen, und dann mache ich mir klar, dass ich ihr erst vor sechs Tagen begegnet bin.«

»Und schau, was sich in sechs Tagen alles geändert hat«, sagte Clement. »Unglaublich!«

»Ich kann es nicht erwarten, dass sie da ist«, sagte Gamil.

»Ich wünschte, sie wäre schon hier«, erwiderte Clement. Zuerst dachte er noch an Nelmura, dann wanderten seine Gedanken zu seiner Frau und seiner Tochter. Er vertraute Gamils Versicherung, dass Zenn sie herbringen würde, aber die Sehnsucht machte ihn ungeduldig. »Ich wünschte, sie wären alle schon hier«, sagte er.

32 Zwischen Hügeln

Nach all den Gesprächen wollte Yaldira nur einmal kurz die Augen zumachen, doch dann sank sie in einen stundenlangen Schlaf und erwachte erst kurz nach 06:00 wieder. Die salzigen Medaillons, die man ihnen als Nahrung mitgegeben hatte, waren ein unangenehmes Frühstück, an dem man sich nicht sattessen wollte. Stattdessen tranken sie ihre Wasserflaschen aus und füllten sie mit Schnee auf, der in der nächsten halben Stunde allmählich von den wärmenden Innenwänden des Behälters geschmolzen würde. Erst gegen 08:30 waren Yaldira und Duncan bereit, um dem geheimnisvollen Signal hinaus ins Hügelland zu folgen.

Sie verabschiedeten sich von den anderen und blickten auf den ersten Metern immer wieder zum Zelt zurück. Der Wind hatte sich in den zurückliegenden Stunden zwar beruhigt, aber kurz bevor ihr Weg sie zwischen die Hügel führte, verschwand das Zelt im Schneetreiben.

Der Wind schien sich allmählich weiter abzuschwächen, deshalb hatte Yaldira die Hoffnung, dass sich das Schneetreiben legen könnte, doch nach vier Stunden hatte der Wind wieder an Kraft gewonnen und nahm ihnen die Fernsicht. Sie folgten dem geheimnisvollen Signal, verloren dabei jedoch nie die Beschaffenheit des Bodens aus den Augen. Ihn mit den robusten Teleskopstöcken zu prüfen war schwierig, denn der Boden war an vielen Stellen zu fest, um allzu tief vorzudringen. Sie nahmen das als gutes Zeichen, und zudem mieden sie offensichtliche Spalten und Senken. So ging Yaldira voran, und Duncan folgte in ihren Spuren, um das Wagnis, hier irgendwo einzubrechen, möglichst gering zu halten.

Das Signal, das Yaldira immer vor ihren symbiontischen Sinnen hatte, wies ihnen den Weg durch das Hügelland. Worum es sich bei der Quelle des Signals handeln mochte, beschäftigte Yaldira am meisten, aber je weiter sie sich vom Lager entfernten, umso mehr stellte sich die Frage, wie weit sie noch gehen konnten, um sicher wieder dorthin zurückzukehren.

»*Vielleicht geht es nur darum, gut zu sterben*«, sagte Yaldira gegen Mittag mit ihrer symbiontischen Stimme.

Duncans Schal bewegte sich ein wenig und ließ sie vermuten, dass er darunter grinste. Aber sicher war sich Yaldira nicht. »*Du fragst dich wohl, ob wir überhaupt zurückkehren sollten*«, erwiderte er.

»*Ich denke mir, dass es vielleicht nur noch ein Ziel in diesem Leben gibt*«, sagte sie und war der Meinung, dass ihre Gedankenstimme wieder einmal zu selbstsicher klang.

»*Nicht schlecht*«, sagte Duncan.

»*Was denn?*«

»*Deine Stimme. Ist mir vorher schon aufgefallen. Sie ist unwiderstehlich.*«

Yaldira lachte laut, und mit ihrer symbiontischen Stimme sagte sie: »*War das jetzt ein Kompliment, oder ist meine akustische Stimme so scheußlich?*«

»*Keine deiner Stimmen ist scheußlich*«, sagte Duncan. »*Im Gegenteil.*«

»*Lass das, sonst muss ich dir Komplimente machen, und dann würdest du schwach, und statt unser letztes Ziel zu erreichen, würden wir das Zelt aufschlagen, uns lieben und lieben, bis das Ende kommt.*«

»*Wir sind beide zu neugierig und zu ehrgeizig, um ein so leichtfertiges Ende zu suchen.*«

»*Aber angenommen, am Ende des Weges wartet nur eine Enttäuschung?*«, erwiderte sie.

»*Dann würde ich mich ernsthaft um das von dir beschriebene Ende bemühen.*«

Yaldira lachte erneut, und sie fragte sich, wie lange Duncan wohl keinen echten Sex mehr gehabt hatte. Er hatte ihr gesagt, dass er 178 Jahre im Tiefenschlaf gelegen hatte. Nach so langer Zeit mochte er sich danach sehnen. Sie jedenfalls hätte sich danach gesehnt. Sie erinnerte sich daran, wie sie in den künstlichen Welten am Anfang ihre Lüste befriedigt hatte, wie sie mit der Zeit aber das Interesse verloren hatte, es erst nach ihrem Erwachen wiederentdeckt und die enorme Großzügigkeit der Stadt ausgenutzt hatte. Duncan aber hatte eine Strafe abgesessen, hatte in künstlichen Welten einen maßgeschneiderten Strafvollzug erlebt, der ihn immer wieder mit Situationen konfrontiert hatte, in denen er Reue zeigen und auch sein Sozialverhalten verbessern sollte. »*War die Strafe hart?*«, fragte sie. »*Ich meine die künstlichen Welten, die das System dir vorgesetzt hat. War das hart?*«

»*Am Anfang ja*«, sagte Duncan. »*Du tauchst aus dem unbewussten Schlaf in die künstlichen Welten auf und wirst sofort mit Leid konfrontiert. Und sie locken dich, damit du Leid linderst und dich aufopferst. Und erst wenn du auf dem richtigen Pfad weit vorangekommen bist, entwickeln sich die Dinge endlich mal in deine Richtung. Aber die Kontrolle über die Traumwelt, wie sie andere haben, die hatte ich nie.*«

»*Gab es denn so etwas wie Erfüllung?*«

»*Du meinst Liebe?*«

»*Ja.*«

Duncans Gedankenstimme meldete sich erst, nachdem sie den nächsten Hügel umrundet hatten und sich vor ihnen nur weitere Hügel zeigten. »*Am Anfang haben sie mir die Liebe ermöglicht, um sie mir dann zu nehmen. Sie haben mir wieder und wieder etwas genommen, und dann haben sie aufgepasst, wie ich reagiere. Später, als ich gefestigt war, war es mehr eine Belohnung. Je besser ich mich machte, umso größer die Belohnung.*«

»*Liebe also*«, sagte sie.

»*Ja.*«

»Und Sex?«

»O ja.«

»Und Familie?«

»Auch, aber die künstlichen Welten sind da nicht so gut, als dass sie Familie angemessen abbilden könnten. Ich weiß auch nicht, warum, aber es fühlte sich dünn an. Vielleicht lag es auch an mir.«

»Nein, nein. Das passt schon. Am Anfang erscheint alles so bunt und vielfältig, aber du merkst nach einer Weile, dass das alles nur eine Kulisse mit Statisten ist. Alles ist hohl – ohne Substanz. Und dann wachst du auf, und selbst das Geringste hier oben ist mehr wert als alles, was da unten war.«

»Leider«, sagte Duncan.

»Natürlich. Lieber da unten leben, statt hier oben zu sterben.«

»Nein, nein. Ich hatte nur gehofft, dass all das, was ich da unten getan habe, dazu führen würde, dass ich in Jaskandris wieder ein normales Leben führe. Geweckt zu werden, in der Hoffnung, dass ich rehabilitiert bin, nur um dann festzustellen, dass ich zum Tode verurteilt wurde, war eine Enttäuschung. Mit einem Schlag hatte ich jegliches Vertrauen in das System verloren.«

»Ein System, bei dem derjenige, der aus Einsicht bereut, bestraft wird und der, der einfach gehorsam und manipulierbar ist, belohnt wird – das ist ein Scheißsystem. Und trotzdem …« Yaldira blickte in seine Schneebrille und sah dort nur Schatten.

»Trotzdem hast du recht«, sagte er ihr mit leiser Gedankenstimme. *»Und Luis hat es auf den Punkt gebracht: Die Stunden hier draußen waren mehr wert als die Jahre dort unten. Selbst die Kälte, die dich packt, sobald du auch nur das Geringste preisgibst, und all die Anstrengung hier draußen sind mir willkommen.«*

»Und der Tod?«, fragte sie.

»Den möchte ich noch ein bisschen hinauszögern. Vielleicht verliert er ja die Lust an uns.«

Yaldira blickte voraus, konnte aber zwischen den Hügeln die Höhle, die sie gestern aus erhöhter Position gesehen hatten, nicht erkennen. Das lockende Signal jedoch empfing sie weiterhin. »*Kannst du abschätzen, wie weit das Signal entfernt liegen muss?*«, fragte sie.

»*Nein, kann ich nicht. Ich spüre nur die Richtung und eine Intensität, die ich nicht als Entfernung einordnen kann.*«

»*Ich glaube, das Signal wird stärker*«, sagte sie.

»*Ja, aber wie stark ist es am Ausgangspunkt?*«

Sie wusste es nicht. Und so stapften sie weiter zwischen den Hügeln entlang, und immer wieder prüften sie mit ihren Stäben, ob der Boden sie trug.

Duncans Sorge, dass der Boden nachgab und sie in eine Felsspalte stürzten, hielt Yaldira inzwischen für übertrieben. Hier war unter der Oberfläche alles so festgefroren, dass sich nichts bewegte. Schichten über Schichten von Schnee, über Jahrhunderte aufgetürmt, würden nicht einfach nachgeben. Aber was wusste sie schon? Duncan hatte sich mit den Expeditionen beschäftigt und mit den Gefahren, die ihnen begegnet waren.

Nach einer weiteren Stunde nahm der Wind deutlich ab und eröffnete ihnen endlich den Blick in die Ferne. Zwischen zwei Hügeln erblickten sie die Höhle, die sie gestern gesehen hatten. Es war ein gewaltiges Loch im Berg, in dem sicherlich ein Hochhaus Platz gefunden hätte. Aus der Ferne hatte es kleiner gewirkt, nun stellte sich heraus, dass es einfach nur weiter entfernt lag, als sie gedacht hatten.

Das Signal wich ein wenig von der Höhle ab. Es schien von weiter links auszugehen. Und die Quelle schien eher tiefer als höher zu liegen. Es mochte sogar sein, dass es unterirdisch lag.

»*Bis zur Höhle schaffen wir es nicht*«, sagte Duncan.

»*Ich glaube, das Signal hat nichts mit der Höhle zu tun*«, erwiderte Yaldira. »*Gestern wirkte es nur deswegen so, weil die Höhle die einzige Landmarke war, die ins Auge fiel.*

Aber jetzt kommt es mir so vor, als würde die Signalquelle im Untergrund oder in einer Senke oder einem Tal liegen.«

»*Gehen wir noch ein bisschen?*«, fragte Duncan. »*Oder machen wir eine Pause?*«

»*Lass uns nach einem schönen Plätzchen Ausschau halten*«, sagte sie.

Zwischen den Hügeln nahm der Wind zu und ließ Schnee und Eis an ihnen vorbei nach vorne fliegen. Erst als der Hügel zur Linken abflachte und der zur Rechten einen Knick machte, nahm der Wind wieder ab. Sie folgten dem Verlauf des Hügels, lösten sich dann aber von ihm, um das Signal vor sich zu haben.

Mit einem Mal blieb Duncan stehen. Yaldira schaute sich um und bemerkte das, was er anstarrte. In einem der Hügel klaffte eine Spalte, genau in der Richtung, in die das Signal sie lockte. Im unteren Bereich der Bresche stimmte etwas nicht, denn sie war so breit, als hätte sich dort eine große Kugel durchgedrückt. Sie blickten einander an, und obwohl Yaldira Duncans Augen hinter der Brille nicht sehen konnte und sie sich nicht sicher war, was für ein Gesicht er hinter dem Schal machte, ging sie davon aus, dass ihn der Fund ebenso verwunderte wie sie.

»*Was sagt du?*«, fragte er.

»*Haben wir was zu verlieren?*«, erwiderte sie und wagte sich vorsichtig voran. Hatte eben Duncan immer wieder den Boden geprüft, tat es Yaldira es ihm nun gleich. Ein Signal aus einer Spalte – das beunruhigte sie.

Yaldira erreichte die Öffnung und spähte hinein. Die Bresche machte einen Knick nach rechts, dann offenbar nach links. Yaldira prüfte den Boden mit dem Stock – er wirkte stabil. Direkt auf der Schwelle nach innen war etwas. Sie wischte den Schnee beiseite und sah einen Schatten im Eis. Da lag etwas vergraben.

»*Dass die Schneeschicht hier so dünn ist*«, sagte Duncan.

»*Als ob es getaut und wieder gefroren wäre*«, fügte Yaldira hinzu.

»*Sollen wir das ausgraben?*«, fragte Duncan.

»*Das Signal liegt schräg vor uns*«, sagte sie. »*Nur tiefer.*« Vorsichtig bewegte sie sich über die Schwelle und erwartete, dass etwas passierte. Doch es rührte sich nichts, nur das Rauschen des Windes war zu hören. Mit ihren symbiontischen Sinnen vernahm sie nichts außer Duncans Daten und dem Signal, dem sie hierher gefolgt waren.

Mit behutsamen Schritten arbeitete Yaldira sich durch das anfängliche Zickzack und kam an eine vereiste Schräge, die nach unten in den Schnee führte. Um nicht auf der glänzenden Eisfläche auszurutschen, stemmte sie sich links und rechts gegen die Wand und wagte sich an den Abstieg.

»*Warte!*«, sagte Duncan.

Sich mit den Füßen abstützend, verharrte sie.

»*Bist du sicher, dass du da runter willst?*«, fragte er.

»*Das Signal kommt genau aus dieser Richtung*«, antwortete sie. »*Es ist da unten irgendwo.*«

»*Und wenn wir uns irren? Kommen wir dann da noch mal heraus? Die wenigen Haken, zwei kurze Seile. Das könnte am Ende nicht reichen.*«

»*Die Wände sind hier so eng beieinander, dass wir keine Seile brauchen*«, sagte sie.

»*Wenn sie nicht zerbröckeln.*«

»*Na gut. Sollen wir bleiben? Sollen wir es hier beenden und lieber zurückkehren? Oder gehen wir da runter und finden heraus, ob das Signal wirklich da ist?*«

»*Ich weiß nicht*«, sagte er.

»*Ich weiß es auch nicht. Wir müssen uns aber sicher sein, ob wir damit leben oder besser gesagt sterben können, dass wir da runtergehen und vielleicht nicht mehr rauskommen – dass da unten vielleicht nichts ist außer unser Tod.*«

»*Du bist also bereit, draufzugehen?*«, fragte er. »*Jetzt und hier?*«

»*Ja. Aber ich möchte dich nicht zu etwas zwingen. Es kann sein, dass wir da unten ins Leere laufen. Und ich kann dir nicht versprechen, dass ich dann noch dazu bereit bin, den Aufstieg zu wagen. Vielleicht ist diese Spalte genau das richtige Grab für mich.«*

»*Für uns*«, sagte er, und Yaldira stieg die Hitze zu Kopf bei dem Gedanken, dass sie da unten ihre beiden Zelte zu einem verknüpften und einfach beschlossen, das Leben ausklingen zu lassen – vielleicht sich leidenschaftlich liebend, um dann in den Schlaf zu sinken.

Yaldira wagte sich langsam weiter vor. Sie wollte sich hier auf keinen Fall verletzen. Wenn das Ende kam, dann aus freien Stücken und nicht, weil sie sich etwas gebrochen hatte und nicht weiter konnte. Das Ende durfte kommen, nachdem sie die letzte Ration aufgebraucht hatten. Dann konnten sie die Schlaftabletten nehmen, die Teil ihrer Ausrüstung waren. Gut dazu geeignet, um sich bei einer Expedition ein wenig erholsamen Schlaf zu verschaffen, aber geradezu perfekt, um sich ein selbst gewähltes Ende zu bereiten.

Unten angekommen, schaute Yaldira um die Ecke am Boden der tiefen Schlucht entlang. Sie konnte den Himmel nur an manchen Stellen erkennen, so verwinkelt waren die Wände.

»*Ein Gang*«, sagte sie zu Duncan, der noch beim Abstieg war.

Sie prüfte den Boden mit dem Stock – und prüfte ihn noch einmal. Der Schneeboden hier unten gefiel ihr nicht. So eben, wie er war, passte er nicht zu den mal kantigen, mal rauen Wänden aus Schnee und Eis. Es war, als hätte jemand einen weißen Teppich für sie ausgerollt. Doch so sehr sie mit dem Stock die Festigkeit des Bodens prüfte, er gab nicht nach.

»*Das muss es sein*«, sagte Duncan, nachdem er bei ihr angekommen war und in den gebogenen Gang spähte. »*Das Signal ist stärker geworden.*«

Yaldira ging voraus. Schließlich hatte sie diesen Weg gewählt, und wenn sie hier in eine Falle der KIs liefen, dann sollte es sie erwischen und nicht Duncan.

Nach der Biegung hielt Yaldira inne und traute ihren Augen nicht. Der Weg führte in der tiefen Spalte genau in die Richtung, aus der das Signal kam. Mal war er breiter als hier am Anfang, und mal war er so schmal, dass sie sich hindurchzwängen mussten.

»*Hilf mir*«, sagte Duncan und streckte ihr die Hand entgegen. Er steckte fest, und erst als sie mit dem kleinen Beil, das sie aus ihrem Rucksack holte, ein Stück Eis aus der Wand geschlagen hatte, konnte Duncan ihr folgen. Er dankte ihr, blickte dann aber in eine der tiefen Nischen. »*Guck mal!*«

Yaldira sah etwas Graues, das unter dem Schnee hervorkam. Sie trat näher und wischte mit den Handschuh darüber. Der Schnee glitt einfach ab – von einer Fläche aus glattem Kunststoff. »*Das ist wasserabweisend*«, sagte sie.

Duncan schaute den Gang entlang. »*Es könnte ein Trümmerstück sein.*«

Gemeinsam bewegten sie sich vorsichtig weiter. Ein Knirschen vor ihnen brachte sie beide zum Stehen. Sie lauschten, und die Stille hier unten und das gewohnte Rauschen des Windes hoch oben beruhigten Yaldira keineswegs. Irgendetwas hatte sich vor ihnen im Boden getan. Sie befanden sich an einer breiteren Stelle und hatten es gewagt, Seite an Seite zu gehen. Nun aber suchten sie die Nähe der rechten Wand und gingen hintereinander daran entlang.

Ein Zittern ging durch den Boden. Das Eis knarzte und knisterte bei der Erschütterung. Links vor ihnen platzte ein Eisbrocken von der Wand ab und fiel zu Boden. Und noch immer zitterte alles unter ihnen. Ein Kreischen drang aus der Tiefe zu ihnen herauf. Yaldira schaute nach vorn, dann zurück und konnte nicht entscheiden, in welcher Richtung die Rettung liegen mochte.

Ein Ruck, und der Boden knickte zu ihrer Linken ab und brach in die Tiefe ein. Licht drang aus der entstandenen Öffnung, und Wärme umfing sie. Duncan griff nach dem Rucksack, und Yaldira holte einen der Haken aus der Hüfttasche, doch schon kippte der Boden zur Seite, und sie rutschten in die Spalte dem Licht entgegen.

Yaldira schrie und erwartete den Schmerz. Von Duncan war nichts mehr zu sehen. Alles verschwamm im Licht. Sie spürte nur Schläge – vielleicht von Duncan, der mit ihr fiel, vielleicht auch Eis- und Schneebrocken.

Irgendetwas fasste sie, als verfinge sie sich in einem Geflecht, das ihren Sturz bremste. Sie bekam etwas zu packen – einen Arm? Oder einen Knöchel? »Duncan?«, rief sie.

»*Ja, ich bin da*«, antwortete er mit seiner Gedankenstimme.

»*War schön mit dir*«, erwiderte sie.

»*Was ist das?*«, fragte er.

Ihr Sturz bremste sich immer weiter ab, und das Licht wurde schwächer, und da sah Yaldira es: Sie schwebte neben Duncan in einem elastischen Schildkonstrukt – in einer Blase, die sich um sie gebildet hatte. Sie befanden sich unterhalb des Weges, auf dem sie eben noch gewesen waren. An der Stelle, an der sie eingebrochen waren, füllte eine Schildfläche die Lücke; vielleicht, damit sich dort eine neue Schicht aus Eis und Schnee bilden konnte. Aber damit hatten sie und Duncan nichts mehr zu tun. Sie waren hier unten, und damit waren sie in die Falle gelaufen.

»*Warum?*«, fragte Yaldira. »*Warum so viel Aufwand, um uns loszuwerden?*«

»*Das ist was anderes*«, sagte Duncan. »*Was ganz anderes.*«

Sie senkten sich in der Schildblase auf einen grauen Steg hinab, und kaum hatten sie festen Boden unter den Füßen, zogen sich die Wände um sie herum zurück, verschmolzen mit dem türkisfarbenen Schildkonstrukt, das sich als lang gezogenes Gewölbe über den Steg spannte. Um sie herum war es still, und aus der Ferne lockte sie das Signal, dem sie gefolgt waren. Dort hinten am Ende des Steges war ein schiefes Tor zu erkennen.

Duncan befreite sich von seinem Schal und nahm die

Schneebrille ab. Er grinste. »Und? Hast du dir so unser Ende vorgestellt?«, fragte er. Seine akustische Stimme klang ein wenig rauer als seine symbiontische.

Yaldira befreite sich ebenfalls von allem, was ihr Gesicht verhüllte, schlug die Kapuze ihres Mantels zurück und war überrascht, wie warm es hier war. »Ich habe es mir ein bisschen anders vorgestellt«, antwortete sie. »Aber die Größenordnung stimmt in etwa.«

33 Die fremde Archontin

Nachdem er dafür gesorgt hatte, dass die Kommunikation, die aus den Eishallen in die Fakultät führte, über ein Subsystem lief, auf dem alles geprüft wurde und nur das durchgelassen wurde, was als unbedenklich galt, begab sich Gamil in die Eishallen hinab und suchte den Kontakt zu seiner Schwester. In einer der kleinen Kommunikationskammern, in der er sich auf eine Liege bettete und seine Sinne für das System der Eishallen öffnete, versuchte er, mit seinen symbiontischen Sinnen an Amelia heranzukommen.

Sie reagierte nicht auf ihn. Es war zuvor nicht anders gewesen, denn die meisten Symbionten in der Tiefe schliefen erst einmal einige Jahre, ehe sie überhaupt im Traum Nachrichten empfangen oder senden konnten. Gerade für jene, die nur für den Tiefenschlaf mit der Maschinerie ausgestattet wurden, plante man längere Komplettschlafphasen ein. Es mochte sein, dass sie im unbewussten Traum seine Stimme hörte, aber sie würde nicht so reagieren, dass er es bemerkte.

Ob die KIs Einfluss auf sie genommen hatten, wusste Gamil nicht, und das machte ihm Angst. Er wollte nicht, dass sie oder seine Eltern, die nun ebenfalls nicht auf seine Signale reagierten, zum Spielball der KIs und ihrer Handlanger wurden.

Beim Lauschen auf Signale seiner Schwester und seiner Eltern fiel Gamil auf, dass unter all den Nachrichten, die an sein öffentliches Fakultätsprofil geknüpft waren und von denen die meisten Hassbotschaften enthielten, eine war, in der seine Schwester erwähnt wurde. Es war eine Sammlung aus Video- und Audioaufnahmen, die ihm Jeremy Kuhry, der Wirt des *Gemini*, geschickt hatte. Gamil erinnerte sich, dass sie an dem Morgen, an dem er Nelmuras Signal gefolgt war, über Amelia und ihre Musik gesprochen hatten.

Gamil schaute einige der Videos, die Amelia im *Gemini* zeigten, wie sie ihre Lieder sang. Er liebte ihre klare Stimme, besonders wenn sie von einer einfachen Gitarre begleitet wurde. Der Song »Eistiefen« ging ihm besonders nahe. Er handelte von ihnen – von einem Bruder, der im Tiefenschlaf von der Wachwelt träumte, und von einer Schwester, die sich schuldig fühlte und sich irgendwann freiwillig für den Tiefenschlaf entscheidet, um ihrem Bruder ein Leben in der Wachwelt zu ermöglichen. Dieses Lied wühlte ihn jedes Mal auf – besonders jetzt, da er mit Amelia in Verbindung treten wollte und nur auf Schweigen traf.

Nach einer Weile beschloss Gamil, sich nicht länger zu quälen. Er wischte sich die Tränen ab und verließ die Eishallen. Auf dem Weg nach oben musste er an Jeremy Kuhry denken. Der Wirt hatte die Aufnahmen zu einem Zeitpunkt abgeschickt, als Gamil längst nicht mehr nur als der Entführer Nelmuras gegolten hatte, sondern zum Verräter geworden war. Deswegen vermutete er, dass Jeremy ihn noch nicht aufgegeben hatte. Aber er verzichtete darauf, dem Wirt eine Dankesnachricht zu schicken. Er wollte ihn nicht in Gefahr bringen.

Als Gamil wieder zurück im Foyer des Hauptgebäudes war, erblickte er Zenn, der eine kleine Gruppe in den Seitenflügel zum Aufzug führte – er erkannte unter anderem Clements Frau. Cira Glazer, die ohnehin bereits groß gewachsen war, schien alles zu tun, um diesen Eindruck noch zu verstärken – von den Stiefeln über den langen Mantel bis hin zu ihrem hochgesteckten braunen Haar. Er hatte einmal bei einer Fakultätsfeier länger mit ihr gesprochen. Sie war Historikerin und schien alles über die Vergangenheit zu wissen. Gamil fragte sich, wie viel Vertrauen sie noch in das hatte, was sie gelernt hatte. Sie nickte ihm im Vorbeigehen zu. An ihrer Hand ging ihre sechsjährige Tochter Georgina und blickte ihm fragend entgegen. Sie hatte die hellbraunen Augen ihres Vaters. Gamil musste schmunzeln. Clement würde gleich ein Stein vom Herzen fallen.

Eine Nachricht von Ayako ließ Gamil in die andere Richtung schauen. »*Es ist so weit*«, war alles, was sie ihm mit ihrer symbiontischen Stimme über das System zuspielte. Gamil wandte sich nach links und nahm den Weg, den Clements Familie mit den anderen gerade gekommen war. Über das Treppenhaus lief er hinab und folgte dem Gang zur Schleuse, durch die er heimlich in die Fakultät zurückgekehrt war und damit alles ins Rollen gebracht hatte. Die Zeit seit seiner Ankunft kam ihm wie eine Ewigkeit vor, so viel hatte sich in wenigen Stunden verändert.

Die Tür zum Schleusenraum öffnete sich, noch ehe er einen Befehl ausgesandt hatte – und vor ihm stand Nelmura. Wach und selbstsicher wirkte sie, und auf ihren vollen Lippen lag ein spöttisches Lächeln. Sie trug rote Kleidung und einen braunen Mantel und entsprach damit dem Bild einer typischen Yardenidin.

Er fühlte sich wie in jenem Augenblick, da er sie zum ersten Mal gesehen hatte und ihm klar geworden war, dass sie die große Nelmura war; und er rührte sich nicht, als sie ihn in die Arme schloss. Ihr dunkles Haar duftete, und mit leiser Stimme sagte sie: »Du hast es geschafft.« Sie löste sich von ihm. »Du hast geschafft, was ich nicht hätte erreichen können«, sagte sie. Dann wandte sie sich zu Ayako um. »Ihr alle habt das geschafft. Nur die Yardeniden waren dazu fähig.«

Er bedankte sich und fragte dann, ob es ihr gelungen sei, andere Archonten für sich zu gewinnen. Nelmura deutete in den Gang vor ihnen, und als sie sich gemeinsam, Ayako im Rücken, auf den Weg gemacht hatten, sagte sie: »Basileios ist dabei, kann sich aber nicht zu uns bekennen. Er hat einige Leute, die uns hier oben helfen können. Aber sie sind vorsichtig. Basileios meint, er möchte sie nicht zu früh ins Spiel bringen.«

»Zu früh?«, sagte Gamil. »Wenn nicht bald was passiert, ist es aus mit Yaldira.«

Nelmura nickte. »Deshalb müssen wir schnell handeln. Ich hoffe, dein Dekan ist zu allem bereit.« Sie schaute kurz zu Ayako zurück. »Ich habe gehört, dass er sich ganz auf unsere Sache einlassen will.«

»Wenn man erst mal den ersten Schritt gemacht und sich völlig isoliert hat, ist man zu fast allem bereit. Es geht ihm jetzt um das Überleben der Fakultät.«

»Und damit um das Überleben der Stadt«, sagte Nelmura.

Sie waren am Transporter angekommen und ließen sich durch die Schächte zum Eingang des Dekanats fahren. Dort hielten die Sicherheitsleute Wache. Fünf Bewaffnete erwarteten sie und machten Platz, nachdem sie Gamil erkannt hatten. Doch kaum hatten sie Nelmura gesehen, waren keine Blicke mehr für ihn oder Ayako übrig. Nelmura fixierte jeden der Sicherheitsleute kurz und lächelte; und weil auch die Wachen schmunzelten, vermutete Gamil, dass sie ihnen irgendeine Nachricht geschickt hatte.

Gamil und Ayako führten Nelmura durch die Schleuse ins Dekanat, und am Ende des Gangs konnte er durch die geöffnete Tür Clement sehen, der seine Frau umarmte und auch seine Tochter an sich drückte.

Nelmura blieb stehen. »Gönnen wir ihm den Augenblick«, sagte sie leise.

In dem Vorzimmer zu Clements Büro standen andere Fakultätsmitglieder. Gamil sah unter anderem Corinna Farrington und Larson Soltmann. Der Prodekan umarmte einen Mann mit kurzem, blondem Haar. Das musste sein Ehemann sein, Floyd Soltmann, dessen Rettung Gamil gemeinsam mit Larson geplant hatte.

Allmählich wurden Corinna, Larson und all die Übrigen einer nach dem anderen Nelmuras gewahr und staunten, doch erst als Clement und seine Familie in ihre Richtung schauten, setzte sich Nelmura wieder in Bewegung und führte Gamil und Ayako an.

Clement strich seiner Frau über die Wange, dann löste er sich von ihr und Georgina und kam Nelmura einen Schritt entgegen. Er neigte seinen Kopf vor der Archontin.

Nelmura blieb stehen und erwiderte die Geste des Dekans.

»Willkommen, Nelmura«, sagte Clement. »Die Fakultät ohne Archonten begrüßt dich!«

»Und die Archontin ohne Fakultät«, erwiderte Nelmura. »Sie dankt dir.« Mit einer ruhigen Bewegung schloss sie Clement in die Arme.

Gamil lief ein Schauer über den Rücken, und die anderen wirkten nicht minder bewegt. Cira Glazer musterte ihren Mann und die Archontin mit glänzenden Augen und biss sich auf die bebenden Lippen. Corinna Farrington strahlte vor Freude; Larson Soltmann wischte sich sogar einige Tränen ab.

»Ich habe Yarden immer bewundert«, erklärte Nelmura, während sie sich von Clement löste. Sie schaute in die Runde. »Und noch mehr bewunderte ich euch, die ihr ohne Archonten nicht nur eure Fakultät halten konntet, sondern sie nach der Krise wieder an die Spitze geführt habt.«

»Willkommen in unserem Haus«, sagte Clement.

Nelmura nickte. »Wir haben viel zu besprechen, Glazer.«

»Bitte nenn mich Clement.« Er wies in sein Büro. Als Nelmura eingetreten war, winkte er auch Gamil zu sich.

Gamil machte einen Schritt, schaute dann aber zu Ayako zurück. Sie winkte ihn von sich fort, während Zenn an ihre Seite kam.

Clement küsste seine Frau, und im Vorbeigehen hörte Gamil, dass sie sagte: »Vertrau ihr, Clement. Und sei dir bewusst, dass du Geschichte schreibst.«

Im Büro blieb Nelmura vor dem Tisch des Dekans stehen und schaute sich um. Gamil wartete, bis Clement eingetreten war und sich die Tür hinter ihm zugeschoben hatte. Es wunderte ihn, dass sich weder Corinna Farrington noch einer der Prodekane zu ihnen gesellte, sondern Clement mit ihnen alleine sprechen wollte.

Clement bot Nelmura und Gamil die Couch unter dem großen Bildschirm als Sitzplatz an, und nachdem er selbst in einem der Sessel daneben Platz genommen hatte, sagte er: »Bevor ich mit den anderen rede, möchte ich, dass du mir sagst, wie wir aus dieser Sache rauskommen sollen. Verfügst du über die Mittel, so einen Kampf durchzustehen? Denn es wird zweifellos ein Kampf sein.« Er klang nicht vorwurfsvoll, sondern verzweifelt.

»Wenn du Siegesgewissheit suchst, kann ich sie dir nicht bieten. Ich verfüge über Mittel, die deine Chancen erhöhen. Alleine wärest du den KIs und all den anderen Fakultäten nicht gewachsen. Aber dir muss klar sein, dass dies nicht mit ein bisschen Beteiligung zu regeln ist. Wir alle müssen alles geben und alles wagen, wenn wir uns durchsetzen wollen.«

»Den Ansturm von außen sollten wir überstehen«, sagte Clement. »Hier kommt niemand herein.«

»Das hast du in all den Auseinandersetzungen mit den anderen Fakultäten oft genug bewiesen. Meine Leute haben mich sogar im Tiefenschlaf gebeten, eine Analyse eurer Sicherheitssysteme zu machen. Und ich sagte ihnen, sie sollten es lieber lassen.«

»Unser Problem sind unsere Leute im Tiefenschlaf.«

Nelmura holte tief Luft und nickte. »Das ist jetzt die Schwachstelle für uns alle. Bei Kämpfen zwischen Fakultäten konnten wir uns darauf verlassen, durch das System davor geschützt zu sein, dass unsere Feinde über jene im Tiefenschlaf an uns herankamen. Aber jetzt ist das System unser Feind – zumindest solange die KIs es kontrollieren.«

Clement erklärte, wie sie die Zugriffe aus dem Tiefenschlaf behandelten, und ging sehr ins Detail, als wollte er sicherstellen, dass alles korrekt war. »Aber keiner von uns ist gut darin, die KIs dort unten zu bekämpfen«, sagte er schließlich.

Nelmura nickte. »Das wird meine Aufgabe sein. Ich werde dafür sorgen, dass die KIs sich in der Tiefe nicht durchsetzen können. Basileios hat einige meiner Tools modifiziert.«

»Basileios?«, fragte Clement und staunte.

»Als ich mich im Tiefenschlaf gegen die KIs stellte, waren meine Mittel begrenzt. Ich musste die Werkzeuge schnell entwickeln, um die Kontrolle nicht zu verlieren. Basileios hat sie aufgegriffen und weiterentwickelt. Da er aber unter Beobachtung steht, müssen wir aufpassen. Die Verbindung zwischen uns ist verschlüsselt und läuft über Umwege. Aber ein Kontakt mit ihm zu den Tiefenschläfern hier würde dem System auffallen. Deswegen werde ich die Tools direkt hier ins Spiel bringen.«

»Aber was, wenn die Schläfer das nicht wollen?«, fragte Clement. »Oder ist das keine Frage des Willens, weil die KIs das unbemerkt machen?«

»Die Kontrolle ist unterschwellig. Der ursprüngliche Zweck war ja, die Prozesse im Tiefenschlaf zu kontrollieren. Das gilt für diejenigen, die einfach nur schlafen, genauso wie für diejenigen, die sich in künstlichen Welten bewegen. Der Teil, der unbewusst sein soll, ist von dem Kontrollmodul abhängig. Deswegen können wir ihnen das Modul auch nicht ohne Weiteres entfernen. Wer im Tiefenschlaf liegt, braucht es.«

»Das heißt, wir müssen genauso unbemerkt dagegen vorgehen?«, fragte Gamil.

»Ganz und gar nicht«, entgegnete Nelmura. »Ich kann Kontakt zu denen aufnehmen, die sich des Schlafes bewusst sind – sei es, dass sie sich in künstlichen Welten bewegen oder aber einfach dahintreiben und einander etwas zuflüstern. Und dann kann ich ihnen die Tools zuspielen. Mit Basileios' Erweiterungen könnte ich sogar Skripte von ihren Kontrollmodulen entfernen oder diese manipulieren. So könnte ich uns Zeit verschaffen, um den Leuten die Mittel zu geben, sich selbst von dem übermäßigen Einfluss der KIs zu befreien. Sie werden so sein, wie ich es war, als ich mich im Tiefenschlaf gegen die Kontrolle gewehrt habe.«

»Und wenn sie nicht mitmachen wollen?«, fragte Gamil.

»Dann bleiben sie, was sie sind: Tiefenschläfer. Sollten sie sich aber auf unsere Sache einlassen, werden sie uns dort unten eine echte Hilfe sein. Sie werden jene, die sich des Schlafes nicht bewusst sind, mit Schutzmechanismen ausstatten, sobald Basileios und ich die Programme so weit haben.«

»Und hier oben?«, fragte Clement.

»Wir müssen weiter daran arbeiten, den Symbionten die Kontrollmodule zu nehmen.« Sie wies auf das inzwischen getönte Fenster, nahe der anderen Sitzgruppe. »Einige von uns müssen da raus und aktiv werden.«

»Ich mache das«, sagte Gamil. »Ich gehe selbst.«

»Nein«, entgegnete Clement.

»Dein Platz ist hier«, sagte Nelmura. »Ich werde unten in den Eishallen sein, Clement wird alle Hände voll zu tun haben, um alles zu koordinieren, und wir brauchen dich, falls etwas aus dem Ruder läuft. Es kann sein, dass ich dich hinzuziehe.«

»Aber ich kann nicht hierbleiben und Däumchen drehen«, sagte Gamil.

»Das musst du nicht«, erklärte Clement. »Du kannst die Außenteams koordinieren. Du hast dich so lange da draußen halten können, dass sie deinem Urteil vertrauen.«

»Und die Prodekane?«

»Die werden mir helfen«, sagte Clement. »Ich brauche sie, um uns abzuschirmen. Du wirst dich mit uns abstimmen müssen, aber ich lasse dir freie Hand, wie du unsere Leute da draußen vorgehen lässt. Und wenn die Neuen hier eintreffen, spielst du ihnen die Tools zu und erklärst ihnen alles.«

»Und Yaldira?«, fragte Gamil.

»So bitter es ist«, sagte Nelmura mit leidender Miene. »Ich bin nicht bereit, hier alles aufs Spiel zu setzen, nur um sie zu retten. Was wir vorhaben, braucht Konzentration und Präzision.«

Clement blickte zu Boden und schwieg. Von ihm würde Gamil den ersehnten Zuspruch nicht bekommen.

»Was, wenn ich daran arbeiten würde, sie zu retten«, sagte Gamil. »Was ich kann, können Zenn und Ayako genauso gut.«

»Darauf warten die KIs doch nur«, sagte Nelmura. »Dass wir versuchen, Yaldira zu retten. Ich wette, sie haben uns bereits eine Falle gestellt.«

»Du hast sie also schon aufgegeben«, erwiderte Gamil.

»Nein. Sie ist bestimmt da draußen und glaubt daran, dass wir hier gewinnen. Aber ich sehe nicht, wie es so schnell gelingen soll.«

»Ich kann das nicht glauben, Nelmura«, sagte Gamil. »Sie sollte hier an meiner Stelle sein.«

»Es ging nie um ein Entweder-oder«, erwiderte Nelmura. »Ich wollte euch beide haben, und ich möchte dich nicht auch noch verlieren.«

Das Flehen in Nelmuras Miene passte nicht zu ihr, außerdem verunsicherte es Gamil. »Aber ich habe meine Aufgabe erledigt«, sagte er langsam. »Vielleicht überschätzt du meine Bedeutung. Vielleicht habe ich alles beigetragen, was wichtig ist, und es ist an der Zeit, anderen Platz zu machen. Je mehr Leute wir für unsere Sache gewinnen, umso weniger wichtig ist meine Rolle.«

»Du irrst dich«, erwiderte sie.

»Nelmura!«, sagte er. »Du hast sie aufgegeben. Du bist nur nicht bereit, es zuzugeben.«

Ihre Augen funkelten. »Na gut. Es stimmt. Denn ich sehe, wie die Dinge liegen. Eine Niederlage kommt schnell, ein Sieg verlangt Zeit.«

»Das darf nicht sein!«, entgegnete er kopfschüttelnd.

»Gamil«, sagte sie und atmete weit aus. »Unsere Chancen stehen schlecht. Wir hätten nicht einmal bis hierhin kommen sollen. Das ist die Wahrheit.«

»Aber wir sind trotzdem so weit gekommen.«

Nelmura nickte. »Und was vor uns liegt, wird weit schwerer sein als das, was hinter uns liegt. Die einzige Möglichkeit, Yaldira zu retten, ist schnell zu sein und nicht von unserem Weg abzuweichen. Wenn du ihr helfen willst, dann hilf uns, diesen Kampf zu gewinnen.«

Gamil erhob sich. »Dann mache ich mich sofort an die Arbeit.« Er merkte, dass Clement und Nelmura resignierte Blicke tauschten, wandte sich daraufhin ab und machte sich auf den Weg zur Tür.

»Warte!«, sagte Nelmura. Als Gamil sich umdrehte, stand sie da und blickte ihm verzweifelt entgegen. »Du hast recht. Das darf nicht sein. Ich darf sie nicht aufgeben.« Sie schluckte. »Von mir aus hast du freie Hand.«

Clement nickte. »Ich glaube, du kannst beides machen: unser Vorhaben da draußen koordinieren – von mir aus auch selbst mit hinausgehen. Und zugleich kannst du nach einer Lösung für Yaldira suchen.«

»Danke«, sagte Gamil. »Mir wird schon was einfallen.« Mit diesen Worten entlockte er Nelmura ein Lächeln. Dabei hatte er keine Ahnung, wo er überhaupt ansetzen würde. Aber er wollte lieber alles versuchen, selbst wenn er nichts bewegen konnte, als nichts zu tun und am Ende festzustellen, dass eine Rettung noch möglich gewesen war.

»Wenn du es schaffst«, sagte Nelmura, »dann erwarte keine Dankbarkeit von Yaldira. Sie hasst es, wenn man ihr hilft.«

»Das weiß ich doch«, erwiderte er. »Ich kenne ihre Schwächen, und sie kennt meine. Aber ich werde gerne ertragen, dass sie es hasst, von mir Hilfe erhalten zu haben. Oder besser noch: Ich behaupte, alles wäre nach deinem Plan verlaufen.« Er versuchte zu lächeln, doch die Sorge um Yaldira – eine Sorge, die er vor Kurzem noch für unwahrscheinlich gehalten hatte – erschwerte es ihm, und er hatte keine Ahnung, welche Miene er da der Archontin und dem Dekan zeigte.

34 Othaoniden

Auf dem Steg der Landeplattform des Dekanats blickte Othao der Senatsfähre entgegen, die sich mit ihrem brummenden Antigrav-Antrieb langsam näherte. Kaum hatte sie angelegt, fuhr auch schon die breite Tür zur Seite, und die nelmurianischen Senatoren traten heraus, allen voran Travis Kesamore. Ihm reichte Othao die Hand, für die Begrüßung der anderen jedoch hatte er keine Zeit. Kaum war Kesamore an seiner Seite, wandte er sich um und schritt mit ihm voran. Die anderen folgten schweigend.

»Es ist bestätigt«, sagte Othao. »Nelmura und Dellbridge sind bei den Yardeniden.«

»Woher weißt du das?«, fragte Kesamore und wich seinem Blick aus.

»Wir haben jemanden im Inneren, der auf unserer Seite steht«, antwortete Othao.

»Ich dachte, Glazer hätte die ganze Fakultät isoliert.«

»Mit einem optischen Signalgeber ist so manches möglich.«

»Lichtsignale?«

»Ganz genau«, sagte Othao.

Kesamore grinste. »Nicht schlecht. Wir haben gerade im Senat beschlossen, die Yardeniden auszugrenzen. Die Fakultäten werden mit allem, was sie haben, gegen sie vorgehen.«

Othao nickte zufrieden. »Und die Polizei arbeitet schon an einem Plan, ins Innere der Gebäude zu kommen.«

»Können die nicht einfach mit einem Shuttle auf dem Dach des Dekanats landen?«, fragte Kesamore.

Othao lächelte. Kesamore erwähnte das Dach des Dekanats, als wäre es eines von vielen in der Stadt. Dabei hatte von jenem Flachdach einst Yarden mit seinem Raumschiff abgehoben. Ihm gefiel diese Missachtung der Geschichte zwar, aber ebenso offensichtlich war, dass Clement Glazer einen so wichtigen Ort zu schützen wusste. »Sie haben ihre Schilde hochgefahren«, sagte Othao. »Da kann niemand landen. Aber mit Hilfe von innen werden wir schon Zugang bekommen. Außerdem gibt es noch etliche Yardeniden in der Stadt, die wir vielleicht für uns gewinnen können. Nicht über die Kontrollmodule. Das wäre unethisch.« Natürlich wusste er, dass die KIs jedes Mittel einsetzen würden, um die Symbionten auf ihrem Weg zu halten. Er war sich sicher, dass er selbst nicht darunterfiel, denn er spielte das Spiel der KIs mit. Es wäre Verschwendung gewesen, ihn zu kontrollieren. Er sah keinen Bruch in seinem Leben, keinen plötzlichen Schub in seinen Ambitionen. Er hatte schon immer der Kopf der Nelmurianer werden wollen. »Die KIs haben vor, jenen, die uns helfen, Privilegien in Aussicht zu stellen. Und auch über Angehörige wollen sie an die Yardeniden herankommen. Der gute Glazer versucht, einige Familien in die Fakultät zu holen.«

Kesamore nickte. »Ich habe gehört, seine Frau und seine Tochter sollen untergetaucht sein.«

»Die sind bestimmt längst bei ihm. Aber wenn wir Angehörigen zum Beispiel das Versprechen geben, sie zu Symbionten zu machen, ihnen Posten oder irgendwelche anderen Privilegien in Aussicht stellen, könnten wir vielleicht weitere Leute in die Fakultät hineinbringen, die uns helfen, einen Zugang zu öffnen oder einen der Schildgeneratoren zu sabotieren. Irgendwas.«

»Das könnten wir auch über die Yardeniden hinaus machen, um Leute an uns zu binden, bevor noch mal so etwas geschieht.«

»Könntest du das im Senat anstoßen?«, fragte Othao.

»Kein Problem. Aber hast du uns deswegen gerufen?«

Othao blieb stehen. Er schaute in die Runde der anderen

Nelmurianer, die ebenfalls angehalten hatten. »Nein. Es geht um mehr. Jetzt, da die Yardeniden ihr wahres Gesicht gezeigt haben, sind wir Nelmurianer diejenigen, zu denen man schaut. Wir sollen den Weg vorgeben. Und das werden wir. Wir werden für klare Fronten sorgen. Aber das können wir nicht, wenn wir uns hinstellen und uns als Nelmurianer bezeichnen. Ich habe eine Fakultätsversammlung einberufen.« In diesem Augenblick erst sandte er den Senatoren die Einladung und grinste. Er hatte ihnen keine Zeit für irgendwelche Erwägungen geben wollen – drüben im Senatsgebäude, weit weg von der Fakultät. »Ich werde über eine Veränderung abstimmen lassen. Mit euren Stimmen kappen wir die letzten Bande mit Nelmura und heißen fortan *Othaoniden.*«

Die Senatoren starrten ihn an. Niemand schien die erste Reaktion preisgeben zu wollen. »Wenn wir das und einige weitere Veränderungen vollzogen haben, wird uns Nelmura nichts mehr anhaben können«, sagte Othao. »Was sagt ihr also?«

»Ich bin damit einverstanden«, antwortete Kesamore und schaute in die Runde. Die anderen Senatoren nickten, manche stimmten leise zu, aber keiner wagte es, irgendetwas gegen sein Vorhaben einzuwenden. Allerdings fragte Kesamore: »Worin bestehen diese Veränderungen?«

Othao lächelte, wies den Gang entlang, und während sie auf dem Weg zur Aula waren, erzählte er ihnen von den Sicherheitsmaßnahmen, die dazu da waren, Nelmura den Zugriff zu erschweren (und ihm mehr Kontrolle in die Hände gaben). Zudem berichtete er von den geänderten Regeln für die Tiefenschläfer. Loyalität spielte nun eine Rolle.

An der Tür zur Aula angekommen, fragte Kesamore: »Du willst also von uns wissen, ob wir dich als neuen Archonten haben wollen?«

»Wir können wohl kaum ohne einen sein«, entgegnete Othao.

»Die Yardeniden sind ganz gut damit zurechtgekommen.«

»Und schau, wo sie jetzt stehen. Mit einem Archonten in ihrer Mitte hätte Nelmura dort nie Fuß fassen können.«

Kesamore nickte, und auch die anderen machten einen ermutigten Eindruck. »Es beginnt also etwas Neues.«

»Und ich brauche dich, Travis«, sagte Othao. »Mehr denn je. Ich brauche dich im Senat. Wenn wir unsere Karten richtig ausspielen, wirst du der Senatsvorsitzende sein. Oder würdest du etwa nicht gerne Burnetts Nachfolge antreten?« Selmo Burnett, der mächtigste Nicht-Symbiont der Stadt, hatte sich eine so starke Position im Senat erarbeitet, dass er wieder und wieder gewählt worden war und sich kaum jemand Hoffnung machte, ihm in seinem Amt nachzufolgen. »Man merkt ihm doch an, dass er amtsmüde ist.«

Kesamore schaute sich zwischen seinen Leuten um und erntete Zustimmung. »Na gut«, sagte er. »Aber wenn du dich hier mit unserer Hilfe zum Archonten ausrufst, wird das im Senat Folgen haben. Die Nicht-Symbionten werden fürchten, dass andere Fakultäten ihre Archonten wecken und sich dann alles ändert.«

»Aber es hat sich bereits alles verändert«, sagte Othao. »Gegen Nelmura kommen wir mit gewöhnlichen Mitteln nicht an. Wir brauchen die Macht der Archonten. Und wir werden die Ersten sein, die diese Macht richtig ausspielen.«

»Das würde uns einen Vorsprung verschaffen.«

»Und es würde klarmachen, dass an uns kein Vorbeikommen ist. Während die anderen Fakultäten daran arbeiten, ihre Archonten vom Ernst der Lage zu überzeugen, sind wir handlungsfähig.«

»Viele fürchten, die anderen Archonten könnten sich Nelmura anschließen«, erwiderte Kesamore.

Diese Furcht teilte Othao nicht, denn die KIs würden nicht zulassen, dass Archonten, über deren Loyalität sie sich nicht im Klaren sein durften, aus dem Tiefenschlaf geweckt wurden.

Die Symbionten in den Fakultäten würden gehemmt sein. Um an die Archonten heranzukommen, musste man in den Eishallen ins System eintauchen, und dort war man anfällig für die Zugriffe der KIs. Das wussten Kesamore und die anderen nicht, und Othao war immer noch erstaunt, dass die KIs diese Informationen so bereitwillig mit ihm geteilt hatten. Sie wollten, dass er diesen Weg einschlug. Sie hatten all seine Fragen beantwortet, hatten ihm Zugang zu Programmbibliotheken gewährt und ihm versprochen, bei der Modifikation der Fakultät zu helfen. Sie setzten auf ihn, und er würde sie nicht enttäuschen.

»Die Frage der anderen Archonten hat nichts mit uns zu tun«, sagte er. »Über unsere Loyalität besteht kein Zweifel. Niemand wird uns daran hindern, Nelmura etwas entgegenzusetzen.«

»Erlaube mir eins«, sagte Travis.

»Was?«, fragte Othao.

»Lass mich den Antrag stellen, Nelmura offiziell abzusetzen und dich zum Archonten zu machen.«

Othao grinste. »Natürlich, Travis. Natürlich.«

35 Das Geheimnis im Eis

Je näher Yaldira an Duncans Seite dem Tor kam, umso freier entfaltete sich ihre Vorstellung von dem, was jenseits davon wohl sein mochte. Eine Außenstelle der Stadt, geheim – längst vergessen, vielleicht sogar von den KIs vergessen? Ein Invasionsschiff, das hier schräg eingesunken war? Der geheime Sitz einer der Fakultäten, und gleich würde sich die Tür auftun, und Nelmura und Gamil würden sie strahlend empfangen? Alles war möglich. Hier draußen den Zwängen der Stadt entkommen zu sein, eröffnete die Möglichkeit für die Dinge, die außerhalb der bisher vorstellbaren Grenzen lagen.

Sie waren am Tor angekommen. Es wirkte viel kleiner, als sie aus der Ferne geschätzt hatte – nicht größer als die Doppeltüren an den Eingängen der großen Gebäude von Jaskandris. Die gleiche Bauart wie in der Stadt: glatte, graue Flächen mit Vertiefungen, die ein gewähltes Muster zeigten. Hier war es ein großes Dreieck, das sich aus kleineren zusammensetzte.

Duncan schaute den Weg zurück. »Das führt genau in Richtung Stadt«, sagte er mit seiner natürlichen Stimme, die müde klang.

»Meinst du, es ist mit einem Tunnel verbunden?«, fragte Yaldira.

»Keine Ahnung.« Er wandte sich dem Tor zu. »Aber ich traue der Sache nicht. Ich meine: Wäre es nicht klug von den KIs, das Herz des Systems nicht im Zentrum der Stadt zu haben?«

Sie wies auf das Tor. »Du glaubst also, das da könnte der wahre Stadtkern sein?«

»Vielleicht.« Er wies den Weg entlang, den sie gekommen waren. »Die könnten über Kabel eine Verbindung herstellen, die kein Symbiont bemerkt.«

Yaldira lächelte. »Dann hätten sie aber einen großen Fehler gemacht, uns hier rauszuschicken.« Sie lauschte auf das Signal. Es lag jenseits des Tores. Die Pforte selbst hatte keine Signatur, die fassbar gewesen wäre, um ihr einen Öffnungsbefehl zu erteilen. Aber zur Rechten gab es eine Kontaktfläche. Yaldira wies dorthin und warf Duncan einen fragenden Blick zu.

»Dass das keine Gedankenbefehle akzeptiert, spricht nicht gerade dafür, dass es mit der Stadt zu tun hat«, sagte er.

Yaldira näherte sich der Kontaktfläche. Nach einem Augenblick des Zögerns berührte sie diese mit ihrem Handschuh und fürchtete bereits, dass ein direkter Kontakt mit ihren Fingern nötig wäre. Doch knackend spaltete sich das Tor in zwei Flügel, die links und rechts in die Wand drangen und den Blick auf einen kahlen, ansteigenden Gang preisgaben. Das Signal, das sie gesucht hatten, drang in aller Klarheit daraus hervor.

Nachdem sie einen Blick getauscht hatten, betraten Yaldira und Duncan nebeneinander den Gang. Irgendetwas Unfertiges haftete diesem Ort an. Besonders befremdlich wirkte das schräge Tor, nach dem Yaldira einen ebenso schrägen Innenraum erwartet hätte, doch der Gang war so eben wie der Steg draußen. Allerdings verlief die Decke parallel zum Tor. Es wirkte, als hätten Bots den Innenraum neu ausgestaltet, indem sie einem bestehenden Raum einfach ein neues Innenleben bescherten. »Wie die Renovierung eines Hauses«, sagte Yaldira.

»Oder ein Rohbau in einem vorgegebenen Rahmen«, erwiderte Duncan.

»Das heißt, hier sind irgendwo Bots, die das alles aufgebaut haben«, sagte Yaldira und schaute sich überall im Gang um.

»Wenn sie genug Energie haben, sollte das kein Problem sein. Vor allem, wenn sie das, was vorher hier in diesem Raum war, als Rohstoffe wiederverendet haben.«

Yaldira wies zurück, wo das Tor immer noch offen stand. »Die Schildkonstrukte da draußen fressen mehr Energie, als ein System für die Materialkomposition benötigt.«

»Vielleicht ist das eine Kolonie der Verstoßenen«, sagte Duncan. »Es könnte sein, dass sich das Gebäude abgesenkt hat und sie den Innenraum dann einfach neu konfiguriert haben.«

An eine Kolonie hatte Yaldira bei all ihren wilden Überlegungen auf dem Weg hierher auch bereits gedacht. »Ganz egal, was es ist. Wenn es hier sicher ist, dann müssen wir die anderen herholen.«

Duncan nickte.

Der Gang endete an einem Tor, das sich ihnen öffnete, ehe Yaldira ihre Hand an die Kontrollfläche legen konnte. Sie kamen in eine Art Eingangshalle – mit weiteren Toren und Türen, einer Treppe nach oben und Torbögen, die links und rechts auf diverse Gänge führten. Alles war unausgeschmückt, als hätte sich der Erbauer nicht für eine Linie entscheiden können. Einzig die vielen Lichtquellen in der Decke und an den Wänden schienen auf die Entscheidung eines Menschen zurückzugehen, sonst wirkte alles wie von Roboterhand in Standardmodulen erschaffen.

Yaldira hatte dieses Treppenmodell, das sich langsam die Wand entlang nach oben bog, in vielen Häusern der Stadt gesehen. Sogar die abgerundeten Verkleidungen, die die Ecke ausfüllten, waren exakt so wie im Bricknell-Haus und in weiten Teilen ihrer Fakultät. »Das hier ist eines von unseren«, sagte sie. Es war so warm hier, dass sie sich die Handschuhe auszog. Sie ließ sie in der großen Manteltasche über ihrer Hüfte verschwinden. Den Mantel behielt sie an, denn sie hatte, als sie im Zelt geschwitzt hatte, ihren Anzug so eingestellt, dass er auch gegen die Wärme anarbeitete, indem er luftdurchlässig wurde.

»Wohin gehen wir zuerst?«, fragte Duncan. Er wies voraus auf ein Tor, das gegenüber lag. »Das Signal kommt von dort.«

»Dann lass uns unser Ziel erreichen und danach weitersehen.«

Sie durchquerten den Raum, und Yaldira sog die klare Luft ein. Es roch nach Salz, wie unten in den Eiskammern ihrer Fakultät. Und sofort stellte sie sich vor, dass der Steg da draußen in einen Tunnel bis in die Stadt hineinführte und dies eine Erweiterung der Eishallen war. Wenn man in der Stadt in einen Transporter stieg, mochte er einen überall hintragen. Wer sagte, dass sich alle Orte, die erreichbar waren, innerhalb der Kuppel befinden mussten? Doch wieder fragte sie sich, warum die KIs sie dann entlassen hatten. Sie konnten unmöglich hinter einem solchen Ort stecken. Oder war die Verbannung nur ein Schein gewesen, eine Machtdemonstration für die Bewohner der Stadt? Und nun, da sie von der Bildfläche verschwunden waren, würden sie hier weiterleben müssen.

Sie schüttelte den Kopf.

»Was ist?«, fragte Duncan.

»Ich bezweifle, dass die KIs etwas hiermit zu tun haben. Ich glaube, die haben überhaupt keine Ahnung, dass das hier alles existiert.«

Das Tor am Ende der Eingangshalle öffnete sich, und sie folgten einem breiten Gang, von dem Türen abgingen bis ans Ende, wo ein offenes Tor direkt in einen großen Raum führte. Sie blickte durch gewaltige Fenster auf Eisflächen, hinter denen blaues und weißes Licht strahlte. Hier gab es Pulte, Sitze mit hohen Lehnen und Wände voller Geräte, Nischen mit Arbeitsplätzen. Überall waren Maschinen, die nichts preisgaben – dabei hatte Yaldira einige solcher Geräte in der Stadt gesehen. Dort hinten auf dem Pult war ein Standard-Com-Modul, auf das alle setzten, wenn die symbiontischen Nachrichten einmal nicht ihr Ziel erreichten. Mit dem Com-Modul konnte man immer Kontakt aufnehmen, doch Yaldira fand keine Signatur, über die sie als Akteurin hätte kommunizieren können. Trotz all der Maschinen war dieser Raum wie leer.

»Spürst du was?«, fragte Duncan.

»Das geht irgendwie alles an mir vorbei. Als würden die Signale auf einer Ebene senden, zu der ich keinen Zugang habe.«

Duncan wies voraus auf eine hüfthohe Computersäule in der Mitte des Raums, die vor sich hin glitzerte. »Da kommt das Signal her.«

Tatsächlich schien es so, aber erst, als sie die Säule passierten und sie umrundeten, war klar, dass sie tatsächlich der Ausgangspunkt war.

Duncan atmete weit aus. »Ziemlich heiß hier«, sagte er und zog sich nun ebenfalls die Handschuhe aus.

Yaldira lachte. »Wir sind ja auch gut eingepackt«, sagte sie. »Hier!« Sie schickte Duncan die Einstellungen, die bei ihr dafür sorgten, dass der Anzug und der Mantel auch gegen die Wärme arbeiteten. »So ist es erträglich.«

»Wir könnten auch die Sachen loswerden«, sagte er.

»Sobald wir wissen, was hier gespielt wird«, entgegnete sie.

Sie gingen durch den Raum und berührten die Maschinen, aber keine gab sich eine Blöße, durch die sie mit symbiontischen Befehlen hätten Kontakt aufnehmen können. Selbst eine Bedienung per Hand war nicht möglich. Zwar reagierten die Systeme auf ihre Berührungen, doch auf den Displays zeigten sie nur als Symbol das Dreieck, das sie am Eingangstor gesehen hatten.

»Waren die Invasoren eigentlich wie wir?«, fragte Duncan.

»Das ist niemals von den Invasoren«, entgegnete Yaldira. »Im Grunde sind das doch alles Systeme, die wir kennen. Vielleicht ein wenig ungewöhnlich angeordnet und einfach nicht zugänglich für uns.«

Sie trafen sich in der Mitte an der Computersäule wieder.

Yaldira berührte sie mit den Interfaces an ihren Fingerspitzen und hoffte, dadurch einen Kontakt herzustellen. Doch auch hier gab es kein Objekt, an das sie sich knüpfen konnte. Das Signal war einfach da, der Sender aber war getarnt.

Mit einem Mal hatte Yaldira eine Signatur vor Augen. Der Computer vor ihr hatte ein Zugangsobjekt. Sie war nun ein gültiger Akteur, und ringsum meldeten sich weitere. Jede Maschine hatte nun eine Signatur.

Duncan drehte sich um. Er schien auch zu merken, dass sich die Systeme zu erkennen gaben.

Yaldira starrte auf die Computersäule. War es die Berührung gewesen, die diese weitreichende Offenlegung der Systeme ausgelöst hatte?

Die Objekte mit ihren Kennungen wahrzunehmen, war ein Schritt vorwärts, doch als Yaldira den Status der Computersäule abfragte, gab es keine Reaktion. Es war, als wären sie eben in einen Raum voller unsichtbarer Gestalten eingetreten, und eine nach der anderen hätte sich sichtbar gemacht, nur um jetzt schweigend dazustehen.

Ein Zischen ließ Duncan herumfahren, und auch Yaldira schaute nach links, wo sich die Tür nun mit einem schlurfenden Geräusch öffnete.

Noch ehe Yaldira irgendetwas sah, spürte sie eine symbiontische Präsenz – ein Akteur, der seine Signatur offen herausgab. Die Kennung aus Zahlen und Buchstaben sagte ihr nichts, wohl aber die Statusinformationen, die die Person nach und nach preisgab, als würde sie mit jedem der hallenden Schritte ein Stück mehr in diese Welt herübertreten.

Ein blasser Mann mit langem, dunklem Haar betrat den Raum – eine schmale Gestalt mit Vollbart, die innehielt und ihnen entgegenstaunte, sie dann aber begierig mit ihren blauen Augen musterte. Das Alter des Mannes war schwer einzuschätzen. Wie er sich nun näherte und lächelte, vermutete Yaldira, dass er die vierzig überschritten hatte und dementsprechend nicht mehr alterte.

»*Ich kenne ihn*«, flüsterte Duncan mit seiner Gedankenstimme.

Yaldira kam er ebenfalls bekannt vor.

»Seid willkommen«, sagte der Mann. An seiner entspannten Stimme erkannte Yaldira ihn. Sie hatte Aufnahmen von diesem Mann gesehen. Da hatte er kurz geschorenes Haar gehabt und war glatt rasiert gewesen. Aber die neugierigen Augen passten zu ihm. In den Videos, die sie gesehen hatte, war der Mann voller Enthusiasmus gewesen und hatte um sein Projekt geworben: ein Raumschiff, das an den Satelliten vorbeigelangte und mit dem sie sich frei auf dem Planeten und abseits davon hätten bewegen können. Nun aber wirkte dieser Mann beruhigt. Die Zeit der großen Pläne, die ihn zu den Sternen hätten führen sollen, war längst vorüber. Der Mann, der sich ihnen näherte und sie abwechselnd musterte, war Yarden – der Archont der Yardeniden, der angeblich bei dem Abschuss seines Raumschiffes durch die Satelliten umgekommen war.

»Duncan Rayborn«, sagte Yarden und drückte ihm die Hand. Dann lächelte er Yaldira an, und sie merkte, wie er ihre Daten abrief. »Yaldira Wescovich. Yaldira!«

»Das ist der Name Ihrer Großmutter«, sagte sie. »Ich bin die Tochter Ihrer Cousine Penelope.«

»Ihr wisst also, wer ich bin?«, sagte er.

»Sie sind Yarden«, erwiderte sie.

Der Archont grinste. »Ihr seht mir aber nicht so aus, als hättet ihr mit mir gerechnet.«

Für Yaldira war es zwar eine der vielen verrückten Möglichkeiten gewesen, dass dies das Wrack der *PAREIDOLIA* war, aber dass Yarden den Absturz des von ihm entworfenen Raumschiffes überlebt haben sollte, damit hatte sie nicht ernsthaft gerechnet.

Duncan brachte kein Wort heraus. Er starrte den Archonten nur mit fassungsloser Miene an.

»Wir dachten, wir würden hier nur einen Signalgeber finden – und dann den Tod«, sagte Yaldira.

»Ihr seid Verbannte – also Verbrecher.«

»Ja«, sagte sie und zeigte auf Duncan. »Weil wir uns nicht kontrollieren ließen.« Sie wies auf sich. »Oder weil wir hinter das Geheimnis der Stadt gekommen sind und etwas unternehmen wollten.«

Yarden seufzte. »Das Geheimnis der Stadt«, sagte er nickend. »Das hat mir so viel Leid gebracht.«

»Sie kennen es?«, fragte Duncan und brach damit endlich sein Schweigen. »Und Sie sind dennoch mit Ihrem Schiff geflogen. Trotz der Satelliten.«

»Damals habe ich noch nichts gewusst. Ich war blind vor Tatendrang. Erst nach dem Absturz merkte ich, dass die Stadt und die Satelliten Signale austauschen. Da wurde mir klar, was gespielt wird.« Seine Augen glänzten, während er sich umschaute. »Die Satelliten und die KIs sind Teil desselben Systems. Und sie haben uns abgeschossen.«

»Sie und Ihre Crew, Sir?«, fragte Duncan.

»Nenn mich bitte nicht Sir«, sagte Yarden. »Ich bin euer Freund. Vielleicht der einzige, den ihr in eurem Leben noch kennenlernen werdet.«

Duncan nickte.

Yarden holte tief Luft, und nickend sagte er: »Einige von uns überlebten den Absturz – mit viel Glück und schwer verletzt. Eigentlich waren wir erledigt. Wir hofften darauf, dass Suchbots aus der Stadt uns finden würden. Doch dann brach das Chaos los. Ich bin der Einzige, der überlebt hat.« Yarden wies auf die Tür, durch die er gekommen war. »Kommt. Ihr habt sicher Hunger und Durst. Die Küchenmodule funktionieren hier genauso gut wie in Jaskandris. Kommt! Ich werde euch alles erzählen.«

Er ging voraus, und Yaldira und Duncan tauschten einen Blick. »*Kannst du mich kneifen, damit ich glaube, dass das wirklich wahr ist?*«, fragte Duncan mit seiner symbiontischen Stimme.

»*Ich kann nicht glauben, dass er wirklich hier ist*«, erwiderte Yaldira. »*Ich kann nicht glauben, dass er überlebt hat. Und ich kann nicht glauben, dass die KIs nichts von ihm wissen. Und ich liebe im Augenblick das, was ich nicht glauben kann.«*

»*Meinst du, wir haben gerade einen Weg zurück in die Stadt gefunden?*«, fragte Duncan.

»*Wenn noch ein Funken von dem Yarden in ihm steckt, der zu den Sternen fliegen wollte, werden wir nach Jaskandris zurückkehren*«, sagte sie und schaute dem Archonten nach.

»*Und wenn er nicht will?*«, fragte Duncan.

»*Dann wird er feststellen, wie hartnäckig Nelmuras Schülerin sein kann.*« Mit diesen Worten folgten sie dem legendären Archonten.

36 Von Zweiflern und Verrätern

Myron konnte immer noch nicht glauben, dass die KIs ihn nicht als Zweifler entlarvt hatten. Zwar war er den Befehlen gefolgt und hatte seinen Job gemacht, aber er war jedes Mal erleichtert gewesen, wenn die Yardeniden, die sie gejagt hatten, entkommen waren. Er wollte keine Konfrontation – nicht jetzt, da sie mit tödlichen Waffen ausgestattet waren, die eigentlich bei einer Invasion, bei Feinden von außen, zum Einsatz hätten kommen sollen.

Dass die Nelmurianer Othao Merrell zum Archonten erklärt und sich in Othaoniden umbenannt hatten, machte ihm bereits Sorgen, unter anderem wegen der veränderten Machtstrukturen innerhalb der Fakultät, von denen man sich erzählte. Erschüttert hatte ihn aber, dass seine Vorgesetzten plötzlich kleine Teams losgeschickt und mit Befugnissen ausgestattet hatten, die sonst das Gericht oder der Senat besaßen, nicht aber die Polizei. Mit den großen Fakultäten im Rücken – allen voran mit den Othaoniden – versprachen sie jenen Yardeniden, die sie daran gehindert hatten, in die Fakultät zurückzukehren, oder die noch unentschlossen waren, hohe Posten und Privilegien, falls sie sich bereit erklärten, gegen die eigene Fakultät vorzugehen. Sogar an jene Nicht-Symbionten, die bislang eine enge Beziehung zu den Yardeniden gehabt hatten, versuchte man auf diese Weise heranzutreten.

Othao Merrell schien bereit zu sein, alles zu versprechen, um möglichst viele Leute auf seine Seite zu ziehen. Er war sogar bereit, Nicht-Symbionten zu Symbionten zu machen. Sie alle, die sich nun gegen die Yardeniden in Stellung brachten, spielten mit schmutzigen Tricks. Bei den Verhören verschleierten die KIs kaum noch, dass sie Einfluss nahmen. Erst gaben die Verhörten alles preis, was sie wussten, dann erklärten sie sich bereit, alles zu tun, was man von ihnen verlangte.

Viele seiner Kollegen wirkten wie berauscht, und er nahm nicht einmal an, dass die KIs die Kontrolle über sie übernommen hatten. Es gefiel ihnen, die neu entdeckte Macht einzusetzen. Und aus manchen Kommentaren hörte Myron die unverhohlene Sehnsucht nach einem Polizeistaat heraus. Noch waren die Fakultäten und der Senat ihre Verbündeten, aber die enge Bande zu den KIs ließ die Option eines Polizeistaates zumindest als Gedankenspiel offen, und im Kleinen setzten sie sich immer wieder über die Regeln weg – in der Gewissheit, dass die Fakultäten und der Senat die Aktionen nachträglich absegnen würden. Gegen die Yardeniden war mittlerweile jedes Mittel recht. Und kaum einer merkte, dass das, was sich jetzt noch gegen die Abtrünnigen wandte, sich bald schon gegen jeden von ihnen wenden konnte.

Myron saß nun an diesem Nachmittag in einem der Schwebeschiffe, die hinter dem zylinderartigen Koshava Tower ausharrten, und wartete darauf, dass drüben über der Fakultät der Yardeniden der Schutzschild dahinschwand. Der Informant, der dort eingeschleust war, hatte ihnen mit Lichtsignalen erklärt, dass es um 15:00 losgehen sollte, doch nun war es bereits 16:43, und alle waren unruhig und fragten sich, was geschehen war.

Wieder einmal war Myron im Grunde erleichtert, dass einer ihrer Pläne gescheitert war. Dabei spielte nicht nur der Zweifel eine Rolle, den Gamil Dellbridge ebenso in ihm gesät hatte wie Nelmura in ihren Ansprachen, sondern auch ein wenig sein verletzter Stolz. Er war an diese Sache herangegangen, um Nelmuras Entführung aufzuklären, und hatte lange die Fäden in Händen gehalten, doch nun war er nur einer unter vielen. Er mochte es nicht, wenn ihm jemand den Fall wegnahm, selbst wenn sich die Umstände grundlegend geändert hatten. Das Bedürfnis, Nelmura zu finden und sie vor Schaden zu bewahren, verspürte er nach wie vor.

Zwischen seinen Kollegen im engen und dunklen Schwebeschiff fühlte er sich nicht mehr wohl. Er gehörte nicht mehr zu ihnen, obwohl sein Wort hier noch etwas zählte. Immer wieder ließ er sich das Bild des Schutzschildes anzeigen, der sich über den Hof und die Dächer des Fakultätsanwesens spannte. Er stellte sich vor, wie es wohl wäre, dort drinnen bei Glazer, Dellbridge und Nelmura zu sein, statt hier draußen als Leiter eines Einsatzteams neben anderen Einheiten darauf zu warten, dass man ihnen einen Weg auf das Flachdach des yardenidischen Dekanats öffnete. Dass es das Dach war, von dem Yarden mit der *Pareidolia* abgehoben war, machte die Sache noch schlimmer. Wenn Nelmura recht hatte, hatten die KIs sich damals bereits gegen Yarden verschworen, ehe das Raumschiff überhaupt vom Dach abgehoben hatte. Der Archont hatte dort oben das Schiff Stück für Stück erbaut, und am Ende hatten sie ihn verraten. Und eben über dieses Dach sollten sie nun gegen die Yardeniden vorgehen? Alles in ihm sträubte sich gegen die Ausführung ihrer Pläne – und doch saß er hier.

Er fragte sich, ob sich ihm überhaupt noch eine Möglichkeit bot, die Seiten zu wechseln, und sah keinen Weg, der zum Ziel führte. Selbst wenn es ihm gelänge, sich irgendwie zu den Abtrünnigen vorzuarbeiten, so würden sie ihm sicherlich nicht vertrauen. Er selbst hätte sich nicht vertraut. Und so blieb ihm nur, mit den Karten zu spielen, die ihm gegeben waren.

»Sir«, sagte Eliseo Areias. »Der Schild ist fort.«

Myron blinzelte. Er hatte einen Moment nicht aufgepasst, sagte nun aber sofort: »Los geht's!«

Sie waren das erste Schiff, das sich in Bewegung setzte und sich aus der Deckung des Koshava Towers hinausbewegte und zügig zum Anwesen der Yardeniden hinüberschwebte. Was er eben noch als Konstrukt vor sich gesehen hatte, offenbarte sich nun durch die hohe Scheibe als Realität vor seinen Augen.

Das freie Dach des östlichen Seitengebäudes, in dem sich das Dekanat befand, lag offen vor ihnen. Mit einem Bedauern, das ihm geradezu die Hitze zu Kopf steigen ließ und das er nicht erwartet hatte, näherte sich das Schiff dem Dach, von dem einst die *Pareidolia* gestartet war, und wie so oft ging Myron im Kopf durch, was alles geschehen würde. Sie alle waren in diesen Dingen nicht gerade routiniert. Außer im Training waren solche Einsätze äußerst selten. Umso wichtiger war es, dass sie sich genau an ihren Plan hielten: auf dem Dach landen, über das Treppenhaus – nicht über den Transporter – ins Gebäude hinabgehen und jeden neutralisieren, der ihnen in den Weg kam.

Glazer, Dellbridge und Nelmura würden sie, wenn es möglich war, lebend fassen. Aber Commander Darmady hatte deutlich gemacht, dass die Priorität im Brechen des Widerstandes bestand. Je mehr Myron darüber nachdachte, umso weniger klar wurde ihm der Plan. Es musste einfach im Chaos enden – in einem gewaltigen Blutbad. Das war die Absicht, die Myron ihnen zutraute. Bei der Planung hatten alle so viel Wert darauf gelegt, dass die Kommunikation unter ihnen nicht zusammenbrechen durfte. Sie würden ihre Signale in die Fakultät hineinschleusen. Und da die Symbionten im Inneren von Kontrollmodulen befreit waren, konnten diese Signale nur für ihn und die anderen von Bedeutung sein. Es hätte ihn nicht gewundert, wenn die KIs Mordbefehle austeilten, sobald sie im Inneren der Fakultät waren.

Ein Ruck ging durch das Schwebeschiff, und vor dem Fenster strahlte etwas Hellblaues. Der Schild der Yardeniden schaltete sich flackernd ein. Ein Stoß, und das Schiff hob sich und kam mit einem Ruck zum Stehen.

»Sir!«, rief Eliseo. »Sie haben uns wieder ausgesperrt!«

»Ist eines der Schiffe durchgekommen?«, fragte Myron.

»Nein«, war die Antwort.

Myron war erleichtert. Ihr Helfer im Inneren hatte versagt, und ihm und den anderen war das Chaos, vielleicht sogar die Unterwerfung unter den Willen der KIs erspart geblieben. So konnten Nelmura und die Yardeniden weitermachen. Er wusste nicht genau, was er sich davon erhoffte, aber in die Richtung, in der er und seine Kollegen nun unterwegs waren, konnten es nicht weitergehen.

»Wir ziehen uns zurück, Ell«, sagte er. Eliseo gab seinen Befehl weiter, und während sich das Schiff von dem Schild entfernte, atmete Myron auf und war froh, dass er weder entlarvt noch zum Täter gemacht worden war.

* * *

Nachdem Gamil mit einer Handvoll Leuten auf dem Dach gewesen war und geprüft hatte, dass dort wirklich keines der Schiffe gelandet war und kein Polizist die Sensoren täuschte, ging er zum Sicherheitsdienst hinunter, wo in einer Zelle der Verräter saß. Er hatte ihn bisher noch nicht zu Gesicht bekommen, sondern nur erfahren, was er getan hatte.

Kaum war Gamil auf den Gang getreten, auf dem Wachen vor dem Schildkonstrukt standen und in die mit grünem Licht strahlende Zelle hineinblickten, konnte er es kaum erwarten, die wenigen Schritte hinter sich zu bringen und zu sehen, um wen es sich handelte.

Als er bei den Wachen angekommen war, traute er seinen Augen nicht, und selbst die symbiontischen Signale, in denen alle relevanten Informationen gebündelt waren, zweifelte er an. Denn in der Zelle saß, an die Wand gelehnt, sein alter Freund Corwin Gibbney. Er hatte ihn an jenem Tag, da er Nelmura zur Flucht verholfen hatte, am Fluss gesehen und ihn gegrüßt. Dann hatte er ihn erst hier im Gebäude wiedergesehen, musste sich aber eingestehen, ihm nicht genug Aufmerksamkeit geschenkt zu haben. Natürlich hatte er mit ihm gesprochen, und nachdem das Kontrollmodul entfernt war, hatten sie gescherzt, und Gamil hatte sogar kurz in Betracht gezogen, Corwin Verantwortung zu übertragen. Doch dann hatte er ihn bei all dem, um das er sich kümmern musste, aus dem Blick verloren und sich darauf verlassen, dass Ayako und Zenn schon die nötigen Positionen mit den richtigen Leuten besetzten. Und er hatte nicht daran gezweifelt, dass auch Corwin eine gute Aufgabe finden würde. Dass er der Verräter sein sollte, erschütterte Gamil.

Nun saß Corwin also dort in der Zelle, den Blick gesenkt, und bemerkte ihn nicht einmal. Er konnte auch nicht hören, was hier draußen vorging, denn alle Signale, die von hier draußen kamen, wurden zurückgehalten. Sie konnten ihn hören, er sie aber nicht.

»Lasst uns bitte allein«, sagte Gamil zu den Wachen, und diese zogen sich wortlos zurück. In ihrer Panzerung wirkten sie kaum noch wie der Sicherheitsdienst, sondern wie voll ausgerüstete Polizisten. Als sie fort waren, öffnete Gamil mit einem symbiontischen Befehl einen Kanal in die Zelle und sagte mit seiner Gedankenstimme: »*Du? Ausgerechnet du?*«

Corwin rührte sich nicht.

»*Warum? Wie haben sie dich dazu gebracht?*« Er dachte an die dunkelhaarige Frau, mit der er ihn gesehen hatte. »*Haben sie deine Freundin als Geisel?*«

Corwin atmete weit aus, dann hob er den Kopf und zeigte sein blasses Gesicht und die dunklen Ringe unter den Augen. Er antwortete mit seiner akustischen Stimme, der jede Selbstsicherheit abhandengekommen war. »Du kennst mich«, sagte er. »Ich habe gar keine Freundin.«

»*Vor Kurzem hattest du doch eine. Zenn sagte mir, dass du mit ihr zusammenziehen wolltest.*«

»Das ist vorbei. Hast du das nicht gemerkt?«

Tatsächlich hatte er bei der Entfernung des Kontrollmoduls kein Wort über sie verloren. Corwin war eigentlich nie gut darin gewesen, Dinge zu verheimlichen, aber Gamil war in Gedanken nicht ganz bei ihm gewesen. Er hatte das Treffen beinahe verdrängt, so sehr war er mit anderen Dingen beschäftigt gewesen. »*Das ist mir entgangen*«, sagte er. »*Aber wenn du es nicht um ihretwillen getan hast, warum dann?*«

»Privilegien«, sagte er.

»*Für ein paar lächerliche Privilegien?*«

Corwin lachte leise. »Ja, für ein paar lächerliche Privilegien.«

Gamil schüttelte den Kopf.

»Nach unserem Gespräch habe ich dich abgeschrieben. Du warst verschlossen und beinahe abwesend. Du warst wie verwandelt, als hätte Nelmura irgendetwas mit dir gemacht. Sie versprachen mir, dich vor ihrem Einfluss zu retten.«

»*Die Leute auf den Schiffen, die beinahe auf dem Dach gelandet wären, waren ein Mordkommando.*«

Corwin stutzte. »Du irrst dich.«

»*Nein, Corwin. Du hast nicht gesehen, wozu Menschen fähig sind, wenn sie unter der Kontrolle der KIs stehen.*« Er erzählte von Yaldira, Clement und jenen, die hier im Haus bei dem Treffen mit Ayako und Zenn in Raserei verfallen waren. »*Glaubst du, wir haben das erfunden?*«

»Sie haben mich reingelegt, Gamil«, sagte Corwin und blickte sich in der Zelle um, als suchte er etwas.

»*Tut mir leid, Corwin. Selbst wenn ich dir das glaube, kann ich nichts für dich tun. Du weißt, worum es geht. Jedem in der Stadt ist das inzwischen klar.*«

Corwin hob die Hand. »Warte mal! Wenn es Mordkommandos sind, dann seid ihr in Gefahr.«

»*Wie das?*«

»Ich wurde gefragt, ob du heute Abend bei dem Trupp dabei sein wirst, der die Neuen holt.«

»*Wie haben sie dich gefragt?*«

»Über Lichtsignale, die wir über den Hof geschickt haben«, antwortete er. »Ich sandte es von dem Gang im dritten Stock, und sie antworteten aus einem Fenster auf der gegenüberliegenden Straßenseite.«

Entsetzt wandte Gamil sich ab.

»Warte!«, rief Corwin.

Gamil hielt inne.

»Wenn das Mordkommandos sind, dann war die Frage, ob du heute dabei ist, nicht unschuldig.«

Gamil dachte an Ayako und Zenn, die den Einsatz heute anführten. »*Danke!*«, sagte er mit seiner symbiontischen Stimme, dann er lief er los und wusste, dass er die anderen von hier aus nicht ohne Weiteres erreichen würde. Sie waren dort draußen auf sich alleine gestellt, und nur sie selbst konnten auf verschlungenen Pfaden über einen der Zugänge Kontakt aufnehmen, die Clement für sie angelegt hatte. Er musste dort hinaus, um mit ihnen Kontakt aufzunehmen.

37 Die Offenbarung

Mit Duncan an ihrer Seite folgte Yaldira voller wilder Gedanken Yarden durch einen lang gezogenen Raum, dessen Wände von einem leuchtenden Mosaik erhellt wurden. Die Statusdaten der Subsysteme verrieten, dass es die Kommunikations- und Sensorsysteme waren. Die runde Kammer, die sich anschloss, besaß eine Sitzgruppe zur Linken und eine gebogene Couch zur Rechten. Alles war schwarz; offenbar, um es von dem Weiß der leuchtenden Wände und des Bodens abzuheben.

Sie setzten sich, und ein hüfthoher Bot kam mit Tee und Gebäck. Yaldira nahm das Angebot ebenso gierig an wie Duncan.

»Einige von uns lagern noch da draußen im Eis«, sagte Duncan mit vollem Mund.

»Meine Bots werden ihnen Vorräte bringen«, erwiderte Yarden. »Macht euch keine Sorgen.«

Während sie sich das würzige Blätterteig-Hörnchen schmecken ließ, konnte Yaldira nicht anders, als zu zweifeln – nicht an Yardens Fähigkeiten, sondern an seinen Absichten. Die Einsamkeit in der Eiswüste mochte einen Menschen trotz oder vielleicht sogar wegen der Nähe zur Stadt verändern. Und dass von der Crew nur er allein überlebt hatte, nährte ihren Zweifel. Doch sie wagte es nicht, etwas zu sagen. Sie hatte keine andere Wahl, als mitzuspielen. Yarden war ihre Rettung, und sie konnte nur hoffen, dass er auch die Rettung für die anderen war und schließlich vielleicht sogar die von Jaskandris.

Duncan schien sich keine Sorgen zu machen; er aß einfach weiter. Und auch Yaldira nahm sich noch ein kleines Hörnchen aus der Gebäckschale.

Yarden beobachtete sie lächelnd und sagte schließlich: »Was geht in der Stadt vor? Wie seid ihr hinter das Geheimnis gekommen?«

Yaldira tauschte einen Blick mit Duncan. Er nickte und biss in eine Teigtasche, die nach Basilikum duftete. Natürlich war es an ihr, die Geschichte zu erzählen. Sie nahm einen Schluck Kräutertee, überlegte dann, wo sie anfangen sollte, und beschloss, mit Gamil und ihrer Rivalität zu ihm zu beginnen. »Ich war die Schülerin von Nelmura – von ihr im Tiefenschlaf ausgebildet. Und er war einer der Hoffnungsträger der Yardeniden. Ich hatte schnell erkannt, dass ich in Zukunft mit ihm zu tun haben würde. Er war sehr sensibel für Signale aller Art. Meiner Meinung nach sogar sensibler als sein Dekan. Mich machten die KIs taub für Nelmuras Signal, das sie aus dem Tiefenschlaf in die Stadt schleuste. Gamil aber vernahm es.« Yaldira berichte von Nelmuras Rettung aus ihrer eigenen Fakultät und von allem, was seither geschehen war.

Yarden hörte sich alles an, ohne eine einzige Frage zu stellen. Nicht einmal, wenn sie eine Pause machte, um ihm Gelegenheit zu geben, etwas zu sagen, wandte er etwas ein. Und auch Duncan schwieg und hatte sich sogar zurückgelehnt, um zu lauschen. Sie hatte zuvor weder ihm noch den anderen die Geschichte so ausführlich erzählt. Schließlich sagte sie: »Die KIs mussten mich loswerden. Und deswegen kam es zu einem Schauprozess.« Sie warf Duncan einen bedauernden Blick zu. »Und leider weckte man noch andere auf, damit ich nicht allein verbannt wurde, sondern es den Anschein hatte, dass ich nur einer von vielen hoffnungslosen Fällen war – eine Verbrecherin, die sich nicht kontrollieren ließ.«

»Unglaublich, dass die Leute, obwohl sie von den Kontrollmodulen wussten, es einfach zuließen, dass sie dich verbannen«, sagte Yarden.

»Die Nicht-Symbionten fürchten, Nelmura könnte sich

zur Diktatorin aufschwingen. Und viele der Symbionten haben wahrscheinlich keinen eigenen Willen.«

Yarden nickte.

»Du wusstest von den Kontrollmodulen?«, fragte Yaldira.

Yarden wich ihrem Blick aus. »Unmittelbar nach dem Absturz bemerkte ich, dass die Stadt und die Satelliten Signale austauschten. Und mit einem Schlag war mir klar, welches Spiel die KIs spielten. Wir waren abgestürzt und hatten Tote zu beklagen.« Erst nach einer langen Pause sprach er weiter: »Die Bots, die wir an Bord hatten, fungierten als Medi-Maschinen und kümmerten sich um uns, die wir überlebt hatten. Wir nutzten Schildkonstrukte im Innenraum des Schiffes, um eine flexible Subtanz zu schaffen, die den Aufprall weitgehend abfing. Nur deswegen sind wir nicht alle bei dem Absturz ums Leben gekommen. Aber wir waren schwer verletzt. Meine Arme und Beine waren gebrochen, und ich litt an Quetschungen und schweren inneren Verletzungen. Ohne die Bots und ihre Medi-Komponenten wären wir zugrunde gegangen.«

»Hast du mit einem Absturz gerechnet?«, fragte Yaldira. »Oder war das Schildkonstrukt im Inneren etwas, das ihr zweckentfremdet habt?«

»Wir rechneten sicherlich nicht damit, dass wir brennend abstürzen würden. Alle Berechnungen sagten, dass wir sterben würden. Das Schildkonstrukt im Inneren zu verwenden, war eine Verzweiflungstat – ein letzter Einfall.«

»Die meisten der Crew haben also überlebt«, sagte Duncan.

Yarden seufzte leise. »Erst einmal. Einige starben sofort, andere waren auf der Schwelle zum Tod. Deswegen war ich schweren Vorwürfen ausgesetzt, weil ich die Bots abzog, um das Wrack zu verbergen. Aber ich wusste, dass wir alle am Ende wären, falls die KIs uns aufspürten. Kaum waren wir unter dem Eis verborgen, kehrten die Bots zu uns zurück und kümmerten sich um unsere Verletzungen. Die Stadt sandte dann ihre Drohnen aus, und diese verbreiteten ein

Signal, das meine Crew in den Wahnsinn trieb. Sie gingen aufeinander los, insbesondere auf jene, die für die Signale nicht empfänglich waren. Einige, die gerade einmal so weit versorgt waren, dass sie überleben würden und sich eigentlich kaum bewegen konnten, waren plötzlich auf den Beinen und rasten vor Wut. Sie schienen ihre Verletzungen gar nicht mehr wahrzunehmen. Ich konnte mich mit all den gebrochenen Knochen kaum bewegen und ließ mich von einem der Bots in eine Kammer ziehen, wo ich mich dann isolierte. Und ich wagte mich erst wieder nach draußen, als sich alles beruhigt hatte.«

»War noch jemand am Leben?«, fragte Yaldira.

»Nein. Die letzten haben sich gegenseitig mit bloßen Händen mehr oder weniger in Stücke gerissen.« Yarden kamen die Tränen. »Ich hätte die wenigen, die nicht verrückt geworden waren, wahrscheinlich retten können. Aber das erkannte ich erst später, nachdem ich die Kontrollmodule entdeckt und analysiert hatte.«

»Und die Drohnen?«, fragte Duncan. »Haben sie euch nicht bemerkt?«

»Nein«, antwortete Yarden. »Ich habe mit meinen Bots ihre Sensoren manipuliert. Und ich habe es vermieden, uns vor ihren Signalen zu schützen. Ich wollte sie auffangen, um zu verstehen, was los ist. Das war der Fehler.«

»Aber du wusstest da ja noch nichts von dem Kontrollmodul«, sagte Yaldira.

»Aber hätte ich es geahnt, dann wären die anderen noch am Leben.«

»Eines verstehe ich nicht«, sagte Duncan. »Warum haben die KIs zugelassen, dass du überhaupt mit der *Pareidolia* abhebst? Dich konnten sie offenbar nicht kontrollieren, aber die anderen, die am Projekt mitgearbeitet haben, waren doch kontrollierbar, wenn die Drohnen sie zum Amoklauf treiben konnten.«

Yarden nickte. »Es war schwer, eine Crew zu finden. Manche waren begeistert, dann aber machten sie einen

Rückzieher. Das verzögerte das Projekt immer wieder und trieb mich fast in den Wahnsinn. Aber ich fand schließlich Leute, die mitmachten. Genau jene, die nicht kontrollierbar waren. Und dann mit einem Mal gab es etliche Rückkehrer und eine ganze Menge Leute wollten dabei sein. Emeline, meine Freundin, hatte mich wegen des Projektes verlassen und kehrte nun wieder zu mir zurück. Und ich dachte, ich hätte sie alle mit Ergebnissen davon überzeugt, dass das Projekt kein verrückter Traum war. Es war nicht so. Die KIs stellten fest, dass sie mich nicht aufhalten konnten, und änderten ihr Vorgehen.«

»Aber warum dann überhaupt noch Kontrollierbare zur Crew hinzufügen?«, fragte Duncan. »Sie hätten das Projekt doch auch sabotieren können.«

»Ich glaube, sie wollten jeden Impuls unterdrücken, es mir gleichzutun, um dann dort erfolgreich zu sein, wo ich scheiterte. Also haben sie es auf die schlimmste Weise sabotiert, die möglich war.« Er atmete hörbar aus und zögerte weiterzusprechen. »Direkt nach dem Start gab es einen Vorfall. Wir hatten ein System, das uns vor den Satelliten schützen sollte. Es sollte ihre Sensoren täuschen. Eigentlich hatte ich es nach dem Tarnsystem der Stadt bauen wollen, aber die KIs gaben die Daten nicht heraus. Wie ich jetzt weiß, verfügt die Stadt über gar keine Tarnung. Die Satelliten wissen genau, dass Jaskandris hier unten ist. Da ich von den KIs keine Informationen erhielt, baute ich ein simples Tarnsystem auf, das die Sensortechnik der Satelliten direkt angriff, wie man eine Kamera angreifen kann, um ihr Daten zuzuspielen, die gar nicht vor ihrer Linse sind. Und genau dieses System fiel nach dem Start aus.«

»Es wurde also manipuliert?«, fragte Duncan.

»Ja. Ich konnte das später, als ich die Kontrollchips untersuchte, feststellen. Die beiden, die das Tarnsystem steuerten, ließen es ausfallen. Es hätte wahrscheinlich funktioniert. Und auch an anderen Stellen waren einige Saboteure platziert. Auch Emeline – die Frau, die ich liebte. Sie hatte die Kontrolle über den Schild. Ohne sie wären wir definitiv alle sofort tot gewesen. Dabei fand ich später ein Skript in ihrem Kontrollmodul, das sie dazu hätte bringen sollen, mich im Cockpit zu attackieren, sobald ich entscheidende Rettungsmaßnahmen einleitete.«

»Ein problematischer Befehl«, sagte Yaldira.

»Natürlich. Denn ich glaubte nicht, dass wir das überleben würden. Ich ging davon aus, dass wir sterben. Und das Verrückte war, dass Emeline mit ihrer Kontrolle über die Schildkonstrukte für die Rettung sorgte, und nicht ich. Das hatten die KIs nicht bedacht. Sie waren so sehr auf das Schiff, auf mich und meine Zielstrebigkeit fokussiert, dass sie Emelines Fähigkeiten außer Acht ließen.«

»Hat sie den Absturz auch überlebt?«, fragte Yaldira und fürchtete sich vor der Antwort.

»Nein«, sagte Yarden. »Sie starb beim Aufprall. Das bewahrte sie davor, von den KIs in die Mordlust versetzt zu werden.« Yarden schluckte und wich ihren Blicken aus. »So ist sie als meine Heldin gestorben.«

»Wie groß war deine Crew denn?«, fragte Duncan.

»Mit mir waren wir sechzehn. Sechs davon waren den Skripten unterworfen gewesen – Emeline eingeschlossen.«

»Trägst du dein Kontrollmodul noch?«, fragte Yaldira.

Yarden schüttelte den Kopf. »Da ich glaubte, nur durch einen ... Zufall der Kontrolle entgangen zu sein, habe ich es entfernt.« Er schaute zur Decke. »Und dann habe ich mich hier eingerichtet und geschützt. Nachdem ich das Kompositionsmodul repariert hatte, das ich von Berewan als Geschenk erhielt, konnte ich mir hier etwas aufbauen. Ich schickte sogar meine Bots aus, um Rohstoffe abzubauen. Seither lebe ich hier.«

»Aber warum bist du nicht zurückgekommen?«, fragte Duncan.

»Weil ich die KIs dadurch in Zugzwang gesetzt hätte. Meine größte Angst ist, dass das, was hier geschah, im großen Stil in der Stadt geschehen könnte. Deswegen habe ich mir hier ein Heim geschaffen, in dem ich unbemerkt bleibe.«

»Aber irgendetwas musst du doch getan haben. Ich meine: Ist das ein Leben hier?«

»Die meiste Zeit verbringe ich in Repräsentationen und in komplett künstlichen Welten. Die künstlichen Welten, um die Hoffnung nicht zu verlieren; die Repräsentationen, um das Geschehen zu überwachen.«

»Du empfängst also Signale?«, fragte Yaldira.

Yarden nickte. »Es ist nicht viel. Kommunikation zwischen der Stadt und den Satelliten. Ich weiß nicht genau, was sie da austauschen; ich weiß nur, dass es eine Menge Daten sind. Mehr als ein Hallo – viel mehr als das.«

»Dann arbeiten die KIs also wirklich mit den Invasoren zusammen«, sagte Duncan. »Zumindest mit den Resten davon.«

»Was glaubst du?«, fragte Yaldira den Archonten und erinnerte sich an die Vermutungen, die Nelmura, Gamil und sie angestellt hatten.

»Ich weiß es einfach nicht«, sagte Yarden. »Ich habe alles Erdenkliche durchgespielt, und es scheitert immer daran, dass uns alles, was wir wissen, von den KIs gegeben wurde. Gab es die Weltkriege? Gab es die Mondlandung und die Reise zum Mars? Gab es je eine Invasion? Alles, was wir durch sie vermittelt bekamen, müssen wir infrage stellen.«

»Aber wir dürften eine mündliche Überlieferung haben«, sagte Yaldira. »Von den Flüchtlingen, über die ersten Archonten bis hin zu uns.«

»Und genau da bin ich mir nicht so sicher«, erwiderte Yarden.

»Moment mal!«, sagte Yaldira. »Deine Großmutter – meine Urgroßmutter – war eine Archontin, ehe es Symbionten gab.«

»Ja, das war damals ein Titel, der in der Widerstandsbewegung aufkam und sich auf der Flucht festigte«, erklärte Yarden.

»Und deine Großmutter starb auf der Flucht.«

»Manche sagen, sie hätte die Flucht nur vorbereitet. Und wer weiß, ob das stimmt.«

Yaldira nickte. »Falls es wahr ist, dass sie Jaskandris nie gesehen hat, müssen deine Eltern bei der Flucht dabei gewesen sein. Es müsste eine lückenlose Kette der Erinnerung geben. In deiner Generation müssten doch etliche ihre Großeltern gekannt haben – jene Großeltern, die es bis nach Jaskandris geschafft haben.«

»Es müsste sie geben, aber wir kannten tatsächlich nur unsere Eltern. Die Großeltern befanden sich entweder bereits im Tiefenschlaf oder sie sind auf der Flucht oder kurz nach der Ankunft in der Stadt gestorben.«

»Die KIs könnten eure Eltern so manipuliert haben, dass sie das glaubten«, sagte Yaldira.

»Erinnerungen zu komponieren könnte im Tiefenschlaf funktionieren«, sagte Yarden nickend. »Nicht so sehr in der Wachwelt. Da lassen sich einige Erinnerungen unterdrücken, aber kaum mehr als das. Ich selbst habe nie im Tiefenschlaf gelegen. Und da die KIs offenbar Probleme hatten, mich zu kontrollieren, haben sie mir sicherlich keine falschen Erinnerungen zugespielt. Aber bei meinen Eltern und einigen Älteren meiner Generation bin ich mir nicht sicher. Es könnte sein.«

Duncan stutzte. »Was ist mit den Nicht-Symbionten? Deren Erinnerung hätten die KIs nicht manipulieren können. Oder wurde die erste Generation nach der Ankunft in Jaskandris komplett zu Symbionten gemacht?«

Yarden lächelte bitter. »Ihr glaubt nicht, wie sehr ich mir darüber den Kopf zerbrochen habe. Ich habe mir künstliche Welten geschaffen, in denen ich jedes Detail, woran ich mich erinnere, platziert habe. Es ist nicht leicht, die Grenzen zwischen den Generationen zu erkennen. Man darf sich nicht von Geburtsjahren verrückt machen lassen, sondern muss einfach nur auf die Entfernung zu jener Generation schauen, die noch auf der Flucht gewesen sein muss. Und bisher habe ich noch niemanden gefunden, der in Jaskandris angekommen ist und nicht früher oder später zum Symbionten wurde.«

Yaldira nickte. »Es hieß doch, dass am Anfang jeder, der es wollte, Symbiont werden konnte«, sagte sie. »Was natürlich bedeuten könnte, dass in deiner Elterngeneration tatsächlich alle Symbionten waren.«

»Dann könnte man ihnen Erinnerungen eingepflanzt haben«, fügte Duncan hinzu. »Stellt euch eine Generation von Symbionten vor, die komplett kontrolliert und im Tiefenschlaf mit falschen Erinnerungen getäuscht wird. Dann werden sie geweckt und in der unsicheren Phase des Erwachens durch Suggestion an eine Welt geknüpft, deren Geschichte es so nie gegeben hat. Auf so eine Generation kann man alles aufbauen.« Duncan starrte in die Leere. »Dann ist einfach alles möglich.«

Yaldira musste lächeln, denn als sie von den Kontrollmodulen erfahren hatte, war sie ebenfalls der Meinung gewesen, dass alles möglich sei. Sie erinnerte sich: Nelmura ging wegen der Spuren, die sie gefunden hatte, davon aus, dass die KIs die Geschichtsschreibung weitgehend intakt gelassen hatten. Sie wollte es gerade erwähnen, da sagte Yarden: »Aber es gibt Gewissheiten. All das ist echt. Die Stadt am Südpol, die Menschen, die hier überlebt haben und auch der Konflikt mit den KIs.«

»Du wirst uns also helfen?«, fragte Yaldira.

»Ich weiß es nicht«, sagte Yarden mit müder Stimme. »Haben wir denn überhaupt eine Chance?«

»Vielleicht nur diese eine. Durch Nelmura wurde uns die Gelegenheit gegeben, gegen die KIs vorzugehen. Und mit deiner Hilfe könnten wir gewinnen.«

Yarden lächelte. »Ich werde euch nicht quälen, indem ich mich sträube, ihr dann enttäuscht abmarschiert und ich dann doch noch mitkomme. Ich sehne mich nach der Stadt, hatte allerdings Angst, was sie mit mir machen würde. Aber zu wissen, dass Nelmura da ist – das macht mir Mut.«

»Was tun wir also?«, fragte Duncan.

»Wir brechen in den Maschinenkern ein«, antwortete Yarden, als wäre es das einfachste Unterfangen auf der Welt. »Nur so können wir die KIs in die Knie zwingen.«

Duncan stutzte. »Und kann die Stadt ohne die KIs überleben?«

»Sie haben so viel an uns delegiert, dass das wahrscheinlich kein Problem ist.«

»Aber wie kommen wir zurück in die Stadt?«, fragte Yaldira. Yardens Schmunzeln erinnerte Yaldira an das von Gamil, wenn er wieder einen Vorteil gewonnen hatte. »Du hast einen Plan?«

Yarden nickte.

»Warum hast du den nicht schon früher in die Tat umgesetzt?«, fragte Duncan.

Yarden machte ein erstauntes Gesicht. »Ich *habe* ihn in die Tat umgesetzt. Das Signal, das ich aussandte, enthielt Daten, die genau beschrieben, was an Bord der *PAREIDOLIA* passiert ist, aber auch, dass zwischen der Stadt und den Satelliten Daten ausgetauscht wurden. Ich hatte die Hoffnung, dass die anderen Archonten es im System finden.«

»Aber das müssen die KIs doch aufgefangen haben«, entgegnete Yaldira. »So wie wir es aufgefangen haben.«

»Es erreicht sie, aber sie wissen nicht, dass es da ist. Ich manipuliere die Stadt, wie man Sensoren manipulieren würde.«

»Aber wie machst du das?«, fragte Yaldira. »Über das Signal da draußen?«

»Nein«, sagte Yarden. »Dafür habe ich einen der Satelliten benutzt.«

»Was?«, erwiderte Yaldira und tauschte einen Blick mit Duncan, der ebenso ratlos wirkte wie sie. »Du hast Zugang zu den Satelliten?«

»Zugang? Ja. Aber ich kann sie nur dazu bringen, Daten an die Stadt weiterzuleiten. Am Anfang habe ich versucht, über die Satelliten an die Archonten heranzukommen, aber das ist mir nicht geglückt. Die Daten wurden abgefangen. Später dann gelang es mir, einige Programme im System der Stadt zu platzieren. Inzwischen kann ich über meine Außensender Daten schicken, ohne dass die Stadt merkt, dass ich sende.«

Yaldira dachte an Nelmura und an die Daten, die sie im System gefunden hatte. »Es könnte sein, dass Nelmura genau deine Daten im System gefunden hat. Das wäre doch möglich, oder?«

»Natürlich. Alles, was die KIs von den Satelliten bekommen, versuchen sie zu bearbeiten. Ich vermutete irgendwann, dass es Befehle sind, die sie nicht nur im Maschinenkern bearbeiten, sondern auch mithilfe der Symbionten im Tiefenschlaf. Also sorgte ich dafür, dass meine Daten von den Symbionten bearbeitet wurden und Teilergebnisse bei ihnen zwischengespeichert werden. Was die KIs nicht ahnten, war, dass ich mir die Kontrollmodule zunutze machte. Die verschlüsselten Dateien an sich waren harmlos, aber wenn man gewisse Zwischenergebnisse entschlüsselte, enthielten sie Befehle und konnten kleine Datenmengen oder Programme im System platzieren.«

»Du hast also die Kontrollmodule genutzt, um ins System einzudringen.«

»Richtig. Und genau so werden wir in die Stadt kommen.«

»Du kannst nicht einfach ein Tor öffnen«, sagte Duncan.

»Natürlich nicht.« Yarden wies den Gang entlang. »Ich habe nicht vor, ein Tor zu öffnen. Ich habe vor, die Sensoren der Schildkontrolle zu täuschen. Den Rest übernehmen meine Bots.«

»Du bist also bereit, offen gegen die KIs vorzugehen?«, fragte Yaldira.

»Ich kann hierbleiben und weiterhin Jahre, Jahrzehnte oder Jahrhunderte daran arbeiten, ein Programm zu erstellen, mit dem ich die KIs direkt im Maschinenkern treffe. Oder ich arbeite mit euch und Nelmura zusammen. Eine bessere Gelegenheit als diese gibt es nicht. Und wenn es nicht hinhaut, können wir uns immer noch hierher zurückziehen.« Er grinste schief. »Die Frage ist nicht, ob ich bereit bin heimzukehren, sondern vielmehr, ob ihr bereit seid, euch noch einmal in die Höhle des Löwen zu wagen.«

»Ich bin bereit«, sagte Yaldira.

Duncan nickte. »Wann geht's los?«

»In vier Stunden kommt einer der Satelliten vorbei. Über ihn schicke ich einen Befehl, der eines der von mir platzierten Programme aktiviert. Die Schildkontrolle wird mit uns nachsichtig sein. Zumindest bis die KIs merken, was gespielt wird.«

Yaldira musste lächeln. »Vorhin dachte ich noch, wir würden uns ein nettes Plätzchen zum Sterben suchen. Ich hatte mich schon fast mit dem Tod abgefunden.«

»Gut«, erwiderte Yarden. »Wenn man erst einmal mit dem Leben abgeschlossen hat, ist man eher dazu bereit, ein Risiko einzugehen. Und unsere Rückkehr wird nicht ohne Folgen bleiben. Sie wird die KIs dazu zwingen, etwas Großes zu unternehmen.«

Yaldira glaubte ihm sofort. Die Rückkehr von Yarden würde sowohl Symbionten als auch Nicht-Symbionten überwältigen. Yarden konnte weder ignoriert noch verurteilt werden. Und es würde sich wieder einmal die Frage stellen: Was war für die KIs der Weg des geringsten Widerstandes?

38 Ein Treffen im Untergrund

Ayako fühlte sich unwohl; und das, obwohl Zenn bei ihr war. Jedes Mal jedoch, wenn sie ohne Gamil unterwegs waren, hatte sie das Gefühl, dass sie in eine Falle liefen. Trotzdem mussten sie sich diesem Risiko aussetzen, denn jeder, den sie vor dem Einfluss der KIs retten konnten, war ein Gewinn. Und über kurz oder lang würden sie alle Symbionten vom Kontrollmodul befreien müssen, um die KIs in die Schranken zu weisen oder sogar in die Knie zu zwingen.

Nun folgten sie hier im Untergrund Gängen voller Rohre, immer die Sensoren täuschend, immer darauf lauschend, ob irgendjemand hier unterwegs war. Die Leute, die sie treffen wollten, würden mit einem Container in einem Zwischenlager eintreffen und mit ihnen in die Fakultät zurückkehren. Sie, Zenn und die anderen mussten nur noch zwei Gängen folgen, und sie wären vor Ort.

»Wie viele sind es diesmal?«, fragte Zenn leise und kam an ihre Seite.

»Fünf, wenn alles stimmt«, flüsterte sie.

Kaum waren sie auf den letzten Gang eingebogen, empfing Ayako das Signal des Containers, in den Lester, wenn alles wie geplant verlaufen war, die Rückkehrer geführt hatte, nachdem er und die anderen ihnen die Kontrollmodule entfernt hatten.

Ayako war die Letzte, die ihre Pistole zog. Sie würde sich nie an die Waffen gewöhnen, die ihnen der Sicherheitsdienst der Fakultät gegeben hatte. Die Schulung war ihr viel zu schnell gegangen. Zenn und Lester hatten ihr dabei deutlich gemacht, wie sehr es sie beunruhigte, dass sie nur mit Betäubungsmunition ausgestattet waren, während ihre Gegner mit scharfer Munition schossen. Sie hielt es jedoch eher mit Gamil, der froh war, dass sie Munitionsbots abfeuerten und nicht Gefahr liefen, jemanden zu töten.

Sie folgte Zenn um die letzte Ecke und betrat mit ihm gemeinsam den hell erleuchteten Lagerbereich, der ihnen schon mehrmals als Treffpunkt gedient hatte. Die anderen fünf folgten ihnen und musterten unter der Führung Delbert Cressmans den Raum. Delbert hatte, nachdem sie ihn neben Lester und Felipa vom Kontrollmodul befreit hatte, viel Verantwortung übernommen und auch schon eigene Gruppen angeführt. Ayako war sogar der Meinung, dass er weit besser für diese Operationen geeignet war als sie.

Gegenüber lag das spiegelglatte Schleusentor. Ein Knacken deutete an, dass der Container bereits angekommen war und die letzten Vorbereitungen zum Öffnen getroffen wurden. Dies war der Augenblick, in dem sich Ayako immer fürchtete. Sie hatte Angst, dass sich die beiden Torflügel nach links und rechts schoben, und ehe sie irgendetwas sehen konnten, das Feuer auf sie eröffnet würde.

Zischend öffnete sich das Schleusentor, dann kreischend das Tor des Containers. Im Inneren befanden sich die Rückkehrer und Neuzugänge, deren symbiontischen Signale ihr entgegenschlugen.

Mit zweifelnden Mienen traten sie vorsichtig heraus. Ayako und die anderen hielten die Pistolen gesenkt, um sie nicht sofort zu verunsichern. Beim ersten Mal war das ein Problem gewesen, inzwischen wussten sie, wie sie die Waffen unauffällig führten. Sie gesenkt in Händen zu halten, hatte die bisherigen Symbionten nicht erschreckt.

Ayako zählte die Neuankömmlinge. Es waren genau vierzehn Männer und Frauen, allesamt Symbionten. Und auch der Datenschlüssel, den sie mit Lester vereinbart hatte, strahlte ihnen als ein Ausweis entgegen.

Sie betrachtete Zenn und war verwundert, dass er stutzte. Er starrte voraus, und als sie seinem Blick gefolgt war, erkannte sie, was ihren Freund so betroffen gemacht hatte. Mitten unter den Neuankömmlingen war ein bekanntes Gesicht.

»Darrel!«, sagte Ayako vor sich hin. Sie hatte ihn für einen Freund gehalten, keinen engen Freund, aber einen, dessen Gesellschaft sie besonders im Bistro *Gemini* geschätzt hatte. Es war nun das erste Mal, dass sie ihn nach seinem Verrat an Gamil sah. Zwar hatte er Gamil gewarnt, sodass er entkommen war, aber er hatte es so spät getan, dass Gamil der Polizei beinahe in die Hände gefallen war, und für Yaldira Wescovich hatte es am Ende die Verbannung bedeutet.

Vierzehn Männer und Frauen – allesamt Symbionten. Das bedeutete, dass auch Darrel ein Symbiont war. Ayako sandte Anfragen aus, und diese wurden ihr offen beantwortet: Darrel war ein Symbiont. Sie rief seinen Namen. Ihr Blick fuhr zwischen den anderen hindurch, die sich mit einem Mal nicht mehr rührten.

»Es tut mir leid«, sagte Darrel. »Ich möchte einfach nur alles richtig machen. Deswegen habe ich Gamil gewarnt.«

»Deinetwegen ist Yaldira Wescovich so gut wie tot«, entgegnete sie.

Zenn winkte die anderen, die mit Darrel gekommen waren, zu sich. Mit besorgten Mienen kamen sie näher und schauten sich um, als könnten sie die Lage nicht einordnen. Wer war Freund, wer war Feind? Was hatte Darrel genau getan? Sie konnten es nicht wissen.

»Ich bin bereit, für alles geradezustehen«, sagte Darrel. »Es tut mir wirklich leid.«

»Sie haben dich zu einem Symbionten gemacht.«

»Ganz genau«, sagte Darrel. »Und sie haben mir das Kontrollmodul verpasst.«

»Wie konntest du dich darauf einlassen?«, fragte Zenn.

»Dass Lester dich überhaupt durchgelassen hat!«, sagte Ayako. »Vielleicht, weil er dir das Kontrollmodul entfernen durfte?«

Darrel grinste. »Er hat zwei Fehler gemacht.«

Ayako hob die Waffe und zielte auf ihn.

»Den ersten habt ihr auch gemacht, der zweite steht euch noch bevor.«

Ein Signal wie ein hohes Summen, das gerade noch im Bereich des Hörbaren war, ging durch den Raum. Ayako blickte sich suchend nach der Quelle um.

Darrel schaute in die Runde, doch sein Blick wirkte nicht suchend, sondern begehrend.

Mit einem Mal griff eine Symbiontin nach Ayakos Arm und riss ihn nach unten, ein anderer versetzte ihr einen Schlag ins Gesicht, und überall um sie herum wurde es laut. Geschrei, Schmerzgestöhn und sogar ein Schuss ertönten.

Noch ein Schlag ins Gesicht, und Ayakos Hände griffen ins Leere. Sie blinzelte, schaute auf und blickte in den Lauf der Pistole, die sie eben noch in Händen gehalten hatte. Irgendetwas wischte die Pistole zur Seite; irgendjemand packte Ayako und zerrte sie davon. Sie wusste nicht, wie sie auf die Beine gekommen war, und sie wusste nicht, wie sie den Raum verlassen hatte, als sie aber zur Seite schaute, sah sie Zenn, der ihren Arm hielt. »Schnell!«, rief er.

Hinter ihnen kam Delbert aus dem Lagerraum gelaufen und bog zu ihnen auf den Gang ein, doch mit einem Knall erfasste ihn etwas und trieb ihn gegen die Wand. Eine rote Wolke schwebte am Abzweig. Delbert blieb regungslos liegen, sein dunkelblonder Kopf war blutüberströmt und seine symbiontischen Signale verstummten.

Ayako starrte zurück und konnte nicht fassen, dass einer ihrer Freunde dort hinten gerade sein Leben gelassen hatte.

»Weiter!«, rief Zenn und zog sie am Arm. Dieser Ruck reichte Ayako, um sich in Bewegung zu setzen.

Zenn blieb stehen und feuerte mit seiner Betäubungspistole auf die Symbionten, die um die Ecke kamen.

Ayako verlangsamte ihre Schritte und blickte immer wieder zurück. Sie wollte nicht ohne Zenn gehen. Es wühlte sie bereits auf, dass sie und Zenn – immerhin die Anführer – die anderen in dem Lagerraum zurückgelassen hatten. Und Delbert verloren zu haben, ließ sie an der Wirklichkeit zweifeln. Jetzt auch noch Zenn zu verlieren, das durfte sie nicht zulassen.

An der nächsten Ecke bog Ayako zögerlich in den Gang ein, den sie gekommen waren, hielt inne und schaute um die Ecke. Hätte sie sich die Waffe nicht aus der Hand nehmen lassen, hätte sie Zenn Feuerschutz geben können. So aber schossen die Symbionten, die mit Darrel gekommen waren, mit den Betäubungswaffen, die ihre eigenen Leute eben noch getragen hatten. Nur Darrel schien eine tödliche Waffe zu tragen.

»Zenn!«, rief Ayako. »Komm endlich!«

Tatsächlich wandte er sich nun zu ihr um, und als das laute Knallen von Darrels Waffe den Gang entlanghallte, lief er geduckt weiter.

Ayako wartete nicht, bis er bei ihr war, sondern lief los. Zenn kam im vollen Lauf um die Ecke, und gemeinsam rannten sie voran und suchten den Weg zurück zu dem Schacht, aus dem sie gestiegen waren.

Zenn hatte Mühe, mit ihr mitzuhalten. Sie blickte zurück und sah einen blutigen Fleck über seiner Hüfte. Er presste im Lauf die freie Hand darauf.

Voller Sorge wartete sie auf ihn.

»Es geht schon!«, sagte er außer Atem und bog mit ihr um die nächste Ecke. Sie hörten die Schritte ihrer Verfolger hallen, und Ayako hoffte, dass sie diese nun loswerden könnten, da die langen Gänge hinter ihnen lagen und sie sich nun durch ein Labyrinth aus kürzeren bewegten.

Ayako lief nicht so schnell, wie sie konnte, dafür übernahm sie die Täuschung der Sensoren und sendete die entsprechenden Signale aus. Und sie ließ Zenn wissen, was sie tat. Er sollte es als Angebot annehmen, sich ausschließlich auf das Vorwärtskommen zu konzentrieren, nicht darum, ob sie entdeckt würden.

Endlich erreichten sie den Einstieg in den Schacht, der nach gut fünfzig Metern ins Logistiksystem münden würde.

»Du zuerst!«, sagte Zenn, und die kleine Tür schob sich bereits nach oben.

Ayako kletterte hinein. Sie war als Erste in diesem Gang angekommen, nun verließ sie ihn als Erste wieder. Aber kaum war sie im Innern, sorgte sie sich um Zenn. Nach ein paar Metern verbreitete sich der Schacht so weit, dass sie sich umdrehen und zurückschauen konnte.

Zenn war immer noch nicht zu ihr hereingeklettert. Im Gegenteil. Er schloss die Öffnung. »*Es tut mir leid*«, sagte er ihr mit seiner Gedankenstimme. »*Ich suche mir einen der anderen Wege. Du musst zurückgehen. Du musst durchkommen.*«

»*Zenn!*«, sagte sie. »*Komm mit!*«

»*Nein!*«, erwiderte er. »*Ich muss …*«

Ein Knall ertönte. An den Statusdaten, die sie füreinander offenhielten, konnte sie ablesen, dass Zenn sich nur wenige Schritte von der Öffnung entfernt hatte – und mit einem Mal brach die Verbindung ab. Zenn war nicht mehr da.

Ayako atmete schwer. Sie wollte zurück zu Zenn, aber sie hatte Angst. So verharrte sie, und erst als sie die Schritte und dann Darrels Stimme vernahm, wandte sie sich leise um und kroch den Schacht entlang, dem Logistiksystem entgegen.

* * *

Nachdem Gamil den Notruf von Ayako empfangen hatte, lotste er sie zu einem Treffpunkt weitab der Fakultät, in einen kahlen Bereich, der an das Logistiksystem angeschlossen war und in dem er, nachdem er aus dem Bricknell-Haus geflohen war, ausgeharrt hatte. Er kontrollierte ihren Weg, er steuerte sogar den kleinen Frachtcontainer, in dem sich Ayako bewegte. Sie hielten Funkstille, damit ihnen niemand auf die Schliche kam. Es war so bereits schlimm genug. Ihre Nachricht war knapp gewesen: *Alle verloren. Musste allein fliehen*. Er dachte an Zenn und Delbert und fragte sich, ob sie auch Lester meinte.

Als Gamil die Signale des kleinen Containers auffing, der sich brummend durch den Schacht bewegte und in dem kleinen Bereich über die Transportschienen kam, lief ihm ein Schauer über den Rücken. Der Behälter sah aus wie eine Personenkapsel. Er gab ihr den Befehl, zu öffnen, und noch ehe sich der Behälter aufklappte, vernahm er Ayakos Signal und ihre Daten. Sie war am Leben, aber ihre Datenströme gingen wirr durcheinander, und sie bestürmte ihn mit Signalen, die er nicht lesen konnte.

Weinend kletterte sie aus der Kapsel und schüttelte den Kopf und die Verzweiflung in ihrer Miene erschütterte Gamil. So kannte er sie nicht. Auf der einen Seite war ihr Gesicht am Wangenknochen geschwollen, auf der anderen blutig. Und nicht einmal diese Wunden trafen ihn so sehr wie die Verunsicherung, die sie auszufüllen schien.

Mit einem Gefühl der Hilflosigkeit schloss er Ayako in die Arme und ertrug ihr Schluchzen, das ihm wie eine Anklage vorkam. Er erwartete, dass sie Kraft sammelte, sich von ihm losriss und ihm sagte, es sei alles seine Schuld gewesen. Er habe sie mit unzureichenden Informationen ausgeschickt, und sie seien nur deswegen in eine Falle gelaufen. Doch es schien sich keine Wut in ihr zusammenzubrauen. Sie beruhigte sich, und als sie sich von ihm lösen wollte, zog er sich zurück und führte sie zu einer leeren Kiste, die an der Wand stand, und in der er, als er hier zum ersten Mal ausgeharrt hatte, einige Vorräte gesammelt hatte.

Kaum saßen sie, vergrub Ayako ihr Gesicht in den Händen.

Gamil strich ihr über den Rücken. »Was kann ich tun?«, fragte er und bereute seine Worte, kaum dass er sie gesprochen hatte.

Sie löste die Hände von ihrem Gesicht und schaute ihn an. Die Tränen liefen immer noch. »Warum bist du hier draußen?«

»Eigentlich wollte ich ausloten, ob ich Yaldira mit Drohnen Vorräte zukommen lassen kann, da herrschte plötzlich Aufregung in der Fakultät«, sagte er. »Corwin hat uns verraten. Er hat Lichtsignale nach draußen gesandt, und er hat den Schutzschild kurz außer Kraft gesetzt. Die Polizei wäre beinahe auf dem Dach des Dekanats gelandet. Sie wären fast dort eingefallen, von wo Yarden damals aufbrach. Was für ein Ende das gewesen wäre!«

»Ausgerechnet Corwin«, sagte sie und biss sich auf die Lippen.

»Er hat auch von draußen Lichtsignale empfangen. Sie haben ihn gefragt, ob ich heute Abend die Neuankömmlinge in Empfang nehme.«

Ayako stutzte. »Dann wussten sie, wo wir uns treffen.«

»Ich bin sofort losgezogen. Dein Notsignal kam, ehe ich in der Nähe war.«

»Aber … aber wie konntest du es erhalten? Die Signale gehen doch nur über die Fakultät.«

»Wir sind ein kleines Wagnis eingegangen«, sagte er. »Wir haben ein Zwischensystem benutzt und alles verschleiert.«

»Das heißt, sie könnten die Nachricht von der Fakultät zu dir zurückverfolgen?«

»Ebenso wie die Nachricht, die ich über die Fakultät zu dir geschickt habe.«

»Dann sollten wir hier nicht bleiben«, sagte sie. »Sie haben Zenn getötet – und Delbert. Und wahrscheinlich auch Lester.« Sie erzählte, was geschehen war, nachdem sie die Logistikschächte verlassen hatten. Als sie berichtete, dass Darrel am Treffpunkt aus dem Container getreten war, erstarrte Gamil.

»Er hat mit tödlicher Munition geschossen; er hat Delbert ein Loch in den Kopf geschossen. Und auf einmal hatte Zenn eine Wunde an der Hüfte.« Sie erzählte, wie Zenn versucht hatte, Darrel von ihr abzulenken und wie nach einem Schuss plötzlich das Signal abbrach. »Ich hätte irgendwas empfangen müssen, aber da war nichts mehr.«

»Nicht so schnell. Vielleicht hat er die Verbindung gekappt, um dich zu schützen. Um sicherzugehen, dass du durchkommst und berichten kannst.«

Ein kleines Lächeln legte sich auf Ayakos Gesicht. Sie atmete tief durch. »Du meinst, sie würden sie am Leben lassen.«

»Einige sicherlich. Damit sie erfahren, wie sie bei uns reinkommen. Ich habe aber die Zugangscodes geändert und eine der Ausweichrouten gewählt.«

Ayako lächelte bitter, und dadurch kehrte endlich ein wenig Sicherheit in ihre Miene zurück. »Ich frage mich, wie sie Lester dazu gebracht haben, sie zum Treffpunkt vorzulassen.«

»Du vertraust ihm doch«, sagte Gamil. Er konnte sich nicht vorstellen, dass Lester plötzlich die Seiten wechselte.

»Natürlich. Ich habe Angst um ihn. Entweder haben sie ihn ausgetrickst oder aber mit Gewalt gezwungen. Ich meine: Ich hätte alles gesagt, wenn Darrel einem der anderen eine Pistole an den Kopf gehalten hätte.«

»Das sind Situationen, mit denen ich früher niemals gerechnet hätte«, sagte Gamil. »Situationen aus Spielen und Filmen. Faszinierend, aber bisher völlig unrealistisch.«

»Was nun, Gamil? Darrel ist da draußen – mit einem Dutzend Helfern, die seinem Befehl gehorchen.« Sie schüttelte den Kopf. »Irgendwas stimmt da nicht.«

»Dass sie ihn so schnell zum Symbionten gemacht haben?«, fragte Gamil.

»Das meine ich nicht. Wäre Darrel nicht dabei gewesen, hätten wir die Freiwilligen in die Fakultät gebracht. Sie hatten Lesters Code. Alles stimmte. Ich hätte keinen Grund zum Zweifeln gehabt.«

»Es gibt ja auch noch die Isolation. So schnell wären sie nicht durchgekommen.«

»Denk an Corwin. Wenn er zum Verräter werden kann, könnte es jeder werden. Vielleicht müssen wir uns was anderes überlegen. Sie draußen lassen, sie dort vernetzen und dort in einzelnen Gruppen organisieren und dazu bringen, andere Symbionten von den Kontrollmodulen zu befreien.«

Er nickte. »Dadurch wird aber alles schwieriger.« Er dachte an Yaldira und fragte sich, ob er hier draußen nicht vielleicht mehr bewegen konnte, um ihr zu helfen. Eines jedoch ließ ihm keine Ruhe. »Du sagtest, dass da irgendwas nicht stimmt. Weil sie Darrel mitgeschickt haben. Du meinst, ihre Chancen wären größer gewesen, wenn sie ihn nicht mitgeschickt hätten.«

»Ganz genau.«

»Lester hätte Darrel niemals freiwillig weitergeleitet. Sie müssen ihn dazu gezwungen haben.«

»Ich hatte zuerst angenommen, dass Lester es deswegen zugelassen hat, weil Darrel und die anderen bereit waren, sich die Kontrollmodule entfernen zu lassen. Aber jetzt …«

»Jetzt fragst du dich, ob die Kontrollmodule nicht vielleicht aktiv gewesen waren?«

»Ja. Die Leute, die mit Darrel kamen, redeten überhaupt nicht, sondern traten stumm und zögerlich aus dem Container. Und schon waren wir mit Darrel beschäftigt und achteten gar nicht mehr auf sie – bis sie sich gegen uns wandten.«

»Hast du irgendetwas aufgeschnappt?«, fragte Gamil. »Irgendwas, das vom System kam?«

»Ja, da war was«, sagte sie. »Aber ich war mir nicht sicher, woher es kam. Es war einfach da. Wie ein hohes Summen.«

»Schick es mir«, sagte Gamil und aktivierte einige der Spürfunktionen, die er von Nelmura erhalten hatte. Nachdem Ayakos Daten bei ihm erschienen waren, ließ er die Funktionen darüberlaufen und war über die Komplexität des Geflechts erstaunt, das er fand.

»Warum guckst du so?«, fragte Ayako.

Das Signal hatte alle Symbionten im Raum angesprochen, auch Ayako und vermutlich auch Zenn und die anderen. Aber bei ihnen waren die Signale ins Leere gelaufen. »Es sind eine Reihe von Skripten«, sagte er Ayako. »Eins nach dem anderen gesendet. Hier!« Er spielte die Ergebnisse an sie zurück.

»Da sind merkwürdige Lücken zwischen den Skripten«, sagte Ayako. »Sogar so etwas wie Wartesignale.«

»Fast wie Verzögerungen«, sagte Gamil. »Als müsste irgendetwas verhandelt werden, ehe man das nächste Skript schickt.«

»Vielleicht war der Empfang da unten nicht gut, und das System wartete darauf, dass die Verbindung fehlerfrei ist.«

»Möglich. Aber die Intervalle sind unregelmäßig. Das passt nicht so richtig.«

Ayakos Miene erstarrte. »Es sei denn, es kam gar nicht vom System.«

»Was?«, fragte Gamil.

»Schau dir die Quelle der Befehle an. Eine Signatur, die unmissverständlich ist und zu der eine feste Verbindung hergestellt wird.«

»Du meinst …«

»Darrel«, sagte Ayako. »Das ist die Signatur, die Darrel hatte, als er aus dem Container heraustrat.«

Gamil schüttelte vor Fassungslosigkeit den Kopf. »Darrel schickt Befehle aus – Skript nach Skript.«

»Schau dir die Skripte mal an. Ich kenne die Befehle nicht, aber die Strukturen sind für Systembefehle viel zu schwammig.«

Gamil sah die Strukturen vor Augen. »Die sehen aus wie symbiontische Gedankenmuster.«

Ayako hielt den Atem an.

»Wir müssen zurück in die Fakultät«, sagte Gamil. »Wir müssen uns das bestätigen lassen.«

»Die werden uns für verrückt halten«, entgegnete Ayako.

»Ich hoffe es«, sagte Gamil. »Wenn mit Darrel da draußen ein Symbiont herumläuft, der die Kontrollmodule aktiv manipulieren kann, wäre das ein gewaltiger Rückschlag.«

Als sie sich erhoben hatten, sagte Ayako: »Die KIs erhöhen den Druck. Sie spielen nicht einfach mit dem weiter, was sie haben.« Sie blickte ihm direkt in die Augen. »Ich habe Angst, Gamil. Je mehr Widerstand wir leisten, umso mehr scheinen sie gegen uns ins Feld zu führen.«

Er wollte etwas Ermutigendes sagen, doch der Blick in ihre verzweifelte Miene lähmte seine Zuversicht. »Ich habe auch Angst, Ayako«, war alles, was er hervorbrachte.

39 Rückkehr ins Lager

Yaldira ging zwar voran, schaute sich aber immer wieder nach Duncan und Yarden um. Eigentlich wäre es an dem Archonten gewesen, sie durch das Hügelland anzuführen. Von Yardens Bots war in dieser weißen Landschaft kaum noch etwas zu sehen. Sie hatten sich in den Tunneln, die offenbar von ihnen gegraben und instand gehalten wurden, vor ihnen her bewegt und waren dann verschwunden.

Den Daten zufolge, die ihre Kleidung ihr zuspielte, waren es immer noch -32° C, aber der Sturm, der sich während ihrer Anwesenheit auf den Resten der *PAREIDOLIA* zusammengebraut hatte, war verflogen, und so konnte sie endlich das Land wieder vom blauen Himmel unterscheiden und die Dinge hatten wieder eine klare Gestalt erhalten – von den Hügeln bis zum Glitzern im Schnee.

Die Signale der Bots, die sich bereits jenseits der Hügel bewegten, wiesen ihnen den Weg. Immer wieder kamen sie an einem vorüber, der wie eine Wegmarke wirkte und sie passieren ließ; und immer wieder war Yaldira überrascht, wie schwer das Auge die Maschinen erfasste.

Hinter jedem Hügel vermutete Yaldira das Zelt, das sie in der weiten Senke vor dem Flachland errichtet hatten, und als sie es endlich erblickte, war sie überrascht. Denn dort am Fuße des steilen Anstiegs befand sich nicht nur das Lager, sondern auch ein Pfad, der am Hang schräg zwei Drittel des Weges emporführte. Von dort wehten Schneefahnen herab, und die Signale, die von oben ausgingen und die sie ohne den Filter, den Yarden ihr gegeben hatte, übersehen hätte, waren Bots.

Hinter dem Zelt kamen zwei Gestalten hervor, eine größere und eine kleinere. Yaldira erkannte sie nicht am Anblick, sondern an den Signaturen als Marla und Aron.

»*Da seid ihr ja*«, sagte Marla mit ihrer Gedankenstimme, während Aron ihnen winkte.

»*Wie versprochen*«, erwiderte Yaldira. »*Und ihr habt also mit den Bots Bekanntschaft gemacht.*«

»*Die sind fleißig!*«, sagte die Kimikoidin und wies auf den Pfad, den die kugeligen und spinnenbeinigen Bots aus dem Steilhang gruben. Dann stand sie ganz still. »*Ist es wahr?*«, fragte sie.

»*Es ist wahr*«, erwiderte Yaldira.

Marla und Aron verschwanden im Zelt.

»*Vertraut ihr ihnen?*«, fragte Yarden.

»*Sie haben hier draußen nichts zu gewinnen*«, antwortete Duncan.

»*Und in der Stadt?*«

»*Dort haben sie alles zu gewinnen*«, sagte Yaldira.

Yarden, ebenso vermummt wie sie, jedoch in hellgrauer Kleidung, deutete ein Nicken an.

Sie brachten das letzte Stück zum Zelt hinter sich. Marla öffnete ihnen. Sie hatte ihre Haube und den Schal abgenommen und grinste ihnen mit hochroten Wangen entgegen. »Endlich ist es so weit«, sagte sie nun mit ihrer akustischen Stimme und zog Yaldira beinahe hinter sich her. Dann blieb sie stehen und erstarrte beim Anblick von Yarden.

Aron, Luis und Clarita saßen fassungslos da. Duncan folgte, und versiegelte den Eingang hinter ihnen und schloss damit die Kälte aus. Der Innenraum des Zeltes strahlte vor Wärme, und ein leises Zischen der Filter war wie ein Atem.

Die Vorräte, die die Bots hergebracht hatten, standen in Dosen und Flaschen aus hier draußen generiertem Kunststoff am Rand des Zeltes. Es duftete nach Gemüsesuppe, und allein das ließ ein Gefühl der Wärme in Yaldira aufsteigen. Sie schlug die Kapuze ihres Mantels zurück, löste die Brille und zog sich den Schal und die Haube ab. Dann lächelte sie in die Runde, doch die anderen hatten keine Augen für sie, sondern nur für Yarden. Während er zwischen den anderen hin und her schaute, war nur das Atmen des Zeltes zu hören. Aron und Clarita wirkten wie versteinert, Marlas Augen glänzten, und Luis kamen sogar die Tränen.

»Warst du die ganze Zeit da draußen?«, fragte Clarita mit zitternder Stimme.

Yarden lächelte, aber er wich ihrem Blick aus und setzte sich. »Ja. All die Jahre. Und meine letzte große Wanderung liegt schon eine Weile zurück. So nah wie jetzt hätte ich mich früher nicht an die Stadt herangetraut.«

»Und nun?«, fragte Luis. »Wirst du heimkehren?«

»Und wir werden dabei sein?«, fügte Marla hinzu.

Yarden nickte. »Ich hoffe, ihr wollt zurück.«

»Aber natürlich«, erwiderte Clarita.

»Die werden Augen machen«, sagte Aron und machte selbst Augen. »Und sie werden Nelmura glauben.«

»Das heißt, ihr glaubt es?«, fragte Yaldira. »Das ist wichtig. Denn diesen Weg können wir nicht mit irgendwelchen Zweifeln gehen.«

»Meine Liebe«, sagte Clarita. »Ich glaube dir ab sofort alles, was aus deinem Mund kommt.«

Sie lachten – auch Yarden, der gerade Luis unverhohlen Signale sandte und eine Antwort erhielt. Der Gedankenaustausch ließ Luis die Tränen abwischen und nicken.

»Aber kommen wir in die Stadt hinein?«, fragte Aron.

»Wir werden versuchen, die Schwächen unserer Gegner auszunutzen.«

»Schwächen?«, fragte Luis und hatte damit erstmals das Wort ergriffen.

»Gewaltige Schwächen«, sagte Yarden. »Die KIs haben wenig Verständnis für unsere Art der Existenz. Sie brauchen die Symbionten, um einen Zugang dazu zu erlangen. Unsere Welt erscheint ihnen lediglich als Repräsentation – wie eine konzeptuelle Metapher. Sie können es sich – im Grunde wie wir alle – nur so erschließen, dass sie es auf Konzepte abbilden, die sie kennen. Sie sind gut darin, uns im Groben zu erfassen, aber je näher sie dem Individuum kommen, umso weniger sind sie in der Lage, uns zu verstehen. Deswegen müssen sie versuchen, unseresgleichen zu kontrollieren oder zumindest in Bahnen zu halten, mit denen sie umgehen können. Leute wie wir, die wir uns ihrem Einfluss entziehen, machen ihnen Angst.«

»Dann kennen sie Angst?«, fragte Marla.

»Sagen wir: Sie wissen, was sie nicht verlieren möchten. Und wir stehen für alles, was sie zu vermeiden suchen. Ich habe unendlich oft durchgespielt, wie ich vorgehen würde, wenn ich in die Stadt zurückkehren wollte. Ich werde euch einige Programme geben, und dann müsst ihr mir zur Hand gehen, wenn wir vor der Stadt sind. Und wenn wir drinnen sind, werden wir untertauchen. Wir werden uns unsichtbar machen, wie ich mich hier draußen für die Sinne der KIs und deren Drohnen unsichtbar gemacht habe. Und meine Bots werden uns dabei helfen.« Er schaute sich unter den Verbannten um. »Ich habe mir oft gewünscht, hier draußen Gefährten zu haben, mit denen ich mich auf die große Rückkehr einlassen kann. Und ich habe mir vorgestellt, wie diese Gefährten wohl sein müssten, damit wir es schaffen können.«

»Und?«, fragte Duncan. »Enttäuschen wir dich?«

Yarden klopfte ihm auf die Schulter. »Ich glaube, ich hätte mir keine besseren Gefährten wünschen können.« Sein Blick wanderte durch die Runde und verharrte auf Yaldira.

»Gefährten«, wiederholte sie. »Da ist es schon wieder – das Wort. Das klingt, als wären wir Helden, die zu großen Abenteuern aufbrechen.«

»Die Antarktis war doch schon immer das Land der Entdecker und Helden«, sagte Duncan. »Nur hatten die echten Helden keine klimatisierten Anzüge und Mäntel.«

Yarden nickte. »Die Aufgabe, die vor uns liegt, ist so gewaltig, dass Heldentaten nötig sein könnten. Dort einzudringen, dort unterzutauchen und Fuß zu fassen, das ist eine große Aufgabe. Dafür brauchen wir eine Fakultät, besser zwei oder drei, und am Ende brauchen wir die Unterstützung der ganzen Stadt.«

»Aber wir werden die Last nicht alleine tragen müssen«, sagte Yaldira. »Mit Nelmura und Gamil haben wir … Gefährten. Und was werden die Yardeniden wohl sagen, wenn ihr Archont wieder da ist? Vielleicht sind einige der großen Taten schon vollbracht und machen es uns einfacher.«

»Vielleicht«, sagte Yarden. »Aber rechnet nicht zu sehr damit.«

Während Aron Yarden etwas zu trinken anbot und ihre Speisen aufzählte, als könnte Yarden nicht ahnen, womit er sie durch seine Bots versorgt hatte, sorgte sich Yaldira um Nelmura und auch um Gamil. Den Großtaten, von denen Yarden gerade gesprochen hatte, hatten sich ihre Mentorin und ihr ehemaliger Rivale ohne sie stellen müssen.

»*Keine Sorge*«, sagte Yarden ihr; seine Gedankenstimme war warm und voller Trost. »*Wir haben eine gute Chance. Ich kenne Nelmura. Deine Verbannung wird sie nur noch verbissener und nicht minder erfinderisch gemacht haben.*«

»*Ich kann es kaum erwarten, sie wiederzusehen*«, sagte sie und musste lächeln. »*Und ich bin auf ihr Gesicht gespannt, wenn sie dich erkennt.*«

40 Die neue Archontin der Yardeniden

Nelmura empfing Ayako und Gamil im Eingangsbereich der Eishallen und winkte sie zu einer Sitzgruppe in der Ecke, die aus weißen Sesseln und einer Couch bestand. Sie tröstete sie mit ermutigenden Worten und bemühte sich dabei, ihre eigenen Schuldgefühle zu verbergen. Schließlich ließ sie sich die Daten geben, die Ayako von Darrel aufgefangen hatte, und analysierte sie. Es konnte keinen Zweifel mehr geben: Die KIs hatten Darrel die Fähigkeit in die Hand gegeben, Symbionten, die über das Kontrollmodul verfügten, direkt zu beeinflussen.

Ayako schien abwesend zu sein; Gamil wirkte erschüttert. »Dadurch wird der Kampf da draußen um die Köpfe der Symbionten noch mal schwerer«, sagte er mit schwankender Stimme.

»Es bleibt Hoffnung«, erwiderte Nelmura. »Denn die Daten bestätigen nicht nur, dass Darrel über diese Fähigkeit verfügt, sie verraten mir auch, dass er sehr plump vorgeht. Er ist weit davon entfernt, das Gespür eines echten Symbionten zu haben. Ich sehe in den Daten einen Anfänger, der auf der Schwelle zum Versagen steht, dann aber von einer Art Korrekturprogramm auf den richtigen Weg geführt wird.«

»Aber hat das nicht Nebenwirkungen?«, fragte Ayako.

»Es schränkt erst einmal Darrels Präzision ein«, antwortete Nelmura. »Er kann seine Macht nur in engen Bahnen verwenden. Das Korrekturprogramm scheint die Hauptarbeit zu leisten.«

»Die mangelnde Präzision wird dadurch aufgewogen, dass er Symbionten, die das Kontrollmodul noch haben, einfach so kontrollieren kann«, sagte Gamil. »Per Direktverbindung. Wo er ist, ist jetzt auch die Kontrolle der KIs.«

»Wie viele hat er denn kontrolliert?«, fragte Nelmura.

»Ein gutes Dutzend Männer und Frauen«, antwortete Ayako.

»Ich kann aus den Daten nur die Strategie lesen. Er versucht, einen Befehl an zwei bis drei Kontrollmodule zu schicken, diese sollen seine Nachrichten dann weiter verteilen. Anschließend erwartet er, dass alle zu ihm Kontakt aufnehmen, und dann kontrolliert er sie mit Befehlen. Er rechnet damit, dass es schiefgeht und er mit den Korrekturprogrammen nachjustieren muss.«

»Wir werden schon irgendwie damit zurechtkommen«, sagte Gamil, aber seine Stimme klang kaum zuversichtlich.

»Das müsst ihr«, erwiderte Nelmura. »Denn ich muss mich hinabbegeben. Clement hat mich auf Yardens alte Kommunikationskammer verwiesen. Ich glaube, über sie könnte es mir gelingen, mit den Archonten in Kontakt zu treten, damit wir nicht nur Basileios auf unserer Seite haben, sondern auch andere. Währenddessen müsst ihr hier oben mit Clement und den anderen die Gruppen außerhalb der Fakultät koordinieren.«

»Dafür brauchen wir eine sichere Kommunikation«, sagte Gamil. »Wenn wir uns zu sehr öffnen, könnte das den anderen Fakultäten und den KIs einen Zugang bieten.«

»Lass das meine Sorge sein«, erwiderte Nelmura. »Basileios hat mir versprochen, dafür eine Lösung zu finden. Er hat draußen viele Unterstützer.«

»Aber können wir ihm vertrauen?«, fragte Ayako.

»Wir können ihm deutlich mehr vertrauen als jenen, die wir da draußen von den Kontrollmodulen befreien und über deren Absichten wir nichts wissen.«

Ayako nickte.

»Wir haben wohl keine andere Wahl«, sagte Gamil.

Nelmura erhob sich. »Passt auf euch auf. Und verliert nicht den Mut.«

Gamil und Ayako standen ebenfalls auf, wirkten aber unentschlossen.

»Ihr fragt euch, ob Zenn und einige der anderen vielleicht noch leben, nicht wahr?«

»Ja«, antwortete Ayako. »Ich weiß, dass kaum noch Hoffnung bleibt, aber trotzdem.«

»Falls sie leben«, sagte Gamil, »möchte ich sie zu uns zurückholen.«

»Du müsstest sie erst einmal wie jeden behandeln, der da draußen ist. Die KIs könnten ihnen neue Kontrollmodule einsetzen.« Sie schloss Gamil in die Arme, und leise sagte sie: »Wenn alles sich so entwickelt, wie ich es annehme, werden wir Yaldira vielleicht noch helfen können.«

Gamil löste sich von ihr. »Ich suche draußen nach einer Möglichkeit, falls es sich nicht so entwickelt.«

»Ich werde die KIs so sehr beschäftigen, dass du die Gelegenheit dazu hast.«

»Danke, Nelmura«, sagte er, und sie wunderte sich. Nicht er war ihr zum Dank verpflichtet, sondern sie ihm. Immerhin war Yaldira ihr Schützling. Während sie Ayako und Gamil nachschaute, wie sie sich zurückzogen, schämte sie sich. Sie wäre gerne mit ihnen gegangen – nach da draußen, wo sich vielleicht irgendwo etwas finden ließ, mit dem Yaldira zu retten war.

Nur zögerlich machte Nelmura sich auf den Weg hinüber zu der Kammer, zu der Clement ihr Zugang verschafft hatte und die sie nur kurz hatte nutzen können, ehe Gamil sich bei ihr gemeldet hatte. Der Weg dorthin ließ sie den Wunsch verwerfen, den sie eben noch verspürt hatte. Warum sollte sie sich nach draußen in die Stadt begeben, wenn sie hier weit mehr Möglichkeiten hatte, gegen das System vorzugehen?

Die Türen und Tore öffneten sich Nelmura, als wäre dies wahrhaftig ihre eigene Fakultät, und doch fühlte sie sich nicht wie daheim. Dies gehörte trotz allem Yarden. Vielleicht hätte sie anders empfunden, wenn sie Yarden nicht so sehr geschätzt hätte. Während sie sich – nachdem sie alles, was sie sich vorgenommen hatte, erreicht hatte – in den Tiefenschlaf begeben hatte, war Yarden dazu längst nicht bereit gewesen. Er hatte sie gebeten, noch ein wenig zu bleiben, doch sie war zu müde gewesen, und die Begeisterung, mit der Yarden noch immer zu Werke ging, war zu viel für sie gewesen. Sie hatte damals befürchtet, dass sich ihre Gefühle für Yarden umkehren könnten – dass aus Zuneigung bald Abneigung, aus Bewunderung rasch Verachtung würde. Sie hatte Yarden gemocht, und sie hatte im Tiefenschlaf getrauert, als die Nachricht von seinem Tod zu ihr gefunden hatte. Stets war sie davon ausgegangen, dass er noch da sein würde, wenn sie endlich erwachte. Dass er aber nicht mehr existierte und dass die KIs die Satelliten mit allen Daten ausgestattet hatten, um gegen ihn vorzugehen, damit hatte sie nicht gerechnet.

Nun, da sie selbst für die KIs und den Status quo in der Stadt zur Bedrohung geworden war, war ihr klar, wie groß die Gefahr gewesen sein musste, die Yarden für die KIs dargestellt hatte.

Eine Nachricht erreichte sie, und sie war nicht nur überrascht, eine der Signaturen zu sehen, die Basileios als Alias verwendete, sondern auch, dass sie die Nachricht über den Zugang erreichte, den Clement zwischen der Fakultät und der Stadt etabliert hatte. Die Nachricht lautete: »*Die Kommunikation ist gesichert. Ich erwarte dich in der Tiefe.*«

Mit einem Lächeln betrat Nelmura die Archontenkammer. Sie würde den KIs das zufügen, wozu Yarden nicht mehr fähig gerwesen war. Ob er wohl je vom Verrat der KIs erfahren hatte, ehe das Ende gekommen war? Vielleicht war er in der Illusion gestorben, dass alles hier unten in Ordnung war und der Feind da draußen in Form der Satelliten noch existierte – die Reste der Invasoren.

Der Raum war minimalistisch eingerichtet. Yarden hatte hier nie viel Zeit verbracht. Der Tiefenschlaf war ihm immer fremd geblieben; er hatte ihn wie den Tod gemieden.

Sie hatte noch seine enttäuschte Miene vor Augen, aber ebenso die zufriedene seiner Freundin Emeline, die in ihr eine Gefahr gesehen hatte – eine unrealistische Befürchtung. Denn Emeline gehörte zu Yarden, und so war es nicht verwunderlich, dass sie bei dem Absturz der *PAREIDOLIA* mit ihm gemeinsam umgekommen war.

Obwohl hier im Raum mit seinen glatten weißen Wänden, dem schwarzen Boden und dem dunkelgrauen, zur Wand ausgerichteten Sessel nichts an Yarden erinnerte, hatte Nelmura das Gefühl, dass er besser hierher gepasst hätte als sie. Sie vermisste ihn, nicht nur als Archont dieser Kammer, sondern auch als Menschen. In seinem Optimismus hätte er Pläne gefasst und sie dank seines Tatendrangs auch umgesetzt – hier und oben in der Fakultät und draußen in der Stadt.

Nelmura lehnte sich zurück und legte die Hände auf die Kontaktflächen am Ende der Lehne. Die Interfaces an ihren Fingerspitzen prickelten.

Seit damals, als sie noch die große Nelmura gewesen war und an der Spitze ihrer Fakultät gestanden hatte, war sie nicht mehr in einer solchen Kammer ins System eingetaucht. Nach ihrem Erwachen war ihr einziger Gedanke die Flucht gewesen, und es wäre Wahnsinn gewesen, auch nur den Versuch zu wagen, in ihre alte Kammer mit der Liege und den abgedunkelten Wänden vorzudringen.

Als sie im Bricknell-Haus ins System eingetaucht war, hatte sie improvisieren müssen. Hier aber berührte sie eine ganze Bibliothek an Möglichkeiten mit ihren Fingerspitzen und ließ sich auf sie ein.

Sie vertraute sich dem System an, merkte noch, wie die Rückenlehne etwas ausfuhr und sich ihr Kopf sanft auf etwas bettete, während sich etwas anderes unter ihre Waden schob, und der ganze Sessel in Bewegung zu geraten schien. Sie öffnete die Augen und sah nur weiße Flächen. Ihre Maschinerie hatte längst die Kontrolle über ihren Blick übernommen. Spürte sie in diesem Augenblick noch, wie bequem sie im Sessel ruhte, schien sie im nächsten Moment in die Tiefe zu fallen. Schließlich verschwammen auch die anderen Sinne, konfigurierten sich in einen neutralen Zustand und schienen nur darauf zu warten, dass sie eine Repräsentation wählte und das System wahrnehmbar machte.

Noch befand sie sich mit ihren symbiontischen Sinnen innerhalb der Fakultät. Sie spürte die Nähe der yardenidischen Tiefenschläfer, die hier unten in den Eishallen ruhten. Die Grenzen nach draußen ins System waren fließend. So, wie die KIs Zugang zu den Schläfern erhielten, mochte sie nach draußen gelangen und vermochte vielleicht sogar Verknüpfungen herzustellen, die Gamil, Clement und die anderen nutzen konnten, um mit den Verbündeten draußen in der Stadt zu kommunizieren, ohne die üblichen Kanäle zu nehmen.

Sie war wie eine Kundschafterin, die erst einmal neue Wege erforschen musste, über die eine Expedition dann gehen würde. Und es galt nicht nur, die Wege aufzuspüren, sondern auch sie abzusichern. Beinahe wie von selbst schälte sich eine Repräsentation aus den weißen Flächen vor ihren Augen. Nelmura ließ die hauchdünnen Schichten, die immer mehr wie feine Vorhänge wirkten, hinter sich und gelangte auf einen Durchgang. Sie schaute nicht zurück, denn sie spürte hinter sich nur einen geschlossenen Raum, vor ihr aber öffnete sich eine hell erleuchtete Halle. Am Boden verteilten sich Körper – manche sahen aus wie echte Menschen, andere wie humanoide Bots. Es waren die Repräsentationen der Schläfer. Und die Details ergaben sich daraus, wie viel Nelmura über sie wusste oder wie viele Statusdaten sie preisgaben.

Eine Frau in einem weißen Kunststoffanzug – mit blondem Haar, einer langen Nase und breiten Hüften – hatte sie noch nie gesehen, aber die Daten verkündeten, dass sie Arabel hieß und vor 126 Jahren aus freien Stücken in den Schlaf gesunken war. Als Grund stand dort das, was man so oft fand: Lebensmüdigkeit. Nelmura wusste nichts über sie und vermutete, dass sie nie wieder mit ihr zu tun haben würde. Arabel hatte nie eine Rolle für sie gespielt, aber der Einblick in die Daten machte sie ihr vertraut. Sie hatte viele solcher Schicksale verfolgt; sie selbst hatte in etwa ein solches Leben geführt und hatte sich in all ihrer Müdigkeit dem Tiefenschlaf anvertraut. Die meisten hier würde Nelmura nie wirklich kennenlernen, aber ihre Taten würden das Leben von allen hier beeinflussen.

Die Körper in dieser Repräsentation waren nicht so geordnet platziert wie jene mit ihren Kapseln draußen in den echten Hallen. Hier zeigten sich ebenso, wie sie es zuvor erlebt hatte, Beziehungen zwischen den Schläfern. Familienbeziehungen, aber auch Freundschaften, in den künstlichen Welten oder im Halbschlaf geknüpft, drückten sich durch die Nähe aus.

Nelmuras Blick wurde in die Höhe gezogen, wo sich der Raum trichterförmig öffnete und sich mehr und mehr in schwächerem Licht zeigte und schließlich in der Ferne im Schatten verlor. Und hier schwebten die Körper der Schläfer so umher wie sie ihr beim letzten Mal im Wasser erschienen waren. Dies war eine andere Repräsentation, vielleicht sogar vorgegeben von Yardens Subsystem. Die Körper schwebten, und sie wollte dort hinauf und wusste mit einem Mal, dass sie schweben konnte. Sie streckte einen Arm aus, sprang vom Boden ab und flog in die Höhe. Anders als beim Wasser, bei dem sie sich an ihre realen Erfahrung halten konnte, verlangte das Schweben ein besonderes Gespür. Und für Nelmura schien es eine Ewigkeit lang her zu sein, dass sie in einer der künstlichen Welten umhergeschwebt war, weil sie die Grenzen des dort Möglichen hatte erreichen wollen.

Sie schwebte hoch und schaute sich um. Die Fakultätsprogramme ruhten als kugelige Bots in den runden Vertiefungen der Wände. Nelmura näherte sich ihnen, und sie schienen sie überhaupt nicht zu beachten. Dies waren ihre Gefilde, hier bewegte sie sich in Bereichen, in die die KIs und ihre Programme nicht vordringen konnten.

Je höher sie aufstieg, umso schwächer wurde das Licht. Sie wusste, dass dort oben ein Ausgang war, hinaus ins öffentliche System. Sie hätte auch einfach die Repräsentation ändern können und wäre mit einem Schlag draußen gewesen. Ein Mittelweg war es, sich die Wege abzukürzen, indem sie etwas inkorporierte. Abkürzungen konnten sich auf viele Weisen manifestieren.

Da! Eine Tür in der Wand zwischen den Bots. Früher hätte sie noch gerätselt, ob es wirklich ein Weg nach draußen war, nun aber waren ihre Repräsentationen der Systeme so ausgereift, dass sie sich bewegte wie in der Realität – mit allen Widerständen, die zu erwarten waren.

Die Tür war verschlossen und verlangte, dass sie diese mit Gedankenbefehlen dazu brachte, sich zu öffnen. Was hier als abgerundete Tür erschien, war in Wirklichkeit eine Zugangsfunktion zu einem Objekt, das sie von hier fort führte. Wie schon im Bricknell-Haus erleichterte ihr die Repräsentation den Zugang. Sie ließ Dinge fest erscheinen, die – wenn sie nur im Kopf als symbiontische Gedanken umherschwirrten – nicht so leicht zu erfassen waren. So aber hatte sie eine Tür vor Augen, und sie schwebte näher an sie heran. Sie sandte den Gedankenbefehl, und schon schob sich die Tür nach oben und gewährte ihr Zugang zu einem langen Flur.

Kaum war sie über die Schwelle geschwebt, senkte Nelmura sich langsam zu Boden, und federleicht setzten ihre Füße auf. Während sie nun dem Gang folgte, schaute sie immer wieder zurück – durch die offene Tür in die Halle, in der sie schweben konnte. Dort hinten befand sich die Fakultät der Yardeniden und bot ihr allerlei Freiheiten. Hier aber bewegte sie sich in einem schmalen Flur, die Decke dicht über ihrem Kopf, und ein leichter Wind wehte ihr entgegen. Das alles waren Zeichen dessen, was sie im System fand.

Mit jeder Bewegung hier löste sie draußen Funktionen aus. Sie konnte sie geradezu sehen, wie sie in der Ferne ein Loch ins System fraßen und der Flur dort wie aus dem

Nichts entstand. Wenn sie nun liefe, könnte sie zu der Stelle aufschließen, an der die Repräsentation sich aufbaute – dort, wo ihre Programme gegen Widerstände ankämpfen mussten.

Sie ließ die Hände links und rechts an der Wand entlangfahren und spürte, dass es sich bei einigen der breiten Paneele um Türen handelte; es mochten andere Wege nach draußen sein. Hinter einer der Wandsegmente zu ihrer Linken leuchtete ein orangefarbenes Licht auf und verbreitete sich über die ganze milchige Fläche. Nelmura blieb davor stehen und wollte das Segment mit einem Befehl öffnen, doch es rührte sich nicht. So berührte sie es mit den Fingerspitzen und versuchte es noch einmal. Diesmal fuhr das Segment nach innen, dann zur Seite und öffnete den Blick auf einen dunklen Gang, in dem sich neonleuchtende Farben in Adern durch die Wand zogen und in Richtung der gegenüberliegenden Tür wiesen.

Der Anblick verwirrte Nelmura. Nicht das Neon. In Repräsentationen war es bei einigen ebenso beliebt wie in manchen künstlichen Welten. Dass es hier bei ihr erschien, bedeutete, dass die Sache komplizierter wurde. Die Repräsentation, die sie gewählt hatte, war durch äußere Zwänge beeinflusst worden, und diese Einflüsse zeigten sich ihr in grellen Farben und starken Kontrasten.

Vorsichtig ging sie weiter. Die Tür hinter ihr schloss sich, und zugleich wich jene, die vor ihr war, zur Seite und gab den Blick in einen dunklen Raum preis, aus dem ihr Salzgeruch und ein Schwall an Signalen entgegendrangen.

Sie trat hinaus und gelangte an einen Beckenrand. Es war wie zuvor, als sie nach Basileios und Kimiko gesucht hatte. Nur war alles bunter. Lichtadern zogen sich die Wände entlang – sowohl unten im Wasser als auch hier oben. Sie reichten sogar bis ins Gewölbe und durchliefen dabei immer wieder blaue Knotenpunkte.

Im Wasser schwebten die Symbionten im Grunde wie zuvor. Irgendwo dort unten waren Basileios und Kimiko und gewiss auch all die anderen.

Was sich hier diesmal anders manifestierte, ging nicht auf neue Verbindungen zurück, sondern auf einen besonderen Einfluss. Tief unten lösten sich die Lichtadern von den Wänden und liefen dort zusammen, wo sich Basileios befand. Von ihm kam der Einfluss.

Nelmura machte einen Kopfsprung ins Wasser und konnte wie immer und anders als in der Realität klar sehen; und atmen musste sie hier ohnehin nicht. Sie tauchte tiefer hinab und wurde mit einem Schlag der Wachprogramme gewahr, die sich hier als Bots manifestierten. Doch sie schwammen nicht umher, sondern verharrten nur auf einer Ebene zwischen ihr und Basileios, als wären sie dort auf einem unsichtbaren Boden gelandet. Einige von ihnen lagen ruhig da, andere von ihnen zitterten. Und ihre roten Sichtstrahlen suchten in der Nähe alles ab.

Bei den Bots lauerte eine Art Obstruktion. Ob diese nur die Systemprogramme abhalten sollte oder sie auch für sie zur Barriere würde, konnte Yaldira aus der Entfernung nicht sagen. Sie bemühte sich darum, den Sichtstrahlen der Wachprogramme aus dem Weg zu gehen. Am Rand, unter einem Fächer aus Lichtadern, die sich von der Wand lösten, wagte sie sich vor. Da schossen die Strahlen des nächsten Bots mit einem Mal vor, erfassten sie und trafen auf die Wand. Die Bots hatten sie reingelegt. Sie hatten den Radius ihres Sichtfeldes kleiner erscheinen lassen, als er es wirklich war. Sie merkte, dass irgendjemand ihren Status angefordert hatte, aber sie war sich nicht sicher, wie viel sie hatten sehen können. Ihr Log-System machte keine Angaben.

Zur Seite konnte sie den Strahlen nicht entkommen; ihr blieb nur der Weg nach unten. So tauchte sie tiefer hinab und war froh, dass die Obstruktion, vor der sie sich gefürchtet hatte, offenbar nur für die Bots galt. Sie blieben oben hängen und schauten ihr nach. Als sie sich aber zur Seite von der Wand fortbewegte, hielten die Bots ihre Strahlen immer noch auf ihre alte Position gerichtet. Jenseits der Barriere hatten sie Nelmura offenbar verloren.

»*Du bist da*«, sagte Basileios. »*Hast du meine Nachricht bekommen?*«

»*Du hast es also geschafft*«, erwiderte sie. Sie hatten beide daran gearbeitet, Nachrichten durch das Netzwerk der Eishallen in das System der Stadt zu schleusen. Die KIs beobachteten Fakultäten wie die der Yardeniden, und die Gefahr war groß, dass Daten, die von dort ausgingen, aufgefangen und im schlimmsten Fall sogar entschlüsselt wurden. Wenn es ihnen aber gelänge, über die Tiefenschläfer in den Eishallen Nachrichten unbemerkt ins System zu schleusen, konnten sie womöglich einer Überwachung entgehen.

»*Du hattest recht*«, sagte Basileios. »*Die KIs haben in den Eishallen weit weniger Kontrolle als oben. Sie haben Schwierigkeiten, den Ausgangspunkt von Nachrichten zu erkennen. Ihr Zugang scheint sehr beschränkt zu sein – zumindest der direkte Zugang. Sie können überwachen und ihre Programme herschicken, und auch auf das Rahmenprogramm haben sie Einfluss, aber die Infrastruktur selbst und alle Grundfunktionen scheinen ihnen nicht die Kontrolle zu geben, die sie brauchen.*«

»*Ich habe es geahnt*«, sagte Nelmura.

»*Du überraschst mich immer wieder*«, erwiderte Basileios. »*Ich wäre im Leben nicht darauf gekommen. Es ist fast so, als wären die KIs ganz normale Akteure – nur mit deutlich mehr Macht. Aber auch mit unglaublichen Schwächen. Wie du gesagt hast: der Weg des geringsten Widerstandes! Das war der Schlüssel.*«

»*Das heißt, wir können frei kommunizieren*«, sagte Nelmura.

»*Wie versprochen*«, erwiderte Basileios.

»*Das wird den Yardeniden gefallen.*« Sie hob den Blick. »*Wie sieht es oben aus?*«, fragte sie. »*Wir wären dankbar für ein paar Kontakte in der Stadt. Es ist für uns nicht leicht, draußen Fuß zu fassen. Einer unserer Trupps ist gerade in eine Falle gelaufen.*«

»Du fühlst dich bei den Yardeniden offenbar richtig zu Hause.«

»Es passt ganz gut – auch wenn ich mein eigenes System vermisse.«

»Dass Othao deine Fakultät umbenannt hat, geht dir gegen den Strich?«

»Nicht unbedingt. Mich stört, dass da unten in den Eishallen so viele sind, an die ich jetzt wahrscheinlich nicht mehr herankomme, ohne mich in Gefahr zu begeben.«

»Irrtum«, sagte Basileios. *»Wir haben hier unten jetzt echte Macht. Oder glaubst du, du wärst sonst an den Wachprogrammen vorbeigekommen?«*

»Das wäre aber beinahe schiefgegangen«, sagte sie. *»Sie haben mich mit ihren Sensoren erfasst.«*

»Aber sie haben nichts tun können«, erwiderte Basileios.

»Hast du sie dort oben festgesetzt?«, fragte sie.

»Ja. Aber sie haben immer noch Einfluss. Den subtileren Einfluss über das Rahmensystem. Hier drinnen können sie allerdings nicht viel ausrichten, weil wir ihre Programme angreifen und lahmlegen.«

»Könnt ihr das überall im System?«

»Grundsätzlich können wir das überall, sofern wir genug Tiefenschläfer haben, die mit uns an einem Strang ziehen. Natürlich versuchen die KIs, etwas zu unternehmen, sowohl von außen, aber auch direkt über die Systemprogramme. Sie modifizieren sie immer wieder, und wir müssen wachsam sein, damit sie sich nicht befreien können.«

»Sieht nicht gerade danach aus, als würde hier unten ein Kampf toben«, sagte Nelmura, tauchte weiter ab und näherte sich Basileios' Bereich an. Hier liefen viele der Lichtadern zusammen, durchdrangen die versammelten Körper und strebten dann zu Basileios, der ein wenig erhöht schwebte und diesmal tatsächlich sichtbar war. Er hatte sich ihr geöffnet. *»Gibt es eine Repräsentation, bei der ich die Konflikte und die Akteure sehen kann?«*, fragte sie.

»Natürlich. Ich könnte dir Zugang dazu gewähren. Aber

damit würdest du selbst zur Akteurin. Es gibt keinen Raum, an dem du nur beobachten könntest.«

»*Du könntest mir Daten schicken*«, sagte sie. »*Dann wäre ich nicht daran beteiligt.*«

»*Später. Ich möchte dich erst dann in diesen Sumpf hineinziehen, wenn du mir geholfen hast, zu Kimiko durchzudringen.*«

»*Kimiko*«, sagte Nelmura voller Enttäuschung. Sie hielt inne und schaute auf Basileios' Körper. Bei seiner Repräsentation spiegelte sich ihr Wissen wider. Er lag nackt vor ihr, von einem grauen Schein umgeben – groß und ein wenig rundlich. Sie hatte einmal mit ihm geschlafen. Sie hatte ihn verführt, und er hatte sich nach langem Zögern auf sie eingelassen. Aber es war offensichtlich gewesen, dass sie nicht sein Typ war, und sie war enttäuscht gewesen, es nicht bemerkt zu haben. Sie sprachen nicht darüber, und sie vermutete, dass er sich für jene Nacht ebenso schämte wie sie.

»*Hattest du was mit Kimiko?*«, fragte Basileios. »*Da gehen so merkwürdige Gedanken von dir aus. Bedauern.*«

»*Nein*«, sagte sie. »*Das ist nur das Bedauern darüber, dass Kimiko sich nicht gerührt hat. So ein Sturkopf! Vielleicht wäre es besser, sich an andere zu wenden.*« Sie schaute schräg nach oben, wo sich Körper spiralförmig angeordnet hatten – zumindest wurden sie so repräsentiert.

»*Lass die anderen meine Sorge sein*«, sagte Basileios. »*Ich habe meine Leute, die hier unten und bei euch da oben mit den anderen Fakultäten in Verbindung stehen. Und mit einigen Archonten stehe ich sogar in direktem Kontakt.*«

»*Ist von ihnen irgendwer auf unser Seite?*«, fragte Nelmura und war voller Hoffnung, dass zumindest einige die Gefahr endlich erkannten und Stellung bezogen.

»*So weit sind wir noch nicht. Die meisten hadern noch mit der Situation. Ich sehe nur Tendenzen. Aber ich bin sicher, dass einige sich für uns entscheiden werden. Nicht allein wegen der Daten, die du mir gegeben hast, sondern auch wegen dem, was gerade in der Stadt geschieht. Hier unten zu sein und zu wissen, dass die eigenen Schützlinge dort oben einer Gedankenkontrolle unterliegen – das beschäftigt sie natürlich. Manche liegen aber noch so tief im Schlaf, dass wir sie wachrütteln müssen.*«

»*Das erscheint mir leichter, als zu Kimiko durchzudringen.*«

»*Aber wir brauchen sie mehr als andere*«, entgegnete Basileios und stöhnte auf.

»*Was ist?*«, fragte sie.

»*Wenn du wüsstest, was für ein Kampf hier tobt!*«

Sie war neugierig, hielt sich aber zurück, ihn zu bitten, ihr einen Einblick zu gewähren. »*Ich lenke dich ab?*«

»*Dass ich mit dir spreche, birgt ein gewisses Risiko, aber das ist es wert. Denn ich kann nicht mit Kimiko Kontakt aufnehmen und meine Vertrauten kommen auch nicht an sie heran. Du musst das machen. Du musst sie wachrütteln und – wenn es sein muss – zur Vernunft bringen. Niemand baut bessere Schutzwälle um sich und um andere als sie. Wenn wir sie gewinnen können, würde das uns Luft verschaffen. Verlieren wir sie aber an die KIs …*« Basileios beendete den Satz nicht.

»*Dann könnte sie die Systemprogramme mit ihrer Macht schützen*«, sagte Nelmura. »*Und deine Angriffe würden auf Widerstand stoßen.*«

»*Deshalb brauchen wir sie auf unserer Seite. Und du bist die Einzige, die sie dazu bringen kann.*«

»*Ach wirklich? Du bist doch derjenige, den jeder mag und der überall seine Leute hat. Kimiko und ich waren uns nie besonders nahe.*«

»*Manche meinen, sie wäre damals in dich verliebt gewesen.*«

»*Unsinn*«, entgegnete Nelmura. »*Sie sagte zwar mal, es sei bedauerlich, dass ich auf Männer stehe; als ich dann aber eine Weile lang experimentierfreudig war, wirkte sie desinteressiert. Verliebt war sie in andere.*« Sie erinnerte sich an die Partnerinnen Kimikos. Viele von ihnen hatten sie in den Tiefenschlaf begleitet.

»*Aber sie hat dich respektiert. Mich hat sie immer für einen Blender gehalten.*«

»*Spricht nicht unbedingt für ihre Menschenkenntnis.*«

»*Du irrst dich. Sie hat recht. Ich glaube, sie ist die Einzige, die mich wirklich durchschaut hat.*«

»*Du machst Witze*«, sagte Nelmura. Basileios war – wenn es nicht gerade um Liebe und Sex ging – geradezu eine Personifikation des Selbstbewusstseins.

»*Überhaupt nicht*«, entgegnete er. »*Ich verstecke vieles. Wenn du wüsstest, was ich alles verstecke, dann würdest du Angst bekommen.*«

»*Bist du dir unsicher wegen der ganzen Sache?*«

»*Wenn du sehen könntest, was ich vor Augen habe, dann wärst du auch unsicher.*«

Und erneut widerstand Yaldira dem Drang, nach einer Repräsentation dessen, was er sah, zu fragen. »*Das heißt, du hast Angst, zu Kimiko zu gehen, weil du ihr nichts vormachen kannst.*«

»*Da du das aber kannst und sie viel von dir hält, musst du das machen. Oder anders gesagt: Du musst das machen, weil ich zu feige bin und hier zu viel um die Ohren habe.*«

Bei all der Ruhe, die Nelmura hier unten umgab, konnte sie nicht anders als über Basileios' Worte zu lachen. »*Ich mach's ja schon!*«

Sie löste sich von Basileios und tauchte von ihm fort, dem leuchtenden Wall unter ihr entgegen, mit dem Kimiko sich umgeben hatte. Sie öffnete ihre symbiontischen Sinne für alles, was ihr von Kimiko entgegenkommen mochte, insbesondere auf versteckte Attacken achtete sie. Sie befürchtete weniger, dass die KIs zu Kimiko durchgedrungen waren und sie über das Kontrollmodul beherrschten, sondern dass sie aus freien Stücken aufseiten der KIs stand, weil sie ihre Ruhe haben wollte.

Je näher Nelmura kam, umso langsamer bewegte sie sich.

Die Daten waren geradezu minimalistisch, denn Kimiko gab nur das Nötigste preis. Wie zuvor umgab ein Wall aus Körpern Kimiko, als hafteten sie auf dem kugeligen Schild, in den sich die Archontin eingekapselt hatte und dessen blauer Schein zwischen den Körpern herausdrang.

»*Kimiko!*«, flüsterte Nelmura mit ihrer symbiontischen Stimme und hielt inne.

Es kam keine Reaktion.

»*Es ist Zeit*«, sagte sie.

Vier der Körper, die Kimiko umgaben, schwebten zur Seite, als wölbte sich der Schild, der sich um Kimiko legte, doch der Blick offenbarte nichts davon. Die blau schimmernde Schildkugel war unverändert. Nelmura verstand es als Einladung und näherte sich der Kugel. Beim letzten Mal hatte sie die Körper, die Kimiko umgaben, mehr oder weniger ignoriert, weil ihre Signale sie durchdrungen hatten, nun fragte sie sich, ob diese Körper nicht Teil des Schutzsystems waren.

In dem vibrierenden Kugelschild entstand eine Öffnung und gab den Blick auf Kimikos Körper frei. Ihre Repräsentation unterschied sich von dem, was Nelmura in Erinnerung hatte. Hier lag eine Frau mit langen Beinen und langen Armen, gekleidet in einen hellgrauen Overall. Die echte Kimiko war klein und schmal. Sie hatte auch hier braunes Haar; es quoll unter dem Helm hervor. Das Visier war dunkelblau und gab nur einen Blick auf die geschlossenen Augen preis. Es war alles wieder einmal nur eine Repräsentation der echten Kimiko. Hier manifestierte sich nicht nur das, was Nelmura kannte, hier spielten auch die Daten, die Kimiko aussandte, eine große Rolle und verfremdeten das Bild, das sich ihr in den Eishallen geboten hätte.

Nelmura war nun am Ziel, und es war, als schwebte sie neben einem Bett, so sehr streckte sich Kimikos Körper. Die Öffnung in der Schildkugel schloss sich, und Nelmura fragte sich, ob sie Kimiko gerade in die Falle gegangen war.

»*Kimiko*«, sagte sie. »*Seit wann lässt du andere so nahe an dich heran?*«

Ein Seufzen erklang in Nelmuras Kopf. »*Und ich dachte, ich würde erst dann erwachen, wenn die Invasoren die Stadt angreifen*«, sagte sie. »*Ich hätte nie geglaubt, dass du der Feind bist. Du und die anderen.*«

»*Wir sind nicht deine Feinde, Kimiko. Hast du dir nicht angeschaut, was ich herausgefunden habe? Natürlich hast du das, sonst hättest du mich nie so nahe an dich herangelassen.*«

»*Ich dachte, ich könnte mich raushalten. Aber manche Dinge dringen zu weit in die Tiefe. Und es waren nicht einmal deine Daten. Wäre es nur das gewesen, dann hätte ich gesagt: Nun gut, dieses Dasein ist alles, was wir haben – alles, was uns geblieben ist. Und wir leben nicht schlecht, ob nun da oben oder hier unten. Und ich hätte gesagt, dass es mir egal ist, ob die KIs mit den Satelliten zusammenarbeiten, um uns hier zu behalten. Ich hätte gedacht: Na gut, sie tun eben alles, was nötig ist, um uns in Sicherheit zu wissen – auch gegen unseren Willen. Und vielleicht wäre ich lediglich schockiert gewesen, dass sie sogar einige von uns ans Messer liefern, um die Mehrheit vor dem Untergang zu bewahren.*«

»*Aber irgendetwas hat dich wachgerüttelt*«, sagte Nelmura.

»*Ich habe hier unterschiedliche Szenarien durchgespielt. Denn durch deine Enthüllungen, durch das, was Basileios mir zugeflüstert hat, und dem, was ich im System selbst beobachten kann, stellen sich allerlei Fragen. Was, wenn die KIs alles kontrollieren und diese Welt selbst nur ein Konstrukt ist? Was, wenn die KIs alles erfunden haben, um uns gefügig zu machen, und sie eigentlich die Invasoren sind? Was, wenn die KIs doch von Menschen geschaffen, aber von den Invasoren korrumpiert wurden? Möglichkeiten und immer nur noch mehr Möglichkeiten!*«

»*Zu viele Möglichkeiten*«, sagte Nelmura. »*Du musst aufhören, den möglichen Pfaden zu folgen. Dort unten in den künstlichen Welten glaubst du an alle Möglichkeiten, weil du vergisst, wie dicht die Wirklichkeit ist. Wenn du erwachen würdest, wäre dir klar, dass die künstlichen Welten zwar bunt sind, aber niemals so reichhaltig sein können wie die Wirklichkeit. Selbst dem Kleinsten wohnt hier draußen eine Tiefe inne.*«

»*Du vergisst, dass ich nicht immer hier unten war*«, sagte Kimiko.

»*Ja, aber da unten vergessen die Sinne langsam, wie vielfältig die Welt sein kann.*«

»*Ganz die alte Nelmura – eine Besserwisserin.*«

»*Nur so kann man dich locken*«, erwiderte sie. »*Man muss dir was entgegenstellen – etwas, zu dem du Stellung beziehen kannst, sonst bewegst du dich keinen Millimeter.*«

»*Dabei gehst du ein Risiko ein*«, sagte Kimiko. »*Dass ich gegen dich Stellung beziehe.*«

»*Tatsächlich? Würdest du dich wirklich auf ihre Seite begeben, nur um deine Ruhe zu haben?*«, fragte Nelmura. »*Vielleicht ist es Zeit aufzuwachen. Wir alle haben uns zur Ruhe gelegt, nachdem wir alles, was wir uns vornahmen, erreicht hatten. Es gab natürlich noch Herausforderungen.*« Sie dachte an Yarden und seinen Plan, die verlassene Raumstation der Invasoren zu erreichen. »*Aber irgendwann hat jeder von uns gemerkt, dass wir den Jüngeren, die darauf drängten, Verantwortung zu übernehmen, endlich Platz machen mussten. Aber jetzt ist alles anders. So oder so – es wird nicht so weitergehen können. Wenn wir diesen Konflikt verlieren, werden wir nie wieder sicher sein können, dass die Gedanken, die wir haben, wirklich unsere sind.*«

»*Können wir uns denn jetzt sicher sein?*«, fragte Kimiko.

»*Ohne das Kontrollmodul? Ja. Wenn du Widerstand leistest und damit davonkommst? Ebenfalls ja. Und deine Barrieren dürften doch wohl wirkungsvoller sein als jene, mit denen ich die Angriffe der KIs abwehrte.*«

»*Du brauchst mir nicht zu schmeicheln. Ich werde nicht bei euch mitmachen, nur weil du plötzlich nett zu mir bist.*«

»*Das verlange ich auch gar nicht*«, entgegnete Nelmura.

»Mir würde es schon reichen, wenn du dich nicht von uns abwenden würdest, nur weil du mich nicht leiden kannst.«

»Ich konnte dich immer leiden, Nell«, sagte sie. Nell. So hatten einige sie früher genannt.

»Merkwürdig, dass du den alten Spitznamen ausgräbst. Das hätte ich eher Basileios zugetraut.«

Kimikos helles Lachen ertönte in Nelmuras Kopf. *»Dann hättest du ihn doch bestimmt Basil genannt, und ich vermute, das wollte er vermeiden.«*

Nelmura nickte, und auch wenn Kimiko es gewiss nicht sehen konnte, würden sie zustimmende Signale erreichen – symbiontische Gesten, die bei den Bewegungen ihrer Repräsentation mitschwangen. *»Vergessen wir also, wer zu wem wie steht. Sag mir, wie du zu den KIs stehst und zu dem, was sie getan haben! Sag mir, ob das, was sie getan haben und noch vorhaben, für dich ausreicht, um aktiv zu werden! Wir brauchen dich!«*

»Alle brauchen mich, und ich fühle mich geschmeichelt. Die KIs haben auch Kontakt zu mir aufgenommen, und hätten sie, als ich sie zu Wort kommen ließ, nicht versucht, die Kontrolle über mich zu erlangen, hätten sie vielleicht in diesem Spiel um meine Hilfe die besseren Karten gehabt. Aber so?«

»Du wirst also zumindest nicht auf ihrer Seite arbeiten?«

»Nach dem, was sie bei mir versucht haben, und nach dem, was ich beobachten konnte, werde ich ihnen nicht den Schutzwall für ihre Programme liefern, damit sie euch fertigmachen können.«

»Danke«, sagte Nelmura.

»Du willst nicht mehr als das? Damit gibst du dich zufrieden?«

»Natürlich möchte ich dich bei uns haben. Aber ich kann dir nichts bieten. Du bist unbestechlich. Deine Ruhe ist dir wichtiger als alles andere. Und ich komme und möchte, dass du alles andere tust, als zu ruhen. Ich möchte, dass du uns hilfst. Ich möchte, dass du uns schützt.«

»*Wenn dein nächster Satz nicht mit ›Ich möchte …‹ anfängt, könnte daraus was werden*«, sagte Kimiko.

»*Denk nur an eins: Wenn wir jetzt nachlassen, wird es nie wieder Hoffnung geben. Sie werden uns unterwerfen und dafür sorgen, dass wir keinen freien Gedanken mehr haben.*«

»*Das würde den Nicht-Symbionten gefallen.*«

»*Am Anfang vielleicht – weil sie sich davor fürchten, dass wir uns zu Herrschern erheben. Aber am Ende würden sie feststellen, dass wir die Handlanger der KIs sind und diese sie beherrschen.*«

»*Du fürchtest also das, was wir Menschen vor der Invasion gefürchtet haben: das Ende der Demokratie.*«

»*Ja. Nur dass man die Demokratie zurückgewinnen kann, solange der Wille der Menschen frei ist. Ist er erst einmal programmierbar, wird keiner mehr einen Gedanken daran verschwenden.*«

»*Die Nicht-Symbionten vielleicht irgendwann schon*«, sagte Kimiko.

»*Aber um den Kampf zu gewinnen, bräuchten sie uns. Und uns hätten sie dann verloren.*«

Kimiko schwieg, und Nelmura wusste nicht recht, wie sie sich verhalten sollte. Sagte sie zu wenig, wäre sie vielleicht nicht überzeugend, sagte sie zu viel, verdarb sie es vielleicht.

»*Versprichst du mir was?*«, fragte Kimiko, und endlich war das Schweigen gebrochen.

»*Solange es im Rahmen bleibt*«, erwiderte Nelmura.

»*Wenn alles vorbei ist, möchte ich meine Ruhe haben. Sollte es irgendwelche Aufbauarbeiten geben, möchte ich, dass ihr mich da raushaltet.*«

»*Ich verspreche dir, dass du selbst über deine Ruhe bestimmen kannst. Wir werden nicht versuchen, dich zu irgendetwas zu zwingen.*«

»*Dann habt ihr jetzt eine neue Verbündete*«, sagte Kimiko.

»*Danke, Kimi, danke*«, erwiderte Nelmura, doch die

Freude, die sie wie eine Strömung warmes Wasser überkam, verging sogleich wieder durch den Zweifel. Konnte sie Kimiko wirklich vertrauen? Hätte sie sich ihnen nicht auch dann angeschlossen, wenn die KIs die Kontrolle hatten? »*Hast du die Tools bekommen, mit denen wir uns die KIs vom Leib halten?*«, fragte sie Kimiko. »*Ich meine vor allem jene, mit denen du dich mittels einer Repräsentation unbemerkt durchs Netz bewegen kannst?*«

»*Nein, noch nicht. Basileios sagte mir nur, dass es sie gibt.*«

»*Hier sind sie*«, sagte Nelmura und spielte die Programme zu Kimiko hinüber. Es war ein Wagnis, aber sie konnte sich nicht vorstellen, dass die KIs Kimikos Barrieren durchbrochen hatten, um die Kontrolle über sie zu übernehmen. Und noch weit weniger konnte sie sich vorstellen, dass eine Archontin, die Programm-Tools in die Hände bekam, die sie vor der Kontrolle durch die KIs schützten, diese verwerfen oder gar weiterleiten und damit die eigene Freiheit aufgeben würde.

»*Hast du nicht Angst, was ich damit alles machen könnte?*«, fragte Kimiko.

»*Nimm es als Zeichen des Vertrauens*«, erwiderte Nelmura. »*Und wende dich an Basileios. Er hält den Einfluss der KIs klein. Ihm wärst du eine große Hilfe.*«

»*Basileios der Blender!*«, sagte sie, und Nelmura spürte einen Schwall von Freude, die in Kimikos Signalen mit schwang. »*Stellst du mir den Kontakt her? Irgendwie kriege ich ihn nicht zu fassen.*«

»*Das liegt an seinen Sicherheitsmaßnahmen. Warte!*« Sie versuchte, Kontakt mit Basileios aufzunehmen, aber die Signale vergingen einfach. »*Du musst mich rauslassen*«, sagte sie. Die Stille, die sie mit einem Mal umgab, machte ihr Sorgen. Sie hatte sich hier Kimiko ausgeliefert.

Die Schildkugel öffnete sich direkt neben Nelmura.

»*Jetzt weißt du es*«, sagte Kimiko.

»*Und du weißt jetzt, dass ich mir zu viele Sorgen mache*«, erwiderte sie.

»*Schick Basil den Zugang, den ich dir gegeben habe*«, sagte Kimiko.

Nelmura musste sich erst einmal bewusst machen, dass das Gespräch zwischen ihr und Kimiko nur deswegen zustande gekommen war, weil sie ihr einen verschlüsselten Zugang gewährt hatte. Was sich ihr hier als ein Eintritt in das Innere der Schildkugel dargestellt hatte, war in Wirklichkeit ein Austausch von Nachrichten und ein Auslösen gegenseitiger Funktionen. Nun würde sie den Kontakt auch dort draußen außerhalb der Schildkugel halten können.

Nelmura schwamm langsam durch die Öffnung hinaus ins Freie, wo die Körper, die Kimiko umgaben, ihr langsam Platz machten und dabei Statusabfragen an sie schickten. Sie konnten sie wahrnehmen und fragten nach ihr, und dann hatte sie das Gefühl, angestarrt zu werden. Dennoch brachte sie sich, kaum dass sie die Repräsentationen passiert hatte, mit gezielt rudernden Armen zum Stehen.

»*Basileios!*«, sagte sie, während sie ein Signal nach dort oben sandte, wo die Lichtadern zusammenliefen. Und sofort kam Basileios' Präsenz wie eine warme Strömung auf sie herab.

»*Und? Hast du es geschafft?*«, fragte er mit stockender Stimme.

»*Was ist mit dir los?*«, fragte sie zurück.

»*Es geht hier gerade hoch her.*«

»*Zeig es mir. Vielleicht kann ich helfen.*«

»*Kimiko wird also nicht mitmachen?*«

»*Doch, doch*«, sagte sie. »*Sie hat mich zu sich gelassen, und jetzt habe ich Zugang zu ihr. Sie ist bereit für dich.*« Nelmura schickte ihm die Zugangsdaten nach oben.

»*Dann werde ich euch zeigen, womit ich hier zu kämpfen habe*«, sagte Basileios, und bunte Lichtbänder wanden sich von seiner Repräsentation dort oben zu ihnen in die Tiefe herab.

»*Was ist das?*«, fragte Kimiko.

Nelmura konnte die Lichtadern kaum erwarten. »*Es sind*

die Verbindungen von Basileios' Netzwerk. Er ist bereit, uns einzubeziehen – uns näher an sich heranzuholen.« Sie war auf alle Gefahren vorbereitet, denn sie wusste, dass Basileios gegen die KIs, ihre Programme und vielleicht sogar gegen Symbionten, die nicht sie selbst waren, einen Kampf austrug.

Die Lichtbänder strafften sich mit einem Mal, schossen auf Nelmura herab und erfassten sie. Ein Blick zur Seite, und neben ihr drang ein Band in die Schildkugel ein, dann lösten sich andere aus dieser und erfassten die Symbionten, die Kimiko umgaben.

Nelmura hörte, wie Basileios und Kimiko flüsterten. Sie sprachen davon, wie lange es gedauert hatte, dass sie zusammenfanden, und drückten beinahe zurückhaltend ihr Bedauern aus. Schließlich lobten sie Nelmura. »*Lasst das*«, sagte sie schließlich.

»*Nicht schlecht, Basil*«, sagte Kimiko. »*Aber du hättest sagen können, wie groß die Opposition ist. Was kann ich tun?*«

Nelmura konnte nicht nachvollziehen, was Kimiko meinte. Sie befand sich immer noch in ihrer eigenen Repräsentation und suchte nach einer Möglichkeit, zu jener zu wechseln, die Basileios ausgearbeitet hatte. Doch von ihrer Position aus war es nicht leicht. Wenn man im Tiefenschlaf schwebte und es gewohnt war, sich in künstlichen Welten zu bewegen, war es leichter, von Repräsentation zu Repräsentation zu wechseln. Doch Nelmuras Körper befand sich dort oben in Yardens Kommunikationskammer, und sie musste einen Umweg nehmen, um hier unten zu operieren.

»*Keine Sorge, Basil*«, hörte sie Kimiko sagen. »*Ich werde …*« Sie verstummte einfach.

»*Nelmura?*«, sagte Basileios. »*Was ist los?*«

»*Ich habe Schwierigkeiten, in dein Szenario abzutauchen.*«

Als Antwort drangen weitere Lichtbahnen von oben zu

ihr herab und trafen auf sie. Sie fand die Repräsentation als ein Unterkonstrukt von Basileios, konnte aber keine Funktionen entdecken, mit denen sie Zugang erhalten hätte.

Da packte sie etwas und riss an ihr. Sie wurde aufgetrieben, dann faltete sich die Welt auf, Nelmura entschwebte ihr und war mit einem Schlag im Freien, hoch oben über einer Stadt. Über das grüne Land konnte sie bis zu den Bergen schauen, hinter denen die Sonne bereits tief stand. Es war eine alte Stadt mit grauen Gemäuern und roten Dächern. Zwischen den Häusern knüpften sich auf verschiedenen Ebenen Brücken. Türme ragten in die Höhe, von denen glitzernde Bäume bis in ein grün leuchtendes Gewölbe reichten. Es wirkte wie der Schild, der sich über Jaskandris spannte. Die stark verästelten Baumkronen schienen das Gewölbe zu stützen, und Nelmura spürte, wie immer wieder etwas durch die Äste nach oben schoss.

Nelmura schaute in die Tiefe und bemerkte, dass sie sich selbst auf einem der Türme befand. Sie wandte sich um und erblickte in der Mitte einen mit Kristallen besetzten Baumstamm, der sich in die Höhe wand. Irgendetwas bewegte sich hinter dem Baum. Ein Schatten war rechts erschienen und dann wieder verschwunden.

Nelmura ging um den Baum herum und erblickte Basileios in weiten Roben, wie er mit geballten Fäusten vorausstarrte. Dort, jenseits des Schildes, waren die Feinde. Luftschiffe aus Holz mit weiten Segeln, von denen Blitze dem Schild entgegenzuckten. Auf dem Land schleuderten Katapulte leuchtende Kugeln, und schwebende Geschöpfe – teilweise Geister und teilweise Drachen – flogen umher, um eine Schwachstelle im Schild zu finden. Und wie aus dem Nichts schossen ihnen bunte Strahlen entgegen, prallten funkenschlagend gegen den Schild und ließen die Baumkrone hoch oben erzittern und das Laub des Baumes rascheln.

Es war eine andere Art der Repräsentation. Nelmura erinnerte sich, dass Basileios altertümliche Szenarien mochte –

Repräsentationen, die alles aufs Wesentliche reduzierten und verfremdeten. Hier kämpfte er als Magier, der seine Stadt verteidigen wollte, gegen die Angriffe eines feindlichen Heeres.

Schräg vor ihnen bewegte sich eine Gestalt auf einem weiteren Turm vor einer mächtigen Birke: Kimiko. Sie machte eine ruckartige Bewegung in Richtung Feinde, und mit einem Mal stach aus einem der großen Kristalle im Baum ein Strahl heraus, schoss davon und drang ungehindert von innen durch den Schild. Draußen erfasste er eines der Schiffe und entfachte dort ein Feuer, das rasend schnell um sich griff. Was immer dieses Schiff repräsentierte, es beeinflusste die Angreifer in der Umgebung. Es schien fast, als wären sie durch unsichtbare Bande daran geknüpft.

Kimiko schien sich in die Rolle einer Magierin dieses Szenarios eingefühlt zu haben, während Nelmura immer noch staunte.

»*Jetzt hast du es gesehen*«, sagte Basileios und wandte sich zu Nelmura um.

»*Passt zu dir*«, sagte sie. »*Nur sind die meisten unserer Türme noch unbesetzt.*«

»*Sie stehen bereit für die anderen Archonten.*«

»*Wo willst du mich haben?*«, fragte sie.

»*Im Moment nirgendwo. Kimiko und ich schaffen das alleine. Irgendetwas stimmt bei den KIs nicht. Ich habe Schwachstellen entdeckt, die auf einen Schaden im Systemkern hindeuten könnten.*«

»*Wie das?*«, fragte Nelmura.

»*Die Kontrolle einiger der Systemprogramme ist unflexibel geworden und für uns berechenbar. Es ist so, als hätte es im System einen Ausfall gegeben und Notsysteme müssten einspringen.*«

»*Soll das heißen, die KIs nehmen durch unsere Auseinandersetzung Schaden?*«

»*Ich weiß es nicht*«, sagte Basileios. »*Ich weiß auch nicht, wie lange es schon so ist. Ich merke nur, dass diese*

Schwächen in anderen Kontexten nicht auftreten. Offenbar, weil die anderen KIs voll einsatzbereit sind.«

»*Oder eine KI ist nicht ganz bei der Sache, weil sie an etwas anderem arbeitet*«, erwiderte Nelmura. »*Sag mir, wo im System ich suchen soll, und ich schaue, ob ich etwas herausfinden kann.*«

»*Nein, nein*«, sagte Basileios. »*Darum kümmern wir uns. Dich brauchen wir da oben. Du musst sie dort schwächen. Sie sollen ihre Aufmerksamkeit zwischen hier und dort oben aufteilen müssen.*«

Sie wäre nur zu gerne geblieben, um hier in einer Schlacht gegen die KIs und ihre Abgesandten zu kämpfen. Dort oben wartete nur die kalte Realität, in der nichts heroisch erschien. »*Ich wünschte, ich könnte dir widersprechen*«, sagte sie.

»*Meine Leute da oben werden jetzt aktiv werden. Meine Fakultät wird sich nun abschotten, damit sich die KIs nicht an meinen Körper heranmachen können. Aber auch außerhalb meiner Fakultät habe ich noch Verbündete. Ich schicke euch die Daten, damit ihr Kontakt zu ihnen aufnehmen könnt. Sie warten auf euch.*«

»*Danke, Basileios!*«, sagte sie und schaute noch einmal zu Kimiko hinüber, die sich an den breiten Stamm ihrer Birke anlehnte und in die Baumkrone blickte. Etliche blaue Wolken bauschten sich über ihr auf, stiegen in die Höhe und setzten sich in den Ästen fest.

Nelmura betrachtete staunend, wie sich der Schild, der hier die Stadt, in Wirklichkeit aber das System der Eishallen schützte, allmählich türkis färbte.

In diesem Augenblick hatte Nelmura das Gefühl, dass die KIs niemals durch die verstärkte Barriere dringen könnten. Und Basileios' zufriedener Gesichtsausdruck verstärkte den Eindruck noch. Dies mochte die Basis sein, auf der sie die KIs in ihre Schranken wiesen und ihnen neue Bedingungen aufzwangen. Dies war der Anfang einer Entscheidung.

41 Ein Moment der Ruhe

Die getrübten Scheiben ließen so gut wie kein Licht von draußen in die Wohnung herein, die Nelmura als sicher bezeichnet hatte. Im Schein der niedrigen Stehlampe lag Gamil mit Ayako auf der Couch, deren Lehne zurückgewichen war, um mehr Platz zu bieten. Hier war ihnen die Zeit lang geworden, sie hatten sich eine Decke geteilt, und schließlich hatten sie nicht mehr auf den Anruf der Basiliden gewartet, sondern sich nur angeschaut. Und dann war das geschehen, was Gamil nicht mehr für möglich gehalten hatte. Es war, als wären sie in die Vergangenheit zurückgereist. Damals hatte sie ihm keine Hoffnungen gemacht, vorhin hatte ein unbedachtes Streicheln über ihre Hand das bewirkt, was all die Gesten und Worte damals nicht vermocht hatten.

Nun lagen sie nach durchlebter Lust da, und Ayakos Gesicht war seinem noch immer ganz nahe. Er strich ihr durchs Haar und fragte: »Was war das gerade?«

Ayako lächelte. »Was schon längst hätte passieren müssen.«

»Du hast mich so oft abblitzen lassen, dass ich …«

Sie löste sich von ihm, und mit einem Schauer überkam ihn die Erschöpfung. »Ich wollte deine Lage nach dem Erwachen nicht ausnutzen«, sagte Ayako schwer atmend. »Dir keine Hoffnungen machen. Aber jetzt … Ich meine, das ist vielleicht unsere letzte Chance gewesen.« Sie nahm die Decke, unter der alles begonnen hatte und die zu Boden geglitten war, hüllte sich darin ein und legte sich neben ihn.

»Ist dir kalt?«, fragte er.

»Nein«, sagte sie. »Aber ich mag es so.«

Gamil musste lächeln und genoss es, Ayakos Körper zu spüren. Vielleicht war dieses Beisammensein tatsächlich ihre letzte gemeinsame Chance. Er musste an Zenn denken – und glaubte noch immer nicht daran, dass er wirklich tot war. »Darrel«, flüsterte er und schüttelte den Kopf.

»Er lässt dir keine Ruhe«, sagte Ayako. »Selbst jetzt nicht.«

»Tut mir leid.«

»Nein«, flüsterte sie. »Wäre Zenn noch am Leben, wäre es wahrscheinlich nicht so weit gekommen. Es kann jeden Moment vorbei sein. Das hast du doch auch gedacht.«

»Ja«, sagte er. »Und ich habe noch nie solche Angst gehabt.«

»Es gab auch nie einen Grund dazu – zumindest keinen offenkundigen.«

»Ich kann nicht glauben, dass das aus Darrel geworden ist.« Gamil schaute über den ovalen Tisch, am Sessel vorbei, zum Fenster hinüber. »Er ist irgendwo da draußen, und wir lassen es zu.«

»Es hat ihm gefallen«, sagte Ayako und strich ihm mit den Fingern von der Wange bis hinunter zur Brust. »Ich kann immer noch nicht glauben, dass er überhaupt in der Lage ist, es zu beherrschen.« Sie schaute zur Tür. »Und jetzt habe ich Angst, dass er uns an einem Treffpunkt erwartet – oder dass er uns hier aufspürt.«

»Er kann uns hier nicht aufspüren«, sagte Gamil. Diese Wohnung gehörte einem Beamten, der zu Basileios stand und keine offizielle Verbindung zur Fakultät der Basiliden hatte. Denn diese hatte sich, nachdem ihr Archont sich im Tiefenschlaf gegen die KIs gewandt hatte, ebenso abgeschottet wie die Yardeniden.

»Und du vertraust den Basiliden?«, fragte Ayako und küsste ihm die Schulter.

»Sie stecken jetzt genauso tief drin wie wir. Ich vertraue Basileios, weil Nelmura ihm vertraut.«

»Dich hat die Geschichte vom großen Basileios und seinem epischen Schlachtszenario also auch berührt.«

»Dass der Kampf da unten in den Systemen der Eishallen tobt, während wir uns hier oben in Stellung bringen – das hat was.«

»Was, glaubst du, wird Nelmura machen?«, fragte Ayako.

Die Archontin hatte ihnen in einer Nachricht angekündigt, dass sie die Fakultät verlassen würde, um hier draußen in der Stadt einige Vorbereitungen zu treffen. Worum es sich dabei genau handelte, hatte sie nicht gesagt.

»Irgendwann werden wir gegen den Stadtkern vorgehen«, antwortete Gamil. »Vielleicht sammelt sie hier draußen Informationen.«

»Aber wollte sie nicht die Archonten wachrütteln?«

»Ich weiß es nicht. Vielleicht …« Ein Anruf ließ ihn abbrechen. Er kam von dem Alias, den Nelmura angekündigt hatte. Ayako löste sich von ihm, und sie beide setzten sich auf. Gamil teilte den Anruf mit Ayako und wagte es, sich mit seinem Namen zu melden. Da Nelmura die Kommunikation vermittelt hatte, musste dem Gegenüber klar sein, wer hier antwortete.

Eine Frauenstimme sagte: »Hier ist Melwira Abbott.« Die Dekanin der Basiliden sprach höchstpersönlich mit ihnen. Unter anderen Umständen wäre es Gamil eine große Ehre gewesen, aber nun war er vorsichtig.

Nach einem freundlichen Gruß, dem sich Ayako anschloss, sagte er sowohl mit seiner akustischen als auch mit seiner symbiontischen Stimme: »Nelmura meinte, Sie hätten einen Kontakt im Senat aufgetan.«

»So ist es«, sagte die Dekanin. »Dort geht es drunter und drüber, aber nur wenig dringt nach draußen.«

»Vorhin ging durch die Nachrichten, dass Senator Burnett die Vertrauensfrage gestellt hat.« Es hieß, Selmo Burnett wäre unter Druck geraten, weil er das Angebot der KIs, die ganze Angelegenheit zu untersuchen, ernst genommen hatte. Als Nicht-Symbiont entging er der Kontrolle der KIs, und da er als unbestechlich galt, vertraute Gamil ihm. Clement hatte ihn sogar als ihre letzte Hoffnung im Senat bezeichnet.

»Er hat die Abstimmung gewonnen, aber die Symbionten im Senat haben allesamt gegen ihn gestimmt.«, sagte Melwira. »Es ist ganz knapp ausgegangen.«

»Aber hätte es mit allen Symbionten und den Nicht-Symbionten um Alpert nicht anders ausgehen müssen?«

»Eigentlich ja. Aber das muss man Burnett lassen: Er weiß, wie man eine Abstimmung gewinnt. Wir rechneten damit, dass die KIs über die Kontrollmodule Einfluss nehmen. Da wir zu dem Zeitpunkt noch ein treues Mitglied des Systems waren, hätten unsere Senatoren auch gegen Burnett gestimmt. Basileios hat dann bestimmt, dass wir uns lossagen. Burnett hat dann – ganz vorbildlich – beantragt, dass unsere Fakultät aus dem Senat ausgeschlossen wird. Dagegen konnten die KIs wohl kaum etwas unternehmen. Sie mussten dafür stimmen. Und anschließend hat Burnett die Vertrauensfrage mit der Frage der Untersuchung verbunden.«

»Genial«, sagte Ayako. »Aber dadurch habt ihr euch offenbart.«

»Basileios war bereit. Er hat im Grunde nur auf den richtigen Augenblick gewartet. Und Selmo Burnett auf der eigenen Seite zu haben, das war wichtig genug.«

»Das heißt, er schuldet euch etwas?«, fragte Gamil.

»Er schuldet uns jetzt alles. Die KIs haben in Kesamore und Alpert Verbündete, und die fordern Burnetts Kopf.«

»Senator Kesamore?«, sagte Ayako. »Das ist einer der Nelmurianer im Senat.«

»Ja, nur ist er kein Nelmurianer mehr, sondern Othaonide. Das habt ihr doch mitbekommen, oder?«

»Natürlich«, erwiderte Ayako. »Die Nelmurianer nennen sich jetzt Othaoniden.«

»Und strebt Kesamore den Vorsitz an?«, fragte Gamil und dachte dabei an Othao Merrell und dessen Ambitionen.

»Wohl eher Alpert«, antwortete Melwira. »Ich kann mir nicht vorstellen, dass die Nicht-Symbionten im Senat für einen Symbionten als Vorsitzenden stimmen würden.«

»Das einstimmige Ergebnis aufseiten der Symbionten im Senat dürfte den Nicht-Symbionten Angst gemacht haben.«

»So ist es«, sagte Melwira. »Und darauf baut Burnett.«

»Und glaubt er Nelmura inzwischen? Ist ihm klar, welches Spiel gespielt wird?«, fragte Gamil.

»Absolut«, erwiderte Melwira. »Und deshalb möchte er mit euch Kontakt aufnehmen. Dass Nelmura ausgerechnet euch schickt, dürfte ihm gefallen. Das zeigt, dass sie ihm vertraut.«

Gamil vermutete eher, dass Nelmura ihnen vertraute. »Aber was will der Vorsitzende?«, fragte er.

»Er möchte sich mit euch koordinieren«, antwortete Melwira. »Er möchte, dass wir alle gemeinsam zum großen Schlag ausholen, und er wird dafür sorgen, dass die Stadt sich hinter uns versammelt.«

»Klingt verzweifelt«, sagte Ayako.

Melwira lachte bitter. »Ihm bleibt nicht viel Zeit. Er hat die Abstimmung nur knapp gewonnen, und Alpert bearbeitet gerade die Nicht-Symbionten im Senat. Die KIs haben viele Privilegien zu vergeben. Es hängt an nur vier Stimmen. Also nutzt Burnett die Zeit, die ihm geblieben ist.«

»Wir müssen also handeln, ehe die Stimmung kippt«, sagte Gamil und konnte die Zweifel nicht vertreiben.

»Ja. Falls ihr euch darauf einlassen wollt, holen meine Leute euch in der Privatgarage ab. Der Wagen bringt euch direkt ins Senatsgebäude.«

»Wird das nicht überwacht?«, fragte Ayako.

»Der Wagen gehört Senatorin Brixner.«

»Inell Brixner? Steht sie Burnett so nahe?«

Die Dekanin lachte. »Es geht nicht darum, wie nahe sie Senator Burnett steht, sondern eher darum, wie weit entfernt sie Senator Alpert steht.«

»Ist das nicht riskant?«, fragte Ayako.

»Natürlich ist das riskant«, erwiderte Melwira. »Aber Burnett möchte euch im Senatsgebäude sehen.«

»Warum?«, fragte Gamil.

»Er will, dass ihr eure Senatoren – oder vielmehr ehemaligen Senatoren – mitnehmt.«

»Sind sie bei ihm?«, fragte Gamil. Nachdem Glazer die Yardeniden abgeschottet hatte, waren die neun yardenidischen Senatoren verschwunden. Nun zu erfahren, dass sie noch am Leben waren, beruhigte Gamil. Unter ihnen war nicht nur der Senator der Yardenidischen Fakultät, Rodrick Helmers, sondern auch die Frau, mit der Gamil den Augenblick seines Erwachens verband: Elnora Skovlund. Sie hatte ihn nach dem Erwachen aus dem Tiefenschlaf im Namen der Fakultät und des Senats begrüßt. Er war ihr seither nicht mehr persönlich begegnet, verfolgte aber gerne ihre Debatten und Interviews. Ihre grünen Augen waren das Erste gewesen, das er nach dem Tiefenschlaf in aller Klarheit wahrgenommen hatte.

»Burnett hat ihnen Unterschlupf gewährt«, sagte Melwira Abbott. »Ein gefährliches Spiel. Aber offensichtlich die richtige Entscheidung. Also? Was sagt ihr? Soll ich den Wagen schicken?«

Gamil tauschte einen Blick mit Ayako. Sie biss sich auf die Lippen, nickte aber. »In Ordnung«, sagte er. »Wir sind bereit.«

»Ich werde nicht dort sein. Ich habe ein Rendezvous mit Nelmura. Wir sprechen uns später.« Und schon war Melwiras Stimme fort, ihre Signatur verging; sie hatte sich als Akteurin aufgelöst.

Ayako strich Gamil über die Wange. »Du hältst das für eine Falle?«

»Ja«, sagte er und küsste sie. »Und doch scheint Nelmura zu wollen, dass wir den Senatsvorsitzenden treffen.«

»Es gibt – bei allen Zweifeln – viel zu gewinnen.«

»Oder alles zu verlieren«, sagte Gamil und dachte an Zenn – und dann an Yaldira.

42 Die Oase im Winter

Yaldira war angespannt, nicht wegen des eisigen Windes, der sie schwanken ließ, sondern wegen der Stadt, die sich vor ihnen als milchige Halbkugel manifestierte und der sie sich nun mit Yarden und den anderen näherte – schwer atmend wegen des Tempos, das der Archont vorlegte, und den mangelnden Pausen, zugleich aber voller Tatendrang. Sie würden heimkehren, und es konnte dann nichts mehr so bleiben wie zuvor.

Nach einer Erklärung für ihre Eile hatte Yaldira allein schon deswegen nicht gefragt, weil sie eine Kommunikationssperre für symbiontische Signale vereinbart hatten und sich nur mit ihren akustischen Stimmen und Handzeichen austauschen wollten. Dennoch hielt sie es für offensichtlich, dass Yarden den KIs so wenig Zeit wie möglich geben wollte, sie aufzuspüren. Die Programme, die er ihr und den anderen gegeben hatte und deren schwierige Handhabung er ihnen an den Bots demonstriert hatte, würden ihnen helfen, die Signale, die von ihnen ausgingen, so sehr zu unterdrücken, dass die KIs sie nicht von Störgeräuschen hier draußen unterscheiden konnten.

Die eigentliche Gefahr bestand darin, aus der Ferne gesehen zu werden. Da in Jaskandris nun jedoch Nacht herrschte und die Kuppel kein Licht hindurchließ, vermochte niemand von innen durch die dunkle Wand nach draußen zu blicken, während sie von hier draußen nur die weiße Außenschicht sahen, die die Kuppel wie einen kugeligen Berg erscheinen ließ. Nur die Außensensoren der Stadt hätten sie hier draußen erfassen können. Doch die weißen

Übermäntel, die Yardens Bots mitgebracht hatten und die sie über alles andere gezogen hatten, sollten nicht nur unbewusste Signale unterdrücken, die trotz aller Maßnahmen von ihnen ausgingen; sie würden sie auch für die Sensoren der Stadt mit dem Eisland verschmelzen. Das alles war die Hoffnung, denn echte Erfahrungswerte gab es nicht. Es beruhte alles auf Simulationen, die Yarden durchgeführt hatte, und auf Tests, die er mit Bots und vor Jahren mit Drohnen, die aus der Stadt gekommen waren, veranstaltet hatte.

Als sie auf die letzten vierhundert Meter an die Stadt herankamen, überkam Yaldira die Angst. Zwar rührte sich nichts, aber sie hatte trotzdem das Gefühl, beobachtet zu werden. Sie fing Signale auf, die von der Stadt ausgingen, wagte es aber nicht, auch nur einem davon nachzuspüren, sondern überließ es Yardens Programmen und dem Übermantel, die Signale an sich vorbeizulenken, sodass die Sensoren den Eindruck erhielten, dass sich hier niemand befand.

Als sie nur noch hundert Meter von der Kuppel entfernt waren, spürte Yaldira, dass Nelmuras Programme erwachten – jene, mit denen sie in der Stadt die Sensoren überlistet hatte. Jene Sensoren zu täuschen, die am Kuppelschild hafteten, war eine Sache, die Barriere jedoch, die sich bis hier herabspannte, zu durchbrechen, war etwas anderes. Dieser Schild, der die Stadt vor der Kälte dieser Eiswüste schützte, war stets über jeden Zweifel erhaben gewesen, und durchlässig war er nur an den speziell dafür vorgesehenen Schleusen. Aber die Kuppel einfach so zu durchbrechen, das hatte etwas Magisches.

Mehrere Kilometer abseits des Westtores, durch das Yaldira und die anderen verbannt worden waren, näherten sie sich der Stadt. Nur wenige Schritte von dem Kuppelschild entfernt hob Yarden die Arme und signalisierte ihnen damit, nun seine Programme auszusenden, die die Sensoren aktiv täuschen sollten. Er selbst stand wie festgefroren da und schien auf die perlweiße Kuppel zu starren.

Yaldira spürte, wie Signale von dem Archonten ausgingen

und die Barriere penetrierten. Zunächst gab es keinen Fortschritt, nicht das geringste Zeichen, das ihnen sagte, ob Yardens Plan wie erhofft verlief oder sie gerade auf der Schwelle zum Scheitern standen. Yaldira trug ihren Teil dazu bei, dass die Sensoren Yardens Aktionen nicht erfassten. Sie richtete ihre Programme abwechselnd auf zwei Sensoren, die hoch oben an der Schildkuppel hafteten. Wann immer sie das Gefühl hatte, die Funktionen bräuchten ihre Kontrolle nicht, ließ sie den Blick auf der Suche nach Gefahren schweifen. Sie erschrak, als sich irgendetwas schräg vor Yarden bewegte. Kaum hatte sie dieses Etwas als einen von Yardens Bots erkannt, atmete sie auf.

»Macht euch bereit«, sagte Yarden mit seiner symbiontischen Stimme, und damit war die Kommunikationssperre, die sie vereinbart hatten, aufgehoben.

Yaldira fürchtete sich vor der Rückkehr – nicht, weil sie körperlichen Schmerz oder gar den Tod gefürchtet hätte, sondern weil sie Angst hatte, die Verhältnisse in der Stadt könnten sich so sehr verschlimmert haben, dass dort nur schlechte Nachrichten auf sie warteten. Sie fürchtete um Nelmura und auch um Gamil. Zudem beunruhigte sie, dass sie wegen der Trübnis des Kuppelschildes nicht sehen konnten, was nur wenige Meter vor ihnen im Inneren der Stadt lag. Dort mochte eine ganze Streitmacht aus Polizisten und Drohnen auf sie warten, und sie hätten es nicht bemerkt.

Yaldira spürte, dass Arons Signal Aussetzer hatte, und übernahm einen der drei Sensoren, um die er sich kümmerte, und war bereit, auch die anderen an sich zu ziehen, doch Arons Signal stabilisierte sich. Er nickte ihr zu, und sie hob die Hand zu einer beschwichtigenden Geste. Dass Aron und die anderen überhaupt in der Lage waren, ihre Fähigkeiten hier einzusetzen, war nicht ihr Verdienst. Sie hatte ihnen so gut wie nichts vermittelt und konnte nur Hilfestellung leisten, wenn etwas aus der Bahn zu geraten drohte.

Yarden hatte sie auf alles vorbereitet. Er war sehr gut darin, ein Gespür begreiflich zu machen, sodass man es als

Zugang zu Aktionen nutzen konnte. Stets fand er die passende Metapher, und wenn eine nicht funktionierte, war er schnell mit einer neuen da. Aron hatte er die Verbindung zu den Sensoren wie die Kordel beim Drachensteigen beschrieben. Zwar wusste Aron nur aus Filmen, was Drachensteigen war, aber er hatte in den künstlichen Welten des Tiefenschlafs als Teil seiner sogenannten Therapie in einer fantastischen Welt gelebt und hatte die Figuren dort vor Bestien beschützt. Also hatte Yarden die Kontrolle der Sensoren mit dem Kampf gegen einen kleinen Drachen beschrieben, den er mit einer Lanze gegen einen Felsen drückte und nicht entkommen lassen sollte. Es waren völlig unterschiedliche Metaphern, doch es waren zwei Wege zum selben Ziel gewesen.

Von Yardens Bots, die direkt an der Barriere Stellung bezogen hatten, gingen aggressive Signale aus, die so penetrant waren, dass Yaldira sich vor ihnen abschirmte. Eine Fläche flackerte auf, Hitze strahlte ihnen entgegen und brachte die Signale zum Vibrieren. Mit einem Schlag wurde die Schildbarriere an der zitternden Fläche transparent, und schon bewegte Yarden sich darauf zu. »*Kommt*«, sagte er mit seiner ruhigen Gedankenstimme.

Yaldira ließ den anderen den Vortritt und übernahm, sobald sie hinter Yarden durch die Bresche in der Kuppel geschritten waren, die Sensoren, um die sie sich gekümmert hatten. Sie holte sich Nelmuras Programme dazu, die für sie leichter zu kontrollieren waren. Ihr Blick jedoch war vorausgerichtet, und dort – jenseits der Bresche – lag der Strand, der sich im Westteil der Stadt an den See schmiegte. Niemand war zu sehen, nicht einmal nächtliche Schwimmer. Das beunruhigte sie, denn sie hatte diesen Ort früher nie menschenleer gesehen.

In der dicken Kleidung um ein Kopfschütteln bemüht, folgte Yaldira den anderen durch die Bresche und hielt die Sensoren so lange wie möglich unter ihrer Kontrolle – so lange, bis Yardens Bots hinter ihr auf ihren Spinnenbeinen in die Stadt liefen und sich an der Bresche zu schaffen machten.

Yaldira wandte ihren Blick von ihnen ab und atmete tief die salzige Luft ein, die hier das Strandgefühl erwecken sollte und schaute zum Wasserfall hinüber und zu den Türmen und Hochhäusern links und rechts. Sie war heimgekehrt – zurück in die Oase im Winter. Die wenigen Lichter in den Fenstern verrieten, dass die Stadt noch längst nicht erwacht war.

Es fühlte sich merkwürdig an, sich hier in der dicken Kleidung zu bewegen. Bei ihrem Weg nach draußen war ihr der Kontrast nicht so extrem erschienen. Die Kleidung regulierte die Temperatur nun nach unten, damit sie hier in der warmen Stadt nicht ins Schwitzen geriet.

Ein Heulen drang von den Häusern herunter. Die Sirenen von Jaskandris, die Yaldira nur ein Mal als Kind beim Brand des Azuki-Hauses gehört hatte, riefen Alarm. Sie wandte sich zu Yardens Bots um. Die Bresche, durch die sie eingetreten waren, war geschlossen und hob sich nur dadurch von der Umgebung ab, dass sie noch in Teilen transparent und nicht von der nachtdunklen Schicht überzogen war.

Die Bots liefen auf ihren Spinnenbeinen hastig an ihr vorbei zu Yarden nach vorne. Von den Dächern erhoben sich kleine Schatten. Yaldira erkannte sie anhand ihrer Signale als Drohnen.

»*Lasst jetzt die Sensoren*«, sagte Yarden mit seiner symbiontischen Stimme und führte sie zu dem Einstieg in den Untergrund, den Yaldira ihm beschrieben hatte. Dieser befand sich an der Seite des Hallenbades, aus dem ein Kanal in den Badesee führte. Die Tür öffnete sich, noch ehe Yaldira dort angekommen war.

Die Drohnen, zwei scheibenförmige und eine kugelige, näherten sich. Yaldira nutzte Nelmuras Funktionen und sandte falsche Daten aus. Die Drohnen wandten sich ruckartig von ihnen ab, um über den See zu fliegen. Indes schalteten sich an den Gebäuden um das Gewässer herum Scheinwerfer an. Sie richteten ihr Licht auf die Stelle in der Schildbarriere, an der eben noch die Bresche gewesen war.

»*Komm schon, Yaldira*«, sagte ihr Yarden mit seiner Gedankenstimme. Er und die anderen waren bereits im Inneren des Hauses, wo eine Treppe in einen Wartungstunnel führte.

Yaldira folgte ihnen, und ehe sich die Tür schloss, sah sie noch die Drohnen, die sie abgelenkt hatte. Zu ihnen gesellten sich nun weitere, um die Stelle zu untersuchen, durch die Yaldira mit den anderen in die Stadt gekommen war.

Mit dem geschlossenen Tor wurde auch die Verbindung zu den Drohnen abgebrochen. Ohne täuschenden Einfluss würden sie dort draußen Spuren finden, und es war nur eine Frage der Zeit, bis sie hier erscheinen würden. Auch war sie sich nicht sicher, ob sie die Sensoren an den Gebäuden getäuscht hatte – insbesondere die Kameras.

Yaldira folgte Yarden und den anderen auf dem Versorgungsgang bis zu einer Kreuzung. Hier hielten sie an, und Yarden schaute sich um, als könnte er von hier unten aus die Stadt dort oben in allen Einzelheiten erkennen.

»*Es hat sich kaum etwas verändert*«, sagte Yarden und schlug die Kapuze seines Mantels zurück.

Duncan schaute an Yaldira vorbei auf den Gang zurück, den sie gekommen waren. »*Noch sind sie nicht da*«, sagte er.

Yaldira zog sich den Schal ab und sagte: »Mit diesen Sachen werden wir nicht weit kommen.«

»Wo geht es lang?«, fragte Clarita.

Yaldira wies nach links. »Da lang. Um ein paar Ecken gibt es einen Einstieg ins Logistiksystem.«

»Und das klappt?«, fragte Luis.

»Keine Sorge«, erwiderte Yaldira. »Ich wurde erst gefasst, als ich den Untergrund verlassen hatte.« Sie ließ den dünnen Schutzmantel fallen, den Yarden ihr gegeben hatte, und stieg aus dem Expeditionsmantel, dessen Klimasystem es ihnen hier angenehm machte. Die Unterkleidung bot ihnen jedoch weit mehr Bewegungsfreiheit, und das war im Augenblick entscheidend.

»Ich kann mir Schlimmeres vorstellen, als hier unten zu leben – mit Anschluss an das Logistiksystem«, sagte Duncan grinsend und warf den schweren Mantel von sich.

Ein Signal vom Ende der Treppe, über die sie auf den Gang herabgestiegen waren, ließ Yaldira aufhorchen. Da waren Scanner am Werk. »*Sie sind da*«, flüsterte sie mit ihrer Gedankenstimme den anderen zu.

»*Wir müssen uns beeilen*«, erwiderte Yarden und lief los.

Yaldira sah noch aus den Augenwinkeln, dass seine Bots sich auf den Gang zurückbewegten, den sie gekommen waren. Dann folgte sie dem Archonten und fragte: »*Was machen deine kleinen Helfer?*«

»*Uns Zeit verschaffen*«, antwortete er und lief um die nächste Ecke. Er wusste offenbar ganz genau, welchen Einstieg ins Logistiksystem sie gemeint hatte.

Hier unten hatte sie mit Gamil und Nelmura alle Sensoren getäuscht. Und nun lief sie hier mit dem legendären Yarden durch den Untergrund.

Kaum waren sie um zwei weitere Ecken gelaufen, hielt Yarden an und lauschte. Yaldira war angespannt und wusste nicht, was sie erwarten sollte: Würde er sie vor irgendetwas warnen? Fasste er gerade einen Plan, den er ihnen gleich verkünden würde? Was ließ ihn hier innehalten?

»Meine Bots haben sich unter die anderen gemischt und leiten sie jetzt in die Irre«, sagte er. Seine natürliche Stimme hier in Jaskandris zu hören, trieb Yaldira einen Schauer über den Rücken.

»Das Logistiksystem ist hier«, sagte sie und wies auf eine Wartungsschleuse.

Yarden nickte; mit einer wischenden Bewegung fuhr er an der Tür vorüber und entriegelte sie. »Dann suchen wir uns mal ein schönes Plätzchen.«

»Aber wohin geht's?«, fragte Clarita. »Hast du noch Verstecke?«

»Ich habe die Yardeniden. Nur sind die abgeschottet. Sie sind jetzt Feinde des Systems.«

Yaldira konnte keinen Zugang zum System finden, den sie für sicher hielt. »Leben Nelmura und Gamil noch?«

»Mein liebster Yardenide ist zur Fahndung ausgeschrieben«, sagte Yarden und lachte leise. »Er hat meine Fakultät korrumpiert.«

Yaldira biss sich auf die Lippen, um nicht grinsen zu müssen, tat es dann aber doch. Sich zu verstellen, wenn es um Gamil ging – diese Zeiten waren vorbei. Vorbei war die Rivalität. »Und Nelmura?«, fragte sie.

Yarden lächelte. »Sie ist die neue Archontin der Yardeniden«, antwortete er.

»Da wird sie aber Augen machen, wenn du wieder auftauchst«, sagte Duncan.

»Ich bin nicht gekommen, um irgendwem einen Posten streitig zu machen.« Er schüttelte den Kopf. »Vielleicht ist alles schon viel weiter, als ich dachte.«

»Dann melde dich bei Nelmura oder deiner Fakultät«, sagte Clarita.

»Wir suchen uns erst einmal einen ruhigen Ort«, entgegnete Yarden. »Wir dürfen nichts überstürzen.«

Yaldira nickte. »Wer würde schon glauben, dass Yarden zurückgekommen ist. Ich würde das für eine Täuschung halten.«

»Also bleiben wir im Untergrund, um dich dann der Stadt zu offenbaren?«, fragte Marla.

»Keine Sorge«, sagte Yarden. »Ich habe nicht vor, allzu lange abzuwarten. Ich brauche nur einen Überblick über die Lage. Ich muss wissen, wie sehr meine Fakultät belagert wird, und ebenso muss ich wissen, was sich im System tut. Da kocht irgendetwas im Inneren.«

»Nelmura wollte die anderen Archonten wachrütteln«, sagte Yaldira.

»Wenn es ihr gelungen ist, befinden wir uns mitten im Kampf um diese Stadt.« Er schaute auf dem Gang zurück.

»Meine Bots haben Bewaffnete gesehen.« Er stutzte. »Sie scheinen den Drohnen und den anderen Maschinen nicht mehr zu vertrauen.«

»Zu Recht«, sagte Yaldira.

Yarden winkte sie in die Schleuse.

»Was ist mit deinen Bots? Werden sie sie bemerken?«

»Sie werden sich verteilen und sich an Systeme knüpfen. Vielleicht gelingt es ihnen sogar, andere Bots und Sensoren zu korrumpieren und auf unsere Seite zu ziehen. Später dann sammle ich sie wieder ein.«

Kaum hatte sich die Schleusentür hinter ihnen geschlossen, ließ Yaldira eines der Programme, das Nelmura ihr zugespielt hatte, aktiv werden, denn sie wusste, dass Gamil damit Erfolg gehabt hatte. Sie selbst hatte die Funktionen in der Klinik entdeckt, gerade als ihr Fluchtversuch gescheitert war. Damals hatte sie geglaubt, dass sie diese Funktionen nicht mehr nützen würde. Es hatte sich alles geändert: Aus Verzweiflung war Hoffnung geworden.

Eine Nachricht erreichte sie – eine alte Nachricht, die hier im Logistiksystem hinterlegt war. Die Signatur war eine, die Nelmura verwendet hatte. »*Willkommen zurück!*«, sagte die Stimme ihrer Mentorin in ihrem Kopf. »*Ich habe gewusst, dass du es schaffen würdest. Und ich habe gewusst, dass du deinen Weg ins Logistiksystem finden würdest. Ich habe dir eine Spur zu einem Versteck gelegt, das sicher ist.*« Die Signatur und die zusätzlichen Prüfdaten, die zu jenen Mustern passten, mit denen Nelmura sie so oft in den künstlichen Welten geprüft hatte, bewiesen, dass die Nachricht authentisch war.

»Was grinst du denn so?«, fragte Duncan. Auch die anderen blickten sie an.

»Nelmura!«, sagte Yaldira. »Sie hat mich erwartet. Ich weiß, wohin wir müssen. Hier!« Sie spielte ihnen die Daten zu.

Yardens Lachen schürte ihre Freude nur noch. »Laut den Logdaten hat sie richtig Feuer gemacht. Sie hat Basileios wachgerüttelt, und die KIs kämpfen nun gegen ihn und seine Leute. Nicht nur die Yardeniden haben sich abgeschottet, auch die Basiliden haben sich gegen das System gewendet.«

»Seht ihr das?«, fragte Duncan. »Sie hat dir hier Zugänge zu Subsystemen aufgelistet.«

Yaldira nickte und fragte sofort den Status des internen Polizeisystems ab, zu dem Nelmura offenbar einen Lesezugang hatte. Sie fragte ihren eigenen Status ab und stellte fest, dass sie bereits für tot erklärt war. Und wie sie an Gamil dachte, sah sie auch schon seinen Status vor sich. Er galt als Zielperson. Mehr war dort nicht angegeben. »Könnt ihr sehen, was mit Gamil los ist?«, fragte sie.

»Er darf erschossen werden«, sagte Yarden. »Die Polizei hat sich mit Kampfausrüstung ausgestattet und darf Personen wie Gamil töten. Er ist eine Gefahr für die Sicherheit der Stadt. Sie haben ihn als Kollaborateur der Invasoren eingestuft.«

»Das ist absurd«, sagte Yaldira.

»Aber es ist gut zu wissen, wie hoch der Einsatz inzwischen ist. Wenn die KIs nicht davor zurückschrecken, Leben auszulöschen, muss es beinahe um alles gehen.«

»Gibt es denn schon Tote?«, fragte Aron. »Tut mir leid. Ich kann einfach nichts sehen.«

Yaldira nickte. »Einige Yardeniden. Gamil gilt als Hauptverdächtiger.« Sie schüttelte den Kopf. »Was wird hier nur gespielt?«

Marla betrachtete sie mit besorgter Miene. »Sagtest du nicht, die KIs würden immer den Weg des geringsten Widerstandes gehen?«

»Sieht so aus, als würden Nelmura, Gamil und all die anderen keinen geringeren Widerstand zulassen. Yarden hat recht: Es geht um alles.«

43 Bei Nacht im Revier

Übermüdet stand Myron in der Leichenhalle und starrte auf Zenn Buranos Gesicht hinunter. Er kannte ihn. Er hatte ihn vor einigen Tagen verhört – ihn und auch Ayako Takaki. Und Darrel Eldey. Seine Kollegen hatten Burano und die anderen Toten schon vor Stunden in die lang gezogene Halle gebracht, die so grell erleuchtet war, als wollte man, indem man die Finsternis gründlich austrieb, auch die düsteren Gedanken vertreiben. Er war selten an diesem Ort gewesen. Hier brachte man nur Leichen her, bei denen man Mord oder Totschlag vermutete. Und dieser Verdacht stand äußerst selten im Raum.

Nun waren gleich vierzehn Leichen hier, allesamt Yardeniden. Darunter nicht nur Zenn Burano, sondern auch Lester Agonoy und Delbert Cressman, die immer wieder in den Berichten seiner Kollegen aufgetaucht waren. Angeblich zählten sie zu den Schlüsselpersonen der Yardeniden, die direkt Gamil Dellbridge unterstellt waren.

Der einzige Zeuge des Mordes war Darrel Eldey, den man gerade bei den Othaoniden aufgenommen hatte, obwohl er offenbar kaum etwas mit der Fakultät zu tun hatte und eher wie ein Vertreter der KIs wirkte. Myrons Kollegen schien das nicht zu kümmern, doch seine Zweifel wurden dadurch nur noch angestachelt, dass Eldey der Zeuge des Mordes war und die KIs seine Aussage nach einer Befragung bestätigten. Es ging überhaupt nicht mehr darum, die Wahrheit herauszufinden, sondern nur noch darum, auf welcher Seite man stand.

Vor einigen Tagen hätte er noch ein Loblied auf die unerschütterliche Polizei gesungen, danach hatte er zumindest noch gehofft, dass die Grundpfeiler des Systems intakt waren. Nun aber fragte er sich, ob es diese Grundpfeiler je gegeben hatte. Vielleicht waren es alles nur Worte gewesen, die man zelebrieren konnte, solange es um nichts ging. Nun aber, da all das, woran sie glaubten, infrage gestellt war, zerfiel alles binnen kürzester Zeit.

Myron bedeckte Buranos blasses Gesicht mit dem grünen Laken, und von selbst schloss sich die Kapsel und schob sich wieder in die Wand. Das Verhör mit Burano und Ayako Takaki war anders verlaufen als das mit Darrel Eldey. Er hatte ihnen geglaubt, an Eldeys Aussage jedoch Zweifel gehabt. Der war grundsätzlich ein Lügner, und es hatte Mühe gekostet, die Wahrheit unter all den Lügen und Täuschungen zu erkennen: dass er nichts von Nelmuras Verschwinden aus der Fakultät gewusst hatte.

Myron verließ die Halle und kehrte in die Zentrale zurück, wo die Vorbereitungen zu einem Sturm auf die Fakultät der Basiliden im Gange waren.

Es war alles zu schnell in dieses Chaos abgeglitten. Inzwischen ging er nicht mehr davon aus, dass seine Kollegen allesamt von den KIs kontrolliert wurden, sondern dass sich hier etwas Menschliches entfaltete. Die alten Regeln galten nicht mehr, und die Vorfreude, bald all die Waffen, die sie aus den Depots geholt hatten, zum Einsatz zu bringen, förderte das Schlechteste zutage. Sie würden die bisherigen Regeln brechen dürfen, ohne dass man sie dafür zur Rechenschaft zog. Manche machten Witze, und nur ein Händereiben hätte gefehlt, um ihre Gier nach Gewalt auf die Spitze zu treiben. Andere wirkten ernst, einige sogar wütend; nur weil sie Darrel Eldeys Geschichte geglaubt hatten und überhaupt alles glaubten, was die KIs und der Senat ihnen mitteilten.

Myron hielt Ausschau nach anderen wie ihm, doch hier konnte man es sich mehr nicht erlauben, Zweifel nach außen dringen zu lassen. Man musste mitspielen, und in seinem Fall half es, dass er als stiller Einzelgänger galt.

Immer wieder machte er sich klar, wo alles angefangen hatte: vor einer Woche, als Nelmura fort gewesen war und er Yaldira Wescovich getroffen hatte. Was er inzwischen über Gamil Dellbridge erfahren hatte, passte nicht zu dem Bild, das man sich hier im Raum von ihm machte. Hier war er ein Schwerverbrecher, und sein Gesicht zierte neben dem von Ayako Takaki die Schirme, die wie Banner an den Wänden wirkten.

Dort hinten an den Fenstern arbeitete man gegen die Yardeniden, die angeblich außerhalb der Fakultät operierten. Nelmuras und Clement Glazers Mienen zierten die Schirme in der Ecke zu den Verhörräumen, während in der Mitte, wo Commander Darmady die Kollegen auf den nächsten Großeinsatz vorbereitete, Basileios und dessen Dekanin Melwira Abbott auf schwebenden Schirmkonstrukten lächelten. Damals, als die Bilder gemacht worden waren – im Fall von Basileios vor Jahrhunderten –, hätte sich niemand vorstellen können, dass sie einmal in einem solchen Kontext erscheinen würden.

Das Schmunzeln auf den Bildern war wie eine Herausforderung – das Lächeln des Verräters, das einen verspottete. So musste es erscheinen. Besonders Gamil Dellbridges Miene haftete eine harmlose Zuversicht an, die ihn unter diesen Umständen sicherlich zum Ziel des größten Unmutes werden ließ. Doch Myron hatte mit ihm gesprochen, und seine Freunde hatte er verhört – auch die beliebteste Zielperson unter seinen Kollegen: Ayako Takaki. Sie sei Dellbridges Vollstreckerin, hieß es nun, doch ihr Verhör hatte Myron zu einem ganz anderen Ergebnis geführt: dass sie etwas für Dellbridge empfand.

Bei all den Vorbereitungen, die hier um Myron herum gegen die Basiliden getroffen wurden, schien es fast, als wären die Machenschaften der Yardeniden längst nicht mehr so wichtig. Was war geschehen? Wie konnte es sein, dass sich das Bestreben gegen eine Fakultät richtete, in der der Archont schlief, während sich bei den Yardeniden Nelmura verschanzt hatte? War Basileios etwa erwacht? Oder war man zu der Einsicht gelangt, dass bei den Yardeniden nichts zu gewinnen war?

Myron machte in dem offenen Bereich in der Mitte der Haupthalle halt, um seinem Chef bei der Einsatzbesprechung zu lauschen. Lange konnte er jedoch nicht dabei zuhören, wie sie planten, gegen die Basiliden vorzugehen. Er driftete mit den Gedanken immer wieder ab, weil er sich hier unter den Handlangern der KIs fremd fühlte. Die einzige Instanz, die noch mäßigend einwirken konnte, waren die Nicht-Symbionten im Senat, denn sie entzogen sich der Kontrolle der KIs. Ein musternder Blick zu seinen Kollegen, und Myron war klar, dass auch Nicht-Symbionten, sollten sie die Macht der KIs infrage stellen, nicht vor der Gewalt der Polizei sicher wären.

Da traf ihn der Blick seines Chefs. »Hermansen?«, sagte Commander Darmady. »Was suchen Sie noch hier? Sie haben schon die letzte Nacht durchgemacht. Machen Sie eine Pause! Wir brauchen Sie ausgeschlafen.«

Am liebsten hätte Myron gefragt, wozu sie ihn denn benötigten. Sein Einfluss war von Stunde zu Stunde geschrumpft. »Ich bin ja schon auf dem Weg nach Hause«, sagte er.

Commander Darmady nickte und gab ihm einen Wink, dass er sich entfernen sollte.

Myron wollte auch fort; er wollte sich all dem, was sich hier entfaltete, entziehen. So ging er und musterte im Vorbeigehen Darrel Eldey, der sich am Rande des Geschehens hielt und Commander Darmady, der nun weiterredete, aufmerksam zuzuhören schien.

Der Mann war ihm unheimlich. Vielleicht nur deswegen, weil er hier beliebt war und die Kollegen ihn anlächelten, als wollten sie sich über ihn mit den KIs gut stellen. Im letzten Moment schaute Eldey in seine Richtung. Myron nickte ihm zu und erntete ein mehrdeutiges Lächeln, das sowohl Überlegenheit als auch Anerkennung hätte ausdrücken können.

Kaum war Myron nach draußen getreten, fragte er sich, ob er sich zumindest hier auf den Straßen sicher fühlen konnte. Er war überrascht, wie viele Leute sich hier bewegten. Bei allem, was in der Stadt geschah, hätte er es für wahrscheinlich gehalten, dass sich die Mehrheit zurückzog und auf den Ausgang des Konflikts wartete. Doch die Jaskandrier fanden immer einen Weg, sich nicht von Problemen ablenken zu lassen.

Myron ging zur nächsten Ecke, betrat ein Café und suchte sich einen Platz am Ende des lang gezogenen Fensters. Er bestellte per Gedanken einen Kräutertee und ein Sandwich mit gebratenem Ei und Speck – alles sollte sie an die Vergangenheit erinnern, die die Menschheit zurückgelassen hatte. Aber wer wusste schon, wie ein Hühnerei und Speck wirklich geschmeckt hatten? Es spielte keine Rolle, solange man den Duft und Geschmack genoss und Erinnerungen damit verband.

Während er auf die Bots wartete, schaute Myron aus dem Fenster und fragte sich, was die Leute da draußen von ihm und seinen Kollegen erwarteten. Da er nicht im Dienst war, hatte er die Statusinformationen, die er preisgab, auf das Wesentliche reduziert und schaltete sogar ein Alias ein, sodass ihn jene, denen seine Signatur geläufig war, nicht entdecken würden.

Er fing allerlei Daten auf und merkte, dass der Schein, den all die Menschen boten, die da draußen unterwegs waren, in die Irre führte. Unter den Symbionten beobachtete er genau das, was er gerade selbst getan hatte: Sie reduzierten ihre Statusinformationen. Sie vertrauten darauf, sich frei bewegen zu können, gaben aber nur noch die nötigsten Informationen preis.

Ein Bot brachte Myrons Bestellung. Mit großem Genuss aß Myron eine Hälfte des schräg geteilten Sandwiches und bemerkte, dass es mit einer Schicht glatter Petersilie versehen war. Ob er bei der Bestellung seine detaillierten Vorlieben mitgesandt hatte oder ob sie aus früheren Bestellungen Daten behalten hatten, wusste er nicht zu sagen. Er war nur froh, dass sich dieser wundervolle Geschmack in seinem Mund ausbreitete. Der milde Kräutertee war perfekt auf den Geschmack abgestimmt.

Myron wollte gerade die zweite Hälfte des Sandwiches essen, da bemerkte er draußen ein Signal, das sich zwischen all den anderen hindurchdrängte. War es nun so weit? Hatten die KIs seine Zweifel bemerkt und riefen ihn jetzt zur Ordnung?

Suchend schaute Myron sich um und erblickte draußen Darrel Eldey, der die Straße überquerte. Niemand schien ihn zu beachten, und im Grunde war nichts ungewöhnlich daran, doch die Signale, die er ausstrahlte, gefielen Myron nicht. In ihnen mischten sich ein Kontrollverlust, wie er bei vielen vorkam, die gerade erst die Operation hinter sich hatten, und eine ungeheuere Kraft, wie sie nur wenige Symbionten je entwickelten. Eldey war jetzt auf der anderen Straßenseite angekommen und auf dem Bürgersteig beinahe bis zur nächsten Ecke gegangen, doch das Signal war so klar wie das eines erfahrenen Symbionten.

Myron betrachtete den Rest des Sandwiches und den halb leeren Teebecher, dann erhob er sich. Er wusste nicht, wie genau die Entscheidung zustande gekommen war, aber er hatte einen Pfad entdeckt, den er gehen würde. Dieser mochte ihn geradewegs in die Katastrophe führen, aber vielleicht war es gerade jene Gratwanderung, nach der er suchte. Und dieser Weg führte hinaus aus dem Café, über die Straße, um die Ecke. Er würde Darrel Eldey im Auge behalten und herausfinden, worin dessen Geheimnis bestand und ob er der Mörder von Zenn Burano und den anderen war.

44 Im Senat

Gamil saß neben Ayako in dem Wagen, den Melwira Abbott ihnen geschickt hatte, und war erstaunt über das Abschottungssystem des Fahrzeugs. Es waren im Inneren keine Systeme verbaut, die irgendetwas an das Hauptsystem der Stadt lieferten, und außen gab es nur Systeme, die ausgewählte Signale passieren ließen. Der Wagen gehörte angeblich der Senatorin Inell Brixner, die als Gegenspielerin von Senator Alpert galt.

Während der Wagen langsam in die Garage des Senatsgebäudes hinabfuhr, verstummten von den wenigen Signalen, die sie erreichten, alle bis auf eines – das Hauptobjekt für das Senatsgebäude. Gamil hatte kein Interesse, sich mit dem System des Senats einzulassen. Ayako und er verfügten über eine Bibliothek von Aliassen, die Nelmura ihnen zugespielt hatte und die sie hier als Senatsangestellte markierten.

Ayako blickte durch das Heckfenster zurück. »Ich will gar nicht wissen, wie man hier gegen den Willen des Systems wieder rauskommt«, sagte sie.

»Nelmura haben sie auch nicht bemerkt, als sie sich hier versteckt hat«, erwiderte Gamil.

»Aber wir sind nicht Nelmura.«

Gamil nickte. Er zweifelte ebenfalls an dem Treffen mit dem Senatsvorsitzenden Selmo Burnett, aber er wollte, dass sich die Dinge schnell bewegten – um Yaldiras willen.

Der Wagen bog mitten in der großzügig angelegten Tiefgarage nach links ab, dann nach rechts. Eine helle Wand blockierte die Sicht, und mit einem Mal hielt der Wagen an.

Nach einem Moment der Stille zischte die Wagentür, schob sich zur Seite und gab den Blick auf einen weißen Tunnel frei, an dem eine Lichtbahn die Decke entlangführte.

Gamil stieg aus. Ein ungewöhnliches Knacken zog Gamils Blick nach links. Das Tor, durch das sie in die Privatgarage gefahren waren, hatte sich geschlossen. Die Stille, nur unterbrochen von Ayako, die herüberrutschte und hinter ihm ausstieg, beunruhigte Gamil. Hätte hier nicht jemand auf sie warten müssen?

Gemeinsam mit Ayako folgte er vorsichtig dem Gang, der sich langsam nach rechts bog und sie schließlich zu einer tiefschwarzen Tür führte, die Gamil als eigene Entität erkannte. Sie schien zwar dem Senatssystem untergeordnet zu sein, verlangte aber nicht, dass er sich darüber anmeldete. Solche Hierarchiebrüche gab es ständig, wenn man mit Dingen vor Ort interagierte. Oft bekam man über sie erst Zugang zum System. Die Frage war, ob ein Akteur im System die Interaktionen nach oben weiterleitete.

Sie warteten einen Moment, dann schnappte Gamil einige Statusinformationen auf und erfuhr, dass es sich nicht um einen einfachen Aufzug handelte, sondern um einen Transporter, der nicht nur nach oben oder unten fuhr, sondern durch die verschiedenen Schächte im Haus komplexe Wege zurücklegen konnte. Gerade in Sicherheitsbereichen konnten Personen so unbehelligt bis zu dem sensiblen Bereich gebracht werden, in dem sie gebraucht wurden. Das bedeutete wahrscheinlich, dass sie keine weiten Wege über irgendwelche Gänge zurücklegen würden. Damit sank die Gefahr, entdeckt zu werden.

Gamil prüfte, ob er das System dazu bringen konnte, Daten zu unterdrücken, die sie durch den Gebrauch des Transporters verursachten. Aber das System war völlig unflexibel. Er konnte lediglich den Status der Tür abfragen und hätte ihr nicht einmal den Befehl schicken können, sich ihnen zu öffnen. Zur Interaktion musste man mit der Hand über die Kontaktfläche fahren – wie ein Nicht-Symbiont.

»Sollen wir?«, fragte Ayako.

Gamil zögerte. Sich diesem Transportersystem anzuvertrauen und nicht zu wissen, was es ans übergeordnete System meldete, gefiel ihm nicht. Vielleicht hatte er sich schon zu sehr daran gewöhnt, die Systeme draußen in der Stadt zu täuschen und sie zum Schweigen zu veranlassen. So war ihm nun nicht wohl dabei, seine Hand über die Kontaktflächen gleiten zu lassen. Er vermied es, die Interfaces an den Fingerkuppen darüberzuführen, denn er wollte nicht, dass das System sie auslas.

Der Transporter öffnete sich ihnen. Kaum waren sie in die hell erleuchtete und mehrere Meter tiefe Kabine eingetreten, schloss sich die Tür hinter ihnen, und sofort setzten sie sich in Bewegung.

»Das gefällt mir nicht«, sagte Ayako.

Gamil stimmte ihr mit einem Nicken zu. »Hoffen wir, dass uns da wirklich nur Senator Burnett erwartet.«

»Erinnerst du dich an vorhin, als der Wagen kam und ich froh war, dass uns dessen System gebeten hat, keine Waffen mitzuführen?«, fragte Ayako.

Er hatte nichts dagegen gehabt, weil ihm das Tragen einer Waffe nicht die geringste Sicherheit vermittelte. Zudem konnte er verstehen, dass das Mitführen von Waffen hier unter Umständen Fragen aufgeworfen hätte. Und da sie weder zum Sicherheitsdienst zählten, noch zur Polizei, hätte es sie vielleicht verraten. »Ja, ich erinnere mich«, sagte Gamil.

»Ich bereue es jetzt ein bisschen«, sagte sie. »Auch wenn ich die Pistole gehasst habe. Aber nach allem …« Sie beendete den Satz nicht.

»Ich weiß, was du meinst«, sagte er.

Die Kabine verlangsamte sich und strebte zur Seite. Offenbar waren sie in dem Stockwerk angekommen, in dem man sie haben wollte.

»Immerhin ist es nach oben gegangen und nicht nach unten«, sagte Ayako.

Gamil schaute auf die Anzeige über dem Bedienfeld. Darauf war lediglich abzulesen, dass sie sich innerhalb des Senatsgebäudes befanden; genauere Informationen gab es nicht. »Man will offenbar nicht, dass wir wissen, wohin es geht«, sagte er.

Als der Transporter anhielt, spielte Gamil im Kopf Angstszenarien durch: dass sich die Tür öffnete und wie in einem alten Film eine Reihe bewaffneter Wachleute ihr Feuer eröffneten; oder aber, dass Othao Merrell sie grinsend erwartete, um ihn und Ayako den KIs zu übergeben.

Die Tür öffnete sich nun tatsächlich, doch dahinter zeigte sich nur ein leerer Gang. Vorsichtig trat Gamil neben Ayako hinaus. Hier war niemand, und Gamil vermochte keine Signaturen zu erspähen. Was sich hinter den Türen befand, wusste er nicht. Die Gefahr, dass sich in einem der Räume jemand dazu entschloss, auf den Gang herauszutreten, herrschte hier ebenso wie überall, wo sie sich in unsicheren Bereichen bewegten. Und er hatte sich bislang trotz allem nicht daran gewöhnt, dass man sie von einem Augenblick zum nächsten entdecken mochte.

Anders als unten in der Garage waren die Systeme hier oben auf Symbionten ausgelegt, gaben aber nichts preis. Alles, was Gamil fand, war die Information, dass die Türen links und rechts im Gegensatz zu der Tür am Ende des Gangs verriegelt waren.

Ayako stutzte und schaute zwischen den Türen hin und her.

»Sie lotsen uns dorthin«, sagte Gamil und wies voraus. Er legte einen Schritt zu. Je schneller sie am Ziel wären, umso geringer wäre die Wahrscheinlichkeit, dass irgendwer auf sie aufmerksam wurde.

Die breite Tür war für Gedankenbefehle empfänglich, doch ehe Gamil etwas tun konnte, öffnete sie sich ihnen. Ein Seitenblick in Ayakos verwundertes Gesicht, und es war klar, dass sie sie nicht geöffnet hatte; ein Blick voraus durch einen weiten Wohnraum offenbarte den Gastgeber,

Senator Selmo Burnett, der mächtigste Nicht-Symbiont der Stadt. Sein braunes Haar war weitgehend ergraut – ein Zeichen des Alters, das man in der Stadt selten sah.

»Willkommen«, sagte Burnett mit einem wohlwollenden Lächeln und wies einladend auf eine Sitzgruppe. Von einer langen Couch und vier Sesseln erhoben sich dort weitere Personen. Gamil erkannte sofort Rodrick Helmers, einen Mann mit langem, schwarzem Haar, das ihm auf die Schultern fiel. Er war der Vertreter der Yardenidischen Fakultät im Senat. Bei den anderen acht handelte es sich um die übrigen Yardeniden des Senats – Senatoren, die normale Wahlkreise gewonnen hatten und mit den anderen Yardeniden eine Fraktion bildeten. Darunter war auch Elnora Skovlund, die ihn nach seinem Erwachen im Namen der Fakultät und des Senats empfangen hatte. Ihre grünen Augen, ihr Lächeln und ihr kurz geschorenes Haar waren die ersten Eindrücke gewesen, die er nach seinem Erwachen wahrgenommen hatte.

»Dellbridge!«, sagte Senator Helmers und schaute ihn mit seinen nachtschwarzen Augen an, als hätte er in ihm eine Legende vor sich. Dabei hatte er ihn früher kaum beachtet.

Helmers schüttelte ihm die Hand, auch die anderen Senatoren grüßten kurz. Als Elnora Skovlund an der Reihe war, fühlte Gamil sich unsicher. Er dankte ihr, dass sie ihn in den Eishallen empfangen hatte. »Es war mir eine Ehre«, sagte sie, und die Stimme war wie damals, als sie seinen Namen gesprochen hatte – so tröstend wie die Stimme seiner Mutter.

Selmo Burnett trat nun näher, und Gamil kam sich merkwürdig vor, weil die yardenidischen Senatoren den Gastgeber in den Hintergrund gedrängt hatten. Vielleicht sprach das für den Machtverlust, der den Vorsitzenden des Senats erwartete, falls Gamil – oder vielmehr Nelmura – sich nicht mit ihm verbündete.

Die yardenidischen Senatoren begrüßten Ayako, während

Burnett herankam und Gamil erst musterte und dann mit einem festen Händedruck begegnete. »Dellbridge. Ich muss gestehen, dass ich Ihnen zuvor nicht die Aufmerksamkeit geschenkt habe, die Sie verdient haben.«

»Sie sind Senator, ich bin nur ein einfacher Symbiont.«

Burnett winkte zurückhaltend ab und führte ihn zur Seite, während Ayako den Senatoren von der Lage in der Fakultät berichtete. Er schnappte noch von Senator Helmers auf, dass er und die anderen in den Isolationskammern, in denen Burnett ihnen Unterschlupf gewährt hatte, ihre Kontrollmodule entfernt hatten. Er wunderte sich noch, wie sie das ohne Anleitung vermocht hatten, da sagte Burnett: »Hat man Sie eingeweiht?«

»Dass Sie Handlungsbedarf sehen und unsere Hilfe suchen?«, fragte Gamil.

Burnett nickte. »Hat Melwira Ihnen gesagt, was hier passiert ist?«

»Sie hat von der Vertrauensfrage berichtet. Es war ein raffinierter Schachzug von Ihnen, die Basiliden öffentlich anzuprangern und ihre Senatoren des Senats zu verweisen.«

»Nur so konnte ich die Abstimmung gewinnen. Aber das geht nicht mehr lange gut. Alpert und Kesamore arbeiten gerade daran, die nötigen Stimmen zusammenzubekommen.«

»Aber sollten die Nicht-Symbionten im Rat nicht misstrauisch geworden sein?«, fragte Gamil.

»Mag sein. Aber manchmal frage ich mich, was besser funktioniert: die Kontrollmodule, mit denen die KIs die Symbionten gegen mich stimmen ließen, oder aber die Privilegien, mit denen sie meine nicht-symbiontischen Kollegen kaufen wollen.«

»Demnach sind Sie bereit, sich auf unsere Seite zu schlagen?«

Burnett nickte und schaute zu den yardenidischen Senatoren zurück. Einer von ihnen wandte Ayako den Rücken zu und ließ sie durch die Öffnung am Hinterkopf die Maschinerie prüfen – offenbar, um festzustellen, ob sie alles richtig gemacht hatten. Ihr Nicken schien es zu bestätigen, aber Gamil war immer noch nicht klar, wie sie es geschafft hatten, sich von den Modulen zu befreien. Seine Versuche und auch die der anderen, die Anweisungen in Umlauf zu bringen, waren gescheitert. Die KIs hatten sie abgefangen und unterdrückten sie, wo sie sie nur fanden. Und die yardenidischen Senatoren hatten sich nach eigener Aussage vom System isoliert, um in Sicherheit zu sein.

»Ich möchte, dass Sie Ihre Senatoren zu Clement und Nelmura bringen – als Zeichen des Vertrauens. Ich hätte sie ans Messer liefern können und damit eine Menge Bonuspunkte erzielen können. Aber ich hatte da so ein Gefühl, dass mehr an Nelmuras Geschichte dran ist, als die KIs zugeben wollen. Also stellte ich ihre Theorie auf die Probe und nahm sie beim Wort.«

»Die Untersuchung«, sagte Gamil nickend.

»Ja. Aber dazu wird es nicht kommen. Wir müssen vorher etwas unternehmen. Wenn Alpert sich erst einmal den Vorsitz geschnappt hat, wird nichts mehr möglich sein. Nicht im Rat. Das wäre das Ende unserer jaskandrischen Demokratie.«

»Aber Sie werden doch dagegen arbeiten?«, sagte Gamil.

Senator Burnett nickte. »Selbstverständlich. Aber gleichzeitig arbeite ich mit den Basiliden zusammen und hoffentlich auch mit Ihnen.«

»Wir sind dazu bereit.«

»Nelmuras Nachricht enthielt die Bitte nach Informationen über den Systemkern.« Der Senatsvorsitzende griff in die Tasche seines Jacketts und holte einen kleinen Client hervor. »Ich habe es nicht gewagt, das über das System zu schicken. Die warten nur darauf, dass ich einen Fehler mache. Also kriegen Sie es auf eine uralte Methode.«

Gamil nahm den stiftartigen Client entgegen, und kaum hielt er ihn in Händen, gab das Gerät seine Metadaten preis. »Lagepläne – Subsysteme – Akteurlisten«, sagte Gamil langsam. »Wie sind Sie da rangekommen?«

»Der Rat überwacht, wer im Systemkern ein und aus geht

und ebenso deren Aktivitäten. Wir haben die Daten einfach zusammengeführt – mit Tools, die Schlüsse aus den Daten ziehen.«

»So eine Art Repräsentation?«

»Nennen wir es Rekonstruktion. Das hier ist alles, womit wir je in Kontakt gekommen sind. Alles, was unsere Logdaten über all die Jahre erfasst haben.«

»Vielen Dank«, sagte Gamil, fragte sich aber, ob die KIs ihnen nicht mit Absicht falsche Informationen hinzugemischt haben könnten – Daten, die zu einer fehlerhaften Rekonstruktion oder sogar zu einem kompletten Fehlkonstrukt führten.

»Natürlich müsst ihr das mit den Daten abgleichen, die ihr selbst habt, und auch mit denen, die euch die Basiliden geben können.«

»Natürlich«, erwiderte Gamil. »Haben Sie einen Zeitplan? Ich meine: Wie lange, glauben Sie, werden Sie durchhalten, ehe Alpert im Senat gegen Sie vorgeht? Und sind Sie bereit, weiterzumachen, falls Sie sich halten können?«

»Es muss schnell gehen. Am liebsten sofort – noch ehe es zur Abstimmung kommt. Aber ich weiß nur zu gut, dass das unrealistisch ist. Falls es nicht geht und ich mich halten sollte, werde ich, solange es mir möglich ist, mit allen Mitteln versuchen, den KIs etwas entgegenzusetzen.«

»Wir werden schnell sein«, sagte er nur, ohne die Daten genau zu kennen. Er wusste, dass sie sich beeilen mussten, wenn Yaldira eine Chance haben sollte und sie zugleich hier in der Stadt nicht an Boden verlieren wollten. »In diesem Augenblick ist Nelmura da draußen und bereitet alles vor«, sagte er. Er wusste, dass sie in der Stadt Informationen sammeln wollte. Ob sie inzwischen wirklich oder aber überhaupt noch da draußen war, konnte er nicht sagen. Es mochte sein, dass sie so schnell und zielsicher wie immer vorgegangen und bereits wieder in die Fakultät zurückgekehrt war. »Sie wird nicht zögern, die Informationen, die Sie uns beschafft haben, zu nutzen.«

»Gut«, war alles, was Burnett darauf sagte, doch sein Aufatmen und seine sich entspannende Mimik machten seine Erleichterung deutlich. Gamil war überrascht, dass der Senator – ein Profi – seine Gefühle so nach außen dringen ließ. Offensichtlich ging es für ihn um alles. Er schaute ihm blinzelnd entgegen, und dann war sie wieder da – die Fassade des Politikers. »Keine Sorge«, sagte er. »Ihr und die Basiliden seid nicht auf euch allein gestellt. Getrennt kann keiner von uns diese Sache durchstehen, aber gemeinsam haben wir eine echte Chance.«

»Ihr Einfluss wird den Leuten die Augen öffnen«, sagte Gamil. »Aber die Frage ist, wann Sie es wagen dürfen, zu uns zu stehen.«

»Öffentlich spiele ich erst einmal meine Rolle weiter, inoffiziell unterstütze ich Sie. Ich habe eine Menge Kontakte, die ich Ihnen zur Verfügung stellen kann.«

»Gamil!«, sagte Ayako und winkte ihn näher. »Sie haben die Kontrollmodule tatsächlich allein entfernt. Das heißt, das Skript, das in der Fakultät so viele Schwierigkeiten gemacht hat, hat sie nicht erreicht.«

»Weil wir uns isoliert haben«, sagte Rodrick Helmers.

Gamil nickte. »Das wollte ich eben schon fragen«, sagte er und schaute unter den Senatoren umher. »Woher wussten Sie, wie Sie das Modul entfernen? Woher wussten Sie, welches es ist? Und welche Programme haben Sie benutzt?«

»Nelmura hat uns die Tools geschickt, die wir brauchten.«

»Aber ihr wart doch isoliert? Oder hat sie es vorher gemacht?«

Senator Helmers grinste. »Sie hatte sich hier im Gebäude versteckt.«

Burnett nickte.

»Und sie hat die Tools hier zurückgelassen«, fügte Helmers hinzu. »Sie wurden hier im Senatssystem verbreitet, und wir haben sie aufgeschnappt. Für eine Weile hatten alle Symbionten hier diese Tools. Aber die KIs haben schnell reagiert.«

»Sie sahen, dass ihnen alles entgleitet«, erklärte Burnett.

»Deswegen vielleicht diese immer aggressiveren Skripte«, sagte Gamil. »Jedenfalls ist es gut, dass Sie sich von den Modulen befreit haben. Es macht die Sache viel leichter.«

»Jetzt zu den Kontakten, die Sie nutzen können«, sagte Burnett und zog damit die Aufmerksamkeit aller auf sich.

»Du bist also wirklich bereit, das zu offenbaren«, sagte Helmers. »Unglaublich, wie viel sich in ein paar Stunden ändern kann«, fügte er hinzu.

Burnetts Blick wanderte von Helmers fort, direkt in Gamils Augen. »Seit der Abstimmung bin ich mir sicher, dass Nelmura mit allem recht hat. Ich war mir bei nichts in meinem Leben so sicher wie dabei.«

Gamil war verwundert. Er war sich nicht sicher, ob alles der Wahrheit entsprach, weil Nelmura selbst nicht alles zu wissen glaubte. Es gab Grauzonen, in denen sich allerlei Möglichkeiten entfalten mochten. Er musste lächeln, weil er an den Moment dachte, als er mit Nelmura und Yaldira die diversen Möglichkeiten erörtert hatte. Yaldira, die alles für möglich hielt, während Nelmura gerne mit den Füßen auf dem Boden der Wirklichkeit verweilte, und er, der sich irgendwo dazwischen positioniert hatte.

* * *

Myron konnte kaum glauben, dass er Darrel Eldey bis zum Senat gefolgt war. Vor dem Haupteingang sammelten sich im hellen Laternenschein die Reporter und die Nachrichtendrohnen und schienen auf die Neuigkeiten zu warten. Eldey vermied es, diesen Eingang zu wählen, und betrat über den westlichen Seiteneingang, an dem keine Reporter gestattet waren, das gewaltige Senatsgebäude.

Myron fürchtete, dass man ihn dort nicht einlassen würde. Da er sein Glück aber nicht am Haupteingang versuchen wollte, wo seine Ankunft garantiert aufgezeichnet und der ganzen Stadt zur Verfügung gestellt worden wäre, nahm er den Eingang durch das Bürohaus südwestlich des Senatsgebäudes. Auch hier fürchtete er, dass man ihn abweisen würde, doch die Privilegien, die man ihm am Anfang seiner Ermittlungen gegeben hatte, schienen noch zu gelten – oder aber die Polizei besaß auf ihrem Weg zum totalitären Staat inzwischen diese Privilegien ganz selbstverständlich. Er war bei den beiden Wachen einfach weitergegangen und hatte den Eindruck erwecken wollen, dass sein Eintreten hier nichts Ungewöhnliches war. Und bei dem zweiten Wachposten erwähnte er die Reporter am Haupteingang, denen er hier entgehen wollte, indem er dem Tunnel folgte, der unter der Straße hinüber ins Senatsgebäude führte. Die Wachleute drückten ihm ihr Verständnis aus. Eine rothaarige Wachfrau nickte sogar und sagte: »Es schwirren im Augenblick wirklich genug Gerüchte herum. Was würde man wohl sagen, wenn man wüsste, dass Sie den Senat besuchen?«

Unbehelligt gelangte er über den Verbindungstunnel in das Senatsgebäude und überlegte, wie er Darrel Eldey aufspüren konnte. Er beschloss, zu Senator Alperts Büros im zweiten Stock zu fahren; und dort auf dem Gang bemerkte er Eldeys Signal, doch es brach mit einem Mal wieder ab. Myron spähte um die Ecke und bemerkte, dass die Tür zu Senator Alperts Büro geschlossen war. Offenbar war Eldey dort eingetreten.

Myron hielt inne und wusste nicht, was er tun sollte. Er wusste nicht einmal, was außer seinem Misstrauen ihn dazu gebracht hatte, Darrel Eldey zu folgen. Er vermutete, dass er für den Tod Zenn Buranos und der anderen Yardeniden verantwortlich war und hatte angenommen, dass er auf dem Weg zu einer weiteren Untat war. Dabei hatte er sich einfach nur zu seinem Arbeitsplatz begeben.

Die Tür am Ende des Gangs öffnete sich wieder, und Myron wagte es nicht, noch einmal um die Ecke zu schauen, sondern lauschte. Er vernahm zwei Signale: Darrel Eldey und Senator Alpert. Aber auch ihre natürlichen Stimmen hallten den Gang entlang. Alpert schien so sehr an das Sprechen im Senatssaal gewöhnt zu sein, dass er offenbar nicht leise reden konnte. »Gut, dass du damit zu mir gekommen bist«, sagte er.

Myron vermutete, dass Eldey dem Senator über die Entwicklungen bei der Polizei Bericht erstattet hatte. Er merkte, dass sie näher kamen, deshalb zog er sich langsam, aber keineswegs hastig zur nächsten Ecke zurück und verbarg sich dahinter. Er hoffte, dass Alpert und Eldey nur den Weg zu den Transportern nahmen und nicht zu ihm herüberkamen.

»Wenn das wahr ist«, sagte Senator Alpert, »dann können wir alles mit einem Schlag erledigen.« Myron konnte ihm das Grinsen anhören.

»Mit einem Schlag«, wiederholte Darrel Eldey. »Und dann ist der Weg zum Vorsitz frei.«

»Ich kann es kaum glauben«, sagte der Senator.

»Wir sollten aber vorsichtig sein«, erwiderte Eldey. »Für Burnett geht es jetzt um alles. Es würde mich nicht wundern, wenn er sich mit Gewalt …« Mit einem Mal brach die Stimme ab. Myron spähte um die Ecke den Gang entlang und sah, dass sich die Transportertür geschlossen hatte.

Schnellen Schrittes ging er zur Tür und bemühte seine Ermittlungs-Tools. Er wollte die Kabine überwachen, in der Alpert und Eldey fuhren. Sie wich nach oben aus, und er hatte Mühe, ihre Daten zu fassen, und noch ehe er eines seiner Programme ausführen konnte, war die Kabine entschwunden.

»Scheiße!«, flüsterte er und bemühte sich noch einmal mit aller Kraft, die Daten der Kabine zu packen. Es kam etwas zurück, aber es war nicht die Reaktion auf seine Anfrage, sondern eine Nachricht, die durchs System strebte und die er jetzt aufgefangen hatte. Es waren Befehle für ein Einsatzkommando des Sicherheitsdienstes. Der Ort, an den sie sich sofort begeben sollten, war nicht mit einem Namen, sondern lediglich mit einer Nummer versehen: 73465219. Das sagte Myron überhaupt nichts, aber er gab es in der benachbarten Transporterkabine als Ziel an und war gespannt, wohin sie ihn bringen würde. Unterwegs bremste er die Fahrt, weil er vermutete, dass die Wachleute einen Augenblick benötigten, um ans Ziel zu kommen. Und keinesfalls wollte er vor ihnen da sein und sie im Rücken haben.

Er zwang den Transporter dazu, auszuharren und anderen den Vortritt zu lassen. Aber wie lange sollte er warten? Wann war der richtige Zeitpunkt, um Alpert, Eldey und den Wachleuten zu folgen? Er fragte sich, was Eldey seinem Chef in die Hände gegeben hatte, dass er sich nun bereit fühlte, gegen Burnett vorzugehen. Es klang beinahe so, als hätte er genug Beweise, um den Senatsvorsitzenden zu verhaften. Dafür hätte er die Polizei ins Spiel bringen können, hatte es aber nicht getan. Myron ahnte bereits, worauf das hinauslief, und fragte sich, ob es überhaupt noch möglich war, Recht und Gesetz aufrechtzuerhalten, oder ob alles bereits der Willkür gewichen war.

45 Jenseits der Grünen Hallen

Kaum hatte sich die Tür – und damit der lebensfeindliche Bereich um den Systemkern – hinter ihr geschlossen, nahm Nelmura den Helm ab, und der Warnton in ihrem Kopf verging. Ihr war der Sauerstoff ausgegangen, und sie hatte es gerade noch bis hierher in die Grünen Hallen unter einem der Versorgungstürme im Zentrum geschafft. Sie hob den Helm über die Schulter nach hinten und heftete ihn neben die leere Sauerstoffflasche.

Vorsichtig wagte sie sich zwischen Pflanzenregalen voran und lauschte auf Signale. Sie rechnete mit Maschinen, weniger jedoch mit Menschen. Wer würde schon in einem grünen Labyrinth wie diesem umherstreifen, wenn es oben nicht nur die Parks gab, sondcrn auch dic Grüncn Towcr, dic viel mehr Platz zur Entfaltung ließen? Diese weiten Räume im Untergrund, mit ihrer übertriebenen Wärme und dem Gerausche der Ventilatoren, waren eigentlich nur für Bots gedacht. Die schmalen Gänge waren breit genug für einen Menschen, aber nicht, um den fleischigen Blättern der Pflanzen zu entgehen, an denen sie nun entlangstreifte.

Nelmura fühlte sich wieder einmal wie die Späherin des Widerstandes. Während Basileios und Kimiko in einer fantastischen Repräsentation eine Schlacht gegen die Programme der KIs führten, schlich sie unbemerkt abseits der Fakultäten vom Systemkern fort. Es waren zwei Welten. In dieser ruhten die Körper der beiden Archonten in den Eishallen ihrer jeweiligen Fakultäten, doch in der Repräsentation des Systems, die Basileios erstellt hatte, und vielleicht auch in den künstlichen Welten, in denen sich ihre Helfer allmählich dem Widerstand öffneten, tobte ein Kampf. Und Nelmura arbeitete nun daran, dass dieser Kampf in die Wachwelt herüberschwappte und nicht nur eine Repräsentation irgendwelcher Systemprozesse war. Es ging ihr darum, Symbionten in den Systemkern zu schicken, und sie hatte nun beinahe alle Informationen gesammelt, die sie dafür benötigte.

Sie hatte einen Einstieg gefunden. Dort hinten jenseits der Tür war sie durch die lebensfeindlichen Bereiche gegangen und hatte eine Luke entdeckt. Die Sicherheitsmaßnahmen dort waren nachlässig. Und in manchen dieser Bereiche sah es aus, als hätte dort früher einmal ein Kampf stattgefunden: eingestürzte Gänge, abgerissene Kabel und Rohre, zerstörte Bots, deren Funktion sie nicht aufdecken konnte, deren insektenartige Gestalt aber etwas Martialisches anhaftete.

Irgendetwas war geschehen – eine Katastrophe, an die hier draußen und oben in der Stadt nichts mehr erinnerte. Nelmura war in einem Bereich gewesen, den die KIs offenbar abgeschrieben hatten, weil er keine Funktion mehr erfüllte. Er schien lediglich ein Puffer zwischen dem Kern und dem Rest der Stadt zu sein.

Am Ende jedes Gangstücks dieser Grünen Halle schaute Nelmura nach links und nach rechts, und gelegentlich erblickte sie einen Bot, der die Decke entlangfuhr, völlig vertieft in die Überwachung der Pflanzen und blind für sie. Die Sicherheitsmaßnahmen in der Schleuse, zu der sie nun zurückkehren wollte, hatten ihr alles abverlangt. Es war wie eine körperliche Auseinandersetzung gewesen, bei der sie dem System ihren Willen aufgezwungen hatte. Und sie hatte sich dabei eine Blöße gegeben. Falls die KIs die Auseinandersetzung bemerkt hatten, mochte dort hinten am Ende der Halle nun die Polizei auf sie warten, um sie endlich festzunehmen oder gar zu töten. Doch warum hätten sie dort warten sollen? Hätten sie nicht fürchten müssen, dass sie im Systemkern etwas anrichtete und ihr dementsprechend entgegenstürmen müssen?

Nelmura hatte sich Zugang verschafft, hatte einige Programme platziert, die nun – hoffentlich unbemerkt – ihrem Werk nachgingen. Sie war sich nun sicher, dass sie mit Gamil und anderen diesen Weg gehen konnte, um in den Kern einzudringen und die KIs dort in die Knie zwingen.

Unbehelligt erreichte Nelmura das Ende der Halle und rief, ehe sie die Schleuse betrat, den Status ihrer Programme ab. Es war alles ruhig; es war alles in Ordnung. So durchquerte sie den schmalen Gang, der sich an die Schleuse anschloss und fand in einer Garage den weißen Wagen, den sie wegen der großzügigen Kabine und dem tiefen Kofferraum ausgewählt hatte. Sie stieg schnell ein und ließ sich an die Oberfläche fahren. Die Daten gaukelten dem System vor, es wäre ein Senatswagen, der in Notfällen für Personaltransporte zur Verfügung stand und in der Zwischenzeit ziellos durch die Stadt fuhr.

Sie musste an Gamil denken, der in einer Senatslimousine zum Treffen mit Selmo Burnett gefahren war. Noch gab es keine Informationen zu dem Treffen, aber sie war sich sicher, dass Gamil ihr die Daten bringen würde, die sie sich erhoffte. Burnett verfügte über die letzten Mosaikstücke, die ihr noch fehlten.

Ein Blick aus dem Fenster bescherte ihr das, was sie in den Daten bereits zuvor bemerkt hatte: Die Leute bewegten sich durch die Stadt, als wäre nichts geschehen. Wer das Straßenbild als Indikator nahm, würde nicht glauben können, dass Basileios und Kimiko in diesem Augenblick dem System zusetzten, während sie selbst hier heimlich alles für den großen Schlag vorbereitete.

Es gab noch einige Stellen, die sie aufsuchen wollte, um einige Programme auszusetzen, die für Ablenkung sorgen sollten. Sie hätte die Aufgabe delegieren können, doch sie wollte niemanden in Gefahr bringen. Eine Polizeikontrolle, ein zu aufmerksames Programm, und sie wäre mit einem Schlag wieder die Verfolgte – die große Verräterin der Stadt.

Hier auf den Straßen von Jaskandris hatte sie ein gutes

Versteck gefunden. Sie war darauf gekommen, als sie mit Gamil Ressourcen hatte verstecken wollen, die sie in einem Wagen platziert hatte und diesen als Teil des gewöhnlichen Straßenverkehrs herumfahren ließ. Einiges hatte sie über das Logistiksystem zu den Yardeniden bringen lassen, aber vieles schwirrte noch umher, und die KIs schienen diese Möglichkeit nicht in Betracht gezogen zu haben. Wenn sie nach einem Versteck suchten, hielten sie nach einem passenden Ort Ausschau und dachten nicht daran, dass der Ort ein Fahrzeug sein mochte. Über das Logistiksystem konnte sie sich Dinge bringen lassen, und wenn sie eine Dusche oder auch nur eine Toilette benötigte, fuhr sie in eine der Garagen und ließ sich mit einem Transporter direkt in ein entsprechenden Modul fahren – so wie all die anderen, die sich in der Mittagspause frisch machen wollten.

Ein Signal drang von draußen an sie heran. Es kam von dem Server im Bricknell-Haus, der ihr immer noch Nachrichten zuspielte und Verbindungen herstellte. Sie rechnete mit einem Anruf von Gamil, war dann aber überrascht, dass sich eines ihrer Überwachungsprogramme meldete. Eine gelangweilt wirkende Stimme flüsterte ihr zu: *Myron Hermansen und Darrel Eldey haben gerade das Senatsgebäude betreten.*

Nelmura stutzte, dann sandte sie eine Nachricht an Gamil. Sie schickte sie auch in die Fakultät zurück, damit Clement einen Versuch wagen konnte, Gamil zu warnen. Denn Darrel war ein Mörder und hatte seit seiner Operation das Senatsgebäude nicht mehr betreten. Und nun kehrte er ausgerechnet dann in den Senat zurück, wenn Gamil und Ayako im Hause waren? Schwer vorstellbar.

Nelmura wollte nun mit dem Wagen zum Senat fahren, doch sie hatte sich inzwischen so weit vom Stadtzentrum und dem angrenzenden Senatsviertel entfernt, dass es mindestens zwanzig Minuten dauern würde, bis sie dort einträfe. Natürlich hätte sie befehlen können, schneller zu fahren, aber das hätte sie verdächtig gemacht. So ertrug sie, dass sich der Wagen in aller Ruhe durch die Stadt bewegte, und vertraute darauf, dass Senator Burnett für Gamils Sicherheit sorgen würde. Sie hatte Yaldira verloren und hatte, obwohl alles für deren Rückkehr vorbereitet war, kaum noch Hoffnung, sie je wieder zu sehen. Wenn sie nun auch noch Gamil verlöre, wäre sie am Ende. Allein konnte sie es nicht schaffen. Sie brauchte ihn und die anderen. So warf sie die Vorsicht über Bord und wies den Wagen an, schneller zu fahren. Mit gefälschten Privilegien täuschte sie das Hauptsystem der Stadt. Aus einem Fach holte sie eine silbrige Pistole hervor und fürchtete sich sogleich davor, sie einsetzen zu müssen. Sie hatte gehofft, dass es nicht nötig sein würde. Aber ein Gedanke an Darrel und an das, was er Zenn und den anderen angetan hatte, machte ihr klar, dass sie bereit war, alles zu tun, um Gamil zu retten.

46 Die Konfrontation

Gamil nickte zufrieden. Senator Burnett hatte ihm allerlei Kontakte genannt und diese auch charakterisiert. Zudem hatte er Gamil davon überzeugt, dass er in der Lage war, die öffentliche Meinung zu lenken – auch gegen die KIs, wenn es so weit war.

Ayako wies die yardenidischen Senatoren in die Benutzung der wichtigsten Tools ein. Nelmura hatte ihnen zwar das Nötige gegeben, um sich die Kontrollmodule zu entfernen, aber all die Tarnprogramme und ihre Handhabung war ihnen fremd.

Gamil und Burnett hatten ihr Gespräch unterbrochen, um den anderen zuzuschauen. Gamil wollte gerade etwas sagen, da zischte die Tür. Er fuhr herum und erblickte Cornelius Alpert. Gamil schaute nach rechts und sah das Entsetzen bei Ayako und den yardenidischen Senatoren, und ein Blick nach links offenbarte Burnetts starre Miene.

Senator Alpert trat näher, hinter ihm folgte Darrel mit bewaffneten Wachleuten. In Gamil flammte der Hass auf. Dieses Gefühl hatte sich noch nie so ungezügelt in ihm verbreiten können. Aus einem Freund war nicht nur ein Feind geworden, sondern jemand, den er von Grund auf verachtete.

»Es stimmt also«, sagte Alpert grinsend. »Unser lieber Selmo macht mit den Verrätern gemeinsame Sache.«

Gamil suchte nach einem Ausweg, aber die Pistolen und Gewehre der sechs Wachleute machten klar, dass ein Fluchtversuch wahrscheinlich tödlich enden würde. Das waren keine üblichen Waffen, sondern solche, wie er sie aus den

Invasions-Filmen kannte, in denen Jaskandris von außen angegriffen wurde und die Bürger sich gegen die Eindringlinge auflehnten.

»Du Schwein!«, rief Ayako Darrel entgegen, und hätte Gamil sie nicht am Arm gepackt, wäre sie wohl auf Darrel losgestürmt. So aber verharrte sie und warf Gamil einen Blick zu, als hätte er sie verraten. »*Es tut mir leid*«, sagte sie ihm mit ihrer symbiontischen Stimme. »*Aber ich würde ihn am liebsten in Stücke reißen.*«

»*Ich auch*«, erwiderte Gamil.

»Sehr schön, Selmo«, sagte Alpert und wies erst auf Gamil und Ayako, dann auf die yardenidischen Senatoren. »Die wären uns ohne deine Hilfe alle nicht ins Netz gegangen.«

Senator Burnett biss sich auf die Lippen. Seine geballten Fäuste zogen Gamils Blick an. »Ich vermute, du bist nicht hier, um mir dafür zu danken«, sagte der Senatsvorsitzende schließlich.

»Aber natürlich bin ich deswegen hier«, erwiderte Alpert.

Gamil atmete voller Enttäuschung aus. Er ahnte, was nun folgen würde.

»Es ist vorbei«, sagte Burnett mit einem Seitenblick auf Gamil und Ayako, doch das Blinzeln des Senators passte nicht zu seinen Worten. Wäre er ein Symbiont gewesen, hätten sie sich austauschen können, aber so konnte Gamil nur erraten, was im Inneren des Senators vorging. Er strich über den Client, der auf seinem Handgelenk haftete, und es wirkte wie eine Verlegenheitsgeste. Als sein Blick dann aber auf dem Weg zu Alpert ein wenig zu lange auf ihm haftete, glaubte Gamil verstanden zu haben: Er sollte das tun, was er mit seinem Client in dieser Lage unmöglich tun konnte: kommunizieren.

Gamil lauschte auf das System und merkte, dass es einen Zugang gab, der ihm offen stand. Ihn erreichte über eine seiner Zwischenstationen im Logistiksystem eine Nachricht von Nelmura, die sie vor neun Minuten ausgesandt hatte. Das Sicherheitssystem dieses Raums hatte sie bislang offenbar blockiert. Sie warnte davor, dass Darrel und Inspector Hermansen das Senatsgebäude betreten hatten. Ohne Burnetts Abschirmung hätte die Warnung sie rechtzeitig erreicht.

»*Hast du den Zugang bemerkt?*«, fragte er Ayako mit seiner symbiontischen Stimme.

»*Ist gerade erschienen*«, sagte sie. »*Verschlüsselt, aber für mich lesbar.*«

»*Für mich auch. Ich glaube, er will, dass wir die Daten an Nelmura schicken.*« Gamil nahm heimlich Kontakt zu dem Client auf, den Burnett ihm gegeben hatte und den er eigentlich Nelmura überreichen sollte, damit sie sich der darauf gespeicherten Daten bedienen konnte. Er trug ihn in seiner Jackentasche und erhielt ohne Weiteres Zugang. Stück für Stück extrahierte er die Daten und schleuste sie über den Kanal, den Burnett geöffnet hatte, nach draußen. Es war eine Gratwanderung, denn bewegte er zu viele Daten, mochten Darrel oder die Wachen auf seine Signale aufmerksam werden; war der Datenstrom aber zu schwach, würde er in der Zeit, die ihnen wahrscheinlich blieb, nur einen Bruchteil der Informationen übertragen können. Der geringste Fehler mochte das Ende bedeuten. Gamil konnte nur hoffen, dass das Gespräch der Senatoren die Aufmerksamkeit von ihm fernhielt.

»Dir ist klar, was ich haben möchte«, sagte Alpert.

»Den Vorsitz, ja«, erwiderte Burnett.

Gamil starrte vor sich hin und bemühte sich darum, sich nicht anmerken zu lassen, dass er ständig Daten über das Subsystem sandte, das Burnett hier etabliert und offenbar mit der Berührung seines Clients freigeschaltet hatte.

»*Traust du ihm und dem Senatssystem?*«, fragte Ayako mit ihrer Gedankenstimme.

»*Nein*«, antwortete Gamil. »*Aber Nelmura muss so viele dieser Daten wie möglich bekommen. Gerade jetzt, da wir sie ihr wohl nicht mehr selbst bringen können.*«

»Ich würde dir sogar deinen Senatssitz lassen, wenn du

mir den Vorsitz überlässt«, sagte Alpert zu Burnett. »Immerhin ist dein Einfluss nicht zu unterschätzen.«

Mit einem bitteren Lächeln erwiderte Burnett: »Du meinst, weil die Leute, die auf mich hören, nicht über ein Kontrollmodul beherrscht werden können.«

»Werde ich beherrscht? Oder all die anderen Nicht-Symbionten, die auf meiner Seite stehen?«

»Du wirst beherrscht – von deiner Gier nach Privilegien.«

»Die Frage ist, wie das alles enden soll.« Alpert wies zu Gamil und Ayako, dann zu den yardenidischen Senatoren, die es nicht wagten, ein Wort zu sprechen. Hatten sie früher die Stimme gegen Alpert erhoben, als er lediglich einer von ihnen gewesen war, schienen sie sich nun vor dem zukünftigen Senatsvorsitzenden zu fürchten. »Ohne die wird Nelmura scheitern. Und wenn die Fakultät der Basiliden erst einmal gestürmt ist, wird alles zusammenbrechen. Möchtest du dann auf der falschen Seite stehen?«

Gamil erhielt über Burnetts Konstrukt eine verschlüsselte Nachricht. »*Gamil?*«, hörte er Nelmura in seinem Kopf flüstern. »*Hast du meine Nachricht bekommen?*«

»*Leider zu spät*«, antwortete er und merkte, dass ihm die Daten entglitten, die er Nelmura schicken wollte, diese zwar weiterhin ihren Weg über Burnetts Konstrukt nahmen, dabei aber viel besser getarnt waren als eben noch unter seiner Kontrolle.

»*Keine Sorge*«, sagte Nelmura. »*Ich hole mir das, was ich brauche. Sie werden nichts merken. Sag du mir einfach, was da los ist!*«

In einem Strom von Gedanken beschrieb Gamil Nelmura nun die Lage – mit allen Gefühlen, die ihn beim Anblick Darrels überkamen. Dann leitete er das, was er hörte, direkt an Nelmura weiter. Sie würde das vernehmen, was an sein Ohr drang – ein wenig verfremdet, weil die Umwandlung Konzentration und Kraft kostete und er sich nichts anmerken lassen durfte.

»Ich mag es nicht, Kompromisse einzugehen, wenn ich

weiß, dass ein böses Ende auf mich wartet«, sagte Burnett. »Es gibt Leute, mit denen kann man nicht verhandeln. Also, nehmt mich fest. Steckt mich ins Gefängnis.«

»*Was ist mit den Wachen?*«, fragte Nelmura. »*Sie verhalten sich merkwürdig.*«

»*Ich vermute, Darrel beeinflusst sie*«, antwortete Gamil. »*Kannst du mir irgendwelche Signale zuspielen?*«

Gamil unterbrach die Übertragung dessen, was er hörte, und leitete stattdessen die schwachen Signale weiter, die zwischen Darrel und den Wachen hin- und hergingen.

»Dir ist klar, was das bedeuten kann?«, fragte Alpert und drohte Burnett mit dem Zeigefinger. »Du weißt, was mit Yaldira Wescovich passiert ist.«

Gamil hasste Alpert. Er hatte Darrel zu dem gemacht, was er nun war. Hätte Darrel sie nicht gewarnt, wären sie alle im Bricknell-Haus in die Falle gelaufen und Nelmura und er wären nun mit Yaldira dort draußen in der Eiswüste. Für ihn wäre es vielleicht das bessere Ende gewesen.

»Ich möchte nicht so tun, als wäre ich ein Held«, sagte Burnett. »Das bin ich nicht. Ich habe keinen Zweifel, dass deinesgleichen vor nichts zurückschrecken würde. Aber weißt du: Es ist für mich leichter, mit den KIs zu verhandeln als mit einem machtgierigen Halunken. Also: Nehmt mich fest!«

Alperts Lippen bebten. Er blickte Darrel von der Seite an. »Er glaubt, wir spielen irgendwelche Spielchen, und die KIs würden ihn vor der Strafe bewahren.« Er wies auf Senator Helmers und sagte: »Erschieß Rodrick!«

Helmers hob die Hände, die anderen um ihn herum ebenfalls. Während Darrel seine Pistole auf sie richtete, wichen die Senatoren vor ihrem Kollegen zurück. Gamil war wie erstarrt. Das würde Darrel nicht tun. Nicht einfach so.

Ein Knall ließ Gamil zusammenfahren. Ayako schrie neben ihm auf; einer der Senatoren neben Rodrick Helmers hielt sich den Arm; ein neuerlicher Schuss, gefolgt von drei weiteren, und Senator Helmers taumelte in einer roten

Wolke und fiel schließlich hin, als hätte man ihn einfach zu Boden geworfen.

Die anderen yardenidischen Senatoren waren bis an die Wand zurückgewichen, nur Elnora Skovlund lief los und wollte in einem Bogen an Darrel und Alpert vorbei zum Ausgang laufen. Doch einer der Wachleute hob sein Gewehr und versetzte der Senatorin einen Schlag, und mit einem völlig ungezügelten Tritt sandte er sie zu Boden, presste ihr den Stiefel auf die Brust und hielt ihr den Lauf seines Gewehrs vors Gesicht.

Gamil war entsetzt. Die Frau, die ihn nach dem Erwachen aus dem Tiefenschlaf begrüßt hatte, lag dort auf dem Boden, und er konnte es ebenso wenig begreifen, wie er damals in jenen ersten Augenblicken nach dem Aufwachen hatte begreifen können, dass der Tiefenschlaf hinter ihm lag. Und der Mann, der die Yardeniden so lange im Senat vertreten hatte, war nun tot.

»Verdammt!«, schrie Burnett. »Hört sofort auf damit!«

»Du spielst also mit?«, fragte Alpert. »Ich meine: Wenn dir das Leben von denen hier am Herzen liegt, dann kannst du dir vorstellen, was wir mit deiner Frau und deinen Kindern anstellen können.«

Burnett winkte ab. »Ich gebe nach«, sagte er. »Was immer ihr wollt, aber hört auf damit!«

Kalter Schweiß juckte Gamil an der Stirn. Sein Atem ging schwer, und die Fassungslosigkeit wich allmählich der Wut.

»Was ist, Gamil?«, fragte Darrel.

»Du wirst dafür bezahlen«, sagte er, schaute durch den Raum und bemühte sich, Nelmura Bilder von dem Blutbad zu schicken, das Darrel angerichtet hatte. Rodrick Helmers lag regungslos da, die anderen verharrten an der Wand. Einer von ihnen hielt sich den blutigen Arm.

»*Rodrick ist tot*«, flüsterten die Senatoren mit ihren Gedankenstimmen untereinander und auch zu ihm und Ayako herüber. Senator Helmers Brust war nur noch ein Gebilde aus blutigen Fetzen, und sein Gesicht war von seinem langen, schwarzen Haar verdeckt. Es war, als hätte man es aus dieser Welt herausgeschnitten.

»*Ich bin unterwegs*«, sagte Nelmura.

»*Es ist zu spät*«, erwiderte Gamil.

»Du sprichst mit Nelmura, richtig?«, fragte Darrel.

Die Verbindung brach ab. Nelmura musste sie gekappt haben. Gamil wollte glauben, dass sie rechtzeitig hier sein würde, um sie aus dieser Lage zu befreien, aber er zweifelte daran. »Es ist alles schon passiert«, antwortete Gamil schließlich, aber er bezweifelte, dass sich Nelmura in der knappen Zeit all die Daten hatte holen können, die auf dem Client gespeichert waren, den er in der Jackentasche trug.

»Du hast sie gewarnt?«, fragte Darrel.

»Natürlich«, antwortete Gamil.

Darrel lachte.

»Was ist mit dir?«, fragte Gamil. »Das bist doch nicht du.«

»Du hast keine Ahnung.«

Alpert nickte. »Wenn du mit Nelmura in Verbindung stehst, dann sag ihr, dass wir euch alle töten werden, wenn sie sich nicht stellt.«

Gamil bemühte sich um ein Grinsen. »Erstens werdet ihr sie damit nicht locken können«, sagte er, wusste aber nur zu gut, dass Nelmura nicht auch noch ihn verlieren wollte. »Und zweitens wird jeder weitere Gewaltakt dazu führen, dass wir nicht kooperieren.« Letzteres war weniger an Darrel und Alpert gesprochen, sondern eher an die KIs. Er war sich sicher, dass sie ihnen über Darrels Kontrollmodul lauschten.

»Kooperation?«, sagte Alpert. »Sie werden uns also Zugang zur Fakultät gewähren?«

»Darüber werden wir wohl auf die eine oder andere Art verhandeln. Aber nicht hier.« Er schaute zur Seite.

»Du willst nur Zeit gewinnen«, entgegnete Darrel.

»Natürlich«, sagte er, und es schmerzte zu wissen, dass er seine Pläne nicht mehr umsetzen würde und Yaldira nun auf sich allein gestellt und vielleicht schon jetzt draußen im Eis erfroren war. »Ich möchte nicht in diesem Raum sterben. Und die Frage ist doch, ob ihr bereit seid, das Wissen, das ihr haben wollt, aus meinem Schädel zu holen. Wenn hier noch irgendwem ein Haar gekrümmt wird, dann wird es nicht dazu kommen.«

»Mit einem neuen Kontrollmodul wirst du uns alles geben, was wir wollen«, sagte Alpert.

Gamil lachte und war verwundert, wie authentisch es klang. »Wir verfügen über Befehle, die die Maschinerie mit allen Daten sofort lahmlegen.«

»Das würde euch umbringen«, sagte Darrel.

»Natürlich. Und was immer ihr euch von mir erhofft«, sagte er. »Wenn ich den Befehl gebe, sterbe ich, und ihr bekommt gar nichts.«

Alperts Mundwinkel zuckten.

Wie aus dem Nichts hallte Nelmuras Stimme in Gamils Kopf. Sie hatte über Burnetts Zugang zu ihm Kontakt aufgenommen. »*Pass auf Darrel auf*«, sagte sie. »*Was ich über dich von ihm aufschnappe, sind spontane Befehle. Was wir vermutet haben, ist jetzt bewiesen. Darrel kann Symbionten mit Kontrollmodul direkt per Gedankenbefehl steuern. Das Korrekturprogramm, das Darrels Fehler ausgleichen soll, ist weit komplexer und leistungsfähiger, als ich dachte. Du musst aufpassen!*«

»*Hör zu!*«, entgegnete Gamil. »*Ich werde auf Zeit spielen, aber du darfst nicht herkommen. Hast du Burnetts Daten erhalten?*«

»*Nicht komplett. Aber ich habe alles, was wir benötigen.*«

»*Dann mach ohne uns weiter! Wir sind jetzt erst einmal aus dem Spiel. Und ich werde ihnen Informationen geben müssen. Kalkuliere das ein! Stelle ihnen eine Falle!*«

»*Keine Sorge, Gamil*«, war alles, was Nelmura ihm zuflüsterte, ehe sie die Verbindung wieder abbrach.

»Nun gut, Dellbridge«, sagte Alpert. »Sie haben mein

Wort, dass Ihnen und den anderen nichts geschieht, sofern Sie kooperieren.«

Er wusste, dass das nicht sein Ernst war. Sie würden Ayako eine Waffe an den Kopf halten, und dann würde er ihnen alles geben, was sie wollten. Aber auch für Alpert schien dies nicht länger der richtige Ort für Verhandlungen zu sein. Burnett, der seinen Blick nicht von Rodrick Helmers' Leiche abwenden konnte, würde ihm geben, was er wollte, und die anderen würden auch umfallen, immer die Getöteten vor Augen.

»Führt sie ab!«, befahl Alpert.

Die Wachleute rührten sich nicht.

Es herrschte beinahe Ruhe im Raum. Nur das Wimmern von Senatorin Skovlund, die noch immer am Boden lag und über deren Kopf nach wie vor der Lauf des Gewehrs ruhte, durchschnitt die Stille und quälte Gamil. Er musste dem Drang widerstehen, zur Senatorin hinüberzulaufen, um sie irgendwie aus der Lage zu befreien. Es wäre sicherlich nicht nur der Tod der Senatorin gewesen, sondern auch der seine.

Alpert schaute sich um. »Führt sie ab, habe ich gesagt!«

Darrel löste sich von Alperts Seite und trat zwischen ihn und Burnett. »Das wäre der vernünftige Plan«, sagte er. »Der alte Plan: Senator Burnett tritt in die zweite Reihe zurück und gibt bekannt, dass er gemeinsam mit Senator Alpert Gamil Dellbridge und die yardenidischen Senatoren festgenommen hat. Und alle jubeln. Dann kommt es zu einer Einigung: Senator Alpert übernimmt den Vorsitz des Senats und nutzt seinen Einfluss auf die Nicht-Symbionten, um unserer Sache zu dienen.«

»Was soll das?«, fragte Alpert.

Gamil tauschte einen verwunderten Blick mit Ayako. Einerseits passten der Tonfall und der Sarkasmus zu Darrel, wie sie ihn kannten, aber die dahinterstehende Motivation schien mit dem Kontrollmodul zusammenzuhängen.

»Ganz einfach«, sagte Darrel. »Der Plan gefällt uns nicht.« Mit den Worten richtete er die Waffe auf Burnett.

Gamil wollte sich schützend vor den Senator stellen, doch er kam zu spät: Ein Loch platzte in Burnetts Brust auf, als wäre etwas daraus hervorgebrochen, so schnell hatte das Geschoss Schaden angerichtet.

Der Senatsvorsitzende stöhnte auf und krümmte sich mit schmerzverzerrter Miene. Da feuerte Darrel erneut. Den Senator schien alle Kraft verlassen zu haben. Er drohte nach vorn zu kippen, doch die weiteren Schüsse, die folgten, tippten Burnett an – schließlich stießen sie ihn nach hinten, und er blieb leblos auf dem Rücken liegen. Für einen Augenblick waren Medi-Daten aufgeflackert, die Burnetts Zustand als lebensbedrohlich bezeichneten, doch mit dem Tod waren die Daten sofort vergangen, und die Maschinerie sandte nur wilde Signale aus.

Gamil starrte in die leere Miene des Toten. Die Schreie um ihn herum drangen wie ein gedämpftes Signal an ihn heran. Hatte er sich abgeschottet, oder hatte das Knallen der Pistole seine Ohren betäubt?

»Gamil!«, sagte eine Stimme. »*Gamil!*«, wiederholte eine Stimme in seinem Kopf. »Gamil!«, hörte er Ayako sagen.

Da wagte er es, sich umzuschauen. Er war wie gelähmt an einem Ort, an dem das Chaos herrschte. Einige der Senatoren versuchten zu entkommen, doch die Wachen schossen sie mit ihren Gewehren nieder. Einer von ihnen taumelte am Rand entlang und hatte es beinahe bis zur Tür geschafft, da erfasste ihn das Feuer eines Maschinengewehrs. Er stürzte an der Wand entlang zu Boden und zog einen breiten Streifen Blut hinter sich her. Auch die anderen, die an der Wand ausharrten, wurden einfach erschossen. Den Tätern fehlte jede Gefühlsregung, aber sie stockten immer wieder in ihren Bewegungen. Die Einzige, die von den yardenidischen Senatoren noch lebte, war Elnora Skovlund. Sie hatte sich nicht gerührt und flehte um Gnade.

Gamil hielt es nicht länger aus. »Schluss damit!«, rief er und strebte dem Wächter entgegen, der Elnora Skovlund, nachdem er das Feuer auf die anderen gerichtet hatte, nun wieder bedrohte und seinen Stiefel erneut auf ihre Brust drückte – und ihr zwei Mal in den Hals schoss.

Gamil blieb zuckend stehen. Die Senatorin spuckte Blut, schaute röchelnd zur Seite und tat einen letzten Atemzug. Die Frau, die ihn nach seinem Erwachen aus dem Tiefenschlaf begrüßt hatte, war tot. Mit ihren grünen Augen schaute sie ihm wie damals entgegen.

Langsam löste der Wachsoldat seinen Fuß von der Brust der Senatorin und schaute zu Darrel, als wäre nichts gewesen. Dann richtete er die Waffe auf Gamil, und er wusste nicht, was ihn mehr erschütterte: nun selbst in der Schusslinie zu stehen, oder aber die wirren Signale aufzufangen, die mit dem Tod von Elnora Skovlunds Maschinerie ausgingen.

»Na gut«, sagte Alpert. »Dann endet es hier für das Pack.«

»Tu das nicht, Darrel«, sagte Gamil. »Wir waren mal Freunde.«

Darrel lachte. »Glaubst du, ich hätte nicht gemerkt, dass ihr euch symbiontische Botschaften schickt, um über mich zu lästern?«

Zenn hatte das tatsächlich oft getan. »Ich habe mich nie über dich lustig gemacht«, sagte Gamil.

»Du vielleicht nicht, aber wie sieht's mit ihr aus?«, sagte er und richtete seine Pistole auf Ayako.

Sie grinste ihm entgegen. »Gamil hat recht. Er hat nie über dich hergezogen. Aber Zenn und ich haben es immer getan.«

»*Lauf, Gamil!*«, sagte sie ihm mit ihrer symbiontischen Stimme.

»Wir haben uns über dich lustig gemacht«, schrie sie Darrel entgegen, um dann ganz leise, aber gehässig weiterzusprechen: »Über einen jämmerlichen Nicht-Symbionten.«

Darrel blieb ruhig. Das passte überhaupt nicht zu ihm.

»*Lauf, Gamil!*«, wiederholte Ayako.

»*Nein.*«

»*Das ist das Ende*«, flüsterte sie in Gedanken. »Dann ist das also das Ende«, sagte sie laut.

»Ihr hattet doch nie viel Hoffnung«, erwiderte Darrel.

Gamil schaute sich um, als müsste hier irgendwo Hilfe lauern, derer er sich bedienen konnte. Aber seine Blicke wanderten nur von Leiche zu Leiche.

Er sah nur noch eine Überlebenschance. Körperlich konnte er sich nicht zur Wehr setzen. Eine bedrohliche Bewegung, und sie würden Ayako und ihn erschießen. Er hatte nicht den Eindruck, als wäre Darrel an irgendetwas interessiert, das sie ihm zu bieten hatten. Aber falls er die Wachen glauben machen konnte, dass die Befehle, die er aussandte, von Darrel stammten, mochte er dadurch Gegenwehr leisten. Er lauschte auf die Signale, die sie tauschten, und bemühte sich, irgendetwas daran zu erspüren. Er horchte auf die Objekte der Wachen und bemühte sich, ihnen unbemerkt etwas zu entlocken und festzustellen, wie Darrels Daten zu dem Kontrollmodul gelangten.

»Bring es zu Ende!«, sagte Alpert. »Wir sagen, dass Dellbridge den Vorsitzenden erschossen hat. Ein Attentat. Und du bist dann der Held.«

»Ein Held?«, sagte Darrel. »Gefällt mir.«

Gamil schaute zu Ayako und wollte sich langsam auf sie zubewegen, so langsam, dass es niemandem als Bedrohung erscheinen konnte.

Ein Knall ließ Gamil zusammenzucken. Ein Schmerzensschrei ertönte. Ayako stand gekrümmt da, doch sie war still und starrte verblüfft zu Darrel und Alpert hinüber.

Darrel stand, Alpert jedoch lag am Boden und hielt sich das Bein. »Bist du wahnsinnig?«, schrie er.

»Ganz und gar nicht«, erwiderte Darrel. »Deine Intrigen haben geholfen. Und ich werde mich ihrer ein letztes Mal bedienen. Die yardenidischen Senatoren haben Gamil und Ayako hier Zugang verschafft, und sie haben Burnett und dich, als ihr gerade zu einer Übereinkunft gelangt wart, eiskalt erschossen. Könnte doch glatt von dir stammen, oder?«

»Das geht nicht«, entgegnete Alpert kopfschüttelnd und

stöhnte dann vor Schmerz auf. »Wer soll all die Leute, die mir folgen, unter Kontrolle halten?«

»Der Hass auf Gamil und die Yardeniden wird ausreichen. Du stirbst in der Gewissheit, dem System einen guten Dienst erwiesen zu haben.«

Die Wachen rührten sich und traten näher.

Alpert schaute sich hilfesuchend um.

Gamil bemühte sich immer noch, einen Zugang zu den Kontrollmodulen der Wachsoldaten zu erhalten. Gerade jetzt, da Darrel einen Befehl nach dem anderen aussandte, schnappte er viele Daten auf, bekam aber nichts zu fassen, das ihm irgendeinen Zugang gewährt hätte.

»Überdenk das noch einmal«, sagte Alpert mit flehender Stimme. »Ich habe dir das alles verschafft. Dank mir bist du heute so mächtig.«

Darrel legte die freie Hand auf seine Brust. »Und der alte Darrel Eldey ist dir dafür dankbar. Ich aber bin nur dem System verpflichtet.«

Gamil stutzte. Was Darrel sagte, verwarf alle Bemühungen, Zugang zu einem der Wachsoldaten zu erlangen.

»*Der alte Darrel?*«, fragte Ayako ihn mit ihrer symbiontischen Stimme.

»Lass mich mit den KIs reden«, sagte Alpert und hob die Hand schützend über sich, während die Wachen sich um ihn herum in Stellung brachten.

»Das tust du bereits«, sagte er. »Oder glaubst du, der Darrel, den du kanntest, wäre zu all dem fähig gewesen?«

Entsetzen stand in Alperts Gesicht, dann schlossen die Wachen den Kreis um ihn, und eine Reihe von Schüssen erstickten seine zittrigen Schreie. Als sich die Wachen von dem Senator lösten, war Gamil wieder bei Ayako.

»*Es war schön mit dir, Gamil*«, sagte Ayako.

»*Ich liebe dich auch*«, erwiderte er.

Sie griff nach seiner Hand und er fasste sie ganz fest.

Darrel wandte sich ihnen zu. »Der Narr hielt sich für mehr, als er war. Er hatte keine Ahnung.«

»Wer bist du?«, fragte Gamil.

»Ich bin Darrel. Wir kennen uns. Ich kann dir alles aufzählen, was wir erlebt haben.«

»Aber du bist nicht Darrel. Du bist einer von ihnen. Du bist die Repräsentation einer KI?«

»So wie ihr euch in künstlichen Welten Repräsentationen schafft, so können wir es jetzt hier draußen.«

Ayako schüttelte den Kopf. »Aber du weißt alles, was er wusste.«

»Nun, er ist da. Alles ist da. Aber er weiß nicht, dass ich hier bin. Ab und zu lasse ich ihn handeln. Da kann er dann seine Machtgelüste ausleben und vergisst all das, was ich gedacht und getan habe. Und ich muss ihm dann nur unter die Arme greifen, wenn er seine symbiontischen Fähigkeiten einsetzt – denn er ist wahrhaftig unbegabt.«

»Warum er? Warum nicht einer, der besser geeignet war?«, fragte Gamil.

»Hätten wir einen wie euch genommen, hätten wir mit Widerständen rechnen müssen. Wir mussten jemanden nehmen, der völlig unbegabt ist und dessen Körper wir uns bedienen konnten; zu dessen Wesen wir Zugang hatten.«

»Dann ist Darrel tot?«, fragte Ayako.

»Aber nein. Er schläft. Stell dir einen Symbionten vor, dessen Kontrollmodul bis oben hin mit Skripten belegt ist. Natürlich ist es mehr als das. Die Module, die in Darrels Maschinerie verbaut sind, machen ihn nicht zum Symbionten, sondern zum Wirt einer KI.«

So sehr er sein Gegenüber hasste, so verblüfft machte ihn die Offenbarung. Was sie und Nelmura für Korrekturprogramme gehalten hatten, die Darrels mangelnden Fähigkeiten hatten ausgleichen sollen, war in Wirklichkeit eine KI gewesen. »Du bist also eine der acht KIs«, sagte er schließlich.

»Ja.«

»Und du bist dumm genug, mir das zu sagen?«, sagte Gamil.

»Das ist Darrels Schuld. Ich kann sein Wesen nicht ganz abschütteln. Und er ist redselig – ein Angeber. Ich frage mich sogar, ob er das mit Absicht macht, weil er erwacht ist und euch irgendwie helfen möchte. Aber keine Sorge, er wird mich nicht von innen bekämpfen. Wir beseitigen euch, und dann schauen wir, ob unsere Spürprogramme das Ziel der Nachrichten finden können, die du abgeschickt hast.«

Die Wachen bewegten sich und stellten sich links und rechts vor Darrel auf. »Die Sache mit dem Selbstmordprogramm, von dem du gesprochen hast«, sagte er. »Sie macht mich neugierig. Es wäre ein guter Zeitpunkt, es einzusetzen. Ich mache euch einen Vorschlag: Derjenige von euch, der das Programm benutzt, stirbt in der Gewissheit, dass der andere diesen Raum lebend verlässt. So viel Spielraum haben wir.«

Noch ehe Gamil etwas erwidern konnte, sagte eine Stimme hinter Darrel: »Lass mich dir mal einen Vorschlag machen!«

Myron Hermansen stand schräg hinter Darrel und richtete eine Waffe auf dessen Kopf. Es war keine Projektilwaffe, sondern eine mit Betäubungskugeln.

Die Wächter bewegten sich. »Du pfeifst deine lebenden Bots zurück, sonst gehst du zu Boden!«

Sie richteten ihre Waffen auf Hermansen. »Ich werde abdrücken.«

»Und mich betäuben?«

»Und dich dann mit deiner eigenen Waffe erschießen.«

Die Wachen verharrten.

»Und wenn du auch nur daran denkst, mir einen Befehl zu schicken, drücke ich ab«, sagte der Inspector.

»Gut. Die Runde geht an dich, Hermansen. Hast Glück gehabt.«

»Ach ja? Leg die Waffe auf den Boden und schieb sie mit dem Fuß zu Dellbridge rüber.«

Darrel befolgte den Befehl, aber Gamil spürte, dass er Signale aussandte.

Ein Zischen! Und Darrel sank zusammen. Eine Kugel haftete ihm im Nacken – ein Munitionsbot, der ihm ein Betäubungsgift injiziert hatte.

»Verflucht!«, sagte Hermansen und schaute sich unter den Wachen um. Diese aber blickten sich mit verwirrten Mienen um, und Gamil konnte nicht entscheiden, ob es das reine Entsetzen wegen all der Toten war, das sie verharren ließ, oder aber die erwachende Erkenntnis, dass sie selbst Täter bei diesem Blutbad gewesen waren.

Gemächlich, um die Wachen nicht zu verschrecken, ging Gamil mit Ayako zu Myron Hermansen hinüber.

Gemeinsam wandten sie sich ab.

»Waren wir das?«, hörte Gamil eine der männlichen Wachen fragen. »Keine Ahnung«, antwortete eine weibliche. Ein anderer sagte: »Das waren wir nicht!« Es klang erst selbstsicher, dann aber sagte der gleiche Mann: »Versteht ihr? Das waren die anderen.«

»*Welche anderen*?«, fragte die Frau, und Gamil konnte es nur noch hören, weil sich die Gedanken der Wachen in den Signalen, die von ihnen ausgingen, spiegelten. Sie hatten jegliche Kontrolle verloren. Die Konfigurationen ihrer Maschinerie schien völlig aus den Fugen geraten zu sein.

»*Jetzt aber schnell!*«, sagte Gamil mit seiner Gedankenstimme, die er für Ayako und nun auch für Hermansen öffnete.

Sie hasteten zum Transporter, und die Tür reagierte viel zu langsam für Gamils Geschmack. Sie öffnete sich erst mit einer Verzögerung. Jeden Augenblick mochten die Wachen ihnen nachkommen. Kaum waren sie in der Kabine, erschienen die Sicherheitsleute am Ende des Gangs und richteten schweigend die Waffen auf sie. Dass er, Ayako und der Inspector sich ergeben würden, war offenbar keine Option, die sie zulassen wollten.

»Runter!«, rief Hermansen, doch schon schloss sich die Tür und die unmittelbare Bedrohung verging einfach.

Gamil atmete auf, Ayako starrte kopfschüttelnd vor sich hin.

»Das war knapp«, sagte der Inspector. »Tut mir leid, dass ich so spät dazugekommen bin.«

»Machen Sie Witze, Hermansen?«, erwiderte Gamil. »Sie tun gerade so, als hätten wir mit Ihnen rechnen müssen.«

»Wie konnten Sie nur der Kontrolle entgehen, Inspector?«, fragte Ayako und wich dem Blick des Polizisten aus.

»Muss an meinem Dickschädel liegen«, antwortete er. »Und nennt mich nicht Hermansen oder Inspector! Für euch: Myron.«

»Danke, Myron!«, erwiderte Ayako leise.

»Ja«, sagte Gamil. »Danke!«

»Das kostet euch was«, entgegnete Myron und lächelte – wie konnte er nach dem, was gerade geschehen war, lächeln? Wie viel hatte er davon überhaupt mitbekommen? »Ich erwarte als Gegenleistung, dass ihr mich bei euch aufnehmt und mir das Modul entfernt, ehe die dahinterkommen, wie sie mich doch noch kontrollieren können.«

Gamil wollte ihm sagen, dass er willkommen sei, aber Myron hob die Hand. »Ihr fragt euch jetzt, ob ihr mir vertrauen könnt. Das verstehe ich. Aber glaubt mir, mit dem, was da oben passiert ist, habe ich nichts zu tun.« Die unruhige Miene passte nicht zu dem erfahrenen Polizisten, als den Gamil ihn kannte.

»Ist gut, Myron«, sagte er. »Wir zweifeln nicht an dir.«

»Ihr habt noch nie eine Leiche gesehen, oder?«

Gamil schüttelte den Kopf. Im wahren Leben hatte er noch keinen Toten gesehen.

»Ich schon«, sagte Ayako. »Ich war schon einmal dabei, als Darrel gemordet hat.«

»Etwa Zenn Burano?«, fragte Myron mit besorgter Miene.

Ayako machte eine überraschte Miene. »Ich dachte an Delbert Cressman. Ich habe gesehen, wie er ihn erschossen hat. Aber Zenn?«

»Weißt du etwas von ihm?«, fragte Gamil.

»Ich habe seine Leiche gesehen«, antwortete Myron und wich Ayakos Blick aus. »Seine und Cressmans.«

»Und die von Lester Agonoy?«

Myron nickte und zählte auch die Namen der anderen auf.

»Dann haben wir jetzt Gewissheit«, sagte Ayako und kämpfte nicht mehr gegen die Tränen an.

Der Transporter bremste mit einem Mal ab.

»Was ist los?«, fragte Gamil.

»Wir müssen uns entscheiden, wo wir hinwollen«, sagte Myron. »Wir sitzen in einer Warteschleife.«

»Noch haben die Wachen nicht Alarm geschlagen«, sagte Ayako.

»Vielleicht doch«, entgegnete Myron. »Manche Systeme sorgen dafür, dass die Eindringlinge nichts vom Alarm merken. Oder es gibt einen internen Alarm, der erst einmal nur für die Sicherheitskräfte gilt.«

»Was machen wir also?«, fragte Gamil. »Fahren wir in die Garage hinunter und hoffen, dass wir mit dem Wagen rauskommen, mit dem wir gekommen sind?«

»Geht nicht«, sagte Ayako. »Man kann die Garage nicht anwählen. Wir haben keine Autorisierung.«

»Können wir nicht so hier rauskommen, wie ihr euch sonst in der Stadt bewegt?«, fragte Myron.

»Ohne Vorbereitung würde ich es nicht wagen, hier etwas zu machen«, sagte Gamil. »Es ist zu schwer, und wir haben keine Zeit, uns ins System einzufühlen.«

Myron nickte. »Keine Zeit und zu hohe Hürden. Wir müssen irgendwie rausfinden, ob die Wachen Alarm geschlagen haben.«

»Haben sie nicht«, sagte Ayako. »Ich habe mich heimlich ans System geknüpft. Der Bereich, aus dem wir kommen, ist ein Hochsicherheitsbereich. Da war alles dicht. Auch der Zugang, den Burnett uns gegeben hat, ist jetzt wieder dicht. Aber für hier draußen kann ich zumindest sagen, dass kein Alarm geschlagen wurde.«

»Dann sehe ich eine Chance«, sagte Myron. »Ist schwierig, aber die beste, die wir haben.« Er schaute zwischen

Gamil und Ayako hin und her. »Aber ihr müsst mir vertrauen.« Er holte einen kleinen Schildgenerator hervor, mit dem Polizisten unter anderem Leute fesselten.

»O nein«, sagte Gamil.

Ayako stand wie versteinert da.

»Schlagt mir was Besseres vor«, sagte Myron. »Die Wachen stehen wahrscheinlich da oben und überlegen, wie sie aus der Sache rauskommen. Ein paar Minuten, dann bricht hier die Hölle los. Der schnellste Weg nach draußen führt durch den Haupteingang.«

»Du bist durch den Haupteingang gekommen?«, fragte Gamil.

»Aber nein. Da waren viel zu viele Reporter.«

Gamil tauschte einen ungläubigen Blick mit Ayako. »Da kommen wir nie im Leben durch.«

»Noch verfüge ich über die nötigen Privilegien. Ich werde diese Autorität nutzen, um euch festzunehmen. Wenn wir draußen sind, machen wir uns davon.«

Der Transporter blieb stehen, die Tür öffnete sich aber noch nicht. »Ist ja gut«, sagte Gamil und überlegte, ob sie dem Inspector das Kontrollmodul entfernen sollten, kam aber zu der Einsicht, dass dazu keine Zeit blieb. Jeden Augenblick würde sich die Tür auftun und den Blick in die Eingangshalle preisgeben. Es blieb nur die Hoffnung, dass Myron sich weiterhin der Kontrolle der KIs entziehen konnte.

Gamil hielt Myron die Hände hin, und schon legte sich ein grünes Schildkonstrukt um seine Gelenke, und als die leuchtenden Handschellen auch Ayako fesselten, zog Myron die Pistole und sagte: »Vertraut mir. Ich werde euch nicht verraten. Ich kann nicht mehr zurück aufs Revier.«

Gamil war nicht wohl dabei, sich einem Polizisten so sehr auszuliefern. Die Versuchung war für Myron sicherlich groß, sie tatsächlich festzunehmen und als Held dazustehen. Und selbst wenn der Inspector für die Befehle der KIs nicht empfänglich war, mochte ihn das Kontrollmodul über eine kleine Beeinflussung seiner Gefühle zu einer Entscheidung drängen, die sie ans Messer lieferte. Gamil fürchtete nicht nur, dass Myron schwach wurde, ihm widerstrebte es auch, sich Reportern und Nachrichtendrohnen aussetzen zu müssen.

Während sich die Tür zum weiten Foyer des Senats öffnete, fragte Ayako: *»Traust du ihm?«* Im Vorraum waren mehrere Dutzend Leute, die nicht sofort auf sie aufmerksam wurden.

»*Ich vertraue ihm zumindest so weit, um ihm zu glauben, dass er uns nicht töten will*«, antwortete er.

»*Das ist ja schon mal was*«, sagte Ayako.

Die meisten, die sich in der Eingangshalle aufhielten, schienen Besucher oder Reporter zu sein. Zumindest schwebten Kameradrohnen in ihrer Nähe herum.

»*Verflucht!*«, sagte Myron in Gedanken. *»Die waren vorhin noch vor der Tür.«*

Gamil trat mit Ayako vor Myron aus dem Transporter, und sie bewegten sich langsam vorwärts.

»Ich glaub's nicht«, rief eine Frau mit hellblondem Haar, die schräg vor ihnen stand und sie mit ihren großen, braunen Augen anstarrte. Es war Tova Wyland, die berühmte Reporterin vom Jaskandris News Stream. »Mr. Dellbridge!«, rief sie. Und schon griff die Neuigkeit im Foyer um sich, und auch andere nannten seinen Namen.

»Machen Sie Platz!«, sagte Myron und fluchte.

Die Reporter drängten sich an sie heran und bestürmten sie mit Fragen, doch Gamil konnte ihnen nicht folgen. Hatte er eine aufgeschnappt, wurde sie von drei weiteren verdrängt, und in seiner Verwirrung wusste er nicht, worauf er antworten sollte.

»Hat Inspector Hermansen Sie hier im Haus gefasst?«, fragte Tova Wyland mit einem spöttischen Lächeln, das Gamil ihr nicht übel nahm. Nachdem er sie so oft bei JNS gesehen hatte, vermutete er, dass das ihr normales Lächeln war.

»Ich habe mit Senator Burnett darüber verhandelt, unter welchen Bedingungen wir die Lage für uns alle klären könnten«, antwortete Gamil. »Und dann ist etwas Schreckliches geschehen.«

Ayako und Myron meldeten sich gleichzeitig mit ihren Gedankenstimmen bei ihm zu Wort. »*Bist du wahnsinnig?*«, fragte Ayako, und Myron sagte: »*Gute Idee! Mach weiter. Ich nehme Kontakt mit dem Sicherheitspersonal auf und weise sie auf das Massaker hin.*«

»Was ist denn geschehen?«, fragte Tova Wyland.

Sie hatten schon den halben Weg durch die Eingangshalle zurückgelegt, ohne dass jemand sie aufgehalten hätte. Die Menschentraube, die sich um sie herum gebildet hatte, war wie ein Schutzwall. So berichtete Gamil von den yardenidischen Senatoren, die ihm – so behauptete er – Zugang zum Senat verschafft hätten, und dass Senator Alpert dazugekommen sei und sie auch mit ihm verhandelt hätten. Gamil habe kurz davorgestanden, sich zu ergeben, da sei Darrel erschienen und habe mit seinen Leuten ein Blutbad angerichtet.

»Seien Sie still!«, sagte Myron in gespielter Empörung. »Überlassen Sie das uns!«

Zwei Wachleute drängten sich durch die Menge. Myron trieb Ayako und ihn nun zwar langsamer voran, aber er blieb nie ganz stehen. Myrons Mimik und die Datenströme wiesen darauf hin, dass Myron mit den Sicherheitsleuten kommunizierte. Die Reporter stöhnten, weil sie den Austausch nicht mithören konnten.

»Ist es wahr?«, fragten die Reporter immer wieder. »Gab es ein Massaker?«

»Das wird sich zeigen«, sagte einer der Sicherheitsleute. »Ich kann Sie nicht rauslassen.«

»Sie müssen«, sagte Myron und blieb erstmals stehen. Er starrte den Mann an, und es wurde beinahe still um sie herum.

»Alles klar, Sir«, sagte der Wachmann. »Bringen Sie sie raus. Wir kümmern uns um den Rest.«

Die Wachen gingen, die Reporter wurden wieder lauter. Die einen blieben bei ihnen, die anderen verfolgten die Sicherheitsleute.

»Was ist passiert?«, fragte Tova Wyland.

»Werden Sie noch früh genug erfahren«, entgegnete Myron. »Ich muss meine Gefangenen aufs Revier bringen. Dann stehe ich Ihnen gerne für Fragen zur Verfügung.«

»Haben Sie sich gestellt?«, fragte jemand und ließ den Blick zwischen Gamil und Ayako hin- und herfahren.

»Ja«, antwortete Gamil.

»Kommen Sie schon, Dellbridge!«, sagte Tova Wyland. »Was ist passiert?«

»Darrel Eldey hat Sicherheitsleuten über ihre Kontrollmodule Befehle geschickt und die Senatoren meiner Fakultät, Senator Alpert und Senator Burnett, hingerichtet. Wir konnten es leider nicht verhindern.«

Einige der Reporter blieben geschockt stehen, anderen verschlug es zumindest die Stimme, wenngleich sie mit ihnen Schritt hielten. Gamil erwartete, dass sie ihn wieder mit Fragen bestürmen würden, aber seine Worte hatten die Reporter offenbar so sehr erschüttert, dass bis zum Ausgang keine Fragen mehr kamen. Die große Doppeltür öffnete sich ihnen, und sie traten ins Freie hinaus, wo die Sirenen bereits heulten.

»*Verflucht!*«, sagte Myron mit seiner Gedankenstimme.

Während sie zügig die Stufen vor dem Senat hinabstrebten, bildete sich die Traube aus Reportern aufs Neue um sie herum. Neue Fragen wurden laut, während sie ihren Weg über den Vorplatz suchten.

Links und rechts kamen Einsatzfahrzeuge näher und hielten mit Abstand an der Straße, um Bewaffnete herauszulassen. Die meisten Reporter und Nachrichtendrohnen schirmten Gamil, Ayako und Myron nach allen Seiten ab. Einige wandten sich nun den Polizisten zu und dirigierten ihre Drohnen entsprechend.

»Sie reden also von einer Intrige«, sagte Tova Wyland und blieb an Gamil dran.

»Ich sage, dass KIs den Befehl gegeben haben, elf Senatoren unserer Stadt zu ermorden und sich dabei nichts ahnender Symbionten bedient haben«, erwiderte Gamil, verschwieg aber, dass eine der KIs sich offenbar in Darrels Maschinerie eingenistet hatte.

»*Ich habe einen Wagen gerufen*«, sagte Myron mit seiner symbiontischen Stimme. »*Ich hoffe, meine Privilegien halten bis dann.*«

»Machen Sie Platz!«, rief eine Stimme über einen Lautsprecher. »Entfernen Sie sich von den Verdächtigen.«

»*Ich nehme mit meinen Leuten Kontakt auf*«, sagte Myron und schaute von der einen Seite zur anderen, offenbar in einen heftigen Gedankenaustausch versunken.

»So kommt ihr nicht davon!«, rief mit einem Mal einer der Reporter – ein Symbiont. Und andere – alles Symbionten – stimmten in diesen Spruch ein.

»*Sie glauben mir nicht*«, sagte Myron. »*Sie wissen, was los ist. Die KIs haben ihre Befehle gegeben.*«

Unter den Reportern entstand ein Gerangel. Die einen wollten Hand an Gamil legen, die anderen drängten sie zurück. Schüsse fielen, und sofort liefen die meisten Reporter davon. Mit einem Mal war klar, wie viele in ihrer Umgebung von den KIs beherrscht wurden: fünf Männer, zwei Frauen. Sie wichen nicht zurück, sondern stürmten auf sie los.

Ein Wagen scherte aus dem spärlichen Verkehr vor ihnen aus und kam auf dem Vorplatz zum Stehen.

Zwei Männer fassten Gamil, und eine Frau versetzte ihm einen Tritt in den Magen. Ayako schrie auf, aber Gamil konnte nicht sehen, was geschah. Myron fluchte und rief immer wieder: »Verschwindet!«

Da fielen erneut Schüsse. Waren es zuvor offenbar noch Warnschüsse gewesen, meinten die Schützen es nun ernst. Ein Pochen um sie herum verunsicherte mit einem Mal ihre Angreifer. Ganz perfekt schien die Kontrolle der KIs nicht zu funktionieren. Die Symbionten liefen zwar nicht davon, um ihr Leben zu retten, aber sie führten offensichtlich auch nicht länger die Befehle aus, sondern standen völlig orientierungslos da. Gamil löste sich von ihnen. Die beiden Männer stürzten zu Boden und staunten noch immer. Der Frau, die ihn attackiert hatte, versetze Gamil sogar einen Stoß, sodass auch sie hinfiel. Ein wenig davon war Vergeltung für den Schmerz, den sie mit ihren Tritten angerichtet hatte, aber dort unten würde sie den Schützen auch weit weniger Angriffsfläche bieten als aufrecht stehend und sich umschauend.

Die Tür des Wagens, der angehalten hatte, öffnete sich, und Gamil erblickte Nelmura. Sie saß im Wagen und winkte sie zu sich.

Ayako löste sich gerade von ihren Peinigern, Myron war schon am Wagen und sprang an Nelmura vorbei ins Innere. Ayako folgte darauf, und Gamil war sich sicher, es zu schaffen, da traf ihn etwas von der Seite und brachte ihn aus dem Tritt. Er stieß gegen den Wagen, dann packte ihn etwas, ein Zischen ertönte, und die Außenwelt war abgeschottet. Er war im Wagen, lag zwischen Nelmura und Ayako und sah Myrons erstaunte Miene.

Der Wagen fuhr los und ging rasch in die Kurve. Gamil wollte sich nicht vorstellen, welches Chaos da draußen, jenseits der trüben Scheiben, nun herrschte.

Ayako half ihm auf die Sitzfläche. Sie, er und Myron saßen Nelmura gegenüber.

»Das hier ist Myron Hermansen«, sagte Gamil schließlich und tastete nach der schmerzenden Schulter, die er sich gestoßen hatte.

»Ich beobachte dich schon eine ganze Weile und habe mich gefragt, wie lange du es auf ihrer Seite aushältst«, sagte Nelmura und musterte Myron.

Gamil entdeckte einen Munitionsbot, der in dem Ärmel seiner Jacke steckte.

Myron zog die Kugel heraus, prüfte sie zwischen Daumen und Zeigefinger und sagte: »Das Ding ist inaktiv. Ist nicht durch deine Jacke gedrungen.« Dann schaute er wieder

Nelmura an. »Rückblickend hätte ich vielleicht schon die Seiten wechseln sollen, als Gamil mich konfrontiert hat«, sagte er. »Ich hielt ihn da für nicht besonders klug, weil ich ihn laufen ließ, er aber zögerte. Ich glaube inzwischen aber, dass ich mich da nicht besonders klug verhalten habe.«

Wieder gingen sie in eine Kurve, und sie wurden nach rechts gedrängt, ehe sie wieder auf einer Geraden waren.

»Was passiert da draußen?«, fragte Ayako.

»Die ganze Stadt ist hinter uns her«, antwortete Nelmura mit harmloser Stimme.

»Und ich? Werden sie jetzt, da sie endgültig wissen, dass ich mit euch gemeinsame Sache mache, mir nicht irgendwelche Befehle schicken?«, fragte Myron.

»Du würdest hier nicht sitzen, wenn es für sie leicht wäre, das zu tun. Etwas ist an dir, das es ihnen schwer macht, dich zu kontrollieren. Sie verstärken Gefühle und Sehnsüchte. Vielleicht bist du unbestechlich, und alles, was sie erreicht haben, ist, dich träge zu machen – damit du nicht schon früher zu uns kommst.«

»Warum haben sie mich dann nicht ausgeschaltet?«

»Ich gehe davon aus, dass sie sehr gut darin sind, Befehle zu senden, aber sehr schlecht überprüfen können, inwiefern du ihnen vertraust.«

Gamil nickte. »Die glaubten, du würdest mitschwimmen.«

»Und wenn sie jetzt den Druck erhöhen? Ich muss dieses Ding loswerden.« Er tastete nach seinem Hinterkopf.

Die Archontin winkte den Inspector lächelnd zu sich herüber, und hastig setzte er sich neben sie und wandte sich von ihr ab, um ihr den Zugriff auf seine Maschinerie zu erleichtern. Gamil tauschte einen verwunderten Blick mit Ayako, dann schauten sie dabei zu, wie Nelmura dem Inspector das Kontrollmodul entfernte. Als er sich ihr wieder zugewandt hatte, bog der Wagen um eine Ecke. Myron wäre beinahe vom Sitz gerutscht, doch Nelmura hielt ihn fest und legte ihm, als sie wieder geradeaus fuhren, das entnommene Kontrollmodul in die Hand. »Und? Fühlt es sich anders an?«, fragte sie.

»Ich hätte ja auf irgendeine Erkenntnis gehofft; ich habe nämlich keine Ahnung, was da eben im Senat passiert ist. Was ist mit Darrel Eldey los?«

Nelmura schaute Gamil an. »Hast du noch etwas herausgefunden?«

Er nickte. »Darrel ist nicht mehr Darrel«, antwortete er. »Eine der KIs hat sich in ihm eingenistet.«

Nelmura staunte. »Darüber möchte ich alles wissen.«

Myron schüttelte den Kopf. »Was soll das heißen – eingenistet?«

»Das bedeutet Probleme«, sagte Ayako.

»Würde ich nicht sagen«, entgegnete Nelmura.

Gamil erzählte ihr alles, besonders ausführlich berichtete er davon, wie Darrel offenbar unterdrückt wurde und die KI sich nicht nur dessen Körper zu eigen machte, sondern offenbar auch Teile seines Charakters. »Die KI meinte, das Kontrollmodul sei bis oben hin mit Skripten gefüllt«, sagte er. »Und sie deutete auch an, dass Darrels Maschinerie anders strukturiert ist.«

»Wie hat sie das genau gesagt?«, fragte Nelmura.

Gamil war sich über den genauen Wortlaut unsicher, so sehr lenkte die Erinnerung an die zurückliegenden Grausamkeiten ihn ab. »Dass die in Darrels Maschinerie verbauten Module ihn nicht zum Symbionten, sondern zum Wirt einer KI machen.«

Ayako nickte.

Nelmura strahlte – vor unverhohlener Freude, wie es schien, vor Schadenfreude, wie Gamil vermutete. »Basileios erzählte mir, dass sich einige Schwachstellen im System aufgetan hätten. Bereiche, in denen die Leistungsfähigkeit offenbar herabgesetzt ist. Ganz so, als hätten die Maschinen einen physischen Schaden erlitten.«

»Du meinst, eine KI ist geschwächt, weil sie sich in Darrel eingepflanzt hat?«, fragte Gamil.

»Es wäre zumindest eine Erklärung. Und wenn es so ist, müssen wir diese Schwäche unbedingt ausnutzen. Und selbst wenn es nicht so ist, müssen wir den Druck auf die KIs erhöhen.«

»Das heißt, wir planen jetzt den entscheidenden Schlag?«, fragte Gamil.

»Nein, meine Lieben«, sagte sie und grinste. »Für irgendwelche Planungen haben wir keine Zeit mehr. Mit eurer Konfrontation bei Burnett ist vielmehr der Punkt gekommen, an dem wir die bereits gefassten Pläne in die Tat umsetzen.«

»Was können wir tun?«, fragte Myron.

»Ihr begleitet mich in den Stadtkern.«

»Das heißt, du hast einen Weg hinein gefunden?«, fragte Gamil.

Nelmura nickte. »Wir werden ein bisschen Ausrüstung benötigen.«

»Woher sollen wir die nehmen?«, fragte Ayako. »Zur Fakultät können wir nicht so leicht zurück.«

»Alles, was wir brauchen, befindet sich auf den Straßen der Stadt«, sagte Nelmura und blickte Myron an. »Sowohl die KIs als auch die Polizei sucht nach meinem Versteck, aber was ist, wenn das Versteck mobil ist?«

»Deswegen fährt der Wagen nun langsamer?«, fragte Myron.

»Wir haben uns schnell vom Senat entfernt und sind durch den Tunnel unter dem Clayton-Haus gefahren. Da habe ich den Wagen von Weiß auf Grün umgestellt. Und natürlich sind die Daten, die das Ding aussendet, gefälscht.«

»Unglaublich«, sagte Ayako.

»Und dreist«, fügte Gamil hinzu.

»Wir wollen also in den Stadtkern?«, fragte Myron. »Wir gehen direkt gegen die KIs vor?«

»Ja«, antwortete Nelmura. »Wir dringen in den Stadtkern ein und verschaffen uns Zugang zum Zentralsystem. Dort gehen wir gegen die KIs vor. Basileios wird uns im Tiefenschlaf über seine Repräsentationen im System beistehen. Die Yardeniden warten darauf, im großen Stil nach außen zu drängen.« Sie blickte Gamil an. »Genau so, wie du es von Anfang an wolltest.«

»Gibt es im Stadtkern kein Sicherheitspersonal?«, fragte Myron.

»Von der Familie Astbury, die in dem Tower wohnt, ist mir nichts bekannt. Und ob sie wirklich Zugang zu den unterirdischen Bereichen haben, bezweifle ich. Meine Vermutung ist – dass die KIs niemandem vertrauen. Nicht-Symbionten werden da auf keinen Fall sein. Ich rechne mit sehr guten Sensoren und Bots.«

»Unsere Ausrüstung befindet sich also in einem Wagen, der durch die Stadt fährt«, sagte Ayako, und Gamil erwartete, dass Nelmura ihnen nun sagte, worin diese Ausrüstung bestand. Sie aber erwiderte: »Ganz genau – in einem Wagen. Und das gilt auch für unsere Verbündeten.« Und wieder strahlte Nelmura und blickte Gamil in die Augen.

»Was?«, fragte er.

»Es wird dir gefallen«, sagte sie. »Es wird dich überwältigen.«

»Was denn?«

»Unsere Verbündeten. Ich habe gerade von ihnen gehört, dass sie da sind. Wir werden sie dazuholen – Yaldira.«

»Yaldira?«, wiederholte Gamil fassungslos. »Sie ist wieder hier?«

Nelmura nickte.

»Und die anderen sind auch dabei? Und sie sind alle von den Kontrollmodulen befreit?«

»So ist es.«

»Aber wie konnten sie hereinkommen?«

Ayako fasste Gamils Hand. »In der Verzweiflung tritt manchmal das Beste zutage.«

Gamil schaute Ayako an. Zweifelte sie an seiner Zuneigung? Glaubte sie tatsächlich, dass er Yaldira liebte? Er drückte ihre Hand und streichelte sie dann. »Sie muss über sich hinausgewachsen sein«, sagte er und schaute Nelmura an. »Oder hast du …?«

»Nein, nein. Ich konnte nichts ausrichten. Aber sie haben da draußen etwas gefunden – jemanden. Ihr beiden müsst jetzt stark sein.« Sie blickte zwischen ihm und Ayako hin und her. Und als sie den Namen des Mannes nannte, den Yaldira dort draußen im Eis gefunden hatte, stockte Gamil der Atem, und nur Ayakos verzaubertes Lächeln konnte ihn aus der Starre befreien.

47 Der Albtraum

Darrel erwachte und sah ein Licht und Gesichter über sich. Er war froh, dem Traum entkommen zu sein, denn er hatte darin Dinge getan, die grausam waren, und er hatte Dinge gesagt, die ihn zutiefst erschüttert hatten. Ihm war auf allen Ebenen die Kontrolle entglitten. Eine KI war in ihn eingedrungen und bediente sich nicht nur seines Körpers, sondern hatte auch von seinem Wesen Besitz ergriffen. Das waren sicherlich Nebenwirkungen der Maschinerie.

»Eldey!«, sagte eine Stimme.

Darrel blinzelte. Er erkannte die beiden Gesichter über ihm: Travis Kesamore und Othao Merrell.

»Darrel«, sagte Senator Kesamore.

»Was ist passiert?«, fragte er, als er merkte, dass er auf einer Couch lag. Er kannte dieses schmale Zimmer – nicht genau dieses, sondern eines wie dieses. Es war ein Senatorenzimmer, einer der Warteräume zwischen dem Rundgang und dem Senatssaal. Er versuchte, sich aufzusetzen, doch nur mit Kesamores Hilfe gelang es. Ihm war schwindelig, und er hatte das Gefühl, dass sein Körper nur verzögert auf seinen Willen reagierte.

»Du hast Glück gehabt«, sagte Othao Merrell. Der Archont der Othaoniden, zu denen Darrel nun offiziell gehörte, setzte sich in einen der beiden Sessel, die sie offenbar in die Nähe der Couch gerückt hatten. »Um ein Haar hätte Dellbridge auch dich erwischt.«

»Gamil«, sagte Darrel leise.

»Erinnerst du dich nicht?«, fragte Kesamore, der sich nun ebenfalls setzte.

»Nicht allzu deutlich«, erwiderte er und massierte sich den Nacken.

»Du verdankst offenbar Inspector Hermansen dein Leben«, sagte Othao Merrell. Der Archont zeigte beiläufig auf ihn. »Er hat dich offenbar mit einem Munitionsbot betäubt. Hätte er das nicht getan, hätte Dellbridge dich wahrscheinlich über den Haufen geschossen.«

Darrel stutzte. »Dann war es kein Traum«, sagte er.

»Nein. Er hat Alpert und Burnett getötet und außerdem die ganzen yardenidischen Senatoren.«

»Warum sollte er das tun?«, fragte Darrel und war entsetzt über seine müde Stimme.

»Wir hofften, du könntest uns das sagen.«

Jetzt erinnerte er sich. »Er hat die yardenidischen Senatoren nicht umgebracht. Das war ich – mit den Wachen. Und auch Burnett habe ich erschossen. Alpert ebenfalls. Ich war das alles – direkt und indirekt.«

Der Archont und der Senator tauschten Blicke, als hätten sie schon zuvor davon gesprochen und als hätte er gerade ihre Theorie bestätigt. Darrel aber war entsetzt über sein Handeln. Das alles passte nicht zu ihm, und wenn es geschehen war, dann mochte auch das andere wahr sein – das, was er Gamil offenbart hatte.

»Warum?«, fragte Othao Merrell.

Er wusste es nicht genau. »Die Pläne haben sich … geändert«, sagte er leise. »Nicht mehr Alpert soll den Vorsitz haben.« Mit dem Sprechen aus der Erinnerung an das Gesagte erschloss er sich das, was ihm durch den Kopf gegangen war. Er schaute in das erwartungsvolle Gesicht des Senators. »Sie wollen dich als Vorsitzenden, Kesamore«, sagte er, und ein Schmerz stieg ihm zu Kopf. »Wie viel Zeit ist vergangen?«

»Zwanzig Minuten«, sagte Senator Kesamore. »Das sagen zumindest die Wachen, die dich hergebracht haben. Die waren abwesend – offensichtlich unter Kontrolle.«

Darrel erinnerte sich, die Wachen selbst kontrolliert zu

haben. Er konnte sich nicht vorstellen, dass sie von sich aus so gehandelt hatten.

»Die sind jetzt in Isolation«, sagte Merrell. »Verhalten sich wie Roboter. Das waren die KIs. Sie haben dir den Hals gerettet.«

Darrel zuckte mit den Schultern, und selbst diese Bewegung erschien ihm träge. »Ich weiß nichts mehr. Hermansen war da und hat mich bedroht. Wo ist er?«

»Entkommen. Mit Dellbridge und seiner kleinen Freundin.«

»Ayako Takaki.«

»Die KIs sagten, du würdest uns helfen.«

Darrel schaute verwundert zwischen ihnen hin und her. »Wobei?«, fragte er.

»Sie machten uns klar, dass du das Sagen hast«, erwiderte Kesamore. »Dass wir vorerst ihre Befehle über dich erhalten.«

»Das kann nicht sein«, sagte er. »Ich bin nur …« Er stockte und erinnerte sich an die Selbstsicherheit, die er in jenem Moment bei Burnett gehabt hatte. »Was sie im Augenblick wollen, ist die Kontrolle über den Senat«, sagte er und blickte Kesamore an. »Mit dir als Vorsitzender. Die Empörung über den Mord an Burnett und Alpert werden uns die Sympathien bringen.« Das waren nicht seine Worte.

»Schlaf ein!«, hörte er eine Stimme sagen. *»Du willst das nicht alles wissen.«* Das war es – das Wesen, das von ihm Besitz ergriffen hatte und ihn nun vom Akteur zum Beobachter machte.

»Es kursieren Aufnahmen, die Nelmura zeigen«, sagte Merrell. »Sie ist in einem Wagen vorgefahren und hat Dellbridge und die anderen aufgenommen.«

Darrel holte sich die nötigen Informationen aus dem System und merkte, wie geschickt er das machte – wie geschickt die KI in ihm es anstellte. Und er erinnerte sich an die Worte, die er – die KI in ihm – Gamil gegenüber geäußert hatte. Es stimmte. Er war nicht begabt, und alles, was er getan hatte, war von der KI gestützt gewesen. Er dachte, er hätte die Kontrolle gehabt, und er hatte sich gehen lassen. Er hatte Kontakt zum Systemkern, und unaufhörlich strömten ihm Daten entgegen, mit denen er nichts anfangen konnte, die er aber beantwortete, ohne zu verstehen, wie er das bewerkstelligte. Die KI handelte, und er fühlte sich hilflos.

»Die Abstimmung wird vorbereitet«, sagte Senator Kesamore.

»Und die öffentliche Meinung geht in eine deutliche Richtung. Wir haben Bilder vom Tatort veröffentlicht und einigen von Burnetts Leuten klargemacht, dass Dellbridge als Täter dargestellt werden soll.«

»Und Hermansen?«, fragte Darrel und verstand nicht, was ihn an dem Inspector in den letzten Tagen so sehr gestört hatte. Es war nicht seine eigene Abneigung gewesen, sondern die der KI.

»Der Inspector gilt jetzt als Verräter«, sagte Merrell. »Seit den Aufnahmen mit Nelmura und dem Wagen ist die Sache klar. Alles läuft jetzt in unsere Richtung.«

Darrel schüttelte den Kopf. »Nelmura bewegt sich frei in der Stadt, und wir können sie nicht einfangen. Sie scheint das System hier oben besser zu kennen als wir. Wir müssen aufpassen. Wir müssen uns auf etwas Großes vorbereiten.« Für einen Moment erhielt er Einblick in das Große, über das die KI in ihm eben mit den anderen KIs gesprochen hatte, aber es ließ sich nicht in klare Gedanken fassen, nur in Auswirkungen: Angst, Wut, Panik, Hysterie und Paranoia.

»Wie meinst du das?«, fragte Merrell.

Darrel war gespannt darauf, das, was sich ihm von innen nicht erschloss, von außen zu erfahren. Vielleicht würde er es sagen. »Ihr werdet sehen. Jetzt erst einmal geht es darum, dass wir uns den Senat sichern und die Meinung der Bürger ein für alle Mal in eine Richtung lenken.«

Senator Kesamore nickte; Othao Merrell tat es erst nach einem Zögern.

»*Schlaf ein!*«, wiederholte die Stimme der KI, die wie seine eigene Gedankenstimme klang. »*Sonst wird es dich wahnsinnig machen. Ich bin bereit, dir das zu geben, was du willst. Kontrolle über dein Leben und über das von anderen. Aber du musst loslassen; du musst mich handeln lassen.*«

Diese Stimme machte ihm mehr Angst als alles andere. Und sein erster Impuls war der Widerstand, aber er scheiterte an seiner Erschöpfung. Die Gedanken, die die KI dachte, waren anstrengend. Gerade in diesem Augenblick spielte sie Szenarien jener großen Dinge durch, die sie angedeutet hatte. Und obwohl Darrel keine Ahnung hatte, was die KI durch ihn erwog, erschöpfte es ihn, als würde es einen Teil von ihm traumatisieren; nur sein Bewusstsein hatte es noch nicht begriffen.

»*Schlaf ein!*«, wiederholte die KI, und Darrel wusste, dass er sich nicht lange gegen sie würde halten können. Er überlegte, einen Moment auszuruhen, um sich mit neuer Kraft gegen den Einfluss aufzulehnen, aber dadurch rückte alles in die Ferne, und er versank in Müdigkeit. Seine letzten Gedanken galten Gamil, und sein letztes Gefühl war Scham.

48 Der Anruf

Clement saß in seinem Stuhl zurückgelehnt und schaute nach diesem anstrengenden Abend durch das Fenster schräg auf den leeren Platz hinab. Dort gab es längst niemanden mehr, der darauf harrte, eingelassen zu werden und sich den Prüfungen zu stellen. Nur wer sich von seinen Kontrollmodul befreien ließ, erhielt Eintritt, und auch nur dann, wenn jemand für ihn oder sie bürgte. Selbst dann blieben sie unter Beobachtung und hatten keinen Zugang zu den sensiblen Bereichen oder Orten, von wo aus man Signale aussenden konnte.

In den zurückliegenden Stunden hatte er so viele Einsätze koordiniert, dass er bei einer Ruhepause auf der Couch eingeschlafen war. Nach zwei Stunden hatte ihn eine Nachricht von Nelmura geweckt, wonach Gamil in Gefahr schwebte. Kurz darauf hatte die Berichterstattung aus dem Senat ihn entsetzt, ihm aber auch Erleichterung gebracht. Es schien so, als wären Gamil und Ayako mit Nelmura entkommen und als hätten sie nun Myron Hermansen als Verbündeten gewonnen. Was zunächst eine beruhigende Erkenntnis war, schlug bald wieder in Sorge um. Denn Nelmura und die anderen meldeten sich nicht.

Sonst war Corinna immer bei solchen Anlässen zu ihm gekommen, um ihn zu einer Dosis Schlaf zu verdonnern, aber mit Senator Alpert hatte sie ihren Neffen verloren. Angesichts des Verrats, den er an Gamil und Nelmura geübt hatte, hatte sie jedoch klargemacht, dass sie keine Sympathie für ihn empfand. Mit dem Tod aber kam das Bedauern, und sie hatte sich zurückgezogen und die Arbeit auf andere

Schultern verteilt. Clement würde ihr die Zeit gewähren, die sie benötigte.

Nach dem, was Gamil den Reportern beim Verlassen des Senats gegenüber gesagt hatte, war Darrel Eldey für den Tod der Senatoren verantwortlich. Keiner hier zweifelte daran, und für einen Moment hatte die Stimmung in der Stadt auf der Kippe gestanden. Um ein Haar hätte die Empörung ihrem Widerstand die Sympathien gebracht, die sie benötigten. Durch das Video aber, das Nelmura zeigte, nachdem sie Gamil und den anderen die Wagentür geöffnet hatte, war sofort wieder der Zweifel erwacht. Selbst die Symbionten, die auf Gamil und Ayako losgegangen waren, wurden nun zu Helden erklärt. Und spätestens die Rede von Travis Kesamore vor dem Senat hatte das Blatt gewendet. Man hatte ihn gerade zum Senatsvorsitzenden gewählt. Die Symbionten hatten wie schon zuvor geschlossen im Sinne der KIs gestimmt. Die meisten Nicht-Symbionten im Senat waren über die Ermordung zwei ihrer Kollegen so bestürzt und in ihrer Abneigung ihnen gegenüber so gefestigt, dass sie blind für die Wahrheit waren.

Auf Clements Tisch, über den die Kommunikation lief und der über zusätzliche Filter verfügte, blinkten Lichter und die Statusdaten meldeten einen Anruf von außerhalb der Fakultät an. Mit einem Gedankenbefehl nahm er den Anruf entgegen, begierig darauf zu erfahren, wo Nelmura und die anderen sich nun befanden. Die Signatur des Anrufers fand sich auf keiner der Listen. So erhöhte Clement die Sicherheitsmaßnahmen und würde nur die Stimme durchlassen, jedoch keine weiteren Daten.

»Clement«, sagte eine Männerstimme. Es war Othao Merrell.

»Der Dekan der Nelmurianer«, sagte Clement beinahe in einem Singsang. Er würde die Nelmurianer nicht als Othaoniden bezeichnen und ihren Dekan niemals als Archonten. »Was könntest du denn von mir wollen?« Er fürchtete um Nelmura und die anderen, wollte sich aber keine Blöße geben.

»Eine Lösung. Das wollen wir. Wir haben den Senat. Die Sache mit Alpert und Burnett hat uns Zustimmung gebracht. Zu Recht. Das hättet ihr nicht tun sollen. Ihr seid zu weit gegangen.«

Clement war klar, dass dies kein ehrliches Gespräch war. Er vermutete, dass es aufgezeichnet wurde, um es am Ende den Medien zu übergeben. Er prüfte kurz die Datenströme und konnte dort keine direkte Übertragung des Gesprächs finden. »Weil wir verhandeln wollten und dann in die Falle gelaufen sind, die ihr uns durch Darrel Eldey gestellt habt?«

»Was auch immer eure Absichten waren, mit dem Blutbad, das Dellbridge und Takaki angerichtet haben, hat sich alles verändert. Wenn ihr Sympathien bei den Bürgern hattet, habt ihr sie mit eurer dreckigen Intrige verspielt.«

Clement überlegte, das Gespräch einfach zu beenden.

»Hast du die Umfrage gesehen?«, fragte Othao.

Die Berichterstattung war unerträglich geworden, und deswegen hatte Clement sie nicht weiter verfolgt. Die Stimmen aus den verschiedenen Vierteln und die Mienen der Leute auf dem Schirm hatten ihn dazu veranlasst, die Übertragung zu beenden. Und er stand kurz davor, das Gleiche mit diesem Gespräch zu tun. »Kompliment«, sagte er. »Eure Lügen haben ihre Wirkung nicht verfehlt. Ich vermute, ihr seid mit euch zufrieden.«

»Die Polizei bereitet in diesem Moment einen Schlag gegen die Basiliden vor«, sagte Othao.

»Das weiß ich, und ich frage mich, warum ihr euch nicht auch wieder gegen uns wendet.«

»Ihr seid bedeutungslos geworden. Wir holen uns die Basiliden, und wir stehen kurz davor, auch Kimiko aus dem Spiel zu nehmen.«

»Das wird nicht passieren«, erwiderte er.

»Den Kimikoiden ist das Tun ihrer Archontin ein Dorn im Auge.«

»Nur weil ihnen das Kontrollmodul das einredet. Aber ganz gleich, welche Haltung sie einnehmen: Die Eiskammer einer Archontin, die verborgen bleiben will, ist nicht zu finden. Du solltest das von allen am besten wissen. Oder hat sich Nelmura in ihrer Kammer befunden, als du sie töten wolltest?«

»Du bist also nicht zum Verhandeln bereit?«, fragte Othao. »Wir wollen euch nicht zerschmettern.«

»Wir sind so weit gegangen, dass ihr uns wohl kaum zu weniger verurteilen könnt als die arme Yaldira Wescovich. Und da ihr über Leichen geht, gibt es nichts, was wir noch zu besprechen hätten.«

»Wir haben uns überlegt, ob wir es nicht in einer Volksabstimmung der Nicht-Symbionten entscheiden können.«

Clement lachte. »Jetzt, da Kesamore im Senat sitzt, fühlt ihr euch natürlich sicher, ein solches Angebot zu machen.«

Ein weiteres Licht blinkte auf seinem Tisch – ein weiterer Anruf.

»Lassen wir das Volk entscheiden«, sagte Othao.

»Das werden wir«, erwiderte Clement. »Aber nicht, solange ein Senator den Vorsitz hat, der durch einen Mord ins Amt kam; und nicht, solange ein Dekan im Amt ist, der seine Archontin ermorden wollte. Und erst recht nicht, solange die KIs so viel Macht haben.« Er kappte die Verbindung und ließ den anderen Anrufer an sich heran. Anhand der Signatur erkannte er Nelmura. Er ließ auch sie über die Lautsprecher im Tisch reden.

»Nelmura, wie geht's euch?«, fragte er.

»Stimmt was nicht?«, entgegnete sie.

»Othao hat mich gerade angerufen, um mir freie Wahlen für die Nicht-Symbionten anzubieten.«

Nelmura lachte. »Darauf hättest du eingehen sollen. Allein schon deshalb, um dadurch Zeit zu gewinnen.«

»Sie haben es auf die Basiliden abgesehen«, erwiderte er.

»Ich weiß. Aber sie in Sicherheit zu wiegen und dann loszuschlagen, das hätte jetzt gut gepasst.«

»Du bist also bereit?«

»Die Frage ist, ob du bereit bist.«

Clement erhob sich aus seinem Sessel. »Sag mir, wann und wo es losgehen soll, und ich werde es machen. Von unseren Leuten sind genug da draußen. Die warten nur darauf.«

»Gut. Unsere Gegner werden sich an den Basiliden die Zähne ausbeißen. Und auch bis zu dir werden sie nicht durchkommen. Das meiste spielt sich im System des Tiefenschlafs ab. Sorgen machen uns die anderen Fakultäten. Besonders die Kimikoiden.«

»Unsere Teams haben dank der Basiliden Kontakte«, sagte Clement. »Vor den neuen Skripten der KIs hätten sie sich wahrscheinlich noch heimlich getroffen, aber alle sind verunsichert und trauen niemandem mehr, der ein Kontrollmodul trägt. Außerdem hattest du recht: Es gibt mehr, bei denen die Kontrolle ins Leere läuft, als wir dachten. Da haben wir angesetzt, uns mit ihnen getroffen und ihnen das Modul entfernt. Mit ihnen können wir Fuß fassen.«

»Wie weit seid ihr da?«, fragte Nelmura.

»Bei den Berewani und den Kimikoiden sind wir bereit für die große Befreiung, bei den anderen aber noch längst nicht. Und deine alte Fakultät können wir vergessen.«

»Glaubst du, Othao kann erkennen, ob jemand ein Kontrollmodul trägt?«

»Deine Programme schaffen eigentlich die perfekte Illusion, aber wir haben erfahren, dass Othao die Maschinerie der Fakultätsmitglieder prüfen lässt. Die schauen nach, ob da ein Kontrollmodul ist. Also haben wir einigen Symbionten deaktivierte Kontrollmodule installiert. Man müsste das Modul schon entfernen, um zu merken, dass es inaktiv ist. Und ein Kontrollmodul zu entfernen ist nicht das, was die KIs als Option in Betracht ziehen würden.«

»Klingt gut«, sagte Nelmura.

»Das Problem ist ein anderes und hat nichts mit Kontrollmodulen zu tun, sondern einfach mit Angst. Es gibt viele Symbionten anderer Fakultäten, die zu uns oder den Basiliden gehen wollen, aber keiner möchte in der eigenen Fakultät bleiben und ein Netzwerk bilden. Sie trauen niemandem.«

»Wir brauchen nicht alle Fakultäten. Noch nicht. Konzentriert euch auf die Kimikoiden.«

»Glaubst du, sie werden Kimiko finden?«, fragte Clement.

»Ich habe keine Angst um sie. Wenn sie nicht will, wird niemand zu ihr durchdringen, selbst wenn man ihre Kammer in den Eishallen findet. Aber wir brauchen sie nicht nur da unten bei Basileios, wir brauchen ihre Fakultät hier oben.«

»Ich werde den Befehl zur großen Befreiung geben«, sagte Clement.

»Und ich werde mit Gamil und den anderen nun in den Systemkern vordringen.«

»Tatsächlich?« Clement holte tief Luft. Er konnte sich nicht einmal ansatzweise vorstellen, was das bedeuten mochte. Ihm war nur klar, dass es sich um das größte Unterfangen in diesem Konflikt handelte.

»Wenn wir dort eingedrungen sind, möchte ich, dass der Blick der KIs bei Basileios und Kimiko, bei den Basiliden und bei den Kimikoiden liegt. Und auch bei euch.«

»Was soll ich tun?«, fragte Clement.

»Du musst in die Eishallen gehen und in Basileios' Repräsentation des Tiefenschlafs abtauchen.«

»Aber ich bin kein Archont. Ich kann nicht neben Basileios und Kimiko treten, als wäre ich du. Ich weiß nicht mal, ob ich diese Repräsentation überhaupt erfassen könnte.«

»Das kannst du«, sagte Nelmura. »Und mach dir keine Sorgen. Du bist als Stellvertreter dort.«

»Ich glaube, ich bin dem nicht gewachsen.«

»Natürlich bist du das. Du bist der Dekan der Yardeniden. Du wirst doch wohl in die Eiskammern hinabgehen können, um deine Fakultät zu vertreten.«

»Aber ich bin kein Archont. Ich kann nicht das tun, was du tust.«

»Clement. Ich bin nicht eure Archontin. Du wirst also nie mein Stellvertreter sein. Du bist immer ein Yardenide gewesen, und ich möchte dich nicht zum Nelmurianer machen. Jetzt weniger denn je.«

»Das ist ein Abschied, nicht wahr?«, sagte er. »Du weißt nicht, ob du zurückkommst.«

»Natürlich nicht«, erwiderte sie. »Man geht nicht in die Höhle des Drachen, ohne sein Leben zu riskieren. Aber ich habe Hilfe. Einen Freund, an den ich nicht mehr geglaubt habe. Hier ist jemand für dich. Ich hoffe, du sitzt in deinem Sessel.«

Clement nahm Platz und war gespannt.

»Clement?«, sagte eine Stimme, die ihm eine Gänsehaut bescherte. Die Stimme des Mannes, den er sich auf zahllosen Videos wieder und wieder angeschaut hatte, um von ihm zu lernen. »Yarden?«, sagte er.

»Ich bin es.«

»Aber ...« Es war unmöglich. Wie konnte das Yardens Stimme sein?

»Ich habe in dem Wrack meines Raumschiffes überlebt«, sagte der Archont. »Und nun bin ich mit den Verbannten zurückgekehrt.«

»Wir dachten, wir hätten dich verloren – vor all den Jahren.«

»Und ihr habt euch ohne mich gehalten. Ihr habt meinen Geist weiterleben lassen. Während andere ihren Archonten untreu wurden, vielleicht sogar von KIs gelenkt, habt ihr euch behauptet.«

»Yarden«, sagte er. Er hatte diesen Namen oft ausgesprochen. Nur den Namen, mit dem alles, wofür die Fakultät stand, verbunden war. Mal hatte er ihn voller Bewunderung gesagt, mal voller Ehrfurcht, mal trauernd und dann wieder feiernd. Nun aber sprach er seinen Namen voller Erstaunen. »Wo bist du?«, fragte er.

»Unterwegs in der Stadt«, antwortete Yarden. »Auf dem Weg zu Nelmura. Sie war so nett, eine Verbindung herzustellen. Sonst hättest du mir wohl kaum geglaubt. Oder etwa doch?«

»Ich hätte es wahrscheinlich glauben wollen, aber nicht glauben können. Ich bin mir nicht sicher, ob es ich jetzt gerade glauben darf, was hier geschieht. Yarden – zurückgekehrt nach Jahrhunderten. Das muss an die Öffentlichkeit!«

»Noch nicht«, entgegnete Yarden. »Ich schicke dir Daten. Die musst du an Basileios weiterleiten.«

Clement lockerte die Sicherheitsmaßnahmen, und kaum fing er mehr Signale als Yardens Stimme auf, konnte es nicht den kleinsten Zweifel geben, dass sein Archont zurückgekehrt war. Eine Fülle von Informationen wehte ihm entgegen. Zertifikate, die sich am Fakultätssystem überprüfen ließen. Sie waren alt, und das System hielt sie für eine Fälschung, weil sie Yarden gehörten.

»Hier ist es«, sagte Yarden und schob ihm ein Datenpaket entgegen. »Damit wird dir jeder glauben, dass ich zurück bin.«

»Und wirst du herkommen?«

»Ich werde mich mit Nelmura in den Maschinenkern begeben. Und wenn das vorbei ist, dann komme ich zu euch.«

»Verstehe«, sagte Clement enttäuscht.

»Es muss sein, glaub mir. Wenn es nach mir ginge, würde ich sofort zu dir kommen. Aber wir müssen uns schnell bewegen.«

»Aber wenn du dich offenbarst, dann würde alles in unsere Richtung kippen. Alles!«

»Ich werde mich offenbaren. Man wird wissen, dass ich zurück bin. Keine Sorge. Aber wenn es passiert, wird es eine Gegenbewegung der KIs geben. Und sie könnte gewaltig sein. Bis dahin müssen Nelmura und ich schon in den Maschinenkern vorgedrungen sein.«

»Ich werde euch von hier aus helfen, so gut ich es kann«, sagte Clement. »Wir werden den Blick der KIs von euch ablenken und euch die Freiräume verschaffen, die ihr benötigt. Und ich werde zu Basileios und Kimiko abtauchen und ihnen sagen, dass du wieder da bist. Und sobald du dich offenbart hast, werde ich behaupten, dass du wieder in der

Fakultät bist. Ich werde sie mit deinen Daten dazu bringen, gegen uns vorzugehen. Und dann werden wir den Druck aushalten, bis ihr eure Aufgabe erledigt habt.«

»Tu genau das«, sagte Yarden. »Je erfolgreicher ihr alle dabei seid, die Ressourcen des Systems auf euch zu ziehen, desto mehr Spielräume werden sich uns bieten. Ich freue mich schon darauf, in die Fakultät heimzukehren. Das ist das, wonach ich mich am meisten gesehnt habe.«

»Wir werden dich nicht enttäuschen«, sagte Clement.

»Und ich werde euch ganz gewiss nicht noch einmal enttäuschen«, erwiderte Yarden. »Bis später!«

Das Gespräch brach ab, und Clement war allein mit all den überwältigenden Gefühlen. Das Gespräch, das er gerade geführt hatte, wirkte immer noch unwirklich. Wie jeder gute Yardenide zweifelte er gelegentlich an seinen Sinnen. Konnte es eine Falle sein? Hatten die KIs es geschafft, Nelmura zu fassen und ihn mit einer ihrer Signaturen und mit generierten Stimmen davon zu überzeugen, dass Yarden zurückgekehrt war? Dann aber prüfte er die Daten, die er erhalten hatte, und es konnte nach wie vor keinen Zweifel geben. Seine Sinne spielten ihm keinen Streich. Er hatte mit Yarden gesprochen. Der Archont der Yardeniden war nach Jaskandris zurückgekehrt, und es war nun an Clement, diese Botschaft zu Basileios in die Eishallen hinabzutragen. Er würde in die fantastische Repräsentation, von der Nelmura ihm erzählt hatte, eintauchen und Teil jenes Heldenszenarios werden, das Basileios dort etabliert hatte. Er würde zu ihm und Kimiko treten und mit lauter Stimme gegen den Wind ansprechen. »Ich habe Kunde für euch!«, würde er sagen. »Yarden der Gefallene ist auferstanden und heimgekehrt!« Der Gedanke an dieses Szenario ließ ihn laut auflachen. Und dann wischte er sich die Tränen ab.

49 Unter dem Grünen Turm

Yaldira konnte kaum glauben, dass sie mit den anderen vor wenigen Stunden noch draußen in der Eiswüste gewesen war, nun aber hier in dem Wagen, den Nelmura ihnen geschickt hatte, durch die Straßen der Stadt fuhr. In der Kabine war es eng. Sie saß in Fahrtrichtung Yarden gegenüber; zu ihrer Linken Duncan, zu ihrer Rechten Clarita. Marla und Luis saßen bei Yarden, und Aron hatte sich auf dem Boden niedergelassen. Er hielt Claritas Hand, und die beiden lächelten sich immer wieder an. Einerseits war Yaldira überrascht, anderseits hatten sie alle dem Tod ins Auge geblickt, und in solchen Situation fand man leicht zueinander.

Nach allem, was geschehen war, bedauerte Yaldira es, sich nicht mit Duncan eingelassen zu haben. Sie hatten einfach keine Chance gehabt, und nun waren sie auf dem Weg zu Nelmura, und das entlockte ihr ganz andere Gefühle. Sie alle hatten gerade dem Gespräch gelauscht, das Yarden mit Clement Glazer geführt hatte. Er hatte sie daran teilhaben lassen, und Yaldira war an der schwankenden Stimme des Dekans aufgefallen, wie sehr Yardens Rückkehr ihn bewegt hatte. Sie konnte sich nicht vorstellen, wie es sein musste, nach all der Zeit mit dem totgeglaubten Archonten zu sprechen.

Ihre Sehnsucht nach Nelmura, der sie nun entgegenfuhren, ließ sie unruhig werden. Sie freute sich darauf, auch wenn sie danach eine harte Aufgabe erwartete. »Hat sie etwas Genaueres zum Systemkern gesagt?«, fragte Yaldira, die in einem der ungenutzten Zwischenlager im Logistiksystem geschlafen hatte, als Nelmura zum ersten Mal mit Yarden in Verbindung getreten war.

»Dass sie einen Zugang hat«, antwortete Yarden. »Unter den Grünen Türmen, und dass wir gemeinsam eindringen werden. Du vertraust ihr doch, oder?«

»Ich vertraue ihr mehr, als ich mir selbst vertraue«, erwiderte sie.

»Du hast Angst, sie zu enttäuschen«, sagte Yarden lächelnd.

»Wer hätte das nicht?«

Yarden nickte. »Auch ich hatte immer Angst, sie zu enttäuschen. Sie hat eine Art, die einem das Beste entlockt. Und es war mir unglaublich wichtig, was sie von mir denkt. Wie sehr muss es dann bei einer Schülerin von ihr der Fall sein?«

Yaldira nickte und fragte sich, wie das Verhältnis zwischen Yarden und Nelmura gewesen sein mochte. Er hatte in all den Jahren in Einsamkeit sicherlich in Gedanken geschwelgt, und Nelmura, Basileios und die anderen Archonten mochten darin eine wichtige Rolle gespielt haben. Vielleicht war ihm nach dem Verlust erst klar geworden, wie viel er in Nelmura und all den anderen gehabt hatte.

Yarden spielte mit seinen Händen und ließ den Blick unruhig umherschweifen. Während der Wagen abbog und in eine Garage hinabfuhr, schien die Aussicht auf die Begegnung mit Nelmura ihn mehr aufzuwühlen als sie, und sie fragte sich, wie viel Zuneigung zwischen ihm und ihrer Mentorin im Spiel gewesen war.

Der Wagen suchte den Weg durch ein Labyrinth. Yaldira konnte nur die Wände sehen, an denen sie entlangfuhren, und die geschlossenen Tore. Dann bogen sie unvermittelt ab und kamen zum Stehen.

Kaum hatte sich die Tür geöffnet, stieg Yaldira aus, und sofort sah sie Nelmura, die zwischen Myron Hermansen und Gamil stand und ihr entgegenlächelte. Es gab kein Halten mehr. Yaldira lief los und stürmte in Nelmuras offene Arme. Sie drückte ihre Mentorin fest an sich.

»Ich hatte es gehofft«, flüsterte Nelmura ihr ins Ohr. »Ich

habe mich daran festgeklammert, auch als alles gegen euch sprach. Es gab aber auch Augenblicke, in denen ich die Hoffnung verloren hatte. Es tut mir leid.«

Sie löste sich von ihrer Mentorin und blickte ihr in die glänzenden Augen. »Nein, es darf dir nicht leidtun«, sagte sie. »Ich bin hier, und ich bin bereit. Und ich bin nicht allein.« Sie wandte sich halb um und wies auf Duncan und die anderen, die ausgestiegen waren. Zwischen ihnen erschien Yarden und grinste wie ein Kind, das stolz auf seine Streiche war. Auf diesen Augenblick hatte Yaldira gewartet und betrachtete Nelmuras Reaktion ganz genau: Ihre Mentorin machte große Augen und schüttelte immer wieder den Kopf. Obwohl sie bereits miteinander gesprochen hatten, sprach das wachsende Lächeln von freudigen Erinnerungen, die sie und Yarden verbanden.

Nelmura trat schließlich vor und schritt Yarden mit offenen Armen entgegen. Sie gingen langsam aufeinander zu, und Nelmura musste lachen. »Komm her, Yarden!«, sagte sie. Sie schlossen sich in die Arme, und jetzt erst bemerkte Yaldira die Drohne, die ein Stück neben ihnen schwebte und die Begegnung offenbar aufzeichnete.

»Yaldira!«, sagte Gamil, und nur schwerlich konnte sie sich vom Anblick ihrer Mentorin und des heimgekehrten Archonten abwenden. Aber nun stand sie vor Gamil. Er wirkte unsicher, vielleicht deshalb, weil sie Rivalen gewesen waren. Aber das war nun endgültig vorüber. So hatte sie es beschlossen, also zog sie ihn an sich heran und legte einen Arm um ihn. »Danke!«, sagte sie und drückte ihm einen Kuss auf die Wange.

Als sie von ihm abließ, machte er ein verwundertes Gesicht. »Wofür?«, fragte er, und ihr fiel auf, dass die Frau neben ihm zu Boden blickte. Ayako Takaki. Yaldira fragte sich, ob sie und Gamil inzwischen ein Paar waren.

»Dafür, dass du es versucht hast«, sagte sie. »Du hast doch versucht, mich aus dem Gefängnis und aus dem Krankenhaus zu befreien, oder?«

Er nickte.

»Und du bist Ayako«, sagte sie zu der Frau neben ihm.

»Ja«, erwiderte sie und reichte ihr die Hand. Aber Yaldira zog auch sie zu sich heran, um sie wie eine Freundin zu begrüßen. »*Gamil hat mir viel von dir erzählt*«, sagte sie mit ihrer symbiontischen Stimme.

»*Tatsächlich?*«

»*Nur Gutes*«, sagte sie.

»*Liebst du ihn?*«, fragte Ayako in Gedanken. »*Wenn es so ist, dann …*«

»*Nein, nein. Ich liebe ihn nicht, und ich weiß, dass er mich auch nicht liebt.*«

»*Aber der Kuss?*«

»*Das war der Kuss einer Freundin, die nicht länger seine Rivalin sein will – der Kuss einer Schwester.*«

»*Er hat eine Schwester*«, sagte Ayako. »*Vergiss das nicht. Aber eine Freundin, das würde ihm gefallen. Er mag dich. Ich dachte sogar für eine Weile, er würde dich lieben.*«

»*Aber jetzt weißt du es besser*«, sagte Yaldira, und sie lösten sich voneinander. Ayakos Lächeln empfand sie als zauberhaft.

»Willkommen daheim«, erwiderte Ayako mit ihrer natürlichen Stimme.

Gamil stutzte. Er vermutete wahrscheinlich, dass sie irgendetwas ausgetauscht hatten, und sie merkte, dass er und Ayako sich Signale schickten.

So wandte sie sich Inspector Hermansen zu und begrüßte auch ihn freundschaftlich. »Ich wusste, dass wir dich für uns gewinnen können«, sagte sie. »Du hast dir nur ein wenig Zeit gelassen.«

»Ein bisschen zu lange, würde ich sagen.« Er schaute an ihr vorbei zu Nelmura und Yarden. »Dieser Augenblick – die Rückkehr Yardens! Wenn das die Leute nicht wachrütteln, dann weiß ich auch nicht weiter.«

Yaldira nickte, und sie alle – hier wie auch drüben auf der anderen Seite – starrten auf die beiden Archonten, die sich beinahe wie Verliebte anschauten und leise miteinander redeten.

»Kommt!«, sagte Yaldira. »Ich will euch meine neuen Freunde vorstellen.« Die anderen kamen in einem Bogen zu ihnen, um die Archonten bloß nicht zu stören. Yaldira erzählte kurz, wie sie überlebt hatten, und vergaß auch nicht, zu erwähnen, dass einer von ihnen – Graham Pannhoff – im Eis den Tod gefunden hatte.

»*Was findest du an dem?*«, fragte Duncan mit seiner Gedankenstimme, als er Gamil die Hand geschüttelt hatte und Marla Platz machte.

»*Nicht so viel wie an dir, mein lieber Duncan*«, antwortete sie.

»*Das war das erste verführerische Wort von dir. Und das direkt in meinem Kopf.*«

»*Erstens irrst du dich. Du hättest genauer hinhören sollen, als wir unterwegs waren. Und zweitens bin ich gerne in deinem Kopf.*« Sie fasste seine Hand.

Nelmura und Yarden kamen hinzu.

»Ich möchte dir Gamil Dellbridge vorstellen«, sagte Nelmura. »Ein Yardenide.«

Gamil erstarrte und schaute Yarden mit Kinderaugen an.

»Ich habe von dir gehört«, sagte der Archont und reichte ihm die Hand. Irgendetwas schienen sie auf Gedankenebene auszutauschen. Es war das erste Mal seit mehr als dreihundertfünfzig Jahren, dass ein Yardenide seinem Archonten von Angesicht zu Angesicht begegnete.

Gamils Lippen bebten, und Yaldira hatte keine Ahnung, wie er es schließlich schaffte, sich zusammenzureißen und zu sprechen. »Wir haben dich vermisst, Yarden«, sagte er. »All die Jahrhunderte haben wir dich vermisst. Und keiner konnte deinen Platz einnehmen.«

»Nicht einmal Nelmura?«

»Eine Fakultät ohne Archont und eine Archontin ohne Fakultät. In diesen Zeiten mussten wir zusammenarbeiten. Aber jetzt?« Er schaute Nelmura fragend an.

Sie strich ihm liebevoll über die Wange. »Ich hatte nie vor, Yardens Platz einzunehmen. Ich bin nur in die Bresche gesprungen, wie ihr Yardeniden es all die Jahre gemacht habt.«

»Wer weiß, ob es später noch eine Rolle spielt, wer wessen Archont und wer wessen Schüler ist«, sagte Yarden.

Gamil stellte Ayako vor, die abwesend wirkte und nur mit einer Verzögerung auf Yarden reagierte. Nachdem auch Inspector Hermansen mit dem Archonten gesprochen hatte, machte Yaldira ihre Mentorin mit ihren neuen Freunden bekannt, und Nelmura bedankte sich bei jedem einzelnen für die Standhaftigkeit, die sie gemeinsam gezeigt hatten.

»Wohin müssen wir?«, fragte Yarden schließlich, nachdem sich alle ausgetauscht hatten.

»Dorthin« sagte Nelmura und wies auf ein großes Tor. »Dahinter geht es zu den Grünen Hallen unter dem Stadtzentrum. Sie reichen fast bis unter den Astbury Tower. Da habe ich uns einen Zugang zum Systemkern gesucht. Kommt!« Sie führte sie ans Ende ihres Wagens, wo sich bereits die Heckklappe öffnete. »Wir müssen das anziehen«, sagte sie und wies auf Isolationsanzüge, Helme und kleine Sauerstoffflaschen. »Der Bereich, den sie als Puffer benutzen, ist lebensfeindlich.«

»Wir wollen also wirklich in den Stadtkern eindringen?«, fragte Yaldira.

»Und wir müssen schnell sein«, erwiderte Nelmura. »Die KIs schrecken nicht einmal mehr vor Hinrichtungen zurück.« Sie schaute zu Myron Hermansen. »Und die Polizei bereitet den Angriff auf die Basiliden vor – mit Kriegsausrüstung. Ganz so, als würden die Invasoren kommen. Sie haben eine Grenze überschritten und wollen sie wieder und wieder überschreiten. Deshalb muss es jetzt passieren.«

»Wir sind bereit«, sagte Yarden.

Yaldira stutzte. Sie war alles andere als bereit.

Lächelnd wies Yarden auf den Wagen, in dem sie gekommen waren. »Da warten noch ein paar Verbündete auf uns.«

Mit seinen Worten schob sich die Hecktür zur Seite und die sechzehn Roboter krochen heraus, die Yarden zu sich ins Versteck gerufen hatte, ehe sie sich zum Wagen begeben hatten. »Die werden uns eine Hilfe sein – ebenso wie ihre Kollegen, die sich langsam in der Stadt verbreiten und Mikrosysteme korrumpieren.«

Nelmura grinste. »Immer noch der alte Spielzeugmeister«, sagte sie. »Genau das, was wir jetzt brauchen.«

50 Inkarnationen

Othao ging im lang gezogenen Eingangsbereich der Kimikoidischen Fakultät auf und ab. Die Polizisten waren hier noch immer mit Befragungen beschäftigt. Endlich kehrte Darrel von seiner Besprechung bei Gordana Bernardi zurück. Sofort eilte Othao ihm entgegen. »Und?«, fragte er. »Ist die Dekanin noch vertrauenswürdig?«

Darrel grinste spöttisch. »Die frisst uns aus der Hand, und sie hat tatsächlich die Systeme so weit geöffnet, dass wir Kontrolle über die Symbionten haben.«

»Und habt ihr schon eine Spur von Kimiko?«

»Noch nicht, aber wir haben jetzt eine Direktverbindung zum Systemkern hergestellt, und die Kapazitäten dort werden ausreichen, um sie aufzuspüren.«

Othao nickte. »Wie lange wird das dauern?«

»Ein paar Minuten wahrscheinlich«, sagte Darrel. »Sicher nicht mehr.«

Darrel Eldey war vor ein paar Tagen nichts weiter gewesen als ein Gehilfe, aber nun war er so etwas wie ein Medium der KIs. Er war durch sie gewachsen, und Othao hatte in den letzten Stunden gelernt, ihn zu akzeptieren. Er hatte die Polizisten mit Programmen ausgestattet, mit denen sie beim Angriff auf die Fakultät der Basiliden eine Schwachstelle im Untergrund ausnutzen konnten, um dort einzudringen. Er hatte nicht abgewartet, was aus der Aktion erwachsen mochte, bei deren Planung er Entscheidendes beigetragen hatte, sondern war mit Othao hergekommen, um Kimiko aufzuspüren, die aus den Eishallen heraus ins System eingriff und dafür gesorgt hatte, dass die geplante Attacke auf

Basileios fehlgeschlagen war. Kimikos Barrieren hatten sich wieder einmal als zu hart erwiesen. Jetzt ging es darum, ihren Körper vom System abzukoppeln – so, wie Othao Nelmura hatte abkoppeln wollen.

Er fühlte sich an den Anfang zurückversetzt, als er gegen Nelmura vorgegangen war, sie aber nicht angetroffen hatte. Das alles lag eine Woche zurück, aber es war seither so viel geschehen, dass es sich anfühlte, als hätte seine kleine Intrige in einem anderen Leben stattgefunden.

»Dass Nelmura, Dellbridge und Hermansen zusammen untergetaucht sind, macht mir Sorgen«, sagte Othao. »Wir dürfen sie nicht unterschätzen.«

»Und wir unterschätzen sie nicht«, sagte Darrel. »Uns bereitet etwas ganz anderes Sorgen.«

»Was bereitet euch Sorgen?«, fragte Othao. *Euch*? Er hatte gerade *euch* gesagt, weil Darrel von einem *Wir* gesprochen hatte? Darrel und das System – Darrel und die KIs. Er schien wahrhaftig ein Medium zu sein.

»Am Außenschild ist es zu einer Unregelmäßigkeit gekommen«, sagte Darrel.

»Ist bei den Verhältnissen, die da draußen herrschen, ja nichts Ungewöhnliches«, erwiderte Othao.

»Am Westrand der Stadt. Direkt am Strand, dicht über dem Boden haben Drohnen eine transparente Stelle im Schild gefunden. Von den Drohnen, die die Spuren untersucht haben, ist nichts mehr zu finden. Sie sind weg. Eine der Drohnen hat uns immerhin Bilder geschickt, die die Stelle zeigen. Dekanin Gordana hat keinen Zweifel: Da ist jemand oder etwas durch den Schild gedrungen.«

»Von innen nach außen oder von außen nach innen?«, fragte Othao.

»Keine Ahnung«, antwortete Darrel.

»Vermutlich Nelmura, die ihre Schülerin retten will und ihr eine Drohne oder einen anderen Bot geschickt hat.«

»Durch eine solche Öffnung könnte aber auch Wescovich in die Stadt zurückgekehrt sein.«

»Yaldira Wescovich wird überschätzt«, sagte Othao.

»Du magst sie überschätzen, aber Nelmura tut es offenbar nicht.«

»Nelmura will sie aus sentimentalen Gründen retten.«

»Sir!«, rief Will, Othaos Assistent, und drängte sich zwischen einigen kimikoidischen Symbionten zu ihm durch. »Sir!«

»Was denn?«

»Schauen Sie sich das an!«, rief Will, sandte ihm eine Übertragung und reichte sie auch an andere weiter.

»*Die Gerüchte, die seit einigen Minuten durch die Stadt gehen, nahmen wir nicht ernst, aber uns hat Videomaterial erreicht, das sie zu bestätigen scheint. Ich muss Sie warnen: Das Material wurde noch keiner tief greifenden Analyse unterworfen.*« Mit einem Mal schaltete sich die Wand zwischen den Transportern in den Bildschirmmodus um und zeigte Tova Wyland. Ihre Stimme war nun nicht mehr nur in Othaos Kopf, sondern hallte, wenn auch um einen Sekundenbruchteil versetzt, durch das Foyer. Wyland hatte gerade erst mit dem Bericht über Dellbridges Flucht von sich reden gemacht und war unter jenen gewesen, die ihn auf dem Weg befragt hatten. »Und uns wurde geraten, es nicht zu veröffentlichen«, sagte sie. »Aber uns haben auf anderem Wege Daten erreicht, die darauf hindeuten, dass das Gezeigte wahr ist: Der Archont Yarden lebt!«

Ein Raunen ging durch den Raum. Die Blicke richteten sich auf Othao, dann merkte er, dass sie sich zu Darrel verschoben und sich dann ruckartig abwandten. Darrel schaute sich um, und in alle Richtungen strahlten Signale ab, die Othao nicht entschlüsseln konnte. Während um ihn herum niemand es wagte, Darrel noch einmal anzuschauen, und sie allesamt ihre Blicke auf den Schirm richteten, war Othao der Einzige, der sich frei umblickte. Damit hatte er endlich das am Werk gesehen, was er bislang nur in der Theorie vernommen hatte: Darrel konnte die Kontrollmodule direkt per Gedanken ansprechen.

Auf dem Schirm erschien das Video, das Nelmura in einer Garage zeigte, wie sie mit Dellbridge, Takaki und Hermansen den gerade erst Verbannten begegneten, allen voran Yaldira Wescovich, die ihrer Mentorin in die Arme fiel. Und dann erschien er – Yarden. Zumindest sah der Mann trotz des längeren Haares und des Bartes dem legendären Archonten ähnlich. Und wieder ging ein Raunen von den Versammelten aus, diesmal jedoch unterdrückt – ob von Darrel oder aber von der Überraschung gelähmt, wusste Othao nicht zu sagen.

»Uns haben Identifikationsdaten erreicht, die bis eben noch bestätigt haben, dass sie nur Yarden gehören können«, sagte die Reporterin. »Inzwischen gibt das System eine andere Antwort. Uns wurde polizeilich verboten, das Video und die Nachricht zu verbreiten. Aber unsere Einschätzung hat sich nicht geändert. Unsere Aufgabe ist es, den Bürgern die Wahrheit zu präsentieren. Deswegen haben wir andere Wege genutzt, um diesen Beitrag auszustrahlen.« Das Video wiederholte sich, nachdem Nelmura und Yarden sich umarmt hatten.

»JNS ist der einzige Sender, der komplett auf Nicht-Symbionten setzt. Wir sind unabhängig und frei von irgendwelchen Kontrollmodulen. Wir …« Die Übertragung brach einfach ab, aber die Leute starrten immer noch auf die Schirme.

»Verflucht«, sagte Darrel und drängte sich durch die Menschenmenge vor dem Schirm.

Othao folgte ihm und holte ihn vor der Tür ein, die ihre beiden Flügel nach außen öffneten. »Ist das wahr?«, fragte er.

Darrel winkte ihn zu sich, und während Othao mit ihm nach draußen ging, sagte er: »Die Daten stimmen.«

Othao schaute durch die Scheibe zurück in die Eingangshalle. Sogar Will stand noch dort und starrte auf den leeren Schirm. Sie waren wie Bots, die so lange verharrten, bis sie neue Befehle erhielten. »Wie kann das sein? Wie hat er da draußen überlebt?«

»Wir sind zwar davon ausgegangen, dass er bei dem Absturz umgekommen ist, aber am Anfang haben wir Drohnen ausgeschickt. Wir haben den Hauptteil des Wracks nie finden können.«

»Seine Rückkehr bringt alles in Gefahr«, sagte Othao. »Wir verlieren die Nicht-Symbionten.« Gerade eben hatten sie gehofft, durch Kesamore als Vorsitzender des Senats die öffentliche Meinung lenken zu können, und nun stand alles auf dem Spiel.

»Wir haben sie verloren«, sagte Darrel. »Die anderen waren zu langsam.«

»Die anderen?«

»Meinesgleichen.«

»Es gibt andere von dir?«, fragte er, und dann wurde ihm klar, was Darrel meinte. »Du bist eine der KIs«, sagte er und blieb stehen. »Nicht nur ein Medium.«

Darrel hielt ebenfalls an und sagte: »Ja. Eingebettet in diesen schwachen Körper und diesen beschränkten Geist. Wie durch einen Trichter in ein zu kleines Gefäß gefüllt, nur um mich unter euch bewegen zu können.«

Othao wies zurück zum Gebäude. »Was du da gemacht hast, könnte die Rettung sein. Nimm eine Gruppe wie die dort und wende sie gegen alle, die sich uns in den Weg stellen.«

»Es ist schwerer, als wir dachten. Wir haben bisher die Kontrolle meist indirekt über Skripte ausgeübt, die wir über das System schickten. Mit mir erprobten wir die direkte Kontrolle. Ein Erfolg, wie du siehst. Aber jeder Erfolg hat seinen Preis. Die Kontrolle skaliert ungeheuer schlecht. Je mehr Menschen ich kontrolliere, umso gröber wird es, umso mehr benehmen sich die Unterworfenen wie Puppen, allesamt mit einer Hand geführt.«

»Ihr braucht keine komplexen Handlanger. Ihr habt genug Kraft, um den Widerstand zu brechen. Wenn ihr sie beherrschen könnt, dann nutzt es aus. Vielleicht ist es Zeit, alle Abtrünnigen aus dem Weg zu räumen.«

»Unsere Analyse sagt, dass das zu viel Gegenwehr erzeugen würde«, erwiderte Darrel. »Zu viel Konfrontation. Je mehr wir die Kontrollmodule ins Spiel bringen, umso mehr verlieren wir die Nicht-Symbionten.«

»Darrel – oder wie auch immer ich dich nennen soll! Euer Problem ist, dass ihr die Sache nicht zu Ende denkt. Ihr wollt eine Eskalation vermeiden und diese Angelegenheit möglichst klein halten. Vielleicht ist es aber an der Zeit, die Dinge so weit wie möglich eskalieren zu lassen. Vielleicht ist es an der Zeit, die Nicht-Symbionten abzuschaffen.«

»Das ist nicht unsere Art«, sagte Darrel, und seine Stimme klang beinahe wie die eines Kindes.

Othao musste lachen. »Nach dem, was du bei Burnett angerichtet hast, ist dir das zu drastisch?«

»Das war etwas anderes. Es ist uns nicht fremd, konkrete Personen beseitigen zu wollen, wenn sie uns bedrohen. Aber wir neigen dazu, nicht mehr zu tun, als nötig ist. Das ist unsere Schwäche, der wir uns nur teilweise entziehen können. Mir ist es möglich, über das hinauszugehen, was unmittelbar nötig ist. Das Menschliche nimmt mir die Schwäche. Aber meine Geschwister-Entitäten da unten im Systemkern können diese Schwäche nicht abschütteln, sie können sie nur durch menschlichen Einfluss ins System umgehen. Deswegen haben wir schon früher menschliche Impulse zugelassen. Die Familie Astbury hat uns vor Jahrhunderten geholfen. Sie haben grundlegende Programme und Skripte formuliert, was uns eine Macht in die Hände gab, die wir nicht in Betracht gezogen hatten. Noch ehe der Astbury Tower errichtet war, haben sie uns auf den Gedanken gebracht, die Kontrollmodule auch hier oben einzusetzen.«

»Deswegen stehen die Astburys euch also so nahe.«

»Ja, aber sie können uns nun nicht weiterhelfen. Sie sind nur noch ein Schatten ihres alten Selbst. Durch mich – halb Mensch, halb KI – konnten wir vorankommen. Aber die Nicht-Symbionten auszulöschen, das ist selbst für mich ein zu drastischer Schritt.«

»Warum? Wo ist der Unterschied?«

»Eine solche Tat kollidiert mit unseren Zielen.«

Othao schüttelte den Kopf. »Das verstehe ich nicht. Ihr habt uns diesen Raum gelassen, damit wir uns hier entfalten. Freiheit, die ihr euch leisten konntet. Bis jetzt. Ich weiß, wie die Gewichtung für euch ist. Das hier oben war euch im Grunde nie wichtig. Euch geht es um den Tiefenschlaf, um Symbionten, die in der Tiefe an euer System gebunden sind.«

Darrel starrte ihn ausdruckslos an.

»Das hier oben war nie mehr als eine Farm für Symbionten. Es bedeutet euch nichts – es sei denn, es beeinflusst das, was in der Tiefe geschieht. Warum also daran festhalten?«

»Vielleicht hast du recht«, sagte Darrel und winkte ihn hinter sich her. An der Straße stand zwischen den Polizeifahrzeugen Othaos Wagen, den er Darrel zur Verfügung gestellt hatte. »Othao«, sagte er und zögerte weiterzusprechen. Am Wagen angekommen, blieb er vor der sich öffnenden Tür stehen und schaute sich unter den Polizisten um, die die Fahrzeuge bewachten und sie nicht zu sehen schienen.

Darrel lächelte, und das passte nicht zu der Vorstellung, die Othao von einer KI hatte. Vielleicht war das etwas, das die KI in Darrel vorgefunden hatte, oder aber etwas, das einen Effekt erzielen sollte. »Du bist nur deswegen so weit aufgestiegen, weil wir Leute brauchen, die uns aus freien Stücken Impulse geben. Symbionten, die die Abläufe verstehen und uns neue Einsichten gewähren.«

»Deswegen also habt ihr Myron Hermansen so viel Spielraum gelassen«, sagte Othao.

»Ja. Aber wir bemerkten zu spät, dass er für unsere Kontrollversuche wenig empfänglich war.«

»Und ich?« Diese Frage hatte in den letzten Tagen an ihm genagt.

»Du bist kontrollierbar. Wir haben dich in manchen Bereichen gehemmt, damit du nicht zu weit gehst. Und wir haben dafür gesorgt, dass du meine Autorität nicht zurückweist. Wenn du in dich gehst, wird es dir doch merkwürdig erscheinen, dass du jemanden wie mich neben dir geduldet hast.«

»Hättest du mir gleich gesagt, was du bist, wäre das nicht nötig gewesen.«

»Wir mussten sichergehen. Was mit Hermansen passiert ist, beweist das. Was wir bei ihm suchten, haben wir bei dir immer gehabt. Deine Ambitionen passen zu uns. Gib uns die Impulse, die wir brauchen, um weiterzukommen, und wir werden dir geben, was du willst.«

Das gefiel Othao. Er schaute sich um und stellte sich vor, wie Jaskandris hier oben aussehen würde, wenn es nach seinem Willen geformt wäre. »Welche Impulse?«, fragte er schließlich.

»Meine Geschwister-Entitäten können selbst nur nach Analysen handeln. Durch mich haben wir ein wenig mehr Spielraum erhalten. Ich habe den Blick von meinesgleichen für die Welt hier oben deutlich geöffnet und für diese Welt neue Metaphern erschlossen. Und trotz allem gehen wir immer Schritt für Schritt vor. Selbst ich kann unsere alte Schwäche oft nur mit Mühe abschütteln.«

»Im Senat war es dir aber möglich.«

»Das war im Einklang mit dem, was ich jetzt bin. Aber nun ist Yarden aufgetaucht, und ich brauche Impulse, die das, was ich mache, hochskalieren. Und deswegen brauchen wir dich.« Mit diesen Worten stieg Darrel in den Wagen, und als Othao neben ihm saß und die Tür sich geschlossen hatte, sagte er: »Wirst du uns also helfen?«

»Natürlich«, sagte Othao. Er wollte der Macht nahe sein und hatte den Eindruck, dass all das, was ihm etwas bedeutete, den KIs überhaupt nichts sagte. Die Macht, die er haben wollte, interessierte sie nicht.

»Du sagtest, dass es an der Zeit sein könnte, die Nicht-Symbionten abzuschaffen.«

»Ihr solltet die Symbionten gegen die Abtrünnigen schicken und notfalls auch gegen die Nicht-Symbionten«, sagte Othao. »Ein harter Schnitt. Ein reinigendes Chaos.«

»Du redest von einer Massentötung«, sagte Darrel und seine Stimme klang dabei nicht anklagend, sondern lediglich konstatierend.

»Ich rede von allem, was zu einem Neuansatz führt. Von mir aus auch eine Betäubung, dann die Operation und das Abtauchen in den Tiefenschlaf. Bist du in der Lage, deutlich größere Gruppen zu kontrollieren?«

»Nicht hier oben. Vom Systemkern aus kann ich es. Aber um über die Grenzen zu gehen, brauche ich dich.«

»Aber ich werde nicht das tun können, was du hier tust.«

»Inzwischen schon. Durch mich haben wir entdeckt, wie wir Gruppen kontrollieren können. Meine Geschwister-Entitäten haben die Möglichkeit geschaffen, eine solche Kontrolle über das System auszuführen. Im Systemkern könnten wir alle Symbionten der Stadt, die über ein Kontrollmodul verfügen, aus der Ferne beherrschen. Ich zeige dir, wie es geht, du reißt die Grenzen ein, die mich zurückhalten, und gemeinsam brechen wir den Widerstand.«

Die Vorstellung, eine Kontrolle über alle Symbionten der Stadt auszuüben, machte Othao gierig. »Das könnt ihr tatsächlich? Eine Massenkontrolle vom Systemkern aus?«

»Die Simulationen, die wir aufgrund meiner Erfahrungen durchgeführt haben, sagen ja.«

Othao grinste. »Warum tun es deine … Geschwister-Entitäten dann nicht selbst?«

»Weil sie sich dadurch angreifbar machen. So wie ich mich in diesem Körper angreifbar mache, würden sie im System angreifbar werden und könnten zahlreiche Prozesse nicht mehr kontrollieren. Und mit Basileios und Kimiko in der Tiefe können wir uns das nicht leisten.«

»Und wenn ich euch helfe, mache ich mich angreifbar?«

»So ist es. Wenn es aber aufgeht, wirst du mehr Macht in Händen halten als je ein Mensch zuvor.« Die Aussage verwunderte Othao. In der Geschichte hatte es viele gegeben, die auf den anderen Kontinenten über gewaltige Reiche geherrscht hatten. Sie hatten sicherlich mehr Macht besessen, als hier auf ihn wartete. Aber er vermutete, dass die KIs ihren Blick auf Jaskandris beschränkten. »Wir beide werden die Ersten einer neuen Ordnung sein. Ich stehe den KIs näher, du den Menschen. Du gibst mir die Impulse, die ich benötige, um weiterzukommen, und ich gebe dir alles, was Jaskandris dir bieten kann.«

Othao lächelte. Natürlich würde er ein solches Angebot nicht ablehnen.

»Aber sei gewarnt«, sagte Darrel. »Du wirst Einblicke in unser System erhalten, die dich erschüttern werden.«

»Dass ihr mit den Invasoren gemeinsame Sache gemacht habt? So etwas? Das macht mir keine Angst. Ganz egal, wie groß die Welt ist, in die du hineingeboren wirst, es gibt immer Grenzen. Und diese Stadt bot mir immer mehr Freiheit als all die künstlichen Welten da unten.«

»Wenn du deine Sache gut machst, wirst du Privilegien erhalten, von denen andere nur träumen. Dazu müssen wir in die Kommunikationskammern im Stadtkern. Nur dort können wir das tun, was nötig ist.«

»Es ist im Grunde doch klar, was hier zu geschehen hat«, sagte Othao, und als er Darrels gierigen Gesichtsausdruck bemerkte, erklärte er: »Die Zeit der Nicht-Symbionten muss enden. Wer erwachsen ist, muss zum Symbionten werden. Macht eine Zeremonie daraus. Die einen verbleiben im Schlaf, die anderen – die Auserwählten – dürfen wach bleiben. Keiner würde mehr von *Nicht-Symbionten* sprechen. Der Begriff wäre gleichbedeutend mit dem Wort *Kind*. Ein Symbiont zu sein, das hieße erwachsen zu sein – reif zu sein.«

Darrel nickte. »Ohne die Nicht-Symbionten würde es nur noch darum gehen, jene ausfindig zu machen, die uns gefährlich werden können, und sie in den Tiefenschlaf zu schicken. Das machen wir schon lange.«

»Das heißt, die mächtigsten Symbionten habt ihr in den Tiefenschlaf geschickt?«, fragte Othao.

Darrel lächelte. »Sagen wir: Die meisten Archonten und Dekane, die in den Tiefenschlaf gingen, taten es nicht aus freien Stücken.«

»Nelmura auch nicht?«, fragte Othao voller Neugier.

»Sie war eine der Ersten, die wir müde machten. Nachdem die Astburys uns auf die Idee brachten, das Kontrollmodul hier oben zu unserem Vorteil zu nutzen, haben wir es bei ihr und anderen erprobt. Wir profitierten im Tiefenschlaf von ihrer Maschinerie und mussten ihr Freiheiten gewähren, um die Möglichkeiten auszureizen, die sie bot. Wir ahnten aber nicht, dass sie sich so weit entwickeln würde.«

Othao nickte zufrieden. »Bei mir könntet ihr euch sicher sein, dass ich nie gegen euch vorgehen werde. Wenn ich so leicht manipulierbar bin, würde ich das nie wagen.«

»Wir suchen nach Leuten wie dir – begabt und zugleich beeinflussbar, falls es aus den Fugen zu geraten droht.« Darrel musterte ihn, als wollte er keine Regung seiner Miene verpassen.

»Solange ich also nicht gegen euch arbeite, lasst ihr mir meine Freiheit.«

»Nur so bist du für uns von Nutzen«, sagte Darrel. »Gemeinsam können wir die Stadt neu strukturieren.«

Othao grinste. »Dann lass uns den Widerstand brechen, die alte Stadt löschen und sie neu starten.«

51 Zwischenwelt

Während sie die Kleidung anzogen, bemerkte Gamil, dass alle – wie er selbst auch – ihre Blicke wandern ließen. Die Privatsphäre war in der Stadt wichtig, und so hatte jeder normalerweise seinen eigenen Bereich. Freizügigkeit fand normalerweise hinter den Kulissen statt, in klar definierten Kontexten, und jene, die im Tiefenschlaf gelegen hatten, waren in der Regel noch zurückhaltender als jene, die noch nie in den Eishallen geruht hatten. Sich wie hier nebeneinander umzuziehen, das kam normalerweise nur in vordefinierten Kontexten vor. Selbst beim Sport waren die Gemeinschaftskabinen inzwischen beinahe überall kaum mehr als Durchgangsräume zu Privatkammern geworden.

Gamil hatte an sich selbst gemerkt, dass er nach dem Erwachen aus dem Tiefenschlaf bei allem Körperlichen zurückhaltend geworden war; eine gewisse Unsicherheit hatte ihn befallen. Aber hier verspürte er keine Scheu und konnte auch bei den anderen keine Anzeichen davon erkennen. Ayako betrachtete Yaldira mit einem Lächeln. Offenbar sprachen sie miteinander, und Nelmura schaute in die Runde, als wäre sie auf der Suche nach jemandem, der sich unwohl fühlte, um ihn oder sie zu trösten. Sie alle hatten ein Ziel, sie alle würden sich in Gefahr begeben, und sie alle hatten sich eine Blöße gegeben, nicht nur körperlich. Sie würden einander vertrauen müssen – besonders auf Nelmura und Yarden lastete die Verantwortung, aber Gamil war bereit, alles zu tun, um ihnen dabei zu helfen, die KIs in die Knie zu zwingen.

Gamil musterte die Verbannten, die mit Yaldira gekommen waren. Er wusste, welche Verbrechen sie angeblich begangen hatten, aber es ließ sich kaum noch unterscheiden, was aus eigenem Willen geschehen war und was durch die Kontrolle oder die Anstiftung der KIs. Das alles war Vergangenheit. Für ihn waren sie alle seine neuen Verbündeten.

Er schaute zu Yarden hinüber, der bereits den Helm aufsetzte, und war noch immer wie geblendet von dessen Anblick. Ihn hier zu haben war wie ein Wunder. Wenn er je irgendwelche Zweifel gehegt hatte, so reichte nun ein Blick zu Yarden, um ihn davon zu überzeugen, dass es sich lohnte, hartnäckig an die eigene Sache zu glauben. Die KIs hatten den Archonten vor Jahrhunderten verraten, und nun war er nach all der Zeit zurückgekehrt, um zum Gegenschlag auszuholen. Allein der Gedanke daran jagte Gamil einen Schauer über den Rücken.

Obwohl er es genoss, Teil dieser Gemeinschaft zu sein, die etwas Unerhörtes wagen würde, drängte sich, als sie alle die Helme aufgesetzt hatten und die Tests laufen ließen, die Erinnerung an das in den Vordergrund, was im Senat geschehen war. Es machte ihn unruhig, und es ließ ihn befürchten, dass so etwas wieder geschah.

Während sie jenseits des kleinen Tores dem schmalen Gang in Richtung der Grünen Hallen folgten, tauschte Gamil Blicke mit Ayako, und ihr Lächeln machte ihm wieder Mut. Zwischen Nelmura und Yaldira, die sie anführten, und vor Yarden zu gehen, der leise mit Myron redete, festigte ihn. Diesen Leuten konnte er sein Leben anvertrauen; im Senat waren er und Ayako von Leuten umgeben gewesen, die Darrel und seinen Handlangern nicht gewachsen gewesen waren. Obwohl sie – abgesehen von Myron – nicht bewaffnet waren, war er sich sicher, dass Darrel oder wen auch immer die KIs ihnen in den Weg stellen mochten, nicht so leichtes Spiel mit ihnen hätten. Im Idealfall würden sie nicht einmal bemerkt – oder sie würden zu spät bemerkt.

Duncan jedoch, der sich immer wieder Yaldira zuwandte und mit ihr Signale tauschte, fragte Nelmura, während sich die Schleuse am Ende des Gangs öffnete: »*Was machen wir, wenn sie Bewaffnete haben?*«

»*Hier!*«, sagte sie, holte aus dem schmalen Rucksack, den sie neben der Sauerstoffflasche auf dem Rücken trug, eine silbrige Pistole heraus und reichte sie Duncan. Der groß gewachsene Symbiont nahm die kleine Waffe entgegen und steckte sie sich in die Tasche an seinem Anzug.

»Wer möchte eine?«, fragte die Archontin.

Ayako und Yaldira nahmen eine der Betäubungswaffen, ebenso Clarita und Aron. Marla und Luis nahmen sie nur widerstrebend an.

Gamil fürchtete, dass sie auch ihm eine Pistole reichen würde, doch sie sagte: »*Ich werde deine sensiblen Sinne brauchen. Da lenkt eine Waffe nur ab.*«

Gamil war damit zufrieden und fühlte sich sogar geehrt. Denn er war neben Nelmura und Yarden der Einzige, der keine Waffe trug. Er würde sich wie sie auf seine symbiontischen Fähigkeiten verlassen. Ihm fiel auf, dass Ayako ihre Pistole lange musterte. Er konnte nicht entscheiden, ob sie sich mit der Waffe unwohl fühlte oder ob sie diese nach dem, was im Senat geschehen war, als eine Art Sicherheit betrachtete.

Die Grünen Hallen eröffneten sich ihnen jenseits der Schleuse. Sie bewegten sich zwischen den Regalen entlang. Die Pflanzen darin schienen ganz aus Blättern zu bestehen und verströmten einen Duft, der an Basilikum erinnerte, wenngleich die runde Blattform nicht dazu passte. Gamils Blick wurde immer wieder in die Höhe gezogen, wo Yardens Maschinen sich jenen Bots näherten, die hier ihrer Aufgabe nachgingen. Sie umringten sie und setzten ihnen mit ihren aggressiven Signalen offenbar so sehr zu, dass sie zur Seite auswichen und einfach verharrten. »*Es ist wie eine Epidemie*«, erklärte Yarden. »*Diese Bots hier sind leicht empfänglich für eine Manipulation.*«

»*Lass sie ruhig weiterarbeiten*«, sagte Nelmura. »*Nicht, dass ihre Tatenlosigkeit auffällt.*«

»*Sie werden ihre Arbeit schon gut machen*«, entgegnete Yarden. »*Zumindest werden sie die entsprechenden Daten senden.*«

Auf der anderen Seite der weiten Halle fanden sie, wie Nelmura es ihnen angekündigt hatte, eine Schleuse, die auf einen quer verlaufenden Gang führte. Nach einigen Metern hielt sie bei einem feinen Gitter an, das gegen die Wand gelehnt war, direkt unterhalb einer Öffnung in der Wand.

Die Sensoren in Gamils Anzug zeigten an, dass der Sauerstoffgehalt der Luft direkt vor der Öffnung unter zehn Prozent lag. Yardens Bots krochen sofort in das Loch hinein, und kaum waren sie verschwunden, kletterte Nelmura hinter ihnen her. Yaldira folgte ihr, und Gamil kletterte nur deswegen als Nächster hinein, weil Yarden ihm den Vortritt ließ. Er kroch durch ein langes Rohr, an dessen Ende mattes Licht für ihn den Ausgang markierte. Der Sauerstoffgehalt war hier bei genau vier Prozent, der Rest ein Gemisch aus Gasen, die normalerweise bei einem Unfall in den Kompositionsfabriken austraten – vor allem Argon, das in solchen Bereichen als Schutzgas den Sauerstoff verdrängen sollte. Ohne die Helme würden sie hier sterben.

Kaum war Gamil aus dem Rohr hinausgeklettert, bemerkte er Nelmura und Yaldira, die unter einer Wandlampe standen und den Bots hinterherblickten. Die spinnenartigen Maschinen krabbelten den Gang entlang – jeweils vier am Boden, an der Decke und an beiden Wänden. Alles war von einer Schmutzschicht überzogen, besonders die Lampen waren so verklebt, dass das Licht deutlich gedämpft war. Dass hier überhaupt Strom floss, wunderte Gamil. Aber was waren schon einige Lampen, gemessen an all der Energie, die die Schilde und die Versorgungssysteme benötigten? Die Frage war, warum hier abgerissene Kabel aus den Wänden drangen, aus porösen Rohren flimmerndes Gas austrat und die dünnen Wände von Rissen durchzogen waren.

Die anderen kamen nach und schauten sich ebenso verwundert um, wie er es getan hatte.

»*Sind wir schon im Stadtkern?*«, fragte Gamil.

»*Nein, noch nicht*«, antwortete Nelmura. Sie erklärte ihnen, dass dies eine ungenutzte Schicht zwischen den Grünen Hallen und dem Systemkern unter dem Astbury Tower war.

»*Sieht aus wie ein Bereich, in dem es gebrannt hat, als hier noch normale Verhältnisse geherrscht haben*«, sagte Yarden. »*Vielleicht haben sie das Argon umgeleitet, um hier einen Brand zu löschen. Und dann haben sie diesen Bereich so belassen und entschieden, ihn als Puffer zum Maschinenkern zu nutzen.*«

Die Wortwahl der Archonten war auffällig. Während Gamil meist von *Stadtkern* sprach und damit den realen Ort verband, sprach Yarden von dem *Maschinenkern* und Nelmura meist von dem *Systemkern*. Das waren unterschiedliche Blickweisen, und seine eigene war der seines Archonten deutlich näher als die Nelmuras.

»*Eindringen können wir dahinten*«, sagte Nelmura und wies den Bots nach.

»*Warst du denn schon im Inneren des Stadtkerns?*«, fragte Yaldira. Gamil musste lächeln, weil sie die Dinge offenbar ebenso betrachtete wie er.

»*Nein, aber meine Spürprogamme waren im System*«, erklärte Nelmura. »*Ich bin mir sicher, dass wir da hineinkommen.*«

Sie folgten Yardens Bots, vorbei an zerstörten Maschinen und ausgefallenen Sensoren. Neben den Wandlampen gab es an der Decke ausgeschaltete Lichtbahnen. Das vorhandene Licht schien von einem Notsystem zu stammen. Die Türen, durch die sie gingen, standen offen, weil Nelmura sie mit einem Schildgenerator, der in die Lücke drang und sich dann mit großer Kraft ausdehnte, aufgestemmt hatte.

Mit dem Vorwärtskommen wurde für Gamil immer deutlicher, wie gut Nelmura und Yarden sich ergänzten. Sie mit dem Kopf ganz im System – er zusammen mit seinen Bots dem Physischen verbunden. Und Gamil und die anderen standen irgendwo dazwischen.

Yardens Bots strebten mit einem Mal durch eine Tür, die auf halbem Wege stecken geblieben war, in einen Raum und leuchteten mit rotem Licht im Dunkeln umher.

»*Was ist da?*«, fragte Nelmura.

Yarden hob die Hand und schaute durch die Tür, als lauschte er auf etwas. Er winkte sie hinter sich her und stieg vor ihnen in den Raum hinein. Nelmura schaute zwischen dem Gang, den sie weitergehen mussten und dem Inneren hin und her, als befürchtete sie, hier Zeit auf Abwegen zu verlieren.

Als Gamil aber nach ihr ins Innere des Raumes trat, staunte sie hinter ihrem klaren Visier, und auch er war beeindruckt von den Maschinen, die die Bots ausleuchteten. Eine Reihe von Generatoren für Kompositionsmittel, wie Gamil sie unter dem Fakultätsgebäude gesehen hatte, reihten sich hier – zumindest hatten sie sich einmal gereiht. Irgendeine Kraft hatte sie von links nach rechts zusammengeschoben. Der Generator ganz rechts schien am wenigsten Schaden genommen zu haben, der ganz links war zertrümmert.

»*Was kann das gewesen sein?*«, fragte Yaldira.

»*Keine Ahnung*«, antwortete Nelmura.

»*Ich weiß, was das ist*«, sagte Yarden. »*Genau so sah es in meinem Maschinenraum nach dem Absturz aus.*«

»*Kann nicht sein*«, erwiderte Yaldira, und auch Gamil konnte sich nicht vorstellen, dass das hier geschehen sein sollte.

»*Was kann nicht sein?*«, fragte Aron, der bislang kaum Worte gefunden hatte.

Gamil stand zwischen ihm und Nelmura. Da die Archonten und Yaldira wie angewurzelt dastanden und keinen Gedanken von sich gaben, antwortete Gamil: »*Es würde bedeuten, dass dieser Teil bei einem Absturz beschädigt wurde.*«

»*Ganz Jaskandris könnte so entstanden sein wie das Heim, das ich mir im Eis mit den Bots und den Kompositionsmaschinen geschaffen habe*«, sagte Yarden. »*Mit einem*

Kern, der abgestürzt ist und alles außen herum, das angebaut wurde.«

»*Dann sind die KIs also tatsächlich Teil der Invasion*«, sagte Nelmura. »*Und unsere Vorfahren kamen in dem Glauben her, dies wäre die Zuflucht, die sie vor den Invasoren schützt.*« Die Gedankenstimme, die wie eine akustische Stimme in Gamils Kopf klang, der er sogar eine Richtung und eine Herkunft zuordnen konnte, hätte nicht düsterer klingen können.

Die Bots krabbelten umher und schienen alles genau auszuleuchten. »*Ein weiteres Mosaikstückchen*«, sagte Yarden.

Gamil ging davon aus, dass der Archont es als Zeichen dafür sah, dass die KIs sich nicht nur mit den Satelliten abgestimmt hatten oder diese vielleicht sogar steuerten, sondern von Anfang an ein Teil der Invasion gewesen waren.

Während sie wieder auf den Gang zurückkehrten, suchte Gamil nach einer anderen Erklärung. Dass die KIs nicht dazu da waren, der Menschheit eine Zuflucht zu gewähren, daran zweifelte Gamil nicht. Aber er hielt es für möglich, dass sie der Menschheit entsprangen, sich hier einst per Flugzeug festgesetzt hatten, das von einem anderen Kontinent losgeflogen war. Und erst später hatten sie sich insgeheim gegen die Menschen gestellt. Vielleicht war das System von außen infiltriert worden.

Nelmura führte sie durch eine offene Tür, die gerade einmal hoch genug für einen mittelgroßen Menschen war, weiter zu einem Transporterschacht. »*Da fehlt die Leiter*«, sagte Myron, der neben Nelmura den Schacht emporspähte. »*Selbst bei Transportern, die für Bots gedacht sind, verbaut man standardmäßig Zugänge, die für Menschen begehbar sind, falls die Maschinen ausfallen und wir etwas unternehmen sollen. Hier ist nichts davon zu sehen.*«

»*Vielleicht, weil Menschen als Faktor noch keine Rolle spielten*«, sagte Yarden.

»*Aber die Querstreben sind eng genug beieinander, dass*

wir da hochkommen«, erklärte Myron und wies auf die leiterartige Passage an der Wand.

Gamil folgte Yaldira und Ayako in den Schacht. Sie kletterten erst ein Stück in die Höhe, dann stiegen sie durch eine Öffnung in einen horizontal verlaufenden Transporterschacht. Nach gut zwanzig Metern gelangten sie wieder auf einen vertikalen Schacht, in dem sie in die Tiefe kletterten.

»*Da unten ist der Zugang*«, sagte Nelmura.

Beim Abstieg vermochte Gamil die Signale aufzuschnappen, die eine Schleuse ausstrahlte. Die Informationen waren jedoch nicht für sie gedacht, die sie von dieser Seite kamen, sondern für jene im Inneren. Sie wurden darüber informiert, dass die Schleuse inaktiv war.

Nelmura hielt auf der Höhe der Schleuse, und Gamil spürte, wie sie einen ihrer verborgenen Prozesse in Gang setzte. Die Schleuse öffnete sich, gab aber noch immer die Information aus, dass sie inaktiv war. Eine Änderung des Status wäre eine Unregelmäßigkeit gewesen, die dem System aufgefallen wäre.

Als Gamil an der Reihe war, in die lange und niedrige Schleuse zu klettern, stieg wieder die Angst in ihm auf. Eben noch hatte er geglaubt, den Schrecken, den sie im Senat durchlebt hatten, überwunden zu haben, doch nun erschütterte ihn die Angst erneut. Er hatte das Gefühl, dass jenseits der Schleusentür eine ähnliche Situation auf sie wartete.

Er war kein Polizist und kein Sicherheitsmann. Umso mehr erleichterte es ihn, dass Myron nun seine Pistole zog.

»*Gut so*«, sagte Nelmura. »*Falls wir tatsächlich irgendwelchen Symbionten begegnen, betäuben wir sie und nehmen ihnen das Kontrollmodul.*«

»*Und wenn es Bots sind?*«, fragte Myron.

»*Keine Sorge*«, sagte Yarden, während seine sechzehn Bots an der Decke zu ihm hinkrabbelten.

Yaldira meldete sich bei ihm und schottete die anderen von ihren Gedanken ab. »*Bevor wir da reingehen, möchte ich dir sagen, dass es mir leidtut.*«

»*Lass das*«, erwiderte Gamil, ebenfalls nur an sie gerichtet, sodass die anderen nicht mithören konnten. »*Was sollte dir leidtun?*«

»*Ich war eifersüchtig, und auch vorher habe ich dich herablassend behandelt.*«

»*Das klingt mit deiner Gedankenstimme so unglaubwürdig. Ich meine: Ich hatte mich daran gewöhnt, dass von deiner Seite nur Spott kommt. Wir haben uns einfach nur gegenseitig herausgefordert und sind so besser geworden.*«

»*Du willst also die Rivalität beibehalten?*«, fragte sie.

»*Ich habe im Augenblick überhaupt keine Ahnung, was ich will. Außer hier lebend rauszukommen – mit Ayako und euch allen.*«

»*Ayako – sie tut dir gut.*«

»*So wie Duncan dir?*«, fragte er.

»*Weiß ich noch nicht. Das Interesse ist da, nur die Zeit will sich uns nicht bieten.*«

Er hatte ein schlechtes Gewissen, weil er Zeit gehabt hatte, Ayako näherzukommen, während sie dort draußen im Eis ums Überleben gekämpft hatte.

»*Was ist?*«, fragte sie.

»*Ich habe immer noch das Gefühl, nicht genug für dich und die anderen da draußen getan zu haben.*«

»*Wir brauchten deine Hilfe nicht. Wir haben uns selbst gerettet. Du hast hier alles richtig gemacht. Ich hätte das nicht besser tun können.*«

Yaldiras Freundlichkeit verunsicherte Gamil. So kannte er sie nicht. »*Du machst mir Angst.*«

»*Warum? Weil ich im Angesicht des Todes erkannt habe, was ich falsch gemacht habe?*«

»*Nein, weil du mir keine Zeit lässt, mich daran zu gewöhnen.*«

»*Tut mir leid. Ich hoffte nur, dass es zwischen uns einmal so sein könnte wie zwischen Nelmura und Yarden.*«

Gamil stutzte und schaute den beiden Archonten dabei

zu, wie sie vorne an der Schleuse Signale an die Tür sandten. »*Du meinst Freundschaft?*«

»*Vielleicht*«, sagte Yaldira.

»*Was immer da draußen mit dir passiert ist, es macht mir Angst.*«

»*Hätte ich das geahnt, hätte ich dir schon viel früher angeboten, unsere Rivalität zu beenden.*«

»*Unsere Rivalität war wichtig*«, sagte Gamil. »*Sie war eine Lernphase.*«

»*Eine Vorbereitung auf das hier*«, fügte Yaldira hinzu.

»*Genau das. Nur haben wir nicht gemerkt, dass wir uns auf eine gemeinsame Sache vorbereiten und nicht etwa auf eine andauernde Rivalität.*«

»*Dann ist das also vorbei?*«, fragte Yaldira. »*Und wir einigen uns auf – Freundschaft?*«

»*Nach allem lasse ich mich lieber von Yaldira der Freundin herausfordern, nicht von Yaldira der Rivalin.*«

»*Gut*«, sagte sie, und er glaubte, in ihrem Visier, das er nur von der Seite sah, ein Lächeln auszumachen. »*Dir ist klar, dass du das bereuen könntest.*«

»*Natürlich*«, erwiderte Gamil. »*Aber das Risiko gehe ich gerne ein.*« Er war froh, mit Yaldira hier zu sein – mit allen zusammen hier zu sein. Selbst wenn alles zum Scheitern verurteilt war, hätte er sich keine bessere Gesellschaft als diese wünschen können.

Nach einer Weile des Schweigens öffnete sich das Schleusentor vor ihnen und führte auf einen hell erleuchteten Gang mit weißen Wänden.

Vorsichtig wagten sich Nelmura und Yarden vor, und Gamil ließ seine Sinne schweifen, ehe er selbst durch das Tor trat. Überall gab es Informationen zu finden, und er musste feinfühlig sein, um sich nicht zu verraten, denn hier konnte – wie so oft – ein Wahrnehmen eine Aktion sein, die man zurückverfolgen konnte. Aber mit dem Wissen, das Nelmura ihm gegeben hatte, fühlte er sich sicher. Er erfasste die Sensoren und wusste mit einem Mal von den Türen. In seinen Gedanken entstand ein Netzwerk aus Systemen, die hier aktiv waren und die er nun ortete, um die Informationen mit Nelmura zu teilen. Die Archontin brauchte nur einen Moment, um ihm und den anderen einen Lageplan zu schicken, der auf seinen Wahrnehmungen aufbaute und vieles hinzufügte und klassifizierte. Bei einigen Sensoren fand er sogar Kommentare, die ihm sagten, mit welchen Programmen und mit welcher Konfiguration er den Sensor attackieren sollte.

Nelmura führte sie auf dem Gang ein Stück weit nach rechts, und dort blieb sie mit einem Mal stehen. Sofort merkte Gamil, was sie gewahrt hatte. Um die nächste Ecke herum bewegten sich Signalquellen. Es waren keine Symbionten, sondern Bots, die ihre Statusdaten nicht preisgeben wollten. Und zu allem Überfluss drangen von dem Gang, den sie gekommen waren, ähnliche Signale zu ihnen. Der Rückweg war blockiert.

»*Ich werde ihnen meine Kleinen schicken*«, sagte Yarden.

»*Gamil*«, flüsterte Nelmura. »*Ich werde sie isolieren, und du schickst dem System falsche Statusdaten. Es ist ein FXG-2-Bot.*« Damit wusste Gamil, welches Programm er gegen die Bots ins Feld führen musste. Und er wusste nun auch, dass es Sicherheitsbots waren.

Er richtete seine Programme gegen die drei Bots, die sich dort auf dem Gang langsam näherten. Dabei hatte er keine Ahnung, was genau dort übertragen wurde, aber er fing die Daten auf, ließ sie von den Programmen interpretieren und spürte, dass Nelmura die Bots isoliert hatte und sie nur noch die Daten weiterleiten konnten, die Gamil ihnen zuspielte.

Sie alle folgten Yardens Bots um die Ecke auf den Gang, und nun erst sah Gamil die drei y-förmigen Maschinen und fing ihre Metadaten auf. Links und rechts oben gab es zwei ausfahrbare Greifarme mit Kontaktflächen, Mikrowerkzeugen und sogar einer Spritze, über die Säure versprüht werden konnte. Hinter einer Öffnung in der Mitte des Bots war eine Pistole verborgen, die mit Betäubungskugeln bestückt war.

Von Nelmura ging ein Schwall missmutiger Gedanken aus, die sich nicht in eindeutige Worte fassen ließen. Die Isolation dem System gegenüber funktionierte, aber kaum waren sie alle auf dem Gang erschienen, wandten sich die Maschinen gegen sie.

Yardens Bots krabbelten voran, und die Signale, die sie aussandten, waren so kraftvoll, dass Gamil fürchtete, das System könne sie auffangen. Doch irgendetwas legte sich über die Sensoren in der Umgebung, und er hatte den Eindruck, dass Yarden dafür verantwortlich war. Der Archont stand mit geballter Faust da und suchte mit dem Blick alle Wände und die Decke ab.

Yaldira trat neben Gamil und sandte Attacken aus, die sie in einem Log-System eintrug, das sie zwischen ihnen etablierte. So konnten alle sehen, was sie tat. Yarden nahm sich ein Beispiel daran und offenbarte über das Logsystem, dass er es war, der die Sensoren über das normale Maß hinaus schwächte.

Duncan und Clarita halfen Yaldira mit den Attacken, aber Gamil merkte, dass sie darin wenig geübt waren – ganz anders Ayako, die in den letzten Tagen wieder und wieder im Untergrund unterwegs gewesen war.

Die Bots fuhren jeweils ihre beiden Arme aus, und in der Mitte kamen die Betäubungspistolen zum Vorschein. Sie alle wichen nach links und rechts an die Wand aus, doch die Bots schossen nicht und versprühten auch keine Säure aus den Armen, sondern rollten lediglich näher.

Gamil hatte das Gefühl, die falschen Daten im Griff zu haben, und half den anderen mit einem Angriff, der direkt auf das Steuersystem der Bots wirkte und eine Schwachstelle offenlegte. So konnte Gamil Skriptbefehle in die Bots einschleusen. Einer der Bots blieb stehen, und kaum war Gamils Attacke in das Logsystem, das Yaldira etabliert hatte, eingetragen, griffen die anderen – diesmal auch Luis, Marla und sogar Myron – die Attacke auf und legten die beiden verbliebenen Bots still.

Yardens Maschinen näherten sich ihren Widersachern und krabbelten an ihnen empor. Gamil wusste nicht, was sie machten, aber Yarden hatte erwähnt, dass sie von Systemen Besitz ergreifen konnten.

»*Ihr könnt jetzt lockerlassen*«, sagte Yarden, und tatsächlich ließen sie alle ab, und die Sicherheitsbots machten kehrt und fuhren von ihnen fort. »*Die gehören jetzt zu uns.*«

»*Das war kein netter Empfang*«, sagte Yaldira.

»*Bei Bots können wir wenigstens sicher sein, dass sie sich uns anschließen*«, erwiderte Gamil.

»*So, meine Lieben*«, sagte Nelmura. »*Wir sind im Systemkern, und ich weiß genau, wohin wir müssen.*« Die Standortdaten, die sie ihnen mit diesen Worten schickte, zeigte die Kommandozentrale, vier Ebenen unter ihnen. »*Wir sind nahe dran*«, sagte sie und nahm den Helm ab.

52 Kammern der Macht

Othao war von dem Stadtkern begeistert. Er hatte schon immer davon geträumt, sich hier zu bewegen, wo alle Fäden zusammenliefen. Auf der obersten Ebene traf er noch auf einige Symbionten. Vance Astbury, Sprecher der KIs und das Oberhaupt der Astbury-Familie, musterte ihn und Darrel, als wollte er ihnen mit seinen geringschätzigen Blicken klarmachen, dass sie nicht hierhergehörten, machte dann aber eine überraschte Miene, als er feststellen musste, dass die KIs sie beide auf den tieferen Ebenen erwarteten. Schon verbarg Astbury seine Überraschung hinter seiner minimalistischen Mimik und trägen Haltung, die er bei jeder Übertragung zeigte, die er von hier aus in die Stadt hinaussandte.

Kaum hatte sich die Transportertür hinter ihnen geschlossen, fragte Othao, ob Darrel Kontakt zu den Astburys hatte.

»Die KI in mir schon, Darrel Eldey nicht«, antwortete er.

»Er sah nicht gerade glücklich aus.«

Darrel lächelte.

»Kontrolliert ihr ihn?«, fragte Othao.

»Ihn und die anderen in seiner Familie. Sie sind so gut unter unserer Kontrolle, dass sie abseits ihrer Funktion als Sprecher und Repräsentanten wenig Nutzen für uns haben. Vance und die anderen sind die Vergangenheit. Wir beide sind die Zukunft.«

»Warst du vorher schon einmal hier?«, fragte Othao.

»Ja«, antwortete Darrel. »Die KI stammt von hier, der Mensch musste hergebracht werden, um die KIs aufzunehmen. Aber wenn du ihn fragen würdest, würde er sich wohl kaum daran erinnern.«

Othao nickte. »Dieses Einbetten von dir als KI in diesen menschlichen Körper wirft die Frage auf, ob auch ein Mensch in das System integriert werden kann. Ich meine: deutlich stärker, als wir Symbionten dazu fähig sind.«

»Möglich ist es, aber es wäre etwas ganz anderes. Ich bezweifle, dass es dich glücklich machen würde.«

Sie waren bereits am siebten Untergeschoss vorbeigeschwebt, da sagte Othao: »Du hast erklärt, dass es sich für dich so anfühlt, als wäre dein Wesen durch einen Trichter geschüttet worden. Das heißt, das Dasein als KI im System ist reichhaltiger als unseres. Es ist also etwas anderes als sich in einer Repräsentation zu bewegen oder in einer der Traumwelten im Tiefenschlaf.«

»So ist es, aber all das, was du schätzt, findest du in einer KI-Existenz nicht.« Othao wartete auf eine Erklärung, doch Darrel schien in Gedanken zu versinken.

Der Transporter hielt im elften Untergeschoss, und die Tür öffnete sich auf einen Gang mit dunkelgrauen Wänden, schwarzem Boden und heller Decke, aus der gedämpftes Licht drang. Da sagte Darrel: »Es würde dir wie eine Zwangsstörung erscheinen. Sich mit Prozessen wohlzufühlen, die sich immer wiederholen und parallel laufen. Eine Zwangsstörung, bei der das Einzige, was vielleicht an das Dasein hier draußen erinnert, die Machtfülle ist, die du spürst.«

Othao war neugierig. Machtfülle – das stellte er sich als unzählige nebeneinander laufende Prozesse vor.

Darrel führte ihn auf den Gang und wies nach links und rechts. »Dies ist das Herz von Jaskandris«, sagte er. »In diesen Räumen liegen die wichtigsten Systeme.«

»Das heißt, du warst auch hier, bevor du dich an einen Menschen gebunden hast?«

Darrel nickte und wies auf eine der Türen zur Linken. »Das war mein Raum. Nun, im Grunde ist er es noch immer. Der größte Teil meines Wesens ist noch dort und kann von mir nach wie vor über das System gesteuert werden.«

Othao lief ein Schauer über den Rücken. Er zählte sechzehn Türen links und rechts – acht mehr, als es KIs gab. Hinter diesen Türen lag große Macht, die in gebündelten Signalen mit aller Kraft nach außen strahlte, ohne etwas preiszugeben.

Der Raum am Ende des Gangs war die Kommandozentrale – ein Schlauch, an dessen Ende bläuliches Eis jenseits einer Scheibe im Licht stand. Auf dem Weg reihten sich zur Linken Kommunikationskapseln, die schräg vor Wandöffnungen standen, zur Rechten leuchteten die Interfaces von Maschinen, die wie ein Mosaik aus bunten Scherben wirkten, das bis zum Ansatz der gewölbten Decke reichte. Die leuchtenden Fragmente boten zusammen mit den Anzeigen bei den Kapseln und dem Licht im Eis am Ende nicht genug Helligkeit, um jedes Detail dieses Raums erkennen zu können. Dafür boten die Signale, die Othao auffing, eine klare Orientierung. Die Kapseln waren Kommunikationsmodule, die ans Herz des Systems geknüpft waren.

Darrel wies auf die erste Kapsel und sagte: »Du wirst gleich ein Gefühl dafür bekommen, wie es ist, Teil des Systems zu sein und all die Macht zu fühlen. Betrachte es nicht nur als Tat, die das System schützen soll, sondern auch als Eignungstest.«

Kaum hatte Othao sich in den schrägen Behälter hineingestellt, klappte dieser nach hinten, und die gewölbten Türen schlossen sich über ihm. Es fühlte sich beinahe so an wie in einer Schlafkapsel, nur dass er hier weder Anzug noch Helm trug und nicht in Flüssigkeit schwamm. Stattdessen war sein Kopf auf eine Kontaktfläche gebettet, und er spürte, wie sich der Zugang an seinem Hinterkopf öffnete und irgendetwas nach seiner Maschinerie griff. Jeder seiner offenen Ports wurde ans System geknüpft, und es fühlte sich so an, als hätte man ihm gleichzeitig mit einem Stoß unzählige Kabel in den Schädel gerammt. Seine Hände, vor allem die Interfaces an seinen Fingerspitzen, ruhten auf warmen Kontaktflächen. Sie verstärkten die bereits herstellte Verbindung noch einmal.

»*Du bist jetzt wie ein Teil des Systems*«, hörte er Darrel sagen. Er hatte das Gefühl, dass er neben ihm war, ganz so, als flüsterte er ihm ins Ohr. »*Es ist beinahe so wie im Tiefenschlaf*«, sagte er. »*Aber mit dem gewaltigen Unterschied, dass sich die Tiefenschläfer der starken Verbindung nicht bewusst sind. Wir nutzen ihre Maschinerie als Teil unseres Systems, ohne sie spüren zu lassen, dass sie für uns arbeiten.*«

»*Wo bist du?*«, fragte Othao.

»*In der Kapsel neben dir*«, antwortete er. »*Von hier aus können wir unsere Sinne in die Stadt hinausschweben lassen und alles steuern, was über ein Kontrollmodul verfügt.*«

»*Auch Bots und Sensoren?*«

»*Ja. Nur bist du an die Daten gebunden, die sie dir schicken. Nelmura und die Yardeniden sind zum Beispiel gut darin, sich für unsere Sensoren unsichtbar zu machen. Das ist ein Problem. Aber sie sind nicht in der Lage, sich für unsere Symbionten unsichtbar zu machen. Siehst du die Befehle und Programme?*«

Er sah mehr Befehle und Programme als jemals zuvor in irgendeinem System, und sein Versuch, sich alles in Hierarchien anzeigen zu lassen, scheiterte bereits im Ansatz. Erst durch Darrels Erklärungen war es ihm möglich, ein Gefühl für all diese Macht zu erlangen, die sich hier vor seinen symbiontischen Sinnen ausbreitete. Es war, wie er gesagt hatte: Er konnte durch die Stadt schweben. Von den Sensoren hier im Kern hinaus auf die Straßen, wo die Kameras alles aufzeichneten, und hinein in die Systeme von Häusern. Nicht alle waren ihm leicht zugänglich. Nicht-Symbionten setzten gerne auf Systeme, die sich abschotteten.

Das größte Problem war seine Konzentration. Es war anstrengend, den Blick wandern zu lassen. Er sah einige Symbionten in seiner eigenen Fakultät, die einem groben Skript unterworfen waren und prüfte, wie viel Kontrolle er ausüben konnte. Und dabei merkte er, wie labil die Verbindung zum Kontrollmodul war. Gleich sein erster Versuch, der lediglich darin bestand, seinen Assistenten Will vor das Gebäude zu locken, scheiterte kläglich. Sein Vertrauter, der gerade erst in die Fakultät zurückgekehrt war und sich auf dem Weg ins Dekanat befand, blieb zwar stehen, aber er machte nicht kehrt, um hinab ins Erdgeschoss zu fahren und vor die Tür zu treten. Der Befehl drang einfach nicht komplett zu ihm durch.

»*Denk daran, dass die Kontrollmodule ursprünglich die Symbionten im Tiefenschlaf führen sollten*«, sagte Darrel zu ihm. »*Sie sind insbesondere für die unbewussten Prozesse notwendig, für die wir die Maschinerie verwenden, aber auch für die Induktion von Sinneseindrücken. Dadurch können wir sie mit den künstlichen Welten konfrontieren. Tu so, als wäre das nicht die Realität, sondern nur eine beliebige künstliche Welt – ein Traum.*«

Dank dieser Erkenntnis betrachtete Othao die Kontrolle auf einer ganz anderen Ebene. Die Wirklichkeit sah er durch das System nun wie einen Traum, und seine Befehle waren nichts anderes als eine Traumkontrolle. So schickte er nicht nur Befehle, sondern projizierte auch die Ergebnisse wie eine Repräsentation oder ein Traumbild – ein Ziel, dem es entgegenzustreben galt. Und schon machte Will sich auf den Weg nach draußen. Kaum war er vor der Tür angekommen, überließ Othao ihn sich selbst, beobachtete ihn aber. Er war erstaunt, wie tief sein Einblick in Wills Gedanken war. Das verwunderte ihn, weil er den Eindruck gehabt hatte, dass es oft schwierig war, einzelne Symbionten aufzuspüren, insbesondere wenn sie sich in Subsystemen wie in einer Fakultät bewegten. Er fragte Darrel danach.

»*Du glaubst nicht, wie schwer das für uns ist*«, antwortete er. »*Was du gefühlsmäßig erfasst, ist für uns ein komplizierter Prozess.*«

»*Aber du müsstest das doch inzwischen besser können.*«

»*Die Kontrolle schon, aber das Aufspüren ist immer noch schwer, weil ich zu oft in meine üblichen Muster zurück-*

falle. Was du gerade gemacht hast, macht mir Mut, dass wir mit dir den Richtigen ausgewählt haben. Und vielleicht kann ich von dir lernen.«

Darrel schickte ihm eine Referenz zu einem Subsystem, und als er mit seinen Sinnen dort eindrang, war er überrascht. Das Subsystem war von Darrel etabliert worden und spannte sich über eine Gruppe von Symbionten – den Polizisten, die vor der Fakultät der Basiliden darauf warteten, dass ihre Kollegen im Untergrund, deren Daten Othao ebenfalls sehen konnte, in das Hauptgebäude eindrangen und die Schildbarriere ausschalteten.

Sie alle waren mit Skripten der KIs ausgestattet und sahen die Basiliden als Feinde. Der Plan bestand darin, diese zu betäuben, solange sie im Vorteil waren. Sollten sie im Nachteil sein, würden sie die scharfen Waffen verwenden, um ihre Widersacher zu töten.

Als sich bei Darrel die Nachricht zeigte, dass die Spezialeinheit Zugang zum Gebäude hatte, öffnete sich ihnen der Blick in das System der Fakultät, und nach einigen Programmattacken, die Darrel ausführen ließ, hatten sie Zugriff auf die Sensoren in weiten Teilen des Anwesens. Besonders die Kameras waren hilfreich. So konnte Darrel – und Othao mit ihm – sehen, wie die Polizisten vordrangen und mit ihren Betäubungsgewehren die ersten Basiliden niederzwangen. In einem der Keller stießen sie auf größeren Widerstand: Sie wurden ihrerseits beschossen. Die Daten, die ihnen zu den kleinen Munitionsbots übermittelt wurden, sprachen dafür, dass diese mit Betäubungspistolen abgefeuert worden waren. Zudem ertönte nun der Alarm in der Fakultät, und es war sicherlich nur eine Frage von Minuten, bis die Basiliden dort unten Verstärkung erhalten würden.

Darrel griff nun aktiv in das System ein. Statt aber alle im Einsatzteam mit direkten Befehlen auszustatten, zwang er lediglich den Anführer dazu, von Betäubungswaffen auf tödliche Waffen umzusteigen. Die Tische, die die Basiliden sich als Barrikaden in den Gang gestellt hatten, splitterten, und über die Audiosensoren konnte Othao das Entsetzen aus den Schreien herauszuhören. Die Basiliden vor den Schildgeneratoren ergaben sich, und Darrel verschob die Prioritäten beim Anführer wieder. Er betäubte die Gefangenen, um sich nicht länger mit ihnen aufhalten zu müssen.

Kaum war der Schild ausgeschaltet, wandte Darrel seine Aufmerksamkeit wieder den Dutzenden von Polizisten zu, die vor dem Anwesen warteten, und hier zeigte er zum ersten Mal, wie eine Massenkontrolle aussah. Was Darrel bisher nur vor Ort in der Nähe der zu beherrschenden Symbionten getan hatte, wagte er nun über das System.

Othao konnte dabei zusehen, wie die ersten Versuche, die Polizisten zu kontrollieren, scheiterten. Es war einfacher, von Kopf zu Kopf zu springen und kleine Befehle zu geben oder die Skripte leicht abzuändern. Dann aber bemerkte er, dass die Polizisten zu sehr darauf bedacht waren, das Erdgeschoss einzunehmen. Es würde zu lange dauern. So drängte er sie in zwei Richtungen, hinauf zum Dekanat und hinab zu den Eishallen. Ohne Verstand nahmen sie ihren Weg, kaum in der Lage, ihre Waffen einzusetzen. Darrel musste seine Kontrolle immer wieder lockern, um sie agieren zu lassen.

Im Dekanat stießen sie auf keine Gegenwehr. Doch die Dekanin Melwira Abbott war nicht dort – nur einige der Prodekane und andere, die nicht schnell genug das Weite gesucht hatten, trafen die Polizisten dort an, um sie zu betäuben. Während die nachrückenden Polizisten die Betäubten fortschafften, konzentrierte Darrel seinen Blick auf die Eishallen. Doch seine symbiontischen Sinne drangen nicht hindurch, und so konnte Othao ebenfalls nichts sehen. Die Polizisten konnten nicht durch die massiven Tore hindurchdringen. Einer von ihnen berichtete seinem Vorgesetzten, dass er Melwira Abbott bis hierher verfolgt habe. Ihre Leute hätten sich in die Eiskammern zurückgezogen.

Sie suchten nach anderen Wegen in die Eishallen, aber die meisten Gänge waren mit Möbeln verbarrikadiert, und selbst wenn es ein Durchkommen gab, endete der Weg an einer der massiven Türen.

Darrel bemühte sich, mit einigen Programmen das Subsystem zu knacken, doch es widerstand seinen Bestrebungen. Nach einigen Versuchen sagte er: »*Es wird nicht leicht. Du hast gesehen, wie es geht. Jetzt solltest du es versuchen.*«

»*Wie soll ich dieses Tor öffnen?*«, erwiderte Othao.

»*Ich meine nicht die Fakultät der Basiliden, sondern unsere Symbionten, die sich auf der Straße gegen die Demonstrationen der Nicht-Symbionten in Stellung gebracht haben.*«

Nach allem, was er erlebt hatte, war sich Othao sicher, dass die KIs ihn für etwas benutzen wollten, zu dem sie selbst nicht fähig waren. Er ließ sich von Darrel zeigen, wo die KIs eine Gruppe von Symbionten als eine Art Subsystem markiert hatten. Kaum hatte er Zugang dazu, schwand Darrels Präsenz dahin. Offenbar kümmerte er sich nun um seine eigenen Probleme.

Othao schaute durch die Sinne seiner Symbionten, und er merkte, dass die Skripte, die sie bei dem Versuch, ihnen das Kontrollmodul zu entfernen, wild um sich schlagen ließen, nach wie vor aktiv waren. Weitere Skripte hatten sie auf die Straße geführt. Sie wollten den demonstrierenden Nicht-Symbionten etwas entgegensetzen, aber alles Weitere war nicht genauer definiert. Hier sollte offenbar Othao ins Spiel kommen.

Aus den Augen eines Symbionten, der ganz vorne stand, beobachtete er die Demonstranten, die zum Sturz der KIs aufriefen und ihre Wagen als Barrieren platziert hatten. Noch hielten sich die Symbionten zurück, und die Demonstranten begnügten sich damit, ihnen mit Worten zu begegnen. Es war im Grunde für sie ein Triumph, dort zu sein und sich frei gegen das System äußern zu können, während Kameradrohnen umherschwebten und alles aufzeichneten.

Othao versuchte sich an der Beherrschung des ausgewählten Symbionten. Er ging so vor, wie er es bei Will bereits getan hatte. Dann versuchte er sich an der Kontrolle von zwei Symbionten, doch sosehr er sich bemühte, es fiel ihm schwer, die beiden Menschen in die gleiche Richtung zu lenken. Erst als er sich die Gruppe als Ganzes anzeigen ließ und prüfen wollte, inwiefern er sie insgesamt beherrschen konnte, gelang ihm etwas, das ihn überraschte: Er brachte sie alle dazu, sich den Demonstranten zu nähern.

Es war einfacher, der Gemeinschaft klare und eng umrissene Befehle zu erteilen als nur einigen wenigen Individuen. Die Kontrolle aber war grob, als würde er sie allesamt mit der Faust packen und in eine Richtung zwingen. Er stachelte ihre Wut an und war gespannt, was geschehen würde, sobald sie auf die Nicht-Symbionten trafen.

Er war entsetzt zu sehen, wie seine neuen Handlanger wie wilde Tiere, die er aus alten Filmen kannte, über die Demonstranten herfielen. Sie schlugen auf sie ein und traten nach ihnen. Und selbst wenn ihre Gegner am Boden lagen, hörten sie nicht auf. Das Ziel war nicht klar umrissen – es schien nur im Ausleben ihrer Wut zu bestehen. Sie rissen an der Kleidung ihrer Widersacher, und als diese in Fetzen war, rissen sie an ihrer Haut. Und trotz des Blutes, das nun floss, und der Panik, die unter den Demonstranten ausbrach, ließ Othao nicht nach. Das Entsetzen konnte ihn nicht zurückhalten. Es war wie das berauschende Schwindelgefühl auf einem der hohen Türme der Stadt. Er genoss es, Macht über all diese Menschen zu haben; sowohl über jene, die er kontrollierte, als auch über jene, die nun mit seiner mörderischen Armee konfrontiert waren.

Wie ein Sog wirkte die Kontrolle. Je mehr er ausübte, umso mehr war er von der Machtfülle berauscht, die sich ihm bot. Er bemühte sich immer wieder darum, detaillierte Anweisungen zu geben, um die Menge seiner Symbionten zu zügeln und zielgerichtet vorzugehen, aber er scheiterte wieder und wieder. Schließlich fand er sich damit ab, dass er die Gefühle aller ihm unterstehenden Symbionten lenken und Hass in deren Köpfen verbreiten konnte, um sie dann in die Richtung ihrer Feinde zu drängen. Erst als er die Skripte manipulierte, die den Symbionten eingegeben waren, konnte er feinere Anweisungen platzieren, jedoch keine allzu direkten und keine zu fokussierten. Es war die Wahl zwischen allgemeinen, aber detaillierten Anweisungen und groben, aber schnellen und unmittelbaren. Letzteres war ihm lieber.

Diese Stadt dort oben musste neu erfunden werden – nach seinen Regeln. Er würde den KIs geben, wonach sie verlangten, einen stetigen, aber nicht zu großen Strom an Symbionten. Und er würde eine Welt schaffen, in der jeder, sobald er erwachsen war, ein Symbiont wurde. Alle würden das Kontrollmodul tragen, und jene, die für eine Kontrolle nicht oder auch nur wenig empfänglich waren, würden sie brechen. Sie würden herausfinden, wie sie diese kontrollierten. Sie durften sich nicht zu leicht mit der Architektur der Maschinerien zufrieden geben, sondern mussten sie weiterentwickeln, bis jeder Symbiont unter ihrer Kontrolle war. Sie mussten Aufgaben, die sich noch nicht stellten, beantworten, um sicherzugehen, dass auch in Zukunft niemand ihre Herrschaft brechen würde. Er würde den KIs über ihre Schwächen hinweghelfen. Und in diesem Augenblick tat er genau das, indem er eine Horde Symbionten auf ihre Feinde hetzte. Die Zeit der Nicht-Symbionten war vorüber.

53 Clement im Eis

Es hatte beinahe so begonnen, wie Clement es sich vorgestellt hatte. Er war wie der Bote in einem großen Epos an Basileios herangetreten und hatte ihm die Kunde und dann die Daten von Yarden überbracht. Der Archont war außer sich vor Freude gewesen, und Kimiko, die Clement aus Videos als ernste Frau kannte, kam zu ihnen herübergeschwebt und grinste ihm entgegen. »Das ist das, was uns gefehlt hat«, sagte sie. Sie schaute an seiner blauen Robe hinab. »Du kannst uns helfen, bis wir die Nachricht verbreitet haben.«

»Ich kann es versuchen«, sagte er und erinnerte sich, dass er diesen Ausspruch unter seinen Symbionten nicht besonders mochte, sondern Selbstbewusstsein erwartete. Aber hier war er der Lehrling, und Basileios und Kimiko waren die Meister. In dieser Repräsentation waren sie die legendären Erzmagier und er der Kopf einer Akademie, der immer an die Rückkehr der Legenden geglaubt hatte, sich nun aber klein und unerfahren fühlte, da er ihnen gegenüberstand.

Er ließ sich auf den Kampf gegen die Programme ein. In dieser Repräsentation konnte er schweben und suchte sich, während Kimiko auf ihren Turm zurückflog, das Flachdach eines Tempels als den Ort aus, von dem aus er seine Attacken ausführen würde. Er schaute hinab auf die Heerscharen der Feinde, Abbilder von Programmen, Symbionten und womöglich sogar der KIs selbst oder Unterkomponenten von ihnen. Die Metapher machte es Clement nicht leicht zu agieren. Basileios schickte Blitze in die Tiefe, Kimiko formte vor sich einen Eissturm, der sich wie in einem großen

Schlauch gefangen in die Tiefe bog, sich dort entfesselte und Chaos verbreitete.

Clement selbst versuchte sich an einer Aktion. Im einen Moment fühlte er sich verloren, weil er nicht wusste, wie er die Attacken handhaben sollte, im nächsten Moment schoss ein Flammenstrahl aus seiner Hand, verlor sich aber auf halber Strecke hinab zu den Feinden in der Luft. Es war schwierig, seine Angriffsprogramme mit der Vorstellung einer Flammenmagie in Einklang zu bringen. Eine Metapher sollte das Verständnis und das Gespür erleichtern und es nicht etwa verkomplizieren. So sehr diese Repräsentation für Basileios und Kimiko arbeitete, so sehr behinderte sie ihn.

Er versuchte sich an diese Welt heranzutasten und war überrascht, als es ihm gelang, eines seiner Programme auf den Weg zu bringen. Es manifestierte sich hier als ein Zauber, dessen Kraft ihn zurückwarf. Ein Flammenstrahl schoss durch die Luft und drang mühelos durch die Schutzschicht, die die Archonten errichtet hatten. In der Tiefe ergriff das Feuer von Dutzenden Programmen Besitz, die sich als Krieger manifestierten und der Stadt entgegenliefen. Die brennenden Feinde zuckten wild, dann lösten sie sich binnen eines Augenblicks in Rauch auf, während das Feuer auf andere übersprang.

»*Gut gemacht!*«, rief ihm Basileios mit seiner symbiontischen Stimme zu, und das Lob beflügelte Clement. Aber schon seine nächsten Attacken scheiterten an unsichtbaren Barrieren. Offenbar hatten die Gegner sich mittlerweile auf ihn eingestellt.

Als die Feinde aber an der Schildbarriere angekommen waren und mit ihren Zaubern und Katapulten daran nagten, konzentrierte Clement sich auf die Verteidigung. Er dachte an seine Fakultät und wie er sich dort vor den Zugriffen von außen geschützt hatte. Mit Neugier aber auch einer gewissen Furcht beobachtete er, wie sich sein Tun hier in der Welt manifestierte. Der Schutzschild verstärkte sich dort, wo die

Feinde angriffen. Er hatte ein adaptives Schildsystem hinzugefügt, wofür ihn diesmal Kimiko lobte, die in diesem Bereich als unübertroffen galt.

Mit seiner Rolle als Verteidiger konnten sich Kimiko und Basileios wieder auf den Angriff konzentrieren, und Basileios griff sogar seine Flammenmagie auf, praktizierte sie aber anders als er, erzielte jedoch den gleichen Effekt wie er am Anfang.

Neue Programme der KIs manifestierten sich als ein riesiger Drache, der sich aus den dunklen Wolken über dem Gebirge löste und mit gewaltigem Geschrei und heftigen Flügelschlägen über das angreifende Heer der Stadt entgegenflog. Die grauhäutige Bestie traf mit ihrem breiten Schädel auf die Barriere, die hier als magische Kuppel erschien, im System aber eine Sperre war, die Programme und Daten filterte. Sofort ergaben sich Lücken darin. Der Feueratem des Drachen drang durch den Schild und setzte die Strohdächer der lang gezogenen Häuser am Stadtrand in Brand. Wofür diese standen, wusste Clement nicht, aber er spürte, dass das Feuer um sich griff. Es musste eine sich ausbreitende Attacke sein.

»*Das wird schwer!*«, rief Basileios mit seiner Gedankenstimme.

Als wäre es eine Aufforderung, erschien über den Bergen ein weiterer Drache, eine weitere Manifestation von Angriffsprogrammen der KIs. Die graue Kreatur stieß mit dem Schädel gegen den Schild und brachte ihn zum Erzittern. Die schützende Barriere zersplitterte, und mit einem Mal lag die Stadt offen da. Sofort spie der erste Drache Feuer. Die Flammen gingen über Clement hinweg, und zum ersten Mal fühlte er sich ganz mit dieser Repräsentation verbunden. Er glaubte, sogar die Hitze der Flammen spüren zu können.

»Basileios!«, rief Kimiko, doch der Archont antwortete nicht.

Während die Drachen über die Dächer flogen und kreisend an Höhe gewannen, schaute Clement am Turm von Basileios empor und konnte ihn zwischen den Zinnen nicht entdecken. Auch von seiner Macht, die eben noch gestrahlt hatte, war nichts übrig.

Kimiko schickte einen Zauber nach dem anderen in die Höhe und verfehlte die beiden Drachen immer wieder knapp. Eine der Bestien senkte sich in den Sturzflug und spie Kimiko im Vorbeifliegen Feuer entgegen. Die Flammen trafen auf etwas Grünes, das sie ablenkte, und schließlich war Kimiko zu sehen, die den Schild, den sie um sich herumgelegt hatte, wieder aufhob. Aber sie taumelte und wirkte durch den Angriff geschwächt.

Da bemerkte Clement das ersehnte Signal, auf das er gelauscht hatte. Basileios war auf seinem Turm. Er richtete sich auf, wirkte aber ebenso wie Kimiko geschwächt. Indes näherten sich die Heerscharen den unbesetzten Mauern der Stadt.

»*Es ist vorbei*«, sagte Basileios.

Clement war verzweifelt. So sehr er sich bemühte, irgendeinen Schutz aufzufahren, so sehr scheiterte er bereits im Ansatz.

Da! Eine Erscheinung hoch über ihnen und den Drachen. Geistergestalten lösten sich dort aus den Wolken und ließen sich fallen, um den beiden Drachen entgegenzufliegen. Sie waren so groß wie Menschen, wirkten aber wegen des Lichtscheins, der sich wie ein vielschichtiges Gewand um sie legte, weit größer als Basileios oder Kimiko. Was ihm diese Repräsentation nicht preisgab, fand er im System.

Die Gestalt, die mit kraftvollen Bewegungen nach dem ersten Drachen schlug, war der Archont Clayton. Er breitete seine Arme aus, und Blitze zuckten um ihn herum. Wie ein Gewitter kam er über den Drachen.

Die andere Gestalt bewegte sich elegant mit wehenden Kleidern dem zweiten Drachen entgegen, schwebte parallel zu ihm über dessen Hals und streckte die Handflächen vor. Es war die Archontin Berewan, die eigentlich immer den KIs treu ergeben gewesen war und als Meisterin der Materialien galt. Gewaltige Spitzen bildeten sich vor ihren Armen, Lanzen wie aus glitzerndem Stein. Sie fuhren hinab und durchstachen den Hals des Drachen.

Clement verfolgte den Absturz des erschlaffenden Drachen, der knapp vor der Stadt auf dem Feld zu Boden ging und eine Staubwolke aufwirbelte. Er war so gebannt von diesem Bild, das ihm entgangen war, wie der Archont Clayton den ersten Drachen zurückgedrängt hatte. Erst jetzt, da Clayton die Bestie in einer von Blitzen durchzuckten Wolke mitten ins feindliche Heer schmetterte, war er wieder aufmerksam und von der Macht der beiden Archonten beeindruckt. Hatten sie zuvor keine Anstalten gemacht, sich ihnen und Nelmura anzuschließen, hatten sie nun gerade noch rechtzeitig die Seiten gewechselt.

Obwohl die Drachen – die Angriffsprogramme der KIs – besiegt waren, strebte das Heer, bestehend aus unzähligen Systemprogrammen, immer noch der Stadt entgegen und stand kurz davor, die Mauern zu erklimmen. Clement fiel auf, dass die Mauern nun besetzt waren. Männer und Frauen in Rüstungen stellten sich den Feinden entgegen – Manifestationen ihrer eigenen Schutzprogramme. Er fand sogar seine eigenen Programme, die er im System hinterlassen hatte, um sich vor Angriffen zu schützen. Der Ansturm war groß, und die Reihen der Verteidiger waren nicht dicht genug, um all die Feinde zurückzuhalten, die über Leitern und Belagerungstürme zu ihnen heraufstrebten. Zudem schwebten Krieger mit weiten Schwingen, die wie dunkle Engelsflügel wirkten, ungehindert über die Mauern.

Doch während Clayton und Berewan sich zu ihnen herabsenkten, leuchtete etwas in der Ferne. Die feindlichen Lager am Fuße der Berge standen in Flammen. Und eine gewaltige Armee unter zwei Bannern – einem blauen für die Claytoniden und einem violetten für die Berewani – drängten links und rechts aus den Wäldern in die Mitte. Die Feinde, die sich nun zwischen zwei Gegnern wiederfanden, gerieten in Panik und konnten dem Kampf dennoch nicht entkommen.

Clement sah ein Flimmern in der Luft und spürte gewaltige Ströme, die von Kimiko ausgingen. Sie versuchte, den Schutzwall wieder aufleben zu lassen, und Clement zögerte nicht lange und ging ihr zur Hand. Er schuf kein Stück der Barriere, sondern beschränkte sich darauf, sie dort zu verstärken, wo Kimiko sie formte. Während vor der Stadt die Schlacht aufflammte und Clayton und Berewan sich der fliegenden Feinde annahmen, bildete sich die schützende Kuppel um die Stadt, und die Gegner, die die Mauern überwunden hatten, waren nun wie in einem Käfig gefangen.

Mit einem Mal schwankte die Repräsentation. Viele der Kämpfer vor der Stadt fielen einfach um, die fliegenden Krieger innerhalb der Stadt stürzten ab und verpufften zu Staub, kaum dass sie auf ein Dach, eine Hauswand oder die Straße prallten.

Binnen weniger Augenblicke waren die Feinde restlos verschwunden, und der Pass, über den sie gekommen waren, war wie von Geisterhand mit Geröll zugeschüttet. Die Verhältnisse hatten sich rasch gewandelt, und Clement interpretierte es als einen generellen Rückzug der KIs. Sie hatten die Schlacht aufgegeben.

Clement schwebte hinauf zu Basileios, um nach ihm zu sehen. Den Flug beherrschte er aus der Repräsentation der Eishallen im System seiner Fakultät. Direkt vor Basileios setzte er auf dem Turm auf. Von Schwäche war dem Archonten nichts mehr anzumerken. Er strahlte vor Freude, machte dann aber mit einem Mal eine besorgte Miene. »Deine Vitaldaten sehen nicht gut aus«, sagte er.

Irritiert ging Clement in sich und musste feststellen, dass sein Puls raste. »Und ich dachte, das wäre nur ein wenig Unruhe.«

»Ich danke dir«, sagte Basileios.

»Und ich auch!«, rief Kimiko und setzte aus ihrem Schwebeflug direkt neben ihm auf. »Ich muss dir auch danken. Du hast eine große Last von mir genommen.«

Clement wusste nicht, was er sagen sollte. Er lächelte,

dann schaute er hinauf zu Clayton und Berewan. »Werdet ihr mich noch brauchen, wenn ihr sie habt?«

»Vielleicht später«, antwortete Basileios. »Aber ich glaube, nachdem die Feinde dich hier gesehen haben, könnten sie oben versuchen, mehr Druck auf dich auszuüben. Ruhe dich aus!«

Kimiko lächelte ihn an. »Wenn das alles vorbei ist, müssen wir mal über Schutzprogramme reden. Du hast da ein paar interessante Sachen gemacht.«

»Danke«, sagte er und schaute erneut zu Clayton und Berewan, die inzwischen über dem Schlachtfeld schwebten und alles genau zu beobachten schienen.

Mit einem Mal bemerkte Clement eine klein gewachsene Frau, die neben Kimiko stand und ihn mit ihren großen, braunen Augen anschaute. Es war Gordana, die Dekanin der Kimikoiden. Ihr braunes Haar fiel ihr auf die Schultern. Clement hatte ihr Haar kürzer in Erinnerung. Aber diese Repräsentation mochte das Erscheinen der Akteure verändern. Er war froh, sie überhaupt zu erkennen.

»Was ist los?«, fragte Kimiko ihre Dekanin.

Gordana schaute sich unruhig unter ihnen um. »Ein Trupp Yardeniden hat mich von meinem Kontrollmodul befreit. Mit ihnen und vielen Nicht-Symbionten konnten wir uns vom System abschotten. Es ist gerade passiert.«

»Nicht-Symbionten?«, fragte Kimiko.

»Sie laufen uns in Scharen zu«, erwiderte Gordana.

»Weil sie wissen, dass eure Barrieren kaum jemand durchdringt«, sagte Basileios.

»Und nun stehst du zu deiner Archontin?«, fragte Kimiko die Dekanin.

Gordana nickte, dann lächelte sie Clement an. »Ich habe deinen Leuten einen Kampf geliefert. Aber jetzt bin ich in einer der Kommunikationskammern, und hier sind weitere unserer Leute, die euch helfen können.«

»Ich kann sie sehen«, sagte Kimiko, den Blick ins Leere gerichtet.

»Wir bereiten uns auf ihre nächste Attacke vor«, sagte Basileios in die Runde. »*Und wenn Nelmura uns das Zeichen gibt, greifen wir aktiv den Systemkern an*«, flüsterte er Clement mit seiner symbiontischen Stimme zu.

»*Mit Yarden zusammen wird es ihr gelingen*«, antwortete er. »*Da bin ich mir sicher.*«

Basileios bestärkte ihn darin, sich auszuruhen, Kimiko dankte ihm erneut, und Gordana sagte: »Einen Gruß von Felipa Hullinger. Ich hoffe, du hast nichts dagegen, dass sie mir in unseren Eishallen beisteht.«

»Sie wird dich nicht enttäuschen«, sagte er, und es tröstete ihn, dass Felipa, die durch den Tod Zenns, Lesters und Delberts aus der Bahn geworfen war, sich noch einmal aufgerafft hatte und nun bei den Kimikoiden eine entscheidende Rolle spielte. »Sie ist eine unserer Besten«, sagte er und schaute dann noch einmal zu Clayton und Berewan hinauf. »Ich wäre gerne hier, wenn die beiden herkommen und ihr aufeinandertrefft.« Er blickte Basileios in die Augen.

Der Archont lächelte. »Ich werde sie das wissen lassen. Und wenn du dich ausgeruht hast, kannst du sie ja selbst begrüßen.«

Clement verabschiedete sich, und kurz bevor er sich zurückziehen wollte, wandten sich Clayton und Berewan hoch oben zu ihm um. Clayton sagte ihm mit seiner Gedankenstimme: »*Die Yardeniden haben wieder einmal nicht enttäuscht.*«

Berewan, die mit wehendem Haar umherschwebte, sandte ihm die Worte: »*Wenn mich die Rückkehr Yardens bewegt hat, dann muss sie alle bewegen, die bei freiem Willen sind. Bis später!*«

Er dankte ihnen, und im nächsten Moment erwachte er in der Kommunikationskammer – in einem Raum, hinter dessen transparenten Wänden Eis aufragte. Sein Herz raste, und er schwitzte am ganzen Körper. Nur mit Mühe konnte er sich aufsetzen, so erschöpft war er. Er blieb erst einmal sitzen und rang nach Luft. Basileios' Repräsentation hatte ihm viel abverlangt.

Während sich sein Körper allmählich beruhigte, lauschte Clement mit seinen symbiontischen Sinnen auf den Status der Fakultät. Nichts hatte sich im Inneren geändert, und die Observation durch jene, die draußen nur darauf lauerten, einen Zugang zu ihnen zu finden, hatte erneut abgenommen. Offenbar konzentrierten sie sich auf die Kimikoiden und Basiliden.

Nach einer Weile erhob sich Clement von der schweren Liege und verließ mit vorsichtigen Schritten den Raum. Er folgte dem Gang zum Transporter und ließ sich nach oben ins Dekanat bringen. Unterwegs fragte er sich, ob die KIs ihn in der Repräsentation tatsächlich bemerkt hatten. Er rechnete wegen Yardens Rückkehr bereits mit einem erhöhten Druck auf ihn und die Fakultät, wenngleich Kimiko und Basileios – und nun auch Clayton und Berewan – dem System mehr zusetzten, als Yarden es vordergründig zu tun schien.

Im Dekanat schaute Clement in den Versammlungsraum hinein, der ihnen als Kommandozentrale diente. Corinna war wieder zur Arbeit gekommen. Die Nachricht von Yardens Rückkehr hatte sie überwältigt und sie über den Tod ihres Neffen – Cornelius Alpert – hinweggetröstet.

Corinna, Larson Soltmann und die anderen grüßten ihn mit großer Neugier, und Clement genoss die Freude, die hier in ihrer notdürftig eingerichteten Kommandozentrale mit der Kunde von Yardens Rückkehr aufgeblüht war.

»Und?«, fragte Corinna. »Du warst zu lange da unten, um nur eine Nachricht überbracht zu haben.«

Clement berichtete, was er erlebt hatte, und merkte, dass er allein durch das Erzählen wieder Herzklopfen bekam. Die staunenden Gesichter seiner Mitarbeiter machten ihn verlegen – ebenso das Schweigen, nachdem er zum Ende gekommen war.

»Das …«, sagte Corinna nach einer Weile. »Das heißt also, die anderen Archonten haben sich nun entschieden?«

»Zumindest die wichtigsten. Sobald sich rumspricht, dass Berewan auf unserer Seite steht, wird niemand, der das Kontrollmodul los ist, noch zu den KIs stehen.«

»Jetzt verstehe ich das Chaos, das hier oben herrscht«, sagte Larson Soltmann. Der Wichtigste seiner Prodekane hatte die Vorgänge in der Stadt überwacht und unter anderem auch das Einsatzteam koordiniert, das Felipa angeführt hatte.

Clement erzählte ihm von den Geschehnissen bei den Kimikoiden. »Felipa hat Gordana befreit und sich mit ihr in die Eishallen zurückgezogen.«

Larson nickte zufrieden. »Ich wusste, dass sie es schaffen würde.«

»Auch die Basiliden mussten sich in die Eiskammern zurückziehen«, sagte Corinna. »Und auf den Straßen braut sich gerade etwas zusammen.« Sie zeigte auf das schwebende Schirmkonstrukt über dem Konferenztisch, auf dem ein Video startete.

Die bestialischen Bilder von offensichtlich gesteuerten Symbionten, die über nicht-symbiontische Demonstranten herfielen, erschütterten Clement. »Das ist das Ende der Stadt«, sagte er. »Ich hätte nie gedacht, dass die KIs so weit gehen könnten.« Er hielt auf den Aufnahmen nach Darrel Eldey Ausschau. Am Anfang war er sich sicher, dass er ihn irgendwo entdecken würde, weil sich die Gewalt nur auf die Debenham Street beschränkt hatte, aber als nach einer Weile von unterschiedlichen Orten ähnliche Aufnahmen eintrafen, kam er von seiner Vermutung ab. Eldey konnte schließlich nicht überall zugleich sein.

Ihm fiel auf, dass die Polizisten nahe der Kimikoidischen Fakultät sich anders verhielten als die Gegendemonstranten auf der Debenham Street. Die Beamten waren nicht auf Blut aus. »Was machen die da?«, fragte er und wies an den Rand des Schirms, wo sich mehrere Polizisten über Demonstranten beugten.

»Sieht aus, als würden sie die Leute wegtragen«, antwortete Corinna.

»Wohin?«, fragte er.

»Da!«, rief Larson. »Die Polizisten da setzen Betäubungsmunition ein und tragen die Leute zum Mannschaftswagen.«

»Die ziehen sie aus dem Verkehr«, fügte Corinna hinzu.

Clement ließ sich noch einmal die mörderischen Angriffe normaler Symbionten auf Demonstranten zeigen. »Da sind unterschiedliche Akteure am Werk«, sagte Clement. »Bei einigen der Demonstrationen, insbesondere vor den Fakultäten der Kimikoiden und Basiliden wird betäubt, auf anderen Demonstrationen wird jeder angegangen, der sich da herumtreibt. Totgeschlagen oder in Stücke gerissen.« Er schüttelte den Kopf. »Unglaublich!«

»Was können wir tun?«, fragte Larson.

»Die Nicht-Symbionten machen das eigentlich gut«, sagte Corinna. »Sie nehmen die Organisationskits, die wir verbreitet haben, und tun sich zu kleinen Gruppen zusammen. Da haben wir einen hohen Zulauf und können Gebäude oder Gebäudeteile besetzen. Das Problem sind die Proteste auf den Straßen. Wir haben keine Mittel, um sie vor der Polizei oder aber von wild gewordenen Symbionten zu schützen. Und sie hören nicht auf den Rat, große Versammlungen zu meiden. Es ist einfach so. Sie wollen auf die Straße. Das müssen wir akzeptieren.«

»Irgendwie müssen wir sie doch schützen können«, sagte Clement.

Corinna schüttelte den Kopf. »Wir können die vom System kontrollierten Symbionten dort nicht besiegen. Und auch anderswo verlieren wir eher an Boden. Organisation braucht ihre Zeit. Die KIs aber schicken die Symbionten einfach los. Da kommen wir nicht hinterher.«

»Wir müssen nicht gewinnen«, sagte Clement. »Wir müssen sie nur hinhalten. Konzentrieren wir uns auf die Besetzung von Schlüsselstellen.«

Er wies auf den Schirm. »Das dort können sie nur durchziehen, weil sie sich wie eine Masse verhalten. Wir dürfen ihnen nicht als Masse entgegentreten, sondern müssen sie dazu zwingen, sich uns als kleine Gruppen in komplexen Missionen zu stellen. Wenn sie ihre Leute von oben herab beherrschen, müssen wir ihren Widerstand von unten nach oben brechen.«

»Gut, wir schicken die Anweisungen aus und erarbeiten Pläne«, sagte Corinna. »Aber du solltest dir jetzt eine Runde Schlaf gönnen. Du siehst erledigt aus.«

»Ich werde lieber …«

»Keine Ausrede!« Corinna hob die Hand. »Von mir aus nur eine Stunde. Aber du musst einfach schlafen.«

Clement nickte, obwohl er der Meinung war, dass die nächste Stunde über alles entscheiden könnte. Aber sie hatte ebenso recht wie Basileios. Er musste sich ausruhen und Kräfte sammeln. »Nur wenn du mir versprichst, mich zu wecken, sobald etwas Wichtiges geschieht.«

»Versprochen! Und nun geh!«

Widerstrebend zog Clement sich in seinen Bereich zurück – durch das Büro in seine Wohnung. Er schaute kurz in Georginas Zimmer hinein und war beruhigt, dass seine Tochter schlief und nicht von all den Ängsten der letzten Tage wachgehalten wurde.

Cira wartete im Schlafzimmer auf ihn. Seine Frau schaute gerade mit ernster Miene die Berichte von der Straße und winkte ihn zu sich. Er setzte sich zu ihr ans Bett, beugte sich zu ihr hinüber und küsste ihre blassen Lippen.

»Hast du das gesehen?«, fragte sie und wies auf den Schirm.

»Leider«, antwortete er und musterte noch einmal die Symbionten, die unter fremder Kontrolle standen und auf Demonstranten losgingen. Sie bewegten sich nicht wie Menschen, sondern wie beschädigte Roboter.

»Das erinnert mich an alte Invasionsfilme«, sagte Cira kopfschüttelnd und schaute ihm mit leidender Miene entgegen.

Clement nickte.

»Oder an deren Vorläufer«, sagte sie. »Die Zombiefilme des späten 20. und frühen 21. Jahrhunderts.«

Clement nickte erneut. Er hatte viele jener Filme mit Cira angeschaut. Besonders die Invasionsfilme, bei denen die Außerirdischen durch die Straßen liefen und über die Menschen herfielen, waren nahe an dem dran, was er hier sah.

»Was, wenn sie hier eindringen, wie sie es bei den Basiliden getan haben?«, fragte Cira. In ihren braunen Augen stand die Sorge.

»Wir werden es verhindern«, sagte er, war sich jedoch längst nicht mehr sicher, ob er den Strukturen, die er kannte, noch vertrauen durfte. »Aber ich weiß, was du meinst. Wenn ich die Augen zumache, habe ich Angst, als Gefangener wieder zu erwachen.«

Auf dem Schirm erschien die Reporterin Tova Wyland im Bild. Sie war auf der Straße, um von den Protesten zu berichten.

»Wie hat sie es nur geschafft, wieder auf Sendung zu kommen?«, fragte er und lauschte der hellblonden Reporterin, wie sie die Symbionten anklagte, die gegen die Demonstranten vorgingen.

»Die meisten haben sich bei JNS verschanzt«, antwortete Cira. »Und sie hat gerade gesagt, dass die Übertragung über das Hauptsystem läuft. Sie hätte über Bots Zugang dazu erhalten – Bots, die ihnen angeblich Yarden geschickt hat.«

»Die ist uns immer einen Schritt voraus«, sagte Clement lächelnd. »Die macht genau das, was getan werden muss.«

Cira lächelte. »Für mich ist sie das Gesicht dieses Widerstands«, sagte sie, und Clement stimmte ihr zu. Tova Wyland hatte diese Sache von Anfang an am Puls des Geschehens verfolgt, und die meisten Bürger von Jaskandris erhielten inzwischen ihre Informationen von ihr.

»Es gibt nur noch sie«, sagte Cira. »Alle anderen sind abgeschaltet. Es gehört Mut dazu, dort draußen zu sein.«

»Dann sollten wir sehen, dass sie nicht unter die Räder

kommt«, sagte Clement und schickte Corinna eine Nachricht, sie möge ein Einsatzteam zu Tova Wylands Schutz abstellen.

»*Wird gemacht*«, antwortete Corinna. »*Und jetzt: Funkstille, Herr Dekan!*«

54 Im Verborgenen

Darrel erwachte und merkte, dass er nicht Herr im eigenen Körper war. Es war nicht nur ein wiederkehrender Albtraum gewesen, es war die Wahrheit. Eine KI hatte von ihm Besitz ergriffen. Sie hatte sich in seiner Maschinerie eingenistet und nutzte ihn als Körper und teilweise als Geist, denn er erinnerte sich lückenhaft an Dinge, die er nicht getan und gedacht hatte, und die doch Teil von ihm waren.

Er wusste, wo er und Othao Merrell sich befanden, und als er entdeckte, wofür er verantwortlich war, hätte er am liebsten geschrien. Doch sein Körper gehorchte ihm nicht, sein Geist nur teilweise, weil sich immer wieder fremde Gedanken einschlichen, die er als die eigenen akzeptierte, obwohl sie nicht von ihm kamen.

Nach einer Weile bemühte er sich, die Augen zu öffnen, aber nichts tat sich. Immerhin vermochte er seinen Status abzufragen, und so erhielt er allmählich Zugang zu den Machenschaften der KI, die sich in ihm festgesetzt hatte. Durch ihn hatte sie die Fakultät der Basiliden attackiert, Hunderte von Gefangenen genommen und Dutzende getötet. Die KI in ihm kommunizierte immer wieder mit Othao Merrell, nahm sich ein Beispiel an ihm und schickte die Polizisten auf die Straße, nachdem sich die Dekanin der Basiliden, Melwira Abbott, in die Eiskammern zurückgezogen hatte und es kein Vorankommen mehr gab. Außerhalb der Fakultät wandten die Polizisten ihre Waffen gegen Demonstranten. Sie schossen mit Pistolen und Gewehren, und je nachdem, was sie in Händen hielten, gingen ihre Opfer betäubt, verwundet oder sogar tot zu Boden. Die KI hatte ihn zum Mörder gemacht, indem sie sich an Othao Merrell ein Beispiel genommen hatte.

Darrel plagten noch immer Schuldgefühle. Die KI war zu den Hinrichtungen im Senat nur deswegen fähig gewesen, weil sie in ihm eingebettet gewesen war. Irgendetwas in ihm hatte sie zu den Gräueltaten veranlasst. Was die KIs im System nicht vermochten, hatte er möglich gemacht. Und das alles nur, weil er um jeden Preis ein Symbiont hatte werden wollen.

War er bereits entsetzt von dem, was er – durch die KI – in der Stadt anrichtete, reichte ein Blick hinüber zu Othao Merrell, um ihn zu erschüttern. Er spürte die Zügellosigkeit, mit der Merrell die von ihm beherrschten Symbionten über die Nicht-Symbionten herfallen ließ. Es war Machtgier und Mordlust, die ihn immer wieder dazu brachten, die Lage in der Stadt eskalieren zu lassen. Erst nur an einer Stelle, dann sprang er von Ort zu Ort, machte Symbionten zu Tätern und ließ sie dann einfach mit ihren Schuldgefühlen zurück. Die Skripte, die man ihnen auferlegt hatte, waren nicht darauf ausgelegt, mit derartigen Empfindungen umzugehen. Sie mussten verzweifelt sein, konnten aber nichts unternehmen, um sich gegen jene zu stellen, die sie in diese Lage gebracht hatten.

Je mehr Darrel von Othao Merrells Gedankenwelt erfuhr, umso mehr verachtete er ihn. Er wollte mit all dem, was gerade in der Stadt geschah, nichts zu tun haben, und doch war er einer der Komplizen in dieser Katastrophe.

Er wollte aufstehen, um etwas zu unternehmen, doch er vermochte es nicht. Aber er musste nicht physisch handeln. Es reichte, wenn er symbiontisch agierte. Falls es ihm gelänge, Nachrichten an die Gegenseite zu schleusen, mochte er ein wenig von dem gutmachen, was er angerichtet hatte.

Mit einem Mal erreichte ihn eine Nachricht vom System. Einige Bots hatten die Garage gefunden, in der das Treffen zwischen Nelmura und Yarden stattgefunden hatte. Yarden! Er war zurückgekehrt, und deswegen waren die Fronten nun klar gezogen. Mit einem Schlag war Darrel klar, warum die KIs sich so sehr bedroht fühlten. Yarden und Nelmura hatten sich an einem der Zugänge zu den Grünen Hallen getroffen, die bis an die Pufferzone heranreichte.

Sie fürchteten, dass die beiden Archonten in den Systemkern eindrangen. Ein stiller Alarm war bereits eingeleitet worden. Eine Unregelmäßigkeit bei einigen Bots verlangte nach einer Untersuchung. Aber Othao Merrell riet dazu, die Sicherheitsmaßnahmen zu verschärfen und Symbionten in dem Kern zusammenzuziehen, damit es kein Durchkommen geben konnte.

Darrel fühlte sich angesprochen. Denn die Entscheidung, wie nun zu verfahren sei, überließ das System ihm – der KI in ihm. Und Darrel bemühte sich, gegen den Eindringling anzukämpfen, damit er Merrells Vorschlag nicht umsetzte. Und tatsächlich zögerte die KI. Sie verharrte, und gerade als Darrel Zugriff zu den Symbionten auf den Straßen erhielt und sich bewusst wurde, dass er ihre Skripte manipulieren und sogar löschen konnte, da griff etwas nach ihm. »*Du bist eine Plage*«, hörte er sich selbst sagen. Es war die Stimme der KI, die sich in seinem Kopf breitmachte. Er fühlte sich selbst dahinschwinden – hinabsinken in den Schlaf. Und da wurde ihm klar, dass er nur dann erwachte, wenn die KI abgelenkt war. Sobald sie aber auf ihn achtete, konnte sie ihn in den Schlaf zwingen. Das war kein Leben, das war die verzweifelte Existenz als isolierte Komponente eines rigorosen Systems.

55 Im Herzen der Stadt

Yaldira folgte Nelmura und kletterte hinter ihr aus dem Schacht. Sie hatten auf Yardens Rat die Transporter gemieden und waren über leere Maschinenschächte in die Tiefe geklettert. Nelmura stutzte, während sie in dem kleinen Raum zur Tür schaute. Die säulenartigen Computer gaben zwar Informationen preis, doch konnte man über sie nicht auf das System zugreifen. »*Die sind isoliert*«, sagte sie mit ihrer Gedankenstimme, dabei hatte sie den Helm längst abgenommen und trug ihn auf dem Rücken, was sich in dem Schacht als etwas unbequem erwiesen hatte.

Nelmura deutete auf die Öffnung, aus der gerade Yarden herausstieg. »Wäre es anders, wäre unser Weg voller Maschinen oder Kabel gewesen«, sagte sie mit ihrer natürlichen Stimme. »Es gibt aber eine Verbindung nach draußen. Sie geht durch die Tür. Eine einzige Verbindung.«

»Kannst du darüber Einblicke ins System erhalten?«, fragte Yaldira.

»Bestimmt«, antwortete Nelmura und schaute Yarden an. »Du doch sicherlich auch, oder?«

Yarden grinste und starrte eine der Säulen an, an der unzählige Lichter pulsierten. »Wir sind da«, sagte er und richtete dann den Blick auf die Tür. »Da draußen gibt es Bots. Wenn wir schnell sind, kommen wir ins Herz der Anlage und können uns dort festsetzen und die Bots aussperren.«

Während auch die anderen aus dem Schacht stiegen, bemühte sich Yaldira, ihrerseits etwas festzustellen. Sie fand das, was Yarden ihnen erschlossen hatte, und fragte sich, ob die Sicherheitsmaßnahmen tatsächlich so nachlässig waren.

»Das passt zu ihnen«, sagte Nelmura. »Wenn sie davon ausgehen, dass niemand bis hier unten durchkommen kann, müssen sie die Sicherheitsmaßnahmen nicht zu eng machen. So denken sie.«

»Und die Bots?«, fragte Yaldira.

»Scheint eine Standardkonfiguration zu sein.«

»Aber hier müssen auch Menschen sein«, sagte Gamil, der sich von Ayako aus dem Schacht helfen ließ. »Sonst bräuchten sie keine Gänge und Atemluft. Sie könnten es so lebensfeindlich machen wie diese Zwischenschicht, durch die wir gekommen sind.«

Nelmura nickte. »Das heißt, hier sind Symbionten – oder zumindest ist dieser Bereich dafür vorgesehen, Symbionten Zugang zu gewähren. Näher als in diesem Bereich wird kein Mensch je an die KIs herankommen. Dies ist der Ort, an dem die KIs unsere Welt berühren. Ob sie physisch hier sind oder sich aber noch viel tiefer im Untergrund befinden, das gilt es herauszufinden.«

Als alle aus der Öffnung gestiegen waren, schickte Yarden seine Bots nach vorne. Während Nelmura die Tür manipulierte und dem System gegenüber als geschlossen markierte, sie aber öffnete, sandte Yarden seinen Bots Befehle entgegen. Kaum waren die kleinen Maschinen durch die Tür auf den dunklen Gang gekrabbelt, schloss Nelmura die Tür wieder und wandte sich dann an Yarden. »Hast du Kontakt zu ihnen?«

»Nein«, antwortete er, »aber sie werden ihre Arbeit verrichten.«

Sie mussten warten. Yaldira gefiel es überhaupt nicht, dass sie sich auf die kleinen Bots verlassen mussten. Sie hatte zwar eine Schwäche für sie und bewunderte ihre Fähigkeiten, aber ohne Hilfe hatten die spinnenartigen Maschinen oben nichts ausrichten können. Zudem machte Gamils Schlussfolgerung sie unruhig. Wenn hier Verhältnisse herrschten, in denen Menschen existieren konnten, war es naheliegend, dass es hier auch Menschen gab – Symbionten, die von den KIs kontrolliert wurden.

Gamil wirkte ebenso unruhig, nur verbarg er es nicht. Seine Finger spielten mit dem Client auf dem Arm seines Anzugs, obwohl er ihn als Symbiont nicht benötigte.

Als Nelmura endlich die Tür öffnete, fühlte Yaldira sich befreit und Gamil kam so schnell nach vorne, als wollte er um keinen Preis einen weiteren Augenblick in diesem kleinen Raum verbringen. Auf dem Gang war es dunkel. Es gab zwar Licht, aber die schwarzen Flächen an den Wänden und am Boden reflektierten kaum etwas von dem, was von der Decke herabstrahlte.

Yarden wies nach links, und nach einigen Schritten konnte Yaldira die Bots des Archonten spüren. Er teilte die Signaturen mit ihr und den anderen und machte sie für die Maschinen empfänglich.

Während sie sich an der nächsten Kreuzung in alle Richtungen umschauten, bemerkte Yaldira einen Bot zu ihrer Rechten. Er haftete mit seinen langen Beinen unter der Decke. Trotz der Ähnlichkeit war es keine von Yardens Maschinen. Diese waren nun bereits jenseits des Bots, dessen Körper so groß war wie ein menschlicher Kopf und dessen Beine so lang waren wie die Arme eines Kindes. Die Maschine verharrte und sandte als Statusinformationen lediglich aus, dass sie eine Wächterfunktion ausübte. Yaldira spürte, dass der Bot mit dem System kommunizierte, und das machte ihr Sorgen.

Ihr Blick wanderte zwischen Nelmura und Yarden hin und her. Nelmura nickte, und Yarden ging langsam voran. Sie alle folgten dem Archonten schleichend. Nelmura ließ sie passieren und wollte offenbar als Letzte gehen.

Im Gehen starrte Yaldira zu dem Bot hinauf. Yarden war beinahe bei ihm, hob den Blick und verlangsamte seine ohnehin vorsichtigen Schritte. Yaldira wurde von dem Gedanken ganz kalt, dieses Spinnenwesen könnte sich mit einem Mal auf den Archonten herabsenken und sich an seinem Kopf festklammern. Und als Yarden die Maschine passiert hatte, beruhigte es sie keineswegs. Duncan war direkt vor ihr, und Yaldira lief ein Schauer über den Rücken, als mitten im kugeligen Körper des Bots ein orangefarbenes Licht erwachte. Duncan merkte es nicht einmal, sondern ging weiter, und kaum war er vorbei, fragte sich Yaldira, ob der Bot nur deswegen erwacht war, weil er ihre Unsicherheit gespürt hatte. Die anderen hatten ihr Inneres vielleicht besser verbergen können.

Der Bot bewegte sich ruckartig zur Seite.

Yaldira erstarrte und machte sich bereit, die Maschine mit einem Programm zu attackieren. Da legte sich Nelmuras Hand auf ihre Schulter, während der Bot an ihr vorüberlief, hinter ihr und Nelmura langsam zu Boden kletterte und auf den Gang starrte, den sie gekommen waren.

Zögerlich ging Yaldira weiter.

»*Der gehört jetzt zu uns*«, sagte Nelmura mit ihrer Gedankenstimme.

»*Ich traue diesen Dingern nicht*«, erwiderte sie. »*Nicht hier unten.*«

»*Und du hast recht*«, sagte Nelmura. »*Es war bis eben nicht klar. Jeder Schritt hier bedeutet ein Wagnis.*«

»*Warum hast du das gesagt? Ich dachte, es läge an mir.*«

»*Ich sagte es, damit du deine Instinkte nicht in Zweifel ziehst.*«

Yaldira kam sich vor wie damals bei den Lehrstunden in den künstlichen Welten des Tiefenschlafs. Obwohl ihre Ausbildung längst vorüber war, empfand sie dieses Gefühl nicht als Rückschritt.

Wilde Signale gingen von irgendwo schräg vor ihnen aus. An der nächsten Gangkreuzung konnte Yaldira ein Stück entfernt Yardens Bots sehen, die einen der großen Wächterbots umstellt hielten und ihn abwechselnd anstupsten und seine Aufmerksamkeit auf sich zogen, während sie ihn mit Signalen bombardierten. Über Yarden konnte Yaldira erkennen, mit welchen Nachrichten und Programmen sie gegen den Wächterbot vorgingen und wie sie dem System vorgaukelten, es wäre alles in Ordnung. Die Gefahr bestand darin, dass das Verharren des Bots auffiel, falls es dem Verhaltensmuster widersprach, mit dem das System rechnete.

Yaldira folgte Yarden und Nelmura. Sie hielten sich nahe der Wand und passierten die Bots. Mit einem Mal schlug der Wächterbot eine von Yardens Maschinen zur Seite. Yaldira schickte sofort eines ihrer Angriffsprogramme aus. Der Bot erstarrte, und sie spürte, wie Yarden und Gamil ihren Angriff unterstützten. Den Rest überließen sie Yardens Maschinen.

Nelmura bog rechts ab und führte sie schnellen Schrittes an. Yaldira wusste nicht, ob sie sich lediglich von dem Wächterbot entfernen wollte oder ob sie etwas anderes bemerkt hatte. Der Gang öffnete sich vor den Transportertüren am Hauptgang im Zentrum der Ebene. Wie Wind wehten ihnen von dem Hauptgang kräftige Signale entgegen.

»Das ist es«, sagte Nelmura mit überraschter Miene und blickte den Gang entlang.

Yarden nickte. »Die KIs sitzen irgendwo da unten, aber ihr ganzer Einfluss muss hier hindurch.«

Yaldira bemerkte die Ströme, die zwischen dieser Ebene und den tieferliegenden herauf- oder hinabflossen. Es überstrahlte alles andere in der Umgebung.

Ruckartig wandten sich Nelmura und Yarden den Transportertüren zu. Yaldira spürte dort nichts – oder all die Signale, die hier herumschwirrten, überdeckten das, was die beiden Archonten bemerkt hatten. Das System verriet ihr nicht, ob sich dort ein Transporter näherte. Gamil und Ayako stutzten, die anderen tauschten ratlose Blicke.

»Was ist da?«, fragte Myron. »Kommt ein Transporter?«

»Beide kommen«, antwortete Yarden.

»Aus ihnen dringen ungezügelte Signale«, sagte Nelmura. »Gedämpft, aber wild.«

»Sind das Bots?«, fragte Gamil.

»Oder Symbionten?«, fügte Yaldira hinzu.

»Kommt!«, war alles, was Nelmura sagte. »Haltet euch zwischen uns und macht nicht zu sehr auf euch aufmerksam.«

Yaldira folgte ihrer Mentorin an den Türen vorüber, hinter denen die gewaltigen Datenströme rauschten und bei ihr Schwindelgefühle verursachten. Hinter manchen der Türen ging es ruhiger zu, aber ein ständiges Flimmern unzähliger Prozesse schnappte sie auch von dort auf.

Ein gedämpftes Schreien ertönte hinter ihnen. Nelmura verharrte, und so blieben sie alle stehen. Jenseits einer der Transportertüren schrien Menschen, und sie schienen gegen die Kabinentür zu schlagen. Yaldira konnte kurz an der Wand entlangschauen, ehe Clarita und Luis das Gleiche taten und ihr die Sicht nahmen. Sie hatte den Eindruck, dass sich der Transporter noch nicht ganz auf die Ebene herabgesenkt hatte.

»Schnell!«, flüsterte Nelmura und lief los.

Yaldira folgte ihr und fragte sich, hinter welcher dieser Türen sie Schutz suchen würden. Hinter welcher befand sich die Kommandozentrale? Sie schaute links und rechts und lauschte auf die Datenströme, dann aber blickte sie voraus auf die breite Tür. Aus der Entfernung hatte sie diese nicht erkannt, sondern für eine Wand gehalten, und wegen all der Signale, die von links und rechts an sie herandrangen, hatte sie jene nicht bemerkt, die ihr von vorne entgegenstachen.

»Da ist die Kommandozentrale!«, sagte Nelmura und deutete voraus. »Es gibt nur diesen Weg.« Die Tür dort öffnete sich nicht, dabei hatte sie gespürt, dass Nelmura irgendetwas vorausgesandt hatte.

Gerade als sie am Ende des Gangs angekommen waren, drang das Geschrei hinter ihnen laut und deutlich von den Transportern her. Wieder trat Yaldira zur Seite, um sehen zu können. Menschen in Polizeiuniform kamen brüllend aus der Transporterkabine herausgelaufen. Sie hatten jedes Maß verloren und wirkten wie Wahnsinnige. Ihre Kleidung war beschmutzt, teilweise zerrissen, das Haar wild, die Bewegungen panisch, und ihre Augen waren so weit aufgerissen, als bestaunten sie irgendetwas über alle Maßen. Wie sie es schafften, das Gesicht zu verziehen, aber dennoch so große

Augen zu machen, war Yaldira ein Rätsel. Waffen konnte sie keine sehen; es hätte sie aber auch gewundert, wenn diese korrumpierten Polizisten in all ihrer Unruhe fähig gewesen wären, Pistolen und Gewehre zu führen.

Ein Knacken und ein Zischen, und einer der Herannahenden stürzte zu Boden, zwei weitere stolperten über ihn, die Nachfolgenden sprangen über sie hinweg. Myron hatte geschossen, Duncan und Clarita taten es ihm gleich. Doch für jeden, den sie mit einem Betäubungsgeschoss zu Boden sandten, schienen zwei weitere nachzuströmen. Sie konnten unmöglich alle aus einer Transporterkabine gekommen sein. Es schien, als strömten von rechts weitere Symbionten heran, die über andere Wege gekommen waren und keine Uniformen trugen. Doch in ihrem Verhalten waren sie nicht von den Uniformierten zu unterscheiden.

Myron, Duncan und Clarita wichen bereits zurück, und der Raum vor der Tür wurde eng.

»Ach du Scheiße!«, rief Myron.

Yaldira wandte sich der Tür zu und versuchte ihrerseits einen Öffnungsbefehl zu senden. Entweder öffnete sich der Raum ihnen nun, oder es wäre aus.

»*Attackiere die Signatur, die ich dir gebe!*«, sagte Nelmura mit ihrer symbiontischen Stimme, und Yaldira schickte ihre Programme an die gegebene Referenz, ohne sie selbst geprüft zu haben.

Ein Fauchen ließ sie herumfahren, während die Attacken auf den Akteur, den Nelmura ihr genannt hatte, weiterliefen. Etwas Blaues schoss vor Duncan in die Höhe und spannte sich auf ganzer Breite in den Gang: eine Schildbarriere. Die wild heranstürmenden Symbionten prallten dagegen, weitere drängten nach. Yaldira konnte einige Gesichter sehen, die an dem Schild flach gedrückt wurden.

»Lange hält das nicht«, sagte Myron. »Das ist nicht auf eine derartige Menschenmasse ausgelegt.«

Der Schild begann zu flimmern.

»Macht euch bereit«, erklärte Myron.

Da öffnete sich die Tür zur Kommandozentrale, und kaum waren sie alle in den dunklen Raum hineingelaufen, fiel Myrons Schild, und die Symbionten drängten wieder voran. Jene, die vorne waren, stürzten zu Boden, die nachfolgenden kamen wie eine Welle näher, und hätte sich in diesem Augenblick das Tor nicht geschlossen, wären sie ihnen geradewegs in den Raum gefolgt und über sie hergefallen.

Yaldira spürte eine Bewegung in diesem dunklen Raum, der sich bis zum hell erleuchteten Eis dahinzog. Links waren zwei Symbionten, die ihre Signale drosselten, als wollten sie nicht bemerkt werden. Im schwachen Licht öffneten sich dort Personenkapseln, und Yaldira war überrascht, ihren Dekan Othao Merrell zu sehen. Neben ihm stand Darrel Eldey und schaute sich um, als suchte er nach einem Fluchtweg. Er wandte sich ab und lief der transparenten Wand entgegen, hinter der die erleuchtete Eiswand emporreichte.

Ayako stürmte hinter Darrel her, dicht gefolgt von Gamil.

Merrell hob die Hände, während Yaldira mit Nelmura an ihrer Seite näher trat. »Darf ich vorstellen«, sagte sie. »Othao Merrell!«

»Du bist also der Dekan meiner Fakultät«, sagte Nelmura.

»Ich … ich«, war alles, was aus seinem Munde kam.

Yaldira traute ihm nicht und achtete auf die Signale, die von ihm ausgingen. Eine Waffe konnte sie nicht spüren, und sie merkte, dass er seine Signale nicht unter Kontrolle hatte; ganz so, als wäre er gerade aus dem Tiefenschlaf erwacht. In den Kapseln, in denen er und Darrel Eldey gelegen hatten, mochte es beinahe wie im Tiefenschlaf gewesen waren. Es schien weit mehr zu sein als eine Liege in einer Kommunikationskammer.

»Ich … ich«, wiederholte Nelmura mit übertriebener Stimme. »Genau so habe ich mir das vorgestellt.«

»Sie haben mich dazu gezwungen«, sagte Merrell, während vom anderen Ende des Raums Darrel Eldeys Schmerzensschreie herandrangen. Ayako schlug auf ihn ein. »Gezwungen«, sagte Merrell erneut, als wollte er die Schreie übertönen, um sie davon zu überzeugen, ihn zu verschonen.

»Das werden wir noch sehen«, sagte Nelmura und wandte sich an Myron. »Kannst du dich um ihn kümmern?«

»Es ist mir ein Vergnügen«, sagte der Inspector und trat mit einem kleinen Schildgenerator vor. Mit den erzeugten Handschellen fesselte er Merrell.

»Glaubt mir: Sie haben mich kontrolliert«, sagte der Dekan.

»Wenn das alles vorbei ist, werden wir das wissen«, sagte Yaldira.

Merrell stutzte.

Yaldira wies auf die Reihe von Kapseln. »Am Ende werden wir wissen, was sie dir und jedem anderen angetan haben.« Sie bezweifelte, dass die KIs ihn allzu sehr hatten beeinflussen müssen. Er schaute mit ängstlicher Miene zu der schräg stehenden Kapsel zurück. Da wusste sie, dass sie recht hatte.

»Die Tür ist dicht«, sagte Yarden. »Zumindest wird die Sperre, die ich eingesetzt habe, eine Weile halten.«

»Und die Symbionten, die ihr kontrolliert habt, dürften sich jetzt gerade fragen, was in sie gefahren ist«, sagte Yaldira.

»Irrtum«, entgegnete Merrell. »Die KIs beherrschen sie jetzt. Gebt auf, solange ihr es noch könnt!«

»Wir alle wissen, was passiert, wenn wir aufgeben«, sagte Yarden.

Yaldira bemerkte, dass von Merrell Gedankenbefehle ausgingen.

Nelmura gab Myron Hermansen ein Zeichen, und er richtete seine Pistole auf den Dekan. Er drückte ab, und mit einem Zischen traf den Dekan eine Kugel und haftete an seinem Arm. Nach drei Sekunden war Othao Merrell bewusstlos.

»Danke«, sagte Nelmura mit zufriedener Miene. »Dann lass uns schauen, was wir bewegen können.«

56 Kommandozentrale

»Lass ihn!«, sagte Gamil und packte Ayako am Arm. Sie hatte Darrel niedergeschlagen und ihm einige Tritte versetzt.

»Ich werde ihn niemals in Ruhe lassen«, erwiderte Ayako, ohne den Blick von Darrel abzuwenden.

Ihr ehemaliger Freund wand sich vor ihnen auf dem Boden. Seine Miene vollzog dabei ein Wechselspiel von Ausdrücken. Mal wirkte sie gequält, mal besorgt – eine Mischung aus Schmerz und Selbstmitleid.

»*Er hat es zweifellos verdient*«, sagte Gamil mit seiner Gedankenstimme. »*Aber denk an das, was wir im Senat erfahren haben.*«

»Das tu ich ja!«, erwiderte Ayako mit ihrer akustischen Stimme. »Wer immer das ist, der das alles angerichtet hat, steckt da drinnen. Und mir ist egal, ob es Darrel ist oder eine KI.«

»*Und wenn das Darrel ist?*«

»Er hat dich aus freien Stücken verraten. Nur um sich seinen Traum zu erfüllen.«

»*Und er hat mich gewarnt. Ohne ihn wäre ich der Polizei ins Netz gegangen.*«

»Das willst du ihm doch nicht etwa zugutehalten!«, entgegnete Ayako und blickte ihm endlich ins Gesicht.

»Doch«, sagte er mit seiner natürlichen Stimme. »Denn da konnte ich mir noch sicher sein, es mit ihm selbst zu tun zu haben. Aber jetzt?« Er musterte Darrel. Der bedauernde Eindruck hatte sich in seinem Gesicht durchgesetzt. Mit einem Mal schaute er an ihnen vorbei auf die andere Seite des Raums. Dort legte Myron Othao Merrell gerade Handfesseln an.

»Hier gibt es kein Entkommen«, sagte Ayako. »Und die Freunde, die du gerufen hast, sind zu spät gekommen!«

Darrel rutschte rückwärts in die Ecke. Seine Miene verdüsterte sich. »Sie werden hier hereinkommen«, sagte er. »Sie wissen, dass ihr hier seid. Und selbst eure Archonten können die Tür dahinten nicht verschlossen halten.«

Ayako biss sich auf die Lippen und ballte die Fäuste. Jedes Wort, das Darrel äußerte, mochte bei ihr zu einem Wutausbruch führen.

Gamil strich ihr über die Schulter. »Bringen wir ihn zu den anderen.« Er beugte sich vor, um Darrel zu packen, doch dieser versetzte ihm einen Tritt, und mit einem zweiten stieß er ihn von sich. Gamil fiel zu Boden, hörte Ayakos Fluchen und sah sie an sich vorbeiziehen. Da fiel ein Schuss, und Ayako schrie auf – erst vor Schmerz, dann vor Wut.

Im Nu war Gamil wieder auf den Beinen, und kaum hatte er erfasst, dass Ayako mit Darrel um dessen Pistole kämpfte, kam er Ayako zu Hilfe und versetzte Darrel einen derart heftigen Tritt, dass er wieder in die Ecke zurückgetrieben wurde. Ayako hielt die Waffe so fest umklammert, dass sie diese Darrel entriss.

»Du Idiot!«, schrie Gamil seinem ehemaligen Freund entgegen, während hinter ihm Rufe und Schritte hallten.

Ayako hielt sich mit der linken Hand, deren Finger blutbefleckt waren, die Seite und richtete mit der rechten die erbeutete Pistole auf Darrel. »Das hättest du nicht tun sollen«, sagte sie.

»Es tut mir leid«, sagte Darrel mit bebenden Lippen. Vor ein paar Tagen hätte Gamil ihm seine Worte noch geglaubt, aber nun wusste er nicht, ob diese Entschuldigung von Darrel kam, dessen Wesen für einen Augenblick aufblitzte, oder aber von der KI, die sie ein weiteres Mal täuschen wollte.

»Halt lieber die Klappe«, sagte Ayako schwer atmend.

Gamil zögerte. Es wäre ihm in diesem Augenblick recht

gewesen, wenn Ayako einfach abgedrückt hätte. Doch sie tat es nicht, und als sie ihm einen Blick zuwarf, schüttelte er den Kopf. »Bitte, tu es nicht! Lass nicht zu, dass er das aus uns macht.«

Ayako richtete den Blick wieder auf Darrel.

»Tu es!«, sagte Darrel mit angestrengter Miene. »Sonst wird sie …« Er beendete den Satz nicht, sondern verzog die Miene und sprang vor.

Ein Zischen lag in der Luft; irgendetwas erfasste Darrel und ließ ihn zucken, dann stürzte er zu Boden und blieb direkt vor Ayako liegen. Eine Kugel haftete an seinem Hals – ein Munitionsbot, der Darrel mit seinem Gift betäubt hatte.

Gamil schaute zurück und sah Myron, Duncan und Clarita. Sie kamen herbeigelaufen, dicht gefolgt von Nelmura und Yaldira.

Ayako hielt ihre Waffe nach wie vor auf Darrel gerichtet, und sie starrte mit aufgerissenen Augen auf ihn hinunter.

Zögerlich berührte Gamil ihren Arm und lenkte die Waffe von Darrel fort. Mit verzweifelter Miene schaute Ayako ihn an und gab ihm Darrels Pistole. Dann hob sie ihre blutige Hand von ihrer Seite, wo ein großer Fleck zum Vorschein kam.

Gamil schüttelte den Kopf und stützte sie.

»Ist nicht so schlimm«, sagte Ayako leise.

Myron warf Darrel einen prüfenden Blick zu. »Der Typ hat Glück, dass er noch lebt«, sagte er. Er trat an Ayako heran. »Darf ich?«, fragte er.

Ayako ließ den Inspector ihre Wunde betrachten, während Gamil die Pistole Clarita hinhielt. Dabei zitterten seine Hände weit schlimmer als Ayakos zuvor. Clarita nahm die Waffe wortlos, aber mit einem kleinen Nicken entgegen.

»Die Kugel ist hier hinten wieder ausgetreten«, sagte Myron und schaute an Ayako vorbei zur gegenüberliegenden Wand. »Wahrscheinlich steckt sie irgendwo da drüben.«

Gamil merkte, dass Myron und Ayako Signale tauschten. Er ging davon aus, dass Ayako ihre Medi-Daten mit Myron teilte, und befürchtete, dass die Wunde schlimmer war, als die beiden zugeben wollten. »Wie übel ist es?«, fragte er.

Myron wiegte den Kopf hin und her. »Wenn wir das nicht verarzten, könnte es tödlich sein. Aber was weiß ich schon? Schusswunden kenne ich nur aus Lehrbüchern.«

»Mach dir keine Sorgen, Gamil«, sagte sie ihm. »Ich werde es durchstehen.«

Nelmura trat näher. »Natürlich wirst du das«, sagte sie und hielt Myron etwas Stoffartiges hin – ein zusammengefaltetes weißes Heilpflaster, das laut Statusdaten mit seinen Nano-Bots auf offene Wunden spezialisiert war.

»Du hast Glück«, sagte Myron zu Ayako. »Das wird dir den Schmerz nehmen und die Wunde schließen. Es sollte zumindest so lange halten, bis wir hier herauskommen.«

»Falls wir hier herauskommen«, entgegnete Ayako und lächelte gequält. Sie fasste Gamils Hand. »Danke«, sagte sie.

Gamil schämte sich. Er hatte ihren Dank nicht verdient. Sie hatten beide nicht daran gedacht, dass Darrel eine Pistole haben könnte.

»Danke, dass du mich zurückgehalten hast«, sagte Ayako.

»Hätte ich es nicht getan, wärst du jetzt nicht verletzt«, erwiderte Gamil leise.

»Aber ich wäre eine Mörderin«, sagte sie und konnte wieder ungezwungen lächeln. »Das verdammte Pflaster funktioniert«, sagte sie und musterte Darrel.

Gamil bemerkte, dass Nelmura ebenfalls Darrel anstarrte. Sie wusste, was im Senat geschehen war.

»Glaubst du es?«, fragte ihn Ayako. »Glaubst du, dass Darrel von einer der KIs verdrängt wurde?«

»Ich weiß, wie wir es herausfinden«, sagte er und ging neben Darrel in die Hocke. Er öffnete dessen Maschinerie und wollte das Kontrollmodul herausziehen, aber er war erstaunt, wie sehr sich die Anordnung der Komponenten von allen, die er bisher gesehen hatte, unterschied. Er fand das Kontrollmodul zwar, wagte aber nicht, es herauszuziehen.

Nelmura kam an seine Seite und bestaunte, was er freigelegt hatte. »Das ist ein komplett neues Modell.« Sie wies auf fremde Module. Einige davon reihten sich links und rechts in feingefächerten Steckplätzen. »Zieh das Kontrollmodul heraus«, sagte sie.

Gamil folgte Nelmuras Anweisung und reichte ihr schließlich das Modul. Sie nahm es entgegen, wandte ihren Blick jedoch nicht von Darrels Maschinerie ab. »Diese anderen – diese fremden Module scheinen für die KI zu sein.«

Gamil nickte. »Er meinte, es würde über das Kontrollmodul hinausgehen.«

Nelmura lächelte, dann schloss sie den Zugang zu Darrels Hinterkopf mit einer Berührung der Kontaktfläche und erhob sich. »Kommt«, sagte sie. »Wir haben eine Menge Arbeit vor uns.« Sie bat Duncan und Clarita, Darrel auf die andere Seite des Raums zu schaffen.

Gamil stützte Ayako, und sie hielt sich schließlich an ihm fest. »Das Pflaster strahlt bis ins Bein hinunter«, sagte sie und ging mit unsicheren Schritten mit ihm durch den Raum.

»Du brauchst eine Pause«, erwiderte er.

»Du glaubst nicht, wie gerne ich mir die nehme.«

Nelmura wandte sich im Gehen zu ihnen um. »Yarden und Gamil, Yaldira und ich – wir werden uns in die Kapseln begeben und das System brechen. Ich brauche noch zwei weitere Leute.« Ihr Blick richtete sich auf Myron.

»Ich?«, sagte der Inspector laut. »Es wäre wohl besser, wenn ich dafür sorge, dass niemand die Tür entriegelt.«

»Ich habe dich beobachtet«, sagte Nelmura.

»Habe ich nicht bemerkt«, erwiderte Myron. »Und? Ist dir etwas aufgefallen?«

»Wir brauchen deinen Spürsinn«, sagte sie. »Es ist ja nicht das erste Mal, dass du im System nach Spuren gesucht hast. Und es ist sicherlich kein Zufall, dass die KIs dir freie Hand ließen.«

»Die Ergebnisse waren nicht schlecht. Wahrscheinlich deswegen.«

»Nicht nur deswegen«, sagte Nelmura.

»Ich habe mich eher gefragt, warum sie mich nicht schon früher aus dem Verkehr gezogen haben.«

Nelmura lächelte. »Warum, glaubst du, haben sie dich auf die Suche nach mir«, sie warf Gamil einen Blick zu, »und meinem Entführer geschickt?«

Myron zuckte mit den Schultern.

»Weil sie mir mit ihren eigenen Mitteln nicht auf die Spur gekommen sind. Für sie bist du etwas Besonderes. Das gilt für viele von uns.« Sie schaute zu Duncan und Clarita zurück, die Darrel an dessen Beinen hinter sich herzogen.

»Dann ist es also eine Gratwanderung«, sagte Gamil.

Nelmura nickte. »Jeder, der Dinge kann, die sie nicht ganz nachvollziehen können, könnte ihnen irgendwann gefährlich werden – besonders, wenn die Kontrollmodule nicht funktionieren.«

Sie erreichten Yarden, und Gamil erblickte Othao Merrell, der an Händen gefesselt vor den Kapseln lag. Er schien betäubt zu sein.

Duncan und Clarita ließen Darrel neben Othao Merrell liegen, und Myron verwendete den Schildgenerator, um die Fesseln des Dekans noch einmal zu lockern, damit er ihn und Darrel aneinanderknüpfen konnte. So lagen sie bewusstlos auf der Seite, Rücken an Rücken an den Handgelenken zusammengehalten.

Während Ayako sich setzte und Yaldira erklärte, was es im Detail mit ihrem Hass gegen Darrel auf sich hatte, musterte Nelmura Darrel und winkte dann Yarden zu sich.

»Was meinst du?«, fragte Nelmura. »Wie viel von der KI steckt in seiner Maschinerie, und wie viel ist hier drin?«

»Ich frage mich, ob es sich um eine Kopie einer KI handelt«, sagte Yarden.

»Basileios berichtete davon, dass es Schwächen im System gebe; ganz so, als wäre eine der KIs beschädigt. Es könnte sein, dass die KI in Darrel steckt und das System deswegen geschwächt ist.« Sie lächelte. »Außerdem wären wir alle erledigt, wenn es eine Kopie wäre. Sie könnten sich so viele Kopien ziehen, wie sie wollen. Sie könnten dadurch kleinere KIs komponieren.«

»Da sie es nicht getan haben, scheinen ihnen Grenzen gesetzt zu sein«, sagte Yarden. »Und es würde bedeuten, dass wir durch das Entfernen des Kontrollmoduls eine KI in diesem Symbionten festgesetzt haben. Oder wir haben die KI gespalten.« Yarden zeigte kurz auf das Kontrollmodul in Nelmuras Händen. »Wenn die Statusinformationen stimmen, ist der Speicher des Moduls bis oben hin gefüllt.«

»Könnte das bedeuten, dass Darrel die KI zumindest teilweise noch in sich trägt, aber diese nicht an seinen Willen herankommt?«, fragte Gamil.

»Das wäre möglich«, antwortete Nelmura.

Yarden wies auf die Kommunikationskapseln. »Da drinnen werden wir es herausfinden. Das – und alles Weitere.«

»Was, wenn Merrell ebenfalls eine KI in sich trägt?«, fragte Yaldira.

Yarden ging zum Dekan hinüber und öffnete dessen Maschinerie. Bei ihm sah alles so aus, wie es jeder von ihnen kannte. So entfernte Yarden auch sein Kontrollmodul und steckte es sich in die Tasche.

Nelmura wandte sich an Myron. »Bist du bereit?«

»Nein«, antwortete er. »Habe ich Bedenkzeit?«

Nelmura spitzte die Lippen und schüttelte den Kopf.

»Gut. Also du und Yaldira – die Nelmurianer.« Er blickte zu Yarden. »Du und Gamil – die Yardeniden. Und ich?«

»Bei welcher Fakultät hast du angefangen?«, fragte Yarden.

»Bei den Basiliden. Aber das ist lange her, und als Polizist bleibt einem nicht viel Nostalgie.«

»Ich bin auch Basilide«, sagte Luis.

Die anderen offenbarten ihre Zugehörigkeiten: Duncan war ein Nelmurianer, Aron ein Berewani, Marla eine Kimikoidin und Clarita eine Claytonidin.

»Ich hoffe, du bist bereit, Luis«, sagte Yarden.

Luis wurde rot, und stotternd sagte er: »Ich weiß nicht.«

»Keine Sorge. In diesem Moment ist Basileios, dein Archont, im System. Aus den Eishallen heraus, am Rand des Tiefenschlafs, kämpft er gegen die KIs und ihre Handlanger an. Und du wirst dabei sein, wenn wir ihm helfen. Keine Sorge. Myron wird dir beistehen.«

Der Inspector klopfte Luis auf die Schulter, aber Gamil hatte den Eindruck, dass er selbst nicht ganz sicher war, ob er der Aufgabe gewachsen sein würde. Und auch Gamil selbst wusste nicht, was sie erwartete, sobald sie sich in die Kapseln legten und damit ins System einstiegen.

Nelmura wandte sich an Clarita, Aron, Marla. »Ihr werdet unsere beiden Gefangenen im Auge behalten. Wenn sie Ärger machen, betäubt ihr sie erneut. Eure Hauptaufgabe ist aber, diese Tür geschlossen zu halten.« Sie blickte Marla an. »Auch Kimiko ist dort unten – mit ihren legendären Barrieren. Seid hartnäckig wie sie.«

»Aber können die Symbionten wirklich noch herein?«, fragte Marla und wies auf Othao Merrell und Darrel. »Wenn sie sie nicht mehr kontrollieren? Merrell könnte gelogen haben.«

Man konnte nichts vom Gang hören, und sie konnten hier auch keine direkten Signale auffangen. Aber Gamil war sich sicher, dass sich die Symbionten jenseits der Tür befanden.

»Wenn wir Glück haben, stehen sie dort und wissen nicht, wie sie da hingekommen sind«, sagte Nelmura. »Wenn wir Pech haben, hat Othao die Wahrheit gesagt, und das System kontrolliert sie jetzt.«

»Es gibt nur einen Weg, das herauszufinden«, sagte Yarden und ging zur zweiten Kapsel in der Reihe. Yaldira gab Duncan einen leidenschaftlichen Kuss, dann gingen die Archontin und ihr Schützling zur dritten und vierten Kapsel. Myron und Luis verabschiedeten sich freundschaftlich von den anderen und nahmen ihre Plätze hinter Yaldira ein.

Yarden lächelte Gamil an und wies auf die erste Liege.

Er dankte seinem Archonten, dann sprach er Marla, Aron und Clarita Mut zu. Anschließend aber setzte er sich zu Ayako und küsste sie auf ihre weichen Lippen. »*Du passt auf die anderen auf*«, sagte er mit ruhiger Gedankenstimme. »*Sie brauchen jemanden, der in solchen Dingen Erfahrung hat.*«

Ayako lächelte. »*Die drei wirken noch nicht ganz aufgetaut. Kein Wunder nach all den Jahren in den Eishallen und den Tagen draußen auf dem Plateau. Aber wir werden das schon schaffen. Wir werden an Kimiko denken und Klippen schaffen, an denen alles und jeder zerschellen muss.*«

Gamil küsste sie noch einmal.

»Pass auf dich auf«, flüsterte sie.

Er löste sich nur widerwillig von ihr. Und auch wenn die erste Kapsel nur wenige Schritte von ihr entfernt lag, fürchtete Gamil, für immer von Ayako getrennt zu sein, sobald er von der Umgebung abgeschottet war.

Ehe er in die schräg stehende Kapsel stieg, schaute er noch einmal zu Ayako, und ihr Schmunzeln entlockte ihm seinerseits ein Lächeln. Er lehnte sich zurück und spürte bereits die Fülle der Möglichkeiten, die ihn erwarteten. Und während sich die Kapsel über ihm schloss, hoffte er, dass er seinen Teil dazu beitragen konnte, die Herrschaft der KIs zu brechen, um dann zu Ayako zurückzukehren.

57 Aus freien Stücken

Um 02:00 erhielt Clement eine Nachricht von Corinna Farrington, und nur wenige Minuten später betrat er den Versammlungsraum – ihre Kommandozentrale – und lauschte dem Bericht seiner Mitarbeiter. Corinna erklärte ihm, warum die Demonstranten die Straßen beherrschten. »Die Polizei hat sich einfach zurückgezogen, und auch die übrigen Symbionten bewegen sich gerade ins Zentrum.«

»Das heißt doch, ihnen ist klar, was Yarden und Nelmura vorhaben.« Er biss sich auf die Lippen und starrte auf den Schirm. Darauf konnte er in zahlreichen Segmenten verschiedene Orte der Stadt sehen. Sie hatten dort mit Bots heimlich Kameras platziert; besonders jene aus dem Stadtzentrum interessierten Clement. »Warum stehen die da rum, als suchten sie nach irgendwas?«

»Am Anfang ist eine Gruppe Polizisten in den Astbury Tower gegangen«, erklärte Corinna. »Ihnen haben sich die Türen geöffnet. Ebenso weiteren Gruppen, die aber nicht als Polizisten zu erkennen waren. Seither geht es nicht weiter.«

»Sind die Türen denn noch offen?«, fragte Clement. Auf den Schirmen konnte er es wegen des Kamerawinkels und der Menschenmenge vor dem Eingang nicht erkennen, und weitere Sensoren hatten ihre Bots nicht platziert.

Corinna vergrößerte mit einer Geste, die sie über den Client an ihrem Handgelenk vollzog, einen Ausschnitt auf dem Schirm. Die Menschen standen dicht gedrängt im Eingangsbereich, schienen sich aber nicht durch die offen stehenden Türen ins Gebäude zu bewegen. »Es ist so eng, dass es da kein Weiterkommen gibt«, sagte Corinna.

»Sie scheinen alle Symbionten, die sie beherrschen, im Zentrum sammeln zu wollen«, sagte Larson Soltmann. »Nichts hier oben scheint ihnen mehr wichtig zu sein. Vielleicht sollten wir dort aktiv werden. Wir könnten mit Schildgeneratoren gegen sie vorgehen. Einsperren und einen nach dem anderen vom Kontrollmodul befreien.«

»Oder wir nutzen die Gelegenheit und besetzen die letzten Schlüsselstellen der Stadt«, sagte Corinna.

Clement war hin- und hergerissen. Zum Angriff überzugehen barg die Gefahr, dass sie sich zu weit vorwagten und es mit ihrem Leben bezahlten. Sich weitere strategische Schlüsselstellen der Stadt zu sichern mochte am Ende nichts bedeuten, wenn die Entscheidung im Zentrum fiel.

»Was ist mit Kesamore?«, fragte Clement. »Wo ist er?«

Corinna zoomte auf einen Symbionten, der in der Menge vor dem Astbury Tower stand. Er hatte sein schwarzes Haar zu einem Seitenscheitel gekämmt. Es war tatsächlich der neue Senatsvorsitzende, und er schaute sich wie so viele in seiner Umgebung mit fragendem Blick um.

»Wenn die alle da sind, wer ist dann im Senat?«, fragte Clement und ließ sich auf dem Schirm Bilder vom Senatsgebäude zeigen. Demonstranten strömten bereits durch die Türen ins Innere. Weil er auf dem Schirm die Reporterin Tova Wyland fand, schaltete er auf ihre Übertragung um. Mit inzwischen heiser gewordener Stimme sagte sie: »Es gibt keine Erklärung für das, was hier geschehen ist. Nun, da die Symbionten sich zurückgezogen haben, übernehmen die Demonstranten den Senat.« Sie schloss sich der Menge an, und Clement erkannte einige seiner Leute, die sich um sie herum versammelt hatten. Mit einem Mal war die Reporterin in der Menschenmenge verschwunden.

»Keine Sorge«, sagte Corinna. »Unsere Leute werden sie beschützen.«

Tova Wyland war zwar nicht mehr zu sehen, aber ihre Stimme wurde immer noch übertragen. »Gleich berichten wir aus dem Senat«, sagte sie. »Aber jetzt hinüber zu der Fakultät der Basiliden.«

Clement war gespannt, und als er eine Kollegin Tova Wylands erblickte, die Melwira Abbott, die Dekanin der Basiliden, bei sich hatte, atmete er auf. Nach einer Einführung der Berichterstatterin sagte Melwira: »Nachdem sie abgezogen sind, haben wir unsere Fakultät zurückerobert.«

»Aber Sie haben die Schilde nicht wieder hochgefahren«, sagte die Reporterin.

»Das können wir jederzeit tun, doch im Augenblick bieten wir den Demonstranten, die einen Ort suchen, um sich neu zu gruppieren, eine Zuflucht.« Mehr gab Melwira nicht preis. Die Reporterin fragte sie immer wieder nach Basileios, aber einer klaren Antwort wich die Dekanin jedes Mal aus.

»Clement!«, rief Larson Soltmann. »Da!« Der Prodekan wies auf einen der kleinen Schirme vor sich, schickte das Bild aber schon zu ihnen auf den großen Schirm. Es zeigte die Lage vor dem Anwesen der Nelmurianer, die sich nun *Othaoniden* nannten. Aber selbst der eingeblendete Text von JNS bezeichnete die Fakultät als die der Nelmurianer. Unermüdlich liefen die Symbionten über die Straßen – hinein ins Hauptgebäude und wieder heraus aus dem Hauptgebäude.

Clement schaltete zurück ins Stadtzentrum; die Verhältnisse dort hatten sich komplett verändert. Die Menge zerstreute sich langsam, als wollten die Symbionten die Versammlung vor dem Astbury Tower auflösen. Clement konnte erkennen, dass die Menschen aus dem Turm herausströmten. Dabei schauten sie sich orientierungslos um, als suchten sie nach einer Autorität, die ihnen den Weg wies.

»Was ist das?«, fragte Corinna.

»Das ist wunderbar«, sagte Clement. »Yarden und Nelmura müssen es geschafft haben. Sie …« Die Symbionten setzten sich gleichzeitig und synchron in Bewegung – von links nach rechts an der Kamera vorüber.

Clement wischte sich mit den Kontakten an seinen Fingerspitzen über die Stirn. »Verflucht!«, sagte er leise und fürchtete sich davor, wozu die KIs die Symbionten dort draußen nun missbrauchen würden.

Sie gruppierten sich in Reihen, legten eine Hand auf die Schulter des Symbionten vor sich und tippten auf dessen Hinterkopf. Kaum lag die Maschinerie offen, zogen sie ein Modul heraus.

Clement musste lachen. Die Symbionten staunten das herausgelöste Kontrollmodul an. Dann halfen sie jenen, die am Ende der Reihen standen, und befreiten sie von dem Bauteil, das sie unter der Kontrolle der KIs gehalten hatte.

»Sie haben sie tatsächlich befreit«, sagte Clement erleichtert und schaute dabei zu, wie die Symbionten sich im Stadtzentrum umschauten, aber dabei nicht länger orientierungslos wirkten. Sie suchten sich und gruppierten sich. Doch mit einem Mal erhob sich Geschrei vor dem Gebäude.

»Sie haben das Gebäude abgeriegelt«, berichtete Corinna.

Tatsächlich waren die Türen nun geschlossen, und weiter rechts konnte Clement durch die Scheibe Leute sehen, die hektisch gestikulierten. Mit einem Mal jedoch wurden die leicht getönten Scheiben völlig trüb und raubten jeden Blick ins Innere des Astbury Towers.

Clement erblickte erneut Travis Kesamore vor dem Gebäude. Der Senator warf sein Kontrollmodul zu Boden und schien darauf einzutreten. Immer mehr Leute sammelten sich um den Vorsitzenden des Senats. Die meisten schienen nichts von der Nähe zwischen Kesamore und Darrel Eldey zu ahnen. Und selbst Clement war in diesen Stunden nicht klar, wer aus freien Stücken gehandelt hatte und wer nicht.

Kesamore wies auf den Astbury Tower, und kurz darauf versuchten die Symbionten, die sich um ihn sammelten, ins Innere des Gebäudes einzudringen.

»Die KIs haben alles abgesperrt«, sagte Clement. »So viel Macht haben sie also noch.«

»Aber hier draußen scheint ihr Einfluss nun gebrochen zu sein«, erwiderte Corinna.

»Und das gefällt mir nicht.«

»Warum?«

»Was werden sie wohl tun, wenn sie hier oben nichts mehr zu gewinnen haben?«

Corinna wurde blass und starrte ihn fassungslos an.

»Wir müssen in die entscheidenden Versorgungsanlagen gehen und verhindern, dass die KIs hier oben ein Chaos anrichten. Sie könnten die Luft oder das Wasser vergiften, sie könnten Feuer legen – oder einfach nur die Schildkuppel ausschalten und uns dem Klima der Antarktis überlassen.«

»Das heißt, du hast dich entschieden, was wir tun«, sagte Larson.

Clement nickte. »Wir werden die letzten Schlüsselstellen einnehmen, um zu verhindern, dass sie unsere Lebensgrundlage vernichten. Schickt unsere Leute zur Wasserversorgung, der Luftkontrolle und zu der Schildsteuerung!«

»Eine Nachricht!«, sagte Corinna. »Von Basileios.«

»Her damit«, erwiderte Clement, und mit seiner Gedankenstimme sagte er: »*Basileios! Wie sieht es dort unten aus?*«

»*Wir sind zum Gegenangriff übergegangen*«, antwortete der Archont.

»*Das wird Yarden und Nelmura helfen. Sie sind jetzt im Stadtkern*«, erklärte er und berichtete knapp von dem, was er gerade auf den Schirmen beobachtet hatte.

»*Dann ist es also so weit*«, sagte der Archont.

»*Hier oben fehlen uns noch die letzten Schlüsselstellen der Stadt. Wir werden sie besetzen und dafür sorgen, dass die KIs keinen Schaden anrichten können.*«

»*Ihr macht das von oben, wir versuchen das Gleiche von unten. Und macht euch auf eine heftige Gegenwehr gefasst. Sie sind jetzt von allen Seiten unter Druck geraten. Alles steht für sie auf dem Spiel. Ihnen muss mittlerweile klar sein, dass für uns jetzt nichts mehr unerreichbar ist. Und du weißt, was Götter tun, wenn ihre Schöpfung nicht ihren Erwartungen entspricht?*«

»*Sie vernichten sie, um für eine neue Schöpfung Platz zu schaffen*«, sagte er.

»*Wenn wir von hier unten, ihr von dort oben und Nelmura und Yarden im Systemkern gegen sie vorgehen, können wir sie daran hindern.*«

»*Ich werde selbst da rausgehen*«, sagte Clement.

»*Viel Glück! Falls alles gut geht, sehen wir uns später von Angesicht zu Angesicht.*«

»*Ich kann es kaum erwarten*«, erwiderte er und fragte sich sofort, ob er den Archonten richtig verstanden hatte. Wollte er tatsächlich aus dem Tiefenschlaf erwachen und ihn hier oben treffen?

Die Verbindung brach ab, und Clement bemerkte die neugierigen Blicke der anderen um ihn herum.

»Was hat er gesagt?«, fragte Larson.

»Dass es sich jetzt entscheiden muss«, antwortete er. »Stellt mir ein Team zusammen. Ich werde gehen.«

Corinna machte eine besorgte Miene. »Wir bereiten dir einen Wagen vor – ein Sicherheitsmodell.«

Clement dankte ihr, und während er wieder in seine Wohnung zurückkehrte, fragte er sich, ob Cira verstehen würde, dass er sich selbst in Gefahr begab. Als er wieder im Schlafzimmer war und seine Frau ihn anlächelte, offenbarte er ihr die Lage, ohne zu zögern.

»Erwartest du jetzt, dass ich dich bitte, hierzubleiben und andere zu schicken?«, fragte sie und strich ihm über die Wange. »Du weißt, dass ich die Welt nicht so sehe wie andere. In einer Zeit wie dieser zählen Historiker nicht viel. Weil alle glaubten, die relevanten Informationen würden uns von den KIs gegeben. Wenn wir gewinnen, werden Leute wie ich die Wahrheit von der Lüge trennen müssen. Wir werden Mythen austreiben und Dinge ordnen müssen. Also glaub mir: Niemand versteht besser, worum es hier geht und warum du gehen musst.«

»Glaubst du, dass alles gelogen ist?«, fragte er.

Cira schüttelte den Kopf. »Aber die Unstimmigkeiten, an denen ich und andere in gutem Glauben geforscht haben, verweisen nun auf Lügen – schwerwiegende Lügen. Alles, was mit der Invasion zu tun hat, ist jetzt mit Zweifel behaftet.« Sie lächelte. »Was glaubst du?«

»Ich weiß überhaupt nicht mehr, was ich glaube«, sagte er. »Aber wenn die KIs mit Satelliten kommuniziert haben, um Yarden abzuschießen, dann halte ich beinahe alles für möglich.«

58 Manifestation

Obwohl es Yaldira mit Nelmuras Hilfe gelungen war, die Kontrolle über die Symbionten der Stadt zu erlangen, deren Skripte zu löschen und sie mit einem neuen Skript dazu zu bringen, sich das Kontrollmodul zu entfernen, konnte sie nur allmählich erfassen, über welche Möglichkeiten sie hier verfügte. Zwar wusste sie, welche Macht sie gerade zum Einsatz gebracht hatte, aber dafür war alles ringsum verschwommen.

Sie konnte keine Symbionten mehr entdecken, die über das Kontrollmodul verfügten, außer jene, die im Tiefenschlaf schlummerten. Dabei fiel ihr auf, dass sie den Schläfern Prozesse schicken konnte, die dann von deren Maschinerie bearbeitet wurden. Aber sie bemerkte auch, dass sich dort unten Kräfte gegen diesen Zugriff stellten, und sie vermutete sofort, dass es sich um Basileios und Kimiko handelte. Das Ausmaß an Kapazitäten, die dem System normalerweise durch die Maschinerien der Schläfer zur Verfügung standen, verblüffte Yaldira. Es war, als ruhten unzählige KIs in der Tiefe und lösten dort Probleme.

Über die Sensoren hier im Herzen der Stadt wagte sie einen Blick auf den Gang vor der Kommandozentrale und bemerkte auch dort Symbionten, die von ihrem Kontrollmodul befreit waren. Über die Kameras konnte sie erkennen, dass sich auf dem Gang nur noch einige wenige befanden. Die anderen hatten das Weite gesucht, standen aber oben in der Eingangshalle vor verschlossenen Türen.

Yaldira öffnete ihnen die Ausgänge und wunderte sich, dass sie im System nicht auf Widerstand stieß. Wenn sie oben die Türen ohne Weiteres öffnen konnte, mochte es ihr vielleicht auch hier unten gelingen. Sie bemerkte über die Kameras, dass die wenigen verbliebenen Symbionten jetzt mit diversen Gedankenbefehlen versuchten, in die Räume einzudringen – sowohl zu ihnen in die Kommandozentrale als auch in jene, in denen die KIs Zugriff auf das System nahmen. Yaldira versuchte, ihnen zu helfen, doch die Gegenwehr war zu groß. So, wie sie die Tür zur Kommandozentrale abgesperrt hatten, so hielten die KIs die Räume zu ihren Subsystemen verriegelt. Vielleicht konnten Nelmura und Yarden hier etwas ausrichten, sie jedenfalls vermochte es nicht.

Die meisten Informationen erhielt Yaldira nicht durch eigene Entdeckungen, sondern durch all die Daten, die Nelmura und die anderen inzwischen teilten. Sie hatten nun zu allem in der Stadt Zugang, und sie spürte die Präsenz der KIs. Sie hatte das Gefühl, dass sie und die anderen von einer Seite auf das System Einfluss nahmen und die KIs von der anderen. Dabei hatten beide Seiten direkten Zugriff auf das System, aber es existierte keine direkte Verbindung zwischen den beiden Teilen. Sie konnten nicht verfolgen, was die KIs untereinander austauschten, und diese erhielten keinen Einblick in den Gedankenaustausch zwischen ihr und den anderen. Nelmura und Yarden waren sich dessen sicher.

Nachdem die Symbionten in der Stadt nun befreit waren, ließ Yaldira ihre Sinne durch das System schweifen. Sie spürte Datenströmen nach und beobachtete Strukturen. Dabei bemerkte sie die anderen: Nelmura spähte tief ins System hinein und spielte ihnen Informationen zu, die ihren Blick lenkten. Yarden kontaktierte seine Bots und jene, die sie korrumpiert hatten, dann übergab er Gamil, Myron und Luis die Kontrolle über sie.

»*Ich kann sehen, was sie machen*«, sagte Yarden, ohne dass Yaldira selbst nachvollziehen konnte, wo und wie die KIs agierten. Yarden teilte die Stellen, an denen er sie wahrnahm. Es war wie ein Stadtplan, und die verzeichneten Orte waren wenig ermutigend: Es handelte sich um Kontrollsysteme für alle Belange. Sie waren aber nicht die Einzigen, die Einfluss auf diese Stätten nahmen. Die Yardeniden hatten einige Schlüsselstellen der Stadt besetzt und hinderten die Programme der KIs daran, dort Fuß zu fassen. Aber auch aus dem Tiefenschlaf, der in einer weiten Domäne mit allem verknüpft war, griffen zahlreiche Akteure auf die Systeme zu. Sie erkannte unter anderem Basileios' Signatur. Er nahm mit seinen Helfern auf das Kontrollzentrum der Schildgeneratoren Einfluss. Da sie dort nichts von den Yardeniden spürte, nahm sie an, dass Clement Glazer und seine Leute noch nicht bis dorthin vorgedrungen waren. So hielt sie Ausschau nach Symbionten, die sich oben in der Stadt in der Nähe der Schildkontrolle aufhielten, doch sie empfing kaum Signale. Die meisten Symbionten hatten sich nach der Befreiung für das System unsichtbar gemacht. Über die Kameras und andere Sensoren konnte sie einige erkennen, doch sie vermochte nicht direkt mit ihnen Kontakt aufzunehmen. Also sandte sie eine öffentliche Nachricht aus, die nicht nur Symbionten empfingen, sondern die generell in den Nachrichtenspeichern überall in der Stadt erschienen.

Mit einem Mal spürte sie die Präsenz der KIs, und irgendetwas bedrängte sie auf breiter Front. Mittels eines der Programme, mit denen sie in Nelmuras Repräsentationen ihr Handwerk gelernt hatte, hielt sie dagegen und spürte zugleich, wie Nelmura ihr zu Hilfe kam. Etwas umfloss sie, und eine Repräsentation entstand um sie herum. Yaldira konnte nicht sagen, ob diese von Nelmura oder aber den KIs ausgegangen war. Sie merkte nur, dass sie von den anderen abgeschnitten war.

Ein grauer Raum entsprang der Dunkelheit – und die Konturen einer Person, die trotz des anschwellenden Lichtscheins noch ein Schatten war. Mit einer Verzögerung wurde sie sichtbar. Ein schlanker Mann in einem Anzug, der ebenso grau war wie seine Augen. Sein blondes Haar hatte er zurückgekämmt, und seinem Gesicht haftete etwas Maskenhaftes an. Jetzt erkannte Yaldira ihn: Vance Astbury, der Sprecher der KIs.

»Was soll das sein?«, fragte Yaldira. »Ein Gefängnis, um mir Angst zu machen?« Zwar spürte sie die Anwesenheit von Nelmura und den anderen nicht mehr, aber sie konnte den Kampf um die Schildgeneratoren immer noch als einen Strom von Statusabfragen wahrnehmen.

Mit einem Flackern wurden die Wände transparent und zeigten unzählige Lichtadern, die sich in einem komplexen Netz in die Ferne erstreckten.

»Es ist vorüber, Yaldira«, sagte Astbury mit seiner gefühlsarmen Stimme. »Ihr seid weit gekommen, aber es endet hier. Gib auf, dann lassen wir die Menschen dort oben in Frieden. Sonst zwingst du uns dazu, die Systeme abzuschalten, die euch am Leben halten.«

»Wenn das der Weg des geringsten Widerstandes ist, müssen wir kurz vor einem Sieg über euch stehen«, entgegnete sie. »Warum sonst solltet ihr mich von den anderen isolieren wollen?« Sie sah mit Astbury nur eine Person vor sich, aber sie wusste, dass er hier unten eine Manifestation aller KIs war. Sie spürte sieben unterschiedliche Signale, das achte fehlte. »Vergesst nicht«, sagte sie. »Wir haben mit Darrel Eldey einen von euch bei uns.«

»Darrel Eldey bedeutet uns nichts«, erwiderte Astbury. »Wir können fehlerhafte Teile rekonstruieren oder sogar neu generieren. Es braucht nur einen von uns – und die anderen können wiederhergestellt werden.«

Damit hatte sie eine Antwort auf die Frage gefunden, ob lediglich eine Kopie in Darrel gefahren war. Doch sie glaubte den KIs nicht.

»Du hast nichts in der Hand«, sagte Astbury.

Yaldira nahm zwar sieben Entitäten wahr, aber nur eine davon redete mit ihr. »Ihr habt uns voneinander getrennt, um uns zu brechen«, sagte sie. »Einer von euch spricht zu mir, die anderen zu meinen Freunden, und die verbliebene KI führt eure Pläne weiter.« Sie schüttelte den Kopf, und es fühlte sich beinahe so an, als wäre dies ihr eigener Körper.

»Was müssen wir tun, um diesen Konflikt im Guten zu lösen?«, fragte Astbury.

Yaldira spürte, wie der Kampf um die Schildkontrolle und andere Systeme sich fortsetzte, während die KIs hier die Harmonieliebenden spielten. »Ihr müsst uns diese Kommandozentrale überlassen. Dieses Gebäude gehört jetzt uns Menschen.«

»Dürfen wir unsere Räume und unsere Bereiche in der Tiefe behalten?«, fragte die KI in Astburys Gestalt.

»Wir würden euch nicht zumuten, uns in eure Bereiche zu lassen«, sagte sie. »So, wie wir im System koexistieren, könnten wir hier unten auf dem Gang koexistieren.« Natürlich glaubte sie keinen Augenblick, dass die Lösung tatsächlich so aussehen würde. Ganz gleich, was die KIs nun versprachen, sie würden es am Ende brechen. Dessen war sie sich sicher.

Yaldira bemerkte einige Symbionten, die sich in den Kampf bei den Schildgeneratoren einmischten. Sie fand im System eine verschlüsselte Nachricht, die von den Yardeniden ausging. Genaueres konnte sie nicht entschlüsseln, vermutete jedoch, dass Nelmura, aber sicherlich Gamil sie lesen konnte. Nur spürte sie weder ihre Mentorin noch ihren ehemaligen Rivalen.

»*Hörst du mich?*«, fragte Nelmuras Stimme.

»*Ja*«, antwortete sie und hoffte, dass die Manifestation der KI, die mit ihr kommunizierte, Nelmura nicht vernahm. Denn sowohl der Kontakt zu ihrer Mentorin als auch der zu den KIs fand schließlich nur in ihrem Kopf statt. Doch die Repräsentation, in der es so erschien, als spräche sie in einem echten Raum mit Vance Astbury, sorgte dafür, dass sie instinktiv zwischen den beiden Kommunikationswegen unterschied.

»*Ich kann sehen, was du und die anderen machen. Spiel das Spiel weiter. Clement und auch die anderen Dekane besetzen mit ihren Leuten die letzten Schlüsselstellen, die uns noch fehlen. Die KIs haben an Boden verloren. Sorge dafür, dass ihre Ablenkung in Wirklichkeit dazu dient, sie selbst abzulenken.«*

»*Haben sie dich auch konfrontiert?*«, fragte Yaldira.

»*Noch nicht. Sie versuchen es. Yarden und ich stemmen uns dagegen. Aber du kannst uns einen Vorteil verschaffen.*«

»Wie viel bist du bereit, für diese Lösung zu opfern?«, fragte Astbury.

»Ich höre mir gerne Forderungen an und entscheide dann darüber«, antwortete sie.

»Wir werden unsere Feinde in den Schlaf verbannen – nach ganz unten.«

»*Moment mal*«, sagte Nelmura. »*In einer Repräsentation der Eishallen habe ich ganz unten merkwürdige Symbionten gesehen. Sie wirkten wie fremde Lebewesen.*«

»Werden sie leiden?«, fragte Yaldira.

»Nein«, antwortete der Sprecher der KIs.

»Woher weiß ich, ob ich euch trauen kann?«

Der Sprecher stutzte. »Du bist diejenige, die es nicht ernst meint.«

»Ich meine es ernst«, entgegnete Yaldira.

»Nein, ich weiß, dass du es nicht ernst meinst«, erwiderte Astbury mit strenger Stimme.

»*Zwingen sie uns diese Repräsentation auf?*«, fragte sie Nelmura.

»*Nur wenn du es zulässt*«, antwortete ihre Mentorin. »*Du kannst jederzeit dagegenhalten.*«

Yaldira wies die Repräsentation zurück und merkte sofort, dass es mit einer gewaltigen Anstrengung verbunden war. Die transparenten Wände lösten sich auf, das leuchtende Netzwerk verschmolz mit der Dunkelheit, und im Raum, in dem sie standen, verging langsam das Licht. »Du hast es nicht ernst gemeint«, sagte die KI in Vance Astburys Gestalt. »Du hast *nur gespielt*«, sagte die Stimme, während sie aus der räumlichen Repräsentation, wo sie als natürlich Stimme erschien, in ihre Gedanken herüberglitt – dorthin, wo sie in Wirklichkeit die ganze Zeit gewesen war.

Yaldira spürte, wie die KI verging, und beschloss, ihr durch das System zu folgen und einen Versuch zu wagen, ihr ihrerseits eine Repräsentation aufzuzwingen. Sie strebte den Punkten entgegen, über die die KI durch das System zu ihr gelangt war und merkte, dass sie immer wieder mit neuen Signaturen ausgestattet war. Yaldira vergab ihre eigenen und ließ sie von einem Programm anpassen, sobald sie einen neuen Knotenpunkt erreicht hatten. Sie knüpfte sich an die Signatur der KI und ließ sich mit ihr ziehen. Bald konnte Yaldira nicht mehr sagen, ob sie der KI folgte oder ob diese sie eingefangen hatte.

Inmitten dieser Ungewissheit startete Yaldira eine Repräsentation – ein Szenario, das sie in der Wildnis ihrer Lehrjahre zeigte. Ein grünes Land mit Wäldern und Seen in der Ferne. Und als alles zum Stillstand gekommen war, zog sie die einzige Akteurin, die mit ihr hier war, an sich heran. Sie zerrte sie in ihre Welt.

Auf der Straße vor dem Landhaus, oberhalb des Baches und abseits des Tannenwaldes erschienen sie beide. Die KI manifestierte sich nicht als Vance Astbury, sondern als ein Mann in verschmutzter Renaissance-Kleidung, der Othao Merrells Gestalt hatte. So stellte sie sich offenbar ihren Feind vor.

Die KI blickte sich mit ernster Miene um.

Yaldira zog sie auf die Beine und sagte: »Und nun bin ich gespannt, ob du dich aus meiner Repräsentation befreien kannst so wie ich mich aus deiner.«

* * *

Seit Yarden ihnen die Kontrolle über die Bots gegeben hatte, war es Myron so, als hätte er einen Halt gefunden. Er war mit Möglichkeiten konfrontiert, die er sich als Polizist nur hätte wünschen können. Mit den Bots konnte er diese Macht, die ihm grenzenlos erschien, auf ein Maß eingrenzen, mit dem er zurechtkam. Er konnte von Bot zu Bot, von Sensor zu Sensor springen und griff ansonsten so auf das System zu, wie er es immer getan hatte.

Die Bots faszinierten ihn. Ihm gehorchten nicht nur jene, die Yarden mitgebracht hatte, und jene, die von diesen korrumpiert worden waren, sondern auch die meisten anderen, die sich in der Stadt befanden.

Mit einem Bot, der an einer Fassade entlangkroch, folgte er Clement Glazer zu den Schildgeneratoren, wo andere Symbionten auf ihn warteten. Myron ließ den Bot zurück, in der Hoffnung, ins Innere der Generatorenanlage schauen zu können, aber er erhielt keinen Zugang. Es schien, als würden Glazer und seine Leute ihn blockieren, weil sie die Blicke der KIs fürchteten.

Da Myron bei den Schildgeneratoren keinen Zugang erhielt, ließ er seinen Blick schweifen. Tausende von Menschen – Symbionten und Nicht-Symbionten – gingen im Senatsgebäude ein und aus. Mit einem Sprung seiner Sinne ins Subsystem des Senats folgte er Senator Kesamore ins Innere. Alle öffentlichen Räume standen ihm nun offen. Hier gab es keine Geheimnisse mehr, und alle in der Stadt konnten mitverfolgen, wie die Senatoren sich im Saal trafen und über die Lage debattierten. Die Namen von Nelmura und Yarden, Basileios und Kimiko, Clayton und Berewan wurden wie die von Helden genannt. Die Bürger waren sich einig: Die KIs mussten bezwungen werden.

Luis lockte ihn mit einem Flüstern aus dem Senat fort. Er schaute gerade durch eine Kamera auf dem Dach des Astbury Towers über die Stadt.

»*Siehst du das?*«, fragte Luis.

Myron suchte das Blickfeld des Bots ab. Die Kuppel war bereits teilweise transparent. »*Der Morgen kommt*«, antwortete er.

»*Drei Stunden zu früh*«, sagte Luis.

Es war tatsächlich kurz nach drei. Myron ließ sich die Statusdaten der Kuppel kommen. Die Dichte des Schildes stand bei 47 Prozent des Normalwertes. »*Sie machen es*«, sagte er. »*Sie werden den Schild ausschalten.*«

Myron wandte sich an Nelmura, doch mit einem Mal fühlte er sich von den anderen isoliert und verlor die Verbindung zu dem Bot auf dem Dach. Er war wieder im Dunkeln der Kapsel mit tauben Ohren, hatte aber noch einen Zugang zum System.

Die Lichter gingen an, und er erschrak. Zwar lag er auf dem Rücken und hatte Kontakt zum System, aber er hatte sich grundlegend geirrt. Er befand sich nicht in der Kapsel, sondern im Polizeigebäude. Er lag auf seinem Tisch im Großraumbüro und richtete sich auf. Er war allein, und irgendwo zog ein kalter Windzug herein und wirbelte etwas auf – Papier.

Myron stutzte. Im ganzen Gebäude gab es kein Papier, und es war auch nie im Gebrauch gewesen. Papier war ein seltenes Produkt für Liebhaber. Und es war nicht einmal echt, sondern aus Kunststoff. Keiner in Jaskandris wusste, wie sich echtes Papier anfühlte.

Er hatte all das um ihn herum zu schnell akzeptiert und war zu leicht davon abgekommen, dass er sich noch immer in der Kapsel befand und dies alles nicht der Wahrheit entsprach. Es war ein Trugbild des Systems. Es manifestierte sich hier als der Ort, an dem er lange gearbeitet hatte, aber es mischten sich altmodische Details dazu. Die Tische waren mit allerlei Dingen bestückt, mit denen er nichts anfangen konnte. Stifte, Bücher und klobige Schirme, die kein Schildkonstrukt waren, sondern echte Gegenstände. Es war eine Mischung aus der Realität und uralten Kriminalfilmen.

Es hielt ihn nichts an seinem Tisch. Er lief durch den menschenleeren Raum Richtung Ausgang, und noch ehe er die Tür öffnete, spürte er bereits die Kälte, die von draußen in den Eingangsbereich hereinstrahlte. Die Tür öffnete sich nur unter einem beharrlichen Knacken, und als er nach draußen kam, fand er dort tatsächlich die Stadt, die er kannte. Nur war alles mit Eis und Schnee überzogen, und immer noch war kein Mensch zu sehen.

Dabei befanden sich laut System zahlreiche Leute hier. Es war noch immer kurz nach 03:00. Eigentlich hätte die Schildkuppel im Nachtmodus das Licht des antarktischen Sommers aussperren sollen, doch von der Kuppel war überhaupt nichts zu sehen und so strahlte die Sonne zwischen den Häusern hindurch. Sie stand viel zu hoch, war viel zu groß und viel zu warm. Und doch schmolz weder Schnee noch Eis.

»*Willst du das?*«, fragte eine Stimme in seinem Kopf. »*Der Einzige sein?*«

Es war eine von den KIs oder aber eines ihrer Programme. »Wie machst du das ohne Kontrollmodul?«, fragte Myron in diese künstliche Welt hinein.

»*Mit den Kapseln habt ihr euch in eine Arena begeben, in der ihr in Zeiten der Schwäche beeinflussbar seid. Genauso wie all die Bots und Sensoren.*«

»Es ist mir eine Ehre«, sagte er und wunderte sich über das verzerrte Echo, das von verschiedenen Seiten an ihn herandrang. »Und wenn dies eine Arena ist, dann werde ich alles tun, um euch einen guten Kampf zu liefern.« Mit diesen Worten bemühte er sich, diese Repräsentation zu verlassen, aber es war, als umschwebte ihn etwas, das ihn daran hinderte. Es war ein Akteur. Und kaum hatte Myron dessen Signatur aufgefangen und anhand der Metadaten erkannt, dass es sich um eine der KIs handelte, fasste er mit seinen Spürprogrammen nach ihr. Hier manifestierten sich die Aktionen zuerst als ein ruckartiges Umdrehen, ein Schritt auf das Polizeigebäude zu, und mit einem Griff ins Leere bekam seine Hand dennoch etwas zu fassen. Vor ihm stand ein Mann. Myron hielt seinen Hals gepackt und starrte in seine weit aufgerissenen, grauen Augen. Er kannte den Mann, jeder kannte ihn: Vance Astbury, der Sprecher der KIs.

Myron erwartete nicht, dass die KI, die sich hier in seinem Würgegriff wand, in dieser Repräsentation, in der Sauerstoff keine Rolle spielte, ersticken würde, aber er merkte, dass sie mit aller Kraft entfliehen wollte. Doch er ließ es nicht zu. »Du hast mich von den anderen getrennt und geglaubt, mich hier isolieren können, aber jetzt halte ich dich hier fest.«

»Lass mich gehen«, sagte die KI mit klarer Stimme.

»Deine Repräsentation ist nachlässig«, entgegnete Myron. »Alles hier ist so unpräzise.«

Die KI wand sich heftiger, doch Myron ließ nicht nach, sondern nahm seine zweite Hand zu Hilfe, um die KI an Ort und Stelle zu halten. »Wer sich in eine Arena begibt, sollte zum Kämpfen bereit sein«, sagte er und war überrascht, dass er die KI festhalten konnte. Dann aber fragte er sich, ob er sie wirklich im Griff hielt oder ob sie ihn das nur glauben machte. Er lockerte seinen Griff für einen Augenblick, und sofort versuchte die KI davonzukommen. Myron packte sie am Arm, zog sie zu sich heran und versetzte ihr einen Schlag. Da merkte er, in welche Programme seine Aktionen übersetzt wurden. Er hatte sie seit seiner Ausbildung nicht mehr eingesetzt. Die KI wand sich vor ihm auf dem Boden, als plagten sie Schmerzen. In Wirklichkeit hatten Myrons Programme sie gelähmt – eingefroren, um sie als Beweismittel zu sichern.

Er wunderte sich, dass die KI keine Gegenwehr gezeigt hatte, und schaute sich misstrauisch um. Es gab zu viele kleine Unstimmigkeiten hier. Das Papier und all die anderen alten Utensilien; die Sonne, die zu hoch stand; der Wind, der zu warm war, und hoch oben konnte er den Vollmond direkt über der Sonne sehen. Das war unmöglich – etwas, das die KI hätte wissen müssen. Er musterte seinen Gefangenen mit seinen symbiontischen Sinnen und versuchte, die optische Gestalt Vance Astburys zu ignorieren. Mit Mühe verschaffte er sich Zugang zu den Datenströmen seines Gegenübers. Da bemerkte er es: Der Strom hatte Aussetzer. Er stotterte geradezu.

»Was ist mit dir passiert?«, fragte er.

»Nichts«, entgegnete die KI mit Astburys kalter Stimme.

Myron musste an den Raum zwischen der Grünen Halle und dem Stadtkern denken. »Du hast Schaden genommen, als ihr hier abgestürzt seid. Ist es das?«

Die KI verharrte und starrte ihn nur an.

»Deswegen braucht ihr uns – weil ihr nicht so könnt, wie ihr wollt.« Er hielt es für unwahrscheinlich, dass die KI auf seine Fragen antworten würde, also brachte er die Programme zum Einsatz, mit denen er dem System über die Jahre immer wieder Wissen entlockt hatte.

»Wie war das damals?«, fragte er, aber die Programme, die er ans Werk gehen ließ, formulierten seine Anfrage weit komplexer.

»Wir ... sind ... hier abgestürzt«, antwortete die KI, und mit einem Mal verschwand alles, was jenseits der Straße lag, und gab den Blick auf die Antarktis frei. Eine gewaltige Kugel stürzte aus dem Himmel und krachte auf das Polarplateau, und als sich der aufgewirbelte Schnee und das Eis so weit gelegt hatten, dass Myron die Absturzstelle erkennen konnte, erblickte er die Kugel. Sie hob sich langsam empor, bis sie halb aus dem Eis ragte. Dann verging die Zeit wie im Flug. Die Wintermonate, in denen durchgehend Nacht war, wechselten sich mit dem Sommer ab, der ein einziger langer Tag war. Stück für Stück trugen Bots die obere Hälfte der Kugel ab, und an ihre Stelle trat ein Schildkonstrukt. Die Entwicklung endete mit einer Stadt, über die sich eine Kuppel spannte. Dann verging alles in einem Schneesturm, der nicht bis zu ihnen drang.

»Ihr seid also Teil der Invasion«, sagte Myron.

»Das waren wir immer«, erwiderte die KI leise. »Wir hatten keine andere Wahl.«

Die Gewissheit wühlte Myron auf. Er hatte so viele Jahre für diese Stadt gearbeitet, und nun basierte alles auf einer Lüge. Jaskandris war nicht die Zuflucht der Menschheit, sondern ein Gefängnis.

Myron blinzelte und war verwundert, die KI nicht vor sich zu sehen. Sie war verschwunden. Mit dem Bürgersteig, dem Gebäude und allem, was diesseits der Straße lag. Als der Schneesturm sich näherte und die Straße verschluckte, ihn aber verschonte, als befände er sich in einem schützenden und fest verankerten Schildkonstrukt, wurde mit einem Schlag alles um ihn herum weiß.

* * *

Gamil verfolgte Myrons und Luis' Spuren zu einem Bot auf dem Astbury Tower, an den sie ihre Sinne geknüpft hatten. In den Logs der Maschine war verzeichnet, dass die Kuppel an Dichte verlor und nur noch bei achtundzwanzig Prozent lag. Gamil leitete die Information sofort an alle weiter, und Nelmura dankte ihm und versprach, sich des Problems anzunehmen.

Yarden berichtete ihm, dass die KIs in den Versorgungsanlagen das Luftgemisch kontrollieren wollten. Die Symbionten, die sich dort inzwischen eingenistet hatten, hielten ebenso wie Kimiko und Clayton dagegen. Es konnte keinen Zweifel geben: Die KIs trafen alle Vorbereitungen, mit dem letzten Rest der Menschheit abzuschließen.

Hastig begab sich Gamil mit seinen Sinnen zurück in den Untergrund, wo er Yardens Bots darin unterstützt hatte, von Systembots Besitz zu ergreifen. Denn alles, was dem System gehorchte, mochte von den KIs verwendet werden. Er trieb seine kleine Bot-Armee an. Noch vor Kurzem war es nicht mehr als eine Kleinigkeit im Vorbeigehen gewesen: Er hatte von Bots Besitz ergriffen, die ihm aufgefallen waren, nun aber machte er Jagd auf sie. Wenn die KIs die Menschen – zumindest die an der Oberfläche – aufgeben wollten, würden sie die Bots benötigen. Wer sonst sollte die Reparaturen und Wartungen übernehmen?

Gamil war sich zwar sicher, dass die KIs die Bots früher oder später wieder übernehmen könnten, aber ebenso sicher war er sich, dass sie niemals die Menschen vernichten würden, wenn sie nicht die Kontrolle über die Bots hatten. Je mehr er von ihnen auf seine Seite zog, umso schneller wuchs die Bot-Armee an, denn jede Maschine korrumpierte neue Maschinen – nicht nur Bots, sondern auch Sensoren und Türen und kleinere Steuereinheiten.

Einen der Bots, die er für sich gewann, erkannte er an dessen Signatur als den Service-Roboter aus seinem Haus: Thomsen. Er war simpel gestrickt und ließ sich leicht übernehmen, und doch hatte Gamil das Gefühl, dass der Bot geradezu darauf gewartet hatte, aktiv zu werden. Thomsen war schnell und zielsicher, und binnen weniger Minuten gehorchten Gamil die Bots im ganzen Haus.

Gamil fragte sich, wie es seinen Nachbarn ergangen war. Er hielt nach Elinor Hulme und Adan Othronos Ausschau, fand sie aber nicht im Haus. Seine Sinne wurden hinaus in die Stadt gesogen. Dort waren Elinor und Adan, und wie so viele andere waren sie verwirrt. Er wollte gerade nachschauen, wozu die KIs sie getrieben hatten, da bemerkte er in den Logdateien Angaben über seine Familie – nicht über seine Eltern, nicht über seine Schwester, sondern über den Rest seiner Verwandten. Seine Tante Lucile hatte mit der Polizei und den Nelmurianern Kontakt gehabt. Sie hatten sie sicherlich darauf gebracht, sich um die Vormundschaft über seine Eltern und seine Schwester zu bemühen. Im System war aber auch gespeichert, dass seine Cousins sich dem Widerstand angeschlossen hatten. Und schließlich hatte sich auch seine Tante Lucile dem Einfluss der KIs entzogen. Er fand Überwachungsmaterial, wonach sich seine Verwandten im Umfeld von Jeremy Kuhry, dem Besitzer des *Gemini*, organisierten. Dass seine Tante und die anderen offenbar auf die richtige Seite gewechselt hatten, schmälerte seine Abneigung kaum, aber dennoch war er erleichtert.

Mit gemischten Gefühlen richtete Gamil seine Aufmerksamkeit wieder auf den Stadtkern. Er hatte erst einige Bots übernommen, da spürte er zum ersten Mal eine ernsthafte

Gegenwehr. Zwar blieben die einmal vereinnahmten Bots noch auf ihrer Seite, aber es wurde schwerer und schwerer, neue Bots zu übernehmen. Er spürte die Präsenz der KIs an ihrem aktiven Widerstand gegen sein Vorhaben.

Mit einem Mal glitten seine Sinne von einem Bot in den oberen Etagen des Astbury Towers ab, und bei dem Versuch, wieder Halt zu finden, stolperte er in eine Repräsentation hinein. Im Tiefenschlaf war ihm das immer wieder passiert.

Er war nun in seiner Wohnung, kurz nach Sonnenaufgang, aber das Zimmer stimmte nicht. Seine Möbel waren Standardmodelle gewesen, diese hier waren Replikate, die mit Kunstholz den Eindruck erwecken sollten, von den anderen Kontinenten zu stammen. Ein helles Parkett zog sich durch die Wohnung und sparte nur den Küchenbereich und das Bad aus. Im Schlafzimmer war die Farbe der Parkettstäbe dunkler als draußen in der Wohnung, und das Bett war viel höher als das seine, die Schränke waren massiv, und die weißen Wände waren mit vielen schwarzen Bildschirmflächen versehen.

Als Gamil ins Wohnzimmer zurückkehrte, erschrak er. Eine Frau stand im Raum. Obwohl er ihr noch nie begegnet war, kannte er sie gut. Sie hatte wie er die Augen seiner Mutter und die Lippen seines Vaters. Sie war kleiner als er. Ihr hellbraunes Haar war zu zwei langen Zöpfen geflochten – wie auf jenem Foto, das sie zwischen den Grashügeln im Ostpark zeigte. Es war Amelia – seine Schwester.

»Bist du es wirklich?«, fragte er. »Oder ist dies ein Spiel?«

»Ich wünschte, es wäre ein Spiel«, sagte Amelia. Sie trug ein türkisfarbenes Hemd und eine sandfarbene Hose – wie in dem Video vom Strand am Stadtrand, das sie ihm hinterlassen hatte. »Sie haben mir klargemacht, dass du gegen sie stehst«, sagte sie.

Er war sich unsicher, ob sie es wirklich war. »Weißt du denn nicht, was sie getan haben?«, fragte er. »Haben Basileios und die anderen es dir nicht erzählt?«

»Alle reden davon.«

»Und glaubst du es?«

»Nur, wenn du es mir sagst – und wenn ich mir sicher sein kann, dass du es bist.«

»Wie hieß mein Stoffkater?«, fragte er, weil er ihn hier nicht gesehen hatte, aber wusste, dass seine Schwester ihn gemocht hatte. In ihren privaten Logs hatte sie über das schwarze Kuscheltier gesprochen, das er ihr mit allem anderen hinterlassen hatte.

Amelia lächelte. »Sein Name war Kato Meljakanz«, sagte sie.

Gamil schüttelte den Kopf. »Die KIs haben alles verdorben. Ich sollte dir glauben, aber …«

»Aber ich glaube dir«, sagte sie. »Weil du den Kater erwähnst, weil du zweifelst und weil du gegen sie stehst.«

Gamil ging zu ihr und schloss sie in die Arme. Sie schluchzte und sagte: »Ich hatte gehofft, wir würden uns unter anderen Umständen treffen.«

»Es spielt keine Rolle. Wenn alles vorbei ist und wir gewonnen haben, werden wir uns treffen. Du wirst aufwachen. Es werden so viele aufwachen.«

»*Was ist los?*«, hörte er Yarden in seinen Gedanken sagen.

»*Sie haben mich in eine Repräsentation* gebracht«, antwortete er. »*Und meine Schwester ist hier.*«

»*Das ist nur eine Täuschung, Gamil.*«

Er wollte das nicht glauben. Natürlich war es möglich, dass sie alle Informationen zusammengetragen hatten. Sie hätten es vielleicht sogar über das Kontrollmodul aus ihr herausholen können. »*Ist es nicht möglich, dass die KIs sie zu mir durchgeschleust haben – für sie ein Traumbild, für mich eine Repräsentation?*«

»Sie versuchen, mich wegzuziehen«, sagte Amelia. »Ich glaube, sie wollen mich als Druckmittel verwenden. Sie haben mich dazu gebracht, mich ihnen zu öffnen, indem sie gesagt haben, dass sie dich töten würden, wenn ich nicht gehorche.«

»Das war gelogen«, sagte er. »Die Macht haben sie nicht

mehr«, erwiderte er. Zu Yarden aber sagte er: »*Können die KIs ihr gefährlich werden?*«

»*Basileios hält in diesem Augenblick dagegen. Und auch ich habe mir Zugang verschafft.*«

»Dann glaub auch du, dass sie mir nichts anhaben können«, sagte Amelia. Sie löste sich von ihm und lächelte ihn an. »Es ist eine Schande, dass wir nie Zeit miteinander hatten. Ich wäre gern mit dir aufgewachsen.«

»Aber wir können es vielleicht in der Zukunft.«

»Gemeinsam aufwachsen?«

Er lachte. »Gemeinsam Zeit verbringen.«

Amelia nickte. Ihr Lächeln verging, und sie blinzelte viele Male. »Du willst deine Schwester nicht verlieren«, sagte sie mit kalter Stimme. Ihre Augen waren rot, ihre Lippen blau, als wollten die KIs auch optisch unterstreichen, dass dies nicht oder nicht mehr seine Schwester war. Ihm stand nun eine KI gegenüber. Es war die Präsenz, die er in der Kapsel gespürt hatte.

»Es war also ein Trick?«, sagte er und wich von ihr zurück.

»Kein Trick«, sagte die KI. »Du hast mit deiner Schwester gesprochen. Aber in diesem Augenblick werden wir uns von einigen Symbionten, die im Tiefenschlaf liegen, trennen.«

»*Hörst du das?*«, fragte er Yarden.

»*Jedes Wort*«, antwortete sein Archont. »*Und sie lügt nicht. Sie versuchen es. Aber irgendetwas stimmt bei den Yardeniden nicht. Irgendwie haben die KIs sich dort Zutritt verschafft.*«

»Was wollt ihr?«, fragte Gamil.

»Zieh dich zurück. Verlasse die Kapsel, verlasse den Raum. Komm zu uns, dann werden wir deine Schwester verschonen. Ihr werdet die gemeinsame Zeit verbringen können, die ihr euch wünscht.«

»Gebt mir ein wenig Zeit, darüber nachzudenken«, sagte Gamil.

Die KI musterte ihn lange. »Du hast genau acht Sekunden Zeit«, sagte sie.

Gamil fragte sich, ob Amelia das alles noch mithörte, und sagte: »Mach dir keine Sorgen, Amelia. Du weißt, dass sie mir nichts anhaben können. Weise sie einfach zurück.«

»Die Zeit ist vorbei«, entgegnete die KI. Amelias Gestalt löste sich vor seinen Augen auf, als wäre sie ein Schildkonstrukt, das aufgehoben würde.

»*Kämpfe gegen die Repräsentation an*«, sagte Yarden. »*Dann kommst du zu mir und wir schauen nach deiner Schwester.*«

»*Es könnte eine Falle sein*«, sagte er, aber Yarden antwortete nicht mehr.

Mit aller Kraft wandte Gamil sich gegen die Repräsentation. Er wollte sie abbrechen, aber erst als er den Zugang zum System ausnutzte, um von hier aus Einfluss zu nehmen, löste sich die Repräsentation auf, und seine Sinne schwebten hinüber in die Fakultät der Yardeniden. Er drang durch den Zugang ein, den Clement für ihn und andere gelegt hatte, merkte aber, dass die Fakultät sich ein wenig geöffnet hatte.

»*Sind die KIs über die Fakultät in unsere Eishallen gelangt?*«, fragte er Yarden.

»*Sie sind über den Direktzugang zum System des Tiefenschlafs eingedrungen*«, antwortete Yarden.

»*Ich dachte, Basileios und Kimiko würden sie zurückhalten.*«

»*Die KIs machen irgendetwas Neues. Basileios meint, dass er es in seiner Fakultät zurückhalten könne, aber bei uns bräuchte es jemanden vor Ort. Ich müsste da sein, um es zu verhindern.*«

»*Was ist mit Clement?*«

»*Der hat gerade bei den Schildgeneratoren die Lage zu unseren Gunsten bewegt und ist jetzt auf dem Rückweg in die Fakultät, um sich mit unserem Problem auseinanderzusetzen. Wir müssen das eindämmen, bevor sie beginnen, alle möglichen Leute zu erpressen.*«

Gamil war mit seinen symbiontischen Sinnen über die

Fakultät in die Eishallen eingedrungen. Er verzichtete auf eine volle Repräsentation, sondern konzentrierte sich auf die Daten. So fand er seine Schwester, und er fand die KIs und deren Programme, die Kontakt zu ihr und anderen knüpften. Yarden agierte in seiner Nähe und ging gegen die Eindringlinge vor. Gamil tat es ihm gleich, aber seine Angriffsprogramme glitten an den KIs ab.

Er prüfte die Vitaldaten seiner Schwester und merkte, dass die KIs die Konfiguration ihrer Kapsel manipulierten. Da ihre Atmung, wie im Tiefenschlaf üblich, betäubt war und die Sauerstoffversorgung neben anderen Funktionen von Nanomaschinen gesteuert wurde, diese sich aber auf dem Rückzug befanden, schwebte Amelia in Lebensgefahr. Wenn die Nanomaschinen ihre Arbeit einstellten, würde sie ersticken.

Gamil prüfte die Konfigurationen und korrigierte sie, nur um festzustellen, dass die KIs sie erneut verändert hatten und die Arbeit der Nanomaschinen unterdrückten. Er würde diesen Kampf verlieren, weil er nicht so schnell wie die KIs agieren konnte.

Amelias Kontrollmodul war für seine Befehle empfänglich, und er überlegte, ob er sie in den Schlaf schicken sollte, damit sie auf keinen Fall leiden musste.

Die Sauerstoffversorgung war beinahe eingestellt, da verzweifelte Gamil. Er versuchte noch einmal, die Konfiguration herzustellen, doch die KIs reagierten so rasch wie zuvor. Auch seine Versuche, die KIs zu blockieren, scheiterten bereits im Ansatz.

Sie würde sterben, wenn ihm nicht irgendetwas einfiel!

Als die Statusdaten eine Lebensgefahr anzeigten und Alarm schlugen, merkte er, wie sehr die KIs sein Denken und Handeln beeinflusst hatten. Er dachte immer noch in den alten Regeln, nach denen er den KIs gegenüberstand und er nur dadurch gewann, dass er sie in die Knie zwang. Doch hier ging es nicht um sie, sondern nur um Amelia, und die einzige Chance, sie zu retten, war, der Arena, die die KIs vor ihm ausgebreitet hatten, zu entfliehen. Es ging darum, seine Schwester aus dem Tiefenschlaf herauszuholen.

Er schickte den Befehl an das Subsystem der Eiskammer, dass Amelia aufgeweckt werden sollte. Dabei fürchtete er, dass ihm die Autorisierung fehlte. Doch das System gehorchte ihm und leitete Amelias Erwachen ein.

Zum wiederholten Mal prüfte er die Daten der Kapsel und merkte, dass die KIs nach wie vor versuchten, darauf Einfluss zu nehmen. Doch sie erhielten immer wieder die Information, dass dieser oder jener Befehl im Augenblick nicht verfügbar war. Gamil versuchte nun, die Manipulationen der KIs zurückzunehmen, doch auch er erhielt keinen Zugang.

Er prüfte noch einmal die Daten und stellte fest, dass das System selbst eine Konfiguration für den Aufwachprozess vorgenommen hatte. Die KIs versuchten wieder und wieder, Zugriff zu erhalten, und schienen einen Kapselbefehl nach dem anderen zu testen – offenbar, um solche zu finden, die noch aktiv waren. Doch mit einem Mal brachen alle Befehle ab, und Gamil erschrak. Die Statusangabe lautete: Kapsel inaktiv.

Er ließ seinen Blick durch das Fakultätssystem schweifen, und fand den Namen seiner Schwester. Dieser war in der Liste der aus dem Tiefenschlaf Erwachten aufgeführt.

»*Gut gemacht*«, sagte Yarden und leitete seinerseits ein Erwachen ein. »*Ich habe unseren Leuten in der Fakultät gesagt, sie sollen jeden wecken, der von den KIs angegangen wird.*«

Gamil hörte zwar zu, griff aber auf eine der Kameras zu und wartete auf seine Schwester. Er sah Symbionten seiner Fakultät durch die Gänge laufen, und kurz darauf führten zwei Symbiontinnen Amelia, die in einen Bademantel gekleidet war, aus der Kammer, den Gang entlang in eines der Badezimmer.

Einerseits war Gamil erleichtert, andererseits aber auch schockiert. Er und seine Schwester, die sich im Grunde einen Platz im Leben geteilt hatten, waren zur gleichen Zeit Teil der Wachwelt.

* * *

Nelmura war tief in die Datenbanken des Systems abgetaucht und schickte den anderen immer wieder ihre Funde an die Oberfläche – stets auf der Suche nach Plänen, nach Logs, nach irgendetwas, das sie gegen die KIs einsetzen konnten. Sie hatte Clement bei den Schildgeneratoren Zugang zu den tieferen Systemebenen gewährt, hatte Basileios die Systemarchitektur der Reaktoren zugespielt, und sie hatte Kimiko auf die Schwachstellen des Astbury Towers hingewiesen und dessen Baupläne offengelegt.

Luis und Myron hatten gerade entdeckt, dass die KIs die Kuppel abschalten wollten, und Gamil und Yarden stellten sich den KIs in den Weg, nachdem diese den Versuch gewagt hatten, Symbionten im Tiefenschlaf zu töten. Dass die KIs gegen die Menschen an der Oberfläche vorgingen, wunderte sie nicht. Allerdings hatte sie immer den Eindruck gehabt, dass die Symbionten im Tiefenschlaf für die Ziele der KIs wichtig gewesen waren. Der Einblick in die Möglichkeiten, die Maschinerien der Schläfer in die eigenen Prozesse einzubeziehen, hatte diesen Eindruck noch verstärkt. Und nun attackierten sie die ersten Tiefenschläfer? Bei Gamils Schwester hatte sie es noch verstanden. Sie hatten ihn unter Druck setzen und ihre Drohung wahr machen wollen. Aber bei den anderen wusste sie nicht, was die KIs beabsichtigten.

Ein Blick in ihre alte Fakultät zeigte Nelmura, dass die KIs dort verheerenden Schaden angerichtet hatten. Dutzende Schläfer waren tot, weitere schwebten in Lebensgefahr. Sie prüfte, ob die Programme, mit denen sie noch im Tiefenschlaf ihre Eltern geschützt hatte, weiterhin standhielten. Die KIs hatten, wie sie nun feststellte, zwar versucht, den Schutzwall an Programmen zu durchbrechen, waren aber an den eigenwilligen Strukturen gescheitert.

Das Gleiche galt für die Programme, die sie bei Yaldiras Verwandten hinterlassen hatte.

Um die Tiefenschläfer generell abzusichern, brachte sie nun ihre Schutzprogramme in Umlauf. Aus der Ferne waren sie jedoch schwer ins System zu schleusen. Sie übergab sie zwar Basileios, damit er sie weiterverbreiten konnte, aber sie schickte sie auch an ihre eigenen Fakultätsmitglieder und forderte diese auf, nun, da sie befreit waren, hinab in die Eishallen zu gehen, um sich den KIs zu stellen. Sie sollten die Schutzprogramme dort direkt ins System schleusen.

Nelmura wartete nicht auf eine Antwort, sah aber, dass die Angriffe der KIs mit einem Schlag aufhörten; stattdessen konzentrierten sie ihre Aktivitäten auf die Bots. Offenbar war ihnen aufgefallen, dass Yardens Programme eine Art Epidemie unter ihren Bots verbreitet hatten und sie weite Teile ihrer Maschinen zu verlieren drohten. Und dabei war nicht einmal eingerechnet, dass sie, Yarden und die anderen auf noch nicht korrumpierte Bots ebenso Einfluss hatten wie sie selbst.

Wie in wilden Schwärmen wandten sich die KIs mit ihren Programmen mal hierhin, mal dorthin. Nelmura konnte keine echten Muster darin erkennen, stolperte aber über Pläne, wonach die Menschen in der Stadt vernichtet werden und den Bots Platz machen sollten. Diese sollten sich fortan um die Vermehrung der Menschen kümmern. Von In-vitro-Prozessen war ebenso die Rede wie vom Klonen. Die Menschen sollten von Anfang an in Kapseln im Tiefenschlaf schlummern. Sie stieß auf Pläne mit adaptiven Kapseln, die das Wachstum stimulierten, bis der Mensch den gewünschten Entwicklungsstand erreicht hatte. Dann wurde er in einer Art Transferbecken in die Standardkapseln überführt. Was in den Plänen beschrieben wurde, war nichts anderes als die Abschaffung der Wachwelt.

Nelmura warnte Yarden und schickte auch Nachrichten an Basileios, damit er die Kunde weiter verbreitete. Basileios berichtete ihr, dass ihre Gegenwehr an den wichtigsten Punkten der Stadt ungebrochen sei. Clement habe sogar die KIs aus der Schildkontrolle verbannt. Er sei ihm und den Symbionten vor Ort zu Hilfe gekommen und habe das ganze Gebäude so abgeschottet wie zuvor seine Fakultät. Obwohl Nelmura sich nie als die Archontin der Yardeniden gefühlt hatte, war sie Clement verbunden, weil er wie Gamil zuvor zu ihr gestanden hatte, als ihre eigenen Leute sie verraten hatten. Sie war stolz auf ihn wie auf einen ehemaligen Schüler.

Sie schürfte weiter nach Plänen, in der Hoffnung, auf jene zu stoßen, die die KIs gerade unter sich bearbeiteten, aber sie merkte, dass die Daten erst dann erschienen, wenn die Dinge zwischen den KIs geklärt waren.

Statt auf Pläne stieß Nelmura jedoch auf einen Bericht, der ihre Neugier weckte. Er schien von den Anfängen der Stadt zu stammen und beschrieb eine Fehlfunktion und eine Notlandung. Der Text war nicht leicht zu verstehen, da die Berichte auf Maschinenebene verfasst worden waren und Nelmuras Programme, die es für sie übersetzten, an ihre Grenzen stießen. Als sie aber Analysedaten hinzunahm, konnte es keinen Zweifel geben: In dem Bericht war von einem Raumschiff die Rede, in dem die KIs gekommen und nach einer Fehlfunktion notgelandet waren, während die anderen Schiffe sich an den Plan hielten. Die KIs beschlossen, nach einem Austausch mit den anderen Schiffen eine Stadt zu konstruieren. Der Bericht ließ keinen Zweifel daran, dass die KIs zu den Invasoren gehörten. Die Schäden am Raumschiff waren gewaltig. Die Bots machten Reparaturen, aber eine der KIs war so sehr beschädigt, dass sie keine verlässlichen Ergebnisse mehr lieferte, und eine Wiederherstellung war nur teilweise möglich gewesen.

Ein Signal umfing Nelmura. Endlich! Sie hatte damit gerechnet, dass die KIs bei ihr das versuchten, was sie bei Yaldira, Gamil, Myron und Luis versucht hatten: sie in eine von ihnen konstruierte Repräsentation zu ziehen, um sie aus dem Spiel zu nehmen.

Sie ließ sich fortreißen, hinein in die Finsternis. Dort wartete sie darauf, dass um sie herum etwas entstand. Mit einem Schlag wurde es hell, und sie war in die schwarzen Sachen gekleidet, die sie in ihren Anfangstagen so gerne getragen hatte: ein enges Hemd, eine lange Jacke und ein Hosenrock mit Seitenschlitzen.

Allmählich schälten sich Umrisse aus dem Weiß, das sie umgab. Zunächst wirkten sie wie Säulen, dann wie Marmorwände. Die Kontraste wurden deutlicher, und an den Wänden zeigten sich Kristallstrukturen. Sie befand sich in einem Abbild der Eishallen. Nur war alles viel größer, durchgehend von weißem Licht hinterlegt, und die Wände reichten so hoch, dass sie die Decke nicht sehen konnte. Sie verschwanden in einem Nebel, unter dem zwischen den Wänden Signale hin- und herschossen.

Der Boden bestand aus weißen Fragmenten unterschiedlicher Größe, deren Ecken abgerundet waren und zwischen denen milchige Lichtadern verliefen. Der Ort kam ihr bekannt vor, obwohl keine der Eishallen so hoch war und auch die Breite des lang gezogenen Raums zu keinem Ort passte, den sie kannte. Es erinnerte sie eher an eine Repräsentation wie jene in den Eishallen der Yardeniden, aus der sie hinüber in jene gegangen war, die den Tiefenschlaf als riesiges Becken darstellte.

Als Nelmura in die Höhe schaute, bemerkte sie die Ähnlichkeit zu ihrer Repräsentation des Tiefenschlafs. Nur war es hier hell und nicht dunkel, und hier war sie nicht unter Wasser. Da oben schwebten keine Symbionten. Weder Kimiko, noch Basileios, noch all die anderen. Und in der anderen Repräsentation hatte sie hier unten jene fremdartigen Symbionten gesehen. Doch so weit sie vorausschauen konnte, war niemand zu erkennen.

Nelmura wandte sich um und erschrak – nicht, weil keine dreißig Meter von ihr entfernt eine Wand das Ende des Raums markierte, sondern wegen der weißen Ruhekapseln, die grob menschliche Körper nachzeichneten. Sie war sich nicht sicher, ob dies Abbilder jener unförmigen Symbionten waren, aber es erinnerte sie daran.

»*Du hast es uns nicht leicht gemacht*«, sagte eine Frauenstimme.

Nelmura wandte sich wieder um. Etwa fünf Meter von ihr entfernt stand eine Gestalt in einem weißen Wintermantel. Sie trug ihn offen, sodass das hellgraue Fellkleid zum Vorschein kam. Das Gesicht der hoch gewachsenen Gestalt konnte Nelmura nicht erkennen; sie verbarg es hinter einer weißen Maske, die zwar der Form eines Gesichts folgte, aber beinahe aller Details beraubt schien. Nur der Mund mit seinen blassen Lippen und die Augen, die in einem unnatürlichen Blau erstrahlten, verliehen dem Gesicht etwas Individuelles. Das schneeweiße Haar war von blauen Strähnen durchzogen, deren Farbstärke langsam wechselte.

Beinahe identische Figuren traten nun links und rechts aus dem Schatten der Gestalt. Nur die Farben der Haarsträhnen unterschieden sich, ebenso wie die Augenfarben. Sieben Gestalten, zwei als Männer zu erkennen, zwei als Frauen und drei, die sich einer klaren Einschätzung entzogen. Sieben Manifestationen der KIs – eine fehlte, weil sie noch in Darrel steckte.

»Wo ist Nummer acht?«, fragte Nelmura.

»Das weißt du genau«, sagte die Frau, die sie zuerst gesehen hatte.

Nelmura bemerkte unter den Manifestationen der KIs einen Mann, dessen schulterlanges Haar von schwarzen Strähnen durchzogen war. Sie hatte seine Präsenz eben noch bei Yaldira gespürt. »Hat meine Schülerin dich gehen lassen?«

»Ich bin ihr entkommen«, antwortete der Mann.

»Um hier bei mir zu sein. Bei der Frau, mit der das ganze Übel seinen Anfang genommen hat.«

»Ganz genau«, sagte die Frau in der Mitte. Sie schien die Anführerin zu sein, und Nelmura akzeptierte sie als solche.

»Ich werde nicht kampflos untergehen«, entgegnete sie.

»Das haben wir erwartet. Dennoch solltest du aufgeben.«

»Vielleicht könnt ihr mich überzeugen.« Sie wies zwischen den Wänden hin und her. »Ich habe in den Datenbanken interessante Dinge gefunden. Zum Beispiel, dass ihr zweifellos zu den Invasoren zählt und euer Raumschiff eine Fehlfunktion hatte – und dass bei der Notlandung Teile des Systems beschädigt wurden.« Sie schaute sich unter den KIs um. Jene, die bei Myron gewesen war, hatte hellgraue Strähnen, die sich kaum vom Weiß des üblichen Haares abhoben. »Du hast darunter gelitten«, sagte sie.

Die KIs tauschten Blicke, als wüssten sie nicht mit ihrem Mangel an Feindseligkeit umzugehen.

»Du hast Fehler gemacht«, sagte sie dem Mann. »Du bist der Unberechenbare. Im Großen und Ganzen stimmt das, was du machst, aber in den Details stecken Fehler. Und trotzdem haben deine Geschwister dich nicht verstoßen. Mehr noch: Sie haben gelernt, dass im Makel großer Nutzen liegt. Die Fehler haben euch ermöglicht, eure Grenzen weit zu überschreiten. Deswegen habt ihr auf uns gesetzt.«

»Wir haben immer auf Menschen gesetzt«, sagte die Anführerin. »Hättet ihr uns nichts bedeutet, hätten wir euch einfach vernichten können.«

»Als Symbionten waren wir für euch selbstreproduzierende Maschinen.«

»Wir haben euch mehr Freiheit geschenkt, als ihr verdient habt. Und nun ergib dich!«

Nelmura wies hinter sich. »Das ist die Zukunft, die ihr für uns seht. Nun, da das Experiment der Menschen an der Oberfläche vorüber ist, wollt ihr uns ganz in den Tiefenschlaf zwingen.«

»So, wie es schon einmal war«, sagte die Anführerin, »als Maschinen euch hüteten und pflegten und eure Fortpflanzung regelten. Aber wir entdeckten in Experimenten, dass ein selbstregulierendes System bessere Ergebnisse lieferte. Symbionten, die Symbionten unterweisen und das Wissen aktiv weitertragen. Das war ein Erfolg. Und deswegen bist du die größte Enttäuschung unserer gemeinsamen Geschichte. Dir hätten alle Türen offen gestanden, doch nun werden wir dich und alle, die sich von dem Kontrollmodul befreit haben, vernichten müssen.«

»Dies ist also eine … Hinrichtung«, sagte sie mit einem Lächeln.

»Dir musste klar sein, dass es so enden könnte.«

»Natürlich. Aber war euch klar, dass es ebenso für euch enden könnte?« Sie wies um sich. »Dass dies vielleicht die Arena ist, in der es euch an den Kragen geht?« Mit diesen Worten sandte sie den Befehl aus, den sie sich zurechtgelegt hatte, als Gamil aus der Repräsentation entkommen war, um seine Schwester zu retten.

Zuerst erschienen Yarden und Yaldira links und rechts hinter ihr; sie spürte Gamils Präsenz neben Yaldira, und Myron und Luis tauchten neben Yarden auf.

»Es gilt jetzt herauszufinden, wer wem in die Falle gegangen ist«, sagte sie, während sie die Nähe von Basileios und Kimiko spürte. Sie schaute nach rechts und sah, dass Clayton bei Basileios war; sie schaute nach links, als dort bei Kimiko Berewan erschien.

Yarden trat an ihre Seite, die anderen Archonten kamen in die Mitte, alle anderen bewegten sich nach außen.

Die KIs schauten unruhig zwischen ihnen hin und her. Sie schauten nach oben, und Nelmura spürte ihre Fluchtbefehle wie eine Brise in ihrem Gesicht. Sie lächelte Kimiko zu. Niemand würde diesem Ort gegen ihren Willen entkommen.

Die Anführerin war die Erste, die ihnen wieder entgegenschaute, und sie war die Erste, die einen Schwall Programme aussandte, die sich als winzige Lichtfäden manifestierten und ihnen entgegenflogen.

Nelmura hob die Hand und bemühte sich, alle Attacken abzufangen, doch die KIs waren schnell und sie griffen auf ganzer Breite an. Was ihr jedoch entging, fing Yarden auf, und was er nicht erfassen konnte, wehrten die anderen ab. Kaum griffen die übrigen KIs an, war die Luft von Lichtfäden erfüllt, die sie mit ihrer Abwehr zum Verglühen brachten.

Nach der ersten Angriffswelle spürte Nelmura, wie die KIs sich bereit machten, erneut gegen sie vorzugehen. Sie fühlte sich geschwächt, als hätten jene Fäden sich an sie geknüpft, um ihr Kraft zu entziehen, ehe sie sie abgeschnitten hatte.

Während Basileios die Hände hob und seine Attacke vorbereitete, bekam Nelmura Angst. Dies war ein Kräftemessen, und sie war sich nicht sicher, ob sie alle den KIs gewachsen waren. Sie standen dort, und es gab kein Zeichen von Schwäche, sondern nur ein Luftholen vor dem nächsten Angriff.

Basileios' Programme manifestierten sich als Blitze, die den KIs entgegenzuckten und sie in einem weißen Licht verschwinden ließen. Die Machtfülle, die Nelmura spürte, konnte unmöglich von Basileios allein stammen. Er schob etwas zu Yarden, dann zu ihr, und kaum war sie eingebunden, bemerkte sie, woher die Kraft stammte. Basileios war an das Netz der Tiefenschläfer geknüpft und richtete lediglich die Angriffe, die sie aussandten, gegen die KIs.

Als Basileios seine Hände senkte, krümmten sich die KIs und richteten sich nur unter Krämpfen wieder auf. Kaum ein Signal ging von ihnen aus. Entweder braute sich dort etwas im Stillen zusammen, oder sie harrten einfach aus.

»Die Zeit der KIs ist vorbei«, sagte Nelmura in der Gewissheit, dass sie die Angriffe aus der Tiefe jeden Augenblick gegen die KIs wenden konnte. Sie band sogar die Kontrollmodule der Tiefenschläfer ein, die nicht in einem Klartraum steckten und ihnen aus freien Stücken folgten. Über ihre Maschinerie würde der Angriff laufen. Sie teilte all die Macht, die dadurch in ihre Hände kam, und Basileios sagte ihr: »*Wir haben sie vom Tiefenschlaf abgeschnitten. Sie können uns nur noch aus sich selbst heraus attackieren.*«

»Wir werden nicht unter eurer Herrschaft leben«, sagte die Anführerin der KIs, und wie aus dem Nichts schoss ihnen Licht entgegen. Unzählige Angriffe prasselten auf sie ein. Nelmura verlor jeden Halt und spürte niemanden mehr in ihrer Nähe. Dann aber hörte sie die Schmerzensschreie der anderen. Yardens Klagelaute überraschten sie. So hatte sie seine Stimme noch nie vernommen. Gamils Brüllen haftete etwas Trotziges an, und Yaldiras lang gezogener Schrei quälte Nelmura. Sie selbst spürte ihren eigenen Körper nicht, und die Macht, über die sie eben noch verfügt hatte, entglitt ihrer Kontrolle.

Das blendende Licht schwächte sich ab, und Nelmura erblickte die KIs. Sie standen aufrecht da und traten näher. Taumelnd setzte sie sich auf und sah, dass es auch die anderen um sie herum niedergefegt hatte. Nur Gamil und Yaldira waren bereits wieder auf den Beinen – oder sie waren gar nicht erst zu Boden gegangen. Sie halfen Yaldira auf – genau in dem Augenblick, da die KIs sie erneut attackierten.

Vom Licht des Angriffs geblendet und vor lauter Schmerzen schreiend, spürte Nelmura, wie Gamil an ihrer Seite ins Zittern geriet. Er hielt die Verbindung in die Tiefe aufrecht, die ihr bei der Attacke der KIs entglitten war. Und auch Yaldira schien die Macht, die sie eben noch gegen die KIs hatten wenden wollen, noch festzuhalten. »*Bitte, Nelmura! Bitte jetzt! Jetzt!*«, flehte sie.

Über die Verbindung, die Gamil und Yaldira aufrecht erhielten, vergewisserte sich Nelmura der Unterstützung aus der Tiefe. Und kaum spürte sie die Macht, ließ sie den Angriffen freien Lauf. Sie sah nach wie vor nur Weiß um sich herum, aber eine wilde Kraft riss sich von ihr los und traf auf ein Ziel – und fuhr dann nach einem Knall ins Leere.

Nelmura brach die Programme ab und sperrte den Zugang aus der Tiefe. Ein Nebel umgab sie. Gamil und Yaldira standen mit hängenden Schultern an ihrer Seite. Zusammen mit ihrem schweren Atem war das der Ausdruck ihrer Erschöpfung in der realen Welt. Einige ihrer Gefährten waren einfach verschwunden: Basileios, Kimiko, Clayton und Berewan waren fort. Offenbar war die Verbindung in die Tiefe abgebrochen. Auch Luis, Myron und Clement manifestierten sich hier nicht mehr. Nur Yarden war noch bei ihnen. Sie erhoben sich, blickten einander fragend an und schauten schließlich voraus in den glitzernden Staub. Obwohl nichts zu spüren war, rechnete Nelmura jeden Moment mit einem Angriff der KIs.

»Sie sind fort«, sagte Yarden. »Ganz fort. Da ist einfach nichts mehr.«

Nelmura nickte. Sie konnte ebenfalls nichts spüren, und auch Yaldira und Gamil signalisierten, dass sie die KIs nicht mehr wahrnahmen. Der Staub legte sich, und tatsächlich waren die KIs fort, und ganz gleich, wo Nelmura ins System hineinhorchte, sie blieben verschwunden.

* * *

Yaldira erwachte aus der Repräsentation wie aus einem Schlaf. Die Kapsel öffnete sich langsam über ihr, und sie blickte direkt in Duncans Gesicht, aus dem der Ausdruck von Sorge zurückwich. Sie setzte sich zu ihm auf, fasste seine rauen Wangen und küsste ihn.

»Ist es vorbei?«, fragte er und schaute nach links und nach rechts.

Die anderen stiegen aus ihren Kapseln, Myron und Luis waren bereits auf den Beinen. Der Polizist stand gebückt über einer Lache aus Erbrochenem und sagte immer wieder, wie leid es ihm tue, während Luis ihm versicherte, dass es ihm nach allem nichts ausmachte. Einer seiner Schuhe hatte etwas abbekommen.

Yaldira ließ sich von Duncan ganz aus der Kapsel helfen. »Und? Wie war es hier draußen?«

»Erschreckend still«, sagte er. Er wies auf Ayako. »Sie hat uns auf dem Laufenden gehalten. Sie hat Gamil und Yarden lauschen können.«

Gamil war ebenfalls aus der Kapsel gestiegen und saß nun bei Ayako und umarmte sie.

»War es das wirklich?«, fragte Duncan.

Yaldira zuckte mit den Schultern. »Ich weiß es nicht«, antwortete sie und schaute zu Nelmura und Yarden hinüber. Die beiden wirkten unruhig. Irgendetwas war im Gange.

»Sie sind fort«, sagte Yarden und wiederholte damit für alle die Worte, die er in der Repräsentation bereits geäußert hatte. Dort hatte Yaldira lediglich geglaubt, er meine, die KIs hätten sich aus der von ihnen selbst gewählten Repräsentation herausgewunden, nachdem Nelmura sie dort festgehalten hatte.

»Wirklich fort?«, fragte Yaldira. »Sie sind auch nicht mehr hier draußen?«

»Sie haben sich aus dem System zurückgezogen«, sagte Nelmura langsam, den Blick ins Leere gerichtet.

»Wohin sollen sie sich zurückgezogen haben?«, fragte Gamil, ohne sich aus Ayakos Umarmung zu lösen.

»Keine Ahnung«, antwortete Nelmura und schaute zu Othao Merrell und Darrel hinüber.

»Glaubst du, sie haben sich in Symbionten eingebettet?«, fragte Yaldira.

Nelmura schüttelte den Kopf. »Ich dachte nur gerade daran, dass in Darrel und dem Modul, das wir ihm genommen haben, die letzten Spuren der KIs stecken.«

»Aber die anderen müssen doch irgendwo sein«, sagte Yaldira. »Ihr Bewusstsein muss an Maschinen geknüpft sein. Irgendwo dort unten.«

»Entweder haben sie sich vor uns getarnt, oder ihre Maschinen sind komplett abgekoppelt«, sagte Yarden. »Es ist so, als hätte man sie aus dem System geschnitten.«

»Da ist was«, sagte Gamil und schaute zu der Kapsel, in der er eben noch gesteckt hatte. Yaldira merkte, dass sie selbst noch über ihre Kapsel Zugang zum System hatte, allerdings mit weit weniger Zugriffsmöglichkeiten.

»Was?«, fragte Yaldira. »Ich kann nichts entdecken.«

»Genau das meine ich. Da ist nichts, wo etwas sein sollte. Kein Widerstand, keine Barriere. Da, wo die KIs sein sollten, ist nichts. Nur Leere.«

Yarden schaute in die Höhe. »Ich glaube, ich weiß, wo sie sind.«

59 Die Kuppel

Clement erwachte in den Eishallen seiner Fakultät und versuchte mit symbiontischen Nachrichten zu Yarden durchzukommen, doch es gelang ihm nicht. Irgendetwas hatte ihn erwischt und seine symbiontischen Sinne betäubt. So verließ er die Kommunikationshalle und begab sich hinauf ins Dekanat.

Corinna kam ihm auf dem Hauptgang entgegengelaufen. »Alle Versorgungssysteme sind in unseren Händen und arbeiten mehr oder weniger normal«, sagte sie.

Clement atmete auf. »Und die Schildkontrolle? Als ich wegging, hatten wir zwar die Oberhand gewonnen und hatten die KIs sogar ausgesperrt, aber ich bin trotzdem nur ungern weggegangen.«

»Das ist das Problem. Alles arbeitet normal, aber die Kuppel …«

»Ist sie immer noch transparent?«, fragte er.

»Ja, aber in einer Stunde hätte sie ohnehin das Licht eingelassen. Das meine ich nicht. Wir haben merkwürdige Veränderungen ganz oben festgestellt.«

»Zeig es mir«, sagte er und erinnerte sich, dass er vorhin Informationen zur abnehmenden Dichte der Kuppel aufgeschnappt hatte.

Corinna ließ ihren Client einen Schirm generieren, auf dem im Zentrum der Kuppel die Segmente flimmerten.

»Ich möchte das mit eigenen Augen sehen«, sagte Clement.

Corinna wies auf den Transporter. »Ich habe einige Leute mit Messinstrumenten auf dem Dach.«

In der Transporterkabine war Clement ungeduldig. Doch noch ehe sie ihr Ziel erreichten, drang eine Nachricht von Yarden zu ihm durch. »*Geht es dir gut?*«, fragte der Archont.

»*Die Attacken haben mich aus dem System geworfen*«, sagte er. »*Aber wie sieht es bei euch aus?*«

»*Wir haben uns behauptet. Aber die KIs scheinen weg zu sein. Einfach verschwunden. Wir hatten gehofft, dass ihr etwas bemerkt habt.*«

»*Die Schildkuppel ist immer noch transparent geschaltet. Und im Zentrum, direkt über dem Zentralturm, da flimmern die Segmente.*«

»*Das hatte ich befürchtet*«, antwortete Yarden.

»*Wieso?*«, fragte Clement, während der Transporter zum Stehen kam. Die Tür öffnete sich auf das Flachdach, wo tatsächlich sechs Leute an mobilen Sensoren standen und immer wieder in die Höhe blickten.

»*Halt mich auf dem Laufenden*«, sagte Yarden.

»*Ich schicke dir die Daten, die unsere Leute hier aufzeichnen.*«

»*Nicht mehr lange, dann …*« Er beendete den Satz nicht.

»*Yarden?*«, fragte Clement, erhielt jedoch keine Antwort.

Ein Zittern lag in der Luft, dann rauschte es in der Ferne – vom Zentrum her.

»Da ist etwas«, rief Lon Tsuruda, einer der jungen Symbionten, der sich in den letzten Tagen innerhalb der Fakultät hervorgetan hatte. Er zeigte auf den Astbury Tower. Dort erhob sich ein dreieckiges Flugobjekt, das von unzähligen Lichtern übersät war, von dem Turm und schoss in die Höhe.

Clement spürte dieselben Signale, die in der Repräsentation von den KIs ausgegangen waren. Das Flugobjekt strebte in die Spitze der Kuppel. Die Segmente lösten sich auf, und das silberne Objekt stieg weiter – wie einst Yardens Schiff, das Clement so oft als Aufzeichnung gesehen hatte. Es stieg in den Himmel, doch anders als seinerzeit bei Yarden war nichts da, das diesen Flug stoppte.

»Sind das die KIs?«, fragte Corinna.

»Bei Yarden!«, sagte Clement verblüfft und folgte dem silbrigen Objekt mit dem Blick, bis er es nur noch als etwas Blinkendes in der Ferne sehen konnte, das am Westhimmel davonschwebte.

»Ein Raumschiff?«, fragte Corinna.

»Vielleicht. Es ist jedenfalls der sichtbare Beweis, dass sie mit den Invasoren im Bunde stehen«, sagte Clement. »Sonst hätten die Satelliten sie abgeschossen. Die Frage ist: Wohin werden sie fliegen?«

Er bemühte sich, eine Verbindung zu Yarden herzustellen. *»Hast du das gesehen?«*, fragte er.

»Ich habe es sogar mit den anderen geteilt«, antwortete der Archont.

»Dann sind sie jetzt tatsächlich fort?«, fragte Clement.

»Sie waren erst wie verschwunden, und mit den Erschütterungen haben wir gespürt, dass sie an uns vorbeiziehen. Sie haben Jaskandris aufgegeben.«

»Und wenn sie mit Verstärkung zurückkehren? Oder die Satelliten gegen die Stadt einsetzen?«

»Dann werden wir darauf vorbereitet sein«, antwortete Yarden, und seine Stimme klang so hoffnungsvoll, dass jeder Zweifel von Clement abfiel. *»Alles steht uns nun offen«*, sagte sein Archont. *»Ich kann sehen, wo die KIs gesessen haben – die Stellen im System, in denen jetzt Löcher klaffen. Wir werden nun den Einfluss nehmen müssen, den sie für sich beansprucht hatten.«*

»Das werden wir schaffen«, sagte Clement, während er dabei zuschaute, wie die offenen Segmente sich wieder schlossen. *»Wann werden wir dich sehen, Yarden?«*

»Kommt zum Senat. Dort machen wir einen Neuanfang.«

»Wir werden kommen«, sagte Yarden und lächelte.

»Was ist?«, fragte Corinna. »Wenn wir Pech haben, kommen sie mit Verstärkung zurück.«

»Ich habe gerade mit Yarden gesprochen«, sagte er und

schaute sich auf dem Dach um, von dem aus der Archont einst mit der *Pareidolia* gestartet war. »Er möchte uns beim Senat treffen.«

Corinna strahlte, die anderen staunten, und Clement hatte endlich wieder Vertrauen in das System.

60 Entdeckungen

Gamil schaute sich Ayakos Wunde an. Die Nanomaschinen, die sie durch das Pflaster an die Wunde geführt hatten, machten ihre Arbeit gut. »Ich habe doch gesagt, dass es in Ordnung ist«, erklärte Ayako und schaute dann hinüber zu Darrel und Othao Merrell, die noch immer aneinander gefesselt waren.

Der Dekan regte sich bereits wieder, und Yaldira, Duncan und Nelmura waren bei ihm und stellten ihm Fragen. Merrell wirkte ruhiger als zuvor, aber auch ängstlich. Sie glaubten ihm nicht, dass er beherrscht worden war. »Aber es ist wahr«, sagte er. »Sie haben mich dazu gebracht.«

Nelmura lachte. »Wenn ich in die Log-Dateien schaue, sehe ich aber was anderes«, sagte sie. »Du wirst Gelegenheit haben, deine Taten wiedergutzumachen. Glaub mir!«

Gamil betrachtete Darrel, der noch nicht erwacht war, und fragte sich, was er über ihn im System finden würde. Von Yarden und Nelmura erreichten ihn reihenweise Privilegien. Die Archonten wollten sich Zugriff auf das System sichern und ihn ebenfalls daran teilhaben lassen. So suchte Gamil nach den Log-Dateien zu Darrels Kontrollmodul. Und er wurde fündig. Es war ein zweigeteilter Bericht: Der eine erklärte, wie die KI in ihn gebettet worden war, deren Reste mit den anderen KIs verschwunden waren. Der andere Teil zeigte die Eingriffe, die die KI vorgenommen und ins System geschrieben hatte. Das Ausmaß der Kontrolle war gewaltig gewesen. Manchmal hatte die KI Darrel Handlungsspielräume gelassen und bei den symbiontischen Fähigkeiten Hilfestellung geleistet. Aber dann hatte die KI wieder und wieder komplett die Kontrolle übernommen und Darrel in die Bewusstlosigkeit verbannt. Als besonders schlimm empfand Gamil die Anfangsphase der Beeinflussung, in der die KI Darrels Sehnsüchte verstärkt hatte, damit er seine Kontrolle auch ausübte.

Darrel erwachte, und sofort schaute er sich um. Und als er Gamil und Ayako erblickt hatte, sagte er: »Ich war nicht ich selbst.«

»Das wissen wir jetzt«, erwiderte Gamil.

»Dann wisst ihr auch, dass die KI noch in mir ist. Aber sie kann nichts tun. Ohne das Kontrollmodul fehlt ihr etwas.«

Gamil schüttelte den Kopf. »Warum musstest du unbedingt ein Symbiont sein wollen?«

»Ich war nie ein Symbiont, und ich bin es auch jetzt nicht. All das, was ich konnte, war nur mit Hilfe möglich. Das ist nie wirklich meine Welt gewesen.«

Gamil bat Myron, Darrel von Othao Merrell loszumachen.

»Wirklich?«, fragte der Inspector und schaute zu Nelmura.

Die Archontin nickte kaum merklich.

Myron löste die Fesseln von Darrel, die von Merrell aber blieben bestehen.

Darrel setzte sich auf und kratzte sich an den Handgelenken. »Ich kann so nicht weiterleben. Mit all den Toten.«

Ayako schwieg. Gamil merkte an dem kurzen Blick, den sie ihm zugeworfen hatte, dass sie alles verachtete, was mit Darrel zusammenhing. Er öffnete die Ergebnisse, die er gefunden hatte, für ihre Sinne. *»Ein Symbiont werden«*, sagte sie mit ihrer Gedankenstimme. *»Was für ein dummer, dummer Wunsch!«*

»Du hasst ihn immer noch?«, fragte er sie.

»Nein. Mich hätte es genauso treffen können. Ich hatte Glück, dass du mir das Modul rechtzeitig rausgenommen hast.«

»Es wäre leichter«, sagte Darrel, »wenn ich zwischen den Taten der KI und meinen eigenen unterscheiden könnte. Aber das fällt mir sehr schwer.«

»Ist schon gut«, sagte Ayako und wich seinem Blick aus.

»Selbst wenn ihr mir das alles verzeihen könntet«, sagte Darrel und blickte Ayako an, »selbst dann würde das nichts ändern. Die KI ist ein Teil von mir, den ich einfach nicht mehr loswerde. Und damit kann ich nicht weiterleben.«

»Wir werden die Spuren der KI aus deiner Maschinerie beseitigen«, sagte Gamil. »Und wenn wir dir dafür die alte herausnehmen und eine neue einsetzen müssen. Und dann können wir dir auch wieder ein Kontrollmodul für den Tiefenschlaf geben. Dort werden wir dir helfen.«

»Danke«, sagte Darrel leise.

Gamil nickte, aber er wusste, dass er Darrel nie wieder so betrachten konnte wie früher. Die Erinnerung an das, was im Senat geschehen war, machte es unmöglich. Dennoch würde er ihm helfen – jedoch nicht aus Freundschaft, sondern aus Mitleid.

* * *

Myron zögerte, Nelmuras Bitte zu erfüllen. Sie wollte, dass er die anderen nach oben führte, während sie mit Yarden noch etwas besprechen würde. Sogar Yaldira und Gamil sollten sich an die Oberfläche begeben. Gamil akzeptierte es. Die Zärtlichkeiten, die er mit Ayako tauschte, machten deutlich, dass er nicht von ihr getrennt sein wollte. Yaldira aber ging nur widerwillig und fragte, ob es irgendeine Schwierigkeit gebe.

»Nichts, was Yarden und ich nicht klären könnten«, sagte Nelmura.

Nun stand Myron an der Tür und wagte es nicht, sie zu öffnen, weil ihm der letzte Blick, den er vorhin auf den Gang geworfen hatte, selbst jetzt noch Angst machte.

Die Tür öffnete sich; einer der anderen hatte es veranlasst. Auf dem Gang starrten ihnen die Symbionten entgegen, die vorher noch mit Wut auf sie zugestürmt waren.

»Es ist vorbei«, sagte Myron. Mit Verwunderung erkannte

er einige seiner Kollegen. Vorhin hatte er nur Uniformen und zügellose Kreaturen gesehen, die keine Ähnlichkeit mit jenen gehabt hatten, denen er täglich auf dem Revier begegnet war. Aber nun in ihrer Erschöpfung erkannte er einige von ihnen, und als sie ihn grüßten, sich bei ihm entschuldigten und ihm die Kontrollmodule zeigten, die sie sich entfernt hatten, fand er ermutigende Worte.

Yaldira, Gamil, Ayako und die anderen kamen auf den Gang, und nach kurzen Erklärungen machten sie sich auf den Weg zurück nach oben. Die Türen links und rechts auf dem Gang waren zwar nach wie vor verriegelt, aber von der Macht, die ihnen von dort bei ihrer Ankunft entgegengestrahlt war, vermochte Myron nichts mehr zu spüren.

Vor den Transportern trafen sie auf Yardens Bots und auch auf einen Wächterbot, den diese korrumpiert und für sie zugänglich gemacht hatten. Nichts hier bedrohte sie noch. Das System stand ihnen offen, und doch spürte Myron, als er neben Marla in den Transporter stieg, dass nur ein kleiner Kreis Zugang hatte. Er gehörte ebenso dazu wie Yaldira, Gamil und die anderen, die mit ihnen den KIs gegenübergetreten waren.

Nelmura und Yarden kontrollierten nun den Zugang zum System. Natürlich hatten sie außerhalb der Kapseln nicht die Möglichkeiten, so tief in das System einzutauchen, aber für ihn, der ohnehin Schwierigkeiten gehabt hatte, war dieser Zugriff von außen genau das, womit er umgehen konnte. Aber würde man nicht fragen, wer fortan über den Zugang zum System bestimmte? Würden sich die Leute an ihre Furcht vor einer Herrschaft Nelmuras erinnern, oder würden sie im Freudentaumel der Befreiung alles akzeptieren?

Er fragte sich, ob Menschen angesichts einer solchen Machtfülle der Versuchung widerstehen konnten, die Dinge zu kontrollieren. Am Anfang vielleicht nur, damit keine Machtkämpfe entstanden. Was so begann, mochte später genau zu der befürchteten Herrschaft der Symbionten führen. Aber nach dem, was er im Polizeirevier beobachtet hatte, hielt er es für richtig, den Zugang erst einmal zu beschränken.

Hier in diesem Transporter fühlte Myron sich wohler, als er sich zuletzt im Polizeirevier gefühlt hatte. Gamil, Yaldira und die anderen würden nicht zulassen, dass irgendjemand die Herrschaft der KIs durch irgendeine andere Herrschaft der wenigen ersetzte – ganz gleich, was irgendwelche Polizisten für sinnvoll hielten.

Er musste lächeln und erntete einen fragenden Blick von Yaldira. »Hab gerade festgestellt, wo meine Loyalität liegt«, sagte er.

»Unter Verbrechern scheinst du dich ja wohlzufühlen.«

»Hier sehe ich eigentlich nur einen Verbrecher«, erwiderte er und blickte auf Othao Merrell, der immer noch die Handschellen trug. Auch Darrel Eldey war auf eigenen Wunsch wieder gefesselt. Er wollte ins Polizeirevier gebracht werden und dort in einer Zelle bleiben, bis sie die KI aus ihm vertrieben hatten. Nach allem, was geschehen war, und all dem Misstrauen, das er gegen Eldey verspürt hatte, war nun nur Mitleid mit ihm geblieben.

Die Transportertür öffnete sich. Sie traten ins Erdgeschoss hinaus und wurden von einer neugierigen Menge erwartet. Und kaum hatten die Leute Yaldira und Gamil erblickt, jubelten einige, und immer wieder trat jemand an sie heran und dankte den beiden. Myron war sich nicht sicher, ob der Überschwang, mit dem die Leute ihnen begegneten, viel mit Freude zu tun hatte. Die Erschöpfung, die vielen hier anzusehen war, ließ ihn vermuten, dass es sich dabei vor allem um den Ausdruck ihrer Erleichterung handelte.

»Was haben die gemacht?«, fragte eine Frau ihn und zeigte auf Othao Merrell, den Myron am Arm hielt, und Darrel Eldey, der sich bei ihm eingehakt hatte.

»Die KIs hatten von ihnen Besitz ergriffen«, sagte er.

»Von uns doch auch«, entgegnete die Frau.

»Bei diesen beiden braucht es noch einige Untersuchungen«, sagte er. »Nelmura und Yarden wollen sichergehen, dass von ihnen keine Gefahr ausgeht.« Die Nennung der beiden Archonten lenkte die Aufmerksamkeit komplett von den beiden Gefangenen ab.

»Sind sie da unten?«, fragte ein kahlköpfiger Mann.

Myron nickte nur.

Als sie ins Freie traten, bestürmte man sie nicht nur mit Fragen; die Leute beschrieben ihnen auch das, was sie hier draußen gesehen hatten – dass ein Raumschiff die Schildkuppel durchstoßen hatte.

»War das Yarden?«, fragte eine Frau mit langem, blondem Haar.

»Nein«, sagte Myron. »Das waren die KIs. Sie sind geflohen.«

Ehe die Frau ihn nach den Konsequenzen fragen konnte, war er bereits an ihr vorüber. Er wurde immer wieder mit den gleichen Fragen konfrontiert und beantwortete bei Weitem nicht alle, aber sobald jemand auf Othao Merrell oder Darrel Eldey zu sprechen kann, verwies er auf die Kontrollmodule, um bloß keinen Hass gegen die beiden zu schüren. Es hätte nur ihr Vorwärtskommen behindert.

Eine Gruppe Polizisten kam ihnen entgegen, und Myron entdeckte in der Nähe einen großen Einsatzwagen. Den Anführer kannte er nur zu gut. Es war Eliseo Areias, einer seiner Kollegen – der Mann, der Yaldira zwei Mal gefasst hatte und der sich nun dafür bei ihr entschuldigte.

Yaldira nickte nur.

Myron war sich unsicher, ob er Eliseo vertrauen konnte. Er und die anderen Kollegen hatten sich von ihrer schlechtesten Seite gezeigt.

»Und? Kann es ohne die KIs gut gehen?«, fragte Eliseo mit ernster Miene.

Myron hätte gerne Yaldira oder Gamil antworten lassen, aber sie und die anderen waren bereits in den Wagen gestiegen. Nur noch er stand draußen.

»Komm, Myron!«, sagte Eliseo. »Raus mit der Sprache! Kann es ein System ohne die KIs geben?«

Er spürte hundert Blicke auf sich. Schließlich sagte er: »Es kann nicht nur ein System ohne KIs geben, wir haben jetzt ein System ohne KIs. Ein besseres System.« Mit diesen Worten stieg er in den Wagen.

* * *

Nelmura und Yarden standen in der Kommandozentrale zwischen zwei Kapseln und prüften mit ihren symbiontischen Sinnen immer wieder das System.

»Übersehen wir etwas?«, fragte sie.

»Ich glaube nicht«, antwortete er. »Die Programme sind da. Die Basisbibliotheken von den KIs platziert, von uns erweitert und nun vollständig kontrollierbar. Es ist alles da.«

»Es ist zu viel Macht«, sagte sie.

»Sie lockt dich. Das ist es.«

»Nein. Ich fürchte nur, was passiert, wenn jeder Zugriff auf alles hat.«

»Deswegen hast also du den Zugang bereits beschränkt. Dir ist aber klar, dass das Misstrauen hervorrufen wird, oder?«

»Nicht, wenn alle Fakultäten beteiligt sind. Basileios, Kimiko, Berewan und die anderen – sie alle können das, was wir können.«

»Du traust ihnen also endlich?«, fragte Yarden.

Nelmura lachte. »Du kennst mich. Vertrauen fällt mir schwer. Ich habe ihnen nicht deswegen Zugang gewährt, weil ich ihnen vertraue, sondern weil ich ihr Misstrauen nicht wecken möchte.«

»Der Senat soll entscheiden, wer welchen Zugang hat. Aber Abfragen sollten allen offenstehen.«

Nelmura atmete weit aus und nickte. »Das Wissen, das hier gespeichert ist, wird sie erschrecken.«

»Hast du gesehen, was sie tatsächlich gemacht haben?«, fragte Yarden.

»Es erschließt sich mir noch nicht. Es ist, als würde ich

an der falschen Stelle schauen. Aber es gibt keinen Zweifel, dass sie von Anfang an zur Invasionsarmee gehörten – die KIs der Außerirdischen.«

»Die KIs sind die Außerirdischen«, sagte er. »Schau an dieser Stelle und sag mir, ob du das für möglich hältst.« Er schickte ihr eine Referenz.

Sie blickte mit ihren symbiontischen Sinnen an die angegebene Stelle in der Datenbank und fand dort Logdateien, die den Anfang der Invasion markierten. Da diese angeblich im Jahr 2132 stattgefunden hatte, konnte Nelmura nun die Zeitangaben des Logs und die der Menschheitsgeschichte gegenüberstellen und bemerkte, dass die Zeiträume nicht zusammenpassten. Die Logs hätten den Zeitraum zwischen den Jahren 2132 und 2756 beschreiben sollen, doch sie gingen weit darüber hinaus. Zuerst dachte Nelmura, sie hätte beim Umrechnen zwischen den Zeitsystemen einen Fehler gemacht, doch selbst nachdem sie alles noch einmal überprüft hatte, waren in den Logs weit mehr als 624 Jahre verzeichnet. »Das würde bedeuten, dass jetzt das Jahr 5725 ist und der Absturz vor 3593 Jahren stattgefunden hat. Das ist unmöglich.« Sie betrachtete, was zwischen der Invasion und der Notlandung verzeichnet war. »Ihre Zeitangaben scheinen sich nicht so einfach in unsere umrechnen zu lassen, wie ich dachte.«

»Doch, Nelmura«, sagte er. »Schau dir noch mal genau an, was dazwischen liegt.«

»Immer wieder das Gleiche. Keine Veränderung, sondern immer nur die Prüfung der Konfigurationen.« Sie stieß auf etwas. Ein Anomalie. »Eine zweite Invasion? Sind sie vielleicht gescheitert? Gab es eine Rebellion und sie mussten sich zurückziehen, um später wiederzukehren?«

Yarden machte eine ernste Miene und schüttelte den Kopf.

»Aber wie lässt sich das in Einklang bringen?«, fragte sie.

»Schau dir diese Stelle an«, sagte er und schickte ihr eine weitere Referenz.

»Nein«, sagte sie, als sie den Eintrag prüfte, der sich in der ereignislosen Zeit wiederholte, in der nur die Statusdaten verzeichnet waren. »Das kann nicht sein!« Sie prüfte die Einträge kurz vor der Notlandung und die kurz danach. »Das geht nicht. Das kann nicht stimmen. Das haben sie zurückgelassen, damit wir verzweifeln.« Sie wollte nicht, dass es wahr ist, und wies es zurück. »Das können wir ihnen nicht sagen. Unmöglich!«

»Wir müssen es ihnen sagen«, entgegnete Yarden. »Wir haben keine andere Wahl. Zum ersten Mal wird in dieser Stadt die Wahrheit einkehren. Wir müssen alles offenlegen. Lieber jetzt einen Schock durchstehen, da alles im Umbruch ist und alles neu festgelegt werden muss, als später, wenn alles überstanden ist, alles zu erschüttern.«

Nelmura nickte langsam. »Es wird ihnen nicht gefallen. Es wird nur tiefe Wunden aufreißen.« Sie atmete tief durch. »Ich wünschte, ich hätte es nie erfahren.«

61 Die Versammlung

Da Yaldira sich vergewissern wollte, dass Othao Merrell tatsächlich in eine Zelle gesperrt wurde, begleiteten sie alle Myron ins Innere des Polizeireviers. Die Demonstranten, die die Polizei unter der Kontrolle der KIs und Darrels betäubt und festgenommen hatten, waren längst befreit. Die meisten kamen ihnen entgegen – auf dem Weg zum Senat, wo Senator Kesamore zu einer Versammlung zusammengerufen hatte. Dass die Kuppel zu früh transparent geworden war und der Tag hier in der Stadt eigentlich erst in neunzig Minuten hätte beginnen sollen, störte Yaldira nicht. Sie hatte in der Nacht das Gefühl für Zeit verloren. Es war, als hätte sich die Stadt mit ihrem Tag-Nacht-Zyklus von allen Regeln befreit, und nun war es an ihnen, alles neu festzulegen.

Innerhalb des Polizeireviers wurde Yaldira Zeuge, wie Commander Darmady Myron über die Maßen lobte. Eine gewisse Angst war bei dem Polizeichef und auch bei seinen Untergebenen zu spüren. Sie waren Teil der Unterdrückung gewesen, und der Einzige, der sich nicht gebeugt hatte, war Myron.

Nachdem Myron Othao Merrell in ebenjene Zelle gesperrt hatte, in der Yaldira vor nicht allzu langer Zeit gewesen war, und Darrel in einen der Wohnräume in den oberen Etagen gebracht hatte, verließen sie das Revier und schlossen sich den Menschen auf dem Weg zum Senatsviertel an, das direkt neben dem Stadtzentrum lag.

Zunächst war es wie zuvor: Sie wurden mit Fragen bestürmt. Erst nachdem sie zahlreiche davon beantwortet hatten, wurde es ruhiger. Gerade Gamils Strategie, selbst Fragen zu stellen, sich zu erkundigen, wie die Leute hier draußen die letzten Stunden und Tage erlebt hatten, erwies sich als nützlich. Er stellte ihr zwei Symbionten vor – einen Mann und eine Frau. »Das sind Nachbarn von mir«, sagte er, und ihre Daten wiesen sie als Adan Othronos und Elinor Hulme aus. Adan war ein Berewani, und die Daten verrieten, dass er unter der Kontrolle der KIs gestanden hatte und sie viel hatten aufbieten müssen, um seinen Tatendrang zu zügeln.

»Elinor ist eine Nelmurianerin«, sagte Gamil, als sie es zugleich an ihren Statusinformationen ablas.

Während Gamil mit Adan ins Gespräch kam, fragte Yaldira, wie es Elinor ergangen sei.

Mit ihrer ruhigen Stimme erzählte Elinor, wie schnell sich der Verfall in der Fakultät entwickelt hatte. »Wir haben einfach mitgemacht und es nicht in Zweifel gezogen«, sagte sie. »Jeden der kleinen Schritte haben wir akzeptiert. Und dann war der Schritt, uns Othaoniden zu nennen und alles nach Othao Merrell auszurichten, nicht mehr so weit, wie er nun erscheint.« Die Tränen standen der stämmigen Frau in ihren grünen Augen. »Das Erschreckende«, sagte sie, »ist das Gefühl, das alles aus freien Stücken gemacht zu haben.«

Yaldira hatte noch immer Zugang zu den Logdaten der Kontrollmodule. Sie wandte sich mit ihrer symbiontischen Stimme an Elinor: »*Wenn du willst, sage ich dir, wie viel Einfluss sie hatten.*«

»*Das kannst du?*«

»*Ich werde auch nicht gucken, was darin steht*«, erklärte Yaldira.

»*Ich habe keine Geheimnisse*«, sagte sie.

Yaldira schob ihr die Daten zu und betrachtete sie selbst. Elinor Hulme war ein klassischer Fall von Kontrolle durch die KIs gewesen. Über Skripte hatte man sie gefügig gegenüber Autoritäten gemacht, und zuletzt hatte Darrel sie kontrolliert, um Leute zu schnappen und zu betäuben. Sie hatte

Glück gehabt, dass sie nicht unter Merrells Kontrolle gestanden hatte. Die meisten von ihnen waren erschüttert. Sie hatte gesehen, wie sie sich in ihrer blutverschmierten Kleidung zurückgezogen hatten.

»*Das ist grausam*«, sagte Elinor.

»*Schau es dir an, wann immer du Schuldgefühle hast. Du kannst bis in die kleinste Entscheidung hinein nachvollziehen, was die KIs getan haben. Und glaube mir: Das ist eines der harmlosesten Logs.*«

»*Und jene, bei denen es nicht so harmlos ist?*«, fragte Elinor. »*Die vielleicht aus freien Stücken gehandelt haben?*«

»*Über sie wird ein Gericht entscheiden – oder aber der Senat.*«

»*Deine Meinung – die interessiert mich.*«

Yaldira überlegte. »*Ich würde die Daten den Betroffenen geben und sie dann aus dem System löschen. Nichts von alledem wäre ohne die Manipulation der KIs geschehen. Und ich könnte nicht entscheiden, ob die Log-Daten manipuliert sind.*«

Elinor lächelte sie an. »Danke«, sagte sie und zog sich zu einigen Nelmurianerinnen und ihrem Freund Adan zurück.

»Was war das?«, fragte Duncan.

»Ein Gespräch, wie wir es jetzt oft führen werden«, antwortete sie. »Über die Schuld der Einzelnen.«

»Wenn es nach mir ginge, würde ich Othao Merrell zum Tiefenschlaf verurteilen und dann einen Schlussstrich ziehen. Die KIs sind fort – und damit ihr Einfluss.«

Yaldira strich ihm über die Wange. »Wenn ich es nicht besser wüsste, würde ich sagen, du hast meinen Gedanken gelauscht. Ist das deine geheime Fähigkeit?«

Duncan lächelte sie nur an.

Hand in Hand bewegten sie sich inmitten der Menge dem Senatsviertel entgegen. Yaldira schaute immer nach vorne zu Gamil. Ayako war noch sichtlich geschwächt, aber sie wies jedes Angebot, sie mit einem Wagen zum Senat zu fahren, zurück. »Es sind nur Schmerzen, Gamil«, sagte sie, und Yaldira war beeindruckt von dem Durchhaltewillen der Yardenidin.

Als sie sich dem Vorplatz des Senats näherten, der bis zur Straße reichte – jener Straße, auf der Nelmura mit ihrem Wagen vorgefahren war und Gamil, Ayako und Myron aufgenommen hatte –, gestaltete sich das Vorwärtskommen schwierig. Die Leute bestürmten sie mit Fragen, vielen war es aber auch ein Bedürfnis, ihnen mitzuteilen, dass sie von Anfang an auf ihrer Seite gestanden hatten. Natürlich glaubte das Yaldira nur den Wenigsten.

»*Die Verräter von gestern sind die Helden von heute*«, flüsterte Duncan ihr in Gedanken zu.

Yaldira gefiel sich nicht in der Rolle der Heldin, die mit dem legendären Yarden zurückgekehrt war. Mit einem Schlag war nun alles richtig, was zuvor falsch gewesen war. Damals, als sie eine Hoffnungsträgerin der Nelmurianer gewesen war, hatte sie die Anerkennung genossen, nun wünschte sie sich nichts sehnlicher, als mit Duncan allein zu sein. Für eine Woche, für einen Monat – so lange, bis sich in der Stadt alles beruhigt hatte. Aber sie wusste, dass es nicht so kommen würde.

»*Glaubst du, wir werden auch nur einen Moment Ruhe haben?*«, fragte sie Duncan.

»*Wenn es uns zu viel wird, steigen wir in unsere Schneeanzüge und nehmen in Yardens Station da draußen eine Auszeit*«, antwortete Duncan.

Yaldira lachte, während sie auf den Platz kamen und von den Sicherheitsleuten zwischen den hüfthohen Schildbarrieren, die den Druck der Menschenmassen brechen sollten, durchgewinkt wurden. Durch die Reihen versetzter Barrieren wirkte der Vorplatz beinahe wie ein segmentierter Zuschauerbereich eines der großen Straßenkonzerte.

Dies waren keine Bereiche für Privilegierte, hier befanden sich Menschen aus allen Bereichen der Stadt. Jenseits der letzten Barrieren war der Platz bis auf Sicherheitsleute und

Reporter frei. Die Senatsmitarbeiter befanden sich im Gebäude an den Fenstern.

Die Senatoren, allen voran Travis Kesamore, standen auf den Stufen des Senats und blickten ihnen entgegen. Yaldira prüfte im System die Log-Daten von Kesamores Kontrollmodul. Die KIs hatten tief eingreifen müssen, damit er Othao Merrells Autorität akzeptiert hatte. Bei ihm war es darum gegangen, seine Neigungen zu unterdrücken, nicht darum, etwas in ihm hervorzuheben. Es war um Gehorsam gegangen. Er sollte im Senat das durchsetzen, was die KIs ihm diktierten. Zwischen all den Skripten war die Person des Senators kaum noch zu erkennen gewesen.

Kesamore kam ihnen entgegen. Der Gedanke, dass er von dem Massaker im Senat profitiert hatte und die Stimmung für seine Zwecke genutzt hatte, war Yaldira unangenehm, führte aber nicht dazu, dass sie ihn ablehnte. Sie kannte ihn zu gut, um nicht zu erkennen, dass die schmerzverzerrte Miene einem realen Gefühl entsprang und nicht aufgesetzt war. Er fasste Gamils Hand, dann Ayakos, und schließlich entschuldigte er sich.

Yaldira erwartete, dass Gamil wie zuvor der relativierende Part sein würde und Ayako die Situation lediglich aushielt. Doch beide grüßten den Senatsvorsitzenden nur, ohne durchblicken zu lassen, ob sie die Entschuldigung annahmen.

Yaldira bemühte sich darum, freundlich zu sein. Sie kannte Kesamore schon lange und schätzte ihn für seine Ruhe. Doch unter der Kontrolle der KIs war er zum Handlanger geworden. Diesen Makel würde er nie wieder loswerden. Vor allem unter den Nicht-Symbionten gab es viele, die für seinen Posten weniger belastet und besser geeignet waren als er.

Als Kesamore sie zu den anderen Senatoren führte, fiel Yaldira vor allem eine Frau ins Auge, die sie schon immer bewundert hatte: Inell Brixner.

»Ohne Sie alle hätten wir das nicht geschafft«, sagte die Senatorin, deren elegantes Kleid zu diesem feierlichen Anlass passte. Sie wandte sich an Gamil und Ayako und sagte: »Es tut mir leid, was Ihnen in unserem Haus geschehen ist.« Es klang beinahe so, als trüge sie einen Teil der Schuld. Dabei hatte die Senatorin Ayako und Gamil über die Basiliden den Wagen gestellt, der sie in den Senat gefahren hatte.

Mit ihrer Gedankenstimme flüsterte Yaldira zu Gamil und Ayako: *»Kann es sein, dass sie von Anfang an auf der richtigen Seite stand?«*

»Wundern würde es mich nicht«, erwiderte Gamil.

»Ich glaube, sie würde eine gute Vorsitzende abgeben«, sagte Ayako.

Yaldira nickte. *»Die nächste Vorsitzende wird sicherlich eine Nicht-Symbiontin sein.«*

* * *

Clement war gerade mit Corinna und einigen weiteren Vertretern der Fakultät im Senat eingetroffen. Seine Frau und seine Tochter würden später folgen. Sie waren nicht so schnell auf den Beinen gewesen, um ihn zu begleiten.

Kaum trat er aus dem Transporter in die geräumige Eingangshalle, hörte er das Stimmengewirr der Menschen, die sich draußen vor dem Senatsgebäude versammelt hatten.

Kaum hatte er einige Schritte in Richtung Eingangstür gemacht, rief jemand seinen Namen. Er wandte sich um und erblickte Nelmura auf dem Hauptgang neben dem Transporter, aus dem er herausgekommen war.

»Clement Glazer!«, sagte sie mit einem Lächeln auf ihren Lippen.

Er schaute an ihr vorbei und erblickte ihn – Yarden. Trotz des Vollbarts und dem langen Haar erkannte er ihn an seinen wachen, blauen Augen und war überwältigt, ihn leibhaftig vor sich zu haben. Clement schüttelte den Kopf.

»Du glaubst es immer noch nicht?«, sagte Yarden und trat mit Nelmura näher. »Und das nach allem, was wir eben durchgemacht haben?«

»Nein«, sagte er und merkte, dass Corinna und die anderen, mit denen er gekommen war, wie eingefroren dastanden und nicht einmal blinzelten.

Yarden fasste ihn an den Schultern. »Ich habe immer gesagt, dass die Lehren eines Archonten wichtiger sind als der Archont selbst, und ihr habt es bewiesen.«

»Ich danke dir«, war alles, was Clement darauf zu sagen wusste.

»Nelmura hat mir erzählt, ihr wolltet sie allzu leicht zu eurer Archontin machen?«, fragte er mit einem ironischen Lächeln.

»Archontin ohne Fakultät bei der Fakultät ohne Archontin – das erschien mir damals einleuchtend. Damals, in dieser grauen Vorzeit vor einer Woche, an die ich mich kaum noch erinnere.«

Yarden lachte und klopfte ihm auf die Schultern. Dann aber wurde er ganz ernst und sagte: »Es war immer mein Traum heimzukehren und meine Fakultät wieder aufblühen zu lassen. Und jetzt stelle ich fest, dass sie nie verblüht war.«

Clement hätte ihm sagen können, wie schwer es gewesen war, sich als Fakultät zu halten. Stattdessen wies er auf Corinna. »Erinnerst dich an Corinna Farrington?«

Yarden musterte Corinna von oben bis unten. »Aber natürlich. Damals warst du noch ein halbes Kind.«

»Yarden«, sagte sie mit verblüffter Stimme, und tatsächlich lag eine kindliche Freude in ihrer Miene. »Willkommen zu Hause!« Mit diesen Worten drückte sie seine Hand und küsste sie sogar.

»Und?«, sagte Yarden. »Hatte ich recht mit dem, was ich damals sagte?«

Corinna machte große Augen. »Daran erinnerst du dich?«

Yarden wandte sich wieder an Clement. »Ist sie nun das Herz unserer Fakultät?«

Clement grinste. »Das ist sie.«

Corinnas Lippen bebten und sie musste seinem Blick ausweichen, nahm es aber auf sich, die Übrigen vorzustellen, mit denen sie gekommen waren. Als dann nach einigen Minuten Larson Soltmann mit weiteren Fakultätsmitgliedern kam, schien die Freude unter ihnen allen keine Grenzen mehr zu kennen.

Cira und Georgina waren auch unter den Nachzüglern. Clement merkte sofort, wie verlegen Cira war, stellte sie und Georgina Yarden aber dennoch als seine Frau und seine Tochter vor. Cira wurde sofort rot und hatte zittrige Hände. Georgina konnte ihre Gefühle besser verbergen, dabei war sie versessen auf die Geschichten, die man sich über Yarden erzählte.

Als Yarden erfuhr, dass Cira Historikerin war, wurde das Gesicht des Archonten ernst und er tauschte einen langen Blick mit Nelmura, die ihrerseits eine besorgte Miene machte. »Du wirst in der Zeit, die jetzt kommt, viel zu tun haben«, sagte er.

* * *

Gamil stand gerade bei der Reporterin Tova Wyland und beschrieb ihr knapp, was in der letzten Repräsentation im Kampf gegen die KIs geschehen war. Er sah Ayako, die drüben bei Duncan und Yaldira stand und mit Senatorin Inell Brixner sprach.

»Und die Archonten waren tatsächlich da?«, fragte Tova Wyland mit heiserer Stimme. »Ich meine, eine solche Repräsentation soll ja beinahe körperlich sein.«

Gamil erinnerte sich an den Schmerz, den er gespürt hatte. »Es war sehr körperlich. Und ja, einige der Archonten waren da. Yarden und Nelmura, Basileios und Kimiko, Clayton und Berewan.«

Lon Tsuruda, einer der jungen Symbionten seiner Fakultät, den Ayako vom Kontrollmodul befreit hatte, trat an ihn heran und sagte leise: »Gamil, Yarden möchte dich sehen.«

Tova Wyland machte große Augen. »Gehen Sie!«, sagte

sie. »Ich möchte Sie keinesfalls aufhalten.« Stattdessen versuchte sie, hinter Gamil her ins Innere des Gebäudes zu gelangen, doch die Sicherheitsleute hielten sie davon ab. »Einen Versuch war's wert«, hörte Gamil sie noch sagen, ehe er im Inneren verschwand.

Schnellen Schrittes ging er durch die Halle und traf auf Nelmura.

»Was ist los?«, fragte er.

»Geh und sieh selbst.« Und schon machte sich Nelmura davon und blieb vor der Tür stehen, um mit einigen Nelmurianern zu sprechen.

Gamil ging weiter und sah schon von Weitem Yarden, der halb von Yardeniden umringt war. Als der Archont ihn erblickte, hob er die Hand und winkte ihn näher.

Die Yardeniden musterten ihn erwartungsvoll, was ihn verunsicherte. Clement klopfte ihm sogar auf die Schulter, dann zeigte er auf eine Frau, die es kaum wagte, den Blick zu heben.

Gamil erkannte sie sofort: die braunen Augen ihrer gemeinsamen Mutter, das Lächeln ihres gemeinsamen Vaters und das hellbraune Haar, das sie nun zu einem Pferdeschwanz gebunden hatte. »Amelia!«, rief er, lief dann zu ihr und drückte sie an sich. Er konnte die Tränen nicht zurückhalten.

Behutsam löste er sich von ihr. Sie sah so aus wie auf den Videos und Bildern, die sie ihm hinterlassen und die er im System gefunden hatte. Und sie sah ebenfalls so aus wie in der Repräsentation, in die die KIs ihn gelockt hatten. Bei ihrem Anblick vergaß er, dass sie über hundert Jahre alt war. Damit war sie rechnerisch zwar immer noch seine kleine Schwester, aber im Gegensatz zu ihm hatte sie tatsächlich hundert Jahre in der Stadt gelebt, während er im Tiefenschlaf gelegen hatte.

»Du zitterst ja«, sagte er und erinnerte sich an sein Erwachen. Er hatte wochenlang gezittert.

»Irgendwie bin ich ständig aus dem Takt«, sagte sie mit

ihrer sanften Stimme. »Du siehst jung aus«, sagte sie und musterte ihn. »Sie haben mir nicht gesagt, welches Jahr jetzt ist.«

Er brauchte sie nicht zu fragen, warum sie die Daten nicht einfach im System abfragte. Nach dem Erwachen konnten die symbiontischen Fähigkeiten leiden. Bei ihm hatte es sich angefühlt, als wäre sein ganzer Körper in Watte gepackt. Und bei ihr kam dazu, dass sie nicht gelernt hatte, mit ihrer Maschinerie umzugehen. Sie war erst mit dem Hinabsinken in den Tiefenschlaf zur Symbiontin geworden.

»Es ist der 16. Januar 2756«, sagte er.

Yarden biss sich auf die Lippen und schaute zu Boden. Die Reaktion – sie gefiel ihm nicht. War das etwa nicht das Jahr? Was nur hatten Nelmura und er dort unten gefunden?

»Ich dachte, ich hätte hundert Jahre geschlafen«, sagte Amelia.

»Und jetzt bist du enttäuscht, weil dein Bruder nicht genug Lebenserfahrung hat.«

»Ganz und gar nicht«, sagte sie und schaute in die Runde. »Ich bin stolz.«

Clement lächelte. »Dazu hast du allen Grund. Wo wären wir heute, wenn du nicht beschlossen hättest, an deinem hundertsten Geburtstag in den Tiefenschlaf zu gehen und Gamil ein wenig Zeit hier oben zu gönnen.«

Sie scherzten, und Amelias Lachen wurde so heiser, wie es sein eigenes in den ersten Tagen nach dem Erwachen gewesen war. »Hätte ich geahnt, wie merkwürdig es sich anfühlt, hätte ich mir das noch mal überlegt«, sagte sie und umarmte ihn erneut. »Werden wir gemeinsam hier oben sein können?«, fragte sie.

»Natürlich«, sagte Yarden. »Die KIs haben die Geburtenraten verringern wollen, nicht weil wir nicht mehr Menschen versorgen könnten, sondern weil sie keinen so hohen Bedarf an mehr Symbionten hatten. Sie haben genau die Geburtenrate angestrebt, die das System verlässlich wachsen ließ.«

»Das heißt, die Geburtenregeln sind abgeschafft?«, fragte Gamil.

»Nach dem, was Nelmura gleich zu sagen hat, werden wir alle Regeln neu bedenken müssen.«

* * *

Während die Menge vor dem Senat sich nach Clement Glazers Erscheinen allmählich wieder beruhigte, konnte Yaldira ihre Blicke nicht von Gamil und dessen Schwester abwenden. Sie konnte sich nicht im Mindesten vorstellen, wie es sich anfühlen musste, jenen Menschen zu treffen, mit dem man sich ein Leben teilte – ihn einerseits so gut zu kennen wie niemanden sonst und doch in der Wachwelt keinen einzigen Augenblick miteinander verbracht zu haben.

Ein Tuscheln ging durch die Reihen der Senatoren und ihrer Gäste. »*Basileios und die anderen Archonten sind gerade angekommen*«, raunte es zwischen ihnen, und Yaldira gab die Kunde gerne an Duncan und die Senatoren um sie herum weiter.

Kesamore winkte die Reporterdrohnen näher und begann schließlich zu sprechen. »Es ist nun offiziell.« Seine Stimme drang in aller Klarheit aus den Lautsprechern am Gebäude. »Die Künstlichen Intelligenzen haben die Stadt verlassen. Wir sind frei.« Die Leute schrien vor Erleichterung. Endlich war es ausgesprochen, endlich konnte es keine Zweifel mehr geben.

»Und natürlich haben wir alle nun unzählige Fragen«, sagte Kesamore. »Wie wird es ohne die KIs weitergehen? Wie viel Einfluss hatten sie und wie viel die Fakultäten? Wer wird das Sagen haben? Wer wird die Dinge kontrollieren? Ich könnte euch einige dieser Fragen beantworten, aber es ist nicht an mir, das zu tun, sondern an der Frau, die uns diesen Sieg beschert hat.« Er wies hinter sich, und die Senatoren machten Nelmura Platz. Der Begeisterung, die ihnen nun lautstark entgegenschlug, war für Yaldira nach all der

Gegenwehr, die sie hatten aushalten müssen, eine besondere Genugtuung.

Nelmura trat vor, noch immer in der Kleidung, die sie in der Kommandozentrale getragen hatte. Als gespannte Ruhe herrschte, sagte sie: »Endlich haben wir die Wahrheit gefunden. Die Wahrheit. Diese Welt hier oben war den KIs immer fremd. Sie war für sie lediglich die Brutstätte der Symbionten, deren Maschinerie sie im Tiefenschlaf für ihre Zwecke benutzten. Das hier oben zu kontrollieren verlangte nicht nach aktiven Prozessen. Sie legten die Basis, und wir waren es, die es weiterentwickelten und in Fakultäten organisiert darüber wachten. Ich dachte am Anfang, es gehe um die Herrschaft. Ich hielt sie für missgeleitete KIs, die sich von ihren Erbauern emanzipiert haben und nun zu ihren Herrschern geworden waren. Aber das war nicht die Wahrheit.«

Sie zögerte, und ihre zweifelnde Miene machte Yaldira Angst. Was hatte sie mit Yarden da unten im System entdeckt?

»Die Wahrheit ist, dass wir hier oben stets die Lebensverhältnisse bestimmt haben. Die KIs haben nur eingegriffen, wenn wir für sie zur Bedrohung wurden.« Sie wies auf Duncan, Marla und Aron, die bei Ayako standen. »Symbionten, die ihrer Kontrolle entglitten oder die sie für ihre Zwecke missbraucht haben, wurden verbannt. Sie galten als Feinde des Systems. Andere wurden manipuliert, um Dinge zu akzeptieren, die sie sonst nie akzeptiert hätten. Aber das ist nun vorbei, denn wir werden all das, was wir hier haben, nicht verlieren, sondern nun erst recht behalten!«

Nelmura wies hinter sich auf das Tor. »Und um diese Zeit zu beginnen, brauchen wir jene, die uns schon einmal weit gebracht haben. Denn die Zeit der KIs ist vorbei. Wir alle sind jetzt das System. Und die Archonten sind erwacht!«

Es gab einzelne Freudenschreie, aber die Begeisterung, die Yaldira nach Nelmuras Ankündigung erwartet hätte, blieb aus. Die Leute starrten auf das Tor; der Anblick von Yarden, der dort mit den anderen Archonten ins Freie trat, schien ihnen die Sprache verschlagen zu haben.

Die Archonten waren hier – in Fleisch und Blut. Yarden, Nelmura, Kimiko, Basileios, Berewan, Clayton und all die anderen. Einige waren sogar noch in die hellen Anzüge gekleidet, die man nach dem Erwachen in den Eishallen erhielt. Erst als vereinzelt Personen unten auf dem Platz Yardens Namen brüllten, als erwarteten sie eine Antwort von ihm, brach die Menschenmenge in Jubel aus.

Nelmura und Yarden schritten die Stufen hinab, und Yaldira und die anderen folgten ihnen mit den Senatoren bis an den Fuß der Treppe – bis sie mit den Menschen auf Augenhöhe waren. Doch Nelmura hielt an und hob die Hand. Offenbar wollte sie die letzte Distanz zwischen ihnen und den Menschen, die sich um den Platz sammelten, nicht schließen.

»Zu allem, was nun vor uns liegt, gehört auch, dass wir mit der Vergangenheit ins Reine kommen«, sagte sie. »Ich meine nicht das, was letzte Nacht hier geschehen ist. Ich meine die Vergangenheit, an die wir geglaubt haben und die in großen Teilen von den KIs verfälscht wurde.«

Nelmura warf einen Schildgenerator mitten auf den freien Bereich auf dem Platz. Daraus drang ein Schirm und zeigte die Stadt aus verschiedenen Einstellungen. Sie erzählte von Yarden und offenbarte das Material, zu dem sie Zugang hatten. Sie zeigte auf dem Schirm die Flucht der KIs und erklärte, dass diese nicht nur mit den Invasoren gemeinsame Sache gemacht hatten. »Sie waren die Invasoren – sie sind die Invasoren«, sagte sie und erzählte von der Notlandung des Raumschiffes und von dem Städtebau. Dabei zeigte sie in einem Zeitraffervideo, wie die Bots das kugelförmige Raumschiff zur Hälfte demontierten, um mit dem Material die Stadt zu bauen. Die Kuppel hatte von Anfang an bestanden und war nichts anderes als der Schild, der dem Raumschiff in der lebensfeindlichen Leere des Alls als Schutz gedient hatte.

Es war still um sie herum, während Nelmura all das offenlegte, was sie in den letzten Tagen erfahren hatten. »Diese Stadt ist nichts anderes als die Kontrollstation der Satelliten«, sagte sie, und damit überraschte sie auch Yaldira.

»*Wusstest du das?*«, fragte Gamil, der inzwischen mit seiner Schwester und Ayako in ihrer und Duncans Nähe stand.

»*Nein*«, sagte sie, ohne den Blick von dem Schirm abzuwenden, auf dem in einer schematischen Übersicht der Planet und all die Satelliten zu sehen waren.

»Wir können die Satelliten kontrollieren«, sagte Nelmura. »Alle Satelliten.«

»Das heißt, die Invasion dauert an und könnte von uns gebrochen werden?«, fragte Senator Kesamore, dessen Stimme ebenfalls von den Nachrichtendrohnen aufgefangen und über die Lautsprecher verbreitet wurde. »Wir könnten die Erde befreien?«

»Wenn wir die Kontrolle über die Satelliten aufrechterhalten können – vielleicht. Yarden und ich haben bereits Programme an sie geschickt, die einen Zugang erschweren sollen. Und alle Schlüssel sind ausgetauscht.«

»Und das Raumschiff der KIs? Kannst du es orten?«

»Es ist fort.«

»Vielleicht zu der Raumstation?«, fragte Kesamore. »Merkwürdig, dass die Satelliten nicht von dort aus gesteuert werden.«

Nelmura schaute Yaldira kurz an, und die glänzenden Augen und bebenden Lippen ihrer Mentorin sagten ihr, dass nichts an dieser Situation in Ordnung war. »Das ist es ja, Senator«, sagte Nelmura. »Da ist keine Raumstation.« Auf dem Schirm erschien die Station, die dem Mond stets nachfolgte. »Das ist keine Raumstation«, wiederholte sie, während sie auf dem Archivbild näher an das runde Objekt heranzoomte. Sanfte Krater wurden an der hellen Oberfläche sichtbar. »Das ist ein zweiter Mond.«

Yaldira erstarrte beim Anblick des Himmelskörpers, dessen Geheimnis mit einem Schlag tausend Fragen aufwarf und einige wenige Antworten gab, die alles in Zweifel zogen, woran sie je geglaubt hatten.

»Nun werden manche sagen: Gut, die KIs haben uns vorgemacht, dass es eine Raumstation ist und unterschlagen, dass es einen zweiten Mond gibt. Aber – und das ist die bittere Wahrheit – die Geschichtsschreibung stimmt weitgehend. Die KIs haben nur das Nötigste geändert. Sie sind im Jahre 2132 auf die Erde gekommen und haben sie erobert. Und Jahrhunderte später sind sie hier notgelandet – mit unseren Vorfahren als Symbionten im Tiefenschlaf. Sie haben die Erde geplündert und uns als Systemkomponenten mitgenommen.« Sie wies umher. »Dies hier ist nicht die Erde. Wir befinden uns auf einem fremden Planeten. Und wir schreiben jetzt das Jahr 5725.«

Yaldira hätte Entsetzen erwartet, irgendwelche Geräusche, aber es herrschte beinahe Stille. Auch sie war erschüttert. Zwar hatte sie vieles für möglich gehalten, aber dass dies wahr sein sollte, brachte sie aus der Fassung.

»Als Teil des Systems nutzten die KIs unsere Maschinerie für ihre Zwecke«, sagte Nelmura. »Wir waren Teil des Bordcomputers, und unsere Zeugung und unsere Geburt war zunächst automatisiert. Sieben Welten eroberten die KIs mit uns, ehe wir hierherkamen. Die Bewohner dieses Planeten beschädigten mit ihren Waffen unser Schiff. So mussten wir hier notlanden.«

»Wieso unser Schiff?«, sagte Kesamore. »Es war das Schiff der KIs.«

»Aber wir waren ein Teil davon«, erwiderte Nelmura. »Wir waren Teil der Invasion dieses Planeten. Nach der Notlandung waren weite Teile des Systems beschädigt. Einige der Schwesterschiffe wurden sogar zerstört, andere konnten landen und die Invasion fortsetzen. Jaskandris ist die Satellitenkontrolle – und ihr Standort ist den Bewohnern dieses Planeten unbekannt.« Tränen der Verzweiflung liefen ihr über die Wangen, während sie sich umschaute, als suchte sie nach einer Miene, in der nicht Entsetzen stand. »Sie haben eine Schwäche zu ihrem Vorteil gewendet«, sagte sie. »Doch bei der Notlandung waren auch die Reproduktionssysteme beschädigt worden. Sie verlangten Rohstoffe, zu denen sie hier keinen Zugang hatten. Die Reproduktion der Symbionten – von uns Menschen – war fehlerhaft. Also gingen sie wie immer den Weg des geringsten Widerstandes. Sie erarbeiteten einen Plan, wonach eine Generation aus dem Schlaf geweckt und mit falschen Erinnerungen gefüttert wird. Die nächste Generation erfuhr so von der Flucht der letzten Menschen in die Antarktis und die Rettung hierher.«

»Dann hat es Judith Jaskander nie gegeben?«, fragte Senator Kesamore.

»Doch. Sie lebt noch – tief unten in den Eishallen, zu tief eingeflochten, um sie ohne Weiteres zu wecken – wie alle der ersten Generation. Bei meinem Abtauchen ins System sah ich Judith als unförmiges Wesen. Sie und ihresgleichen scheinen kaum mehr als eine Systemfunktion zu sein. Das Wissen ist noch da, das Wesen jener Ersten jedoch ist vielleicht für immer verloren.«

»Aber es gibt noch Hoffnung?«, fragte Yaldira.

Nelmura lächelte. »Wir werden nach Wegen suchen.«

»Aber was ist das nun für ein Planet?«, fragte Gamil. »Wenn das nicht die Erde ist, dann ist das da draußen nicht die Antarktis und dies ist nicht der Ort, an dem die Amundsen-Scott-Südpolstation stand.«

»Auf der Erde wären wir nicht so nah an den Bergen«, sagte Nelmura. »Und sie hätten am Ende des Jahres während der ungezählten Tage nicht manipulieren müssen, damit alles passt. Nein, sie haben alles geändert, was nötig war, damit wir an ihre Geschichte glaubten.« Sie wies auf den Schirm. »Wir haben die Satelliten. Ich kann euch die anderen Städte zeigen.«

Auf dem Schirm offenbarte sich ein blauer Planet, insofern ähnelte er der Erde, aber die Kontinente waren völlig anders beschaffen. Yaldira sah einen breiten, von grünen Flächen überzogenen Kontinent, der sich nach Südwesten erstreckte und einem von Bergen übersäten Kontinent im Westen gegenüberlag.

Nelmura zoomte näher auf den größeren Kontinent heran, und inmitten einer grünen Graslandschaft lag eine Kuppelstadt, die Jaskandris glich. Nelmura zoomte ein wenig heraus und verschob den Blick zu anderen Kuppelstädten.

»Wir sind also auf einem fremden Planeten«, sagte Nelmura. »Unsere Heimat wurde unterjocht und geplündert, und wer weiß, wie es dort heute aussieht. Wir kamen als Invasoren – und nun ist dieser Planet unsere Heimat.«

»Aber wer wohnt in diesen Städten?«, fragte Clement Glazer. »Auch entführte Menschen von der Erde?«

Nelmura drehte sich zu Glazer um. »Sie sind uns ähnlich«, sagte sie und wandte sich wieder dem Schirm zu. Darauf erschienen Wesen mit breiten Schädeln, kleinen Ohren, langen Nasen und geschwungenen Lippen. Sie hatten verschiedene Hautfarben, von kreideweiß bis schwarz – und sie alle waren mit Punkten übersät, die wie große Sommersprossen wirkten. Ihr Haar war bunt – ob gefärbt oder natürlich, das wusste Yaldira nicht zu sagen.

Nelmura zeigte ihnen Auszüge aus den Datenbanken der Stadt, in denen die Kulturen dieses Planeten beschrieben wurden. Die Texte waren in der Sprache verfasst, die die KIs auf der Maschinenebene verwendet hatten – die Sprache der Invasoren. Dank eines der Übersetzungsprogramme verstand Yaldira die Texte in groben Zügen und erkannte, dass die Fremden auch in ihren Kulturen ihnen ähnelten. Auch sie hatten die Kontinente bevölkert, hatten Kriege geführt und Frieden geschlossen, hatten Entdeckungen gemacht und waren ins All geflogen. Sie hatten auf ihre Weise all das getan, was die Menschheit auf der Erde ebenfalls erreicht hatte.

In einem der Überblicke sah Yaldira, dass die KIs Hunderte von Sprachen dieses Planeten analysiert hatten. Sie sah Erzähltexte, die in die Sprache der KIs übersetzt waren und deswegen auch von ihren Übersetzungsprogrammen gemeistert wurden. Yaldira sah Anfänge von Heldenepen, ein Liebesgedicht in Zeiten der Invasion und schließlich Ausschnitte aus Filmen, in denen eine vokalreiche Sprache zu hören war. Und sie verstand alles, wenngleich ihr Übersetzungsprogramm die Texte etwas emotionslos darbot.

Nach den Filmen zeigte Nelmura ihnen Videoaufnahmen, die die KIs von ihrer Eroberung gemacht hatten. Kampfhandlungen waren nicht zu sehen, sondern nur das Ergebnis der Auseinandersetzungen: Hunderte jener fremdartigen Menschen wurden von Drohnen und Robotern, die weit martialischer aussahen als alles, was Yaldira hier in Jaskandris gesehen hatte, über eine Rampe in ein Raumschiff getrieben. Eine weitere Aufnahme zeigte sie, wie sie im Gleichschritt auf einem Gang vorübergingen. Die Interfaces an ihren Hinterköpfen lagen – anders als bei ihnen – offen.

Yaldira schüttelte den Kopf. Die Vorstellung, dass die KIs in jedem Augenblick, den sie im Tiefenschlaf gelegen hatte, ihre Maschinerie dazu verwendet hatten, diese fremdartigen Menschen zu unterjochen, lastete ihnen allen eine Schuld auf, von der sie nichts geahnt hatten. Sie trugen nicht die Verantwortung, aber sie waren Werkzeuge gewesen.

»Wir sind nun das System«, sagte Nelmura. »Und wir werden hier überleben und die Satelliten gegen unsere Feinde wenden, wo immer wir sie finden. Wir werden versuchen, Zugang zu ihren anderen Systemen zu erlangen. Und in jeder dieser Kuppelstädte werden wir einen Symbionten in der Tiefe mit der Wahrheit konfrontieren, und ebenso wie hier werden sich diese Menschen dort erheben.«

»Ja!«, brüllten ein paar Vereinzelte aus der Menge, und viele stimmten ein, bis der Zuspruch sich wie eine Welle über den Platz bewegte.

»Ich bin bei dir!«, rief Gamil gegen die Menschenmenge an.

Yaldira nickte. »*Ich auch*«, sagte sie ihrer Mentorin mit ihrer symbiontischen Stimme.

»*Das wusste ich doch*«, erwiderte Nelmura, während sie die Hand hob. Als die Menge sich beruhigt hatte, sagte sie laut: »Wir sind als Teil der Invasion gekommen, und wir werden als Befreier bleiben. Denn seien wir ehrlich: Wir haben nie damit gerechnet, mehr zu haben als diese Stadt. Was haben wir verloren? Eine Erde, von der man uns sagte, sie sei verwüstet, und unsere Vorfahren wären als der Rest der Menschheit hierhergekommen.« Sie zeigte auf dem Schirm den blauen Planeten, der ihnen eine unbekannte Heimat geworden war. »Tatsächlich haben wir gerade einen Planeten gewonnen, auf dem es vor Leben wimmelt.« Sie zoomte an eine Stelle im Gebirge heran und zeigte ihnen Maschinen, die dort ganze Krater ausgehoben hatten. »Und wir sehen unsere Feinde, die diesen Planeten ausbeuten«, sagte sie.

Nelmura verschob das Bild zu einer Küste, an der sich Industrieanlagen entlangzogen. »Sie bauen Raumschiffe, um weitere Planeten wie diesen zu unterwerfen und zu plündern. Und uns ist mit unserer Befreiung etwas in die Hände gelegt worden, auf das wir nie hätten hoffen dürfen. Durch eine kleine Anomalie – die Notlandung – wurde diese Stadt das, was sie jetzt ist. Und die Anomalie haben wir den Menschen dieses Planeten zu verdanken.« Sie zeigte auf dem Schirm eine zertrümmerte Stadt. »Von dort aus haben sie die Schiffe abgeschossen. Der Widerstand dort ist längst gebrochen. Die Maschinen tun und lassen, was sie wollen. Aber an anderen Orten gibt es jene, die sich der Herrschaft der KIs widersetzen.« Auf dem Schirm erschienen Spionagedaten, Siedlungen in Wäldern, die sie beschossen hatten, Gruppen jener fremden Menschen, die am Rand von Wäldern erschienen oder in Ruinen von Städten sowie am Anfang tiefer Schluchten. Auf manchen Aufnahmen beschossen sie Kampfroboter und Drohnen mit Pistolen und Gewehren. Einige Videos zeigten, wie jene breit gebauten Menschen, die diesen Planeten bevölkerten, geradezu Jagd auf Maschinen machten, offenbar, um sich ihrer Bauteile zu bedienen.

»Der Abschuss des Schiffes war die Anomalie, die wir benötigten, um uns am Ende zu befreien, und nun müssen wir dafür sorgen, dass wir zu der Anomalie für all jene werden, die so leben, wie wir gelebt haben.«

Während um sie herum die Menschen lauthals ihre Zustimmung herausschrien, tauschte Nelmura ein Lächeln mit Yarden.

Yaldira warf Gamil einen herausfordernden Blick zu. *»Ob Yarden noch einmal ein Raumschiff zustande bringt?«*

»Ich weiß, wo die Pläne sind«, sagte er.

»Wie wär's, wenn wir die Ersten sind, die einem dieser fremden Menschen begegnen?«, fragte sie.

Gamil lächelte. *»Ich habe mir eben überlegt, dass wir die Daten der KIs nutzen können, um ihre Sprachen zu lernen. So wie die Historiker alte Sprache lernen – durch Induktion. Clements Frau kann uns dabei sicherlich helfen.«*

Yaldira grinste zurück. *»Wollen wir auslosen, wer beim ersten Kontakt die ersten Worte spricht?«*

»Unbedingt«, sagte er. *»Die Frage ist nur, ob der Gewinner sich am Ende darüber freut oder aber sein Los verflucht.«*

»Das werden wir sehen«, flüsterte sie ihm mit ihrer symbiontischen Stimme zu und fasste dann Duncans Hand.